MIRA®

Der Preis dieses Bandes versteht sich einschließlich
der gesetzlichen Mehrwertsteuer.

Umwelthinweis:
Dieses Buch wurde auf chlor- und säurefreiem Papier gedruckt.

Liebesreise auf die Balearen

MIRA®

MIRA® TASCHENBUCH
Band 15025
1. Auflage: August 2008

MIRA® TASCHENBÜCHER
erscheinen in der Cora Verlag GmbH & Co. KG,
Valentinskamp 24, 20350 Hamburg
Deutsche Taschenbucherstausgabe

Titel der englischen Originalausgaben:
Flight of Swallows

erschienen bei: Mills & Boon Ltd., London

A Spanish Inheritance

erschienen bei: Mills & Boon Ltd., London

Something Worth Fighting For

erschienen bei: Mills & Boon Ltd., London

Published by arrangement with
HARLEQUIN ENTERPRISES II B.V./S.àr.l.

Konzeption/Reihengestaltung: fredebold&partner gmbh, Köln
Umschlaggestaltung: pecher und soiron, Köln
Redaktion: Ivonne Senn
Titelabbildung: Corbis GmbH, Düsseldorf,
Pecher & Soiron, Köln
Satz: Buch-Werkstatt GmbH, Bad Aibling
Druck und Bindearbeiten: CPI – Ebner & Spiegel, Ulm
Printed in Germany
ISBN 978-3-89941-513-1

www.mira-taschenbuch.de

Liza Goodman

Sturm über Mallorca

Roman

Aus dem Amerikanischen von
Hannelore McCrumb

MIRA®

1. KAPITEL

Die Bucht war einfach wunderschön. Unter dem wolkenlosen Himmel glitzerte das tiefblaue Wasser, wie mit Diamanten übersät. Rose hob ihren Fotoapparat, ließ ihn dann aber langsam wieder sinken. Sie durfte keinen Film verschwenden. Aber wären ein paar Aufnahmen von der Bucht wirklich Verschwendung? Schließlich war sie auf Mallorca, um eine Werbeaktion für ein Reiseunternehmen vorzubereiten. Rose seufzte. Vielleicht sollte sie sich lieber vorher mit ihrem zukünftigen Kunden absprechen.

Dennoch würden solche Fotos gut in das Konzept passen. Und wenn nicht, dann würde sie eben selbst dafür aufkommen und die Aufnahmen behalten. Sie zückte den Apparat erneut und blickte durch den Sucher, um ein geeignetes Motiv zu finden.

Da, bei der kleinen Gruppe von Booten, kam plötzlich eine männliche Gestalt ins Blickfeld, und Rose stockte der Atem. Die Idee, die ihr schon des Längeren vorschwebte, schien Formen angenommen zu haben.

Der Mann verkörperte genau das, was sie sich vorgestellt hatte. Er war groß, größer als der durchschnittliche Mallorquiner, tief gebräunt, und er schien eine großartige Figur zu haben, was durch das weiße Hemd und die tief auf den Hüften sitzenden Jeans betont wurde. Er betrachtete eine große weiße Yacht, sodass Rose lediglich sein markantes Profil erkennen konnte.

Nun drehte der Fremde den Kopf und schaute direkt in ihre Richtung. Rose atmete tief durch. Er war der attraktivste Mann, den sie seit Langem gesehen hatte. Als er aus ihrem Blickwinkel verschwand, ließ sie den Apparat sinken und hatte dabei das unbestimmte Gefühl, etwas Wichtiges wäre ihr abhandengekommen. Warum sie so fühlte, war ihr unklar. Immerhin hatte sie den Mann auf dem Film festgehalten, und nun lag es an ihr, dem Chef des Reiseunternehmens, mit dem sie sich auf Mallorca treffen sollte, ihr Konzept zu verkaufen.

Eine Bewegung in ihrer Nähe ließ Rose aufblicken. Sie erstarrte, weil der Mann, den sie fotografiert hatte, plötzlich direkt bei ihr stand. Er war noch attraktiver, als er ihr aus der Ferne erschienen war, und überragte Rose um einiges. Zudem wirkte er außerordentlich ärgerlich.

Sie schaute ihm in die Augen, und einen Moment lang wurden die Geräusche der lebhaft befahrenen Promenade ausgeblendet. Es gab nur sie beide, allein in ihrer eigenen Welt und sich derartig intensiv der gegenseitigen Gegenwart bewusst, wie Rose es bis zu diesem Moment noch nicht erlebt hatte.

Ein Kind schrie, und der Zauber war gebrochen. Rose vermochte nun kaum noch zu fassen, was da eben geschehen war. Wie konnte sie nur in dem Maße auf einen ihr völlig Unbekannten reagieren? Er musste wie sie empfunden haben, denn in seinen Augen lag ein Ausdruck, den sie nicht verstehen wollte. Er schüttelte den Kopf, und sie wusste, was immer es auch gewesen war, es war vorbei.

„Was machen Sie da eigentlich?", fragte der Mann unwirsch.

„Ich ..., ich ..." Rose fühlte sich völlig aus dem Konzept gebracht.

Reiß dich zusammen, wies sie sich zurecht. Er ist Engländer, und selbst wenn er jetzt so aussieht, als wolle er mir den Hals umdrehen, wird er es gewiss nicht tun.

Im nächsten Moment war sie sich dessen nicht mehr ganz so sicher. Der Mann griff nach der Kamera und riss sie ihr aus der Hand. Wie gelähmt sah Rose zu, wie er den Apparat öffnete. Aber blitzschnell erwachte sie wieder aus ihrer Erstarrung, während der Mann den Film ins Wasser warf.

„Was soll das?", schrie Rose. „Was fällt Ihnen ein, meinen Film wegzuwerfen? Sie haben nicht das Recht ..."

„Und ob ich es habe! Niemand darf mich ohne meine Einwilligung fotografieren. Ihr Touristen seid alle gleich. Ihr meint, euch sei alles erlaubt. Zu ihrer Information, es gibt noch ein paar Menschen auf dieser Welt, denen ihr Privatleben sehr wichtig ist. Es liegt mir nichts daran, von schwachköpfigen Teenagern angehimmelt zu werden."

Rose schluckte die Worte hinunter, die sie dem Mann am liebsten entgegengeschleudert hätte. Es war schlimm, für eine Touristin oder gar für einen schwachköpfigen Teenager gehalten zu werden.

Sie bemühte sich, ihren Ärger im Zaum zu halten, und sah dem Mann geradewegs in die Augen. Das brachte sie jedoch erneut aus der Fassung, denn Rose hatte noch nie solch eindringlich blickende blaue

Augen gesehen. Am liebsten hätte sie sich umgedreht und sich schnell davongemacht. Aber diese Genugtuung wollte sie ihm nicht geben.

„Ich bin weder eine Touristin noch ein Teenager", sagte sie kühl. „Ich sehe ein, dass ich hätte fragen sollen, ob ich Sie fotografieren darf. Trotzdem meine ich, dass Sie viel Lärm um nichts machen. Oder haben Sie vielleicht etwas zu verbergen?"

„Was wollen Sie denn damit sagen?", fuhr er sie an. „Ich habe nichts zu verbergen, sondern lege Wert darauf, das zu tun, was mir passt, ohne von irgendeinem Püppchen mit Fotoapparat belästigt zu werden."

„Das gibt Ihnen noch lange nicht das Recht, meinen Film zu vernichten. Hätten Sie zugestimmt, wenn ich Sie gefragt hätte?"

„Wahrscheinlich nicht. Versuchen Sie mir etwa weiszumachen, dass Sie beruflich fotografieren? Das zieht bei mir nicht, Kleine." Er kniff die Augen leicht zusammen. „Gehört dieser Fotoapparat überhaupt Ihnen? Vielleicht haben Sie ja vergessen, auch den Besitzer um Erlaubnis zu fragen. Ich denke, ich sollte die Kamera der Polizei übergeben – und Sie gleich mit."

Der Mann streckte die Hand nach ihr aus, aber Rose wich zur Seite und griff dabei nach dem Apparat. Der Fremde hielt ihn fest, ließ ihn dann aber ganz plötzlich los. Sie verlor daraufhin die Balance, die Kamera rutschte ihr aus der Hand und flog direkt unter die Räder eines zurücksetzenden Autos.

Rose stand starr vor Entsetzen, als sie das Knirschen des Metalls hörte. Der Mann neben ihr fluchte leise, und das brachte sie wieder zu sich. Sie wirbelte herum – ein kleines blondes Energiebündel voller Zorn.

„Da sehen Sie, was Sie angerichtet haben! Der Apparat hat mehrere hundert Pfund gekostet und gehört mir nicht einmal."

„Hab ich's doch gedacht! Sie haben ihn ‚ausgeliehen', stimmt's?"

„Nein, habe ich nicht! Nur ein arroganter Kerl wie Sie kommt auf solche Gedanken. Wenn Sie's genau wissen möchten, Mr. Wer-auch-immer-Sie-sind, er gehört meiner Firma, und ich bin hier, um zu arbeiten."

Ihr Blick fiel auf die Überbleibsel, die einmal ein Fotoapparat gewesen waren, und sie stöhnte auf. Hastig presste sie die Faust vor den Mund, um sich vor dem Mann, der so überheblich und so verletzend war, keine Blöße zu geben.

Dann drehte Rose sich um und lief über die dicht befahrene Straße, ungeachtet der hupenden Autofahrer und der Rufe des Mannes.

Wie durch ein Wunder erreichte Rose heil die gegenüberliegende Straßenseite. Dann rannte sie die erstbeste Straße hinunter, um jegliche Verfolgung auszuschließen.

Ein paar Minuten später verlangsamte Rose ihr Tempo und schaute vorsichtig über die Schulter zurück. Bis auf einige wenige Menschen, von denen keiner groß und gebräunt war, war die schmale Gasse menschenleer. Langsam ging Rose zu dem bescheidenen Hotel, in dem sie sich mit so großen Erwartungen am Abend zuvor einquartiert hatte. Sie war so erschöpft gewesen nach dem Flug von England und so aufgeregt über den ersten großen Auftrag, mit dem Craig sie betraut hatte, dass sie kaum hatte schlafen können. Und dann gab es da noch einen anderen Grund für ihre Reise nach Mallorca. Aber nun hatte der Vorfall mit dem Fotoapparat alles zunichte gemacht.

Craig. Leise stöhnend öffnete sie die Tür zu ihrem Zimmer. Wie sollte sie ihm das Ganze bloß beibringen? Sie ließ sich bäuchlings aufs Bett fallen und stützte das Gesicht in beide Hände.

Rose hatte Craig vor über einem Jahr kennengelernt. Damals hatte sie sich als Assistentin bei dem Beratungsbüro „Design for Today“ in Warwick beworben. Nachdem sie eine Ausbildung als Fotografin absolviert und ein Jahr beim Fernsehen gearbeitet hatte, wollte sie sich unbedingt beruflich verändern. Der erste Eindruck von Craig Dawson stimmte sie zuversichtlich, gut mit ihm zusammenarbeiten zu können, und sie schöpfte Hoffnung, dass es ihr vielleicht auch gelingen würde, die unschönen Erlebnisse der letzten Monate vergessen zu können.

Craig hatte keinen Zweifel, dass sie genau dem entsprach, was er sich unter einer guten Assistentin vorstellte. Roses Gefühl, was die gute Zusammenarbeit anging, erwies sich als richtig, und seit einiger Zeit standen sie sich näher, als es normalerweise zwischen Arbeitgeber und Angestellter üblich war.

Craig vermittelte zudem den Eindruck, dass er einen guten Ehemann und Vater abgeben würde. Was wollte sie also mehr? Himmelstürmende Liebe gab es lediglich in Liebesromanen, nicht aber in der

Wirklichkeit, wie Rose nur zu genau erfahren hatte. Craig teilte ihre Meinung. Sie passten gut zusammen, und nach dem zu urteilen, was er ihr vor ihrer Abreise aus England gesagt hatte, war er so gut wie bereit, den entscheidenden Schritt mit ihr zu gehen.

Es war zwar alles ein bisschen berechenbar und geruhsam, doch schließlich waren sie beide keine Teenager mehr. Craig war achtundzwanzig und sie fünf Jahre jünger, und heiraten und eine Familie gründen waren ernst zu nehmende Vorhaben. Es gab keine rosaroten Wolken, auf denen man schweben konnte, die Erde bebte nicht, wenn sie beide sich küssten, und das fand Rose auch gut so. Aber eine Sache bereitete ihr dennoch Kopfzerbrechen: Trotz aller Vertrautheit, die sich zwischen ihnen entwickelte, tat Craig sich schwer, ihr mehr als nur routinemäßige Arbeiten anzuvertrauen.

Rose hatte sich zunehmend über seine Einstellung geärgert, dass Männer in allem, was etwas schwieriger war, besser wären. Sie befürchtete schon, dass ihre Enttäuschung darüber sich möglicherweise auf ihre Beziehung auswirken könnte, als Craig ihr überraschenderweise den Auftrag für „Ferrier Travel" auf Mallorca übertrug. Und nun war ihr gleich am ersten Tag so etwas passiert ...

Sie ballte die Hände zu Fäusten. Wie gern hätte sie diesen grässlichen Mann damit bearbeitet! Der Fotoapparat war Craigs ganzer Stolz und hatte für ihn einen nicht unerheblichen finanziellen Aufwand bedeutet. Denn die Geschäfte, das musste sie leider zugeben, gingen nicht so gut, wie sie sollten. Und ihr war durchaus bewusst, dass Craigs Einstellung eine ganze Menge mit dem Stagnieren der Firma zu tun hatte. Craig war von Haus aus konservativ und missbilligte die Risikofreude seiner Konkurrenten aufs Schärfste.

„Wir leisten gute, solide Arbeit", hatte er ernsthaft gesagt, und Rose konnte nur zustimmen. Niemand konnte Craig nachsagen, dass er sich nicht für alle seine Aufträge Zeit nahm und sorgfältig recherchierte. Und wenn einige Kunden meinten, er sei nicht nur gewissenhaft, sondern auch ziemlich langweilig, und zu dynamischeren und kreativeren Firmen überwechselten, dann schrieb Craig das dem schlechten Geschmack der Klientel zu. Leider war das der Firma „Design for Today" nicht gerade förderlich.

Rose stand auf, strich sich energisch das helle Sommerkleid glatt und ging auf die Tür zu. Von einem wenn auch nicht gerade unerheblichen Rückschlag wollte Rose sich nicht in die Knie zwingen lassen. In einem Ort wie Puerto Pollensa musste doch ein vernünftiger Fotoapparat aufzutreiben sein.

Nach zwei Stunden gab Rose sich geschlagen. Sie hatte die kleine Stadt von einem Ende bis zum anderen durchkämmt, aber nirgendwo gab es einen geeigneten Fotoapparat zu leihen. Zu kaufen schon, doch die guten waren viel zu kostspielig. Rose betrachtete skeptisch den einfachen Apparat, den sie gerade erstanden hatte. Er mochte gut genug für den Durchschnittstouristen sein, aber für ihren Job kam er ihr jämmerlich unzureichend vor.

Sie setzte sich auf eine Bank mit Blick auf die Bucht. Die Idee, die Rose vor wenigen Stunden noch so großartig erschienen war, hatte ihr nichts als Ärger eingebracht. Statt der gewöhnlichen Reisebroschüren mit ihren ewigen schönen Landschaftsbildern und den ebenso schönen jungen Menschen hatte sie einmal etwas ganz Neues machen wollen. Es gab Dutzende dieser Kataloge, aber Rose war aufgefallen, dass die Leute von „Ferrier Travel“ mit ihren Exklusivreisen besonders Familien und ältere Leute ansprechen wollten. Und so war sie auf die Idee gekommen, Menschen verschiedener Altersgruppen in Einklang mit der Landschaft zu bringen. Für Rose stand fest, dass dieses Konzept gut ankommen würde.

Und dieser Idee war es auch zu verdanken, dass sie einen Probeauftrag erhalten hatten. „Ferrier Travel“ war eines der ältesten und größten Reiseunternehmen und hatte einen guten Ruf, obwohl die Firma sich nach Roses Meinung etwas altmodisch gab.

Craig wollte sich an die traditionelle Ausrichtung halten, Rose jedoch hatte das unbestimmte Gefühl, dass ihnen hier andere Firmen einen Schritt voraus waren und ihre einzige Chance darin lag, sich etwas Neues einfallen zu lassen. Zumindest mussten sie den altbewährten Konzepten einen neuen Kick versetzen, wenn sie ins Geschäft kommen wollten, was sie bitter nötig hatten.

Rose hatte Craig schließlich davon überzeugen können, es einmal mit ihren Vorstellungen zu versuchen, wobei sie sich absichtlich vage darüber äußerte, was sie eigentlich im Sinn hatte. Craig glaubte, sie wolle die ursprünglichere Seite der Insel fotografieren, was Rose durchaus beabsichtigte. Sie wollte aber auch das festhalten, was die Insel Menschen der verschiedensten Altersgruppen zu bieten hatte.

Nun war Rose sich nicht mehr sicher, ob sie das auch würde realisieren können. Vielleicht sollte sie sich erst einmal darauf konzentrieren, weshalb sie außerdem nach Mallorca gereist war. Sie hatte vor, gleich zwei Fliegen mit einer Klappe zu schlagen und Geschäftliches mit Urlaub zu verbinden. Craig hatte nur eingewilligt, weil Rose bereit gewesen war, für die Reise ihren „normalen" Urlaub zu opfern. Er war aber bereit, einen Teil der Kosten zu übernehmen. Als Rose es Maisie, der Empfangssekretärin, erzählt hatte, meinte diese, Craig sei ein Geizkragen.

„Craig ist nicht kleinlich, Maisie", hatte Rose gesagt, entrüstet darüber, dass jemand Craigs Geschäftssinn falsch deutete. „Ich habe einen Brief von einem Rechtsanwalt auf Mallorca erhalten – eine mir unbekannte Tante hat mich in ihrem Testament bedacht. Ich könnte natürlich schreiben und um Einzelheiten bitten, da ich aber nun Gelegenheit habe, sowieso dorthin zu fahren, kann ich mich auch persönlich mit Señor Pueg bekannt machen und gleichzeitig die Recherchen für den Auftrag übernehmen."

„Was Ihre Tante Ihnen wohl vermacht hat?" Maisie sah Rose mit großen Augen neugierig an.

„Keine Ahnung. Ich wusste zwar, dass da irgendwelche Verwandte meiner Mutter auf der Insel lebten, aber ich dachte, die wären alle längst tot."

„Schickt der Chef deshalb nicht Oliver Hanson nach Mallorca? Der gute alte Oliver hatte sich schon so auf ein paar schöne Tage in der Sonne gefreut. Ich vermute, unser lieber Chef konnte nicht widerstehen, als Sie anboten, den Job mit Ihrem Urlaub zu verbinden. Trotzdem meine ich, Sie sollten ein paar extra Urlaubstage eingeräumt bekommen."

Rose warf Maisie einen ärgerlichen Blick zu. Sie brauchte nicht auch noch Maisie, um sich ihrer eigenen Vorbehalte, was Craig betraf, bewusst zu werden. Doch Rose verdrängte ihre Zweifel schnell und lächelte die Sekretärin an.

„Mir soll das alles nur recht sein – ich kann Berufliches mit einem Urlaub verbinden, mich mit dem Rechtsanwalt meiner Tante treffen und darf mal etwas anderes fotografieren als immer nur Suppendosen."

„Ach, ist das romantisch", hatte Maisie schwärmerisch geflüstert, und Rose hatte lachen müssen und Maisie dann versprochen, ihr eine Ansichtskarte zu schicken.

Rose fröstelte nun trotz der Hitze. Bis Maisie es ihr erzählt hatte, war Rose nicht bekannt gewesen, dass Craig vorhatte, Oliver Hanson nach Mallorca zu schicken. Ein unbestimmtes Gefühl der Beunruhigung durchfuhr sie bei dem Gedanken, es nicht selbst von Craig erfahren zu haben. Jetzt verstand sie, warum er seine Meinung geändert hatte.

Sie lächelte ironisch. Maisie hatte recht – Craig hatte die Gelegenheit erkannt, Geld zu sparen, was sie ihm wohl schlecht übel nehmen konnte.

Ich bin mir sicher, dass ich genauso gute Arbeit leisten kann wie Oliver, sogar noch bessere, sagte sie sich trotzig. Oliver arbeitete zwar sehr zuverlässig, gehörte allerdings nicht gerade zu denen, die freiwillig neue Ideen verfolgten.

Sie stand auf. Es hatte keinen Zweck, etwas auf die lange Bank zu schieben. Craig erwartete von ihr, dass sie sich nach ihrer Ankunft mit Señor Bauza, dem Agenten von „Ferrier Travel", in Verbindung setzte. Vielleicht konnte der ihr ja bei dem Problem mit dem Fotoapparat behilflich sein? Zuversichtlich machte sie sich auf den Weg zur Agentur.

Bald stand sie in einer kleinen, von Bäumen beschatteten Seitenstraße vor einem Tor mit dem Schild „Ferrier Travel". Hinter dem Tor lag inmitten eines kleinen Parks eine hübsche Villa. Was für ein Unterschied zu den Büros, die ich normalerweise aufsuche, dachte Rose, als sie auf das Haus zuging.

Die attraktive schwarzhaarige Empfangssekretärin lächelte bedauernd, als Rose sich vorstellte.

„Señor Bauza musste unerwartet fort", sagte die Frau, „und leider wird er erst in ein paar Tagen zurückkommen."

Rose seufzte. Es war äußerst wichtig, dass sie sich mit jemandem über die Broschüre unterhielt. Wenn Señor Bauza nicht zur Verfügung stand, würde das die Angelegenheit in die Länge ziehen, wovon Craig sicher nicht begeistert wäre.

„Ich habe jedoch eine Nachricht für Sie, Señorita", sagte die Sekretärin ruhig.

Rose sah sie fragend an.

„Señor Ferrier erwartet Sie bei einer Party, die er heute Abend im Hotel Alonzo gibt. Er bedauert sehr, dass er Ihnen vorher nicht zur Verfügung stehen kann."

Unwillkürlich wurde Rose hellhörig. Aus dem ruhigen Tonfall der Sekretärin glaubte sie unterschwellig einen Befehl herauszuhören, dem sie zu gehorchen hatte.

„Señor Ferrier bat mich, Ihnen zu verstehen zu geben, wie wichtig Ihre Anwesenheit bei dieser Party sei. Er ist ein sehr beschäftigter Mann. In den nächsten Tagen wird sich keine andere Gelegenheit zu einem Treffen bieten", fuhr die Sekretärin fort.

Rose hatte das Gefühl, dass sie und ihre Pläne zum Scheitern verurteilt waren. Zuerst die Sache mit dem Fotoapparat, und nun musste sie sich, statt im Büro des Kunden mit dem Agenten die Geschäfte zu bereden, mit dem Chef auf einer Party treffen, wo sich wohl kaum Gelegenheit zu einem ordentlichen Gespräch ergeben würde.

Auf dem Rückweg zum Stadtzentrum fluchte Rose innerlich vor sich hin. Eigentlich hätten die Vorgespräche schon längst in England stattgefunden haben sollen, aber Mr. Ferrier hatte nie die Zeit für einen Besuch gefunden. Dieser verflixte Mann! Konnte er sich nicht einmal die Zeit nehmen, um seine Vorstellungen mit den Leuten zu besprechen, die diese später umsetzen sollten?

Als Rose sich abends für die Party zurechtmachte, beschäftigte sie nur ein Gedanke: Sie musste Mr. Ferrier beeindrucken, oder es war alles verloren.

Gottlob hatte sie ihr neues Abendkleid eingepackt. Es war ausgesprochen extravagant, aber beim Gedanken an Craigs Reaktion darauf wusste sie, dass das Kleid sein Geld wert war. Nun würde sie es tragen, nicht für Craig, sondern für einen Fremden, der vielleicht in geschäftlicher Hinsicht lebenswichtig für sie und Craig sein konnte.

Rose betrachtete sich in dem kleinen Spiegel – er war gerade groß genug, dass sie sehen konnte, wie perfekt das durch schmale Träger gehaltene und in verschiedenen Grüntönen schimmernde Seidenoberteil saß. Wie der weitfallende Rock ihre schlanken Beine umspielte, blieb Roses Fantasie überlassen.

Behutsam trug sie lichtgrünen Lidschatten auf und versuchte dann hartnäckig, ihren Haaren eine halbwegs ansehnliche Fasson zu geben. Wie immer gab sie es schließlich auf und fand sich damit ab, dass sich ihre Locken immer wieder selbstständig machten.

Man sollte den Tatsachen ins Gesicht sehen – sie würde niemals wie eine elegante Dame aussehen. Es war wohl ihr Schicksal, dass sie auf jeden, nur nicht auf sich selbst, wie eine leicht überspannte Blondine wirkte. Rose vollendete ihr Make-up mit einem rosafarbenen Lippenstift, strich den zarten Seidenstoff über den ihrer Meinung nach zu üppigen Brüsten glatt und zog die dunkelgrüne Schleife fester um die schmale Taille.

Dann schlüpfte Rose in die hochhackigen Sandaletten, die in den grünlichen Farbtönen des Kleides gehalten waren, griff nach einem dunkelgrünen Seidenschal mit langen Fransen und verließ das Zimmer.

Schon während des Tages hatte sie das Hotel Alonzo ausfindig gemacht. Es befand sich ganz in der Nähe des Hotels Maria, in dem Rose wohnte, aber da endeten die Ähnlichkeiten auch schon. Das Alonzo war groß und modern und zog die Wohlhabenden an. Ihr gefiel es nicht so recht. Es wirkte einschüchternd, und bestimmt waren hier nur Oberkellner beschäftigt, die die Augenbrauen hochzogen, wenn man nicht ein Menü mit mindestens vier Gängen bestellte.

Langsam ging sie die Strandpromenade entlang, vorbei an überfüllten Bars und Restaurants, in denen man fast alles bekommen konnte: angefangen bei den köstlich duftenden und appetitanregenden Gerichten, die typisch für die Insel waren, bis hin zu den üblichen Pommes frites.

Rose näherte sich dem imposanten Eingang des Hotels Alonzo. Mit einem Stoßgebet auf den Lippen und ehe der Mut sie verließ, ging sie in das Hotel. Sie erkundigte sich an der Rezeption nach Señor Ferrier und wurde auf die zweite Etage verwiesen. Rose betrat den Lift und hoffte, möglichst bald den Gastgeber zu finden und sich mit ihm für den nächsten Tag verabreden zu können. Eine Party war ungeeignet, um über Geschäfte zu reden.

Sanft fuhr der Lift nach oben, und genauso sanft kam er zum Stehen. Die Türen öffneten sich geräuschlos und gaben den Blick auf einen hell erleuchteten Raum frei. Gedämpftes Stimmengewirr war zu hören. Nach kurzem Zögern verließ Rose den Lift. Sie war froh, ein präsentables Kleid anzuhaben, wenn es auch nicht annähernd mit den Modellkleidern mitzuhalten vermochte, die die meisten der anwesenden Damen trugen.

Rose entdeckte unter den vielen gut gekleideten Herren niemanden, der vielleicht der Gastgeber hätte sein können. Sollte sie nach ihm fragen? Dann stellte sie sich vor, wie sie daraufhin gemustert werden würde. Ein Kellner bot ihr einen Drink an, und sie nahm das erstbeste Glas und nippte daran. Um sie herum wurde nur Spanisch gesprochen, das sie leider nicht verstand.

Der Drink war ihr zu stark. Rose stellte das Glas auf dem nächstbesten Tisch ab und schlenderte so unauffällig wie möglich zu den großen Glastüren, die auf einen Balkon führten.

Ah, das war schon besser, kühl und frisch, mit spektakulärem Blick. Die Bucht, die sie schon vor der verheerenden Begegnung mit dem anmaßenden Fremden bewundert hatte, erstreckte sich vor ihrem Auge. Die Berge links und rechts davon bildeten bei dieser Beleuchtung lediglich eine schattenhafte Kulisse. Auf dem Wasser spiegelte sich der Vollmond. Es fehlte eigentlich nur der attraktive Mann, der den Film vernichtet hatte.

Na ja, dass der Mann nicht da war, bedeutete keinen großen Verlust, und Rose hoffte, ihm nie wieder begegnen zu müssen. Eine Begegnung war auch ziemlich unwahrscheinlich, denn Männer wie er hielten sich wohl kaum längere Zeit in einem kleinen Urlaubsnest auf. Rose fühlte eine gewisse Beklommenheit, die sie leicht beben ließ, und schob es auf die aufkommende Brise. Was konnte es auch anderes sein?

„Miss Grey?“

Die Stimme war tief und wohlklingend und Rose nur zu gut bekannt. Sie drehte sich um, dankbar, dass ihr Gesicht im Schatten lag. Vielleicht würde der Mann sie nicht erkennen. Doch sie ahnte, dass diesem Mann keine Sekunde lang etwas verborgen bleiben würde.

„Sie“, sagte er mit einer eisigen Ruhe, die Rose erschauern ließ. „Was machen Sie denn hier?“

„Ich könnte Sie das Gleiche fragen. Wieso sind Sie mir gefolgt?“

Er beantwortete ihre Frage genauso wenig wie Rose seine.

„Sie sind offenbar Miss Grey von ‚Design for Today‘“, meinte er nach einer Weile lakonisch.

„Und Sie sind der Gastgeber Adam Ferrier.“ Leider konnte es sich wohl um keinen anderen handeln.

„In der Tat“, sagte er kühl. „Ich habe geahnt, dass ich Ihnen nicht zum letzten Mal begegnet bin. Aber dass ich Sie hier wiedersehen würde, damit habe ich nun wirklich nicht gerechnet.“

„Ich bin ebenfalls sehr erfreut“, erwiderte sie ironisch. „Den ganzen Tag lang habe ich mir den Kopf zerbrochen, wie ich dem hohen Mr. Ferrier am besten erklären soll, dass ich nicht die gewünschten Bilder machen kann, weil ein Flegel meinen Apparat ruiniert hat. Wenigstens kann ich mir nun eine Erklärung sparen.“ Rose warf den Kopf zurück, sich völlig unbewusst, dass das Mondlicht silbern auf ihren Locken glänzte, die weich ihr schmales Gesicht umrahmten.

„Sie brauchten den Fotoapparat also tatsächlich für berufliche Zwecke.“

Rose nickte. Er kam einen Schritt näher, und all ihre Sinne warnten sie, dass dieser Mann ihr gefährlicher werden könnte, als ihr lieb war.

„Meinen Sie nicht auch“, sagte er bedrohlich sanft, „dass es etwas unverantwortlich war, auf Firmenkosten einen Film zu verknipsen, und zwar zu Ihrem reinen Privatvergnügen?“

Rose sah ihn empört an. Sie hatte ihn richtig eingeschätzt. Nicht ein Wort verlor er darüber, dass er ihren Film ruiniert hatte und der kostspielige Apparat zum Teufel war. Dieser Ferrier war offensichtlich der Meinung, dass Angriff die beste Verteidigung sei. Schön, sie konnte das Spielchen mitmachen. Lächelnd trat sie so dicht wie möglich an Adam Ferrier heran, ohne ihn jedoch zu berühren.

„Ich konnte Ihnen nicht widerstehen“, flüsterte sie. „Sie gaben ein so tolles Bild ab, wie Sie da am Geländer standen.“

Seine Augen glitzerten plötzlich, und sie wich schnell etwas zurück. Der Wunsch, ihn zu verspotten, war unwiderstehlich, aber überhaupt nicht klug gewesen, und sie sollte dem Mann so schnell wie möglich erklären, warum sie ihn hatte fotografieren wollen.

Aber es blieb ihr keine Zeit für Erklärungen, denn Rose fühlte sich von seinen Armen umschlungen und ganz fest an seinen Körper gezogen. Sie konnte nur noch mit einem selbst für sie schwach klingenden „Nein!", protestieren, ehe sie Adam Ferriers Lippen auf ihrem Mund spürte.

Rose war schon oft geküsst worden, aber kein Kuss hatte den Effekt wie jetzt dieser. Die Welt schien plötzlich stillzustehen, und der Mond war offenbar vom Himmel heruntergekommen und umgab sie beide mit seinem silbrigen Licht, schuf ihnen ihr eigenes Universum. Rose schmiegte sich an Adam Ferrier und schloss die Augen. Unwillkürlich öffnete sie ihre unbewusst geballten Hände und anstatt ihn wegzustoßen, ließ sie die Finger durch sein dichtes Haar gleiten.

Rose wünschte, der verzauberte Moment würde ewig dauern, aber jäh hob Adam Ferrier den Kopf und löste sich von ihr. Verwirrt öffnete Rose die Augen und begegnete Adam Ferriers Blick, der außerordentlich hart und zynisch war.

„Sieh mal einer an! Wer hätte das erwartet? Ein fauchendes Kätzchen verwandelt sich in eine sexhungrige Frau. Nun haben Sie endlich Ihr wahres Gesicht gezeigt", verspottete er sie und zog damit – was noch schlimmer war – den Kuss, den er ihr gegeben hatte, ins Lächerliche.

Sie holte aus und schlug Adam Ferrier ins Gesicht. Wie konnte er nur so, so ... Er sah sie nun auf eine Art an, dass Rose keinen passenden Ausdruck dafür fand. Und ehe sie etwas tun oder antworten konnte, zog Adam Ferrier sie erneut an sich und küsste sie, aber jetzt, um sie zu bestrafen, das fühlte sie deutlich.

Nach einer Ewigkeit, wie ihr schien, ließ er Rose endlich los. Ihr schmerzte der Körper, so fest hatte Adam Ferrier sie an sich gepresst. Und ihre Lippen fühlten sich geschwollen an. Aber trotz des Unbehagens und Ärgers über seine Gewalttätigkeit konnte Rose ihre Erregung nicht verleugnen.

Rose hatte es fertiggebracht, stocksteif mit herunterhängenden Armen dazustehen, obwohl sie Adam Ferrier gern mit den Fäusten bearbeitet hätte. Oder hatte sie ihn im Grunde wieder umarmen und seinen Kuss erwidern wollen, bis sich Strafe in Leidenschaft verwandelte? Entsetzt über diesen Gedanken, musste sie heftig schlucken.

„Schlagen Sie mich nicht noch einmal", sagte Adam Ferrier rau, und eine innere Stimme sagte ihr, dass er wohl doch nicht ganz so ungerührt war, wie er sich zu geben versuchte. „Ich könnte zurückschlagen oder Sie so bestrafen, dass wir beide Spaß daran haben."

Er lachte, als Rose errötete. Sie holte tief Luft, um ihm zu sagen, was sie davon hielt, aber jemand hinter ihm ließ sie gerade noch rechtzeitig schweigen.

„Hier bist du also, Adam. Ich dachte, du hattest etwas Geschäftliches zu besprechen?" Eine große rothaarige Frau in einem silbernen Abendkleid hakte sich bei Adam Ferrier ein und musterte Rose mit grün schimmernden Augen misstrauisch.

„Miss Lawdon – Miss Grey", stellte Adam vor.

Rose streckte die Hand aus, aber die Fremde rührte sich nicht, sodass Rose die Hand schnell wieder sinken ließ.

„Miss Grey und ich haben tatsächlich etwas Geschäftliches zu besprechen, Estelle", sagte er zu der rothaarigen Frau. „Hab noch ein paar Minuten Geduld, dann kann ich mich dir wieder widmen." Er lächelte sie an, und sie schmiegte sich an ihn und küsste ihn auf die Wange. „Beeil dich, Darling!", flüsterte sie, bevor sie wieder im Festraum verschwand.

„Eine Party ist wohl kaum der geeignete Ort für Geschäftsgespräche", bemerkte Rose, deren Nerven zum Zerreißen gespannt waren. Adam Ferrier stand ihr offensichtlich ablehnend gegenüber, würde vermutlich jede ihrer Ideen ablehnen, und sie bereitete sich auf das Schlimmste vor. Zu ihrer Überraschung erkannte Rose jedoch so etwas wie einen Funken von Humor in seinen blauen Augen.

„Ich bin ganz Ihrer Meinung. Wir sollten Geschäftliches nicht hier besprechen. Aber unsere Begegnung hat sich bereits gelohnt", meinte er und lächelte dabei so überheblich, dass Rose am liebsten wieder zugeschlagen hätte. „Wir treffen uns morgen Mittag um zwölf Uhr hier im Hotel, um uns über unser Projekt zu unterhalten, Miss Grey. Es ist zwar Sonntag, aber das macht Ihnen sicherlich nichts aus, denn meine Zeit ist sehr knapp bemessen."

Ohne eine Antwort abzuwarten, drehte er sich um und trat durch eine der großen Glastüren zurück in den Saal. Sofort war er von Menschen umringt, vorwiegend von Frauen, was Rose nicht weiter verwunderte.

Da sie ihm heute unter keinen Umständen ein zweites Mal begegnen wollte, beschloss sie, sich möglichst unauffällig fortzuschleichen. Dass ihr dabei ein Blick aus faszinierend blauen Augen folgte, bis sie außer Sichtweite war, bemerkte Rose nicht.

2. KAPITEL

Sonnenstrahlen kitzelten sie an der Nase und weckten Rose aus einem verwirrenden und nicht gerade glücklichen Traum. Sie rieb sich die Augen und streckte sich. Im ersten Augenblick wusste sie nicht, wo sie war, doch dann erinnerte sie sich wieder und lächelnd genoss sie den Gedanken daran, auf Mallorca zu sein. Als ihr jedoch der gestrige Tag mit all seinen Vorkommnissen wieder einfiel, schwand ihre gute Laune augenblicklich. Wie hatte sie diesen Widerling Adam Ferrier auch nur einen Augenblick lang vergessen können? Nur zu deutlich erinnerte sie sich an seine Küsse, und ihr wurde heiß. Wie bereitwillig hatte sie auf den ersten Kuss reagiert! Adam Ferrier war ganz sicher kühl und arrogant, doch es ließ sich nicht leugnen, dass er sie nicht kalt ließ und sie erregt hatte wie kein anderer Mann zuvor.

Aber schließlich bin ich auch nicht auf Ferriers Verhalten vorbereitet gewesen, versuchte sie sich einzureden. Er küsst zwar wunderbar, hat mich jedoch überrumpelt, und das war das Entscheidende, sagte sie sich energisch, als sie sich ankleidete.

Nach dem Frühstück entschied sich Rose, die Zeit bis zum Treffen mit Ferrier zu genießen und ein bisschen die Gegend zu erkunden. Als sie den Strand entlangschlenderte, wünschte sie sich, sie hätte die Kamera noch – es gab so viele schöne Motive.

Abrupt blieb Rose stehen – sehr zum Ärger einer Möwe, die direkt vor ihren Füßen gerade ein Stückchen Brot mit dem Schnabel ergreifen wollte. Zwar war Craigs Kamera zum Teufel, aber sie besaß ja noch die, die sie hier gekauft hatte! Schnell holte sie den Apparat aus ihrer Handtasche und musste lachen, als der Vogel mit dem Brot im Schnabel verärgert davonflog.

Die nächsten anderthalb Stunden verbrachte Rose damit, sich im Städtchen umzusehen, wobei sie alles fotografierte, was ihr interessant zu sein schien. Als sie eine Uhr schlagen hörte, wurde Rose plötzlich bewusst, dass sie noch die Unterlagen für das Gespräch mit Adam Ferrier brauchte, und sie ging zum Hotel zurück.

Dort zog sie sich schnell noch um. Das hübsche Kleid aus leichter gelbweißer Baumwolle hatte kurze Ärmel und schmiegte sich perfekt um Roses schmale Taille. Der weite Rock fiel in sanften Falten bis zum Knie. Rose kämmte sich noch schnell ihr Haar und erneuerte ihr Lippenrot, danach hängte sie sich die geräumige Tasche mit den Plänen über die Schulter und verließ das Hotel.

Es war inzwischen heiß geworden, und Rose hätte sich am liebsten bei einem erfrischenden Getränk irgendwo im Schatten abgekühlt. Stattdessen musste sie sich mit einem Mann treffen, bei dem schon der Gedanke an seine Nähe sie nervös machte.

Das Ganze war sowieso nur Zeitvergeudung. Rose war sicher, dass sie und ihre Firma überhaupt keine Chancen hatten, mit Adam Ferrier zu einem Vertrag zu kommen.

Armer Craig, er hatte so große Hoffnung in dieses Projekt gesetzt! Rose wusste, dass die Schwierigkeiten bei „Design for Today" größer waren, als er zugeben wollte. Ihr war nicht entgangen, dass sie während der letzten sechs Monate mehr Kunden verloren als gewonnen hatten, und das konnte keine Firma lange verkraften.

Drohend tauchte das Hotel Alonzo vor Rose auf. Sie hatte das Gefühl, zu ihrer eigenen Hinrichtung zu gehen, aber sie straffte die Schultern und betrat die Hotelhalle.

„Señor Ferrier wohnt ganz oben", sagte die Empfangsdame freundlich und wies auf den Lift.

Rose fuhr in die oberste Etage, und als die Liftgitter sich zu einer kleinen Diele öffneten, ging eine Tür auf und Adam Ferrier trat heraus. Rose stockte der Atem – er sah umwerfend aus. Die weiße Hose betonte seine muskulösen Oberschenkel, und das rauchblaue Oberhemd unterstrich lebhaft die Farbe seiner Augen.

Mit einer höflichen Geste bat er Rose in einen geräumigen Salon, dessen Fenster auf das Meer hinausgingen. Immer noch wortlos wies er Rose an, Platz zu nehmen, und setzte sich ihr gegenüber.

Das war der reinste Nervenkrieg, und Zorn stieg in ihr auf. Dieser arrogante Kerl, was bezweckte er eigentlich damit? Wenn er nicht bald zu reden anfing, würde sie platzen!

„Miss Grey ..., Miss Rosalinda Grey", meinte er schließlich, und Rose zuckte unwillkürlich zusammen. Rosalinda – unmöglich!

„Man nennt mich Rose", meinte sie steif. „Mein voller Name ist viel zu lang."

„Da bin ich ganz und gar nicht Ihrer Meinung, obwohl das für den alltäglichen Gebrauch wohl zutrifft. Ich werde Sie jedenfalls Rosalinda nennen, und Sie können Adam zu mir sagen."

„Ich bleibe lieber bei Mr. Ferrier. Bei Geschäftsverhandlungen halte ich eine gewisse Förmlichkeit für angebracht."

„Darin stimme ich Ihnen zu, aber ich glaube, dass wir eher privat als geschäftlich etwas miteinander zu tun haben werden."

Rose sprang auf. Das war ja noch schlimmer, als sie befürchtet hatte! Er machte kurz und bündig sämtliche Hoffnungen auf einen Auftrag zunichte – und zudem noch ganz eindeutige Anspielungen. Was für eine Unverschämtheit!

Doch bevor Rose einen Schritt machen konnte, war Adam Ferrier bei ihr. Und ehe sie protestieren konnte, hatte er sie in den Sessel zurückgedrückt. Wütend maß sie den Mann, der sich ihr gegenüber wieder niederließ und sie gelassen beobachtete.

„Sie finden das nicht gut?", fragte er, die Augenbrauen hochgezogen.

„Sie sagen es." Rose versuchte, sich seinem ironischen Ton anzupassen. Doch das Blitzen in Adam Ferriers Augen machte ihr bewusst, dass sie kläglich versagte.

„Sie könnten Ihre Meinung ändern", meinte er.

Rose schüttelte nur den Kopf, da sie ihrer Stimme nicht traute.

„Nein? Wir werden sehen. Darf ich Ihnen einen Drink anbieten, ehe wir weitersprechen?" Adam Ferrier stand auf, und Rose bat um einen Orangensaft. Sie musste einen klaren Kopf behalten, aber sie war durstig. Adam Ferrier selbst schenkte sich ein Glas Weißwein ein, setzte sich dann wieder und sah sie gedankenverloren an.

„Ich nehme an, dass Sie mit mir über Ihr Werbekonzept reden wollen", sagte er.

„Wenn Sie mir ohne Vorurteil zuhören können, möchte ich das gern. Sollte es aber nur ein Ablenkungsmanöver sein, um mich ins Bett zu kriegen, habe ich kein Interesse", sagte sie kühl. Zu ihrem Erstaunen begann er zu lachen.

„Sie überraschen mich immer wieder aufs Neue, meine kleine Rosalinda – aber gut, ich werde Ihnen aufmerksam zuhören."

Sie blickte ihn misstrauisch an. Etwas in seiner Stimme gefiel Rose nicht. Er traute ihr vermutlich kein gutes Konzept zu. Was hatte er vor? Sie presste die Lippen zusammen. So, wie die Dinge lagen, war eine Unterhaltung mit ihm im Grunde die reinste Zeitverschwendung. Doch schon um Craigs willen musste sie alles versuchen.

Rose langte nach der Tasche neben sich und nahm eine Mappe heraus. Während der nächsten zwanzig Minuten erläuterte Rose ihr Konzept, und es überraschte sie, dass Adam Ferrier tatsächlich aufmerksam zuhörte. Nachdem sie geendet hatte, sah sie ihn erwartungsvoll an.

Er blätterte ihren Entwurf durch, wobei er hier und da einige Absätze las. Roses Nerven waren zum Zerreißen gespannt.

„Nun, was halten Sie davon?", fragte sie und versuchte, seine Miene zu ergründen. Aber sein Gesicht war ausdruckslos, während er die Aufzeichnungen durchsah. Endlich blickte er auf und schaute Rose an.

„Ihre Ideen sind ganz interessant ..., Miss Grey. Sie wissen, dass es sich um anspruchsvolle Exklusivreisen handelt? Unsere Kunden setzen sich vorwiegend aus Pensionären, also Menschen fortgeschrittenen Alters, zusammen. Haben Sie schon mal daran gedacht, einen Videofilm zu machen? Ich könnte mir vorstellen, dass das bei den älteren Leuten gut ankommt."

„Das würde gut in mein Konzept passen", sagte sie wie zu sich selbst. „Ich könnte mich mehr auf die nicht so bekannten Aspekte der Insel konzentrieren, mit dem Schwerpunkt auf dem, was ältere Leute anspricht."

Adam Ferriers Gesicht drückte nun nicht gerade Begeisterung aus, aber auch keinen Unwillen.

„Das klingt nicht schlecht", meinte er gedehnt. „Ich muss mich wohl entschuldigen, dass ich angenommen hatte, Sie hätten auf Firmenkosten für Ihr Privatvergnügen geknipst. Ihnen sollte jedoch klar sein, dass noch nichts entschieden ist. Andere Werbeagenturen sind auch interessiert. Deren Ideen mögen Ihrer Meinung nach zu konventionell wirken, aber sie haben vermutlich auch etwas für sich. Halten Sie sich das vor Augen, Miss Grey, wenn Sie den Film machen. Meine

Gäste werden nicht in riesigen Hotels untergebracht, sondern in individuellen Villen in kleinen Städten und Dörfern, manche abseits gelegen, und generell steht ein Privatauto zur Verfügung."

Mit wachsender Begeisterung hörte Rose zu. Nicht nur für ältere Menschen, sondern auch für Familien mit halb erwachsenen Kindern, die sich in einem Hotel zu eingeengt fühlen, würde so ein Ferienaufenthalt genau das Richtige sein.

Sie musste sich aber etwas ganz Besonderes mit dem Film einfallen lassen, wenn sie die erfahrene Konkurrenz übertrumpfen wollte ...

Adam Ferrier lächelte Rose an. Einen Moment lang fühlte sie sich wieder in seinen Bann gezogen. Der Auftrag, der Film, Craig – alles wurde bedeutungslos im Vergleich zu der Spannung, die zwischen den beiden knisterte.

„Ich würde mir gern eine Videokamera leihen", sagte sie, um die Spannung zu durchbrechen. „Doch das dürfte hier nicht möglich sein ..."

„Ich stelle Ihnen eine Kamera zur Verfügung. Um neunzehn Uhr werde ich Sie abholen. Alles Weitere besprechen wir beim Dinner." Adam Ferrier stand auf, und Rose erhob sich ebenfalls. Er reichte ihr die Hand. „Ich würde gern mit Ihnen zum Lunch gehen, bin jedoch bereits verabredet." Er schien mit seinen Gedanken schon woanders zu sein, und Rose verzichtete auf Fragen. Sie hätte allerdings gern sofort mehr erfahren – natürlich nur im Hinblick auf die Kamera, mit wem Adam Ferrier zum Lunch ging, interessierte sie nun wirklich nicht.

„Sie sind zu neugierig", sagte er. „Meine Verabredung geht Sie nichts an." Überrascht blickte sie zu ihm auf, bevor er sie zum Lift begleitete.

Konnte Adam Ferrier etwa Gedanken lesen? Trotz der Hitze fröstelte Rose, als sie an den Geschäften an der Seepromenade vorbeiging. Es gefiel Rose gar nicht, dass er offensichtlich wusste, was sie dachte. Während sie vor einer Schaufensterauslage stehen blieb, fuhr ein grüner Sportwagen vorbei.

Rose schaute auf und erblickte gerade noch Adam Ferrier und eine rothaarige Schönheit neben ihm. Das ließ keinen Zweifel, mit wem er sich zum Lunch verabredet hatte. In einem hatte er allerdings recht:

Es ging sie wirklich nichts an – außerdem war das alles sowieso eine Nummer zu groß für sie.

Die Videokamera, nur die war wichtig. Rose seufzte und wanderte langsam weiter. Aber warum sollte sie mit Adam Ferrier zu Abend essen? Dafür gab es keinen Grund. Am besten, sie rief diesen unmöglichen Mann an und sagte ihm …, ja, was? Dass sie die Kamera brauchte, mit ihm jedoch nicht zum Dinner gehen wollte?

Das konnte sie sich beruflich nicht leisten. Es ging kein Weg daran vorbei, sie musste tun, was Adam Ferrier verlangte …, in Grenzen, natürlich. Mit ihm zu schlafen, kam nicht infrage.

Fast der ganze Nachmittag lag noch vor Rose. Wieder in ihrem Hotel, aß sie eine Kleinigkeit und ging dann aufs Zimmer. Sie wollte die Arbeit und ganz besonders Adam Ferrier für eine Weile vergessen.

Sie zog das Kleid aus, legte sich aufs Bett und begann einen Kriminalroman ihres Lieblingsautors zu lesen, immer wieder hatte sie jedoch Adam Ferriers Gesicht vor Augen.

Würde alles glattgehen? Sie rechnete nicht damit. Er war undurchschaubar. Aber offensichtlich ging es ihm nur um seine Interessen, ob andere Leute Probleme hatten, interessierte ihn nicht. Rose schloss die Augen, fiel in Schlaf – und träumte irgendwann von Adam.

Erschreckt fuhr sie danach hoch und schaute voller Panik auf die Uhr. Mr. Ferrier hatte neunzehn Uhr gesagt, und er würde sicher sehr ärgerlich sein, wenn sie sich verspätete.

Gottlob war es erst kurz nach sechs, also hatte sie noch genug Zeit, sich zurechtzumachen. Das blassrosa Kleid, das sie auswählte, hatte ein figurbetontes Oberteil mit breiten Trägern und einen engen Rock. Ein rosa-weiß gestreiftes kurzärmeliges Jäckchen passte im Farbton genau dazu.

Dennoch betrachtete Rose sich unzufrieden im Spiegel. Nie würde sie mit der eleganten rothaarigen Estelle konkurrieren können!

Nicht, dass ihr in dieser Hinsicht etwas an Adam Ferriers Gunst lag, schon der Gedanke daran ließ Rose frösteln. Sein überlegenes Auftreten und seine starke erotische Ausstrahlung schüchterten sie allerdings ein.

Jäh straffte Rose die Schultern. Ach, Unsinn! Natürlich hatte sie keine Angst vor ihm, jedenfalls nicht persönlich, aber ein möglicher Auftrag war schon eine äußerst wichtige Sache, was „Design for Today“ anging.

Energisch wandte Rose ihre Gedanken Craig zu. Sie sollte an ihn und ihre gemeinsame Zukunft denken. Craig und die eventuelle Heirat erschienen Rose jedoch wie ein längst vergessener Traum.

Als sie dann auf der Hotelterrasse saß und auf das Glas Orangensaft starrte, musste Rose unwillkürlich wieder an Adam Ferrier und seinen Lebensstil denken, der so gar nicht zu ihr passte. Leise seufzte sie. Wenn sich diese sinnlosen Gedanken doch genauso schnell verflüchtigen würden wie die Eiswürfel in dem Glas!

„So traurig, Rosalinda? Denken Sie an einen Mann im fernen England?“ Adam Ferrier hatte geräuschlos die Terrasse betreten und schaute Rose fragend an.

Sie zuckte leicht zusammen. Sie hatte ihn erwartet, doch wie immer ließ seine Gegenwart ihr Herz schneller schlagen.

„Guten Abend, Mr. Ferrier“, sagte Rose betont gelassen. „Ich bin pünktlich, wie Sie sehen, aber ist es unbedingt nötig, dass wir zum Dinner gehen?“

Er lachte kurz auf, und Rose erkannte, dass sie ihm nicht eine Sekunde lang etwas hatte vormachen können. Wenn nur der Abend schon vorbei wäre!

„Und ob es wichtig ist, Rosalinda. Wir müssen beide etwas essen, und ich esse ungern allein. Sehen Sie es als Geschäftsessen an.“ Er streckte die Hand aus, aber Rose hatte das merkwürdige Gefühl, sie würde sich ihm ausliefern, wenn sie diese Hand ergriff. Was wollte er eigentlich von ihr, wo er doch eine so hinreißend schöne Freundin wie die rothaarige Estelle hatte?

Rose ignorierte seine Hand und sein Stirnrunzeln, stand auf und folgte ihm zum Parkplatz, wo der luxuriöse grüne Wagen stand. Adam half ihr beim Einsteigen, und diesmal konnte sie nicht ausweichen. Seine kräftigen Finger auf ihrem Arm ließen Rose erbeben, und sie sah einen Moment lang so etwas wie Genugtuung in seinen Augen.

„Warum wehren Sie sich eigentlich gegen das Unausweichliche?“, fragte er leise, nachdem er sich hinters Steuer gesetzt hatte.

Rose schnallte sich an und schüttelte dabei leicht den Kopf.

„Ich weiß nicht, wovon Sie reden", erwiderte sie steif.

„Das wissen Sie sehr genau. Sie haben Gefallen an dem Spielchen, und mir macht es Spaß – jedenfalls noch." Er startete den Wagen, und Rose versuchte, die Drohung hinter seinen sanft gesprochenen Worten zu überhören.

Auf der Fahrt zum Restaurant suchte sie verzweifelt nach einem neutralen Gesprächsthema. Ihr fiel aber nichts ein. Plötzlich legte er eine Kassette ein.

Bei der ihr vertrauten Musik entspannte Rose sich. Adam schaute sie einen Moment lang von der Seite an und lächelte.

„Sie mögen klassische Musik?", fragte er leise, und die Andeutung von Überraschung in seiner Stimme machte Rose gleich wieder wütend.

„Warum sollte ich nicht? Mir sind die feinen Dinge im Leben nicht ganz so fremd, wie Sie vielleicht denken", erwiderte sie bissig.

„Sie haben genauso viele Dornen, wie der erste Teil Ihres Namens. Das macht mich neugierig. Ich bin sicher, dass Sie dem gerecht werden könnten, was der Name Rosalinda in mir wachruft. Ich freue mich schon darauf."

Rose blickte ihn zornig an. Sie hätte zu gern gewusst, was er sich bei ihrem Namen vorstellte, hütete sich aber, nachzufragen.

„Rosalinda bedeutet auf Spanisch ‚Schöne Rose', der Sage eines anderen europäischen Volkes nach jedoch ‚Rossschlange'", sagte Adam Ferrier.

„Oh …"

Er lachte. „Das hört sich nur so schlimm an. Die Schlange wird immerhin als heilig angesehen. Ich finde die spanische Bedeutung allerdings auch schöner."

Rose atmete auf. Immerhin gefiel ihm ihr Name.

„Bei dem Namen Rosalinda stelle ich mir eine sanfte, nachgiebige Frau vor, die gern verwöhnt werden möchte, aber auch selbst gern verwöhnt", fuhr Adam mit samtweicher Stimme fort.

Rose richtete sich sofort aufrecht hin und sah ihn misstrauisch an. Gerade hatte sie sich einigermaßen in Sicherheit gewiegt, und schon startete er einen neuen Angriff. Je schneller sie den Film drehte, desto eher würde sie nach England zurückkehren können. Sollte Craig sich dann um den Rest der Werbeaktion kümmern – sofern es überhaupt zu einem Auftrag kam. Adam Ferrier würde mit ihr nicht länger Katz und Maus spielen! Selbst wenn er ein erfahrener Kater war, sie war jedenfalls keine Maus. Ja hieß ja, Nein hieß nein!

Adam Ferrier blickte sie wieder von der Seite an.

„Sie sehen sehr entschlossen aus, Rosalinda", stellte er fest. „Sie müssen nur aufpassen, dass Sie nicht Nein sagen, wenn Sie Ja sagen sollten. Erstaunlich, dass ich meist weiß, was Sie denken, nicht wahr? Aber wenn Sie wollten, könnten Sie sicherlich meine Gedanken genauso leicht lesen."

Rose erkannte, dass er in einem Punkt recht hatte. Kaum etwas blieb ihm verborgen. Aber für sie blieb er einfach ein Rätsel.

Das Restaurant lag in einem ruhigen Innenhof, und Rose schaute sich interessiert um. Für hiesige Verhältnisse war es noch verhältnismäßig früh, und nur wenige Tische waren besetzt. Adam führte sie zu einem Eckplatz. Sofort eilte ein Ober herbei. Das war bei Adam Ferrier eben so: Er hatte eine derartig überlegene und selbstsichere Ausstrahlung, dass gewöhnliche Sterbliche für ihn sofort alles stehen und liegen ließen.

„Rosalinda?"

„Ja ..., äh ..., wie bitte?" Offenbar hatte er sie etwas gefragt, und das war ihr entgangen. „Verzeihung, ich war nicht ganz bei der Sache", sagte sie so würdevoll wie möglich und lächelte den Ober an. Der lächelte zurück, und Adam runzelte die Stirn.

„Ich hatte Sie gefragt, ob Sie einen Drink vor dem Essen möchten."

„Ja, bitte Orangensaft."

„Offensichtlich lieben Sie Orangensaft."

Adam Ferrier bestellte für Rose den Saft und für sich einen Sherry.

Erstaunlicherweise verlief das Dinner dann angenehm und ruhig. Adam Ferrier erwies sich als ausgezeichneter Gastgeber, und er erzählte ihr vorwiegend von der Insel.

„Sind Sie nicht eigentlich in London zu Hause?", fragte Rose während einer kurzen Gesprächspause.

„Ich besitze eine Wohnung in London, die man vielleicht mein Zuhause nennen könnte, habe aber auch noch ein Haus in Warwick. Dort halte ich mich allerdings selten auf. Ich wünschte, ich könnte mehr Zeit dort verbringen. Nun, wenn das Projekt hier unter Dach und Fach ist, wird das wohl möglich sein. Um ein Anwesen wie das in Warwick muss man sich kümmern, das können Sie sich sicherlich vorstellen."

Rose fühlte sich unbehaglich, was er wohl auch hatte bezwecken wollen. Er lächelte flüchtig und wechselte das Thema. „Morgen ist auch noch ein Tag, um über unsere geschäftlichen Pläne zu reden."

Sie sah ihn erstaunt und etwas verärgert an. „Ich dachte, wir wollten beim Dinner Einzelheiten besprechen."

„Ich hatte zwar gesagt, Sie könnten die Einladung als Geschäftsessen betrachten, aber ich meine, gedämpftes Licht, gutes Essen und eine hübsche Begleitung passen nicht dazu." Er blickte ihr in die Augen, und Rose musste ihm zustimmen: Geschäfte hatten bis morgen Zeit.

Nachdem die beiden noch einen Kaffee getrunken hatten, fuhren sie zurück nach Puerto Pollensa. Als sie vor Roses Hotel anhielten, brachte Adam das Gespräch auf die Kamera.

„Ich werde morgen alles, was Sie brauchen, bereit haben. Kommen Sie um zehn Uhr in mein Hotel, dann können Sie sich die Videokamera holen."

„Ich nahm an, die Kamera sei auch ein Grund für unser Treffen heute Abend."

„Es ging mir lediglich darum, mit Ihnen zusammen zu sein, um Sie besser kennenzulernen. Immerhin handelt es sich um ein Exklusivprojekt, das mir sehr wichtig ist, und Sie verstehen sicher, dass ich es Ihnen nicht so ohne Weiteres anvertrauen kann."

„Das werden Sie auch nie tun, stimmt's? So langsam wird mir klar, dass das überhaupt nicht Ihre Absicht ist. Was für ein Spiel treiben Sie eigentlich, Mr. Ferrier?"

Er öffnete die Tür, stieg aus und half Rose wenig später aus dem Auto. „Was möchten Sie denn spielen, Rosalinda? Ich bin bereit, Ihren Regeln zu folgen."

Sie sah ihn empört an. Adam Ferrier würde sich ganz sicher nach niemandem richten. Er bestimmte die Regeln, jeder sollte sich nach ihm richten.

„Ich wünsche Ihnen eine gute Nacht, Mr. Ferrier“, sagte sie und wollte an ihm vorbeigehen, aber er hielt sie fest und küsste sie.

Rose stemmte die Hände gegen seine Schultern, was jedoch keinen Eindruck auf ihn zu machen schien. Er ließ erst von ihr ab, als er es für angebracht hielt.

„Angenehme Träume“, sagte er spöttisch. „Pünktlich um zehn, Rosalinda.“ Und bevor sie reagieren konnte, saß er wieder im Auto und fuhr davon.

3. KAPITEL

Der Montagmorgen kam viel zu schnell. Rose erwachte von dem schrillen Klingeln des Reiseweckers, stöhnte und wünschte, Adam Ferrier hätte das Treffen erst um zwölf Uhr angesetzt anstatt um zehn. Rose stand auf und fühlte sich wie zerschlagen. Zu ihrem Erstaunen sah sie im Spiegel nicht so erschöpft aus, wie sie sich fühlte.

Nach dem Frühstück fühlte sie sich wesentlich besser, und sie machte sich auf den Weg zum Hotel Alonzo. Es war ein für Mallorca typischer sonniger Tag, und es waren bereits etliche Touristen unterwegs.

Das wird bald zur Gewohnheit, dachte sie, als sie die Hoteltreppe emporstieg. Ich hoffe, ein weiterer Besuch bleibt mir erspart.

Adam Ferrier erwartete sie schon, als sie aus dem Lift trat, küsste sie flüchtig auf die Wange und führte Rose, ehe sie sich von dem Schock über die unangemessene Vertraulichkeit erholt hatte, in den Salon. Die Videokamera lag auf dem Tisch vor dem Fenster. Rose hatte keinen Blick für die spektakuläre Aussicht, sondern konzentrierte sich ganz auf die teure Ausrüstung.

„Na, gefällt sie Ihnen?", fragte Adam Ferrier, und seine Stimme klang gleichgültig.

„Sie ist wunderbar!" Behutsam berührte Rose das glänzende Metall. „Ich trau mich kaum, sie anzufassen. Craig würde mir nie verzeihen, wenn etwas damit passiert."

„Ich leihe sie Ihnen, Craig Dawson hat nichts damit zu tun", sagte er barsch, und Rose schaute ihn verdutzt an.

„Sie meinen als Beauftragte Ihrer Firma?", fragte sie zögernd, und er schüttelte energisch den Kopf.

„Sie ist eine persönliche Leihgabe, die Kamera gehört mir, und Sie selbst werden für jeglichen eventuellen Schaden aufkommen."

Rose zuckte zurück, als würde der Apparat bei der kleinsten Berührung zu Staub zerfallen. „Zu diesen Bedingungen kann ich die Kamera nicht annehmen. Ich habe nicht die Mittel, falls …, falls …"

„Falls Sie sie unter ein Auto werfen?"

Das war gemein!

„Hören Sie, wenn jemand was geworfen hat, dann waren Sie es."

„Darüber lässt sich streiten – sagen wir, wir waren beide schuld?"

„Ich denke nicht daran, und von Ihnen werde ich mir nichts ausleihen."

„Hm ... Aber wenn Sie mein Angebot ausschlagen, wie wollen Sie dann einen Film drehen?"

Rose fühlte sich plötzlich wie ausgepumpt. Adam Ferrier war ein Teufel. Wenn sie auf die Videokamera verzichtete, waren die Chancen für Craig, den Auftrag zu bekommen, gleich null. Sie hatte also keine Wahl, wie der Mann, der sie kühl und berechnend ansah, nur zu gut wusste. Sie musste die Kamera eben wie ihren Augapfel hüten.

„Also gut", sagte Rose förmlich. „Ich nehme Ihr Angebot an und werde alles tun, damit nichts passiert." Hätte Adam auch nur einen Anflug von Triumph oder die geringste Genugtuung zur Schau gestellt, hätte sie sich umgedreht und wäre gegangen. Craig oder der Vertrag wären ihr gleichgültig gewesen. Doch Adam Ferrier wurde sachlich und erklärte ihr genau, wie die komplizierte Kamera funktionierte.

„Ich werde morgen den ganzen Tag zu tun haben", sagte er und verstaute den Apparat in der Umhängetasche, in der sich auch das Zubehör und ein Film befanden, den er Rose trotz ihres Protestes auch noch zur Verfügung stellte. „Ich schlage vor, Sie machen sich mit dem Apparat vertraut, bis ich Gelegenheit habe, Ihnen einige der fertiggestellten Villen zu zeigen."

„Das brauchen Sie nicht. Wenn Sie mir sagen, wo ich sie finden kann, komme ich schon zurecht", sagte sie entschlossen und nahm die Tasche entgegen. Rose wollte auf keinen Fall, dass Adam Ferrier ihr dauernd über die Schulter sah. Dann würde sie höchstwahrscheinlich die Kamera schon vor lauter Nervosität fallen lassen.

„Daran habe ich keinen Zweifel", sagte er und lächelte amüsiert. „Ich möchte Sie jedoch gern selbst herumführen – dabei kann ich aufpassen, dass wenigstens Ihnen nichts passiert, wenn die Kamera zu Schaden kommen sollte." Er begleitete Rose zum Lift, küsste sie wieder auf die Wange, schloss die Liftgitter und murmelte etwas, das wie „werde Sie anrufen" klang.

Das war wirklich der Gipfel! Rose schnaubte. Dieser arrogante und anmaßende Kerl glaubte wohl, er brauche nur mit dem Finger zu schnippen, und sie würde springen. Auch das Küssen musste aufhören. Nicht, dass sie seine Küsse nicht mochte – man konnte sich an alles gewöhnen –, aber wenn sie beide miteinander zu tun hatten, sollte das in einer sachlichen Atmosphäre geschehen, darauf würde sie von nun an bestehen.

Wenig später verließ sie das Hotel und bummelte die Straße entlang. Das Gewicht der Kamera erinnerte sie dann daran, dass sie nicht zum Vergnügen hier war, und sie machte sich auf den Weg zum Hafen.

Die nächsten Stunden vergingen wie im Flug. Sie filmte alles, was ihr gefiel, und erst ihr knurrender Magen ließ sie auf die Uhr sehen.

Es machte Spaß, mit der Kamera zu arbeiten, und sie konnte es kaum erwarten, den Film zu schneiden. Leider musste sie damit bis nach ihrer Rückkehr nach England warten.

England, Craig ..., um Himmels willen, er wird sich fragen, was los ist, schoss es Rose durch den Kopf. Craig hatte sie beim Abschied gebeten, ihn gleich nach der Ankunft anzurufen, und sie war bereits drei Tage hier. Die Sache mit dem teuren Fotoapparat war ihr so unangenehm, dass sie wohl im Unterbewusstsein das Gespräch mit Craig immer wieder hinausgezögert hatte.

Stimmt das wirklich, fragte eine innere Stimme. Waren deine Gedanken nicht so sehr mit Adam Ferrier beschäftigt, dass alles andere in den Hintergrund trat?

Unsinn! Rose schüttelte unwillig den Kopf und ging zu ihrem Hotel.

„Hier ist eine Nachricht für Sie, Señorita. Sie möchten bitte diese Nummer anrufen." Die Rezeptionistin reichte Rose ein Stück Papier.

Neugierig blickte sie auf den Zettel. Es handelte sich um eine hiesige Telefonnummer, also konnte es nur die von Adam Ferrier sein. Rose ging hinüber zum öffentlichen Fernsprecher, wählte die angegebene Nummer und wartete ungeduldig darauf, den Klang der tiefen, vollen Stimme zu hören. Sie war enttäuscht, als die Telefonistin der Agentur ihr nur freundlich mitteilte, dass Señor Ferrier wissen wolle, ob die Señorita etwas brauche.

„Nein, aber vielleicht könnten Sie mir sagen, wo man Fotos schnell entwickeln lassen kann", sagte Rose und dachte an die Schnappschüsse, die sie mit ihrem hier gekauften Apparat gemacht hatte.

„Kein Problem – ich kümmere mich darum", erwiderte die Telefonistin entgegenkommend. „Ich werde den Film in Ihrem Hotel abholen lassen."

„Vielen Dank." Rose hängte den Hörer ein.

Ihre Enttäuschung, dass Adam Ferrier nicht selbst am Telefon gewesen war, wollte Rose sich nicht eingestehen. Ob sie Craig nun anrufen sollte? Sie entschied sich, das am Abend zu machen, wenn das Telefonieren billiger war.

Während sie einen gemischten Salat aß, kamen ihr plötzlich Ideen zu dem Projekt, die sie nicht mehr losließen. Alles war zwar noch sehr vage, aber durchaus vielversprechend. Es musste einfach etwas werden! Schön und gut, unter anderem abgelegene Orte der Insel zu filmen, doch das brachte nicht viel. Adam Ferrier erwartete sowohl geschäftlich als auch privat Perfektion, und zweifellos war er bisher auch immer zufriedengestellt worden.

Rose stellte sich die schöne und elegante Estelle vor und seufzte. Mit deren Kleidung konnte sie nicht mithalten. Aus Designermode hatte sie sich eigentlich noch nie etwas gemacht, und es lag kein Grund vor, jetzt damit zu beginnen. Bei Adam Ferrier handelte es sich um einen potenziellen Kunden, um nichts weiter.

Rose verbrachte die Zeit bis zum Abendessen mit Filmen. Und dann wollte sie Craig endlich anrufen. Sie steuerte gerade auf den öffentlichen Fernsprecher zu, als die Rezeptionistin ihren Namen rief.

„Ein Telefongespräch für Sie, Señorita Grey, aus England. Sie können das Gespräch im Büro annehmen." Sie deutete auf die Tür hinter sich.

Rose musste lächeln. Craig hatte offensichtlich den gleichen Gedanken wie sie gehabt.

„Was machst du denn?", sagte Craig, sowie er ihre Stimme hörte.

„Guten Abend, Craig, das ist aber nett, dass du anrufst. Ich arbeite – was sonst?" Sie war etwas verärgert. Als beinahe Verlobte hatte sie eine andere Begrüßung erwartet.

„Ach ja, guten Abend, Rose. Entschuldige, dass ich ein bisschen kurz war, ich hatte längst einen Anruf von dir erwartet.“

„Es war alles ein bisschen hektisch, ich wollte dich jedoch gerade anrufen. Gut, dass du mir zuvorgekommen bist, denn die Gespräche von hier nach England sind sehr teuer.“

„Du kannst sie doch als Spesen absetzen“, sagte er vorwurfsvoll.

„Das weiß ich, und ich werde es auch machen, ich will nur nicht mein ganzes Bargeld aufbrauchen. Du hast mir ja keinen Spesenvorschuss gegeben, Craig, und diese Geschäftsreise ist auch gleichzeitig mein Urlaub.“

„Du wirst schon zurechtkommen“, meinte er, und Rose musste an Maisies Worte denken. Er war natürlich nicht knausrig, nur manchmal ein bisschen zu vorsichtig.

„Kommst du mit der Kamera gut klar?“, fragte er unvermittelt.

„Das kann ich nicht gerade sagen, ich habe kein einziges Bild gemacht.“ Rose war nicht in der Stimmung, ihm die Nachricht schonend beizubringen.

„Warum nicht? Was ist passiert?“

„Die Kamera ist hinüber. Ich stolperte, der Apparat fiel auf die Straße und wurde von einem Auto überfahren.“

Rose hielt den Hörer vom Ohr weg, bis Craig sich etwas beruhigt hatte.

„Es tut mir leid, Craig. Aber der Schaden wird doch sicher von der Versicherung übernommen?“

„Darum geht es nicht, Rose. Ich hatte dir die Kamera anvertraut, sie war sehr teuer. Bist du sicher, dass sie nicht repariert werden kann?“

„Ziemlich sicher. Ich konnte jedoch eine Videokamera auftreiben, die Arbeit damit ist toll.“

„Ist dir klar, dass du für die Leihkamera und eventuelle Schäden selbst verantwortlich bist? Ich denke nicht daran, für deine Ungeschicklichkeit aufzukommen.“

„Ich weiß, dass man immer auf dich zählen kann, Craig.“

„Das hoffe ich“, sagte er ungnädig. Roses Ironie war völlig an ihm vorbeigegangen.

„Ich auch.“

„Ich muss Schluss machen, Rose. Ruf mich Ende der Woche an.“

„Ruf du mich zurück, Craig – Bargeld, weißt du?", sagte Rose und musste bei seiner gebrummelten Erwiderung schmunzeln. Rose war jedoch alles andere als heiter zumute. Craig wirkte wie ein Fremder und nicht wie der Mann, den sie liebte und heiraten wollte. Aber liebte sie Craig wirklich, oder wünschte sie sich nur jemanden, den sie lieben konnte und der sie lieb hatte?

Während der nächsten Tage durchstreifte Rose den Ort, und ihre flüchtigen Ideen begannen Gestalt anzunehmen. Drei Filme, die sie mit ihrem Fotoapparat aufgenommen hatte, waren entwickelt und lagen nun vor ihr ausgebreitet auf dem Bett, und selbst ein Adam Ferrier dürfte eigentlich nichts an den Aufnahmen zu bemängeln haben.

Alles hatte sie in Einklang bringen können: Die zwei jungen Männer, die sich nach den Mädchen umschauten, ein älteres Ehepaar, das sich über die drollige Art eines kleinen Jungen amüsierte, eine vierköpfige Familie, die einem alten Mann zuhörte, der mit einer weiten Geste auf die See zeigte.

Roses Vorstellungen wurden immer klarer, und sie teilte die Fotos in Kategorien auf. Oh ja, Adam Ferrier sollte seine Stimmungsbilder haben, aber nicht ohne die Menschen, die Leben in diese Bilder brachten.

Sie wartete ungeduldig auf seinen Anruf, konnte dann jedoch beim Klang seiner Stimme vor Aufregung kaum sprechen.

„Habe ich Ihnen gefehlt, Rosalinda?", fragte er beiläufig, nachdem er die ersten paar Minuten nur nach der Videokamera und Roses Erfahrungen damit gefragt hatte. Rose wollte gerade zugeben, dass sie ihn vermisste, als plötzlich im Hintergrund ein Lachen zu hören war und eine Frauenstimme seinen Namen rief.

„Ich muss Schluss machen, Rosalinda. Ich werde morgen zurück sein und mich sofort nach meiner Ankunft in Puerto Pollensa bei Ihnen melden. Wir müssen dann unbedingt zusammen zu Abend essen." Er verabschiedete sich leise, und dann war die Leitung tot.

Rose legte den Hörer auf. Sie hatte den Anruf mit Spannung erwartet, nun fühlte sie sich irgendwie enttäuscht. Adam Ferrier hatte sich, mit Ausnahme der Frage, ob sie ihn vermisst hatte, völlig sachlich verhalten. Nun, warum sollte er auch an sie denken, wenn er sich anderweitig gut amüsierte? Sie hatten ja schließlich bloß eine geschäftliche Beziehung.

Die Augenblicke gegenseitiger Attraktion waren für ihn eben nur Momente, die kamen und gingen. Rose schlug mit der Faust auf die Handfläche.

„Ich werde morgen nicht den ganzen Tag hier sitzen und auf ihn warten", sagte sie laut. „Es wird Zeit, dass ich den Rechtsanwalt meiner Tante aufsuche. Wie war noch die Adresse?"

Rose holte den aus England mitgebrachten Brief hervor, glättete ihn und überflog noch einmal den in einem etwas steifen Englisch verfassten Inhalt und war aufs Neue verblüfft, dass eine ihr unbekannte Tante überhaupt von ihrer Existenz gewusst und sie sogar im Testament bedacht hatte.

Der Brief hatte Rose überrascht. Ihre Mutter war auf Mallorca geboren worden, jedoch gestorben, als Rose zwei Jahre alt gewesen war, und von ihrem inzwischen ebenfalls verstorbenen Vater, einem liebenswürdigen, warmherzigen Mann, an dem sie sehr gehangen hatte, hatte sie nicht viel erfahren. Sie wusste lediglich, dass die Eltern ihrer Mutter ihn einst ablehnten, weil er Ausländer war und ihnen ihre Tochter weggenommen hatte. Deshalb zog ihn nichts nach Mallorca, und Rose hatte keine weiteren Fragen gestellt, die für ihn nur schmerzvoll gewesen wären.

Morgen also werde ich nach Pollensa fahren, nahm sie sich vor. Sie sah keinen Grund, warum sie nicht ein paar Stunden ihren eigenen Angelegenheiten widmen sollte. Sie würde sich ein Auto mieten, das machte sie unabhängiger, vor allen Dingen von Adam Ferrier.

Am nächsten Morgen fuhr Rose mit einem kleinen weißen Ford Fiesta aus der Stadt heraus. Der Wagen sah ein bisschen mitgenommen aus und war auch nicht allzu sauber, aber der Motor hörte sich gut an, und das war die Hauptsache. Die Landstraße nach Pollensa war breit und nicht stark befahren, sodass Rose schon bald den Ort erreichte.

Sie parkte das Auto in einer schmalen Straße und machte sich zu Fuß auf den Weg. Rose hatte am Tag zuvor noch das Büro von Señor

Irullan Pueg angerufen und einen Termin für zwölf Uhr mittags abgemacht. Also hatte sie Zeit, sich ein bisschen umzuschauen.

Rose schlenderte durch die Altstadt mit den engen Gassen, die zwischen hohen Steinhäusern entlangführten. Die Holzläden waren wegen der bereits brennenden Sonne geschlossen. Alles sah aus, als hätte sich seit Hunderten von Jahren nichts verändert. Rose tupfte sich das Gesicht mit einem Taschentuch ab. Ihr hellrosa Kleid war zwar aus leichter Baumwolle, aber ihr war trotzdem heiß. Sie schaute durch die offene Tür eines kleinen Ladens, der alle möglichen Dinge feilhielt. Vielleicht auch Hüte? Ja, hinten in der Ecke bei der Treppe waren einige aufgestapelt. Rose trat näher.

Fünf Minuten später trat sie wieder auf die Straße, einen hübschen Strohhut auf den Locken. Als Rose um eine Ecke bog, sah sie einen weiten Platz vor sich mit Ständen voll Obst und Gemüse. Rose kaufte sich einen saftigen Pfirsich und bummelte gemächlich weiter.

Die alte Kirchturmuhr schlug halb zwölf, und Rose sah unwillig hoch. Sie wäre gern noch auf dem Markt geblieben, musste aber das Rechtsanwaltbüro ausfindig machen. In einem nahe gelegenen Lokal machte sie sich in der Damentoilette frisch und schaute dabei in den Spiegel. Der Hut stand ihr gut, fand sie. Er bedeckte ihr Haar, das ihrer Meinung nach einen völlig falschen Eindruck von ihrer Persönlichkeit vermittelte. Wie konnte jemand mit so kindlichen Locken und zierlicher Gestalt ernst genommen werden?

Energisch zupfte Rose ihr Kleid zurecht und trat hinaus auf die sonnendurchflutete Straße. Nach einigem Suchen fand Rose endlich die richtige Hausnummer und war auch keine Minute zu früh. Rose lächelte die Dame im Vorzimmer des Rechtsanwalts an und erklärte, dass sie einen Termin habe. Zu Roses Erleichterung sprach die Sekretärin ein wenig Englisch.

„Señor Pueg erwartet Sie", sagte sie und führte Rose in das Büro.

Señor Irullan Pueg war ein kleiner, dünner Mann mit Stirnglatze und schütteren grauen Haaren. Mit seinem langen Hals und den kleinen schwarzen Augen sah er aus wie ein Reptil. Rose unterdrückte ein Schaudern, als sie dem Anwalt die Hand zur Begrüßung reichte.

„Señorita Grey, ich freue mich, Sie kennenzulernen", sagte er mit einem schweren spanischen Akzent. Er deutete auf einen Stuhl vor dem eindrucksvollen Schreibtisch. Das ganze Büro war prunkvoller eingerichtet, als Rose das sonst von einer Anwaltskanzlei gewohnt war. Es wirkte vielmehr wie ein Raum in einem Privathaus mit den Originalgemälden an den Wänden und dem feinen Porzellan und Silber, das auf einem Sideboard zur Schau stand.

„Ich hatte nicht mit Ihrem Besuch auf Mallorca gerechnet", sagte Señor Pueg. Er musterte Rose prüfend mit seinen kleinen, durchdringenden Augen.

„Ich hatte die Gelegenheit, meinen Urlaub mit einem Arbeitsprojekt zu verbinden. Und so wollte ich mich persönlich mit Ihnen bekannt machen, um Näheres über das Testament meiner Tante zu erfahren. Sie schrieben, dass ich darin erwähnt bin, nannten aber keine Details."

„Ich konnte mir nicht vorstellen, dass Sie an den Einzelheiten interessiert wären, da Sie so weit entfernt wohnen. Soviel ich weiß, kannten Sie Ihre Tante nicht, und es wäre Ihre schriftliche Vollmacht an mich ausreichend gewesen, um Ihr Erbteil zu verkaufen und den Erlös an Sie zu überweisen."

Vor Entrüstung war Rose einen Moment lang sprachlos. Wie konnte dieses Reptil von Mann auch nur in Erwägung ziehen, ihr Erbteil zu veräußern, ehe sie überhaupt wusste, um was es sich handelte?

„Ich habe meine Tante nicht gekannt, aber ganz offensichtlich wusste sie von meiner Existenz, und ich bin sicher, sie wollte, dass ich zumindest erfahre, um was es sich bei der Erbschaft handelt."

Pueg erkannte den Sarkasmus in ihrer Stimme und wurde starr, seine kleinen schwarzen Augen wirkten noch stechender. Er war es offensichtlich nicht gewohnt, dass eine Frau so mit ihm sprach. Rose bedauerte die Frauen in seinem Leben.

„Nun gut, Señorita, wenn Sie darauf bestehen." Er schob ein Dokument über den Schreibtisch.

„Dieses ist also die Abschrift des Testaments meiner Tante." Rose zögerte einen Augenblick, nahm dann das Testament, faltete es zusammen und stand auf.

„Wo wollen Sie denn hin?", fragte der Anwalt verblüfft.

„Das Testament ist auf Spanisch, Señor. Ich kenne jemanden in Puerto Pollensa, der das für mich übersetzen kann."

„Das ist nicht nötig", sagte er mit hochrotem Gesicht und hatte Mühe, seinen Zorn herunterzuschlucken.

Rose setzte sich wieder hin. Sie hatte natürlich gewusst, dass er das Testament auch übersetzen konnte, aber die Andeutung, es sich von einem anderen vorlesen zu lassen, garantierte ihr, dass Pueg nichts ausließ.

„Señorita Rosalinda Miralles, Ihre Tante, hat Ihnen ihren ganzen Besitz hinterlassen."

Rose saß ganz still und umklammerte krampfhaft das Testament. Dass die ihr unbekannte Tante denselben Vornamen wie sie hatte, erstaunte sie, aber dass sie ihr auch ihren ganzen Besitz vermacht hatte, versetzte Rose einen Schock.

„Sie sagen gar nichts dazu, Señorita? Es muss Sie doch überraschen, dass Ihnen eine Verwandte, von der Sie nie etwas gehört haben, ihre ganze Habe hinterlässt, obwohl es sicher jemanden geben muss, der mehr Anspruch darauf hätte." Er lehnte sich zurück und lächelte, doch seine Augen blickten kalt, und Rose wusste instinktiv, wen er meinte.

„Ich war nicht darauf vorbereitet, Señor", antwortete sie höflich. „Ich bin sicher, meine Tante kannte viele Menschen, aber offensichtlich niemanden, den sie im Testament bedenken wollte. Ich habe meine Tante leider nie kennengelernt, aber ich gehöre zu ihrer Familie und bin nach ihr benannt."

„Das ist mir nicht entgangen."

„Nun, Señor Pueg, vielleicht hätten Sie die Güte, mir den Besitz meiner Tante zu beschreiben?"

Er schien einen Moment lang zu zögern, beugte sich dann aber dem Unausweichlichen. „Also gut, Señorita Grey. Ihre Tante besitzt ein Haus, nicht weit von hier entfernt, außerdem gibt es einige Schmuckstücke und eine kleine Summe Geld."

Pueg nannte den Betrag, der für Rose nicht unerheblich klang, und lächelte säuerlich bei ihrer Reaktion.

„Bis vor fünf Jahren bewirtschaftete Ihre Tante selbst das große Stück Land, aber mit zunehmendem Alter wurde ihr das zur Last, und sie verkaufte den größten Teil an die umliegenden Bauern. Die letzten zwei Jahre verbrachte sie in einem Pflegeheim in Palma, wobei sie den größten Teil ihres Geldes aufbrauchte. Das Haus wollte sie nicht aufgeben, und ich befürchte, es ist in keinem guten Zustand. Es ist praktisch nur noch eine Ruine, Señorita Grey." Er schien Genugtuung bei diesen Worten zu empfinden, und erneut stieg Ärger in Rose hoch.

„Dann lässt es sich wohl kaum leicht verkaufen, oder?"

„Nicht als Wohnsitz, aber für die angrenzenden Bauern ist das Land wertvoll." Pueg nahm einen amtlich aussehenden Vordruck aus der Schublade und schob ihn ihr über den Schreibtisch zu.

„Unterzeichnen Sie bitte hier und hier." Mit seinem dürren Zeigefinger tippte er auf die entsprechenden Stellen. „Ich werde mich in Ihrem Sinne darum kümmern."

Rose bezweifelte das sehr, und sie dachte gar nicht daran zu unterzeichnen, bevor sie ihre Erbschaft nicht wenigstens in Augenschein genommen hatte.

„Mit dem Verkauf sollten wir noch warten, bis ich mir das Haus angesehen habe", sagte sie entschlossen. „Wenn Sie mir bitte die Adresse geben würden? Dann kann ich gleich hinfahren."

Die Atmosphäre in dem zu üppig ausgestatteten Büro wurde noch kühler. Rose stand auf. Einen Augenblick später kritzelte der Anwalt etwas auf ein Stück Papier und reichte es ihr zusammen mit einem großen Schlüssel.

„Ich kann Ihnen nur abraten, Señorita", sagte Pueg schroff. „Der Anblick einer Ruine sagt gar nichts aus."

„Sie haben bestimmt recht, Señor, aber ich möchte unbedingt sehen, wo die Familie meiner Mutter gelebt hat." Sie verabschiedete sich und war dankbar, den Raum verlassen zu können. Selbst durch die geschlossene Tür hindurch konnte Rose noch den eisigen Blick Puegs fühlen.

Nachdenklich ging sie zum Auto zurück. Sie musste jemanden nach dem Weg fragen, aber wen?

Wenig später stand sie vor dem Laden, in dem sie den Hut gekauft hatte. Rose machte sich bei der älteren Frau, die die Tür gerade verriegelte, durch Zeichen bemerkbar, und mit einer für Mallorquiner typischen Höflichkeit schloss die Ladenbesitzerin wieder auf und lächelte Rose zuvorkommend an.

„Können Sie mir sagen, wo ich diese Adresse finden kann?“, fragte Rose, reichte ihr das Papier und hoffte, dass sie sich verständlich machen konnte. Die Frau schaute auf den Zettel und überlegte. Dann sah sie Rose lächelnd an und redete, wie Rose befürchtet hatte, im Inseldialekt schnell auf sie ein. Als beide merkten, dass das so nicht ging, sahen sie sich verzweifelt an. Schließlich griff die Frau nach Papier und Bleistift und malte den Weg auf. Rose strahlte die Frau dankbar an.

Der Weg schien kompliziert, aber die Ladenbesitzerin wusste genau Bescheid. Ganz offensichtlich endete die Straße in einem unwegsamen Pfad. Am Ende des Pfades zeichnete die Frau ein Viereck.

„Villa Rosa“, sagte sie triumphierend.

Rose lachte leise. Wie sonst sollte das Haus heißen? Sie fühlte sich bereits als Besitzerin einer verlassenen Ruine, oder hatte Señor Pueg in seinem eigenen Interesse vielleicht übertrieben?

Rose dankte der Frau, besann sich aber und fragte durch Handzeichen, ob sie noch etwas kaufen dürfe. Ein Lächeln lud sie ein, und Rose nahm sich aus den Regalen, was sie brauchte, und baute alles auf dem Tresen auf.

Als sie schwer beladen zum Auto zurückging, fragte sie sich, warum sie eigentlich so viel gekauft hatte. Ein paar Dinge als Dankeschön hätten genügt, aber sie hatte sich mit dem Vorrat für eine Woche eingedeckt. Wenigstens hatte sie nichts leicht Verderbliches gekauft. Sie stöhnte aber, als sie das Brot und den Käse sah, die die Ladeninhaberin noch dazugelegt hatte. Nun, Hauptsache sie hatte die Wegbeschreibung zur Villa. Oben würde sie ein Picknick abhalten und sich dann auf den Weg zurück nach Puerto Pollensa machen.

Ein plötzlicher Windstoß zerrte an ihrem Hut. Sie blickte zum Himmel empor. Es würde doch wohl keinen Regen geben? Aber kein einziges Wölkchen zeigte sich am tiefblauen Himmel, und Rose fuhr frohen Mutes aus dem Städtchen heraus.

4. KAPITEL

Es blieb nicht bei der einen Windbö, aber bei ihrer anstrengenden Suche nach dem richtigen Weg nahm Rose davon keine Notiz. Die Straße war gut befahren und gar nicht unwegsam. Vielleicht hatte sich die freundliche Ladenfrau bei der Straßenbeschreibung geirrt.

Zwanzig Minuten später suchte Rose immer noch. Sie war vor Kurzem von der Hauptstraße auf eine zwar schmale, aber asphaltierte Straße abgebogen, die nun jedoch in eine andere Richtung führte, als auf der Zeichnung angegeben war.

Rose stoppte den Wagen und sah sich den Zettel näher an. Aha, sie sollte den Pfad nehmen, der hier scharf nach rechts abbog. Sie startete erneut den Motor, fuhr weiter und hoffte, bei der nächsten Kurve die Richtung besser ausmachen zu können. Aber nach jeder Kurve erschien noch eine.

„Na ja, irgendwann muss ich ja mal oben sein", sagte Rose laut und übertönte den Wind, der an dem kleinen Wagen rüttelte. Vereinzelt sah sie Häuser und zwischen Olivenbäumen grasende Schafe. „Die armen Dinger, das magere Gras gibt ja kaum genug Futter ab", murmelte sie vor sich hin. Langsam störte sie der Wind, und jede Stimme, selbst ihre eigene, war willkommen.

Der Pfad wurde immer steiler, die kleinen Anwesen blieben zurück, und nur die Reste einer kleinen Hütte am Wegesrand waren Zeugnis dafür, dass die Gegend einmal bewohnt gewesen war. Rose biss die Zähne zusammen. Das konnte doch nicht wahr sein – das Haus der Tante konnte nicht hier oben sein!

Kaum hatte Rose den Gedanken zu Ende gedacht, als vor ihr ein wackeliges Eisentor auftauchte. Sie bremste scharf und kam unmittelbar vor den Gitterstäben zum Stehen. Schnell stieg sie aus und fasste nach dem Riegel. Das hätte noch gefehlt, dass Señor Pueg ein Schloss angebracht und vergessen hatte, ihr den Schlüssel zu geben.

Aber das Tor ließ sich langsam öffnen. Nachdem sie hindurchgefahren war, hielt sie wieder an und schloss das Tor hinter sich, obwohl sicherlich niemand an diesem so plötzlich windig gewordenen Nachmittag kommen würde.

Rose stieg erneut ins Auto. Der Wind war unangenehm, und wo war die Sonne geblieben? Der Himmel hatte sich plötzlich stark bewölkt, und es sah aus, als ob es jeden Moment regnen wollte. Das Picknick konnte sie wohl vergessen. Sie würde sich nur schnell ein bisschen umsehen und dann zurück zum Hotel fahren.

Sie erreichte ein weiteres Tor, das wesentlich stabiler aussah. Wenigstens wusste sie nun, dass sie richtig gefahren war – Rose konnte die noch lesbaren Buchstaben am Torpfosten entziffern: „Rosa". Die Familie musste den Namen sehr gemocht haben.

Langsam fuhr Rose in einen Garten hinein, der ursprünglich sehr hübsch gewesen sein musste, aber sie hatte nur Augen für das Haus. Señor Pueg hatte recht, es war wirklich fast nur noch eine Ruine. Das Dach über der Terrasse hatte große Löcher, und die Terrasse selbst war abgesackt. Aber beim zweiten Hinsehen wirkte das Haus doch recht stabil – die dicken Steinwände und starken Türen konnten einiges aushalten.

Rose bahnte sich einen Weg durch den Schutt vor der doppelten Flügeltür und steckte den Schlüssel ins Schloss. Mit viel Kraft und Geächze gelang es ihr schließlich, die Tür aufzudrücken.

Rose betrat eine rechteckige Diele, die mit Bildern dekoriert und mit ein paar Stühlen mit steifen Lehnen ausgestattet war. Das sah nicht gerade einladend aus, aber was hatte sie denn erwartet? Das Haus war seit mindestens zwei Jahren unbewohnt. Hinter der Tür links konnte sie in eine Küche sehen, die gerade mit dem Nötigsten ausgestattet zu sein schien.

Es gab noch einen Raum im Erdgeschoss, der offensichtlich wohl als Wohn- und Esszimmer gedient hatte. Ein großer Tisch stand darin, eine sehr reich verzierte hölzerne Anrichte und ein unbequem aussehendes Sofa. Zwei nicht zusammenpassende Stühle und eine leere Glasvitrine vervollständigten die bescheidene Einrichtung.

Rose stieg vorsichtig eine dunkle Treppe in der Mitte des Hauses hinauf. Im Obergeschoss befanden sich vier Zimmer, in einem der Räume fehlte die Fensterscheibe.

Im Zimmer am Ende des Ganges stand ein Bett, dort hatte sicher die Tante geschlafen. Roses Augen wurden feucht. Die Tante war wohl sehr einsam gewesen – oh, warum hatte sie sich nicht mit Rose oder ihrem Vater in Verbindung gesetzt? Die Frage würde für immer unbeantwortet bleiben. Aber wer weiß, vielleicht hatte die Tante sich auch gar nicht einsam gefühlt und Dutzende von Freunden gehabt.

Vorsichtig ging Rose die Treppe wieder hinunter ins Erdgeschoss und betrat die zerfallene Terrasse. Jetzt erst merkte sie, dass der Wind in einen Sturm ausgeartet war und der Regen nur so auf das Dach prasselte. So etwas hatte sie noch nie erlebt.

Es war immer noch warm, aber der Himmel sah bedrohlich aus, und sie fröstelte. Sie war hungrig und der Gedanke an die Lebensmittel im Auto sehr verführerisch. Aber in ein paar Sekunden würde sie bis auf die Haut durchnässt sein. Lieber wollte sie warten, bis es aufgehört hatte zu regnen.

Sie setzte sich auf eine schmale Bank, die glücklicherweise nicht unter einem der Löcher des Terrassendaches stand, und schaute in den verregneten Garten. Er war riesig, und trotz des strömenden Regens erkannte Rose im Hintergrund einen Berg. Ein Berg am Ende des eigenen Gartens – das war schon etwas Besonderes, und sie musste lächeln.

Das Brummen eines Motors, gefolgt von einem kräftigen Donnerschlag, brachte Rose auf die Füße. Verblüfft beobachtete sie, wie die vordere Stoßstange eines großen Autos das Tor berührte. Ein Mann stieg aus, schob das Tor auf und sprintete gleich wieder zurück ins Auto. Wenig später brachte der Mann den Wagen neben Roses Ford Fiesta zum Stehen und rannte in ihre Richtung.

Rose schaute auf den Mann und war unfähig, sich zu bewegen. Sie konnte nur still warten, bis er sie erblickte. Er war jedoch erst einmal damit beschäftigt, die Nässe so gut es ging von seinen Kleidern zu schütteln. Dann strich er sich das schwarze Haar aus dem Gesicht, sah auf und blieb wie versteinert stehen.

„Was machen Sie denn hier?" Adam Ferrier wirkte ausgesprochen verärgert. „Sie konnten meine Rückkehr wohl gar nicht erwarten, wie? Ihre Ungeduld ehrt mich, Rosalinda. Wer hat Ihnen nur erzählt, dass ich hierherkommen wollte? Niemand wusste davon, nicht einmal meine Sekretärin, denn ich habe mich erst vor einer Stunde dazu entschlossen."

Rose versuchte, ruhig zu bleiben. Dachte er im Ernst, dass sie hier auf ihn gewartet hatte?

„Ich stehe genauso vor einem Rätsel wie Sie, Mr. Ferrier. Ich hatte überhaupt keinen Grund, hier auf Sie zu warten. Und jetzt möchte ich gern wissen, was Sie hierherführt."

„Das geht Sie nichts an!", stieß er hervor. „Wahrscheinlich hat meine Sekretärin Ihnen gegenüber das Haus erwähnt, und dass Sie gerade heute hier sind, ist der reine Zufall." Sein Tonfall und Verhalten ließen erkennen, dass er nicht an Zufälle glaubte, aber Rose wollte lieber an Zufälle glauben als daran, dass zwischen ihnen beiden möglicherweise so etwas wie Telepathie herrschte.

„Sie sind hierhergekommen, um das Haus vor der Restaurierung zu fotografieren, aber da sind Sie etwas zu voreilig, Miss Grey. Die Villa wird erst fotografiert, wenn sie fertig ist."

Der Regen schien noch stärker zu prasseln, aber das, was Adam Ferrier gerade gesagt hatte, dröhnte geradezu in Roses Ohren.

„Wollen Sie damit sagen, dass Sie der Besitzer des Hauses und des Grundstücks sind?"

„Noch bin ich es nicht, doch bald werde ich es sein. Ich dachte, das Auto gehört jemandem, der den Besitzer vertritt." Er machte eine Handbewegung über die zerfallene Terrasse und den Garten. „Ich bin im Begriff, diesen Besitz zu kaufen."

„Es sieht nicht nach sehr viel aus", sagte Rose und war zornig auf das doppelte Spiel des Rechtsanwalts und wegen Adam Ferriers Arroganz. Er glaubte, alles, was er wollte, kaufen zu können. Ihr war zum Schreien zumute, und am liebsten hätte sie ihn, selbstsicher wie er vor ihr stand, von der Terrasse in den Regen hinausgestoßen. „Vielleicht will der Besitzer gar nicht verkaufen", presste Rose zwischen den Zähnen hervor.

Adam Ferrier zog die Augenbrauen hoch und lachte selbstgefällig auf. „Alles ist käuflich. Würden Sie nicht verkaufen, wenn das Ihr Besitz wäre?"

Rose musste schlucken. Einen Moment lang glaubte sie, er wüsste, dass sie die Besitzerin war, dann sagte sie sich, dass Señor Pueg den Namen nur preisgegeben hätte, wenn es unbedingt notwendig gewesen wäre.

„Ich würde nicht verkaufen“, sagte sie und registrierte, dass er leicht die Augen zusammenkniff. „Auf den ersten Blick sieht das Haus ziemlich verfallen aus, aber bei näherem Hinsehen wirkt es solide, mit Ausnahme der Terrasse. Aus einem der oberen Zimmer könnte man ein Bad machen, und mit einem modernen Herd in der Küche und mehr Möbeln ließe es sich schon darin leben.“

„Solide ist es schon, die Restaurierung jedoch sehr kostspielig.“

„Was für Sie natürlich keine Rolle spielt“, meinte Rose.

„Stimmt. Das Haus wird nach der Restaurierung ein Juwel sein. Viele Touristen lieben Abgeschiedenheit, und die Unwegsamkeit hier herauf verleiht dem Ganzen noch einen besonderen Reiz.“

„Hm ...“

Adam Ferrier lächelte und deutete auf den vernachlässigten Garten. „Sie müssen sich das so vorstellen, Miss Grey. Da ist Platz für einen großen Swimmingpool, und wenn das Gestrüpp aus dem Garten entfernt ist, kommt er in seiner ganzen Pracht zur Geltung. Es wird nicht gerade ein Englischer Garten sein“, setzte er spöttisch hinzu, „aber die Kakteen und Yucca-Palmen sind sehr attraktiv, die üppig blühenden Geranien und die alten Olivenbäume nicht minder. Das ist Ihnen sicher auch aufgefallen.“

„Hm ...“, machte Rose wieder.

„Was das Haus selbst angeht, so soll das Bad, von dem Sie schon gesprochen hatten, außerordentlich luxuriös ausgestattet werden, während die Küche rustikal bleiben sollte, außer dass natürlich ein Kühl- und Gefrierschrank, ein moderner Herd und eine Spülmaschine installiert werden müssen“, fuhr er fort. „Die Terrasse wird gefliest, das Terrassendach erneuert und ein Bad zusätzlich im Untergeschoss eingebaut. Das alles wird eine große Summe verschlingen, aber das ist es wert. Ich besitze bisher sechs Villen, und vier weitere, einschließlich dieser, werden demnächst für Touristen zur Verfügung stehen.“

Adam Ferrier betrat die Diele und blickte sich so selbstgefällig um, als gehöre ihm das Haus bereits. Das brachte Rose in die Gegenwart zurück.

Seine Beschreibung der Renovierungen hatte ihre Fantasie angeregt, und Rose hatte sich schon selbst mit einem geliebten Menschen in dem

Haus wohnen sehen, im Garten lustwandeln und im Pool schwimmen.

Aber es ging hier nicht um Romantik. Für Adam Ferrier zumindest war alles nur eine Sache des Profits. Profit, Geld ... Gab es keine anderen Werte? Rose wollte Adam Ferrier gerade sagen, dass er niemals in den Besitz des Anwesens kommen würde, als ihr eine innere Stimme riet, ihn im Unklaren zu lassen.

„Wann schließen Sie denn den Vertrag ab?", fragte Rose scheinheilig.

Er kehrte auf die Terrasse zurück. „Sobald ich mich mit dem Rechtsanwalt in Pollensa treffe. Ich war auf dem Weg zu ihm, aber ich wollte vorher das Haus noch einmal in Augenschein nehmen." Seine Stimme nahm einen tieferen Klang an. „Und da finde ich Sie vor, schöne Rosalinda."

Rose erzitterte. Jetzt war nicht die Zeit oder der Ort, wieder mit den Spielchen anzufangen. Sie zitterte erneut, während Adam Ferrier sie genau fixierte.

„Ihnen ist kalt. Es ist zwar noch recht warm, aber die Nässe wirkt kühl." Wieder kniff er leicht die Augen zusammen. „Oder ist es etwas anderes?"

„Mr. Ferrier, ich bin erschöpft und hungrig, und der grässliche Regen scheint nicht aufhören zu wollen."

„Selbst wenn es aufhören sollte zu regnen, hier in der Nähe gibt es leider kein Restaurant. Ich habe keinen Lunch gehabt und würde auch gern was essen."

„Ich habe Lebensmittel im Auto, da ich vorhatte, hier zu picknicken." Das Letzte, was sie wollte, war ein Imbiss zu zweit mit Adam Ferrier, aber etwas in den Magen zu bekommen, war nicht zu verachten und würde die Spannung lösen, die sie seit Adam Ferriers Ankunft spürte.

„Ist Ihr Wagen abgeschlossen?", fragte er.

Rose schüttelte den Kopf.

„Die Sachen sind in dem Korb auf dem Rücksitz!", rief sie ihm nach, als er zu den Autos sprintete.

Obwohl er sehr schnell zurückkam, triefte er vor Nässe. Er stellte den Korb ab und schüttelte sich wie ein Hund.

Dann hielt er eine Flasche hoch. „Glücklicherweise hatte ich Wein dabei. Daran hatten Sie bestimmt nicht gedacht, oder?“

„Ich habe nur Saft mit.“ Rose sah ihn an und stellte besorgt fest, dass die Hose und das Hemd nur so an ihm klebten. Er war vollkommen durchnässt. „Sie werden sich den Tod holen.“

„Was schlagen Sie denn vor, meine kleine Rosalinda – soll ich mich ausziehen? Das tue ich gern für Sie.“

Rose stieg das Blut in die Wangen. Zwischen ihr und Adam Ferrier knisterte es vor Spannung, und das hatte nichts mit dem Gewitter zu tun.

Es blitzte und donnerte, doch der Sturm war nichts gegen den Aufruhr der Gefühle in Rose. Adam griff nach ihr und zog sie an sich. Sie wehrte sich nicht, sondern vergaß alles um sich herum, es gab nur noch diesen Mann.

Er küsste sie, und Rose seufzte und schmiegte sich an ihn. So hatte noch niemand sie geküsst, so herrlich, so vollkommen. Und als er ihr mit den Lippen über Kinn und Hals strich, fühlte Rose das schnelle Pochen ihrer Halsschlagader.

Schon liebkoste er mit der Zunge die Vertiefung zwischen ihren Brüsten, und erst jetzt wurde ihr bewusst, dass er ihr das Kleid bereits von den Schultern gestreift hatte. Er zeigte sich äußerst zufrieden, dass sie keinen BH trug, und sie erschauerte, während er eine ihrer Brüste umfasste. Gleich darauf liebkoste er die rosige Spitze, und Rose stöhnte auf. Dann spürte sie jedoch sein nasses Hemd auf der nackten Haut und zuckte zusammen.

Jäh hob er den Kopf und richtete sich auf.

„Ich bin zu ungeduldig, ich weiß, Rosalinda“, sagte Adam mit dunkler Stimme und gab Rose frei. „Das ist auch nicht der richtige Zeitpunkt. Komm, wir essen erst einmal etwas und fahren dann zu meinem Hotel, wo wir uns in einem französischen Bett lieben können.“

Rose zog ihr Kleid zurecht, langte nach dem Esskorb und stellte ihn auf die Bank.

„Für uns wird es nie einen richtigen Zeitpunkt geben, Mr. Ferrier“, sagte sie abweisend.

„Adam, nenn mich Adam.“

„Für mich sind und bleiben Sie Mr. Ferrier."

„Ach ja?" Er kehrte zur förmlichen Anrede zurück. „Wollen Sie mich etwa auch glauben machen, dass Sie eben nichts empfunden haben?", fragte er, und seine Augen blitzten.

„Nein, das behaupte ich nicht", erwiderte sie. „Die ungewöhnlichen Umstände sind schuld daran. Ich versichere Ihnen, dass so etwas wie eben nicht wieder vorkommt."

„Ich fürchte doch", spottete Adam leise.

„Oben sah ich eine Truhe stehen, in der vielleicht Handtücher sind", wechselte Rose das Thema. „Ich bin gleich wieder da." Sie wandte sich ab. Bloß Adam erst mal entkommen, selbst wenn sie sich auf der ziemlich dunklen Treppe den Hals brechen sollte!

„Hier, nehmen Sie das." Adam kam Rose nach und reichte ihr eine Taschenlampe.

Rose nahm sie ihm ab, ängstlich darauf bedacht, nicht seine Finger zu berühren. Er grinste jungenhaft, und sie flüchtete schnell ins Haus.

Tatsächlich fand sie Handtücher in der Truhe, außerdem Kopfkissen und Decken, Bettwäsche und ganz zuunterst ein Bündel Spitzen, was Rose neugierig machte. Demnächst würde sie sich das genauer anschauen. Demnächst? Ja, genau!

Energisch nahm sie einen Stapel Handtücher und ging zurück auf die Terrasse. Sie war ernsthaft besorgt, dass Adam sich in den nassen Sachen eine Erkältung holen würde. Warum sie sich Gedanken machte über diesen unerträglichen Tyrannen, der ihr Haus schon als seines betrachtete und der über den so wichtigen Vertrag mit „Design for Today" zu entscheiden hatte, wusste sie selber nicht.

Aber Adam Ferrier war nun mal pitschnass, und sie hätte sich um jeden in diesem Zustand gekümmert. Na ja, vielleicht nicht um Señor Pueg, irgendwo waren auch Grenzen.

Rose hielt Adam die Handtücher entgegen, ließ sie jedoch beinah fallen, als sie sah, dass er nur noch einen knappen Slip trug. Sie musste ein paarmal schlucken. Adam sah fantastisch aus ..., breite Schultern, muskulöse Arme, gebräunter Brustkorb, schmale Hüften.

„Was ist los, Rosalinda?", fragte er. „Ich bin sicherlich nicht der erste Mann, der fast nackt vor Ihnen steht. Was ist zum Beispiel mit dem Mann, den Sie in England zurückgelassen haben – haben Sie mir eigentlich schon von ihm erzählt?“

Rose antwortete nicht.

„Sie verschweigen mir etwas, Rosalinda, aber bald werden Sie keine Geheimnisse mehr vor mir haben.“

Seine beinahe hypnotische Stimme und das eintönige Rauschen des Regens ließen Rose fast daran glauben. Doch sie kam wieder zur Vernunft, als es blitzte und unmittelbar darauf der Donner krachte. Die Situation spitzte sich zu. Wenn sie nicht mit Adam Ferrier im Bett landen wollte, musste sie auf der Hut sein.

Schnell ging sie auf den Tisch auf der nassen Seite der Terrasse zu, doch Adam kam ihr zuvor und trug ihn mit Leichtigkeit unter das unversehrte Dach.

Lässig trocknete er sich dann das Haar und schlang ein Handtuch um die Hüften, während Rose den Tisch deckte, nachdem sie ihn mit einem Handtuch abgewischt hatte.

„Sie müssen mich erwartet haben“, sagte Adam nach einigen Minuten und beendete das improvisierte Mahl mit einem Stück Käse. „Das war für eine Person viel zu viel.“

„Ja, ich habe mehr als genug gekauft. Und es ist immer noch viel übrig. Die Möwen in Puerto Pollensa werden sich freuen.“

Adam stand auf und befühlte seine Kleidungsstücke, die er zum Trocknen ausgebreitet hatte. „Sie sind natürlich noch feucht, aber der Regen lässt nach. Ich schau’ mal eben nach, ob der Weg noch befahrbar ist.“

Rose schaute ihm nach, bis er um die Kurve verschwand. Er denkt wirklich, er kann tun und machen, was er will – und das kann er wohl auch, ging es ihr durch den Kopf. Die meisten Männer würden lächerlich wirken, wenn sie, nur mit einem Handtuch bekleidet, durch den Regen liefen.

Adam Ferrier wirkte hingegen wie einer der Ureinwohner Mallorcas, von denen sie gelesen hatte. Er kam schon bald zurück, und sein ärgerlicher Ausdruck ließ ihn mehr denn je wie ein Krieger aussehen.

„Was ist?“, fragte Rose alarmiert.

„Es sieht schlimm aus“, schimpfte er. „Der Sturm hat die Reste einer alten Hütte über die ganze Fahrspur verteilt. Da kommt man noch nicht einmal zu Fuß durch, geschweige denn mit dem Auto. Auf der anderen Seite des Weges ist eine Mauer. Über der liegt ein ganzer Baum quer. Der Pfad ist blockiert."

Sie blickten sich eine Weile ratlos an. „Hier können wir nicht bleiben", brachte Rose schließlich stockend heraus.

„Wir haben keine Wahl." Adam zeigte auf den Regen, der wieder stärker fiel. Erneut krachte der Donner.

Rose fuhr zusammen und schaute ängstlich auf die Steinwände. Adam legte ihr beruhigend die Hand auf die Schulter.

„Das Haus steht schon seit über neunzig Jahren und hat schon viele solcher Gewitterstürme überlebt", sagte er. „Es wird nicht gerade heute zusammenbrechen, Rosalinda."

„Wahrscheinlich nicht." Rose befreite sich von seiner Hand, legte die Handtücher zusammen und wich seinem Blick aus.

„Ich hatte ein Transistorradio in meinem Wagen und hab es mitgebracht", erklärte er.

Rose drehte sich um und sah ihn erwartungsvoll an. „Das ist prima. Vielleicht können wir etwas über das Unwetter erfahren."

Adam stellte das Gerät ab, ließ sich nieder und winkte ihr, sich neben ihn zu setzen. „Machen wir es uns doch gemütlich, während ich versuche, einen Sender zu finden", meinte er.

Sie setzte sich so weit wie möglich von ihm entfernt auf die Bank. Er nahm das mit hochgezogenen Augenbrauen zur Kenntnis und wandte sich dann dem Radio zu.

Doch sosehr Adam sich auch bemühte, sie hörten nichts als statisches Knacken. Gerade, als Rose schon dachte, er gäbe auf, vernahm sie plötzlich eine spanische Stimme. Der Empfang war nicht gut, aber Rose verstand genug, um zu erkennen, dass das der Wetterbericht war. Die Stimme wurde immer undeutlicher, und Adam schaltete das Radio aus.

„Haben Sie etwas verstehen können?", erkundigte er sich.

„Nicht viel, nur dass die Vorhersage nicht gut ist."

„Das ist untertrieben", sagte er grimmig. „Gewitter und Sturm sind mindestens für die nächsten achtundvierzig Stunden vorausgesagt."

„Weiß nicht vielleicht doch jemand, dass Sie hier sind?“, fragte Rose. Sie zählte nicht auf Señor Pueg – dem war völlig gleichgültig, wo sie sich aufhielt.

„Nein. Im Übrigen könnte uns auch niemand ohne Weiteres erreichen.“

Rose zog die Beine hoch und umschlang die Knie. Sie war es gewohnt, auf eigenen Füßen zu stehen, und sie war überzeugt, es gab kein Problem auf der Welt, das sich nicht irgendwie lösen ließ. Als Adam loslachte, wurde ihr bewusst, dass sie die letzten Worte laut ausgesprochen hatte.

„Wie recht Sie haben, Rosalinda. Sowie der Regen aufhört, kommen wir hier weg – und wenn ich den Baum anzünden muss, um die Aufmerksamkeit auf uns zu lenken. Aber in der Zwischenzeit müssen wir das Beste aus unserer Situation machen. Ihr Großeinkauf erweist sich nun als Segen. Man sieht die Dinge ganz anders, wenn man ab und zu mal einen Bissen zu sich nehmen kann.“ Er lachte wieder, und Rose stimmte ein.

Die Situation war höchst ungünstig, aber nicht so katastrophal, wie sie anfänglich dachte. Sie hatten ein Dach über dem Kopf, hatten zu essen und konnten dankbar sein, dass sie nicht irgendwo auf dem freien Feld festsaßen.

„Das ist schon besser – nun sehen Sie wenigstens nicht mehr nach Weltuntergang aus. Machen wir jetzt erst mal eine Bestandsaufnahme.“ Adam inspizierte den Nahrungsvorrat.

„Wann wollten Sie das eigentlich alles essen?“, fragte er und blickte auf die ausgebreiteten Lebensmittel auf dem Tisch. „Das ist genug für eine Großfamilie, aber für ein so kleines Mädchen …?“ Er schmunzelte, und Rose konnte nicht ernst bleiben, er hatte ja recht.

„Die Ladenbesitzerin, die mir den Weg beschrieben hat, wollte gerade schließen. Da fühlte ich mich verpflichtet, etwas zu kaufen. Ich dachte mir, ich könnte tagsüber immer Picknick machen“, improvisierte sie, selber skeptisch. „Ich wollte mir ja auch Ihre … anderen Häuser anschauen, und vielleicht gibt es da keine Restaurants in der Nähe.“

„Vorausschauend zu sein, Rosalinda, ist gut. Aber Sie können mir glauben, bei allen anderen Häusern sind Geschäfte und Restaurants in der Nähe. Nur die Villa Rosa liegt so weitab von jeglicher Zivilisation. Und wenn das kein Zufall ist! Dieses Haus trägt die Abkürzung Ihres Namens. Ich mag ihn und werde ihn beibehalten."

„Noch gehört es Ihnen nicht", erwiderte Rose. Dieser Fuchs, er dachte, er brauche nur einen Wunsch auszusprechen, und schon ginge alles nach Plan!

„Es wird alles klappen, ich brauche den Vertrag nur noch zu unterschreiben. Mit dem Besitzer sind wir uns bereits über den Preis einig." Adam zog die Augenbrauen hoch und nannte eine Summe, die fünfmal so hoch war wie die, die Señor Pueg Rose gegenüber erwähnt hatte.

Sie erstickte fast vor Zorn. Diese schleimige Schlange, die sich Rechtsanwalt schimpfte, würde von ihr noch ordentlich etwas zu hören bekommen, und zwar noch heute! Dann fiel Rose ein, dass sie hier erst fortkommen konnte, wenn der Weg geräumt war.

„Geht's Ihnen nicht gut, Rosalinda? Sie sehen aus, als ob Sie jeden Moment in Ohnmacht fallen würden."

Rose atmete tief durch. „Mir geht's gut, ich bin nur ärgerlich, dass ich so viel Geld für Lebensmittel ausgegeben habe."

„Im Gegenteil, das Geld war gut angelegt. Ich habe das unbestimmte Gefühl, dass wir jeden Bissen aufessen werden. Ich werde mich dafür selbstverständlich revanchieren", sagte Adam und lächelte leicht.

„Das brauchen Sie nicht", sagte sie spitz, stand auf und ging hinüber zu seinen Kleidungsstücken, um zu sehen, ob er sie schon wieder anziehen konnte. Zu ihrer Erleichterung waren sie trocken, und Rose reichte sie ihm, kehrte ihm aber schnell den Rücken, als er das Handtuch fallen ließ.

„So prüde, meine Rosalinda? Das brauchen Sie nicht zu sein. Bald werden wir unsere Körper genau kennenlernen." Seine Worte klangen eher nach einer Drohung als einem Versprechen, und Rose war froh, dass sie ihm den Rücken zukehrte.

Kein Mann hatte sie je so verwirrt, wie Adam Ferrier es bereits mit ein paar Worten gelang. Er brauchte sie nicht einmal zu berühren, dennoch sehnte sie sich nach seinen Lippen und danach, sich fest an seinen muskulösen Körper zu schmiegen. Rose zwang sich, an etwas anderes zu denken, und begann, die Lebensmittel zusammenzupacken.

Adam steckte das Hemd in die Hose und nahm ihr den Korb ab. „Ich werde ihn in die Küche bringen“, sagte er und verschwand im Haus, als ob er der Besitzer wäre. Langsam folgte Rose ihm.

„Die Küche ist für Zwerge gedacht“, klagte er und rieb sich den Kopf. „Ich hätte k. o. gehen können.“

Rose sah ihn entsetzt an. Was hätte sie gemacht, wenn er das Bewusstsein verloren hätte?

„Schauen Sie nicht so sorgenvoll drein, Rosalinda, ich habe einen harten Schädel, aber Sie sollten aufpassen, Sie sehen sehr zerbrechlich aus.“ Sie blickten sich an, und einen Moment lang zeigte sich Mitgefühl in seinen blauen Augen.

„Da irren Sie sich“, sagte Rose kurz und bemühte sich, gefasst zu wirken.

„Das glaube ich nicht“, erwiderte er. „Höchstens einen Meter fünfundfünfzig groß, blondes Haar wie ein Engel und dunkle Augen, in denen ich versinken könnte – das ist genau das, was ich mit zwei Fingern zerbrechen könnte.“ Sein Blick hielt sie gefangen, und sie musste sich selber kneifen, um den Zauber zu lösen.

5. KAPITEL

Rose hatte sich abgewandt und war wieder auf die Terrasse gegangen. Die Lage war schon kompliziert genug, da durfte sie sich nicht auch noch Wachträumen hingeben.

„Ich muss Ihnen zustimmen, Rosalinda", sagte Adam und folgte ihr. „Dies ist nicht der richtige Zeitpunkt für das, was wir tun möchten. Wir müssen erst einmal sehen, wie wir es uns in der kommenden Nacht so bequem wie möglich machen."

Rose schaute in den Regen hinaus, der wohl nie aufhören wollte. Der Garten war im Dunst kaum zu erkennen, und der Himmel war schwarz.

„Die Wolken hängen sehr tief, und ich glaube nicht, dass es heute noch aufklart", fuhr Adam fort. „Ehe es ganz dunkel wird, müssen wir unbedingt eine Lichtquelle ausfindig machen. Die alte Dame, die hier wohnte, ist sicher nicht mit den Hühnern zu Bett gegangen."

Adam nahm die Taschenlampe und kehrte ins Haus zurück. Rose blieb draußen und blickte gedankenverloren in den Garten. Wie hatte ihre Tante das Leben in der Einsamkeit wohl empfunden, besonders, nachdem sie wegen Alter und Krankheit das Haus kaum noch verlassen konnte? Zumindest hatte sie ihre letzten beiden Lebensjahre nicht allein zu verbringen brauchen.

Ein Triumphschrei aus dem Haus ließ Rose herumfahren. Adam erschien in der Tür, in jeder Hand eine Öllampe.

„Nun brauchen wir nur noch Öl, und die Sache ist gelaufen." Er stellte die Lampen auf den Tisch und verschwand, ein Handtuch als Regenschutz über dem Kopf, um die Terrassenecke.

Rose schaute ihm nach und blickte dann auf die Messinglampen, die sehr angelaufen und offensichtlich alt waren. Wo er die wohl gefunden hatte? Er erschien wieder und hielt mit einem zufriedenen Schmunzeln einen Kanister hoch.

„Öl", sagte er. „Gott sei Dank ist der brüchige Schuppen nicht entrümpelt worden, als die alte Dame hier auszog."

Rose schickte ein Dankgebet zum Himmel – sie hatte mit sehr gemischten Gefühlen der Dunkelheit entgegengesehen. Adam goss geschickt Öl in die Lampen, ließ sich dann aber resigniert auf die Bank sinken.

„Ich hätte nie gedacht, dass es mir jemals leid tun würde, nicht mehr zu rauchen. Nun habe ich natürlich weder ein Feuerzeug noch Streichhölzer bei mir. Sie vielleicht?"

Rose schüttelte den Kopf. „Ich rauche auch nicht."

Die beiden sahen sich einen Moment lang an und lachten dann plötzlich los.

„Ich fand mich schon so clever, die Lampen und das Öl gefunden zu haben. Das hätte ich mir sparen können."

„Meine Tan ..., mein Gefühl sagt mir, dass es irgendwo Streichhölzer geben muss", sagte Rose und hoffte, dass er ihren Versprecher nicht bemerkt hatte. Das war auch nicht der Fall, denn er blickte sie zustimmend an und wandte sich wieder dem Haus zu.

„Kommen Sie, Rosalinda, Sie müssen aufpassen, dass ich mir nicht den Kopf stoße", sagte er, und Rose ergriff widerstrebend seine ausgestreckte Hand.

„Wo haben Sie die Lampen gefunden?", fragte sie, als Adam die Diele mit der Taschenlampe ableuchtete.

„In dem Abstellraum dahinten." Er deutete auf eine schmale Tür und ging darauf zu, wobei er immer noch Roses Hand hielt. Er schmunzelte, als Rose versuchte, sich zu befreien, und schloss die Finger noch fester um ihre Hand.

„Machen Sie die Tür auf, Rosalinda, und schauen Sie nach, ob Sie da Streichhölzer finden", befahl er und gab ihre Hand nun frei.

Rose dachte: Das könnte er eigentlich auch selber machen. Dann öffnete sie jedoch die niedrige Holztür.

Der Abstellraum enthielt alle möglichen Haushaltsgegenstände, darunter einen Besen und Eimer und, ja tatsächlich, auch Streichhölzer, neben einem alten Bügeleisen. Rose zog das Schächtelchen heraus und hielt es hoch. Adam klatschte Beifall und küsste sie ganz spontan – für einen Mann wie ihn wohl das Natürlichste auf der Welt.

Sie gingen wieder auf die Terrasse, und Rose hielt erwartungsvoll die Luft an, als Adam versuchte, die Hölzer zu zünden. Wenn sie nun feucht waren, was dann? Als sie das flackernde Flämmchen sah, atmete

Rose auf. Ihre Nerven waren reichlich gespannt gewesen, der Gedanke an die langen dunklen Stunden und dann auch noch mit einem so unberechenbaren Mann wie Adam hatte ihr arg zugesetzt.

Er hielt das Streichholz an den Öldocht der Lampe, der nach einem Moment Feuer fing. Rose lächelte, es hatte geklappt.

„Ich zünde erst einmal nur die eine Lampe an. Ich weiß nicht, wie viel Öl wir haben, und es kann sein, dass wir noch ein paar Tage hier oben zubringen müssen." Er stellte die Lampe in die Mitte des Tisches und nickte Rose zu.

Der Wetterbericht hatte Sturm für mindestens zwei Tage angesagt, und eigentlich hätte Rose deprimiert sein sollen, mit Adam hier festzusitzen, aber sie spürte vor allem zunehmende Erregung. Adam hatte eine sehr männliche Ausstrahlung, und Rose fühlte sich viel zu sehr von ihm angezogen. Sie zitterte – die Lage war mehr als gefährlich. Wenn ich auch nur ein bisschen Verstand hätte, würde ich trotz des Gewittersturms meine Handtasche nehmen und davonlaufen, ging es Rose durch den Sinn.

„Hier draußen ist es wenigstens warm genug. Das Haus ist nicht gerade einladend, es ist zu düster, selbst bei Tageslicht", sagte Adam nachdenklich.

„Vielleicht ist das gar nichts für Touristen?"

„Wenn meine Pläne verwirklicht sind, wird es anders aussehen. Natürlich lasse ich keine Wände herausbrechen oder die Originalfenster vergrößern, aber mehr Licht muss installiert werden. Und ein Telefon. Die Terrasse bekommt Außenlicht, sodass sie als Alternative zum Essbereich im Haus benutzt werden kann." Er steigerte sich in das Thema hinein und unterstrich seine Vorstellungen mit weit ausholenden Handbewegungen.

Rose hörte ihm aufmerksam zu und versuchte, sich alles vorzustellen. Statt einer unbekannten Familie jedoch, die auf der Terrasse saß und aß, sah sie im Geist sich selbst und Adam vor sich, sogar ein Kind, nein, zwei, einen Jungen und ein Mädchen mit Adams dunklen Haaren.

Ein lauter Donnerschlag brachte sie in die Wirklichkeit zurück. Der Regen schaffte eine zu vertrauliche und intime Atmosphäre …

„Ist Ihnen nicht gut, Rosalinda? Sie sind ganz blass geworden", sagte Adam mit dunkler Stimme.

„Es ist nichts, das trübe Licht lässt mich wohl blass erscheinen." Rose versuchte, ihn unbekümmert anzustrahlen. Adam maß sie skeptisch, und sie erkannte, dass er ihr kein Wort glaubte.

„Wo sollen wir schlafen?", fragte er plötzlich, und Rose blinzelte nervös.

„Keine Sorge, Rosalinda, ich bestehe nicht darauf, dass Sie das Bett mit mir teilen. Ich richte mich auf dem Sofa ein. Hoffentlich finden wir irgendwo Decken. Es kann zum Morgen hin kühl werden."

„Oben in der Truhe sind welche", sagte sie.

„Wunderbar!" Er griff nach der Lampe.

Rose folgte ihm ins Haus und nach oben. Er würde nicht darauf bestehen, dass sie mit ihm schlief. Natürlich nicht – Gewalt war nicht sein Stil, aber sie hatte mit Adams Verführungskunst gerechnet, und Rose schämte sich, dass sie sich das halbwegs gewünscht hatte.

In der Truhe lagen, wie Rose bereits festgestellt hatte, Laken, Bezüge, Kopfkissen und Wolldecken.

„Gute Qualität", sagte sie und befühlte die Laken, „und in gutem Zustand." Das Spitzenbündel entpuppte sich als Spitzenüberdecke, und Rose musste gerührt an die alte Dame denken, die sie benutzt hatte.

Adam nahm zwei Wolldecken und die Kissen.

„Nehmen Sie die Bezüge, Rosalinda", sagte er, „und bitte auch die Laken."

Decken und Kissen auf dem rechten Arm, die Lampe in der linken Hand, ging Adam den Gang entlang zum Schlafzimmer. Dort stellte Adam die Lampe auf eine hohe Kommode und ließ die Kissen auf den Boden fallen. Wenig später half er Rose, ein Laken über die Matratze zu ziehen.

„Zumindest ist es nicht feucht. Ein Gewittersturm wie heute kommt selten vor, und der Sommer war bis jetzt sehr heiß."

Er bezog die Kissen mit der gleichen Geschicklichkeit, die er bei allem zeigte, was er tat.

„Legen Sie die Spitzendecke darauf, Rosalinda", bat er, als er bemerkte, dass Rose auch die Spitzenüberdecke mitgebracht hatte und versonnen auf das gemachte Bett sah. „Ich gebe Ihnen dazu die offizielle Erlaubnis – immerhin gehört sie mir, sowie ich den Vertrag unterschrieben habe. Ich möchte Sie in Erinnerung behalten, wie Sie im Bett liegen, umgeben von schönen alten Spitzen."

Es reizte Rose, ihm zu sagen, dass die Spitzen ihm niemals gehören würden, aber sie verzichtete darauf. Ihre Genugtuung würde umso größer sein, je länger sie ihn in dem Glauben ließ, er brauchte nur noch seinen Namen unter den Kaufvertrag zu setzen.

Sie legte die Spitzendecke über das Bett. Wenn jemand das Recht dazu hatte, dann sie. Sie brauchte Adams Erlaubnis nicht. Er nickte Rose zufrieden zu und nahm die restlichen Laken und Kissen auf.

„Nehmen Sie bitte die Lampe, Rosalinda."

Sie gingen wieder nach unten.

Adam warf die Sachen auf das Sofa. „Was halten Sie von einem Kartenspiel gegen die Langeweile?"

„Gute Idee, falls wir Karten haben."

„Ich habe immer welche bei mir. Auch ein Minischachspiel." Er sah Rose fragend an.

„Schach? Da muss ich leider passen. Aber ich spiele gern Dame."

„Nein, dann spielen wir lieber Karten." Er verteilte die Kissen, und sie sah skeptisch auf das Sofa, es war nicht gerade sehr lang.

„Ich glaube, Sie sollten lieber das Bett nehmen. Sie können sich gar nicht auf dem Sofa ausstrecken."

„Sie denken an meine Bequemlichkeit, Rosalinda? Da kommen wir uns ja endlich einen Schritt näher. Sie dürfen mich jederzeit zu sich ins Bett einladen. Ich könnte Sie vor Gespenstern schützen."

„Aber wer wird mich vor Ihnen schützen, Mr. Ferrier?"

„Das ist eine gute Frage", erwiderte er und blickte sie lachend an. „Aber egal, wo wir beide schlafen, es wird Zeit, dass Sie mich endlich Adam nennen."

Rose schaute verlegen auf ihre Hände. In Gedanken war er inzwischen längst Adam für sie, aber es war ihr unangenehm, seinen Namen laut auszusprechen.

„Nun kommen Sie schon", forderte Adam. „Sagen Sie es, Rosalinda! ‚Adam' – ist das so schwer? Mögen Sie den Namen nicht?"

„Doch, er gefällt mir sogar sehr“, erwiderte sie und wünschte, er würde sie nicht so eindringlich ansehen.

„Dann muss es an mir liegen, Sie können mich nicht ausstehen.“ Seine Miene verfinsterte sich.

„Was reden Sie da?“ Rose seufzte. „Oh, Sie machen aber auch aus jeder Mücke einen Elefanten. Adam, Adam, Adam! So, sind Sie nun zufrieden?“

„Überhaupt nicht, aber für den Anfang reicht's“, entgegnete er, und sie stöhnte innerlich. Sie würde nie so schlagfertig sein wie er.

„Was ist nun mit dem Kartenspiel?“, fragte sie verkrampft, und er lächelte sie auf eine Art an, die nichts Gutes verhieß.

„Was möchten Sie denn spielen – Strip-Poker?“ Herausfordernd maß er Rose, bevor er wieder auf die Terrasse ging.

„Das Spiel kenne ich nicht“, sagte Rose kühl und folgte ihm. „Ich spiele gern Black Jack. Seit dem Tod meines Vaters habe ich jedoch nicht mehr gespielt.“ Ihre Augen nahmen einen weichen Schimmer an, während sie an den ruhigen, gebildeten Mann dachte, der gestorben war, als sie gerade ihre Ausbildung beendet hatte.

Rose hatte schon oft überlegt, ob die Affäre mit Dave Norman, ihrem direkten Vorgesetzten an ihrem ersten Arbeitsplatz, ihr so zugesetzt hätte, wäre ihr Vater noch am Leben gewesen. Sie schüttelte den Gedanken ab, straffte die Schultern und setzte sich.

„Sie müssen sehr unglücklich gewesen sein, Rosalinda, aber nicht nur wegen Ihres Vaters“, sagte Adam einfühlsam. „Wenn man unglücklich ist, sollte man mit jemandem darüber reden. Möchten Sie sich nicht aussprechen?“ Er schaute sie aufmunternd an, doch Rose griff nach den Karten, die er auf den Tisch gelegt hatte, und begann, sie zu mischen.

„Ich vertraue mich nicht Leuten an, die ich erst ein paar Tage kenne“, antwortete sie abweisend, und er knirschte mit den Zähnen. „Also – Black Jack?“

„Okay.“

Nachdem sie eine Zeit lang schweigend gespielt hatten, warf Rose die Karten auf den Tisch.

„Es hat wohl keinen Zweck weiterzuspielen, wir haben beide nichts davon. Außerdem habe ich Hunger.“ Sie machte eine kurze Pause und fuhr dann fort: „Es tut mir leid, Adam, ich wollte Sie nicht verletzen. Ich bin es einfach nicht gewohnt, andere mit meinen Problemen zu belasten."

„Auch nicht den Mann, den Sie in England zurückgelassen haben? Wer ist das eigentlich, Rosalinda, Ihr Chef?"

„Woher wissen Sie das?"

Adam lachte, und Rose erkannte, dass sie sich verraten hatte.

„Craig Dawson ist also Ihr Liebhaber", sagte Adam, und sie zuckte zurück wegen der Feindseligkeit in seiner Stimme.

„Das ist Unsinn, ich habe überhaupt kei…" Rose brach mitten im Wort ab und beobachtete, wie sein Ärger sich in Genugtuung verwandelte.

„Habe ich's doch geahnt! Ich war schon der Meinung, Sie haben noch nie einen richtigen Mann kennengelernt, war mir da jedoch nicht so ganz sicher."

Rose eilte in die Küche und hielt sich an dem erstbesten Gegenstand fest. Wie konnte sie nur so dumm sein! Sie hätte Adam in dem Glauben lassen sollen, dass Craig ihr Liebhaber war, das hätte eine Art Schutz gegen Adams Spielchen bedeutet.

Sie holte den Käse und nahm Messer aus der Schublade, Geschirr und Bestecke waren zum Glück reichlich vorhanden.

„Ich weiß nicht, was Sie essen wollen", sagte Rose, als sie zur Terrasse zurückgekehrt war, stellte Teller auf den Tisch und legte Messer daneben.

„Wir sollten sparsam mit den Nahrungsmitteln umgehen, aber deshalb muss man nicht gleich hungern", meinte Adam.

„Also Brot und Käse?"

„Klingt gut. Wie ich gesehen habe, haben wir beides reichlich."

„Dank meiner Verschwendung", sagte Rose und lächelte.

„Sie sind einfach Ihrem Instinkt gefolgt", sagte Adam und holte das Brot und den Käse.

Sie unterhielten sich zivilisiert während des Mahls. Adam öffnete die Weinflasche und überredete Rose, ein Glas zu trinken.

„Morgen ist der nicht mehr so gut, und es wäre schade, ihn wegzukippen", meinte er lächelnd.

„Da kann ich wohl kaum ablehnen", sagte Rose, und er füllte zwei Gläser. Dann hob er seines und prostete ihr zu. Rose erwiderte die Geste und fühlte sich dabei plötzlich ganz gelöst, wie schon seit Langem nicht mehr.

Das vergangene Jahr war zufriedenstellend verlaufen, aber mit dreiundzwanzig Jahren sollte man vielleicht etwas mehr vom Leben erwarten als Zufriedenheit. Rose lag zwar nichts an einer wilden, alles verzehrenden Leidenschaft, aber vielleicht war sie ein bisschen zu sehr darauf bedacht gewesen, eine stabile Beziehung wie die mit Craig einzugehen.

„Ich könnte noch mal so viel essen", gestand Adam, als er fertig war. „Nur müssen wir ja sparsam sein. Aber das betrifft nicht den Wein." Er schenkte beide Gläser wieder voll.

„Ich weiß nicht so recht. Die Saftflasche ist fast leer, was sollen wir danach trinken?"

„Wasser. Hier gibt es einen guten Brunnen." Adam deutete auf den Garten.

„Woher wollen Sie wissen, dass das Wasser genießbar ist?", fragte Rose. „Da kann alles Mögliche hineingefallen sein."

„Das Wasser kommt direkt aus dem Berg, und der Brunnen ist abgedeckt. Nach dem, was der Vermesser gesagt hat, gibt es kein besseres Wasser."

„Sie haben den Brunnen überprüfen lassen?"

„Nicht nur den Brunnen, sondern das ganze Grundstück. Sie glauben doch wohl nicht, dass ich mein Geld investiere, ohne mich zu überzeugen, dass es sich lohnt?"

„Nein, natürlich nicht, das würde kein Geschäftsmann tun", antwortete Rose. Adam Ferrier wollte die Villa kaufen, um Geld zu verdienen. Die Menschen, die ihr ganzes Leben hier gewohnt hatten, bedeuteten ihm nichts.

Die Miralles waren ihre Vorfahren, die sie leider nicht gekannt hatte. Sie warf ihm einen verstohlenen Blick zu und sah, dass er mit dem Glas in der Hand dasaß und in den Regen schaute. Unvermittelt wandte er den Kopf und sah sie mit schimmernden blauen Augen an.

„Ich bin nicht immer vom Profitmachen besessen", sagte Adam

weich. „Geld scheint in diesem Augenblick so nebensächlich zu sein."

„Ja, das stimmt", bestätigte Rose leise.

Er stand auf, kam zu ihr und zog sie hoch.

„Drinnen ist es angenehmer – es wird hier draußen zu dunstig." Er führte sie ins Wohnzimmer und drückte sie behutsam aufs Sofa. Dann holte er die Weinflasche und die Gläser und setzte sich neben Rose. Nachdem er die Gläser nachgefüllt hatte, forderte er Rose auf: „Trinken Sie, mein Schatz, und erzählen Sie mir, warum Sie so abweisend sind."

Seine Anrede „mein Schatz" brachte sie derartig aus der Fassung, dass Rose in einem Zug das Glas leerte und sich fast am Wein verschluckte.

„Langsam", flüsterte Adam. Er legte den Arm um sie und drückte sie an sich.

Rose entspannte sich und seufzte gelöst. Adam strahlte Sicherheit aus, und es war beruhigend, ihn hier bei sich zu haben. Gleichzeitig fühlte Rose eine innere Erregung, aber das hatte sicher mit dem für sie ungewohnten Wein und nichts mit Adam zu tun. Sie kuschelte sich fester in seinen Arm.

„Ist das ernst mit Dawson?", fragte Adam.

„Vielleicht."

„Das klingt weder ernsthaft noch nach der großen Liebe."

„Ich glaube nicht an die große Liebe, die kommt doch nur in Romanen vor", sagte Rose verächtlich. „Craig und mich verbindet etwas viel Wichtigeres."

„Und das wäre?"

„Gegenseitiges Verständnis. Wir beide arbeiten zusammen für das Ziel, die Firma zum Erfolg zu führen."

„Das ist alles? Was ist mit Erotik und Leidenschaft? Wenn Sie Dawson heiraten, versagen Sie sich das Wunderbarste, was das Leben zu bieten hat, wissen Sie das?" Adam war laut geworden.

Rose löste sich von ihm und sah ihn an.

„Und, geht Sie das etwas an?", fragte sie. „Aber damit Sie es wissen – ich war einmal sehr verliebt, und das endete mit einer Katastrophe. Den Fehler will ich nicht wiederholen. Craig und ich passen sehr gut zusammen."

„Ich war mir sicher, dass etwas oder jemand Sie verletzt hat, Rosalinda. Erzählen Sie es mir."

Eine Weile blieb Rose ganz still und kämpfte mit sich. Zu ihrer eigenen Überraschung fing sie dann an, von dem zu reden, worüber sie noch nie ein Sterbenswörtchen hatte verlauten lassen.

„Ich hatte gerade meine erste Stelle beim Fernsehen angetreten, da lernte ich Dave Norman kennen. Es kam mir vor wie im Paradies. Dave verkörperte alles, wovon ein Mädchen nur träumen kann: gut aussehend, kultiviert, reich, und er machte mir von Anfang an den Hof. Sie kennen solche Geschichten sicher, Adam, und ich brauche nicht ins Detail zu gehen. Ich verliebte mich schnell in ihn und wandelte auf rosaroten Wolken, bis ich erfuhr, dass er verheiratet war. Dumm und taub bin ich gewesen, fast ein Jahr lang habe ich das Geflüster um mich herum nicht wahrgenommen. Dave verstand überhaupt nicht, warum ich mich so aufregte. Seine Frau mache sich nichts mehr aus ihm, meinte er, warum könnten wir nicht weiterhin zusammenbleiben?"

Rose schluchzte auf, überwältigt von der Vergangenheit. Das Gefühl, hintergangen worden zu sein, war selbst nach so langer Zeit immer noch schmerzhaft und tief in ihr verankert. Auf keinen Fall wollte sie noch einmal eine emotionale Beziehung eingehen. Und eine Enttäuschung würde sie mit Adam auch erleben, da war sie sich ganz sicher.

„Haben Sie mit ihm geschlafen?", fragte er rau.

Zuerst erwog sie zu lügen – sie musste sich irgendwie schützen –, doch als sie seinen angespannten Gesichtsausdruck sah, überlegte sie es sich anders.

„Nein, habe ich nicht, aber nicht, weil ich es nicht gern getan hätte, sondern weil ich meinte, dass Liebe Verpflichtung und Verpflichtung Ehe bedeutet. Für mich stand fest, dass es dahin kommen würde, und ich wollte warten. Wie naiv kann man bloß sein? Ich bin nur dankbar, dass Dave schon verheiratet war. Er wäre mir nie treu geblieben."

„Treue ist für Sie sehr wichtig?"

„Und ob. Die Ehe muss eine gute Basis haben, Kinder brauchen beide Elternteile."

„Kinder möchten Sie auch haben?"

„Ja, das möchte ich. Craig und ich sind da einer Meinung." Rose schwieg, und Adam drückte sie wieder an sich. „Sie werden weder Craig noch sonst irgendjemanden heiraten. Ehe bedeutet nicht unbedingt Glück und Zufriedenheit."

„Das weiß ich", sagte Rose und begriff nicht, warum ihr die Lider auf einmal so schwer wurden.

„Sie wissen auch, wenn Sie ehrlich mit sich sind, dass zwischen uns eine starke erotische Spannung besteht. Sie verzögern nur das Unausweichliche. Ich bin sehr geduldig mit Ihnen, aber ich kann nicht ewig warten." Er hob Roses Kinn an und küsste sie.

Rose erwiderte den Kuss.

„Es gibt für uns nur die Gegenwart. Niemand wird uns stören. Es gibt nur uns beide", flüsterte Adam dann.

Ja, es gab nur sie beide. Alles erschien ihr auf einmal so einfach und unkompliziert.

Das Sofa war viel bequemer, als es aussah. Oder kam ihr das nur so vor, weil sie plötzlich halb über Adam lag? Er hielt sie in den Armen und küsste sie wieder, und das war völlig in Ordnung, es war sogar wunderbar.

Rose seufzte leise und gab sich dem Kuss ganz hin. Adam war ein Kenner, und das musste sie ausnutzen. Sie drohte einzuschlafen ..., aber nein, unmöglich! Wie konnte sie seinen Kuss genießen, wenn sie schlief?

Merkwürdig, sie hatte das Gefühl, nackt zu sein, und begann zu zittern. Ihr war wohl kalt. Sie legte die Arme fest um Adam, schmiegte sich enger an ihn.

„Wach auf, Rosalinda."

Seine Stimme klang eindringlich, aber Rose brachte es nicht fertig, die Augen zu öffnen.

Adam brummelte etwas vor sich hin, stand auf und nahm sie auf die Arme.

„Komm, du kleine Schlafmütze, es ist Zeit für dich, ins Bett zu gehen", sagte er und trug Rose nach oben.

Irgendwie kam das Licht von der falschen Seite. Rose blinzelte und versuchte, sich auf die fremde Umgebung zu konzentrieren.

Spitze, weiße Spitze, du liebe Güte, sie war ja im Zimmer ihrer Tante in der Villa Rosa! Rose schloss die Augen wieder. Das Licht war nicht sehr hell, aber sie hatte wahnsinnige Kopfschmerzen.

Wie mochte sie in dieses Bett gekommen sein, sich ausgezogen haben? Sie trug noch nicht einmal ein Nachthemd. Ach, sie hatte ja auch gar keins mit. Aber wenigstens hatte sie ihren Slip an. Sie musste gestern Abend sehr müde gewesen sein. Sie gähnte.

Da setzte plötzlich die Erinnerung ein. Rose riss die Augen auf und fuhr kerzengerade im Bett hoch. Dabei fühlte sie einen fast unerträglich stechenden Schmerz im Kopf. Dieser hinterhältige Mann hatte sie betrunken gemacht, sie dann ausgezogen und ins Bett gebracht! Oh, Gott, was hatte er sonst noch getan?

Die Tür wurde geöffnet, und Panik ergriff Rose, als Adam mit einem Glas in der Hand das Zimmer betrat.

„So, Sie sind wach“, stellte er fest und betrachtete sie voll Wohlgefallen.

Ihr wurde bewusst, dass ihre Brüste seinem aufmerksamen Blick preisgegeben waren, und hastig zog sie die Decke bis über die Schultern hoch.

Adam lachte. „Spielverderberin! Ich habe Sie gestern Abend ausgezogen und zu Bett gebracht, Sie also schon fast nackt gesehen. Sie sollten mir den Anblick auch jetzt gönnen.“

„Sie haben mir gestern zu viel Wein eingeflößt!“, stieß Rose wütend hervor, und er lachte wieder.

„Ich muss gestehen, ich habe Ihre Trinkfestigkeit überschätzt. Aber glauben Sie mir, Rosalinda, ich wollte nur, dass Sie sich entspannen. Ich würde nie mit Frauen schlafen, die nicht wissen, was sie tun.“

„So, Sie haben nicht mit mir geschlafen.“ Sie war außer sich vor Empörung. Ob er die Wahrheit sagte? Hatte er vielleicht doch … oder hatte er wirklich nicht? Geküsst hatte er sie jedenfalls. Sie errötete und fuhr sich unwillkürlich mit den Fingerspitzen über die Lippen.

„Wenigstens erinnern Sie sich daran“, sagte Adam. „Ich wollte Sie die ganze Nacht lieben, aber Sie schliefen ein. Rosalinda, ich möchte, dass Sie bei vollem Bewusstsein sind, wenn wir miteinander schlafen.“

„Das werden Sie nie erleben. Ich muss schon sehr viel mehr Alkohol trinken, um Sie nochmals an mich heranzulassen", sagte Rose bissig. „Ich werde mich zukünftig in Ihrer Gegenwart auf Saft oder Wasser beschränken."

„Das wird Ihnen nicht viel nutzen, denn ich bekomme immer, was ich will." Er stellte das Glas auf die Kommode und setzte sich aufs Bett. „Wäre es denn so schlimm, wenn Sie endlich nachgäben, Rosalinda? Wir beide empfinden etwas ganz Seltenes und Wunderbares füreinander. Wir könnten das Paradies erblicken, wenn Sie über Ihren Schatten sprängen."

In seinen Augen stand Verlangen, und Rose hatte Mühe, der verführerischen Stimme zu widerstehen. Er streckte die Hand aus, und Rose geriet in Versuchung nachzugeben, denn sie fühlte, dass auch sie ihn begehrte. Aber der Zauber des Augenblicks ging vorüber, als Adam erneut zu sprechen begann.

„Sie haben sich mir gestern Abend anvertraut, Rosalinda. Ich weiß nun, wie sehr Sie verletzt wurden, doch das ist Vergangenheit, und ich werde Sie glücklich machen, solange wir zusammen sind."

Rose rutschte so weit wie möglich weg und drückte sich an das Kopfende des Bettes, bis sie das Gitter des Bettgestells im Rücken spürte.

„Nur ich bin für meine Glückseligkeit verantwortlich. Ich habe Sie vielleicht ins Vertrauen gezogen, aber das unter Alkoholeinfluss, also hat es nichts zu bedeuten. Wenn Sie mich jetzt bitte allein lassen würden? Ich möchte mich anziehen."

Adam stand langsam auf, und einen Moment lang meinte sie, Bedauern in seinen Augen zu sehen – Bedauern, dass sie sich nicht herumkriegen ließ? Oder war es Schmerz, weil Adam sich missverstanden fühlte?

Sie hielt den Atem an. Die Gefühle, die Adam gehabt haben mochte, waren verflogen, und er sah nun aus, als hätte er sie am liebsten erwürgt. Er blieb noch einen Augenblick am Bett stehen und verließ dann mit geballten Händen das Zimmer.

Rose zog sich schnell an. Wie gerne hätte sie geduscht und frische Kleidungsstücke angezogen!

Sie schaute aus dem Fenster auf den stetig strömenden Regen. Es goss nicht mehr wie aus Kübeln, aber der Wind tobte noch immer in den Bäumen.

Er wolle den umgefallenen Baum anzünden, hatte Adam gesagt, aber der Baum musste erst mal trocken werden, um zu brennen. Wer weiß, wie lange das dauerte. Ob sie wollte oder nicht, sie musste sich an den Gedanken gewöhnen, dass sie und Adam noch eine Weile hier zusammen sein würden. Die an sich schon unmögliche Situation war durch die Peinlichkeiten der letzten Nacht noch verschlimmert worden …

6. KAPITEL

Rose brachte ihr Haar mit ein paar Kammstrichen in Ordnung und ging dann mit gemischten Gefühlen hinunter auf die Terrasse zu Adam. Der Himmel war zwar immer noch bewölkt und der Wind hatte nur wenig nachgelassen, aber – welch Wunder! – es regnete nicht mehr, und man konnte sogar den Berg am Ende des Grundstücks wieder erkennen.

„Er hörte auf, als Sie die Treppe herunterkamen", sagte Adam.

Rose war es unheimlich, dass ihm keiner ihrer Schritte entging.

„Darf ich Sie zum Frühstück einladen, Rosalinda?" Er nahm ihren Arm und geleitete sie zum bereits gedeckten Tisch. „Obst und Kekse. Wir haben nicht mehr viel Brot und sollten es mit dem Käse zusammen lieber zum Lunch aufbewahren."

„Und was essen wir heute Abend? Oder glauben Sie, dass wir bis dahin von hier oben fortkommen?", fragte sie und sah Adam hoffnungsvoll an.

„Das glaube ich kaum, doch wir werden schon nicht verhungern. Wir haben ja noch zwei große Dosen Sardinen und Tomaten und reichlich Kräcker."

Rose aß zwei Pfirsiche und vier Kekse. Sie fühlte sich nicht sehr gesättigt, aber für Adam war es sicher noch schlimmer. Er war ein großer Mann und brauchte bestimmt mehr als sie.

„Ich werde das schon überstehen", sagte er und sah auf die Mappe, die er sich aus dem Auto geholt hatte.

Es machte Rose beklommen, dass er immer zu wissen schien, was sie dachte.

Adam blickte sie an und schmunzelte. „Ich habe Ihre Gedanken nicht gelesen, meine misstrauische Rosalinda. Die Art und Weise, wie Sie erst auf die leeren Teller und dann auf mich geschaut haben, hat mir gezeigt, dass Ihnen mein Wohlbefinden am Herzen liegt."

Rose runzelte die Stirn.

„Ihr Gesichtsausdruck und Ihre Gesten verraten Sie jedes Mal", fuhr er fort, und Rose errötete. Seiner Nähe war sie sich ständig bewusst. Natürlich waren ihre Nerven nur angespannt, weil sie sich hier mit ihm zusammen auf so engem Raum befand. Sie räumte den Tisch ab und wusch die Teller in der Küche ab, so gut es ging. Als sie wieder auf die Terrasse kam, breitete Adam gerade den Inhalt der Mappe auf dem Tisch aus.

„Was halten Sie hiervon, Rosalinda?“, fragte er und zog sie neben sich auf die Bank. Rose schaute auf das Papier vor sich und sah mit Erstaunen, dass es eine Zeichnung des Hauses war. Nicht im jetzigen Zustand, sondern so, wie Adam es sich nach der Renovierung vorstellte. Die Terrasse war durch einen kleinen Gebäudetrakt verlängert worden, der gut zu dem Gesamtbild des Hauses passte.

„Das wird das zweite Bad“, sagte Adam und tippte auf den Anbau. „Wie Sie sehen, wird die Terrasse gefliest, wie auch der Boden im ganzen Haus, und zwar möglichst mit den gleichen Fliesen. So erscheint das Haus größer. Ich dachte an goldbraune Fliesen. Was meinen Sie?“

„Cremefarbene gefallen mir besser. Da das Haus recht dunkel ist, würden sie es heller erscheinen lassen“, erwiderte Rose und fühlte sich angesteckt von seinem Enthusiasmus.

„Das stimmt. Ich werde Sie in Zukunft bei Einzelheiten zu Rate ziehen“, sagte Adam, und Rose meinte, Ironie aus seinen Worten herauszuhören. Aber er war ganz vertieft in die Zeichnung.

„Der Pool kommt hierher“, sagte er und zeigte auf eine Stelle in dem gezeichneten Garten. Den großartigen Baumbestand – Oliven, Granatäpfel und Orangen – sowie andere exotische Pflanzen wollte er weitestgehend erhalten, und Rose konnte sich den Garten schon richtig vorstellen. Der Berg im Hintergrund schloss das Ganze malerisch ab.

„Noch gehört es Ihnen nicht, Adam. Was machen Sie, wenn der Vertrag nicht zustande kommt?“

„Keine Sorge, Rosalinda, er ist so gut wie abgeschlossen. Sie trauen mir wohl nicht zu, dass ich immer alles bekomme?“, fragte er und sah sie von der Seite an.

„Machen Sie da nicht die Rechnung ohne den Wirt?“, meinte Rose. Der Ausdruck in seinen Augen war ihr alles andere als geheuer.

„Es geht nicht immer alles glatt, aber hier gibt es bestimmt keine Schwierigkeiten.“ Er wies auf die Zeichnung. „Wenn dieses Vorhaben klappt, dann nehme ich es als Vorlage für ähnliche Objekte, obwohl ich bezweifle, ein Haus mit ähnlich spektakulärem Blick zu finden. Man kann an einem klaren Tag meilenweit in das Tal hineinsehen." Er lachte. „Ich höre mich an wie ein Pessimist, aber das bin ich überhaupt nicht. Ich wette mit Ihnen, Miss Rosalinda Grey, dass ich innerhalb von zwei Wochen die Villa Rosa besitze." Er sah sie herausfordernd an. „Nehmen Sie die Wette an?"

„Ich wette nicht, wenn ich nicht weiß, um was gewettet wird", sagte sie und hoffte, möglichst unbeeindruckt zu klingen.

„Wie wäre es mit einem Wochenende zu zweit, wenn Sie verlieren?" Er zog die Augenbrauen hoch und blickte Rose fragend an. Da musste sie lachen.

„Sind Sie so sicher, dass Sie gewinnen? Und wenn nicht?"

„Ich werde gewinnen, Rosalinda, passen Sie nur auf", sagte er so selbstsicher, dass Rose nicht wusste, ob sie vor Wut schreien oder vor Angst zittern sollte. Es war wohl mehr Angst, aber Rose wäre lieber im Boden versunken, als Adam das merken zu lassen. Natürlich traute sie ihm durchaus zu, dass er immer alles bekommen hatte, was er wollte.

„Das ist keine richtige Wette", sagte sie nur.

„Da haben Sie recht, es ist Gewissheit." Er wandte sich wieder der Zeichnung zu, als sei die Sache damit schon zu seinen Gunsten entschieden.

Rose öffnete den Mund, sagte dann aber nichts. Sie hätte sich verraten können, und sie wollte das Geheimnis, wer der Besitzer der Villa war, ja für sich behalten. Adam sah aus wie jemand, der sich nie unterkriegen ließ.

Sie runzelte die Stirn. Eigentlich war es nicht fair, ihn all diese Pläne machen zu lassen, wo sie doch genau wusste, dass sie nicht realisiert werden würden. Das Haus war ihre Privatangelegenheit, aber sie sollte ihn trotzdem nicht in dem Glauben lassen, er könne den Besitz kaufen.

Ich werde Adam in Puerto Pollensa aufklären, nicht jetzt, nahm sie sich vor. Sie traute seiner Reaktion nicht und wollte lieber unter Menschen sein, falls er einen Wutanfall bekäme.

Gedankenverloren ließ sie ihren Blick durch den Garten wandern.

Er sah nach dem Regen richtig frisch aus. Der Wind hatte etwas nachgelassen, und in der Luft lag ein wunderbarer Duft. Ach, wenn doch die Sonne durchkäme, damit sie sich den Garten in Ruhe ansehen konnte.

„Na, alle Probleme gelöst?" Adams Stimme schreckte Rose aus ihren Gedanken auf.

„Nicht ganz, vielmehr zur Seite geschoben", sagte sie unwillkürlich. Dann stand sie schnell auf und ging an das Ende der Terrasse. Sie musste sich zusammenreißen. Die Villa Rosa war nicht ihr größtes Geheimnis. Adam durfte vor allen Dingen nicht erfahren, was sie für ihn empfand, wie stark die körperliche Anziehung war, wenn er sich in ihrer Nähe befand.

Der Vormittag zog sich hin, und am frühen Nachmittag bereitete Rose den kümmerlichen Lunch zu. Nachdem sie gegessen hatten, räumte sie die Reste zusammen, während Adam auf der Terrasse auf und ab ging. Rose war erleichtert, als er mit einem Handtuch über dem Kopf in Richtung Straße verschwand. Es hatte wieder angefangen zu gießen, und Adam kam schnell zurück.

„Nichts deutet darauf hin, dass irgendjemand bis jetzt die Blockade bemerkt hat", sagte er und warf das nasse Handtuch auf den Tisch. „Das Krachen, als die Hütte zusammenbrach, müsste man eigentlich gehört haben. Also, Kopf hoch, wenn es nicht mehr regnet, wird gewiss jemand kommen."

„Niemand weiß, dass wir hier sind."

„Daran habe ich auch schon gedacht. Vielleicht ist es besser, wenn ich ein Signal gebe." Er rannte wieder in den Regen hinaus und nahm dabei ein knallrotes Handtuch mit, kam aber schon nach kurzer Zeit wieder, bis auf die Haut durchnässt. Rose sah ihn beunruhigt an, als sie seinen grimmigen Gesichtsausdruck bemerkte.

„Hat es nicht geklappt?", fragte sie leise.

„Nein. Ich wollte das Handtuch um den Baumstamm wickeln und mit einem Stein befestigen, aber ich bezweifle, dass man es bemerken würde, selbst wenn jemand bis hier oben heraufkommt. Ich muss mir etwas anderes einfallen lassen. Ich werde jedenfalls nicht hier herumsitzen und zuschauen, wie wir verhungern." Er strahlte sie entschlossen an.

Rose bekam wieder Mut. Adam würde schon dafür sorgen, dass sie aus ihrem unfreiwilligen Gefängnis herauskamen.

Er zog sich so unbefangen aus, als wären sie verheiratet, und Rose blickte schnell woanders hin.

„Die Gefahr ist vorbei“, sagte er und lachte leise. Sie schaute unwillkürlich zu ihm hin. Er hatte das unvermeidliche Handtuch um die Hüften gewickelt, wirkte jedoch nicht gerade ungefährlich. Er war prachtvoll anzusehen, ein Bild von einem Mann, den jeder Künstler sicher gern als Modell gehabt hätte. Rasch verdrängte sie diese Gedanken.

„Wir“ – sie betonte das Wort – „müssen uns etwas Neues einfallen lassen. Ich habe schließlich ebenfalls ein Gehirn zum Nachdenken, wenn ich vielleicht auch nicht ganz so schlau bin wie Sie.“

Adam schmunzelte. „Nun beruhigen Sie sich, meine kleine Rosalinda. Ich mag Sie vor allem wegen Ihrer anderen Qualitäten.“

„Mit anderen Worten: Geh in die Küche und überlasse das Denken deinem Herrn und Meister.“

„Ich kann mir einen anderen Raum vorstellen, in dem ich gern mit Ihnen wäre, Rosalinda“, flüsterte er zärtlich.

Rose blickte ihn empört an, was ihn zum Lachen reizte. Er war von einer animalischen Selbstsicherheit. Unmerklich schüttelte sie den Kopf. Sie bevorzugte weniger aufdringliche und rücksichtsvollere Männer, Männer wie beispielsweise Craig. Leider waren solche Männer oft langweilig. Adam war genau das Gegenteil. Aufregend und gefährlich. Attraktiv, beherrschend, wie eine Droge, diese Attribute fielen ihr spontan ein. Hinsichtlich Frauen konnte man ihm jedoch nicht trauen. Er wollte nur eine Affäre mit ihr. Danach würde er sich ungerührt einer anderen attraktiven Frau zuwenden, während die fallen gelassene Geliebte zusehen konnte, wie sie damit fertig wurde.

Rose drehte sich um, sammelte die herumliegenden Kleidungsstücke auf und breitete sie zum Trocknen aus. Adams kraftvoller Körper verwirrte sie mehr, als ihr lieb war. Der Schimmer in seinen Augen verriet ihr, dass er ahnte, was in ihr vorging.

„Geben Sie endlich Ihrem Gefühl nach, Rosalinda. Sie wissen genau, was wir beide möchten. Was kann man Besseres tun, um sich die Zeit zu vertreiben?“

Sein unverschämter Vorschlag, einander nur zum Zeitvertreib zu lieben, machte sie so wütend, dass sie nur mit Mühe die Worte herunterschlucken konnte, die ihr schon auf der Zunge lagen. Sie wandte sich abrupt um und wollte ins Haus.

Adam ergriff ihren Arm, als sie an ihm vorbeiging, und hielt sie sanft, aber mit Nachdruck fest. „Verzeihen Sie, das war plump von mir, Rosalinda. Ich habs nicht so gemeint."

Sie warf den Kopf zurück und funkelte ihn an. Mit dieser Entschuldigung sollte wohl alles wieder in Ordnung sein. Dabei war nichts in Ordnung.

„Gut, ich nehme Ihre Entschuldigung an und verzeihe Ihnen", sagte Rose dennoch und bemerkte mit Genugtuung, dass er mit der Antwort nichts anfangen konnte.

„Sie sollen mir nicht verzeihen, das wissen Sie genauso gut wie ich. Ich habe mich wegen meiner Ausdrucksweise entschuldigt, aber wir wissen beide, dass ich im Grunde recht habe. Warum geben Sie das nicht zu?"

„Ganz einfach, ich will keine Affäre. Unsere Beziehung soll rein geschäftlich bleiben."

„Dass wir hier festsitzen, könnte auch Spaß machen …"

„Tut mir leid, ich bin nicht interessiert."

Seine Augen blitzten. „Sie wollen mich wohl reizen, Sie vom Gegenteil zu überzeugen", sagte er gedämpft, und Rose war von seinem ruhigen und gleichzeitig bedrohlichen Tonfall beunruhigt.

Sie nahm sich zusammen. „Nichts liegt mir ferner als das", entgegnete sie. „Sie herauszufordern wäre das Gleiche, als würde ich mit einem roten Tuch eine Stierkampfarena betreten. Oh, nein, auf Ihre Tricks falle ich nicht herein."

„Wirklich schade. Nun, zumindest können Sie mir nicht nachsagen, dass ich es nicht versucht habe."

Rose machte sich von ihm los, und einen Moment lang dachte sie, die Gefahr wäre gebannt. Aber da riss Adam sie in seine Arme, und bei der Berührung mit seinem fast nackten Körper durchfuhr es sie wie ein elektrischer Schock.

Adam küsste sie, und unwillkürlich öffnete sie die Lippen. Sie hatte erwartet, dass er rau mit ihr umgehen würde, sein Mund war jedoch warm, weich und zärtlich. Sie gab sich dem Kuss hin, und Adam stöhnte unterdrückt auf und zog sie fester an sich. Rose konnte nicht mehr klar denken und vergaß all ihre Vorsätze. Sinnlich strich Adam über ihren Rücken und ihre Hüften, und sie erschauerte.

Schließlich gab er ihren Mund frei, nahm sie auf die Arme und trug sie ins Wohnzimmer. Dort legte er sie auf das Sofa und streckte sich ohne zu zögern auf ihr aus, sodass ihr vor Überraschung der Atem stockte. Adam lastete schwer auf ihr, aber sie nahm es kaum wahr. Sie war viel zu sehr damit beschäftigt, ihm das Handtuch wegzuziehen.

„Weil es nass ist", versicherte sie ihm unschuldig.

Daraufhin rollte er sich zur Seite.

Rose strich über seine muskulöse Brust und die Schulter, dann über den flachen Bauch und die schmalen Hüften. Adam atmete scharf ein, und Rose zog ihre Hand zurück.

„Bitte nicht aufhören!", stieß er hervor, und das ernüchterte Rose. Sie war entsetzt über das, was sie da beinahe getan hatte. Verzweifelt versuchte sie, sich von ihm wegzudrehen, aber Adam hielt sie fest und ließ sie erst los, als sie beide auf dem Boden landeten.

„Oh nein!", keuchte Rose. Wieder lag Adam schwer auf ihr.

Er sprang auf, und Rose musste erneut seinen herrlichen Körperbau bewundern. Er hielt ihr die Hand hin, und Rose ergriff sie, ohne nachzudenken. Er zog sie hoch, dann in die Arme, aber nun sträubte sie sich.

„Willst du nicht mehr, Rosalinda?"

„Ich wollte noch nie", sagte Rose aufbrausend, riss sich los, und rannte, so schnell sie konnte, auf die Terrasse. Adam blieb ihr dicht auf den Fersen.

Der Himmel hatte sich wieder verdunkelt. Es blitzte, und unwillkürlich griff Rose nach Adams Arm.

Er lachte auf und nahm damit der Stimmung etwas von ihrer Spannung. „Ihre Uhr läuft ab, Rosalinda. Wenn wir hier nicht bald gefunden werden, kann ich für nichts mehr garantieren." Seine Stimme klang verführerisch, und Rose wandte sich schnell ab.

Sie ergriff die Karten, setzte sich mit dem Rücken zu ihm an den

Tisch und legte eine Patience.

„Kann ich helfen?“, fragte Adam, nachdem er ihr eine Weile zugeschaut hatte.

Sie antwortete nicht und versuchte, ihn zu ignorieren. Eine braungebrannte Hand legte sich auf ihre, als sie eine Karte aufhob.

„Schwarz auf rot, Rosalinda.“

„Das weiß ich.“

„Ja?“ Er zeigte auf die Karten, die vor Rose lagen.

Was hatte sie denn gemacht? Rot auf rot und schwarz auf schwarz aneinandergereiht lagen die Karten auf dem Tisch. Schnell nahm sie sie hoch und legte sie zu einem Stapel zusammen.

„Rosalinda“, sagte Adam leise. „Ich bin genauso verwirrt wie du. Ich bin es nicht gewohnt, dass eine Frau mich so durcheinanderbringt.“

„Nun übertreiben Sie aber, Mr. Ferrier. Keine Frau auf der Welt kann Sie aus der Ruhe bringen!“

„Das dachte ich auch, ich habe mich jedoch getäuscht. Das ist sicher nur vorübergehend, aber im Moment kann ich an nichts anderes denken, als mit dir zu schlafen, und du sehnst dich im Grunde auch danach.“

Oh, nein, das tue ich nicht, wollte Rose sagen, brachte allerdings kein Wort heraus. Sie blickte ihn mit weit geöffneten Augen an. Natürlich hatte er recht. Noch nie hatte sie so für einen Mann empfunden. Ihre Gefühle für Craig waren harmlos gegenüber dem drängenden Verlangen, das bei der Vorstellung, Adam zu lieben, in ihr aufstieg.

Er brauchte sie nicht einmal zu berühren, dennoch schienen sie unsichtbar aneinandergekettet zu sein.

„Wir waren vom ersten Moment füreinander bestimmt“, fuhr Adam fort. „Warum habe ich wohl so heftig reagiert, als du mich fotografiertest?“

„Sie waren ganz offensichtlich verärgert.“

„Ich war wütend, was manchmal vorkommt, aber ich habe noch nie einen Film zerstört, geschweige denn einen Fotoapparat.“

„Und warum dieses Mal?“

„Ich weiß es nicht – doch, ich weiß es schon. Ich wollte dich dort an Ort und Stelle zu Boden ziehen und lieben."

Rose zitterte. Adams Worte brachten ihr die Sonne, den Sand und die Boote und vor allem die erste Begegnung mit diesem Mann in die Erinnerung zurück. Sie hatte den gleichen Wunsch gehabt, ohne sich dessen bewusst zu sein.

„Und ich möchte das jetzt noch viel intensiver, Rosalinda." Seine Stimme klang dunkel und zärtlich, und Rose vermochte sich nicht mehr zu wehren.

Adam nahm sie bei der Hand und führte Rose ins Haus, dann hob er sie hoch und trug sie nach oben ins Schlafzimmer.

Sie ließ es geschehen. Adam und sie hatten den gleichen Wunsch, es war Schicksal, Vorsehung oder wie man es auch immer nennen wollte. Es sollte so sein.

Behutsam legte Adam sie auf das Bett und zog sie mit einer Geschicklichkeit aus, die auf Routine schließen ließ, doch das registrierte Rose nur verschwommen. Adams Berührungen versetzten sie in einen Taumel der Lust.

Jäh riss er sich das Handtuch von den Hüften, mit dem er seine Blöße bedeckt hatte, und legte sich neben Rose auf das Bett. Er streichelte sie sanft, beugte sich vor und nahm eine ihrer harten Brustspitzen zwischen die Lippen.

Rose stöhnte auf. Sie hatte nie geahnt, dass es solche Empfindungen gab, süß und quälend zugleich, und sie presste sich fester an ihn.

Erregend langsam glitt er mit seiner Zunge zwischen ihren Brüsten entlang, tupfte eine Spur kleiner, heißer Küsse über ihren flachen Bauch, während er mit seinen Händen zärtlich über die Innenseite ihrer Oberschenkel streichelte. Eine heiße Flamme schoss durch ihren Unterleib, als er mit einem Finger vorsichtig ihre empfindlichste Stelle fand. Seine Liebkosungen weckten eine ungeahnte Leidenschaft in Rose und stöhnend flüsterte sie seinen Namen. Sie wollte ihn ganz spüren, sich ihm hingeben, erfahren wie es war, eine Frau zu sein.

Langsam beugte er sich über sie, schob mit dem Knie ihre Beine auseinander und drang vorsichtig in sie ein. Rose zuckte zusammen, als ein stechender Schmerz sie durchfuhr.

Einen Moment hielt Adam inne. „Rosalinda?"

„Mach weiter", flüsterte sie und schlang die Beine um ihn. „Mach weiter."

Rhythmisch bewegte er sich in ihr, und sie folgte seinem Rhythmus, bis sie gemeinsam den Höhepunkt der Leidenschaft erreichten.

Später fühlte Rose sich von Adams starken Armen fest umschlungen. Verlegen blickte sie ihn an und errötete, als sie den wissenden Ausdruck in seinen Augen wahrnahm. Sie strich mit dem Finger zärtlich über seinen Mund, und als Adam den Finger zwischen die Lippen nahm, durchfuhr Rose wieder ein Schauer des Entzückens.

„Du bist voller Überraschungen, meine Rosalinda", flüsterte er. „Nach außen hin eine reservierte Frau, beherrscht und kontrolliert, in meinen Armen jedoch wirst du zu einer leidenschaftlichen Geliebten."

Rose lächelte ihn mit halbgeschlossenen Augen an. Leidenschaft ja, kontrolliert nicht. Diesem Mann konnte sie einfach nicht widerstehen.

„Ich hatte keine Ahnung, dass es so sein würde", sagte sie fast unhörbar. „War es für dich auch so schön?" Sie sah ihn unsicher an.

Adam küsste sie sanft. „Es war einfach wunderbar. Du erstaunst mich. Keine Frau hat bis jetzt so reagiert wie du."

„Das ist gut." Sie schloss langsam die Augen. Gleich darauf gähnte sie.

Adam lachte leise und bettete ihren Kopf an seine Schulter. „Schlaf, Rosalinda. Du brauchst noch einige Kräfte, bis wir hier befreit werden."

Das war das Letzte, was Rose vernahm, ehe sie einschlief.

Rose fühlte sich warm und wohlig, als sie die Augen aufschlug. Adams Blick war auf sie gerichtet. „Oh, Adam …" Sie schluckte. „Adam, was …, wie …?"

„Du hast drei Stunden geschlafen. Ich weiß nicht, ob ich das als Beleidigung oder als Kompliment auffassen soll."

„Es ist wohl ein Kompliment", brachte sie leise heraus. „Ich habe mich noch nie bei einem Mann so entspannt gefühlt."

„Liebling, du hast noch nie einen Mann gehabt."

„Stimmt, habe ich nicht. Macht dir das etwas aus?", fragte sie ängstlich.

„Ich fühle mich geehrt, Rosalinda. Doch Hauptsache ist, unser Liebesspiel hat keine Folgen."

„Folgen?", wiederholte sie erstaunt. „Was meinst ..., oh!" Sie könnte schwanger geworden sein, das meinte er, und damit wollte er, nach seinem Gesichtsausdruck zu urteilen, nichts zu tun haben. „Nein, ich werde kein Kind zur Welt bringen", sagte sie mit einer Selbstsicherheit, die sie nicht empfand.

Adam atmete auf. „Gut, wir sollten unser Leben nicht zusätzlich komplizieren. Ich bin kein Typ für eine Familie. Einer wie Dawson ist dafür besser geeignet, was meinst du?" Und damit rollte er sich aus dem Bett. „Ich habe Hunger, Rosalinda. Wir werden etwas essen, und dann, mein Schatz, werde ich dir ein paar neue Spielchen beibringen."

Er lief nach unten.

Eine Welt brach für Rose zusammen. Sie hatte sich inzwischen wirklich eingebildet, er würde ewig mit ihr zusammenbleiben, jetzt, wo er mit ihr geschlafen hatte.

Wie töricht, wie unglaublich töricht bin ich nur, dachte sie. Ein Blinder könnte erkennen, was für ein Mann er ist, dass Frauen ihm nichts bedeuten, und ich habe geglaubt, dass ich etwas Besonderes für ihn sei.

Sie unterdrückte einen Schluchzer. So ein Schwachsinn, sich einzubilden, sie könne einen Mann verändern, nur weil sie ihn liebte.

Liebe?

Rose fröstelte und hielt das zerwühlte Laken so fest, dass ihr die Finger schmerzten. Ja, sie liebte Adam. Aber das durfte einfach nicht sein! Er war schließlich nur ihr Auftraggeber, nein, noch nicht einmal das. Im Übrigen war er sagenhaft reich und bewegte sich in Kreisen, in denen sie sich nicht auskannte. Das waren genug Gründe, weshalb sie ihn nicht lieben durfte.

Sie zog sich an und wurde immer ärgerlicher, während sie daran dachte, wie er sie in seinen Armen gehalten und ihr dann quasi gesagt hatte, sie solle einen anderen Mann heiraten. Rose wusste, dass Adam sie nicht liebte, aber dass er so kalt und gefühllos sein konnte, damit hatte sie nicht gerechnet.

„Rosalinda!“, rief Adam, und sie atmete tief durch und trat auf die Terrasse.

Sie hatte schon seit fünf Minuten im Schatten der Terrassentür gestanden und Adam beobachtet, wie er auf den Garten hinausschaute. Innerlich hatte sie ihn abgeschrieben. Was sie für ihn empfand, daran konnte sie nichts ändern, aber sie würde nicht so verrückt sein, noch einmal mit ihm zu schlafen.

„Ich dachte schon, du wärst wieder eingeschlafen“, sagte er.

Rose begann, den Tisch zu decken und war froh, dass sie Adam nicht anzusehen brauchte.

„Du bist ärgerlich, Rosalinda. Du bist doch wohl nicht etwa enttäuscht, dass ich mich zu nichts verpflichtet fühle und dass das nicht in deine Welt passt?“

Rose versuchte, seinen Sarkasmus zu ignorieren. Niemals durfte er erfahren, dass sie ihn liebte.

„Wenn ich verärgert wirke, dann nur, weil ich mich über mich selbst ärgere, dass ich mit jemandem geschlafen habe, der alles andere als meiner Idealvorstellung von einem Mann entspricht“, sagte sie und wich unwillkürlich einen Schritt zurück, als Adam sie wütend maß.

„Es tut mir leid, das nehme ich dir nicht ab, Rosalinda. Du weißt, woran du bei mir bist, und das wirst du mir später einmal danken.“

„Das tue ich jetzt schon“, erwiderte sie kühl und setzte sich.

„Gut, dann sind wir uns ja einig. Nun iss doch etwas“, forderte er sie auf, weil sie keine Anstalten machte, zuzugreifen. Er schaute auf das Essen. „Es ist nicht gerade üppig, kein exquisites Dinner, aber mehr haben wir nicht.“

„Ich bin nicht hungrig. Hier, willst du den Fisch? Wir haben noch Käse und Kräcker, falls ich später etwas essen möchte.“

Adam ließ sich nicht lange bitten. Dann schmunzelte er. „Zum Trinken haben wir nur noch Wasser. Hätten wir doch nur Sekt, sodass wir auf unser Zusammensein anstoßen könnten!“ Er stand auf, kam um den Tisch herum, zog sie hoch und küsste sie.

Rose erwiderte den Kuss nicht.

„Was ist los, Rosalinda?“, fragte er leise. „Nein, sag jetzt nichts – du machst dir selbst etwas vor.“ Adam legte ihr den Arm um die Taille und schob Rose ins Wohnzimmer. Er setzte sich auf das Sofa und zog sie trotz ihres schwachen Widerstandes auf den Schoß. „Fast kommt es mir so vor, als wäre dir mein Kuss unangenehm gewesen, doch wir wissen beide, dass das nicht stimmt." Seine Stimme klang samtweich.

Wie sollte sie sich verhalten? Von Liebe oder Versprechungen war nie die Rede gewesen. Eine tiefe Enttäuschung stieg in Rose auf, und sie rutschte von seinen Knien und setzte sich neben ihn.

„Ich kann nicht leugnen, dass ich deine Küsse mag, Adam, noch kann ich alles andere ungeschehen machen, aber ich lasse mich nicht noch einmal darauf ein." Sie rückte weiter von ihm ab, als er sie eindringlich anblickte, aber sie hielt seinem Blick stand.

„Das glaubst du selber nicht", sagte er so leise und gedehnt, dass sie unwillkürlich erzitterte. Adam war unberechenbar, wenn er so sprach.

„Und ob ich das glaube, Adam."

„Wieso?"

Rose sah ihn ratlos an. Unmöglich, ihm verständlich zu machen, dass er für sie der Mann ihres Lebens war, während er lediglich ein paar schöne Stunden mit ihr verbringen wollte.

„Wieso?", fragte er noch einmal, und sie fühlte, sie musste ihm antworten.

„Wir hätten es nicht so weit kommen lassen dürfen. Es ist nicht sehr klug, mit jemandem zu schlafen, mit dem man nur rein geschäftliche Beziehungen haben sollte."

„Vielleicht hast du nicht unrecht."

Er lenkte ein! Rose staunte. Doch sie hatte ihn falsch eingeschätzt.

„Es ist jedoch nun mal dazu gekommen", fuhr er fort, „und ich lasse dich erst gehen, wenn ich es will."

Bei dieser unterschwelligen Drohung zuckte sie zusammen. Dann gab sie sich einen Ruck und stand auf. „Ich bin mir nicht bewusst, dass wir in dieser Hinsicht ein Abkommen getroffen haben."

„Wir brauchen keinen Vertrag und auch keine Heiratsurkunde. Du hast dich mir bereitwillig hingegeben. Ich war der erste Mann für dich, und ich werde auch der einzige bleiben, bis …"

„Bis du meiner überdrüssig bist."

„Bis wir beide übereinkommen, uns zu trennen. Ich weiß nicht, wann das sein wird, aber glaub mir, Rosalinda, bis dahin werden wir beide sehr glücklich sein."

Einen Moment lang war dieser Gedanke sehr verführerisch, aber eine innere Stimme warnte Rose. Sie schüttelte den Kopf und wandte sich ab.

„Tut mir leid, Adam, ich kann nicht", sagte sie leise und wollte hinausgehen. Er sprang auf und packte sie beim Arm.

„Was für ein Spiel spielst du eigentlich?", presste er zwischen den Zähnen hervor. „Was willst du außer dem Vertrag für die Werbung des Villenprojekts eigentlich noch? Für dich persönlich soll wohl auch etwas dabei herausspringen! Oder willst du nur Dawsons Firma aus der Patsche helfen?"

Rose stockte der Atem – sie hatte keine Ahnung gehabt, dass Adam von Craigs Schwierigkeiten wusste.

„Ich weiß so ziemlich alles über Dawsons Firma", sagte Adam hart. „Also, was willst du?"

Rose holte tief Luft. „Ich verlange gar nichts von dir und Craig auch nicht. Wir meinten, wir könnten den Auftrag bekommen, weil wir gute Ideen haben."

„Das ist nur die Hälfte der Wahrheit. Wenn du es auf den Auftrag abgesehen hast, warum schläfst du dann nicht weiterhin mit mir?"

Rose wand sich unter seinem eisernen Griff. „Du tust mir weh. Ich weiß, ich hätte nicht nachgeben sollen. Das entspricht ganz und gar nicht meiner Natur."

„Das ist alles, was du dazu zu sagen hast?", entgegnete er böse. „Es entspricht nicht deiner Natur? Ein Heiratsantrag würde alles wiedergutmachen, nehme ich an. Sorry, Rosalinda, aber das geht gegen meine Natur." Er ließ sie los. „Leg dich in dein einsames Bett und träum' von mir. Deine Rechnung mit dem goldenen Ring am Finger geht leider nicht auf."

Lange noch, nachdem Rose in ihr Zimmer geflüchtet war, konnte sie ihn auf der Terrasse auf und ab wandern hören.

7. KAPITEL

Rose konnte nicht schlafen. Stundenlang grübelte sie darüber nach, ob sie nicht doch nachgeben sollte. Adam und sie begehrten sich, und das Leben wäre, wenn auch nur vorübergehend, voller Aufregung und Leidenschaft.

Vielleicht war es die unglückliche Erfahrung mit Dave oder die Erinnerung an den Vater, der die Mutter so sehr geliebt hatte, dass er nach ihrem Tod nicht wieder heiraten wollte – vielleicht hielt das Rose davon ab, sich auf etwas einzulassen, was letztendlich unglücklich enden würde.

Endlich fiel sie in einen unruhigen Schlaf und wachte erst durch die Sonne auf, die durch das Fenster schien.

Rose stand auf und zog sich an. Es hatte tatsächlich aufgehört zu regnen, und sie nahm sich vor, die Gegend zu erkunden. Wenn sie erst einmal Abstand von Adam hatte, würde alles anders aussehen. Dann konnte sie – wenigstens vorübergehend – ihre Liebe zu ihm und die Ereignisse der letzten Tage vergessen.

Adam saß wie so oft am Rand der Terrasse und schaute in den wilden Garten hinaus, der nach dem Regen frisches Grün zeigte. Als er Rose kommen hörte, drehte er sich zu ihr um und lächelte etwas gequält. Er sah auch nicht gerade ausgeschlafen aus.

„Iss, was noch da ist, ich habe bereits gegessen“, sagte er und zeigte auf den Tisch.

Hatte Adam das wirklich? Rose bezweifelte es. Sie aß einen nicht mehr ganz frischen Kräcker, einen überreifen Pfirsich und trank Wasser dazu. Dann trat sie neben Adam.

„Gibt es irgendetwas Neues?“, fragte sie.

„Nichts. Der Krach beim Zusammenbruch der Hütte wurde bestimmt für Donner gehalten.“

„Dann sitzen wir hier also weiterhin fest.“

„Nein. Da es aufgehört hat zu regnen, werde ich zum nächstliegenden Bauernhaus hinunterklettern.“ Adam stand auf und zog sie mit in den Garten. „Schau mal links über die Mauer.“

Sie tat es und musste erst einmal die Augen schließen. Hinter der

Mauer fiel der Felsen steil ab, und nirgendwo war etwas, woran man sich festhalten konnte. Das nächste Bauernhaus war so weit entfernt, dass es wie ein Spielzeughaus wirkte.

„Da kannst du doch nicht hinunterklettern", sagte sie schwach.

„Mir bleibt nichts anderes übrig."

„Was ist mit der Straße? Steig doch dort über die Mauer. Das ..." Sie schwieg, als sie Adams Gesichtsausdruck sah.

„Habe ich schon ausgekundschaftet. Der Fels fällt dahinter noch steiler ab als hier. Wer hier oben gebaut hat, muss entweder dumm oder blind gewesen sein."

„Ach? Eigenartig. Du hast vor, hier alles zu renovieren – vielleicht für dumme oder blinde Touristen?" Rose war empört. „Die Leute, die die Villa Rosa erbauen ließen, wussten garantiert genau, was sie taten."

„Das hört sich fast so an, als hättest du die Leute gekannt", sagte Adam beiläufig. „Na, wie auch immer, offenbar hat kein Mensch eine Ahnung, dass wir hier sind."

„Du willst nicht ernstlich den Berg hinunterklettern, oder?"

„Das ist kein Berg, nur ein steiler Abhang."

„Nur? Adam, du könntest dir das Genick brechen."

„Kaum. Ich habe ein bisschen Bergsteigererfahrung, und das hier ist nichts Besonderes."

„Ja, mit einer entsprechenden Ausrüstung, aber du hast ja nicht einmal richtige Schuhe." Rose sah Adam in Gedanken schon den Abhang hinabstürzen.

Sie blickte ihm voll ins Gesicht und vermochte es kaum noch, ihre Gefühle für ihn weiterhin zu verbergen. Er legte ihr die Hände auf die Schultern und lächelte. Es war allerdings ein grimmiges Lächeln. Sie versuchte freizukommen, doch er hielt sie fest.

„Man könnte fast den Eindruck bekommen, dass ich dir etwas bedeute, aber das Einzige, woran du denkst, ist der Auftrag. Tote können keine Verträge vergeben, stimmt's?"

Sie holte spontan aus, um ihn zu ohrfeigen, aber er reagierte blitzschnell und fing ihre Hand ab.

„Ich habe dich neulich gewarnt, Rosalinda. Bei unserem zweiten Zusammentreffen. Erinnerst du dich an das, was ich gesagt habe?"

Ja, Rose erinnerte sich. Er würde zurückschlagen oder sich auf andere Weise rächen.

Rose riss sich los. „Du bist ..., du bist ..."

„Ich weiß", sagte er. „Ich bin abscheulich und verdiene nichts anderes, als abzustürzen." Er seufzte. „Verzeih mir, Rosalinda. Ich habe eine schreckliche Nacht hinter mir. Ich habe mich furchtbar nach dir gesehnt." Er küsste sie liebevoll und setzte dann zum Sprung über die Mauer an.

„Nein!" Rose umschloss Adams Taille mit beiden Armen und hielt ihn mit aller Kraft fest. Er drehte sich um und drückte sie zärtlich an sich.

„Hast du dich besonnen? Fast könnte man annehmen, du machst dir Sorgen um mich."

„Ich würde jeden davon abhalten, so etwas Idiotisches zu tun, wie über eine steile Mauer auf glatte, nasse Felsen zu springen." Sie war ärgerlich, dass sie ihre Gefühle gezeigt hatte, und rückte von ihm ab.

„So, das war es nur. Sorge um einen Mitmenschen. Wir dürfen dabei aber nicht vergessen, dass dieser Mitmensch über den Auftrag entscheidet, den ihr so bitter nötig habt."

Rose hätte ihm am liebsten gesagt, dass er sich seinen Auftrag sonst wo hinstecken könne, drehte sich aber nur auf dem Absatz um und strebte dem Haus zu.

Adam hielt sie noch nicht einmal für fähig, menschlich zu empfinden. Musste er ihr denn immer wieder diesen elenden Auftrag unter die Nase reiben? Glaubte er, dass sie nur mit ihm geschlafen hatte, um den Auftrag zu bekommen?

Sie ging ins Haus und sofort in ihr Zimmer. Dort setzte sie sich auf das Bett und stützte das Gesicht in die Hände. Sie war verzweifelt und zornig zugleich. Sie liebte ihn, aber er war der Meinung, sie hätte es nur auf den Auftrag abgesehen.

Die Stille war erdrückend, sogar die Vögel hatten aufgehört zu singen. Ein fernes Geräusch – Stein schien auf Stein zu treffen – schreckte Rose auf. Ihr Puls fing an zu rasen. Sie rannte nach unten. Hatte Adam tatsächlich versucht, zu dem Bauernhaus im Tal hinabzusteigen?

Sie erreichte den Garten und lehnte sich über die Mauer. Rose sah niemanden und atmete erleichtert auf. Sie machte sich zu viele Sorgen. Adam hatte sich nicht einer solchen Gefahr ausgesetzt. Rose richtete sich wieder auf – und nahm gleichzeitig aus dem Augenwinkel eine Bewegung auf der steilsten Stelle des Abhangs wahr.

Wie versteinert stand Rose da, nur mühsam unterdrückte sie einen Schrei. Auf keinen Fall durfte sie den Kletterer aus der Ruhe bringen. Adam bewegte sich sehr behutsam, fühlte offensichtlich vorsichtig mit dem Fuß nach einem Halt. Rose strengte die Augen an, um jede der Bewegungen genau zu verfolgen.

Plötzlich rutschte Adam ab und stürzte. Rose schloss die Augen und biss sich auf die Lippe, klammerte sich so fest an die Mauer, dass die Knöchel weiß hervortraten. Dann schaute sie ängstlich hinab.

Adam lag regungslos auf einem Felsvorsprung, und sie geriet in Panik. Doch nach einer Weile rührte er sich, stand auf und kletterte weiter hinunter. Roses Augen füllten sich mit Tränen der Erleichterung. Ein paar Minuten später war er unten im Tal.

Rose starrte auf die ferne Gestalt und atmete tief durch. Adam drehte sich um, winkte ihr zu und ging dann auf das Bauernhaus zu. Die Spannung, mit der sie den Abstieg des geliebten Mannes verfolgt hatte, ließ nach, und langsam kehrte Rose zum Haus zurück. Dort sank sie auf die Bank und lehnte sich gegen die Hauswand. Sie war so erschöpft, als hätte sie und nicht Adam den Abstieg gemacht.

Noch nie in ihrem Leben hatte sie eine solche Angst ausgestanden. Wenn Adam zu Tode gekommen wäre, hätte Rose auch nicht mehr leben wollen. Ihr Herzschlag beruhigte sich nur langsam. Die Zeit verstrich, aber Rose war immer noch blass, als sie ihren Namen hörte. Sie sprang auf und rannte Adam entgegen.

„Oh, Adam, ich hatte solche Sorge um dich! Warum musstest du nur so etwas Gefährliches tun?“ Sie griff nach seinem Arm und schüttelte ihn.

Adam lachte auf und zog sie an sich. „Du zitterst ja, Rosalinda. Hast du dir Gedanken um mich oder um den Auftrag gemacht?“

„Natürlich um dich. Das hat doch nichts mit dem Auftrag zu tun.“

„Vielleicht nicht. Doch was wäre aus ‚Ferrier Travel‘ und ‚Design for Today‘ geworden, wenn mir etwas zugestoßen wäre?“

„Kannst du nicht einmal an etwas anderes denken?“ Rose war den Tränen nahe. Sogar in einer solchen Situation hatte er nur seine Firma und den elenden Auftrag im Kopf.

„Tust du das denn?“, spottete er. „Gib’s schon zu, Rosalinda. Seit du nach Mallorca gekommen bist, hast du dich nur damit beschäftigt, wie du den Auftrag für dich und deinen Chef an Land ziehen kannst.“

„Ich leugne nicht, dass wir für deine Firma arbeiten möchten, Adam, das ist jedoch nicht das Wichtigste im Leben.“

„Oh, nein, natürlich nicht. Ein folgsamer Ehemann, noch reich dazu, ist jedem Auftrag vorzuziehen, hab ich recht?“ Er küsste sie, und Rose erwiderte seinen Kuss leidenschaftlich.

Sie legte die Arme um ihn, wurde aber gleich darauf von Adam zurückgestoßen. Dann packte er sie fest bei den Schultern und schüttelte sie. Sie blickte ihn verständnislos an, und er verzog zynisch die Lippen.

„Du versuchst es immer wieder, was, Rosalinda? Also gut. Nimm meine Bedingungen an, und ihr kriegt den Auftrag.“

Wieder spürte sie den Drang, ihn zu ohrfeigen, doch sie beherrschte sich.

Er ließ sie plötzlich los. „Ich war wohl zu schroff, Rose ... Trotzdem, ich meine, was ich sage.“

„Du bist ungerecht, Adam. Vielleicht hast du dich überanstrengt und weißt nicht, was du sagst. Immerhin hast du uns gerettet. Kommt bald Hilfe?“

„Die Masche, mich zum Helden zu machen, zieht nicht, Rosalinda. Ja, einige Leute sind unterwegs. Sie werden uns etwas zu essen bringen. Die Räumung des Wegs wird dann allerdings einige Zeit dauern.“

Rose hätte ihm am liebsten gesagt, dass er sie falsch einschätzte, dass sie nicht aus Berechnung mit ihm geschlafen hatte und ihn auch nicht aus taktischen Gründen zum Helden machen wollte. Ein Blick auf seinen zusammengekniffenen Mund und den unversöhnlichen Ausdruck in seinen Augen hielt sie jedoch davon ab.

„Wie gut, dass wir bald etwas zu essen haben werden“, sagte sie. „Ich bin sehr hungrig.“

„Ich auch.“

„Dann hatte ich also recht mit der Vermutung, dass du heute noch nichts gegessen hast."

„Ich hatte keinen Hunger", entgegnete er knapp.

„Das nehme ich dir nicht ab. Du hast meinetwegen aufs Essen verzichtet, hab ich recht?" Rose stellte verblüfft fest, dass sich seine Wangen leicht röteten. Spontan trat sie auf ihn zu und legte ihm den Arm um die Hüften. „Du bist trotz all deiner Selbstherrlichkeit wunderbar!", rief sie und reckte sich, um Adam auf die Wange zu küssen.

„Und du bist ein Buch mit sieben Siegeln, Rosalinda. In einem Moment bekämpfst du mich, im nächsten wirfst du dich mir quasi an den Hals. Bedeutet diese Geste jetzt, dass du deine Meinung über unsere Beziehung geändert hast?"

„Nein, das nicht. Ich freue mich über deine Fürsorge, möchte aber nicht noch einmal mit dir schlafen."

„Bist du dir da ganz sicher?", fragte er mit dunkler Stimme.

Rose löste sich schnell von ihm, weil sie befürchtete, etwas zu sagen, was sie später bereuen würde.

„Davonlaufen ist keine Lösung!", rief er ihr nach, als sie ins Haus eilte.

Das stimmte, aber was blieb ihr anderes übrig?

Zwanzig Minuten später, Rose war gerade wieder hinausgegangen und hatte sich auf der Terrasse neben Adam auf die Bank gesetzt, hörten sie von der Auffahrt her ein undeutliches Rufen. Beide sprangen jäh auf und rannten los.

Fast gleichzeitig erreichten sie das Tor, obwohl Rose über einen Stein gestolpert und umgeknickt war. Adam unterhielt sich mit zwei Männern, die Rose nicht sehen konnte. Sie verstand kein Wort. Offenbar wurde Dialekt gesprochen.

Schließlich stieg einer der beiden Männer, so weit es ging, auf die Reste der zusammengefallenen Hütte und warf von oben mehrere Päckchen hinüber, die Adam geschickt auffing. Eins allerdings erwischte er nicht. Es klirrte, als es auf den Boden fiel. Die beiden Männer lachten und fuhren wenig später in einem alten Lastwagen davon.

Adam schwenkte Rose herum und küsste sie herzlich. Sie versuchte, ihn von sich zu schieben.

„Wehr dich nicht, Rosalinda, du wirst letztendlich doch nachgeben."

„Das werde ich nicht, ich …“ Sie taumelte leicht.

„Was ist?“

„Nichts weiter. Ich hab mir bloß ein wenig den Fuß vertreten.“

„Hm …, armes Kind.“ Er hob sie hoch und trug sie zum Haus.

Rose protestierte. „Lass mich runter! So schlimm ist das mit meinem Fuß nicht, ich kann allein gehen!“

„Ist nicht mehr nötig, wir sind da.“ Damit setzte Adam sie auf der Bank auf der Terrasse ab. „Welcher Fuß?“

„Der linke, aber …“

Schon tastete er Fuß und Knöchel ab. „Nein, nichts geschwollen, wirklich nichts Schlimmes. Nur leicht vertreten.“

„Na also.“ Eine Welle der Erregung durchlief Rose, während er ihren Fuß leicht massierte. „Lass das, sag mir lieber, warum die Männer wieder weggefahren sind.“

Adam richtete sich auf. „Die beiden kamen sozusagen nur als Vorhut, um den Schaden abzuschätzen. Sie sind wieder losgefahren, um entsprechende Hilfe anzufordern. Das könnte alles eine Weile dauern. Aber wir haben in der Zwischenzeit wenigstens etwas zu essen.“

„Das hat gut getan“, sagte Adam und lehnte sich zurück.

Er und Rose hatten frisches Brot, Salami, Pizza, Sardinen und Käse gegessen.

Motorgeräusche und laute Stimmen drangen plötzlich herauf.

„Da sind sie, Rosalinda. Alles wird gut. Wart's nur ab.“

Während Rose in der Küche das Geschirr spülte, ging Adam zu den Männern hinunter, die den Weg räumten.

Nach dem Abwaschen setzte Rose sich wieder an den Terrassentisch. Die Räumungsarbeiten schienen schneller voranzugehen als gedacht. Sie hatte schon befürchtet – oder gehofft? – eine weitere Nacht hier oben zubringen zu müssen.

Schließlich war Rose es leid, untätig herumzusitzen. Sie stand auf, verließ die Terrasse und bahnte sich einen Weg durch das Gestrüpp im Garten hin zu den Orangenbäumen. Der Berg im Hintergrund war deutlich zu sehen, und die Bäume an den unteren Hängen leuchteten in verschiedenen Grünschattierungen.

Auf einmal schwirrten Schwalben um Rose herum, und sie betrachtete begeistert die schlanken Vögel.

Das Klicken eines Fotoapparates ließ sie den Kopf drehen. War Adam in der Nähe? Diesen schönen Augenblick wollte Rose mit ihm teilen. Beim Anblick des auf sie gerichteten Apparates lief sie zur Terrasse zurück, wo Adam stand, und zog schnell die Videokamera aus der Tasche.

„Ist das nicht wunderschön?"

„Wunderschön", wiederholte er und sah abwechselnd auf Rose und auf die Vögel. „Ungewöhnlich und einmalig."

„Einmalig? Übertreib nicht. Wir haben in England auch Schwalben."

„Wer spricht denn von Vögeln?"

„Adam!"

Er wandte sich ab, ging zur Haustür, und Rose folgte ihm unwillkürlich.

„Hast du drinnen noch irgendetwas zu tun?"

„Nein, ich habe im Haus nichts mehr zu tun …"

„Gut. Die Straße ist wieder frei, wir können also los. Auch wenn die Tür bestimmt unverschlossen war und es hier wohl kaum Einbrecher gibt, schließe ich lieber ab und gebe den Schlüssel dem Rechtsanwalt." Er drehte den Schlüssel im Schloss und ging dann voraus zu den Wagen. Als er die Tür seines Autos öffnete, schaute er Rose an. „Fährst du direkt nach Puerto Pollensa?"

Sie nickte nur, weil sie ihrer Stimme nicht traute. Es hieß nun Abschied nehmen. Vielleicht würde sie die Villa wiedersehen, aber die Zeit hier mit Adam würde sich nicht wiederholen. Sobald er herausgefunden hatte, dass ihr das Haus gehörte, würde er nichts mehr mit ihr zu tun haben wollen.

„Wir essen heute Abend zusammen. Ich hole dich ab, sobald ich mich frisch gemacht habe." Er schaute widerwillig auf sein zerknittertes Hemd und die nicht besser aussehende Hose.

Rose schluckte. Sie erinnerte sich genau an den attraktiven Körper, der unter diesen Kleidungsstücken verborgen war.

„Ich schätze, das wird etwa eine Stunde nach unserer Ankunft in Puerto Pollensa sein", sprach Adam weiter. „Dann können wir noch am Strand spazieren gehen. Danach suchen wir uns ein gemütliches Restaurant. Von Sardinen und Käse habe ich allerdings erst einmal genug." Er lachte und war offenbar sicher, dass sie gern einwilligen würde.

Rose setzte sich hinters Steuer ihres Leihwagens, ehe sie antwortete. „Ich bin sehr erschöpft, Adam, und werde gleich ins Bett gehen. Dafür hast du sicherlich Verständnis."

„Nein, nicht ganz. Du hattest doch Zeit genug, dich auszuruhen."

„Trotzdem bin ich müde, möchte nur duschen und dann ins Bett."

„Wie wär's, wenn wir das zusammen machten? Ich bin kein Unmensch, Rosalinda, nur ein Mann, der dich lieben möchte."

„Du wirst schon jemanden finden, der meinen Platz einnehmen kann. Ich fahre jetzt, Adam, leb wohl." Sie schloss die Tür, startete den Motor und fuhr davon.

Rose wollte irgendwo anhalten und sich ausweinen, sah dann aber, dass Adam ihr in seinem dunkelgrünen Wagen folgte. Die Häuser von Puerto Pollensa kamen in Sicht, und kurz darauf hielt sie vor ihrem Hotel. Sie lief schnell zum Eingang, drehte sich jedoch noch einmal um und sah gerade noch, wie Adam ihr zuwinkte, als er vorbeifuhr.

Rose hatte damit gerechnet, dass Adam am nächsten Tag ins Hotel kommen oder sie zumindest anrufen würde, aber er tat es nicht. Sie schlenderte stundenlang durch den geschäftigen kleinen Ort und fotografierte alles, was ihr interessant erschien. Ihr Herz war allerdings nicht bei der Sache, und nach einem späten Lunch ging Rose zurück in ihr Hotelzimmer.

Der eintönige Nachmittag wurde von Craigs Anruf aus England unterbrochen, und sie freute sich, seine Stimme zu hören.

„Du arbeitest am Samstagnachmittag?"

„Wir haben viel zu tun – da geht es nicht ohne Überstunden", sagte er vorwurfsvoll. „Nicht jeder kann es sich leisten, am Strand zu liegen und hin und wieder mal zu fotografieren. Wo warst du bloß, Rose? Ich habe dich gestern und vorgestern angerufen, und die Telefonistin konnte mir nicht sagen, wo du warst. Wann kann ich dich denn am besten erreichen? Ich will nicht unnötig Geld fürs Telefonieren ausgeben", setzte er gereizt hinzu und klang dabei eher wie ein pedantischer Schulmeister als ein zukünftiger Ehemann.

„Ich hatte in Pollensa zu tun. Falls du dich erinnerst – ich mache auch Urlaub hier."

„Natürlich weiß ich das, aber die Arbeit geht vor", entgegnete er, und Rose fragte sich, ob er immer schon so wichtigtuerisch gewesen war. Ach, sicherlich war er nur verärgert, weil er sie nicht erreicht hatte.

Der unfreiwillige Aufenthalt in der Villa hatte ihr jedenfalls gezeigt, dass es noch was anderes gab als Arbeit. Einen großen, starken Mann mit azurblauen Augen zum Beispiel.

Craig reagierte ärgerlich, als sie ihm sagte, das Leben sollte nicht nur aus Arbeit bestehen, und fragte sie, wie sie mit dem Videofilm vorankam.

„Hast du schon etwas Definitives von Mr. Ferrier gehört?", erkundigte er sich dann.

„Noch nicht." Rose hoffte inständig, er würde keine weiteren Fragen stellen. Sie wollte keiner Seele, auch nicht Craig, ganz besonders nicht ihm, von dem wenn auch unfreiwilligen Aufenthalt mit Adam in der Villa erzählen. Craig hätte sich empört, dass sie da allein mit einem anderen Mann gewesen war, vor allem, da er die Umstände nicht kannte. Eigentlich sollte sie schuldbewusst sein, aber sie empfand nur unendliches Bedauern, dass alles vorbei war und Adam wohl glaubte, sie sei wegen des Auftrags mit ihm ins Bett gegangen.

„Rose, bist du noch da?" Craigs ungeduldige Stimme machte Rose bewusst, dass sie ihm nicht mehr zugehört hatte.

„Tut mir leid, Craig, meine Gedanken waren woanders. Was sagtest du?"

Craig seufzte. „Ich hatte dich gefragt, ob du schon bei dem Rechtsanwalt warst und was deine Tante dir vermacht hat."

„Ich war bei ihm. Meine Tante hat mir ein Haus vererbt."

„Ein Haus – na, das ist ja was." Er klang beeindruckt, allerdings nicht sehr überrascht, und Rose runzelte die Stirn.

„Hast du etwa von dem Haus gewusst, Craig? Nein, das konntest du doch gar nicht."

Craig lachte verlegen. „Na ja, Señor Pueg rief einen Tag nach deinem Abflug an, und ich nahm das Gespräch entgegen. Er wollte zuerst nichts Näheres sagen, ließ dann aber durchblicken, dass es sich um einen Besitz handelte. Er klang sehr sympathisch und schien auf deinen Vorteil bedacht zu sein. Du wirst sicher durch ihn verkaufen wollen."

„Da irrst du dich, Craig. Ich weiß nicht, ob ich überhaupt verkaufen möchte. Und übrigens, warum hast du bei unserem letzten Telefongespräch Señor Puegs Anruf nicht erwähnt?"

„Tut mir leid, Rose, ich wollte ihm nicht vorgreifen." Craigs um Verzeihung bittende Stimme ließ Rose ihren Ärger vergessen.

„Ist schon in Ordnung, Craig. Ich mag Señor Pueg nicht besonders, und sollte ich verkaufen, dann bestimmt nicht durch ihn."

„Das musst du entscheiden, Rose, aber soviel ich weiß, hat der Anwalt bereits einen Käufer. Denk nur einmal an das Geld."

Seine Stimme klang nun beinahe beschwörend. Rose wusste, dass er daran dachte, wie gut seine Firma eine solche Summe gebrauchen konnte.

„Ich werde es mir gut überlegen, Craig", sagte Rose, und er verabschiedete sich und hängte ein, ohne einen Zeitpunkt für den nächsten Anruf zu vereinbaren. Rose legte nachdenklich den Hörer auf. Sie hatte nicht vor, nur wegen eines eventuellen Anrufs im Zimmer zu bleiben, und das galt auch für Adam.

Aber machte sie sich nicht etwas vor? Hätte festgestanden, dass Adam irgendwann anrufen würde, wäre sie mit Freuden den ganzen Tag im Zimmer geblieben.

Nachdem sie ohne großen Appetit zu Abend gegessen hatte, machte sie einen Strandspaziergang. Sie hätte Adam gern neben sich gehabt und dachte an seinen gestrigen Vorschlag. Adam war der einzige Mann, den sie wollte, und sie hatte ihn abgewiesen …

Es war richtig so, denn eine Beziehung mit ihm würde mich nur unglücklich machen, sagte sie sich. Sie ließ sich in den Sand gleiten und lehnte sich an die Kaimauer.

Wie sollte sie sich nur hinsichtlich des Hauses entscheiden? Sie hatte es in der kurzen Zeit, die sie dort gewesen war, lieb gewonnen, und wenn sie sich vorstellte, wie es einmal aussehen könnte, wurde ihr warm ums Herz. Adams Pläne entsprachen ihren eigenen Wünschen.

Aber all das kostete viel Geld, und selbst wenn sie weniger aufwendige Umbauten vornehmen ließe, als Adam vorhatte, ging das immer noch über ihre Verhältnisse. Das Geld, das ihre Tante ihr hinterlassen hatte, reichte wohl nicht einmal, um das Dach ausbessern zu lassen. Außerdem – sie würde es nur im Urlaub bewohnen können, schließlich arbeitete sie in England.

Und Craig stellte sich einen Urlaub anders vor, er bevorzugte die exklusiven Seebäder an der Südküste Englands. Das Geld, das der Verkauf des Besitzes erbrächte, würde ihm sehr willkommen sein. Rose spürte ein leichtes Unbehagen bei dem Gedanken, das Geld in „Design for Today“ zu stecken. Natürlich würde Craig sie niemals darum bitten, es aber insgeheim erwarten.

Sie zog die Beine an und stützte das Kinn auf die Knie. So ungern sie sich von der letzten Verbindung zu ihrer Familie trennen wollte, sie musste verkaufen. Sollte Adam die Villa haben.

Aus welchen Gründen ich die Villa liebend gern behielte, würde er nicht verstehen, dachte Rose. Sentimentale Gefühle kennt er nicht. Er wird meinen, ich sei geldgierig und wolle den Preis in die Höhe treiben.

Plötzlich fühlte sie sich hochgezogen, und Panik überfiel sie. Wie dunkel es geworden war! Sie öffnete den Mund, um zu schreien, als sie den Mann erkannte, der sie eisern festhielt. Mit einem Seufzer der Erleichterung lehnte Rose sich gegen ihn.

„Adam! Du hast mich zu Tode erschreckt. Es sollte mich nicht wundern, wenn mein Haar schneeweiß geworden ist.“

Er erwiderte nichts, und sie blickte forschend in sein Gesicht. Ihr stockte der Atem. Hätte sie Gelegenheit gehabt zu flüchten, Rose hätte es getan. Er hielt sie jedoch so unbarmherzig fest, dass ein Versuch, sich zu befreien, nicht nur lächerlich, sondern auch vergeblich gewesen wäre.

„Du weißt Bescheid, nicht?“, flüsterte sie. Es konnte keinen anderen Grund für Adams Zorn geben.

„Wenn du damit meinst, dass ich weiß, wem die Villa Rosa gehört, dann hast du recht. Sie gehört der hinterhältigsten Frau, die ich je kennengelernt habe.“

„Lass mich dir alles erklären“, bat Rose kleinlaut. „Ich ...“

Adam schnitt ihr das Wort ab.

„Du hast bestimmt eine Erklärung parat“, sagte er höhnisch, „die fantasiereich, wenn nicht sogar überzeugend ist. Was mir allerdings schleierhaft ist – weshalb hast du nicht die Gelegenheit genutzt, das Haus gegen den Auftrag auszuspielen?“

„Und was hätte das gebracht? Ich weiß, dass du nie einer Firma ohne Referenzen einen Auftrag geben würdest. Nein, das Haus hat damit nichts zu tun. Ich will den Auftrag, weil ich ihn verdient habe.“

„Und das soll ich dir glauben?“, fragte er spöttisch und ließ sie los. „Gut, ich gebe dir und deinem Chef die Gelegenheit, eure Fähigkeiten unter Beweis zu stellen, obwohl ich eure Methoden abscheulich finde. Ich hoffe, du weißt, worauf du dich bei einem Ehemann wie Craig Dawson einlässt. Ihr werdet – dank deines Einsatzes – sicherlich weitere Aufträge bekommen, aber gewiss nicht von ‚Ferrier Travel‘. Stell deine Fotoserie vor, und sie wird berücksichtigt werden.“ Er sah sie derartig verächtlich an, dass sie am liebsten im Boden versunken wäre. Dann drehte er sich um und ging davon.

Was ist mit der Villa, wollte Rose ihm nachrufen, aber er hätte sowieso nicht zugehört, selbst wenn sie ihm gesagt hätte, sie würde verkaufen. Sie hätte gestern doch mit ihm zu Abend essen sollen. Nach einem angenehmen Mahl wäre der richtige Zeitpunkt gewesen, Adam zu erzählen, dass sie die Besitzerin des Hauses war, und es ihm zum Kauf anzubieten.

Rose ging am Strand zurück zum Hotel und stieß dabei zornig Steine aus dem Weg. Adam wäre zwar ärgerlich geworden, aber eine Einigung wäre gewiss zustande gekommen. Eigentlich hätte sie ihm sogar gleich, als er Interesse an dem Haus zeigte, reinen Wein einschenken sollen.

Was meinte Adam wohl mit den anderen Aufträgen, wenn sie Craig heiratete? Rose blieb plötzlich stehen, die Augen weit geöffnet vor Entsetzen. Adam glaubte doch wohl nicht, dass sie das Ganze mit Craig ausgeklügelt hatte.

„Oh, nein“, sagte sie laut vor sich hin. Adam glaubte, sie würde mit jedem potenziellen Kunden schlafen, um ihr Ziel zu erreichen!

Das konnte sie nicht auf sich sitzen lassen. Sie musste Adam unbedingt sehen, ihn überzeugen, dass sie wegen eines Auftrags nie mit einem Mann das Bett teilen würde.

Am nächsten Morgen nahm Rose ihren ganzen Mut zusammen und ging zum Hotel Alonzo. Sie wollte Adam unter anderem sagen, dass sie den Besitz an ihn verkaufen würde. Sie konnte nicht nach England zurückfliegen, ohne nicht wenigstens einen Versuch unternommen zu haben, den Schaden, den ihre Geheimnistuerei angerichtet hatte, wiedergutzumachen.

Als Rose aus dem Lift trat, kam Adam ihr bereits entgegen.

„Kann ich ein paar Minuten mit dir sprechen?“, fragte Rose. Bei seinem Anblick wurden ihre Knie weich. Sie glaubte schon, er würde ablehnen, da trat er zur Seite, und sie ging an ihm vorbei in den Salon.

„Nun, was hast du zu sagen?“, fragte Adam wenig später.

„Es tut mir leid, entschuldige. Lass mich erklären“, bat sie mit unsicherer Stimme. Schon sein Blick machte sie nervös.

„Was willst du erklären? Wie du die Gelegenheit beim Schopf ergriffen hast, um mich für meine Arroganz zu bestrafen? War es das, eine kleinliche Abrechnung für unser erstes Beisammensein und dafür, dass du mich genauso wolltest, wie ich dich wollte? Ich habe dein unnahbares Image von dir selbst zerstört, deinen Traum von einer leidenschaftslosen Ehe mit zwei wohlgeratenen Kindern. Das war es, nicht wahr, Rosalinda?“

Offenbar hatte er seine Meinung, dass sie aus geschäftlichen Gründen mit ihm geschlafen hatte, revidiert, dennoch hielt er nicht viel von ihr. In einem musste sie ihm allerdings recht geben – sie hatte sich wehren wollen gegen die Gefühle, die er in ihr wachrief.

Sie seufzte resigniert. Es hatte keinen Zweck, ihm irgendetwas zu erläutern, er würde ihr nichts glauben.

Er packte sie bei den Schultern. „Willst du mich nicht um Verzeihung bitten?“, fragte er spöttisch. „Ich wäre dann auch geneigt, dir zuzuhören. Zur Abwechslung solltest du jedoch einmal deine Karten offen auf den Tisch legen.“

Rose warf den Kopf in den Nacken und wünschte in diesem Moment, sie wäre zehn Zentimeter größer.

Sie blickte Adam mit aller Verachtung an, die sie aufbringen konnte. „Ich werde dich um nichts bitten, Adam. Ich habe mich entschuldigt, und wenn dir das nicht genügt, dann kann ich nichts weiter tun."

Gegen alle Vernunft hatte Rose gehofft, Adam würde sie wenigstens einigermaßen verständnisvoll anhören. Und sie hatte sich gewünscht, er würde sie in die Arme nehmen und küssen.

„Zu schade. Du wolltest mich hintergehen, und es wäre mir eine Genugtuung gewesen, dich quasi vor mir auf den Knien zu sehen."

Rose riss sich los und wich unwillkürlich einen Schritt zurück.

Adam lachte. „Keine Angst, ich werde dich nicht noch einmal anfassen. Frauen wie du bringen ihr Geschlecht in Verruf." Er strich sich über die Augen und sah mit einmal so erschöpft aus, dass sie ihn am liebsten umarmt und ihm zugeflüstert hätte, dass sie ihn liebte.

Im nächsten Moment hatte er sich wieder in der Gewalt. Rose zitterte bei dem Gedanken, was passiert wäre, wenn sie ihrem Impuls nachgegeben hätte.

„Craig und ich haben nicht intrigiert." Rose musste einfach etwas zu ihrer Verteidigung sagen.

„Rosalinda, das nehme ich dir nicht ab. Alles sieht zu sehr nach abgekarteter Sache aus. Dass wir beide das Haus nicht verlassen konnten, war Zufall, passte jedoch gut in deinen Plan, und du hast die Gelegenheit genutzt. Du glaubtest wirklich, mich dahin gebracht zu haben, wo du mich haben wolltest, nicht?" Er blickte sie voller Verachtung an. „Du hast dich geirrt. Man kann keiner Frau trauen. Nicht meiner Mutter, die meinen Vater wegen seines reicheren Geschäftspartners verließ, noch meiner Exverlobten – und dir auch nicht."

„Was war mit deiner Verlobten, Adam?", fragte Rose leise.

Er lachte kurz auf. „Die Geschichte wiederholt sich. Mein bester Freund war ebenfalls sehr reich, und er und meine Verlobte, die mir ewige Liebe geschworen hatte, brannten zwei Tage vor unserer Hochzeit durch."

„Das tut mir leid, Adam", sagte sie.

Er fuhr sie wütend an: „Ich brauche dein Mitleid nicht, Rosalinda. Das alles ist lange vergessen und war das Beste, was mir hat passieren können. Ich habe mich in die Arbeit gestürzt und bin so erfolgreich, wie ich es nie für möglich gehalten habe. Und ich habe gelernt, keiner Frau mehr zu trauen, und lasse mich nicht hintergehen." Er wies zur Tür. „Verschwinde aus meinem Leben und komm nie wieder zurück."

Adam wartete, bis sie den Lift erreicht hatte, und wandte sich dann ab. Rose starrte auf den Boden des Fahrstuhls, unfähig, die Tränen länger zurückzuhalten.

8. KAPITEL

Die nächsten Tage schienen sich endlos hinzuziehen. Rose wäre nach der katastrophalen Begegnung mit Adam am liebsten so schnell wie möglich abgereist. Der Videofilm musste jedoch zu Ende gedreht werden, und außerdem war es kein Mann wert, seinetwegen dieses Projekt abzubrechen, ehe es nicht abgeschlossen war.

Die Chance, den Auftrag von „Ferrier Travel" zu erhalten, hatte Craig verdient, und Rose konzentrierte sich auf die Arbeit. Mit dem Mietwagen fuhr sie zu allen Häusern, die Adam für das Projekt vorgesehen hatte – außer zur Villa Rosa.

Die Sekretärin hatte Rose am Morgen nach der unglückseligen Strandaffäre mit Adam eine Liste der Häuser zugesandt, zusammen mit einer Straßenkarte und einem kurzen Schreiben, dass Señor Ferrier ihr leider nicht wie verabredet die Villen selber zeigen könne und dass Rose nur anzurufen brauche, falls seine Sekretärin ihr in irgendeiner Weise behilflich sein könne.

Vor ein paar Tagen hatte Adam noch darauf bestanden, Rose herumzuführen, aber nun, da er wusste, dass ihr die Villa Rosa gehörte, hatte sich alles verändert, und es war ihm wahrscheinlich gleichgültig, was sie machte.

Am Tag vor ihrer Abreise nach England suchte Rose das letzte Haus auf. Es handelte sich um eine neue, prachtvolle Villa am Rande von Pollensa und ließ sich nicht mit der Villa Rosa vergleichen.

Rose schaute sich auf dem Gelände um und dachte bei sich, dass sie die Villa Rosa vorziehen würde, obwohl dieses Haus hier neu gebaut und sich in Stadtnähe mit all ihren Annehmlichkeiten befand. Schließlich setzte Rose sich auf eine Bank unter einem Olivenbaum neben dem Pool. Es war nicht die Villa Rosa allein gewesen, die Rose so verzaubert hatte, sondern auch der Mann, mit dem sie dort ein paar Tage gelebt hatte.

Würde sie sich Adam aus dem Kopf schlagen können? Konnte sie je den Mann vergessen, der so plötzlich in ihrem Leben aufgetaucht war und für den sie so viel empfand? Vielleicht nach einer langen, schmerzvollen Zeit, aber so ganz würden Herz und Sinne bestimmt nie frei von ihm sein.

Eine Tür der Villa wurde geöffnet, und Adam trat heraus. Bei seinem Anblick vergaß Rose vollkommen, wie er zuletzt mit ihr geredet hatte. Sie sprang auf und strahlte ihn an. Er kam auf sie zu, begrüßte sie aber lediglich, als sei sie eine flüchtige Bekannte.

„Miss Grey", sagte er höflich, und Rose hätte im Erdboden versinken mögen bei seiner kühlen Förmlichkeit. Er drehte sich halb um, und Rose bemerkte, dass er nicht allein war. „Estelle", fuhr er fort, „darf ich dir Miss Rose Grey vorstellen? Sie bemüht sich, den Werbeauftrag für mein Villenprojekt zu bekommen. Miss Grey, Miss Lawdon ... Ach, da fällt mir ein, ihr habt euch ja bereits kennengelernt."

Rose sah die schöne Rothaarige gequält an. Sie war noch schöner, als Rose sie in Erinnerung hatte.

Estelle trug ein einfaches weißes Kleid, sicherlich ein Modellkleid, und maß Rose von oben herab.

„Darling", sagte Estelle vorwurfsvoll und ignorierte Roses ausgestreckte Hand. „Darling, ich dachte, du lässt deine Werbeaktionen von John Kristie ausarbeiten?"

„Das tue ich auch, aber das Villenprojekt liegt mir besonders am Herzen, und ich wollte zusätzlich ein paar andere Vorschläge einholen."

„Ich verstehe." Estelle lächelte geringschätzig. „Dann wird Miss Grey wohl kaum eine Chance haben. Aber ich verstehe ihr Bemühen. Das wird ein einträglicher Auftrag, und Miss Grey kann das Geld sicherlich gut gebrauchen." Sie musterte Roses schlichtes cremefarbenes Kleid mit dem Rosenknospenmuster und bemerkte spöttisch: „Rosen, zum Namen passend – wie rührend."

Krampfhaft presste Rose die Fingernägel in die Handflächen, um nicht die Kontrolle zu verlieren. Am liebsten hätte Rose Estelle in den Pool gestoßen. Dabei wäre der schönen Rothaarigen die Arroganz schon vergangen.

Rose blickte Adam zornig an, der belustigt dreinschaute, und hätte zu gern das Gleiche mit ihm gemacht.

Estelle wirkte plötzlich nachdenklich. „Grey ..., Grey – Adam, hast du nicht den Namen in Verbindung mit dem Kauf einer Villa erwähnt?"

Rose stutzte. Hatte er etwa mit dieser Frau über sie gesprochen?

„Ich habe Miss Greys Namen telefonisch gegenüber Señor Pueg erwähnt, als du, ohne anzuklopfen, in mein Hotelzimmer kamst“, erwiderte er nicht gerade freundlich.

„Hat sie dir das Haus verkauft, Darling?“, fragte Estelle. „Oder wartet sie, bis sie deinen Auftrag hat?“

Adam schüttelte den Kopf. „Nichts dergleichen. Ich verhandle immer noch mit Miss Greys Rechtsanwalt.“

Er nickte Rose knapp zu, nahm Estelle beim Arm und ging mit ihr auf das Tor zu. Estelle würdigte Rose keines Blickes mehr.

Die wünschte sich inständig, Estelle würde mit ihren hochhackigen Schuhen stolpern und sich lächerlich machen.

Señor Pueg feilschte mit Adam vermutlich um einen noch höheren Preis als die Summe, die Adam bereits genannt hatte, und die war schon großzügig, besonders in Anbetracht der notwendigen Restaurierungen. Bei allem Charme, den die Villa Rosa ausstrahlte, Touristen würden nicht auf gut funktionierende Wasserleitungen und bequeme Betten verzichten wollen.

Rose hatte Señor Pueg erst am Vortag mitgeteilt, dass sie zum Verkauf bereit war, und der Anwalt hatte keine Zeit verloren. Das konnte nur zu ihrem Vorteil sein. Sie hatte ihm auch von Adams Angebot erzählt, und Adam würde schon dafür sorgen, dass sie nicht übervorteilt würde.

In England schien es mindestens fünfzehn Grad kälter zu sein als auf Mallorca. Als Rose aus dem Flugzeug stieg, atmete sie die kühle Luft ein. Mallorca lag hinter ihr, und dass ihre Gedanken sich noch mit Adam beschäftigten, damit würde sie wohl leben müssen.

Der Film für ihn musste nun entwickelt und geschnitten werden, aber das konnte Craig machen. Er wollte sowieso die letzten Verhandlungen mit „Ferrier Travel“ selbst führen, und sie war mehr als froh, ihm die ganze Sache überlassen und sich ihrer Routinearbeit zuwenden zu können. Brot, Milchprodukte und Fertiggerichte aus der Gefriertruhe zu fotografieren, das würde sehr beruhigend sein nach Mallorca und Adam.

Rose hob ihr Gepäck vom Förderband und nahm sich ein Taxi nach Hause.

Die Wohnung erschien ihr klein und besonders kalt nach der Hitze auf Mallorca. Die in gelb-braunen Tönen gehaltene Einrichtung, die sie vor einem Jahr mit so viel Begeisterung ausgesucht hatte, wirkte plötzlich fade im Vergleich zu sonnigen Bergen und der leuchtend blauen See.

Craig freute sich offensichtlich über das Wiedersehen, als Rose am nächsten Morgen in sein Büro kam.

„Bist du froh, wieder hier zu sein, Ro?“, fragte er, und Roses Gemütszustand besserte sich ein wenig bei dem warmen Glanz in seinen grauen Augen. Sie sah Craig sogar das „Ro“ nach, was sich nach den perlenden Silben von „Rosalinda“, wie Adam sie mit seiner tiefen Stimme genannt hatte, noch langweiliger anhörte als vorher schon.

Craig wartete die Antwort gar nicht ab. Er wollte gleich mit Rose über das Projekt sprechen. Das war ihr nur recht.

Er überflog schnell das Konzeptpapier, das sie ihm reichte.

„Das ist ganz zufriedenstellend“, sagte er dann und legte das Papier auf den Schreibtisch. „Wenn der Film genauso gut ist, dann haben wir eine Chance.“

„Wir werden den Auftrag bekommen“, sagte sie. „Da gibt es gar keinen Zweifel!“

Craig runzelte die Stirn. So energisch kannte er Rose gar nicht. „Vergiss nicht, Rose, dass sich noch andere Firmen um diesen Auftrag bemühen, deren Konzepte auch sehr gut sind.“

„Das weiß ich natürlich auch. Jedenfalls haben wir weiter keinen Einfluss auf die Entscheidung. Ich habe mein Bestes getan.“

„Ich werde den Film entwickeln lassen und cutten, sodass wir bald mit ‚Ferrier Travel‘ in Verbindung treten können. Dazu müssen wir nach London. Möchtest du das Video selbst präsentieren?“

„Eigentlich nicht, Craig. Du kannst das viel besser als ich“, sagte Rose schnell, beunruhigt bei dem Gedanken, Adam wiederzusehen. „Du hast zwar den Film nicht gedreht, doch das ist für dich ja kein Problem. Du bist der Boss.“ Sie wusste, dass sie Craig damit schmeichelte.

„Du wirst aber trotzdem wohl mitkommen wollen, oder?“ Craig sah sie etwas verständnislos an. Sie war auf den Job versessen gewesen, und nun wollte sie die Präsentation nicht übernehmen. Eigenartig!

„Wir müssen ja nicht beide fahren. Es wartet hier viel Arbeit auf mich. Mein Schreibtisch bricht fast zusammen."

Craig tat schuldbewusst. „Es hat sich einiges angesammelt", gab er zu.

„Der Alltag hat mich wieder. Also bis später."

„Was ist bei dem Rechtsanwalt herausgekommen?", bestürmte Maisie Rose bei erstbester Gelegenheit. „Was hat Ihre Tante Ihnen denn hinterlassen? Übrigens, danke für die Ansichtskarte."

„Gern geschehen." Rose lachte die neugierige Sekretärin an. „Ein Haus hat sie mir vermacht und ..."

Maisies aufgeregter Schrei unterbrach sie. „Ein Haus, wie herrlich! Da können Sie dann immer Urlaub machen."

Rose schüttelte den Kopf.

„Nein, nicht?", fragte Maisie enttäuscht.

„Leider nein. Ich werde das Haus verkaufen, da es grundlegend renoviert werden muss, und das kann ich mir nicht leisten."

„Das war ja ein schneller Entschluss. Wie viel Geld werden Sie denn bekommen?"

„Das kann ich erst sagen, wenn die Verhandlungen abgeschlossen sind."

„Wie viel Sie für das Haus auch bekommen mögen, Sie können sich dann jedenfalls bestimmt richtigen Urlaub leisten. Sie sehen nicht gerade gut erholt aus. Ich wette, Sie haben die ganze Zeit nur für unseren sehr verehrten Herrn Geizkragen gearbeitet."

„Sie sollten nicht so von Craig reden, Maisie", schalt Rose.

Maisie schmunzelte nur und verließ den Raum.

Rose lehnte sich in ihrem Schreibtischsessel zurück und dachte an Adam. Ob er sich wohl mit Señor Pueg einig geworden war?

Noch hatte Rose nichts von Señor Pueg gehört, aber sie erhielt ein paar Tage später einen Brief von „Ferrier Travel". Sie war etwas befremdet über den sachlich knappen Inhalt, als hätte sie noch nie einen Geschäftsbrief gelesen. Am fünften Oktober sollte die Präsentation im Hauptbüro der Firma „Ferrier Travel" in London stattfinden.

Das war zwar schon in einer Woche, würde Craig jedoch noch genügend Zeit geben, sich darauf vorzubereiten.

„Wieso ist der Brief an dich gerichtet, Ro?", fragte Craig, als Rose ihm den Brief zeigte. Craig schien leicht beleidigt zu sein, dass er nicht an ihn als Chef der Firma gerichtet war.

„‚Ferrier Travel' kennt meinen Namen durch die Agentur auf Mallorca", antwortete Rose zurückhaltend. Durch den Brief wurden plötzlich wieder alle Erinnerungen wach, und sie konnte kaum an sich halten, um nicht aus dem Büro zu rennen und zurück ..., zurück wohin? – Nach Mallorca? Zu Adam, um ihm ihre Liebe zu gestehen? Nein, weder nach Mallorca noch zu Adam konnte sie zurück. Er wollte nichts mehr mit ihr zu tun haben. Sie war ja auch gar nicht sein Typ. Die aufgemachte Rothaarige passte viel besser zu ihm.

„Ro, hörst du mir eigentlich zu?" Craigs Stimme riss sie aus den Gedanken. Er trommelte gereizt mit den Fingern auf den Schreibtisch.

„Verzeih mir, Craig, ich war mit meinen Gedanken woanders." Rose versuchte, sich auf das zu konzentrieren, worüber sie gerade gesprochen hatten. „Ach ja, ‚Ferrier Travel' – es spielt doch keine Rolle, an wen der Brief adressiert ist. Denen ist es sicherlich gleichgültig, wer kommt."

„Vermutlich hast du recht, Ro. Gehen wir heute Abend zusammen essen? Ich habe seit deiner Rückkehr von Mallorca noch kaum privat mit dir gesprochen."

Liegt das vielleicht an mir, dachte Rose. Es gab sehr viel zu tun, und Craig dachte in erster Linie ans Geschäft.

„Sehr gern, Craig."

„Gut. Halb sieben? Ich hole dich ab. Jetzt muss ich aber noch etwas tun. Ich werde ‚Ferrier Travel' von meinem Kommen unterrichten. Wie du schon gesagt hast, Ro, es war sicherlich ein Versehen, dass der Brief an dich statt an mich gerichtet war."

Rose konnte sich nicht erinnern, das gesagt zu haben, und außerdem bezweifelte sie, dass in Adams Firma je Versehen vorkamen. „Sei doch nicht so empfindlich, Craig. Natürlich bist auch du mit der Einladung angesprochen worden."

Craig sah sie unvermittelt prüfend an. „Gibt es da irgendetwas mit

‚Ferrier Travel', was du mir verheimlichst? Seit du wieder hier bist, scheinst du gereizt zu sein."

„Ach, Craig, ich bin einfach erschöpft!", stieß sie hervor. „Mein Urlaub war mehr Arbeit als alles andere, und ich habe keine Lust nach London zu fahren, wo du doch viel besser verhandeln kannst als ich."

Craig lächelte beschwichtigend. „Ist ja schon gut, Ro, ich mache dir ja keinen Vorwurf."

„Das hörte sich aber so an. Und noch etwas, nenn mich bitte nicht immer Ro, ich hasse das."

„Du bist wirklich abgespannt, Ro..., ähm ..., Rose. Vielleicht sollten wir lieber nicht zum Essen ausgehen, sodass du früh schlafen gehen kannst."

Er sah so enttäuscht aus, dass sie es nicht übers Herz brachte, dieses Angebot anzunehmen. „Nein, es ist schon in Ordnung, Craig. Ich mache – wenn du gestattest – Feierabend und leg mich ein bisschen hin, ehe du mich abholst."

Das ging zwar gegen seine Dienstauffassung, doch er nickte zustimmend. „Erledige aber bitte vorher noch die dringendsten Sachen", sagte er in einem Ton, als müsste er beweisen, dass er der Chef war.

Rose ignorierte Craigs letzte Worte und den Anflug eines schlechten Gewissens, nahm in ihrem Büro Mantel und Handtasche und kehrte dem Schreibtisch den Rücken zu. Montag werde ich alles erledigen, nahm sie sich vor.

Ich muss Adam vergessen, sagte sie sich gegen Abend, während sie sich umzog. Sie hatte sich zu einem schmalen schwarzen Rock und einer locker fallenden Seidenbluse entschlossen. Mallorca und Adam waren passé, und sie musste in die Zukunft schauen. Aber nicht mit Craig als Ehemann. Ihr war jetzt klar, dass sie ihn nicht heiraten konnte. Adam hatte sie vom ersten Moment ihrer Begegnung an überzeugen wollen, dass sie sich nicht auf eine Vernunftehe einlassen durfte, und in der Hinsicht hatte er recht gehabt.

Rose versuchte wieder einmal vergeblich, ihre widerspenstigen Locken zu bändigen. Es würde überhaupt keine Hochzeit stattfinden.

Als Ehemann käme für mich nur Adam in Frage, dachte sie. Doch die Sache ist hoffnungslos. Also bleibe ich ledig.

Es klingelte. Rose nahm ihre Handtasche und ging zur Tür.

Zum Glück sprach Craig beim Essen nicht von ihrer gemeinsamen Zukunft. Sie aßen in dem kleinen, gemütlichen Restaurant neben dem Schloss, und der Abend verlief angenehm. Craig sprach ausschließlich von der Firma. Sie hätten ein paar neue Kunden gewonnen, sagte er stolz, und wenn sie auch noch den Auftrag von „Ferrier Travel" bekämen, hätten sie ein gutes Geschäftsjahr vor sich.

Rose freute sich mit ihm. Er steckte viel Kraft in die Firma und hätte den Erfolg wirklich verdient. Sie sah Craig nachdenklich an, als er seinen Kaffee trank. Spätestens zu diesem Zeitpunkt fing Craig immer an, von ihrer gemeinsamen Zukunft zu reden, „unsere dauerhafte Verbindung", wie er es ausdrückte. Aber heute Abend vermied er das Thema.

Craig schlug einen Spaziergang vor, und Rose stimmte zu.

Es war eine laue Nacht. Sie gingen schweigend durch die Stadt, und Rose fühlte sich bei dem Anblick der vertrauten alten Häuser und dem Schloss, das schon Jahrhunderte über der Stadt wachte, zum ersten Mal seit der Rückkehr von Mallorca entspannt.

Vielleicht sieht die Zukunft doch ein Leben mit Craig vor, dachte Rose. Sie waren Freunde, und wenn es keine großen Höhepunkte gab, so würde es wohl auch wenig Tiefen geben.

„Ein Gleichmaß ist ein trübseliger Zustand." Sie meinte Adams Stimme so deutlich zu hören, dass Rose sich entsetzt umsah. Adam konnte gar nicht hier sein! Oder etwa doch? Ihr Herz begann heftig zu pochen.

Nein, außer Craig war niemand da, und ihr Pulsschlag verlangsamte sich wieder. Adam musste so tief von ihrem Herzen Besitz ergriffen haben, dass das Unterbewusstsein ihr solche Streiche spielte. Sie wandte sich impulsiv Craig zu. Sie konnte sich eine Heirat mit keinem anderen Mann als Adam vorstellen, und das musste sie Craig jetzt sofort sagen.

„Craig?"

„Rose?" Sie redeten beide gleichzeitig und lachten dann verlegen.

„Rose", begann Craig noch einmal, und sein Tonfall ließ sie aufhorchen. Sie sah ihn an.

„Was ist los, Craig? Irgendetwas beschäftigt dich schon den ganzen Abend, nicht?"

Craig seufzte. „Du bist sehr einfühlsam, Rose. Es ist eigentlich nichts Wichtiges, aber …" Er versuchte, seine Gedanken vorsichtig zu formulieren. „Weißt du, mir ist klar geworden, dass meine Firma eigentlich mein vordringlichstes Anliegen ist und auch in den kommenden Jahren bleiben wird. Es tut mir leid, dass ich dich so lange hingehalten habe. Ich hoffe, dass wir Freunde bleiben können." Er sah derart verlegen aus, dass Rose laut lachen musste.

„Oh, Craig, du glaubst ja gar nicht, wie erleichtert ich bin. Ich wollte dir gerade etwas Ähnliches sagen." Sie hakte sich bei ihm ein und drückte freundschaftlich seinen Arm. „Natürlich sind wir Freunde. Eigentlich war das sowieso nie anders, meinst du nicht auch?"

Craig fühlte sich plötzlich gar nicht so erleichtert, wie er es hätte sein sollen. Ganz im Gegenteil.

„Da ist jemand anderes, stimmt's?", fragte er und hatte Mühe, seinen Ärger zu unterdrücken.

Rose staunte, wie empfindsam das männliche Ego doch war.

„Jemand auf Mallorca?", forschte er weiter.

„Du hast mir gerade zu verstehen gegeben, dass du keine Zeit für die Ehe hast. Selbst wenn ich jemanden kennengelernt haben sollte – und ich sage damit nicht, dass das der Fall ist –, so spielt das nun keine Rolle mehr."

„Ich muss mich einfach auf das Geschäft konzentrieren, das verstehst du doch, oder?"

„Ja, Craig. Aber in meinem Leben gibt es noch andere Dinge als Arbeit."

„Du hast also tatsächlich jemanden kennengelernt. Willst du etwa kündigen?" Er schaute entsetzt drein.

„Nur, wenn du möchtest, dass ich gehe. Mir macht die Arbeit für ‚Design for Today' Spaß."

Craig atmete hörbar auf. „Gut. Dann sind wir uns ja einig. Jetzt sollten wir nach Hause fahren. Ich habe noch viel vorzubereiten für das Treffen in London nächste Woche."

Er fuhr sie zu ihrer Wohnung und sagte beim Verabschieden so nebenbei, dass er „Ferrier Travel“ von seinem Kommen unterrichtet hatte.

„Keine Angst, ich habe in dem Fax nicht nachgefragt, warum der Brief an dich und nicht an mich gerichtet war“, fügte er eilig hinzu, weil Rose ihn misstrauisch ansah.

Sie konnte nur hoffen, dass niemand Craigs Fax größere Aufmerksamkeit geschenkt hatte. Vor allem nicht Adam. Ach, da brauchte sie sich keine Sorgen zu machen. Um die Korrespondenz kümmerte er sich gewiss nicht.

Welchem Irrtum sie da unterlag, zeigte sich am Tag vor der Präsentation in London. Rose saß am Schreibtisch, als Craig sie über die interne Sprechanlage zu sich ins Büro bat. Sie stand auf und zog den blauen Rock und den blaugrauen Pullover zurecht. Dabei hoffte sie, dass „Design for Today“ keine Kunden verloren hatte. Craig hatte sich angehört, als hätte er eine Hiobsbotschaft erhalten.

Ein bisschen zaghaft betrat sie sein Büro. Sogleich stellte sie fest, dass er außerordentlich aufgebracht war.

„Warum hast du mir nicht erzählt, dass du Adam Ferrier persönlich auf Mallorca kennengelernt hast?“, fragte er wütend.

Rose zog die Tür leise hinter sich zu und setzte sich auf den Stuhl vor Craigs Schreibtisch.

„Ich dachte, du wüsstest das, Craig. Du hast doch selbst erwähnt, dass …“

„Es hat sich aber offensichtlich sehr viel mehr abgespielt, als du mir berichtet hast“, unterbrach Craig Rose sarkastisch.

„So?“ Sie versuchte, Zeit zu gewinnen. Craig hatte sicherlich von dem unfreiwilligen Aufenthalt in der Villa erfahren.

„Was hätte sonst den großen Herrn selbst veranlasst, mich anzurufen und darauf zu bestehen, dass du die Präsentation hältst, wo ich doch der Chef der Firma bin?“

Rose sagte keinen Ton. Adam hatte nicht nur Craigs Fax gesehen, sondern bestand nun auch darauf, dass sie nach London kam? Tausend Fragen gingen ihr durch den Kopf.

„Nun, Rose?“, fragte Craig ungeduldig. „Was hast du dazu zu sagen?“

Sie strich sich das Haar aus dem Gesicht. „Ich vermute, dass Mr.

Ferrier mich in London haben möchte, weil ich Mallorca kenne und die Häuser gesehen habe, die er für seine Werbeaktion ausgesucht hat."

Nach dieser plausiblen Erklärung lenkte Craig ein. „Du hast wahrscheinlich recht. Wie auch immer, er hat mich ganz schön in die Enge getrieben. Er hat mich nicht gebeten, dich zu schicken, er hat kommandiert", sagte er empört.

„Ja, das ist typisch Mr. Ferrier. Er befiehlt, und man gehorcht. Hast du versucht, seine Meinung zu ändern?"

Craig lächelte gequält. „Ich hab es versucht, aber es wäre leichter, einen Felsen den Berg hinaufzuschieben. Tut mir leid, Rose. Du solltest jetzt hier Schluss machen, dich zu Hause auf die Präsentation vorbereiten und dann früh schlafen gehen. Dein Zug nach London fährt um sieben morgen früh."

„Oh, Craig ..."

„Mach's gut, Mädchen."

Damit war das Gespräch beendet.

Was hat Adam nur vor?

Das rhythmische Geräusch des Schnellzuges schien die Frage zu wiederholen, die sich Rose seit dem Gespräch mit Craig immer wieder stellte. Sie war sofort zu ihrer Wohnung gefahren, die ihr eng und ungemütlich vorkam. Sie verglich sie ständig mit der Villa Rosa. Trotz des verwahrlosten Zustandes erschien Rose das alte Haus wie ein wirkliches Zuhause.

Sie hatte sich gezwungen, etwas zu essen, und dann den Vortrag festgelegt und auswendig gelernt. Sie war überzeugt, Adam würde jede kleinste Unsicherheit gegen sie verwenden. Schließlich war sie zu Bett gegangen, hatte jedoch erst gegen Morgen in den Schlaf gefunden.

Nun machte das gleichmäßige Rattern der Räder sie schläfrig. Die alte Dame ihr gegenüber döste bereits vor sich hin. Rose schloss die Lider, aber sie sah immer wieder Adams Gesicht mit den spöttischen Augen vor sich und fand keine Ruhe.

Endlich hielt der Zug in London. Sie frischte sich in der Damentoilette des Bahnhofs das Make-up auf und fühlte sich danach wohler. Rose hätte gern noch Tee oder Kaffee getrunken, doch die Bahnhofsuhr erinnerte sie daran, dass sie dazu keine Zeit mehr hatte.

Das moderne Bürogebäude wirkte imposant und ein bisschen einschüchternd, und „Ferrier Travel“ nahm den ganzen Gebäudekomplex in Anspruch. Verglichen damit war Craigs Firma klein und unbedeutend, und Rose kam sich ebenfalls klein und unbedeutend vor, was durch den kritischen Blick der Empfangsdame noch verstärkt wurde. Dabei war Rose so sicher gewesen, ihr silbergraues Kleid mit dem dunkelroten Blazer sei die richtige Garderobe für dieses Meeting. Die Angestellte wies auf den Lift und erklärte, dass Mr. Ferriers Büroräume im obersten Stockwerk lagen.

Wenig später trat Rose aus dem Lift in ein modernes Vorzimmer. Die Sekretärin blickte hoch.

„Miss Grey?“, fragte die junge Frau.

„Ja.“

„Mr. Ferrier erwartet Sie.“

Vier Herren standen auf, nachdem Rose das Büro betreten hatte, aber sie sah nur Adam. Sein Anblick verschlug ihr den Atem. Er sah noch beeindruckender aus, als sie ihn in Erinnerung hatte. Sein dunkelgrauer Anzug mit dem blütenweißen Hemd zeugte von Macht und Reichtum. Er kam auf sie zu und reichte ihr die Hand.

„Guten Morgen, Miss Grey, Sie sind pünktlich“, begrüßte er Rose, wobei seine Augen etwas völlig anderes zu sagen schienen.

Sie lächelte und fragte höflich: „Wie geht es Ihnen?“

Später konnte sie sich kaum an die Namen der anderen Herren und die Firmen, die sie vertraten, erinnern.

Adam beherrschte das Meeting von Anfang an, so wie er Rose beherrschte, seit sie ihn das erste Mal erblickt hatte. Sie fühlte sich nervös in dem Bewusstsein, wie wichtig diese Verhandlung nicht nur für Craig, sondern auch für sie war.

Wenn sie heute versagte, hieße das zurück zu der Arbeit, die sie bisher gemacht hatte, während ein erfolgreicher Abschluss ihr alle Türen öffnen würde. Den Gedanken, dass sie vor allem vor Adam bestehen wollte, verdrängte sie schnell. Er war von Anfang an der Meinung gewesen, dass sie seinen hohen Ansprüchen nicht gerecht werden würde, und das konnte sie auch jetzt in seinen Augen lesen.

Er wird mich anhören, rechnet aber damit, dass ich mich heillos blamieren werde, dachte Rose. Dann straffte sie die Schultern. Sie würde ihm beweisen, dass er sich getäuscht hatte! Sie öffnete die Aktenmappe und begann ihren Vortrag.

9. KAPITEL

Als Rose ihre Präsentation beendet hatte, legte sie den Film und das Manuskript zurück in die Aktenmappe. Sie war erschöpft, empfand jedoch eine enorme Genugtuung, als sie sah, dass Adam beeindruckt war.

Sie fragte sich erneut, warum er sie statt Craig hatte nach London kommen lassen, wenn er doch so wenig von ihren Fähigkeiten hielt. Das sollte sicher eine Art Rache sein. Sein Ego konnte es nicht zulassen, dass sie ihn hatte abblitzen lassen. Selbst wenn sie den Auftrag nicht bekommen würde, so war sie sich immerhin sicher, gute Arbeit geleistet zu haben, und die Reaktion der anderen Herren im Raum bestätigte das.

Sie nahm den Kaffee, den die Sekretärin ihr reichte. Noch in einer Stimmung des Hochgefühls, nahm Rose kaum wahr, wie die Herren sich verabschiedeten und den Raum verließen.

„Endlich, Rosalinda. Ich dachte schon, die würden nie gehen.“ Adams spöttische Stimme brachte sie langsam in die Gegenwart zurück. Der Film hatte sie in Gedanken wieder in die Villa Rosa zurückversetzt.

Rose sah den attraktiven Mann an, der dicht vor ihr auf der Kante des Schreibtisches saß. Intuitiv wusste Rose, dass es nur der kleinsten Ermunterung ihrerseits bedurfte, und er würde sie in die Arme schließen. Seine Augen verrieten Verlangen, aber Rose dachte an ihr letztes Beisammensein und wie es geendet hatte, und hielt sich zurück.

Sie stand auf und stellte die Kaffeetasse auf den Tisch neben der Tür. Adam bemerkte ihre ablehnende Haltung und zog die Augenbrauen zusammen.

„Ich dachte nicht, dass du Wert darauf legst, mit mir allein zu sein. Immerhin habe ich ja nur mit dir geschlafen, um mein Ziel zu erreichen“, sagte Rose sarkastisch. Obwohl sie sich selbstsicher gab, hörte Adam heraus, wie sehr er sie verletzt hatte.

„Ich gebe zu, ich habe dich nicht ganz fair behandelt, Rosalinda. Das tut mir leid.“

Sie empfand kaum Trost bei seiner Entschuldigung. Kühl sah sie ihn an. „Du traust mir immer noch zu, dass ich meinen Prinzipien nur wegen eines Vertrags untreu werden könnte. Nun, das ist deine Sache. Wirst du Mr. Dawson deine Entscheidung mitteilen?“, fragte Rose und versuchte, gleichgültig zu wirken.

Adam sprang auf die Füße und verstellte ihr den Weg zur Tür. „Ich werde dir Bescheid geben, nicht Dawson.“

„Das ist die gleiche Adresse“, erwiderte Rose, woraufhin Adam sie auf eine Art und Weise anlächelte, dass ihr ein Schauer über den Rücken lief.

„Bleibst du bis morgen in London?“, erkundigte er sich höflich.

Rose blickte ihn verwundert an. „Das hatte ich eigentlich nicht geplant. Ich kann den Zug um drei nehmen.“

„Wenn du bei der Auftragsvergabe in Betracht gezogen werden möchtest, würde ich an deiner Stelle nicht abreisen. Ich muss mich sofort mit dem Vertreter der Firma, für die ich mich entschlossen habe, besprechen können.“

Rose war ärgerlich. Das sah ihm ähnlich. Dass der nächste Tag ein Samstag war, schien ihn nicht zu stören. Aber sie musste sich wohl beugen. „Also gut, ich werde bleiben. Ich werde die Sekretärin benachrichtigen, wo ich zu erreichen bin, sowie ich ein Hotel gefunden habe.“

„Ich weiß bereits, wo du wohnen wirst“, sagte Adam liebenswürdig. „Ich hatte mir schon gedacht, dass du nicht damit gerechnet hattest zu bleiben, und habe ein Zimmer für dich reserviert.“

Sie wollte ihrem Ärger Luft machen, aber ein Blick in seine tiefblauen Augen hielt sie davon ab.

„Na schön, ich bedanke mich. Ich möchte dich nur daran erinnern, dass mein Spesenkonto seine Grenzen hat.“

„Nach dem Hotel zu urteilen, in dem du in Mallorca abgestiegen bist, kann ich mir das denken. Aber warum auf Mittelmäßigkeit setzen, wenn du das Beste haben kannst?“

Rose wusste, dass er nicht nur auf Hotels anspielte. „Das Beste muss meistens teuer bezahlt werden“, erwiderte sie.

Adam nahm sie bei der Hand und zog Rose an sich. „Wie willst du das wissen, wenn du es nicht ausprobierst?", erkundigte er sich.

„Ich muss nicht ins Feuer fassen, um zu erfahren, dass ich mich verbrennen kann."

„Feuer wärmt auch, ohne dass man sich gleich verbrennt", flüsterte er dicht an ihrem Ohr.

Rose zwang sich, nicht nachzugeben, drehte den Kopf zur Seite und riss sich los, sodass Adam mit den Lippen nur ihre Wange berührte.

Ihre Reaktion schien ihn nicht zu kränken. Er sah sie nur kurz mit hochgezogenen Augenbrauen an, ergriff dann ihre Hand, hob die Aktenmappe auf und steuerte auf den Lift zu.

„Was hast du denn nun vor?", fragte sie, als der Fahrstuhl in der Tiefgarage hielt.

„Wir gehen zum Lunch, was sonst? Ich muss etwas essen, und du musst das auch."

„Ich bin gar nicht hungrig", wehrte Rose ab. Sie wollte sich nichts von ihm befehlen lassen.

„Dann kannst du mir beim Essen zusehen", sagte Adam schlicht, und sie gab auf. Sie hatte ja Hunger, und ein Lunch verpflichtete schließlich zu nichts.

Ehe sie fragen konnte, wohin sie denn fahren würden, hatte Adam sie schon auf den Beifahrersitz seines Jaguars gedrückt, sich selbst hinter das Steuer gesetzt und war losgebraust.

„Deine Präsentation war sehr eindrucksvoll", gab Adam zu ihrer Überraschung zu, während er den Wagen durch den dichten Stadtverkehr steuerte. Wenig später waren sie bereits wieder in seiner Tiefgarage. Sie stiegen aus, fuhren mit einem modernen Schnelllift nach oben und traten durch einen imposanten Türbogen in einen großzügigen Raum. Die großen Fenster führten auf einen Balkon, der den Blick auf die Themse freigab. Rose sah Adam so verwirrt an, dass er laut auflachte.

„Du hast es erraten, Rosalinda. Es ist meine Wohnung. Aber keine Sorge, ich werde dich nicht verführen. Ich wollte nur den Lunch essen, den Thomas für uns vorbereitet hat."

Vor Verlegenheit wurde Rose rot, und Adam schob sie in ein kleines Esszimmer.

„Das war vorzüglich, Adam. Sag bitte Thomas meinen Dank dafür", bat Rose, als sie mit dem Dessert fertig war.

„Bist du nicht froh, dass ich dich gekidnappt habe?"

Rose musste unwillkürlich lachen. Eine innere Stimme warnte sie jedoch, dass es weiser wäre, nun zu gehen. Sie schüttelte den Kopf, als Adam ihr Kaffee anbot.

„Nicht jetzt, Adam, danke. Ich kenne mich nicht so gut aus in London und möchte mir noch ein paar Sachen besorgen, denn mit der Übernachtung hatte ich ja nicht gerechnet."

„Machen wir das doch so", schlug Adam vor, als sie wieder beim Auto waren. „Ich hole dich um fünf Uhr bei Harrod's ab. Dann hast du vorher genügend Zeit, deine Besorgungen zu machen und vielleicht noch einen Tee zu trinken, und später gehen wir zusammen zum Dinner."

Rose sah ihn hilflos an. Er überrollte sie einfach mit seinen Vorschlägen, und sie hatte keine Möglichkeit, eigene Pläne zu machen.

„Überleg es dir erst mal, Rosalinda, ehe du sagst, dass du ganz gut allein zurechtkommst und nicht mit mir zu Abend essen willst. Du möchtest doch sicherlich wissen, für wen ‚Ferrier Travel' sich bei der Auftragsvergabe entscheidet." Er lächelte über Roses empörten Gesichtsausdruck. „Meine Entscheidung hängt nicht davon ab, ob du zum Dinner mit mir gehst oder nicht, aber ich könnte mir vorstellen, dass du sie lieber bei einem angenehmen Essen erfährst als per Telefon."

Sie musste ihm recht geben. „Warum sagst du mir nicht jetzt schon, wie du dich entschieden hast?"

„Das geht nicht. Der Vorstand trifft sich erst heute Nachmittag." Er hielt den Wagen an. „Dann bis fünf, Rosalinda."

Rose sah dem Wagen nach, als Adam davonfuhr. Sie war sicher, dass für ihn bereits feststand, wer den Auftrag erhalten würde.

Das Warenhaus Harrod's war ein neues Erlebnis für Rose. Warwick hatte keine schlechten Geschäfte, aber dieses Angebot war einfach überwältigend. Rose schlenderte durch alle Stockwerke, erstand eine Zahnbürste und ein Nachthemd und landete schließlich in der Damenabteilung. Angetan von der Vielfalt, sah sie sich um.

Ein Kleid gefiel ihr besonders gut. Es war aus naturfarbener Seide mit einem zart lindgrünen Muster. Der einfache Schnitt unterstrich das kostbare Material. Ein Blazer in entsprechendem Grün unterstrich den sanft schimmernden Ton der Seide. Das war genau das Richtige für das Dinner heute Abend. Ein Verkäufer kam auf sie zu, und fünf Minuten später war Rose um eine nicht unerhebliche Summe Geldes leichter, hatte aber das Kleid und dazu passende Schuhe in einer Einkaufstüte bei sich.

Bei einer Tasse Tee fragte Rose sich, ob sie sich da nicht verausgabt hatte. Würde sie je wieder Gelegenheit haben, dieses Kleid anzuziehen? Wahrscheinlich nicht. Wenn „Design for Today" den Auftrag nicht bekäme, würde sie sich wahrscheinlich nach einer anderen Beschäftigung umsehen müssen und den heutigen Leichtsinn bereuen.

Jemand berührte leicht ihre Schulter. Sie sah auf und blickte in Adams lächelndes Gesicht.

„Ich dachte mir, dass ich dich hier finden würde", sagte er.

„Du liebe Zeit, ist es schon fünf?" Sie stand so abrupt auf, dass ihre Einkaufstüten herunterfielen. Adam hob sie auf.

„Darf ich hoffen, dass du dir etwas gekauft hast, um dich für mich schön zu machen?"

Sie errötete und ärgerte sich darüber.

Er küsste sie auf die Nasenspitze, nahm dann ihren Ellbogen und ging mit ihr auf den Ausgang zu.

„Du bist entzückend, wenn du rot wirst, Rosalinda. Ich weiß, ich sollte dich nicht so aufziehen, aber ich konnte nicht widerstehen."

Sie blickte zu Adam auf, und ihr Herzschlag schien einmal auszusetzen, als sie das begehrliche Funkeln in seinen blauen Augen sah. Plötzlich war sie sehr froh, dass sie das Kleid gekauft hatte, auch wenn der Kauf ihr Bankkonto arg strapazierte.

„Bringst du mich zum Hotel?", fragte sie, nachdem Adam losgefahren war.

Da er nicht antwortete, verhielt Rose sich auch still. Ihre Frage war wohl dumm gewesen. Wo sollte er sonst hinfahren?

Als sie nach einer Weile anhielten, erkannte Rose die Tiefgarage von Adams Apartmentgebäude wieder und sah ihn fragend an. Er stieg aus und öffnete die Wagentür für sie.

„Ja, es ist meine Wohnung, wie du gerade richtig feststellen wolltest, und du möchtest wissen, warum wir hier sind."

„Diesmal hast du meine Gedanken genau erraten", sagte Rose. „Ich dachte, du wolltest mich zum Hotel bringen?"

„Das kann ich machen, wenn du darauf bestehst. Aber ich habe ein, nein, sogar zwei sehr schöne Gästezimmer. Da Thomas gern Gäste hat, würdest du ihm einen großen Gefallen tun, wenn du eins davon in Anspruch nehmen würdest."

„Würde ich dir einen Gefallen tun?", fragte Rose kaum hörbar.

„Das musst du entscheiden. Ich möchte nichts lieber, als mit dir schlafen, will dich jedoch nicht drängen."

Sie sah ihn lange an. Meinte er das ernst? Adam wartete anfangs geduldig, unterbrach dann die Stille.

„Du kannst dich wenigstens hier umziehen, Rosalinda, und wenn du dann nach dem Essen noch ins Hotel gehen möchtest, werde ich eins für dich finden." Er blickte sie fragend an, und sie gab zögernd nach. Natürlich würde sie anschließend in ein Hotel gehen, aber jetzt konnte sie wohl unbedenklich das Angebot annehmen und eines der Gästezimmer zum Umziehen benutzen.

Später betrachtete Rose sich im Spiegel. Das Kleid stand ihr wirklich gut, und die Farbe ließ ihre Augen noch dunkler erscheinen. Sie trug gedämpftes Lippenrot auf, nahm ihren Mantel und ging in das Wohnzimmer, wo Adam, tadellos wie immer angezogen, bereits auf sie wartete. Er nahm ihr den Mantel ab und legte ihn ihr um die Schultern.

„Du bist wunderschön", sagte Adam leise, gab ihr einen Kuss auf die Wange und bot ihr seinen Arm.

Adam führte sie in ein kleines, aber exklusives Restaurant. Alle Gäste trugen Abendgarderobe und die Damen reichlich Schmuck. Rose fühlte sich plötzlich gehemmt. Sie hatte lediglich ein Paar feine goldene Ohrringe angesteckt, die ihrer Mutter gehört hatten.

„Du siehst reizend aus, so wie du bist", sagte Adam, nachdem der Ober die Suppe serviert hatte. „Aber ich werde dir trotzdem Diamanten und Rubine schenken, und wenn wir allein sind, darfst du dich mit nichts anderem bekleiden als mit dem Schmuck."

Rose hielt die Augen auf den Teller gerichtet. Nur ein Mann wie Adam konnte sich so etwas ausmalen. Und sie konnte nicht leugnen, dass die Vorstellung sie erregte.

Er sah sie lächelnd an. „So hat wohl noch nie jemand mit dir geredet? Wir sollten immer ganz offen zueinander sein." Mit sichtlichem Appetit widmete Adam sich dem Essen, Rose hingegen vermochte kaum zu schlucken vor Nervosität. Krampfhaft versuchte sie, seinen Worten keine Aufmerksamkeit zu schenken, was ihr schließlich auch gelang, als sie das verlockende Dessert vor sich hatte. Beim Kaffee, den Adam noch bestellt hatte, fiel ihr der Grund für dieses Dinner wieder ein.

„Du wolltest mir die Entscheidung deiner Firma wegen des Auftrags mitteilen", sagte sie und stellte die Kaffeetasse ab.

„Wollte ich das? Nein, ich werde damit warten, bis wir wieder in meiner Wohnung sind."

Rose schaute ihn empört an, was natürlich nichts nutzte. Zu versuchen, Adam umzustimmen, wäre ebenfalls sinnlos gewesen.

Er lächelte, winkte den Ober heran, zahlte, und wenig später saßen sie im Auto und fuhren zu Adams Wohnung. Rose war die kurze Fahrt über schweigsam, ihre Gefühle waren in Aufruhr. Sie wollte so gern erfahren, wie die Sache stand, hatte jedoch gleichzeitig Angst davor. Sie sehnte sich danach, mit Adam allein zu sein, war sich aber nicht so sicher, ihm widerstehen zu können, wenn er mit ihr schlafen wollte. Vielleicht dachte er, sie würde ihm sofort in die Arme sinken, wenn sie den Auftrag bekommen hatte, und das machte sie traurig. Sie wünschte sich, dass er ihre Liebe als aufrichtig erkennen und erwidern würde.

Die Wohnung kam ihr fast schon wie ein Zuhause vor. Rose warf den Mantel auf eine geschnitzte Truhe und ließ sich in einen tiefen Samtsessel sinken.

„Der Sessel passt zwar in der Farbe zu dir, Rosalinda, aber hier ist es gemütlicher." Damit hob Adam sie hoch und setzte sie behutsam auf ein Sofa. Dann nahm er eine Sektflasche aus einem Kühler und öffnete sie. „Thomas hat alles vorbereitet, ehe er ging."

Er goss zwei Sektgläser voll, gab ihr eines und setzte sich neben sie.

Lächelnd hob er sein Glas. „Ich stoße auf den neuen Vertrag und die schöne Unterhändlerin an", sagte Adam so leise, dass Rose einen Moment lang dachte, sie hätte sich vielleicht verhört.

Als er die Sektflasche öffnete, hatte sie schon geahnt, was kommen würde, aber die Worte aus Adams Mund zu hören, war die Krönung all ihrer Bemühungen.

Rose erwiderte feierlich den Toast, stellte dann schnell das Glas ab und legte Adam die Arme um den Nacken. „Oh, Adam, ich danke dir. Das ist wunderbar. Craig wird sehr zufrieden sein."

„Nicht weniger als du, denke ich."

Auch Adam stellte sein Glas hin. Dann nahm er sie in die Arme. Sein leidenschaftlicher Kuss drückte mehr als alle Worte aus, wie sehr er sich nach ihr sehnte.

„Ich habe dich so lange nicht mehr in den Armen gehalten. Und nun lasse ich dich nicht mehr gehen." Schnell schob er ihr den Blazer von den Schultern.

Rose protestierte halbherzig, doch er ging nicht darauf ein.

„Nichts gegen den Blazer und das hübsche Kleid, aber ich mag dich ohne lieber", flüsterte er und öffnete mit geschickten Fingern den Reißverschluss hinten am Kleid und danach den seidenen Spitzen-BH. Gleich darauf liebkoste er mit den Lippen ihre Brüste, und als er mit der Zunge eine der Brustspitzen reizte, stöhnte Rose auf und schloss die Augen. Sie fühlte, wie heißes Verlangen in ihr aufstieg. Sie wollte diesem Mann gehören, und während Adam jetzt den Mund auf ihre Lippen presste, dass es ihr fast den Atem nahm, gab sie sich ganz der Leidenschaft hin, die sie beide entflammte.

Dennoch nahm Rose wahr, dass etwas nicht stimmte. Sein Kuss war von einer fast verzweifelten Wildheit, die nichts mit Liebe und Zärtlichkeit zu tun hatte. Trotzdem überließ Rose sich ihrem Verlangen, und als Adam sie hochhob und in sein Schlafzimmer trug, drängte sie sich an ihn. Schnell legte er sie auf das Bett und zog sich aus. Dann streifte er ihr die Kleidungsstücke ab und kam zu ihr. Rose nahm ihn in die Arme und in sich auf.

Beide begehrten einander mit einer Heftigkeit, liebten sich mit einer Leidenschaft, in der Zärtlichkeit keinen Raum hatte. Aber eine unendliche Befriedigung lag in der bloßen Macht und Stärke ihrer Begierde, die beide bis ins Innere erfüllte.

Sie musste Adam etwas bedeuten, auch wenn er das nicht ausdrücken konnte. Sie liebte ihn mehr denn je und wollte sich nicht länger dagegen wehren. Sie wollte ihm alles geben, was er wollte.

Sehr viel später schlief Rose erschöpft ein, beseligt in dem Bewusstsein, in Adams Armen zu liegen, mit dem Kopf an seiner Schulter, die Körper aneinandergeschmiegt.

Irgendwann kitzelte sie etwas an der Nase. Rose brummte unwillig und versuchte, den Kitzel loszuwerden, aber er hörte nicht auf. Langsam öffnete sie die Augen und sah Adam über sich, der sie mit einer ihrer blonden Locken streichelte.

„Du Schuft, mich mit meinem eigenen Haar zu kitzeln – was fällt dir wohl sonst noch ein?“, fragte Rose und strich zärtlich über sein Gesicht.

„So einiges, Rosalinda, jetzt, da wir ein Abkommen haben. Und ich garantiere dir, du wirst es nicht bereuen.“ Er sah ihr in die Augen, und sie erwiderte liebevoll seinen Blick. In Adams Augen spiegelte sich hingegen keine Zärtlichkeit. War da eine Andeutung von Verachtung? Rose betrachtete ihn aufmerksam.

Sie hatte nicht erwartet, dass er sie mit Liebesbeteuerungen überhäufen würde, aber auch nicht, dass er sie nur abschätzend betrachtete. Dabei hatte er einen derart zynischen Zug um den Mund, dass ihr fast die Tränen kamen und sie leicht von ihm abrückte.

„Was meinst du mit Abkommen?“, fragte sie mit leiser Stimme. „Ich vermute, du meinst den Auftrag für ‚Design for Today‘. Was hat das mit uns zu tun?“

Adams Lachen klang bitter. „Mach dir doch nichts vor, Rosalinda. Der Vertrag ist der einzige Grund, weshalb du in meinem Bett bist, und das weißt du genau. Ich könnte mir einbilden, dass du mit mir geschlafen hast, weil du es wolltest, aber ich bin mir absolut sicher, dass der Vertrag deinen Gefühlsausbruch verursacht hat. Du solltest ehrlich mit dir sein, wie ich es bin.“

Rose erstarrte. „Du glaubst wirklich, dass ich mit dir wegen des Vertrages geschlafen habe?“, flüsterte sie schließlich gequält.

„Natürlich. Und es werden noch weitere Verträge – allerdings ausschließlich mit dir – folgen, wenn dich das glücklich macht und du dann bei mir bleibst." Adam wies auf das zerwühlte Bett.

Diese Bewegung löste den Bann und versetzte Rose in Zorn. Spontan schlug sie auf Adam ein. Sie ließ ihren ganzen Frust an ihm aus, wobei sie völlig vergaß, dass sie nackt war. Dann sprang sie aus dem Bett, stellte sich vor Adam hin und warf den Kopf zurück.

„Ich habe nicht wegen des lausigen Vertrages mit dir geschlafen!", schrie sie Adam an.

„Wer's glaubt, wird selig", höhnte er. „Meine Erfahrung zeigt mir, dass Frauen selten etwas aus Liebe tun."

„Musst du denn jede Frau mit deiner treulosen Verlobten und deiner geldgierigen Mutter vergleichen?"

Adam hörte sie nicht. Auch er sprang aus dem Bett, griff nach Rose, presste sie an sich und küsste sie voll Wut.

„Wir werden Liebe nie erwähnen!", stieß er danach hervor. „Wir kennen nur Verlangen, und davon haben wir beide mehr als genug. Du wirst kündigen und bei mir einziehen. Ich bin sicher, Dawson wird keine Schwierigkeiten haben, eine neue Fotografin zu finden."

„Sicherlich nicht. Aber ich werde weder kündigen noch bei dir einziehen."

„Warum nicht? Du bist doch genauso verrückt nach mir wie ich nach dir." Er strich mit der Hand über ihren Rücken, und Rose seufzte bei der Berührung auf. Adam lachte. „Du kannst die Spannung zwischen uns nicht leugnen. Vergiss deine Prinzipien, komm ins Bett."

Rose stieß seine Hände weg. „Meine Prinzipien passen dir vielleicht nicht, aber so bin ich nun einmal. Ich leugne nicht die Anziehung, die zwischen uns besteht, ich kann die Erziehung meines Vaters jedoch nicht über Bord werfen. Du und ich, wir sind zu unterschiedlich, Adam. Wir haben nichts gemeinsam." Sie wandte sich ab und zog sich so gelassen an, als wäre sie allein.

Innerlich war sie allerdings so aufgebracht, dass sie Adam am liebsten umgebracht oder zumindest so geschlagen hätte, dass er sie nicht vergessen würde. Wie konnte er sie nur für so mies halten?

Adam zog sie unsanft zu sich herum und küsste sie hart und fordernd.

„Du vergisst, dass der Vertrag noch nicht unterschrieben ist", sagte er danach.

Rose schaute ihn empört an. Warum tat er das? Sie hatte den Auftrag verdient. Sie hielt seinem Blick stand und machte sich dann frei.

Adam hielt ihr die Tür zum Wohnzimmer auf. Als Rose aber auf die Wohnungstür zuging, legte er seine Hand auf ihren Arm.

„Der Vertrag wartet auf deine Unterschrift", sagte er leise.

Das erstaunte Rose. Sie hatte sich schon damit abgefunden, mit leeren Händen nach Warwick zurückzukehren.

Adam nahm eine Mappe aus der Schublade und schob sie ihr über den Schreibtisch zu. „Lies den Vertrag erst durch, ehe du unterzeichnest."

Rose nickte und versuchte, sich zu konzentrieren, was ihr schließlich auch gelang. Sie unterzeichnete und ging dann erneut auf die Tür zu. Eigentlich sollte sie sich über den Erfolg freuen, aber sie konnte es nicht.

Adam half ihr in den Mantel, dann hielt er sie noch einmal fest. „Es muss nicht so enden, Rosalinda. Du hast den Auftrag bekommen, weil du ihn verdient hast. Dein Vortrag war originell, und der gesamte Vorstand stimmte mir da zu."

„Das Vertrauen deiner Kollegen ehrt mich, es ändert jedoch nichts an unserer Situation, oder?", sagte Rose tonlos.

Prüfend sah er sie an. „Auch nicht, wenn ich dir versichere, dass ich dir den Auftrag auch gegeben hätte, wenn du nicht mit mir ins Bett gegangen wärest?"

„Nein. Wir sprechen noch nicht einmal dieselbe Sprache."

„Zumindest im Bett."

Sie schüttelte den Kopf. „Das reicht nicht. Du würdest immer denken, du hättest mich gekauft." Sie seufzte. Was konnte sie tun, wenn Adam glaubte, keiner Frau wäre zu trauen?

„Dann bleibt wohl nichts mehr zu sagen. Ich fahre dich zum Hotel."

„Ich fahre direkt nach Warwick zurück. Darf ich?" Sie zeigte auf das Telefon. „Ich bestelle mir ein Taxi zum Bahnhof." Rose fühlte sich innerlich wie hohl.

Adam sah sie finster an. „Ich fahre dich“, sagte er knapp. Er runzelte die Stirn, als das unmissverständliche Klappen der Wohnungstür zu hören war.

Schnelle Schritte kamen näher, und die rothaarige Frau, die Rose schon seit dem Treffen auf Mallorca in Gedanken verfolgte, warf sich an Adams Brust. Estelle schien Rose nicht wahrzunehmen und küsste Adam stürmisch.

„Ich konnte einen Tag früher kommen, Darling. Du warst nicht mehr im Büro, als ich versuchte, dich zu erreichen.“ Sie blickte ihn mit glänzenden Augen an. „Ich weiß, du freust dich wie ich, dass ich hier bin. Also tu nicht so, als wärst du ärgerlich. Ich nehme an, du bist müde. Waren nicht heute die Verhandlungen wegen des Villenprojektes?“

Adam sah Estelle lächelnd an, und Rose glaubte zu wissen, dass er sie bereits vergessen hatte. Sie trat einen Schritt zurück, aber Adam ergriff sie beim Arm.

„Du kennst doch Miss Grey, Estelle. Möchtest du ihr nicht zu dem Auftrag gratulieren?“

Estelle warf den Kopf mit einer zornigen Bewegung nach hinten.

„Du hast ihr den Auftrag erteilt, Darling? Wieso ihr? Sie wird sicherlich kümmerlich versagen. John Kristie hat doch viel mehr Erfahrung.“

Adam presste die Lippen kurz zusammen, bevor er antwortete: „Sei nicht überheblich, Estelle. Rosalinda bringt genau den frischen Wind in dieses Projekt, den ich mir vorgestellt hatte. Wieso bist du eigentlich hier?“

„Du legst doch Wert auf meine Anwesenheit, Darling. Weshalb hättest du mir sonst den Schlüssel gegeben?“ Sie maß ihn herausfordernd.

Rose konnte die Situation nicht länger ertragen, ging schnurstracks zur Tür, und ehe Adam wusste, was geschah, hatte sie die Wohnungstür hinter sich zugezogen.

Er brauchte einen Moment, um sich von Estelle zu befreien, und als er aus der Wohnung trat, war Rose bereits im Fahrstuhl, dessen Türen sich gerade schlossen.

„Rosalinda, komm zurück und hör mich an!“

Sie presste die Faust gegen den Mund. Nur mit Mühe konnte sie die Tränen zurückhalten und war froh, das Apartmenthaus verlassen zu können.

Später erinnerte sie sich kaum an die Fahrt zurück nach Warwick. Halb hatte sie damit gerechnet, dass Adam ihr folgen würde, und sie fühlte sich wie erlöst, als sie unbehelligt zu Hause ankam.

Natürlich war er ihr nicht gefolgt, weil er die elegante Estelle bei sich hatte. Diese Frau sah nichts anderes als eine Goldgrube in ihm, und das wollte er wohl auch. Da wusste er, woran er war. Es wäre fruchtlos für sie gewesen, ihm zu sagen, dass sie ihn liebte, denn er glaubte ja, sie wäre nur hinter dem her, was für sie von Vorteil war.

Rose ließ sich in einen Sessel sinken und schluchzte auf. Adam war für sie verloren, und damit hatte sie sich ein für allemal abzufinden.

10. KAPITEL

Craig war außerordentlich zufrieden, als er von Roses erfolgreichem Abschluss in London hörte. Seine gute Laune wirkte sich auf das ganze Büro aus. Nur Rose erschien die Welt grau und trist. In der folgenden Woche arbeitete sie sich fieberhaft durch einen Berg von Routinearbeit, sodass sie abends todmüde ins Bett fiel. Aber der Schlaf brachte ihr nur Träume von Adam, und oft wachte sie morgens zerschlagen und mit tränenüberströmtem Gesicht auf.

Gegen alle Vernunft hatte sie gehofft, dass Adam kommen oder zumindest anrufen würde. Aber ein Tag nach dem anderen verging, ohne dass ein Zeichen von ihm kam.

Ach, warum sollte er sich auch mit ihr in Verbindung setzen? Er hatte ja die rothaarige Estelle, die sogar einen Schlüssel zu seiner Wohnung besaß.

„Sie sollten den Chef um ein neues Projekt bitten, ähnlich wie das auf Mallorca“, sagte Maisie, als sie am Montagmorgen in Roses Büro hereinschaute. „Nach den interessanten Objekten, die Sie auf Mallorca gefilmt haben, ist das Aufnehmen von Badezimmern doch sicher langweilig.“

„Das kann man wohl sagen, aber es ist ein Job.“ Rose hob ein Foto hoch und zeigte es Maisie. „In den Augen des Herstellers ist diese Dusche genauso faszinierend wie der schönste Berg.“

Maisie kicherte. „Ich finde hübsche Männer faszinierender. Zurzeit spare ich für einen Urlaub auf Mallorca. Vielleicht treffe ich dort auch einen tollen Mann.“ Und damit war sie bereits wieder aus dem Büro verschwunden.

Rose hielt in der Arbeit inne und starrte auf die Wand gegenüber.

Nichts machte Rose mehr Spaß, seit sie sich selbst aus Adams Leben zurückgezogen hatte. Sie dachte an die Szene in Adams Wohnung. War es nun richtig oder falsch gewesen, einfach zu gehen? Nun, Estelle schien der lebende Beweis dafür zu sein, dass Adam sich lediglich mit ihr eingelassen hatte, weil seine Freundin nicht da war.

Sie seufzte und stützte das Kinn in die Hände. Adam hatte ein Vorurteil gegen Frauen, und dass sie ihn liebte, änderte nichts daran. Er wusste ja noch nicht einmal, dass sie ihn liebte, und meinte, dass sie ihn nur ausgenutzt hatte.

Die Sprechanlage riss Rose aus den Gedanken. Craig bat sie in sein Büro. Rasch stand sie auf, warf einen Blick in den Spiegel und strich den Rock glatt. Craig hatte beunruhigt geklungen, und sie hoffte, dass nicht irgendetwas schiefgelaufen war.

„Hier ist ein Brief für dich", sagte Craig, als sie sein Büro betrat.

„Warum gibst du für Privatangelegenheiten eigentlich die Geschäftsadresse an?", fragte er gereizt. Rose lächelte ihn nur an und öffnete den Brief, den Craig ihr hinhielt.

Señorita Grey, dieses Schreiben sende ich an Ihre Firmenadresse, um sicherzugehen, dass Sie es auch erhalten. Der Verkaufsvertrag für die Villa Rosa ist aufgesetzt und liegt zu Ihrer Unterschrift bereit. Dazu möchte ich Sie bitten, umgehend nach Mallorca zu kommen. Es ist sehr wichtig.
Ihr sehr ergebener Irullan Pueg

Rose verstand den Brief des Rechtsanwalts überhaupt nicht. Sie hatte den Kaufvertrag, der die Villa der Firma „Ferrier Travel" überschrieb, sofort nach ihrer Rückkehr nach London unterschrieben und postwendend an den Rechtsanwalt zurückgesandt. Die Dringlichkeit des Schreibens konnte Rose sich nur damit erklären, dass Señor Pueg ihren Brief noch nicht erhalten hatte.

„Nun?", fragte Craig ungeduldig. „Der Brief ist auf Mallorca abgestempelt – ist alles in den Ferienhäusern in Ordnung? Stimmt irgendetwas nicht mit dem Vertrag?"

„Kann schon sein", sagte Rose geistesabwesend.

„Was soll das heißen?", rief er alarmiert, und ihr wurde plötzlich bewusst, welchen Vertrag Craig meinte.

„Es geht nicht um den Vertrag mit ‚Ferrier Travel'", erklärte sie unwirsch.

„Um was denn sonst für einen?", erkundigte er sich verwirrt, und Rose stellte erneut fest, dass er immer nur seine Firma und nichts anderes im Kopf hatte.

„Dieser Brief ist von dem Rechtsanwalt meiner Tante wegen der Villa, die sie mir vermacht hat und die ich verkauft habe. Ich soll nach Mallorca kommen."

„Nach Mallorca? Das geht nicht. Du hattest bereits deinen Urlaub, und wir haben viel zu tun. Du musst dem Anwalt sofort schreiben, dass das nicht geht. Vielleicht kann ich dich in ein paar Monaten entbehren, aber nicht jetzt."

„Señor Peug schreibt, es wäre wichtig, dass ich umgehend käme."

Craig wollte wieder protestieren.

„Ich habe die Villa an Mr. Ferrier verkauft", kam Rose ihm zuvor.

Er beruhigte sich und betrachtete sie nachdenklich.

„Das ist natürlich etwas anderes", sagte er kurz darauf. „Dann musst du fahren, wenn es zeitlich auch gar nicht passt."

Sie sah ihn ungläubig an. Was hatte seine Meinung so plötzlich geändert?

„Meine liebe Rose", begann Craig gönnerhaft, „Mr. Ferrier ist für uns ein ungemein wichtiger und unschätzbarer Kunde. Ich verspreche mir in den kommenden Monaten sehr viel von der Zusammenarbeit mit ihm."

„Was hat denn das mit dem Verkauf meiner Villa zu tun?", fragte sie und ahnte plötzlich, was kommen würde.

Craig stützte die Ellbogen auf dem Schreibtisch auf, legte die Fingerspitzen aneinander und sagte eindringlich: „Mr. Ferrier wird dir eine gute Summe für die Villa bezahlen. Er fackelt nicht lange mit dem Preis, wenn er etwas haben möchte. Dann kannst du das Geld investieren."

„Mit dem Investieren meinst du natürlich in ‚Design for Today', hab ich recht?", fragte Rose leise.

„Du hast es erraten, Rose. Unsere Firma steht zwar solide da, könnte aber eine kleine Geldspritze gebrauchen."

„Bietest du mir etwa eine Teilhaberschaft an?"

„Mit dem Gedanken habe ich schon gespielt, aber das muss noch warten", antwortete er.

Er vermied es, ihr in die Augen zu sehen, und Rose wusste, dass eine Teilhaberschaft das Letzte war, was er in Betracht ziehen würde. Craig liebte nur sich selbst und seine Firma. Rose tat sich selber leid, weil sie so lange eine falsche Zukunftsvision verfolgt hatte.

Aber die Vision ist ja bereits in diesem Moment zerstört worden, als ich Adam begegnet bin, gestand Rose sich ein.

„Du brauchst dich lediglich ein paar Stunden auf Mallorca aufzuhalten", meinte Craig.

Sie funkelte ihn empört an. „Ein solcher Aufwand nur für ein paar Stunden? Mir stehen noch zehn Tage Urlaub zu. So lange werde ich nicht bleiben, aber ich bleibe auf alle Fälle länger als ein paar Stunden."

„Die Arbeit geht vor", sagte Craig ärgerlich.

„Es gibt Wichtigeres als Arbeit", entgegnete sie leichthin. „Ich werde noch heute Abend fliegen, falls ich einen Platz bekomme. Die Arbeit läuft mir nicht davon, bis ich zurück bin. Ich bin sowieso fast auf dem Laufenden", fügte sie hinzu, als sie bemerkte, dass Craig ob ihrer unbekümmerten Einstellung einem Herzanfall nahe war.

Die Maschine landete pünktlich in Palma. Rose nahm sich ein Hotelzimmer in Flughafennähe und ging früh schlafen. Die letzten Stunden waren hektisch gewesen. Am nächsten Morgen würde sie nach Pollensa fahren und Señor Pueg aufsuchen.

Gegen acht Uhr erwachte Rose. Nachdem sie geduscht und sich fertig gemacht hatte, frühstückte sie, mietete sich einen Leihwagen und brach auf.

In Pollensa kam es ihr dann so vor, als wäre sie gar nicht fort gewesen – ruhig, friedlich und verträumt lag das Städtchen unter dem herrlich blauen Himmel. Rose parkte den Mietwagen nahe dem kleinen Laden, wo sie den Hut gekauft hatte, und schlenderte durch die vertrauten Gassen zur Rechtsanwaltskanzlei. Es war sehr warm, und Rose ärgerte sich, dass sie den Hut nicht mitgenommen hatte.

Sie freute sich nicht gerade darauf, Señor Pueg wiederzusehen. Sie hatte ihn von Anfang an nicht leiden können und erwartete nicht, dass er ihr diesmal sympathischer sein würde. Zu ihrer Überraschung begrüßte er sie mit dem Anflug eines Lächelns auf den dünnen Lippen.

„Señorita Grey", sagte Señor Pueg mit seinem starken Akzent, „es freut mich, dass Sie so schnell kommen konnten." Er reichte ihr die Hand zu einem schlaffen Händedruck.

„Ihr Brief klang dringend, Señor." Rose nahm Platz.

Der Rechtsanwalt machte eine fahrige Bewegung mit der dürren Hand. „Señor Ferrier drängte zur Eile. Er bestand darauf, dass Sie die Vertragsänderung für die Villa Rosa unterschreiben."

Rose schaute verständnislos drein. „Ich weiß von keiner Vertragsänderung", sagte sie schwach.

Er öffnete eine Schublade und nahm ein Dokument heraus. „Haben Sie eine Kopie des Originalvertrages mitgebracht?"

Rose nahm ihre Kopie aus der Tasche und reichte sie ihm über den Schreibtisch. „Was ist denn so wichtig an der Änderung, Señor?" Was hatte Adam sich nun wieder einfallen lassen?

„Lesen Sie, Señorita", bat Señor Pueg und schob ihr das andere Dokument zu.

Sie las die Passagen, die in den Vertrag eingefügt worden waren, und blickte dann verwirrt auf.

„Ein oder zwei Passagen sind anders formuliert, Señor, aber ich kann …" Sie brach ab, als der Rechtsanwalt die Seite umdrehte und auf einen Absatz deutete, den es vorher nicht gegeben hatte. Rose überflog die Zeilen. „Das ist absurd, Señor. In dem Zusatz heißt es, dass ich jederzeit und so lange ich möchte Zugang zu der Villa Rosa habe. Wie soll ich das verstehen?"

„Ich stehe genauso vor einem Rätsel wie Sie, Señorita", antwortete Señor Pueg.

Rose empfand plötzlich beinahe so etwas wie Sympathie für ihn.

„Señor Ferrier bestand darauf. Wenn Sie bitte hier unterzeichnen wollen, Señorita? Immerhin ist die Änderung zu Ihren Gunsten."

Rose nahm den Kugelschreiber entgegen, den der Rechtsanwalt ihr reichte, zögerte aber noch mit der Unterschrift. „Sie wissen wirklich nicht, was das zu bedeuten hat?"

Er schüttelte den Kopf. „Ich bedaure, Señorita. Ich kann Ihnen nur sagen, es war für Señor Ferrier äußerst wichtig, dass ich mich sofort mit Ihnen in Verbindung setze."

Adam führte da doch etwas im Schilde! Aber wie Señor Pueg schon gesagt hatte, der Vertragszusatz war zu ihrem Vorteil. Sie musste Adam einfach danach fragen. Sollte sie vielleicht mit der Unterschrift noch warten? Doch Señor Pueg wirkte nun ungeduldig, und Rose unterschrieb.

Auf dem Weg zurück zum Auto versuchte sie zu ergründen, warum Adam diesen Vertragszusatz für so wichtig hielt, dass er sie durch den Rechtsanwalt nach Mallorca beordert hatte, und warum alles so eilig war. Sie stieg ins Auto. Wohin sollte sie nun fahren? Nach England zurückkehren wollte sie nicht, ohne die Lösung des Rätsels gefunden und ohne die Villa Rosa noch einmal gesehen zu haben.

Mit dem Haus verband sie natürlich auch die Erinnerung an Adam. Aber die Hoffnung, die sich seit dem Brief des Rechtsanwalts leise eingeschlichen hatte, gab Rose auf. Wenn Adam sie wirklich hätte sehen wollen, dann hätte er das auch einfacher haben können.

Es war alles sehr verwirrend, und hier im Auto herumzusitzen, würde nichts klären. Rose beschloss, der Villa Rosa einen Besuch abzustatten – den letzten. Obwohl Rose nun das Privileg hatte, dort ein und aus zu gehen, wann und wie es ihr beliebte, so wollte sie das doch in Zukunft nicht in Anspruch nehmen.

Rose ließ den Motor an, löste die Handbremse und fuhr zur Stadt hinaus. Der Weg zur Villa hinauf war noch genauso eng und steil wie vorher. Also hatte Adam wohl noch nicht mit den Umbauarbeiten begonnen, sonst hätte er sicher den Pfad verbreitern lassen.

Das erste Tor hing noch ebenso schief in den Angeln wie bei Roses erstem Besuch, und auch das zweite sah nicht besser aus. Sie fuhr in den Garten und trat schnell auf die Bremse. Rose traute ihren Augen nicht.

Die Villa Rosa war völlig verwandelt. Die Terrasse hatte ein neues Dach bekommen, das an das Haus anschloss. Adam hatte in der Tat schnelle Arbeit geleistet.

Die Terrasse mit den hellen Fliesen wirkte einladend. Ein robuster Tisch mit zwei dazu passenden Bänken stand an einem Ende, und Tontöpfe mit üppig blühenden Blumen waren entlang der Hauswand und des Treppenaufgangs zum Haus aufgestellt worden. Bougainvillea rankte bereits mit schimmernden Blüten an den Terrassenpfeilern empor.

Rose schaute sich um, als sie plötzlich das Geräusch eines Motors und Türklappen hörte, und sah Adam aus dem Auto steigen. Er kam schnell auf sie zu, öffnete ihre Wagentür, löste den Sicherheitsgurt und zog Rose aus ihrem Leihwagen, ehe sie sich von dem Schock erholen konnte.

„Was ..., was machst du denn hier?“, stotterte sie.

„Ich bin dir gefolgt“, sagte er gelassen, als wäre es das Natürlichste von der Welt.

„Dazu hast du kein Recht. Woher wusstest du, dass ich auf Mallorca bin? Ach, bestimmt von Señor Pueg.“

„Stimmt. Er rief mich in meinem Hotel an. Ich bin ja so froh, dass du so schnell gekommen bist. Meine Nerven hätten das Warten nicht länger ausgehalten.“ Er klang ungeduldig.

Rose blickte zu ihm auf. Warum war Adam so nervös? Das Haus gehörte ihm beziehungsweise seiner Firma, da brauchte er nicht ihre Billigung. Dann erinnerte Rose sich an die Zusatzklausel des Kaufvertrages.

„Warum hast du den Kaufvertrag der Villa geändert, und was bedeutet eigentlich der Zusatzpassus?“, erkundigte Rose sich. „Du hast doch das Haus gekauft. Wieso soll ich denn Zugang zu der Villa Rosa haben, wenn du sie an Fremde vermieten willst?“

„Du fragst zu viel, Rosalinda. Schau dir erst mal an, was ich hier alles habe machen lassen.“ Er drängte sie ungeduldig zum Haus.

Sie konnte ihm nichts abschlagen. Ihn hier zu sehen, ließ sie alle Vorsätze, sich nicht von ihm herumkommandieren zu lassen, vergessen. Er sah fantastisch aus in der silbergrauen Hose und dem grünen Seidenhemd.

Adam zog sie nun mit, und sie gestand sich ein, neugierig zu sein. Sie wollte jedoch auch eine Antwort auf ihre Fragen haben.

In der Diele standen nun ein Marmortisch und zwei gemütlich aussehende, mit naturfarbenem Leinen bezogene Sessel. Auf dem Boden waren die gleichen Fliesen verlegt worden wie auf der Terrasse.

„Wie du siehst, bin ich deinem Rat gefolgt“, sagte Adam. „Und ich muss zugeben, die Farbe lässt den Raum heller erscheinen.“

An den in demselben Ton wie die Fliesen gehaltenen Wänden hingen Bilder, die Szenen aus der Umgebung zeigten.

„Es wirkt alles sehr gemütlich“, stellte Rose fest. „Ich finde es wunderschön, Adam“

Adam lächelte sie an und nahm sie beim Arm. „Als Nächstes die Küche. Vorsicht, Stufe."

„Die hätte ich ja nun weggelassen", sagte Rose, als sie vorsichtig die flache Stufe hinunterging.

„Es gibt mehrere dieser halben Stufen im Haus, und ich wollte sie so lassen, um das Ambiente des Hauses nicht allzu sehr zu verändern."

„Hoffentlich würdigen das die Touristen. Und der niedrige Balken, wo die Töpfe draufstehen, ist auch geblieben?" Rose erinnerte sich daran, dass Adam sich den Kopf daran gestoßen hatte.

„Ich hatte schon überlegt, den Balken entfernen zu lassen, aber dann hätte die ganze Küche umgebaut werden müssen. Und du musst zugeben, er sieht attraktiv aus." Adam rieb sich demonstrativ den Kopf und strahlte sie an. „Nun, wie gefällt es dir?"

„Es ist wirklich sehr schön geworden", sagte sie überzeugt. „Die moderne Einrichtung passt gut zu dem Rustikalen des Raumes. Und der Kupferkessel mit den getrockneten Blumen in der offenen Feuerstelle hat seinen besonderen Charme."

„Ich hoffte, du würdest es mögen. Komm und schau dir den Rest des Hauses an."

Rose folgte ihm durch alle Räume. Im Wohn- und Esszimmer hatte Adam nicht viel verändern lassen. Die alten Holzmöbel waren mit Politur bearbeitet worden und erstrahlten in neuem Glanz. Sofa und Stühle gab es allerdings nicht mehr, und an den Wänden hingen nur noch die beiden Gobelins, deren leuchtende Farben in dem ebenfalls hell gefliesten, halb leeren Raum besonders gut zur Geltung kamen.

Als nur noch die Schlafzimmer zu besichtigen waren, wurde Rose etwas nervös.

Adam hielt sie fest an der Hand, als sie die Treppe nach oben stiegen. Auch für angemessene Beleuchtung hatte er gesorgt.

Kurze Zeit später befanden die beiden sich wieder im Erdgeschoss. Adam hatte sich einwandfrei verhalten, fast unpersönlich, während Rose sich das luxuriöse Bad und die drei Schlafzimmer anschaute. Nur das große Schlafzimmer der verstorbenen Tante war eingerichtet. Das Bett war gemacht, die alte Spitzendecke lag darauf. Rose hatte sofort daran denken müssen, wie sie hier in Adams Armen gelegen und sich gewünscht hatte, es würde ewig so bleiben.

Auch jetzt wünschte sie sich nichts anderes, aber Adam war so reserviert, dass sie das Gefühl hatte, sie wäre ein zukünftiger Feriengast, dem er das Haus zeigte. Sie versuchte, ihr Verlangen zu unterdrücken, und folgte Adam auf die Terrasse.

„Einiges gibt es aber für dich noch zu tun, bevor du das Haus vermieten kannst." Rose bemühte sich um einen gelassenen Tonfall. Sie wusste, dass sie hier fort musste, ehe sie sich lächerlich machte und etwas tat, was sie später bereuen würde. Adam hatte ganz offensichtlich kein Verlangen mehr nach ihr. Er hatte sie nicht geküsst, geschweige denn Anspielungen auf das Bett gemacht, während sie ihn am liebsten auf die wunderschöne Decke gezogen hätte, um sich in seinen Armen zu vergessen.

„Ja, es gibt noch einiges zu erledigen, ehe die Villa bewohnt werden kann", erwiderte er ausweichend, sodass Rose ihn prüfend anschaute.

„Du wirst die Villa sicherlich nicht vor Ostern vermieten. Da hast du genügend Zeit", meinte sie und ging auf der Terrasse hin und her. In wenigen Minuten würde sie sich verabschieden, in ihr Auto steigen und davonfahren. Oder vielleicht sollte sie sich lieber nicht verabschieden. Dann fiele ihr das Wegfahren leichter.

„Rosalinda, hör auf hin und her zu laufen, setz dich." Adam ergriff ihren Arm und drückte sie auf die Bank. Rose hielt ganz still. All ihre Sinne waren angespannt, als Adam sich zu ihr setzte. „Das Haus ist noch nicht fertig, weil ich auf dich gewartet habe."

„Was habe ich mit der Restaurierung der Villa zu tun? Ich bin nur auf dein Drängen hergekommen, um die Vertragsänderung zu unterschreiben. Ich verstehe immer noch nicht, was das mit der Zusatzklausel auf sich hat. Ich glaube nicht, dass die Feriengäste begeistert wären, wenn ich nach Belieben hier aufkreuze."

„Für eine kluge Frau bist du manchmal schwer von Begriff, oder liegt es daran, dass du den Tatsachen einfach nicht ins Gesicht sehen willst?", fragte Adam ruhig. „Die Villa Rosa ist schon seit unserem Beisammensein hier nicht mehr für Touristen gedacht. Sie ist einzig und allein für uns beide da, und du sollst sie zu unserem Paradies machen.“ Er wollte den Arm um sie legen, aber sie sprang hoch und lief, so schnell sie konnte, die Stufen hinunter. Es blieb ihr nichts anderes übrig, sie musste schnellstens hier weg!

Hastig stieg sie in ihren Wagen, drehte den Zündschlüssel, legte den ersten Gang ein und fuhr mit quietschenden Reifen los. Als sie durch das offene Tor fuhr, blickte sie in den Rückspiegel und noch einmal auf das Haus. Adam hatte sich nicht gerührt. Er blickte ihr noch nicht einmal nach, stellte sie fest.

Das zweite Tor war geschlossen. Sie bremste scharf, stieg aus und öffnete es oder, besser gesagt, versuchte es zu öffnen. Das blöde Ding klemmte. Sie rüttelte zornig daran. Wie konnte ein so klappriges Tor nur so klemmen? Das fehlte noch, dass Adam sie nun vielleicht doch einholte. Allerdings hatte er nicht den Eindruck gemacht, als hätte er das vor. Da bemerkte sie plötzlich die schwere Kette mit dem Vorhängeschloss. Sie schaute immer noch ungläubig auf das Schloss, da wurde sie plötzlich hochgehoben. Adam.

„Lass mich runter!“ Sie schlug um sich und versuchte, ihn zu treten, aber er lachte nur. Wie einen Kleidersack warf er sie sich über die Schulter, trug sie zurück zur Terrasse und stellte sie erst dort wieder auf die Füße.

„So, nachdem du dich ausgetobt hast, will ich deine Fragen beantworten“, sagte er, setzte sich wieder auf die Bank und zog Rose neben sich. „Ich wusste gleich, dass du davonlaufen würdest. Doch damit ist nichts erreicht.“

„Ich will nichts erreichen, ich möchte nur weg von hier.“ Sie blickte ihn wütend an.

„Sturm im Wasserglas. Beruhige dich, Rosalinda, und hör mir zu.“

Sie versuchte, sich zu beruhigen, lehnte sich gegen die Wand und holte tief Luft. „Ich habe wohl keine andere Wahl, als dir zuzuhören. Du bist ein Grobian, Adam. Und nun sag schon, was du zu sagen hast. Was meintest du eigentlich damit, das Haus sei für dich und mich gedacht?“

„Niemand anderes soll hier wohnen. Das Haus gehört auch nicht meiner Firma, ich habe es persönlich gekauft. Ich habe es für dich gekauft, mache es dir zum Geschenk und möchte mit dir hier wohnen.“

Er versuchte, sachlich zu klingen, sie spürte jedoch, dass ihm ihre Reaktion wichtig war.

„Ich kann das nicht annehmen, Adam, mit oder ohne Bedingungen. Und was ist mit Estelle? Immerhin hatte sie sogar den Schlüssel zu deiner Wohnung."

Adam blickte finster vor sich hin. „Die Sache ist ganz anders, Rosalinda. Ich weiß, alles spricht dagegen, aber ich hatte Estelle die Wohnung für eine Nacht – die nächste Nacht – zur Verfügung gestellt. Ich dachte, ich würde dann nicht da sein, sondern mit dir in Warwick."

Rose sah ihn an. Konnte sie ihm das glauben? „Habt ihr beide ein Verhältnis?", fragte sie unumwunden.

Er antwortete genauso direkt. „Eine kurze Zeit lang, ja, ehe ich dich kennengelernt habe. Danach nicht mehr."

„Danke, dass du ehrlich bist. Trotzdem kann ich dein Angebot nicht annehmen", sagte sie.

„Warum nicht? Die Villa gehört einfach zu dir. Sie gefällt dir doch, oder?"

„Ja, sehr sogar, aber das ist nicht der springende Punkt. Es ist dein Haus, Adam, und ein solches Geschenk ..." Sie wies mit einer weit ausholenden Handbewegung auf Haus und Garten und verstummte jäh. „Nicht zu fassen, da ist ja sogar ein Pool!", rief sie schließlich aus. Durch die Bäume hindurch hatte sie Wasser glitzern sehen.

„Einen Pool anlegen zu lassen, hatte ich doch von Anfang an vor", sagte Adam. Er rückte näher an sie heran und nahm sie in die Arme. „Ich sehne mich nach dir, Rosalinda. Ich kann an nichts anderes mehr denken. Ich sehe immer dein Gesicht und deinen Körper vor mir. Ich bin verrückt nach dir, und wenn ich dich nicht anders haben kann, dann heirate ich dich."

Einen Moment lang stellte sie sich vor, wie das sein würde, mit Adam verheiratet zu sein. Zwischen ihnen bestand eine starke sexuelle Anziehungskraft, daran gab es keinen Zweifel, aber liebte er sie? Sie löste sich behutsam aus seiner Umarmung.

„Ich dachte, du wolltest heiraten", sagte Adam überrascht.

„Das möchte ich auch liebend gerne, aber ohne Liebe hat eine Ehe keine Grundlage."

Sie schwiegen eine Weile, jeder mit seinen eigenen Gedanken beschäftigt.

„Mit der Liebe weiß ich noch nicht so gut umzugehen", erklärte Adam schließlich. Er suchte nach Worten. „Bis jetzt haben mich alle Frauen verlassen, die ich liebte. Als du dann in mein Leben getreten bist, war ich fest entschlossen, diesmal meine Gefühle aus dem Spiel zu lassen, um mich nicht wieder von der Liebe abhängig zu machen und enttäuscht zu werden."

„Es tut mir leid, dass du so denkst, Adam", flüsterte Rose. „Aber ich liebe dich viel zu sehr, als dass ich unter solchen Bedingungen mit dir leben, geschweige denn mit dir verheiratet sein könnte." Sie stand auf und streckte ihm die Hand hin. „Gib mir bitte den Schlüssel für das Vorhängeschloss. Ich möchte jetzt gehen."

Rose merkte, dass sie kurz davor war, in Tränen auszubrechen, und wollte sich und Adam das ersparen. Wie hatte sie ihm ihre Liebe nur offenbaren können? Nun, zumindest waren jetzt die Verhältnisse geklärt, und er würde sie in Ruhe lassen.

Adam sprang plötzlich auf und nahm sie mit einem Schrei des Triumphes auf die Arme. Ehe Rose wusste, wie ihr geschah, fand sie sich im Schlafzimmer wieder.

Adam ließ sie etwas unsanft auf dem Bett nieder. „Was fällt dir ein, mich verlassen zu wollen, wo du mir doch gerade gesagt hast, dass du mich liebst?" Dabei strahlte er über das ganze Gesicht. Er legte sich neben sie und küsste sie, erst sanft, dann immer drängender und voll Verlangen. Rose gab nach und versank in einen Taumel der Gefühle.

Als Adam schließlich den Kopf hob, um sie zärtlich anzusehen, sagte sie heiser: „Du willst meine Liebe doch gar nicht."

„Ich brauche deine Liebe, es geht mir nicht nur um Sex und Begierde. Nach den Enttäuschungen, die mir bereitet wurden, schwor ich mir, mich nie mehr gefühlsmäßig zu engagieren, doch dann warf ein kleines blondes Etwas seinen Fotoapparat unter ein Auto und machte mich dafür verantwortlich. Seitdem versuchte ich, einen klaren Kopf zu behalten, aber ich versagte kläglich. Ich liebte jede Nuance deiner Stimme und jede Bewegung deines Körpers. Ich fühlte mich dir unwahrscheinlich verbunden, und das machte mir Angst."

Langsam knöpfte er ihre Bluse auf, hob Rose ein wenig an und öffnete den BH. Als er mit den Händen die Brüste bedeckte und dann die zarten Knospen rieb, stöhnte sie auf.

Als sie nach einem hinreißenden Taumel der Lust allmählich wieder zur Besinnung kam, lag Roses Kopf an Adams Schulter, ihre nackten Körper schienen noch immer verschmolzen zu sein. Adam sah sie sehr zärtlich an.

Nein, er braucht es mir nicht zu sagen, dass er mich liebt, dachte Rose, während er sie noch enger an sich zog.

„Ich liebe dich, Rosalinda", flüsterte er, und sie fühlte, wie ihr die Tränen in die Augen traten.

„Du weinst, Rosalinda? Ich dachte, du wärst glücklich, wenn ich dir sage, dass ich dich über alles in der Welt liebe."

„Bin ich auch. Ich bin so glücklich, dass ich nicht aufhören kann zu weinen. Bist du dir auch sicher?"

„Traust du mir immer noch nicht, Rosalinda?", fragte er, und sie küsste ihn zum Beweis, dass sie ihm vertraute.

Adam richtete sich ein wenig auf. „Willst du, Rosalinda Marian Grey, mich, Adam John Ferrier, zum Ehemann?", fragte er feierlich.

„Ich wusste gar nicht, dass John dein Mittelname ist, und woher weißt du, dass ich Marian heiße?"

„Beantworte meine Frage!", donnerte er. „Du bist wirklich die unmöglichste ..."

Rose unterbrach ihn mit einem Kuss. Dann strahlte sie ihn unbeschreiblich glücklich an.

„Du meinst, ich sei unmöglich?", fragte sie betont gelassen.

„Ja, du bist die unmöglichste, entzückendste, bezauberndste kleine Hexe, die mir je über den Weg gelaufen ist. Willst du mich heiraten?"

„Du brauchst gar nicht so zu schreien. Natürlich heirate ich dich." Sie beugte sich zu ihm und liebkoste mit den Lippen sein Gesicht. „Bist du dir wirklich ganz sicher, dass du das möchtest, und nicht nur damit ..., damit ..." Sie schaute auf ihre nackten Körper.

Er stützte sich auf den Ellbogen. „Ich habe dir doch versichert, dass ich dich liebe und brauche. Und du hast eingewilligt, mich zu heiraten.

Wehe dir, wenn du versuchen solltest, einen Rückzieher zu machen!" Adam zog sie auf sich. „Nun zapple doch nicht so, sonst kann ich für nichts garantieren."

„Tun Sie sich keinen Zwang an, Sir", sagte Rose und lachte atemlos, als Adam sich das nicht zweimal sagen ließ.

– ENDE –

Susan Stephens

Das spanische Erbe

Roman

Aus dem Amerikanischen von
Susanne Oppermann

MIRA®

1. KAPITEL

Sie befinden sich auf einem Privatstrand."

Die schlanke junge Frau sprang erschrocken auf. Schnell befestigte sie das Bikinioberteil, straffte sich dann und wandte sich dem Störenfried zu. „Es tut mir leid", sagte sie unwillkürlich. Wo, zum Teufel, stand, dass man sich hier nicht sonnen durfte? Dieser wundervolle Flecken Erde war doch nicht nur den einheimischen Machos vorbehalten, oder? „Ich wollte nur ..."

„Sparen Sie sich die Mühe. Ich weiß, was Sie hier gemacht haben", unterbrach der Mann sie kurz angebunden.

„Woher sollte ich denn ahnen, dass dieser Strand nicht für die Öffentlichkeit zugänglich ist? Hier gibt es nirgends ein Verbotsschild", sagte sie aufgebracht und betrachtete den Spanier mit der tiefen, aufregenden Stimme zum ersten Mal näher. Er war ungefähr Mitte dreißig, hatte ausgeprägte Gesichtszüge und schien gerade aus dem Wasser gekommen zu sein, denn seine enge schwarze Badehose war noch nass. Seine Haut war sonnengebräunt, sein Körper muskulös wie der eines Athleten, und er hatte die wundervollsten dunklen Augen, die sie je gesehen hatte. Schnell wandte sie den Blick ab.

„Haben Sie in Ihrem eigenen Garten vielleicht so ein Schild stehen?", fragte der Adonis stirnrunzelnd und holte sie wieder in die Gegenwart zurück.

„Nein, aber dort gibt es eine große Hecke und, nicht zu vergessen, ein abgeschlossenes Tor."

Er nickte anerkennend. „Eins zu null für Sie, Miss ...?"

„Wilson. Annalisa Wilson." Am liebsten hätte sie die Arme verschränkt, denn er blickte sie herausfordernd an. Obwohl er nicht versuchte, sie zu bedrängen, machte er sie dennoch nervös.

„Ich freue mich, Sie kennenzulernen, Annalisa", sagte er. „Sie haben einen interessanten und seltenen Vornamen."

„Danke. Mein Vater war Spanier."

„Tatsächlich? Ich heiße Ramon Crianza Perez." Der Mann hielt ihr die Hand entgegen.

Sie nahm sie und spürte die unbändige Kraft, die er ausstrahlte.

Schnell befreite sie sich aus seinem Griff und wich einen Schritt zurück. „Es tut mir leid, dass ich mich auf einem Privatgrundstück aufgehalten habe. Ich werde gleich ver…“

Er ließ sie wieder nicht ausreden. „Wie wollen Sie das machen?“

„Ganz einfach. Ich werde schwimmen, und zwar um die Landzunge dort hinten. So bin ich auch hergekommen.“ Sie zeigte auf den großen Felsen, der weit ins Meer hinausragte und die beiden Strände voneinander trennte.

„Das ist nicht Ihr Ernst.“

„Warum nicht? Sie sind doch auch von der Yacht dort hinten hergeschwommen.“ Sie blickte hinüber zu dem beeindruckenden weißen Schiff, das vor der Küste Anker geworfen hatte.

„Trainieren Sie etwa für die Olympischen Spiele?“, fragte er aufgebracht.

„Nein.“

„Mit dem Meer ist nicht zu spaßen, Annalisa.“

Er sprach ihren Namen so … anders aus, irgendwie aufreizend. Plötzlich erinnerte sie sich daran, dass sie nur einen knappen Bikini trug.

„Die Strömung kann sehr gefährlich sein“, sagte er. „Besonders die am Felsen.“

„Ich bin eine gute Schwimmerin.“

„Gerade deswegen sollten Sie mehr Respekt vor der See haben.“

„Ich bin heil hierhergekommen und werde es auch wieder zurückschaffen. Sie brauchen also keine Angst zu haben.“ Annalisa versuchte, überzeugend zu klingen, doch der finstere Blick des Mannes verunsicherte sie mehr, als sie zugeben wollte.

„Anfängerglück“, sagte er kopfschüttelnd, und damit schien für ihn das Thema erledigt zu sein. „Jetzt habe ich die Verantwortung für Sie. Wir gehen jetzt erst einmal zu mir nach Hause, dann sehen wir weiter.“

Dann sind wir also Nachbarn, dachte Annalisa erstaunt. Als der Mann auf sie zukam, wich sie erschrocken zurück. „Nein, ich kann nicht. Ich muss zurück, denn ich habe keine trockenen Sachen hier.“

Er blieb stehen und betrachtete sie von oben bis unten. „Kein Problem. Es wird sich schon etwas Passendes für Sie finden.“

Vorsicht, Gefahr! Annalisa war aufs Äußerste alarmiert. Der Fremde besaß nicht nur die Frechheit, sie unverschämt zu mustern, sondern schien auch zu erwarten, dass sie seinen Befehlen gehorchte. Da waren ihr die tückischen Strudel des Mittelmeeres schon lieber! Also gab es nur eins: die Flucht. Aber als Annalisa versuchte, an dem Spanier vorbeizugehen, verstellte er ihr den Weg. „Mein Fahrer wird Sie später nach Hause bringen."

„Hören Sie ... Ich weiß, Sie wollen nur höflich sein ..."

„Darum geht es nicht. Ich möchte nur nicht, dass Sie noch einen Fehler machen."

Wieso *noch einen*, dachte Annalisa erstaunt und beobachtete, wie sich seine Miene immer mehr verfinsterte. Anscheinend war er es nicht gewohnt, dass ihm jemand widersprach. „Ich komme schon klar", sagte sie energisch.

„Ich habe für diesen Unsinn keine Zeit", erwiderte er ungeduldig und zeigte auf einen kleinen Pfad, der die Klippen hinaufführte. „Gehen wir."

Sie hätte ihm gern gehörig die Meinung gesagt, doch das hätte auch nichts gebracht. Ein Mann wie Ramon Perez war es gewohnt, seinen Willen durchzusetzen. Sie hatte also keine andere Wahl: Sie musste ihm folgen.

Nur widerwillig lief sie auf dem Weg durch die Büsche hinter ihm her. Es dauerte nicht lange, und sie erreichten eine Treppe, die anscheinend erst vor Kurzem gefegt worden war. Das Geländer war frisch gestrichen und passte im Farbton genau zu der Umgebung. Oben wartete ein Mann in der gestärkten weißen Uniform eines Hausangestellten mit einem Stapel gelb-weißer Badetücher über dem Arm. Wahrscheinlich hält er schon seit Stunden Wache, dachte Annalisa unwillkürlich, und wartet auf seinen Herrn und Meister!

Ramon nickte dem Bediensteten kurz zu. „Bitte zeigen Sie Miss Wilson das Gästezimmer, Rodriguez. Und sorgen Sie dafür, dass man ihr eine Erfrischung bringt." Er wandte sich wieder Annalisa zu. „Margarita wird sicher etwas für Sie zum Anziehen finden." Er nahm ein Handtuch und legte es ihr um die Schultern. Dabei berührte er wie beiläufig ihre nackte Haut. Es kam ihr vor, als hätte sie einen Stromschlag bekommen.

„Danke“, erwiderte sie mit bebender Stimme und zog den flauschigen Stoff enger zusammen. Es war ihr nicht entgangen, wie liebevoll er von „Margarita“ gesprochen hatte. Diese Frau scheint ihm sehr viel zu bedeuten, dachte sie beinahe enttäuscht. Er war zwar der unmöglichste Mann, der ihr je begegnet war, aber auch der aufregendste.

Ramon Perez nickte ihr kurz zu. „*Adiós*, Annalisa“, verabschiedete er sich und wandte sich zum Gehen.

Annalisa beschattete ihre Augen mit der Hand, um nicht von der hellen Sonne geblendet zu werden, und beobachtete schweigend, wie der Hausherr den Weg zu dem weißen, beeindruckenden Herrenhaus entlangging. Sein Gang war geschmeidig wie der eines Raubtiers, und wahrscheinlich war der Mann auch genauso gefährlich! Es war besser, die Finger von ihrem stolzen menorquinischen Nachbarn zu lassen, denn er spielte in der Liga der Reichen, das konnte man an der großen Yacht und dem riesigen Anwesen sofort sehen.

Sie folgte Rodriguez die breite Marmortreppe hinauf und betrat gleich darauf die große Diele. Verschüchtert sah sie sich um. Es war niemand zu sehen. Das war auch gut so, denn sie sah aus wie eine in einem Palast gestrandete Meerjungfrau.

Der Bedienstete führte sie in den ersten Stock, öffnete eine Tür und ließ Annalisa eintreten. Das Gästezimmer war groß und hatte einen wunderbaren Blick auf das strahlend blaue Mittelmeer. Auf dem Tisch standen ein Krug mit frisch gepresstem Orangensaft, ein Glas und ein Teller mit reifen Feigen. Anscheinend hatte sich Annalisas Ankunft wie ein Lauffeuer herumgesprochen. Ramon Perez' Angestellte waren wirklich schnell!

Auf der gepolsterten Liege, die antik und sehr teuer aussah, lagen eine seidene blaue Caprihose und ein farblich genau dazu passendes Top. Margarita schien beinahe die gleiche Figur zu haben wie sie. Andächtig hob sie die Hose hoch und betrachtete das Etikett. Du meine Güte! Sie hatte noch nie im Leben so teure Sachen getragen. Vor dem Sofa standen helle Lederpantöffelchen, und auf dem großen Bett lagen ein Hauch von einem BH und ein Tanga.

Margarita ist sicher eine Traumfrau, dachte Annalisa seufzend und wartete, bis Rodriguez die Tür geschlossen hatte. Dann zog sie den Bikini aus und die eleganten Sachen an. Die Seide fühlte sich so wunderbar an, es war beinahe wie im Märchen. Doch was jetzt, fragte Annalisa sich, als sie fertig war. Sollte sie nach unten gehen?

Die Entscheidung wurde ihr abgenommen. Es klopfte, und eine junge Frau kam herein. „Der Wagen steht bereit, Señorita Fuego Montoya", sagte sie in gebrochenem Englisch.

„Ich heiße Wilson", erwiderte Annalisa lächelnd. „Sie können mich aber auch gern Annalisa nennen." Es war schon komisch, mit dem Namen ihres verstorbenen Vaters angeredet zu werden!

„*Sí,* Señorita Fuego Montoya." Das Mädchen errötete. „Sind Sie fertig?"

„Ja, danke." Sie musste unbedingt Spanischunterricht nehmen! „Ich werde die Sachen später zurückbringen ..."

„Oh nein, Señorita", rief die Bedienstete schnell und hob abwehrend die Hände. „Señora Margarita sagt, Sie sollen sie behalten."

„Das kann ich nicht annehmen."

Die jüngere Frau zuckte die Schultern. Es war fast, als würde sie solch teure Geschenke für normal halten. „Die Señora hat sehr viele Sachen."

So reich zu sein war schwer vorstellbar! Annalisa hatte auf Menorca eine Finca mit einem nicht gerade kleinen Grundstück geerbt, doch im Vergleich zu Ramon Perez' Herrenhaus war es nur eine bescheidene Hütte. „Ich würde der Señora gern danken ..."

Doch das Mädchen hatte schon das Zimmer verlassen, und so blieb Annalisa nichts anderes übrig, als ihr zu folgen. Verdammt, dachte sie. Wenn doch ihr Spanisch wenigstens etwas besser gewesen wäre! Dann hätte sie die Frau bitten können, sie zu Señora Margarita zu führen. Man sollte sie nicht für undankbar halten!

Sie runzelte die Stirn. Das war wirklich ärgerlich, aber vielleicht besser so. Das Leben der Superreichen interessierte sie nicht. Sie hatte ganz andere Probleme. Eigentlich hatte sie nur ungern ihren Job als Rechtsanwältin in der kleinen Kanzlei in Nordengland an den Nagel gehängt und ein Sabbatjahr genommen, aber die Tatsache, dass ein spanischer Adliger ihr ein Stück Land auf Menorca vermacht hatte, ließ ihr keine Ruhe. Warum sollte er so etwas tun – wo er doch ihre

Mutter einfach im Stich gelassen hatte, als sie schwanger gewesen war. Soweit Annalisa wusste, hatte er auch nie wieder etwas von sich hören lassen.

Ihre Mutter hatte sie nicht fragen können. Es war ein ungeschriebenes Gesetz in der Familie gewesen, die Vergangenheit nicht zu erwähnen. Aber ihre Mutter war kurz nach Señor Fuego Montoyas Tod gestorben, und als Annalisa von ihrem Erbe erfahren hatte, war sie entschlossen gewesen, alles über ihren Vater herauszufinden.

Und nun war sie hier und folgte dem Mädchen die Marmortreppe hinunter. Als die Bedienstete den Namen ihres Vaters erwähnt hatte, waren die Vergangenheit und die Gegenwart für einen kurzen Moment eins geworden. Ramon Perez war vielleicht genauso wie ihr Vater … ein stolzer, unbeugsamer Macho, dem Ehre über alles ging.

Wenigstens war vom Hausherrn nichts zu sehen – was bestimmt auch besser so war! Dieser Mann war gefährlich, und sie konnte es sich in ihrer jetzigen Situation nicht leisten, mit dem Feuer zu spielen.

Der mürrisch blickende Chauffeur hielt ihr die Tür der dunklen teuren Limousine auf, und Annalisa ließ sich in die weichen Polster sinken. Es dauerte nicht lange und sie hatten ihre Finca erreicht. Wahrscheinlich kam sie dem Mann wie eine primitive Hütte vor, doch wenn sie das Haus erst einmal renoviert hatte … „Vielen Dank, dass Sie mich zurückgefahren haben", sagte sie und schwieg verlegen. Der Mann ignorierte sie jedoch völlig, glitt vom Sitz und öffnete ihr die Tür.

Annalisa stieg aus und blickte sich um. Sie musste wirklich noch sehr viel Arbeit und Geld in das Haus und das Grundstück stecken, wenn sie die Finca gewinnbringend verkaufen wollte. Allein die Auffahrt war voller Schlaglöcher. So etwas schreckte potenzielle Interessenten natürlich ab – und von denen sollte es schon einige geben, so hatte jedenfalls der Immobilienmakler gesagt, mit dem sie kurz nach ihrer Ankunft auf Menorca gesprochen hatte.

Der teure Wagen fuhr davon, und in Sekundenschnelle war Annalisa von Kopf bis Fuß mit Staub bedeckt. Sie wandte sich um und betrachtete nachdenklich das Anwesen. Der Putz bröckelte von den Wänden und das Dach war undicht. Wenn sie es nicht bis zum Ende des Sommers reparieren ließ, würde das Innere des Hauses bald völlig unter Wasser stehen. Aber trotz aller Probleme hatte die Finca aus honigfarbenem Stein Charme.

Lautes Bellen holte Annalisa aus ihren Gedanken und ließ die Sorgenfalten auf ihrer Stirn verschwinden. Sie hatte in den letzten Tagen viele Streuner quasi „adoptiert". Fudge, den alten, treuen Hund, zum Beispiel, der sich über jede Sekunde freute, die sie mit ihm verbrachte. Dann gab es noch mehrere Katzen, Hühner, und eines Morgens hatte sich sogar ein herrenloser Esel eingefunden. Es war beinahe so, als merkten die Tiere, dass das Leben auf der Finca Fuego Montoya weitergehen würde.

Annalisa war zuerst nicht so optimistisch gewesen. Das Haupthaus und alle anderen Gebäude waren sträflich vernachlässigt worden, und der Staub und Verfall waren allgegenwärtig.

Sie hatte sich jedoch nicht abschrecken lassen. Die Möbel waren kostbar, und die von Spinnweben überzogenen Gemälde an den Wänden waren sicher auch einiges wert. Also hatte sie sich an die Arbeit gemacht und die meisten Zimmer von Grund auf gereinigt und lange gelüftet. Es lag aber noch viel Arbeit vor ihr. Sie schloss kurz die Augen und atmete tief durch. Egal, dachte sie, was ich angefangen habe, bringe ich auch zu Ende. Dazu würde sie sogar lernen, mit Hammer und Meißel umzugehen! Immerhin war das Wetter hier viel besser als im Norden Englands. Der Winter war gerade vorüber, und doch war es schon schön warm.

Sie ging auf ihr Zimmer, zog sich Shorts und ein altes T-Shirt an und machte sich dann auf den Weg in die Küche. Dort setzte sie sich an den rustikalen Tisch und begann, einen Dankesbrief an Señor und Señora Ramon Crianza Perez zu verfassen. Aber sie konnte sich nicht richtig konzentrieren. Immer wieder sah sie den muskulösen, attraktiven Mann vor sich. Zum Teufel! Er war verheiratet und daher für sie unerreichbar.

Wieder musste sie an ihre Mutter denken. Diese war in ihrem Leben bitter enttäuscht worden, nur weil sie sich mit dem Falschen eingelassen hatte. Annalisa hatte nicht vor, es ihr gleichzutun! Seufzend widmete sie sich wieder der Aufgabe, die vor ihr lag. Eine Viertelstunde später schloss sie den Umschlag und legte ihn auf die Flurkommode. Sie würde ihn gleich morgen früh mit nach Mahon, der Inselhauptstadt, nehmen und zur Post bringen. Doch jetzt hatte sie wichtigere Dinge zu tun. Ihr Anwalt würde gleich kommen, und sie musste sich vorbereiten. Sie nahm ein Blatt Papier und notierte sich die Dinge, die sie mit ihm besprechen wollte. Schließlich lehnte sie sich zurück und betrachtete die Liste. Und plötzlich kam ihr eine Idee …

„Haben Sie sich das auch gut überlegt, Señorita Wilson? Sie haben doch gar kein Geld, um die Veränderungen an der Finca vorzunehmen, die Sie mir gerade genannt haben. Warum akzeptieren Sie nicht das großzügige Angebot, das Ihnen gemacht worden ist, und kaufen sich etwas anderes? Ein Haus am Strand zum Beispiel oder eine Wohnung?"

„Ich habe beschlossen, die Finca zu behalten."

„Das kann nicht Ihr Ernst sein!"

Annalisa hätte beinahe gelacht. Sie hatte den ehrenwerten Anwalt mit dem weißen Haar völlig aus der Fassung gebracht. „Das ist mein letztes Wort", sagte sie leise, aber bestimmt.

„Das kann ich nicht glauben!", erwiderte der Mann kopfschüttelnd. „Wie wollen Sie denn …?"

So langsam verlor Annalisa die Geduld. „Hören Sie, Don Alfonso, ich weiß, was ich tue. Ich habe schon immer gearbeitet und werde auch jetzt für meinen Unterhalt aufkommen."

„Das verstehe ich nicht, Señorita Wilson. Wenn Sie das Anwesen verkaufen, haben Sie ein Leben lang ausgesorgt."

„Darum geht es mir nicht. Ich möchte auf der Finca Fuego Montoya bleiben. Glauben Sie mir, ich habe mir die Entscheidung nicht leicht gemacht. Ich werde das Haupthaus und die Nebengebäude renovieren und dann die Orangenhaine bewirtschaften."

„Die *Orangenhaine?*", rief der Anwalt erstaunt. „Aber Sie verstehen doch gar nichts vom Obstanbau." Er zog ein Taschentuch hervor und trocknete sich die Stirn. Es war ihm deutlich anzumerken, wie besorgt er war. „Sie übernehmen sich, Señorita Wilson. Eine solche Aufgabe können Sie nicht allein bewältigen."

„Warum nicht? Weil ich eine Frau bin?"

Er zögerte nur kurz, aber Annalisa wusste, dass sie ins Schwarze getroffen hatte.

„Sie haben nicht genug Geld“, erwiderte er schließlich.

„Ich kann vieles selbst erledigen und auch im Dorf um Hilfe bitten. Harte Arbeit hat mich noch nie abgeschreckt.“

„Es geht nicht um die Arbeit, sondern um die Finanzierung.“

„Ich werde das schon irgendwie regeln.“

Don Alfonso schien nicht überzeugt zu sein, denn er schüttelte den Kopf. „Wahrscheinlich könnten Sie es sogar schaffen, aber ...“

„Was aber?“

„Sie stellen sich gegen eine sehr reiche und mächtige Familie, Señorita Wilson. Bitte denken Sie noch einmal darüber nach, bevor Sie ablehnen. Die Offerte ist sehr großzügig.“

„Nein, Don Alfonso, ich habe mich entschieden. Ich werde *nicht* verkaufen.“

„Überlegen Sie ...“

„Nein! Warum will diese Familie eigentlich gerade jetzt das Land erwerben? Immerhin sind das Grundstück und das Haus seit Jahren vernachlässigt worden.“

„Man hat Ihrem Vater schon seit Jahren Angebote gemacht, doch er hat sie immer abgelehnt.“

„Und genauso werde ich es auch halten“, erwiderte sie und wusste selbst nicht, warum sie sich plötzlich mit ihrem Vater, der sie schmählich im Stich gelassen hatte, so verbunden fühlte.

„Ich kann Sie also nicht von Ihrem Entschluss abbringen?“

„Richtig.“

Don Alfonso seufzte leise. „Wenn Sie meinen ...“

„Wissen Sie, was ich nicht verstehe?“, fragte Annalisa aufgebracht. „Sie sind doch mein Anwalt und sollten meine Interessen vertreten, oder? Wieso habe ich das Gefühl, dass Sie eher auf der Seite des potenziellen Käufers stehen?“

Der alte Mann beugte sich vor. „Wir sprechen hier von einer der einflussreichsten Familien Spaniens“, flüsterte er. „Mit ihr ist nicht zu spaßen, das sollten Sie sich immer vor Augen halten.“

Falls er sie damit abschrecken wollte, war es ihm nicht gelungen. So leicht ließ sich Annalisa nicht einschüchtern. „Ich denke nicht daran, mich vertreiben zu lassen. Dazu gehört mehr als Geld und Adel."

„Sie haben ja keine Ahnung, worauf Sie sich da einlassen!"

„Dann sagen Sie es mir. Nennen Sie mir einen Namen. Ich gehe ja nicht davon aus, dass es sich um Geister handelt, oder?"

Der Anwalt senkte den Kopf, und es schien, als hätte er Bedenken, ihn laut auszusprechen. „Nein, Señorita Wilson. Sie sollten vor allem das Familienoberhaupt fürchten. Es handelt sich um einen Mann, der kalt ist wie Eis und der einen eisernen Willen hat. Ramon Crianza Perez ist ein Gegner, den man keinesfalls unterschätzen sollte."

Annalisa glaubte, sich verhört zu haben. Sprach Don Alfonso wirklich von dem Mann, den sie am Strand getroffen hatte? Sie dachte wieder an seinen athletischen Körper und diese wundervollen, faszinierenden, dunklen Augen ... „So gefährlich kommt er mir eigentlich gar nicht vor", erwiderte sie stirnrunzelnd.

„Sie kennen ihn also?"

„Ja, und er schien äußerst zivilisiert zu sein."

Der Anwalt schüttelte mitleidig den Kopf. „Vergeben Sie mir, Señorita Wilson, aber Sie sind eine junge Frau Mitte zwanzig und haben noch nicht sehr viel Erfahrung ..."

„Das stimmt nicht. Ich bin Rechtsanwältin und kenne die Menschen", unterbrach sie ihn verärgert.

„Ramon Perez ist eine Ausnahme. Seien Sie nicht zu vertrauensselig."

„Das bin ich auch nicht. Ich werde ihn genauso behandeln wie jeden anderen. Als Erstes teilen Sie ihm bitte mit, dass die Finca Fuego Montoya nicht zum Verkauf steht. Ich wohne hier und habe vor, für immer zu bleiben."

Seufzend hob der Anwalt die Hände. „In Ordnung, Señorita Wilson. Wenn Sie es so wünschen ..."

Annalisa fegte gerade den Hof, als der schwarze Sportwagen die Auffahrt heraufkam und vor dem Haus hielt. Sie strich sich eine Strähne ihres langen dunklen Haars aus der Stirn und wartete darauf, dass sich die Staubwolke legte. Als sie sah, wer da aus dem Auto stieg, verspannte sie sich unwillkürlich. Was, zum Teufel, tat Ramon Perez hier? Und wieso hatte sie gerade heute beschlossen, wie die menorquinischen Frauen nur einen leichten Baumwollrock zu tragen, den sie so hochgebunden hatte, dass er ihre nackten Beine freigab?

„*Buenos días, señorita!*“, rief Ramon und kam auf sie zu. Dabei klopfte er sich den Staub von den engen Jeans.

Er blieb vor ihr stehen und betrachtete sie von oben bis unten. Dann lächelte er jungenhaft. „So gefallen Sie mir.“

Verdammt, dachte Annalisa und strich schnell den Rock glatt. Damit hatte sie nicht gerechnet! Sie hatte Don Alfonso gebeten, ein Treffen mit Ramon Perez zu vereinbaren, und zwar im Büro des Anwalts in Mahon. Dort hätte sie ihm vernünftig bekleidet entgegentreten können, aber hier auf der Finca hatte er das Überraschungsmoment für sich und damit einen unschätzbaren Vorteil, den er wahrscheinlich auch sofort erbarmungslos ausnutzen würde.

„Danke“, erwiderte sie und hoffte, dass sie genauso ruhig klang wie er. „Ich habe die Sachen im Dorf gekauft.“

„Darauf wäre ich nie gekommen“, erwiderte er spöttisch. Dann wandte er sich ab und betrachtete lange das Haupthaus und die Gebäude. Schließlich drehte er sich wieder zu Annalisa um. „Da haben Sie ja noch viel Arbeit vor sich. Die Ställe zum Beispiel sehen aus, als würden sie gleich einstürzen. Sie sollten also lieber kein Vieh halten.“ Er schob seine schlanken Hände in die Hosentaschen.

Annalisa konnte nur schwer den Blick von ihm abwenden. „Das habe ich auch nicht vor.“

Er nickte. „Dann ist es ja gut.“ Immer noch sah er Annalisa unverwandt an.

Sie beschloss, die Initiative zu ergreifen. „Warum sind Sie gekommen, Señor Perez?“

Er lächelte kühl. „Das ist doch wohl offensichtlich, oder? Ich wollte Sie wiedersehen.“

„Mich?“ Selten hatte sie sich so unwohl gefühlt. Dieser Mann schien ihre Gedanken lesen zu können und fand es wohl auch noch lustig, sie zappeln zu lassen.

Er nickte. „Don Alfonso hat mich eben aufgesucht und um ein Treffen gebeten, damit wir über die Wasserrechte sprechen können."

Annalisa verspannte sich. Das war ihre Achillesferse, und das wusste er genau. Wenn sie die Orangenhaine bewirtschaften wollte, brauchte sie Wasser ..., und der nächste Brunnen befand sich auf Ramon Perez' Land. „Das stimmt", erwiderte sie mit bebender Stimme, „aber das Treffen sollte in Mahon in Don Alfonsos Büro stattfinden und nicht hier."

„Warum nicht hier?"

Energisch straffte sie sich. Er sollte nicht denken, dass sie ohne ihren Anwalt mit ihm sprechen würde! „Ich frage Sie noch einmal: Was wollen Sie, Señor Perez?"

„Ich wollte Ihnen etwas zurückbringen." Er öffnete die Faust und präsentierte ihr ihren Bikini.

Auch das noch! Sie stöhnte leise auf und ging auf ihren Nachbarn zu. Doch als sie nach dem hauchdünnen Stoff greifen wollte, packte der Spanier sie am Handgelenk und zog sie an sich. Einen Moment lang standen sie starr da. „Wollen Sie etwa Spielchen mit mir treiben, Annalisa?", fragte er schließlich leise.

Sie war aufs Äußerste alarmiert. Was hatte er vor? Sprach er von den Wasserrechten? Oder meinte er etwas ganz anderes ... viel Persönlicheres? Energisch schüttelte sie den Kopf und versuchte, sich aus seinem Griff zu befreien. Seine Nähe machte sie nervöser, als sie sich eingestehen wollte. Die Glut, die von ihm ausging, war heißer als die mittägliche menorquinische Sonne. Sie machte Annalisa schwindelig und ließ ihr Herz schneller klopfen.

Plötzlich lachte Ramon und ließ sie los. Es schien, als hätte er die Antwort auf seine Frage erhalten.

Am ganzen Körper bebend, wich sie einige Schritte zurück. „*Sie* sind hier derjenige, der Spielchen treibt", sagte sie und hoffte, dass ihre Stimme ruhig klang. Ramon Perez sollte nicht merken, wie sehr seine Anwesenheit sie aus dem Gleichgewicht brachte. „Ich danke Ihnen dafür, dass Sie mir ..."

„Ich wollte mir nur selbst ein Bild davon machen, in welchem Zustand die Finca ist", unterbrach er sie, wandte sich dann ab und ging langsamen Schrittes davon.

Verblüfft blickte Annalisa ihm hinterher. Er wechselte einfach das Thema, als wäre nichts zwischen ihnen geschehen. Don Alfonso hatte sie gewarnt, und er hatte recht gehabt! Zum Teufel mit ihm! Sie würde ihm beweisen, dass sie so nicht mit sich umspringen ließ. Er wollte sie einschüchtern, das merkte sie genau. Er spazierte lässig über ihren Hof und steckte seine Nase in Dinge, die ihn nichts angingen. Wahrscheinlich überlegte er gerade, wie er am besten den Kaufpreis für die Finca drücken konnte! Na warte, dachte sie, so nicht! Sie wartete, bis er zurückkam, und fragte dann ungehalten: „Haben Sie genug gesehen, Señor Perez?"

„Ja. Ich bin froh, dass ich gekommen bin."

„Ach ja? Haben Sie herausgefunden, was Sie wollten? Wissen Sie jetzt, mit wem Sie es zu tun haben? Bin ich ein würdiger Gegner?"

Er betrachtete sie einen Moment lang schweigend, und Annalisa wäre am liebsten im Boden versunken. Das war ein Fehler gewesen. Sie hatte ihre Gefühle zu offen gezeigt. Ab sofort musste sie sich zurückhalten und ihren Feind erst einmal kennenlernen, bevor sie sich auf ein gefährliches Spiel mit ihm einließ. Ramon Perez hielt sie für ein naives Stadtmädchen, dessen Widerstand er ohne Schwierigkeiten brechen konnte … Sollte er das doch ruhig glauben! Dann ahnte er wenigstens nicht, was sie in Wirklichkeit plante …

Aber was hatte sie denn überhaupt vor? Schnell blickte sie zu Boden, denn sie konnte Ramons Blick nicht länger ertragen. Sie hatte zwar viele Träume, aber einen Plan …? Orangen anzubauen war ein großes wirtschaftliches Risiko, vor allem, wenn man keine Ahnung davon hatte. Sie wusste nur, ohne Wasser konnte sie das Unternehmen gleich vergessen – und um daran zu kommen, brauchte sie Ramon Perez' Hilfe.

„Darf ich Ihnen etwas zu trinken anbieten?", fragte sie und wandte sich ab, ohne auf seine Antwort zu warten. Es war das Beste, keine Schwäche zu zeigen, die dieser Mann ausnutzen konnte. Vielleicht gab er es ja auf und fuhr nach Hause.

Aber so viel Glück hatte sie nicht. Als sie die schwere, mit Eisen beschlagene Tür erreichte, war er direkt hinter ihr. „Ich nehme Ihre Einladung gern an", antwortete er leise. „Aber natürlich nur, wenn es

Ihnen nicht zu viele Umstände macht."

„Das ist schon in Ordnung." Er war ihr so nahe, dass es sie nervös machte. Entsetzt sah sie, dass ihre Hände bebten. Schnell führte sie Ramon Perez ins Haus, doch ihr wurde sofort bewusst, dass dies keine gute Idee gewesen war. Seine Anwesenheit war überwältigend, ja beinahe erdrückend, und plötzlich sah Annalisa die Finca mit ganz anderen Augen.

„Lassen Sie es ruhig, wie es ist", sagte Ramon, als sie in der Küche den Teller und den Becher in die Spüle stellte.

Annalisa blickte auf und sah ihn an. Der Blick seiner dunklen Augen war unergründlich, und eine kleine Ewigkeit lang betrachteten sie sich schweigend. Schließlich wandte er sich ab und atmete tief durch. „Sie haben Wunder bewirkt, Annalisa. Das Haus sieht jetzt viel wohnlicher aus."

Also war er schon einmal hier gewesen. Auch wenn sie es ungern zugab, freute sie sich doch über das Lob. Sie hatte alle Renovierungsarbeiten selbst vorgenommen, und er war der Erste, der das Ergebnis zu sehen bekam.

Die Einrichtung war einfach und rustikal. Der Küchenfußboden bestand aus Terrakottafliesen, und in der Mitte des Raumes lag ein großer Teppich in den Farben Creme und Blau. An den Fenstern hingen dazu passende Rollos, und auf den Fensterbrettern standen unzählige Pflanzen und Kräuter in bunten Übertöpfen.

„Was möchten Sie trinken?", fragte sie und entspannte sich etwas.

„Wasser, bitte."

Als sie die Gläser aus dem Schrank holte, beobachtete sie Ramon verstohlen. Er ließ die Hand nachdenklich über die Wände gleiten und klopfte manchmal sogar dagegen. Annalisa biss sich auf die Lippe. Er benimmt sich wie ein potenzieller Käufer, dachte sie aufgebracht.

Ramon betrachtete die Decke stirnrunzelnd. „Vor dem nächsten Winter muss das Dach repariert werden", sagte er schließlich nachdenklich.

„Das weiß ich sehr wohl, Señor Perez", erwiderte sie ungehalten.

Er lächelte, wurde dann aber gleich wieder ernst. „Das ist mir schon klar. Warum nennen Sie mich nicht Ramon? Señor Perez klingt so formell."

Es wäre vernünftig gewesen, bei dieser offiziellen Anrede zu bleiben, doch Annalisa hatte auch ihren Stolz. Warum sollte sie ihn nicht bei seinem Vornamen nennen? Er tat es bei ihr ja auch, und sie waren sich doch ebenbürtig! Als sie die Eiswürfel in die Gläser füllte, bemerkte sie, dass ihr die Hände immer noch bebten. Dieser Mann machte sie nervös wie noch nie jemand zuvor! Schnell trank sie einen Schluck und fühlte sich gleich besser. Die kalte Flüssigkeit erfrischte ungemein.

Ramon wartete, bis sie nachgeschenkt hatte, und kam dann auf den Zweck seines Besuchs zurück. „Sie wollten sich mit mir treffen – nun, ich bin da."

„So nicht", erwiderte sie erschrocken, „doch nicht hier … und jetzt."

Ramon Perez warf ihr einen erstaunten Blick zu. Er schien das Wörtchen „nein" noch nie gehört zu haben. „Also gut, ich lade Sie zum Abendessen ein."

2. KAPITEL

Zum Abendessen?", fragte Annalisa verblüfft.

„Warum nicht?" Ramon zuckte die Schultern. „Wie wär's mit frischem Fisch und einem Gläschen Champagner?"

„Ist es für eine Feier nicht etwas verfrüht?" Verzweifelt suchte sie nach einer guten Ausrede. Mit ihm über die Wasserrechte zu sprechen war ja gut und schön, aber Champagner?

„Zeit ist Geld, Annalisa. Wir müssen beide etwas essen, und dabei können wir genauso gut über Geschäfte sprechen. Oder haben Sie schon etwas anderes vor?"

Was sollte sie antworten? „Na ja ..., eigentlich ... nein, aber ..."

„Also ja?"

Sie zögerte, aber sie musste das Thema einfach ansprechen. „Und was ist mit Margarita?"

Er runzelte die Stirn. „Sie ist gerade in England. Also was ist, kann ich mit Ihnen rechnen?"

„Ich weiß nicht ... Sie wird sicher nicht sehr erfreut sein, wenn sie erfährt ..."

„Was, zum Teufel, hat Margarita damit zu tun?", fragte er ungeduldig.

„Sie ist Ihre ..."

„Margarita interessiert sich nicht für meine Geschäfte", unterbrach er sie kalt.

Aha, dachte sie, noch so ein Macho, der etwas dagegen hat, dass seine Frau arbeitet! Sie erinnerte sich wieder an Don Alfonsos ungläubigen Blick, als sie ihm von ihren Plänen mit den Orangenhainen erzählt hatte. „Trotzdem ..."

„Was ist los mit Ihnen, Annalisa? Wieso zögern Sie? Die Zukunft der Finca Fuego Montoya liegt Ihnen doch am Herzen, oder?"

Sie nickte schweigend.

„Na also. Ich brauche Ihre Antwort, und zwar jetzt. Oder soll ich unsere Anwälte beauftragen, den Vertrag aufzusetzen?"

Er wusste natürlich ganz genau, dass sie dem nie zustimmen würde. „Nein. Ich regle das allein."

Ramon betrachtete sie lange. „Wie Sie wünschen."

Was sollte sie jetzt tun? Sein Angebot auszuschlagen bedeutete Schwäche, was keine gute Ausgangsposition für die Verhandlungen war. Also hatte sie keine Wahl, sie musste sich mit ihm verabreden. „Einverstanden. Es schadet sicher nicht, die Karten offen auf den Tisch zu legen, bevor wir unsere Anwälte einschalten."

„Das finde ich auch", erwiderte er zufrieden. „Wenn wir uns einigen, können sie den Rest erledigen. Ich hole Sie dann um neun Uhr ab."

„Gut. Ich freue mich schon."

Sie wartete, bis Ramon in seinen Sportwagen gestiegen und mit quietschenden Reifen davongefahren war. Dann rannte sie nach oben und zog sich um. Sie hatte nicht mehr viel Zeit. Es brachte nämlich gar nichts, über Wasserrechte zu verhandeln, wenn sie nicht einmal wusste, wie sie sie am besten nutzen konnte, und sie hatte nicht vor, sich zum Narren zu machen. Wenn sie mit der Renovierung nicht so beschäftigt gewesen wäre, hätte sie sich ja schon lange um die Orangenhaine gekümmert und sich Rat im Dorf geholt. Es gab dort bestimmt noch Leute, die früher einmal auf der Finca Fuego Montoya gearbeitet hatten. Diese konnten ihr sicher weiterhelfen!

Annalisa stand an der Tür zur Bodega und strich sich nachdenklich eine Haarsträhne aus der Stirn. Juan, der Besitzer, sprach einen ihr beinahe unverständlichen Dialekt, doch irgendwie war es ihr gelungen, sich mit ihm zu unterhalten. Sie war als Erstes zu ihm gefahren, denn er war *der* Umschlagplatz für Informationen. Und sie hatte sich nicht getäuscht. Sie hatte unzählige Tipps bekommen. Hoffentlich vergaß sie nicht die Hälfte!

„Schweine", flüsterte sie und ging die Straße hinunter. Die hatte Juan ihr besonders ans Herz gelegt. Die Tiere fraßen das Fallobst und hielten den Boden sauber. Sie blieb vor der Bäckerei stehen und blickte starr auf die köstlichen Backwaren und knusprigen Brote, doch sie war mit ihren Gedanken ganz woanders. Juan hatte sie darauf hingewiesen, dass sie die Haine von Unkraut befreien müsse, denn es war der Erzfeind der Obstbäume ... Es verbrauchte das Wasser, das so wichtig für sie war ... Annalisa atmete tief durch, als sie sich daran erinnerte, was der Wirt gesagt hatte: „*Agua* ist hier sehr kostbar, und es hat darum schon Familienfehden gegeben, die über Generationen gedauert haben."

Na toll, dachte sie seufzend und betrat den Laden.

Hinter dem Tresen stand eine vollschlanke Frau, die die beste Werbung für ihre schmackhaften Backwaren war. Sie schenkte Annalisa ein strahlendes Lächeln und fragte freundlich: „Was kann ich für Sie tun, Señorita?"

„Ich ..., nein." Sie schüttelte den Kopf. Ihr Gegenüber würde ganz bestimmt auch nicht wissen, woher sie Schweine bekam.

„Wie ist es hiermit, Miss?", fragte die ältere Frau und hielt ihr ein Stück Schokoladenkuchen hin.

„Sie sprechen ja Englisch!", stellte Annalisa erfreut fest.

„Ich habe es vor vielen Jahren einmal in der Schule gelernt." Die Bäckerin blickte sie prüfend an und legte den Kuchen dann auf die Waage. „Das hier ist die beste Medizin, wenn einem alles über den Kopf wächst, meine Liebe. Ein Bissen ... und die Sonne scheint wieder."

Das ließ sich Annalisa nicht zweimal sagen. Sie konnte jetzt jede Aufmunterung brauchen. „Da haben Sie sicher recht." Sie zog ihr Portemonnaie aus der Tasche. „Übrigens, ich heiße Annalisa Wilson und wohne auf der Finca Fuego Montoya."

„Und ich bin Maria Teresa Gonzalez." Die Frau legte den Schokoladenkuchen in eine rote Schachtel und reichte sie Annalisa. „Wenn Sie wieder einmal etwas benötigen, Señorita, kommen Sie zu mir. Wir finden bestimmt eine Lösung."

„Das ist gut zu wissen ..."

Maria Teresa ist die Antwort auf all meine Gebete, dachte Annalisa zufrieden, als sie am Abend ihr Make-up vervollständigte. Jetzt konnte sie sich erhobenen Hauptes mit Ramon treffen. Eine halbe Stunde mit Maria, und schon sah alles viel besser aus. Schweine? Kein Problem! Ein Hahn, damit ihre gelangweilten Hennen in Schwung kamen? Er würde schon morgen geliefert werden.

Und es wurde noch besser: Maria hatte unzählige Verwandte, die in der Bäckerei aushelfen konnten, und war deshalb bereit, Annalisa auf der Finca zu unterstützen. Außerdem kannte sie jeden Arbeiter, der jemals bei Annalisas Vater angestellt gewesen war.

Das war Rettung in letzter Sekunde gewesen. Prüfend blickte Annalisa in den Spiegel. Sie fühlte sich großartig und war zu allem bereit ... Auch für Ramon Perez?, fragte eine innere Stimme. „Oh ja“, erwiderte sie laut, „ganz besonders für ihn!“

So etwas würde sie nie wieder tun! Annalisa barg den Kopf im schwarzen Seidenkissen. Sie war am Boden zerstört. Ramons Duft war überall ..., in der zerwühlten Bettwäsche ..., im Raum ...

Also gut, dachte sie und setzte sich auf, gib es zu! Sie war ja selbst schuld gewesen. Er hatte den Köder ausgelegt, und sie hatte ihn geschluckt. Wo waren ihr Stolz und ihre Prinzipien geblieben? Sie hatte doch tatsächlich mit einem verheirateten Mann geschlafen! Das allein war schon unverzeihlich, aber neben der persönlichen gab es ja auch die geschäftliche Seite. Wer ließ sich schon mit seinem größten Gegner ein? Jeder Jurastudent im ersten Semester wusste es besser!

Das Abendessen war noch völlig harmlos gewesen – aber es hatte auf Ramon Perez' Yacht stattgefunden. Die Umgebung war romantisch, sinnlich und verführerisch gewesen, und Annalisas Gastgeber hatte ihr sogar offen gesagt, was er vorhatte: Er wollte zwei Dinge: die Finca Fuego Montoya besitzen und ... mit Annalisa schlafen.

„Was ist mit dir?“

Sie zuckte zusammen und zog die Decke höher. Ramon Perez hatte die Eignerkabine betreten und stand jetzt vor dem Bett. Annalisa errötete, schloss die Augen und hoffte, dass er so schnell wieder verschwand, wie er gekommen war. Immerhin war er verheiratet und damit für sie unerreichbar.

„Steh auf!“, befahl er brüsk.

Irrte sie sich, oder schwang Verachtung mit in seiner Stimme?

„Sieh mich an, Annalisa.“ Als sie nicht reagierte, zog er ihr die Bettdecke weg.

Erschrocken schrie sie auf und wollte aufspringen, doch dann stellte sie fest, dass sie gar nicht nackt war. Sie trug einen sehr eleganten rotschwarzen Seidenpyjama, der offensichtlich für einen Mann gemacht worden war. Erleichtert atmete sie tief durch und ließ sich ins weiche Kissen zurücksinken. Wenigstens war sie nicht Ramons Blicken preisgegeben! Verstohlen betrachtete sie ihn.

Anscheinend war er gerade aus der Dusche gekommen, denn sein Haar war noch feucht. Er trug einen dunkelgrauen maßgeschneiderten Anzug, ein weißes Hemd und eine blaue Seidenkrawatte. Plötzlich fiel ihr wieder ein, wohin er wollte. Am Abend zuvor hatte er Don Alfonso angerufen und für diesen Morgen ein Treffen in seinem Büro in Mahon vereinbart.

„Wie spät ist es?", fragte sie stirnrunzelnd.

„Spät genug, um dich frisch zu machen."

Schweigend blickte sie ihn an und versuchte sich verzweifelt daran zu erinnern, was am Vorabend geschehen war. Entsetzt wurde ihr bewusst, dass sie mit diesem Mann geschlafen hatte … und dafür jetzt die Quittung bekam. Er behandelte sie wie einen Bettpfosten, und das hatte sie sich selbst zuzuschreiben.

„Unsere Rechtsanwälte treffen sich um elf Uhr", sagte er und deutete auf seine goldene Uhr. „Jetzt ist es kurz nach zehn."

Das konnte nur ein Albtraum sein! Er war so kalt zu ihr, als wäre nichts zwischen ihnen geschehen. Sie war plötzlich starr vor Entsetzen.

„Da du es nicht mehr schaffst, zur Finca zu fahren, habe ich mir erlaubt, für dich die passende Kleidung zu besorgen. Ich hoffe, die Sachen gefallen dir." Er zeigte auf den offen stehenden Schrank, in dem ein teurer Designerhosenanzug hing.

Wollte er ihr damit etwa zu verstehen geben, dass sie am Abend zuvor in dem kurzen schwarzen Kleid und den hochhackigen Sandaletten nicht geschäftsmäßig, sondern viel zu verführerisch ausgesehen hatte? Dabei hatte sie sich sogar noch einen taubengrauen Kaschmirschal umgelegt, der den Ansatz ihrer vollen Brüste verbergen sollte …

Was dann geschehen war, erinnerte sie nur undeutlich. Sie hatten auf dem Deck unter einem getönten gläsernen Sonnendach gegessen. Mehrere Bedienstete hatten das kulinarische Mahl serviert und waren dann unauffällig wieder verschwunden. Und als das elegante Schiff durch die Wellen geglitten war, hatte sie ihr erstes Glas Champagner getrunken …

„Du solltest eine kalte Dusche nehmen", sagte Ramon jetzt kühl.

„Wie bitte?" Erstaunt sah sie auf.

„Mach es einfach."

Seine Miene war finster. Wo war der faszinierende Mann geblieben, mit dem sie einen traumhaften Abend verbracht hatte? Sie seufzte leise. Das war wohl der berühmte Morgen danach … Vielleicht war Ramon ja beim Frühstück etwas gesprächiger? Doch sie hoffte vergebens, denn er wandte sich ab und ging hinaus. An der Tür blieb er kurz stehen. „Ich lasse dir ein Glas Orangensaft und Croissants bringen."

Vor kurzer Zeit hatte er sie noch verzaubert, doch jetzt war sie wieder auf dem nackten Boden der Tatsachen. Sie erinnerte sich daran, dass er sich die Smokingjacke abgestreift, das Hemd geöffnet und die Ärmel aufgerollt hatte … Irgendwann hatte sie den Kopf an seine Schultern gelegt … Es war alles so verwirrend.

„Hörst du mir überhaupt zu, Annalisa? Ich warte an Deck auf dich. Wenn dir an der Finca etwas liegt, solltest du dich jetzt langsam anziehen."

„Es …, es tut mir leid. Ich habe an letzte Nacht gedacht …"

Sein Blick war wie ein Schlag ins Gesicht. „Das ist jetzt völlig nebensächlich."

Sie setzte sich auf und funkelte ihn aufgebracht an. „Was ist los? Hat es dir keinen Spaß gemacht?"

„Das Essen war gut", gab er ungeduldig zu.

„Und der Rest?"

„Der Champagner auch … Worauf willst du eigentlich hinaus, Annalisa?"

Wütend drehte sie ihm den Rücken zu.

Plötzlich schien er zu verstehen, denn er lachte leise. „Darum geht es also. Keine Angst, Annalisa, zwischen uns ist nichts geschehen."

„Wir haben also nicht …?"

„Du bist es nicht gewohnt, Champagner zu trinken", antwortete er kühl. „Du glaubst doch wohl nicht, dass ich die Situation ausgenutzt habe, oder?"

Sie schwieg und blickte starr auf die seidene Bettwäsche.

„Die Yacht ist sehr groß, Annalisa. Ich habe in einer anderen Kabine geschlafen. Geh jetzt unter die Dusche, sonst trage ich dich höchstpersönlich dahin und seife dich ein!“

Das Treffen fand in Don Alfonsos altehrwürdiger Kanzlei statt, die ganz mit Holz vertäfelt war. Annalisa merkte schnell, dass Ramons Anwälte jeden Vorschlag des alten Mannes in Windeseile zerpflückten. Vielleicht lag es daran, dass er eine andere Generation repräsentierte. Ramons Rechtsberater waren alle Mitte bis Ende dreißig und wirklich gut, das musste sie ihnen lassen.

Wie war sie eigentlich auf Don Alfonso gekommen? War er ihr nicht empfohlen worden? Nein, er hatte ihr einen Brief geschrieben und ihr mitgeteilt, dass er schon viele Jahre für ihren Vater auf der Insel tätig gewesen sei. Aber die rechtliche Situation bezüglich der beiden Grundstücke war sehr kompliziert – Grenzen, Wasserrechte …, all das konnte einem alten Mann schon über den Kopf wachsen!

Annalisa dachte aber nicht daran, ihre Bedenken laut auszusprechen. Denn dann hätte sie zugegeben, dass sie sich nicht richtig informiert hatte, bevor sie nach Menorca gekommen war. Das wollte sie ihrem Widersacher gegenüber nicht eingestehen – nicht nach letzter Nacht. Schließlich hatte sie auch ihren Stolz! Als Ramon die Diskussion ungeduldig mit einer Handbewegung beendete, verspannte sie sich unwillkürlich.

Er blickte sie über den Tisch hinweg an. „Ich darf doch wohl davon ausgehen, dass Señorita Wilson über alle Einzelheiten der Streitigkeiten informiert ist?“

Über welche Streitigkeiten, fragte sie sich überrascht. Ihr Anwalt hatte davon nichts verlauten lassen.

Der alte Mann warf ihr einen warnenden Blick zu und stand dann auf. „Meine Mandantin würde selbstverständlich gern diesbezüglich Ihren Standpunkt erfahren, Señor Perez.“

So wie es aussah, schien sie nicht die Einzige zu sein, die ein Problem hatte! Und was noch erstaunlicher war: Ramon nickte, anstatt Don Alfonso an die Kehle zu gehen! Immerhin hatte der Anwalt gerade erwähnt, dass die Familie Perez genau wie alle anderen Sterblichen auch Schwierigkeiten hatte. Aus dem Augenwinkel betrachtete sie Ramon.

Er war der attraktivste Mann, der ihr je begegnet war. Schade nur, dass er ihr Widersacher und obendrein noch verheiratet war …

Langsam erhob sich Ramon und wandte sich Annalisa zu. „Wie Sie sicher wissen, Señorita Wilson, waren unsere beiden Väter Partner. Nach dem Tod meines Vaters habe ich sein Erbe angetreten."

Annalisa blickte starr auf den Tisch und versuchte, eine ausdruckslose Miene aufzusetzen. Natürlich hatte sie keine Ahnung gehabt. Woher auch? Sie war schon sehr überrascht gewesen, als sie von dem Testament erfahren hatte. Die Tatsache aber, dass ihr Vater mit einer der reichsten Familien Spaniens in Geschäftsbeziehungen gestanden hatte, erstaunte sie über alle Maßen. Warum hatte Don Alfonso nichts davon erzählt?

„An ihrem fünfundzwanzigsten Geburtstag", fuhr Ramon fort, „wurde Señorita Wilson eröffnet, dass sie hier auf der Insel ein großes Grundstück geerbt hat, und zwar von ihrem verstorbenen Vater, Don Pedro Fuego Montoya."

Seine Stimme verrät deutlich, wie sehr er meinen Vater geschätzt hat, dachte Annalisa erstaunt und erschrocken zugleich. Die beiden Männer schien mehr verbunden zu haben als nur Geschäfte. Dadurch wurde Ramon Perez Teil ihres Lebens, ob sie nun wollte oder nicht. Und als alle Anwesenden die Köpfe senkten und einen Moment schwiegen, sah Annalisa ihren Vater plötzlich in einem ganz anderen Licht. Er wurde offensichtlich von den Menschen hier auf der Insel respektiert, und sie bedauerten seinen Tod.

Sie blickte auf, als Ramon wieder das Wort ergriff. „Es war Don Pedros Recht, seiner Tochter die Finca zu vermachen, und ich habe nicht vor, Señorita Wilson den Besitz streitig zu machen."

Don Alfonso nickte zufrieden. „Wenn ich Sie vorhin richtig verstanden habe, würden Sie gern einen Teil dieses Landes aufkaufen, um dort zu bauen?"

„Das stimmt", erwiderte Ramon. „Ich bin davon ausgegangen, dass der neue Besitzer der Finca nur zu gern bereit wäre, mir das Anwesen zu verkaufen. Das war aber, bevor ich Señorita Wilson kennengelernt habe, denn sie hat offenbar ganz andere Pläne. Um die Orangenhaine bewirtschaften zu können, braucht sie allerdings Wasser – und der nächste Brunnen befindet sich auf meinem Land."

„Ist der Plan überhaupt durchführbar?", fragte einer von Ramons jungen Anwälten skeptisch. „Selbst wenn die Señorita genügend Wasser bekommt – was ist mit dem Haus? Ich habe gehört, dass es in einem sehr schlechten Zustand ist."

Annalisa wollte etwas erwidern, doch Ramon kam ihr zuvor. „Sie sind anscheinend schon lange nicht mehr dort gewesen. Señorita Wilson hat großartige Arbeit geleistet. Die Renovierungen gehen zügig voran, und Don Alfonso hat mir versichert, dass sie genügend Kapital besitzt, um die Handwerker zu bezahlen." Er zuckte die Schultern. Für ihn schien die Sache damit erledigt zu sein.

Da wusste ihr Anwalt aber mehr als sie! Unbehaglich blickte Annalisa zu Boden. Wenn sie ihr kleines Haus in England verkaufte, hatte sie gerade genug Geld, um das Dach reparieren und vielleicht sogar eine vernünftige Einfahrt anlegen zu lassen.

Trotzdem beschloss sie, allen Anwesenden ihren Standpunkt noch einmal klarzumachen. „Erstens: Die Finca Fuego Montoya steht nicht zum Verkauf. Zweitens: Ich werde die Orangenhaine bewirtschaften …" Sie zögerte einen Moment, als sie daran dachte, was sie sich da vorgenommen hatte. Ihre Pläne klangen in der Theorie ja sehr schön, doch was war mit der Praxis? Sie hatte keine Ahnung von der Landwirtschaft und noch weniger vom Obstanbau. Aber sie konnte und würde es lernen! Sie spürte die Blicke der Männer auf sich und atmete tief durch. „Außerdem schaffe ich Arbeitsplätze für die Bewohner des Dorfes."

Überrascht betrachteten die Anwälte sie. Ramon nickte beifällig und klatschte in die Hände. „Bravo!"

„Denken Sie bitte an den Strand", sagte einer der jungen Männer schnell. „Sie wollten dort doch eine Marina bauen, Señor Perez. Sicher braucht Señorita Wilson für ihr Vorhaben keine Anbindung ans Meer, oder?"

Annalisa verspannte sich. Darum ging es ihm also! Verdammt sollte er sein! All seine freundlichen Worte und seine Lobeshymnen waren also darauf angelegt gewesen. In Wirklichkeit hatte er etwas ganz anderes im Sinn: Gewinne nämlich! Sie hätte sich Don Alfonsos Rat besser zu Herzen nehmen müssen! Er war wenigstens ehrlich und versuchte nicht, sie zu betrügen. „Da haben Sie Pech, Señor Perez. Ich bin nicht bereit zu verkaufen."

„Vielleicht überlegen Sie es sich ja noch", sagte Ramon ruhig.

„Meine Mandantin ist im Moment großem Stress ausgesetzt", sagte Don Alfonso entschuldigend. „Geben Sie uns einen Monat Zeit. Ich werde mich mit Señorita Wilson zusammensetzen, und wir werden überlegen, wie viel Land sie für die Umsetzung ihrer Pläne benötigt." Er sah Ramon erwartungsvoll an.

Dieser nickte. „Dagegen habe ich nichts einzuwenden, aber ich stelle eine Bedingung: Da in dieser Zeit viel geschehen kann, muss ich darauf bestehen, dass wir uns einmal in der Woche treffen."

„Wir kümmern uns darum", sagte der junge Anwalt und machte sich schnell eine Notiz.

„Nein", erwiderte Ramon und lehnte sich zurück. „Ich übernehme das."

Überrascht sah Annalisa auf und stellte fest, dass auch die anderen Anwesenden erstaunt waren. Normalerweise delegierte ein Ramon Perez solch unwichtige Termine!

Ramon hatte deren Blicke richtig gedeutet. „Diese Angelegenheit liegt mir besonders am Herzen, denn Señorita Wilson und ich sind Nachbarn. Ich werde persönlich dafür sorgen, dass wir für unser kleines Problem eine für beide Seiten zufriedenstellende Lösung finden."

Annalisa war sich da nicht so sicher. Es kam ihr vor, als hätte er sie gerade in eine Falle gelockt …, aber sie wusste nicht genau, in welche. Eins aber war ihr klar: Sie würde in den nächsten vier Wochen sehr aufpassen müssen.

Don Alfonso stand auf und wandte sich respektvoll Ramon zu. „Ich bin sicher, dass wir zu einer Einigung kommen werden, Señor Perez. Wenn Sie und Señorita Wilson einverstanden sind, findet unser nächstes Treffen in genau einer Woche zur gleichen Uhrzeit in meinem Büro statt."

Alle drehten sich zu Annalisa um, aber sie spürte nur Ramons Blick. „Ja, ich denke, das kann ich einrichten", antwortete sie und versuchte, ganz ruhig und geschäftsmäßig zu bleiben. Was hätte sie auch sonst sagen sollen? Sie hatte keine andere Wahl und musste es bis zum Ende durchstehen.

Don Alfonso beendete das Treffen, und die Anwälte verabschiedeten sich.

„Wollen wir essen gehen?“, fragte Ramon und warf Annalisa damit völlig aus der Bahn. Damit hatte sie nicht gerechnet, und sie fühlte sich ihm unterlegen. Sie brauchte Zeit, um nachzudenken …, ihre Strategie festzulegen … „Nein, danke, ich habe keinen Hunger.“

„Einen Drink vielleicht?“

„Für Alkohol ist es viel zu früh.“

„Wie bitte? Ich kann dich also nicht mit einem Glas Champagner verführen?“ Er nahm ihren Arm, und sie gingen die belebte Straße hinunter.

Seine Berührung fühlte sich so gut an, doch Annalisa rief sich zur Ordnung. Er wollte nur höflich sein, und außerdem war er für sie unerreichbar. „Ich möchte das Wort ‚Champagner‘ nie wieder hören.“

„Das klingt fast wie eine Herausforderung“, erwiderte er und lächelte jungenhaft.

„Ich meine es ernst.“ Doch sie merkte selbst, wie wenig überzeugend sie klang.

„Warten wir es ab …“ Er umfasste ihren Arm fester, und sie erschauerte. Sie war aufs Äußerste alarmiert, denn seine Nähe war betörend. „Wir können auf dem Weg zu deiner Finca etwas essen.“

Das war keine gute Idee, und Annalisa sagte es ihm auch sofort.

„Wieso nicht? Ich fahre dich nach Hause.“

Und dann … „Ich nehme mir ein Taxi“, antwortete sie und hoffte, dass ihre Stimme nicht bebte.

„Warum unnötig Geld ausgeben?“

Sie blieb stehen und blickte ihn an. Auch wenn ich mich wiederhole, dachte sie, er ist wirklich der attraktivste Mann, den ich je kennengelernt habe … und der gefährlichste. Mit Ramon Perez konnte man nicht einfach Freundschaft schließen, dazu musste man zu sehr auf der Hut sein.

„Ganz einfach“, sagte sie schließlich, „du warst nicht ehrlich zu mir.“ Das war natürlich nicht der wahre Grund, aber diesen konnte sie ja schlecht angeben. Sie versuchte, sich aus seinem Griff zu befreien, doch Ramon ließ es nicht zu.

„Ich weiß nicht, wovon du sprichst", sagte er, packte ihren anderen Arm und drehte sie so, dass sie ihn ansehen musste.

Er duftete so gut nach Sandelholz und Moschus, und ihr Herz klopfte schneller. „Du willst den Küstenstreifen ... für deine Marina."

„Und du das Frischwasser für die Orangenhaine." Er umschloss ihr Gesicht, und Annalisa zuckte zusammen. „Du hast mir nichts von deinen Plänen erzählt", flüsterte sie und schloss schnell die Augen, denn Ramon ließ sanft die Hand über ihre Wange und dann durch ihr Haar gleiten.

„Don Alfonso hat dich auch nicht darüber informiert, dass dein Vater und ich Partner waren." Plötzlich ließ er sie los, und sie brauchte einen Moment, bis sie die Fassung wiedererlangt hatte.

Verdammt, dachte sie. Gegen diesen Mann half nur eine Vollnarkose! „Ich weiß nicht genau ..."

Er schüttelte ungeduldig den Kopf. „Und das ist nicht das Einzige, was er dir verschwiegen hat, stimmt's?"

Sie konnte verstehen, dass er Don Alfonso für unfähig hielt, aber sie wollte ihm trotzdem nicht das Mandat entziehen. Immerhin war er viele Jahre für ihren Vater tätig gewesen, und so wollte sie es dem alten Mann nicht danken. Sie musste eben die Dinge selbst in die Hand nehmen und sich in ihrer Freizeit mit spanischem Recht befassen. „Don Alfonso ist bis jetzt noch nicht dazu gekommen, mich in alle Einzelheiten einzuweihen."

Es war ihm deutlich anzumerken, dass er ihr nicht glaubte. „Du weißt nicht viel über deinen Vater, oder?"

„Nein ..." Sie winkte ab, denn sie wollte auch nichts Näheres über diesen Mann wissen. Immerhin hatte er ihre Mutter schmählich im Stich gelassen.

„Wenn du in seinem Haus wohnen und seine Arbeiter beschäftigen willst, die immerhin aus dem Dorf kommen, in dem er geboren wurde ..."

„Das solltest du mir überlassen."

„Also gut", antwortete Ramon, „vielleicht ist es wirklich noch zu früh, um über die Vergangenheit zu reden. Aber wir haben so viele andere Dinge zu besprechen, und das geht am besten beim Essen. Also, was ist, Annalisa? Ich beiße nicht, das hast du gestern Abend doch gesehen."

„Ach ja?", fragte sie spöttisch. „Es ist nur dumm, dass ich mich an fast gar nichts mehr erinnern kann."

„Dann ist ja alles geklärt." Er bahnte sich den Weg durch die Touristen, die die Straße entlangschlenderten.

„Nein!" Annalisa blieb stehen.

„Was ist denn nun wieder los?", fragte Ramon stirnrunzelnd.

„Wir sollten das nicht tun." Sie liebte seine verführerische Stimme. Wenn die Dinge anders gelegen hätten, wäre sie bestimmt mit ihm …

„Was sollten wir nicht tun?" Er blickte sie forschend an, und ihr Körper reagierte sofort. Sein Blick war so sanft.

„Zusammen sein, wenn Margarita …" Sie atmete tief durch.

„Wieso nicht?", unterbrach er sie. „Es handelt sich nur um ein Arbeitsessen. Es gibt keinen Grund zu verhungern."

Er hatte natürlich recht. Sie machte sich zum Narren. Es ging um die Finca, die Wasserrechte … und um mehr nicht. Sie sollte seine Einladung annehmen und aufhören, sich vor ihm zu fürchten.

„Ein Vorschlag zur Güte", sagte er und öffnete Annalisa die Tür seines schwarzen Sportwagens. „Mittagessen ohne Champagner. Einverstanden?"

Sie nickte und nahm auf dem weichen Polster Platz. Ramon stieg ein, gab Gas und fuhr mit quietschenden Reifen los. Jetzt war es zu spät, sie konnte nicht mehr zurück. Wenn sie ehrlich war, bewunderte sie sein Selbstvertrauen. Er war so männlich und irgendwie unwiderstehlich. Und nie bereit, ein Nein zu akzeptieren.

„Wollen wir das Schiebedach öffnen und die Klimaanlage ausschalten?", fragte er und blickte sie kurz an.

„Du kannst wohl Gedanken lesen!"

„Manchmal", antwortete er lächelnd.

Gute Vorsätze hielten leider nicht immer. Seine Nähe ließ Annalisa erbeben, und all ihre Sinne waren nur auf den Mann neben ihr gerichtet. Das leichte Vibrieren des PS-starken Wagens machte alles nur noch schlimmer. Sie seufzte und schloss die Augen. Sie musste unbedingt die Kontrolle über ihre Gefühle wiedererlangen!

Ramon warf ihr einen forschenden Blick zu. Es war, als würde er genau wissen, was sie dachte und empfand. Energisch rief sie sich zur Ordnung. Sie durfte keine Schwäche zeigen, denn sonst war alles verloren.

Zehn Minuten später saßen sie in einem gemütlichen Restaurant an einem Tisch mit einem fantastischen Blick auf den Hafen, und Annalisa fragte Ramon nach seinen Plänen für die Marina.

Er antwortete nicht, sondern nahm die in Leder gebundene Speisekarte, die der Ober ihm reichte, und lehnte sich dann zurück.

Er hatte also nicht vor, während des Essens über Geschäfte zu sprechen! Annalisa runzelte die Stirn. So war es nicht abgemacht gewesen. „Ich lasse mich nicht erpressen, weder von dir noch von jemand anders."

Ramon schien gar nicht zugehört zu haben. „Soll ich für dich mitbestellen?"

„Das kann ich sehr gut allein."

„In Ordnung." Er winkte dem Ober.

Wenig später bekam Annalisa ein Touristenmenü serviert, während Ramon sich aus unzähligen kleinen und großen Schüsseln die herrlichsten kalten und warmen Delikatessen aussuchen konnte.

„Möchtest du etwas?", fragte er, als er ihren Blick sah, und bevor sie sich's versah, hatte er ihr eine Garnele in den Mund geschoben. Als ihr etwas Soße übers Kinn rann, wischte er sie sanft weg. „Gut?", fragte er und blickte Annalisa lange an.

„Ja", antwortete sie heiser. „Das nächste Mal kannst du für mich bestellen."

„Nächstes Mal?", fragte er leise.

Na ja, es gab noch so viel zu besprechen ... Wen will ich eigentlich täuschen, dachte sie. Sie begehrte diesen Mann, daran bestand kein Zweifel. Er war die Versuchung in Person, doch sie durfte dieser nicht erliegen! Sie musste weg von hier, und zwar sofort.

Nur leider hatte sie die Rechnung ohne Ramon gemacht. Er schien alle Zeit der Welt zu haben, denn er bestellte noch Kaffee für sie beide, scherzte mit dem Ober, der Annalisa unverhohlen anblickte, bis Ramon ihn fortschickte.

Als er sich dann wieder Annalisa zuwandte, leuchteten seine dunklen Augen, und ihr war klar, dass er genau wusste, welche Wirkung er auf sie hatte. Sie war gefangen in ihrem verräterischen Körper, und Ramon hatte völlig die Kontrolle über sie erlangt. Ihre Brustknospen verhärteten sich und zeichneten sich unter dem feinen Material ihrer Seidenbluse ab, die Ramon zusammen mit dem Designerhosenanzug hatte anliefern lassen. Die exklusive Unterwäsche trug nur dazu bei, dass sie sich dem Mann noch hilfloser ausgeliefert fühlte. Ihre weiblichste Stelle war nur von einem Hauch von Spitze bedeckt, was so gut wie keinen Schutz darstellte … Sie hätte genauso gut nackt unter der teuren Kleidung sein können.

Hatte er die Sachen selbst ausgesucht? Erregte es ihn, wenn er daran dachte, wie wenig sie unter diesem streng wirkenden Hosenanzug trug? Ahnte er, wie sehr sie sich nach seiner Berührung sehnte? Verstohlen blickte sie ihn an, aber seine Miene war ausdruckslos. Hatte sie sich vielleicht nur geirrt? Hatte nur *sie* erotische Fantasien?

„Wir sollten besser gehen“, sagte er und brach den Bann, der über ihnen lag. „Ich möchte dir etwas zeigen.“

Sie zuckte zusammen, als hätte er sie bei etwas ganz Furchtbarem ertappt. Ramon schien nichts bemerkt zu haben, denn er winkte dem Ober und ließ sich die Rechnung bringen. „Es dauert auch nur eine Stunde“, sagte er dann.

„In Ordnung“, erwiderte sie heiser.

„Gut.“

Sie verließen das Restaurant und fuhren in seinem Sportwagen durch die verwinkelten Gassen der Altstadt, bis sie schließlich die Landstraße erreichten. Annalisa merkte schnell, dass Ramon sie nicht nach Hause, sondern in den nördlichen Teil der Insel brachte, wo die Vegetation üppiger und dichter und die Gegend rauer war.

Eigentlich wollte Annalisa ihn fragen, wohin er wollte, doch ein Blick auf seine entschlossene Miene genügte. Es war besser, zu schweigen.

3. KAPITEL

Ramon stellte seinen Sportwagen ab, stieg aus und öffnete Annalisa die Tür. Die Sonne strahlte von einem blauen wolkenlosen Himmel, und die Bäume warfen große Schatten auf den staubigen Teer der Straße.

„Weiter können wir mit dem Auto nicht fahren. Wir sind jetzt ganz im Norden."

Sie glitt vom Sitz und blickte sich dann um. Sie hielten neben einem kleinen Sandweg, der in einen schattigen, kühlen Wald führte. „Sind wir in der Nähe des Meeres?", fragte sie neugierig.

„Ja. Wenn wir dem Pfad folgen, kommen wir direkt dorthin." Er streifte seine Schuhe ab.

Annalisa trug noch immer die hochhackigen Sandaletten vom Abend zuvor und zog sie ebenfalls aus. „Wo bringst du mich hin?"

„Warte ab!" Er reichte ihr die Hand, doch Annalisa schüttelte nur den Kopf.

Ramon zuckte die Schultern, wandte sich ab und ging voraus. „Ich gebe zu, das ist etwas ungewöhnlich", rief er ihr zu. „Aber du bist für einen formellen Besuch noch nicht bereit."

„Was soll das heißen?" Annalisa runzelte die Stirn. „Zu wem wollen wir denn?"

„Lass dich überraschen."

Gleich darauf endete der Pfad, und sie erreichten einen halbmondförmigen Strand. Unzählige riesige glatte Steine lagen wie auf einer Schnur aufgereiht auf dem Sand. Sie sehen aus wie Perlen an einer riesigen Kette, dachte Annalisa fasziniert, als sie Ramon über die natürlichen Hindernisse folgte.

Schließlich blieb er stehen und zeigte auf einen der bewaldeten Hügel. Dort stand ein großes Haus, das eher nach Hollywood als nach Menorca gepasst hätte. Soweit Annalisa sehen konnte, war es perfekt ... und gerade das störte das Gesamtbild. Der moderne, kalt wirkende Bau mit dem vielen Glas und einem bis auf den letzten Grashalm ausgerichteten Garten passte überhaupt nicht zu der üppigen, wild wachsenden Vegetation und dem zerklüfteten Kalkstein.

„Der Besitzer hat wohl gern alles unter Kontrolle“, flüsterte sie.

„Gut beobachtet.“ Ramon schien sehr zufrieden zu sein.

„Wem gehört es?“

„Deinem verstorbenen Vater.“

„Nein …“ Sie fühlte sich persönlich beleidigt. Warum, das wusste sie selbst nicht. Aber irgendwie passte das Haus nicht hierher.

„Soll ich dir die Vorgeschichte erzählen?“

Annalisa wandte sich um und sah, dass Ramon, die Arme verschränkt, an einem knorrigen Baumstamm lehnte und sie beobachtete. Warum war er der Einzige, der mit ihr über ihren Vater sprach? Hätte nicht Don Alfonso …? Sie drehte sich wieder um und betrachtete schweigend die große Villa.

In diesem Moment betrat eine gut aussehende Frau mittleren Alters die Terrasse. Sie trug ein kurzes rotes Kleid, bewegte sich elegant und hatte ihr wundervolles blondes Haar in einem Knoten zusammengefasst. „Wer ist das?“, fragte Annalisa leise.

„Señora Fuego Montoya, die Witwe deines Vaters.“

Annalisa verspannte sich unwillkürlich. Seit ihrer Ankunft auf der Insel hatte sie nur Gutes über ihren Vater erfahren und ihn immer weniger verachtet. Doch jetzt sah sie ihre Stiefmutter, und alle unterdrückten Gefühle brachen sich Bahn. Eigentlich hatte sie sie ja nicht hassen wollen, aber es fiel ihr sehr schwer. Sie konnte die Frau zwar nicht deutlich erkennen, war sich aber sicher, dass ihre Schuhe und der Lippenstift bestimmt perfekt zu dem Kleid passten. Señora Fuego Montoya konnte man in Modedingen sicher nichts vormachen!

Ramon ging auf Annalisa zu und nahm ihren Arm. „Ist alles in Ordnung? Du hast doch gewusst, dass dein Vater verheiratet war, oder?“

Sie brauchte einen Moment, bis sie die Fassung wiedererlangt hatte. „Ja, natürlich“, antwortete sie dann mit bebender Stimme. Trotzdem war es ein großer Schock, plötzlich mit ihrer Stiefmutter konfrontiert zu werden.

Ramon schien nicht überzeugt zu sein. „Lass uns gehen.“

„Nein …, es macht mir nichts aus, wirklich.“

„Komm mit, Annalisa.“

„Nein.“ Sie rührte sich nicht und blickte starr hinüber zu der Frau, die ihr Vater geliebt hatte. „Du wolltest mir etwas erklären. Also bitte."

„Im Wagen."

Diesmal ließ sie es zu, dass er sie den Pfad entlang zum Auto führte. Aber als sie schließlich im Wagen saßen, umklammerte Ramon stirnrunzelnd das Lenkrad und schwieg.

„Was ist los?", fragte Annalisa ungeduldig.

Er wandte sich ihr zu und betrachtete sie besorgt und ungläubig zugleich. „Ich hatte schon heute beim Anwalt das Gefühl, dass du so gut wie nichts über deinen Vater weißt. Und jetzt bin ich mir sicher. Du hast keine Ahnung, wer oder was er gewesen ist."

Annalisa biss sich auf die Lippe. Wie gern hätte sie diesem Mann vertraut! Immerhin war er in der Lage, die fehlenden Teilchen für das Puzzle zu liefern, das sie schon so lange beschäftigte. Ihr Leben lang war ihr Vater ein Tabuthema gewesen. Deswegen fiel es ihr schwer, plötzlich offen über ihn zu reden – und ganz besonders mit einem Fremden. Was wusste sie schon von Ramon Perez? Er wollte ihr Land ... und sie. Dabei war er genau wie ihr Vater verheiratet! Er glaubte doch nicht ernsthaft, dass sie den gleichen Fehler machen würde wie ihre Mutter?

„Ich habe recht, oder?", fragte Ramon.

„Kann sein. Du bist sicher besser informiert als ich." Vorsicht ist die Mutter der Porzellankiste, dachte sie.

„Wenn ich dir helfen kann, musst du mich nur fragen, Annalisa. Ich bin immer für dich da."

Die meisten Frauen wären jetzt begeistert gewesen – nur Annalisa nicht. Es war viel zu gefährlich, diesem Mann zu glauben. Außerdem hatte sie Don Alfonso, und dieser würde ihr sicher weiterhelfen. „Ich danke dir, dass du mir das Haus meines Vaters gezeigt hast ..." Erstaunt blickte sie ihn an, als er energisch den Kopf schüttelte.

„Er hat dort nie gewohnt. Es tut mir leid, wenn du mich missverstanden hast. Er hat immer auf der Finca gelebt. Als er dann krank wurde und ihm die Arbeit mit den Orangenhainen über den Kopf wuchs, ist er in eine kleine Wohnung in Mahon gezogen. Er hat das Anwesen, das ich dir eben gezeigt habe, für seine Frau Claudia bauen lassen, und zwar nach ihren Wünschen, nicht nach seinen."

„Das verstehe ich nicht“, antwortete Annalisa verwirrt. „Ich möchte es aber auch gar nicht.“

Ramon schien es nicht glauben zu können. „Du willst also nichts über die Vergangenheit erfahren?“

„Genau. Ich habe meinen Vater nie kennengelernt, und wir sollten es dabei belassen, dass er für mich ein Fremder ist.“

„Das ist aber schade. Du siehst aus wie er ..., hast dasselbe dunkle Haar und die gleichen Gesichtszüge ...“

„Bitte hör auf!“, sagte sie leise.

Aber Ramon beachtete sie gar nicht. „Weißt du eigentlich, dass du genauso dickköpfig bist wie er? Ich hätte dich überall erkannt, Annalisa ...“

„Schluss damit!“, schrie sie verzweifelt. Merkte er denn nicht, wie sehr sie seine Worte schmerzten. „Fahr mich nach Hause. Bitte!“

Einen Moment lang schien es so, als wolle er sie in die Arme nehmen und trösten, doch dann überlegte er es sich anders. Er ließ den Motor an, löste die Handbremse und gab Gas.

Spät am Abend saß Annalisa im Schlafzimmer vor dem Spiegel ihrer Frisierkommode und betrachtete sich nachdenklich. Ramons Worte hatten sie über alle Maßen aufgewühlt, und sie konnte sie einfach nicht vergessen. So langsam nahm der Mann, dem sie ihr gutes Aussehen und ihr Temperament verdankte, Gestalt an. Ihre Mutter war eine typische Engländerin gewesen, hatte blondes Haar, grüne Augen und eine helle Haut gehabt. Annalisa hatte von ihr nur Letzteres geerbt, ansonsten wirkte sie wie eine Spanierin. Obwohl sie groß war, glich ihre Figur der der südländischen Frauen. Vor allem ihre vollen Brüste fielen ins Auge.

Gab es hier vielleicht irgendwo ein Foto von ihrem Vater? Doch weshalb soll ich danach suchen, dachte sie aufgebracht, es ist die Mühe nicht wert. Außerdem – was erhoffte sie sich davon? Sie würde bestimmt nicht herausfinden, warum ihr Vater ihre Mutter einfach so im Stich gelassen hatte!

In diesem Moment klingelte das Telefon. Wahrscheinlich war es Don Alfonso, der noch einmal den Termin für das nächste Treffen bestätigen wollte.

„Annalisa?“

„Ramon!“

„Ist alles in Ordnung?“

Ihr Herz klopfte schneller, als sie seine besorgte Stimme hörte. Sie zögerte einen Moment, denn sie wollte nicht, dass er bemerkte, wie verwirrt sie war. „Warum sollte es das nicht sein?“

„Ich habe mir Sorgen um dich gemacht.“

Wieder reagierte ihr Körper mit aller Macht, während sie verzweifelt nach einer Antwort suchte.

„Bist du noch da?“

„Ja.“

„Soll ich zu dir kommen?“

Sie schwieg einen Moment. „Hierher?“, fragte sie schließlich mit bebender Stimme. Ramon lachte leise, und ihr wurde bewusst, dass sie genau *das* wollte ..., und gleichzeitig war ihr auch klar, wie gefährlich es sein würde.

„Du brauchst nicht schockiert zu sein“, erwiderte er. „Ich wollte nur wissen, ob es dir gut geht, nach allem ...“

„Das ist nicht notwendig“, unterbrach sie ihn.

„Wenn du meinst ...“

Sie stellte sich vor, wie er zurückgelehnt in einem Ledersessel saß, die langen Beine ausgestreckt ... Es wäre so leicht gewesen nachzugeben. Aber dann dachte sie wieder an ihre Mutter. Sie wollte auf keinen Fall das gleiche Schicksal erleiden.

„Ja, ich bin mir sicher.“ Sie zögerte einen Moment. „Ich muss jetzt auflegen, denn ich habe die Tiere noch nicht gefüttert.“ Tolle Ausrede! Es war beinahe Mitternacht! Sie schnitt ein Gesicht. Ihm wäre bestimmt etwas Besseres eingefallen.

„Natürlich. Wir sehen uns dann nächsten Mittwoch, Annalisa.“

So lange noch ...

Aber Ramon nahm nicht an dem nächsten Treffen in Don Alfonsos Büro teil und erschien auch nicht die Woche darauf. Eigentlich hätte es Annalisa ja egal sein müssen, aber das war es nicht. Beim ersten Mal hatten die Anwälte keine Erklärung abgegeben, warum ihr Mandant nicht gekommen war, und Annalisa hatte auch nicht gefragt. Als Ramon auch beim zweiten Termin fehlte, warf sie alle Bedenken über Bord. Sie stand auf und sagte energisch: „Ich muss darauf bestehen, dass Señor Perez nächste Woche anwesend ist."

Seine Anwälte verspannten sich, als sie das Wort „bestehen" hörten.

Don Alfonso warf Annalisa einen warnenden Blick zu und sprang auf. „Sie müssen Señorita Wilson verstehen. Diese Angelegenheit liegt ihr am Herzen, und sie möchte sie so schnell wie möglich erledigt wissen."

„Señor Perez ist sehr beschäftigt", erwiderte einer der jungen Männer kühl.

Was fiel ihm eigentlich ein! Glaubte er wirklich, sie würde sich wie ein Schulmädchen behandeln lassen? „Das bin ich auch. Lassen Sie mich eins klarstellen: Wenn Señor Perez es nicht für nötig hält, hier zu erscheinen, werden wir uns nie einig werden. Ich gehe dann nämlich davon aus, dass er nicht mehr an meinem Strand interessiert ist."

„Er ist in England, Señorita Wilson." Der Anwalt zuckte die Schultern.

Mit Margarita natürlich, dachte sie und schloss kurz die Augen.

„Aha", sagte Don Alfonso wissend, „gerade rechtzeitig zum Beginn des Rennens!"

Die Männer blickten sich an und nickten lächelnd.

Was für ein Rennen? Wieso wusste sie nichts davon? Wozu hatte sie eigentlich einen Anwalt, wenn er sie doch nicht informierte?

Aufgebracht packte Annalisa ihre Papiere in die Aktentasche und schloss sie dann. „Offen gesagt, ist es mir egal, was er tut, Gentlemen. Entweder Señor Perez ist nächste Woche hier, oder die Verhandlungen sind beendet." Dann wandte sie sich ab und ging hinaus.

Sie fühlte sich richtig gut, als sie in ihr neu erworbenes kleines Auto stieg und zügig die Landstraße entlangfuhr. So konnte Ramon Perez nicht mit ihr umspringen. Wenn er etwas wollte, sollte er persönlich erscheinen. Sie bog in die kleine, mit Schlaglöchern übersäte Auffahrt ein, die zu ihrer Finca führte. Wenigstens daran konnte sie etwas ändern, denn sie hatte ihr Haus in England verkauft. Durch das Geld war sie endlich in der Lage, den Weg zu pflastern. Danach würde allerdings nicht mehr viel übrig bleiben.

„Was, zum Teufel ...?“ Sie bremste so heftig, dass sie beinahe vom Sitz gerutscht wäre. Schnell öffnete sie die Tür und stieg aus. „Sofort aufhören! Was denken Sie sich?“, rief sie entsetzt.

Auf dem Dach arbeiteten unzählige Männer daran, die letzten noch intakten Pfannen zu entfernen. Sie unterhielten sich laut und hörten Annalisa nicht. Leitern lehnten an den Wänden, und Schutt und Putz fiel wie schmutziger Schnee zu Boden. Annalisa stand einen Augenblick starr da, und ihr dunkles Haar war in Sekundenschnelle mit einer grauen Staubschicht bedeckt.

Schließlich entdeckte einer der Arbeiter sie und winkte ihr zu. „Señor Perez hat uns beauftragt ...“

Das war ja wohl die Höhe! „Wie kann er es wagen! Señor Perez hat nicht das Recht ...“

Der Mann zuckte die Schultern. „Sollen wir aufhören?“

„Ja! Nein!“ Verzweifelt blickte sie sich um. Neben dem Eingang standen stapelweise neue Dachpfannen, während die alten zerbrochen auf dem Boden lagen. Es war sowieso zu spät. Der Schaden war schon angerichtet. „Wo ist Señor Perez?“, fragte sie kühl.

Der Arbeiter sagte etwas von Inglaterra und Margarita, und Annalisa winkte ab. Natürlich, dachte sie wütend, er ist zusammen mit Margarita in England. Was sollte sie jetzt tun?

„Nein, Señorita, er ist schon wieder zurück“, rief ein anderer Mann vom jetzt völlig abgedeckten Dach herunter.

„Gut zu wissen!“ Annalisa straffte sich. „Vielen Dank!“ Sie wandte sich ab und lief zum Wagen zurück.

„Es ist schon in Ordnung, Rodriguez, Sie können gehen.“ Ramon nickte seinem Angestellten zu und wandte sich dann wieder den Männern zu, die mit ihm am Tisch saßen. Es handelte sich um eine Geschäftsbesprechung, alle trugen Anzüge und hatten Aktentaschen und Papiere vor sich liegen. „Gentlemen, wir machen eine kurze Pause. In einer halben Stunde geht es weiter.“

In einer halben Stunde, dachte Annalisa und hätte beinahe gelacht. Er war wochenlang fort gewesen, hatte sich nicht bei Don Alfonso blicken lassen und einfach den Auftrag gegeben, ihre Finca zu renovieren – so als wäre sie schon sein Eigentum … Und da dachte er ernsthaft, dass er in dreißig Minuten alles klären konnte?

„Guten Tag, Annalisa“, sagte Ramon höflich, nachdem die Sitzungsteilnehmer das Zimmer verlassen hatten, „welch eine Freude. Was kann ich für dich tun?“ Er schob seinen Stuhl zurück und stand auf.

Sein maßgeschneiderter Anzug unterstrich seine Männlichkeit, und irgendwie erregte das Annalisas Zorn nur noch mehr. „Versuch nicht, mich einzuschüchtern, Ramon, ich bin keine von deinen Marionetten. Ich verlange eine Erklärung!“

„Tatsächlich?“, fragte er lächelnd, und das trieb sie beinahe in den Wahnsinn.

„Ja! Ich finde es unmöglich …“

Er hob beide Hände. „Du hast recht, ich muss mich entschuldigen. Das lange Warten muss für dich sehr frustrierend gewesen sein.“

Was sollte das nun wieder heißen? Erschrocken wich sie zurück, als er auf sie zukam, doch nach wenigen Schritten stand sie mit dem Rücken an der Tür. „Ich weiß nicht, was du meinst.“

Er blieb vor ihr stehen. „Die Untätigkeit natürlich.“ Machte er sich über sie lustig? „Und dann sind da natürlich noch all diese lästigen Probleme …“ Er hob die Hand und ließ sie über Annalisas Wange gleiten.

Sie zuckte zurück. „Ich verstehe nicht …“ Fasziniert betrachtete sie ihn, als er sich mit seinen schlanken, sonnengebräunten Fingern die Krawatte zurechtrückte. In seiner Nähe war Annalisa einfach hilflos. Er war wie ein Zauberer, der einen Bann über sie ausgesprochen hatte. Energisch rief sie sich zur Ordnung. „Ich muss darauf bestehen, Ramon …“

„Bestehen?“, fragte er leise und sah sie an, als hätte sie das letzte Fünkchen Verstand verloren. Sanft strich er ihr eine Haarsträhne aus der Stirn und liebkoste dann zärtlich ihre Lippen. Verzweifelt suchte sie einen Fluchtweg, doch es gab keinen. „Mein Dach …“, flüsterte sie und drehte den Kopf zur Seite.

„Ach so“, erwiderte er spöttisch, „das ist es also.“

„Du lässt es reparieren!“

Er wandte sich ab, und sie atmete erleichtert tief durch. „Warum nicht? Es fällt sonst in sich zusammen", erwiderte er ruhig.

„Trotzdem hast du kein Recht, dich in meine Angelegenheiten einzumischen!"

„Nenn es einfach Nachbarschaftshilfe."

„Ich kann dir das Geld nicht zurückzahlen", sagte sie leise, „jedenfalls im Moment nicht."

„Habe ich darum gebeten?"

„Nein, aber du wirst es tun."

Er drehte sich wieder zu ihr um. „Vielleicht könnten wir ja tauschen ..."

„Ich lasse mich nicht erpressen. Der Küstenstreifen gehört mir."

„Du ziehst voreilige Schlüsse, Annalisa. Wer sagt denn, dass ich dein Land will?"

„Was denn sonst?" Sie spürte seinen Blick auf sich und erschauerte. „Woher soll ich wissen, was du vorhast, wenn du nicht zu den Treffen kommst?"

Er zuckte die Schultern. „Du hast ja recht, das ist unglücklich gelaufen. Ich musste eine Familienangelegenheit regeln. Margarita hat mich gebraucht."

Das war wie ein Faustschlag ins Gesicht! Er hätte mich nicht daran zu erinnern brauchen, dass er eine Ehefrau hat, dachte Annalisa. Das würde sie nie vergessen!

„Ich werde nächste Woche da sein, Annalisa. Versprochen."

Ein leises Klopfen ertönte, und Ramon wandte sich um. „Herein!"

Es war Rodriguez. „Sie haben Besuch, Señor Perez." Er warf Annalisa einen kühlen Blick zu, ging dann zu Ramon und flüsterte ihm etwas ins Ohr.

Dieser verspannte sich einen Moment, doch dann hatte er sich wieder gefasst. „Entschuldige bitte, Annalisa, wir müssen unsere Unterhaltung auf später verschieben."

„Was ist mit dem Dach?"

„Lass meine Männer die Arbeiten beenden. Wir sprechen das nächste Mal über die Bezahlung." Er schenkte ihr ein jungenhaftes Lächeln. „Es ist doch auch in deinem Interesse. Ich möchte dich nicht auf dem Gewissen haben."

Seufzend musste sie sich eingestehen, dass er recht hatte, obwohl sie nicht sicher war, dass er überhaupt so etwas wie ein Gewissen hatte! „Bis nächste Woche also, Ramon."

Dann wandte sie sich ab und ging hinaus. Als sie den Flur durchquerte, sah sie, wie Rodriguez jemand zu dem Zimmer führte, das sie gerade verlassen hatte. Wenn sie sich nicht sehr täuschte, war es ... Señora Fuego Montoya. Sogar ihre Stimme klang so, wie Annalisa sie sich vorgestellt hatte. Sie blieb stehen und blickte den beiden hinterher. Jetzt war sie sich sicher: Sie hatte sich nicht geirrt. Was machte die Witwe ihres Vaters bei Ramon? Heckten sie einen gemeinen Plan aus, um sie zu übervorteilen? Wenn ja, dann ging es nicht nur um den Küstenstreifen, sondern um das ganze Anwesen ...

Nachdenklich verließ sie das Gebäude und wägte die Fakten ab. Ramon hatte dafür gesorgt, dass sie hoch verschuldet war – und zwar bei ihm. Er hatte sich zwei Wochen nicht bei Don Alfonso blicken lassen. Anscheinend war er an einer Einigung nicht besonders interessiert. Wusste er vielleicht schon, dass er das Land ohnehin bekommen würde? Spielte er nur auf Zeit? Skrupel kannte er keine, das war ihr schon länger klar. Und was Señora Fuego Montoya anging, nun, sie war sicher nicht begeistert, plötzlich eine Stieftochter zu haben – noch dazu eine, die ihr die Finca vor der Nase weggeschnappt hatte. Es ergab alles Sinn. Der Sohn des Geschäftsfreundes ihres verstorbenen Vaters verbündete sich mit dessen Witwe ...

Selbst ihr mit neuen roten Pfannen gedecktes Dach konnte Annalisa nicht trösten, obwohl sie zugeben musste, dass die Männer hervorragende Arbeit geleistet hatten. Der Schutt war fortgeräumt worden, und es war alles sauber gefegt. Aber Qualität kostete etwas.

Sie beschloss, sich bei einem Bad im Meer abzureagieren. Schnell lief sie ins Haus, holte ihren Bikini aus dem Schrank und zog den Designerhosenanzug aus. Verdammt! Sie war wirklich leichte Beute gewesen. Was mochten diese Sachen wohl gekostet haben? Die Seidenbluse, die elegante Unterwäsche ..., und dann war da noch Margaritas „Geschenk"! Das alles hatte bestimmt ein Vermögen verschlungen! Sie stöhnte leise. So, wie es aussah, würde sie ein Leben lang ihre Schulden bei der Crianza-Perez-Familie abtragen müssen!

Als sie den Strand betrat, ging die Sonne gerade in einem Feuerball unter. Es war eine leichte Brise aufgekommen, die See war aufgeschäumt, und die Wellen brachen sich an den Felsen. Annalisa tauchte ins Wasser ein und begann zu schwimmen. Sie bewegte sich schnell und geschmeidig und achtete nicht darauf, dass sie sich immer weiter vom Ufer entfernte. Erst als es langsam immer dunkler wurde, hielt sie inne und drehte um. Doch es war zu spät, sie war schon zu weit draußen und die Strömung unerbittlich. Annalisa trat Wasser und dachte verzweifelt nach.

Inzwischen war die Sonne hinter dem Horizont verschwunden. Nur Ramons schlanke weiße Yacht war in der Finsternis noch sichtbar. Annalisa beschloss, dorthin zu schwimmen. Sie mobilisierte ihre verbliebenen Kräfte und kraulte los. Das Schiff war ihre letzte Rettung! Hoffentlich schaffte sie es!

Doch sie ermüdete schnell, und mit jedem Armzug schienen die Wellen höher und unbesiegbarer zu werden. Als sie dann schließlich aufgab und langsam unterging, sah sie nicht ihr Leben in Kurzfassung ablaufen, sondern hatte nur das attraktive sonnengebräunte Gesicht des Mannes vor Augen, um den sich ihre Gedanken jetzt schon so lange drehten. Sie versuchte einige Male, an die Oberfläche zu kommen, doch es war sinnlos. Die Strömung zog sie erbarmungslos nach unten.

Plötzlich spürte sie, wie jemand sie umfasste und hochzog. Keuchend und hustend atmete sie die frische Luft ein und zuckte zusammen, als ihr Retter laut auf Spanisch fluchte.

„Ramon!“, rief sie überglücklich und wollte sich zu ihm umdrehen.

„Hör auf damit! Du bringst uns noch beide um!“ Er hielt sie umklammert und schwamm mit geschmeidigen Bewegungen zum Ufer zurück.

So wütend habe ich ihn noch nie gesehen, dachte sie, nachdem sie den Strand erreicht hatten und er sie kurzerhand auf den Sand legte. Drohend wie ein Racheengel stand er über ihr und funkelte sie finster an. „Was, zum Teufel, hast du da draußen zu suchen gehabt?“

„Ich …“ Sie hustete wieder und fühlte sich hilflos und schwach wie noch nie zuvor.

„Ich warte, Annalisa“, sagte er kalt, und Annalisa betrachtete ihn. Er trug eine schwarze Hose und ein farblich genau dazu passendes Seidenhemd, aber keine Schuhe. Diese hatte er wahrscheinlich abgestreift, bevor er von der Yacht ins Wasser gesprungen war. Seine Sachen klebten an ihm wie eine zweite Haut und waren vom Seewasser völlig ruiniert. Das aber machte ihr noch die wenigsten Sorgen. „Es tut mir leid“, flüsterte sie schließlich. „Ich kenne mich eben nicht so gut aus mit …“

„Womit?“, fragte er aufgebracht. „Mit dem Ertrinken?“ Er kniete sich neben sie, packte ihre Schultern und schüttelte Annalisa. Dann umschloss er ihr Gesicht und sah ihr in die Augen. „Ich verbiete dir, in der Dunkelheit schwimmen zu gehen, *comprende?*“

„Ist ja schon gut.“ Er war ihr viel zu nahe. Sie wollte ihn wegstoßen, doch dann entspannte sie sich. Immerhin hatte er ihr das Leben gerettet!

„Das Meer kann heimtückisch sein, Annalisa. Ich hoffe, du hast das jetzt eingesehen.“

Sie nickte gehorsam. Er hatte ja recht. So eine Dummheit würde sie nie wieder begehen.

Als Ramon merkte, dass ihre Reue nicht gespielt war, stand er auf und zog sein Hemd aus. Obwohl Annalisa erschöpft war, konnte sie dennoch nicht den Blick von seinem muskulösen Oberkörper abwenden. Aber als er den Gürtel öffnete und seine nasse Hose auszog, drehte sie den Kopf zur Seite.

„Fertig. Du kannst wieder hinsehen.“

Sie hätte eigentlich vorher wissen müssen, dass man ihm nicht vertrauen konnte! Mit einer Badehose bekleidet hatte sie ihn ja bereits gesehen, aber mit einem schwarzen engen Slip noch nicht. Schnell schloss sie die Augen, doch das half auch nicht viel.

„Dein kleines Abenteuer scheint dir die Sprache verschlagen zu haben“, sagte er spöttisch. „Du kommst jetzt mit auf meine Yacht, denn du brauchst eine heiße Dusche. Ich habe gleich hinter den Felsen ein kleines Boot vor Anker liegen.“

Oh nein, dachte sie, das ist wirklich keine gute Idee. „Ich würde lieber nach Hause gehen."

„Abgelehnt." Er beugte sich herunter und zog sie hoch. „Du bist eine anstrengende Nachbarin, Annalisa Wilson."

„Und eine teure." Sie lachte nervös, denn seine Berührung ließ sie erbeben.

„Hast du heute Abend schon etwas gegessen?"

„Nein."

„Dann holen wir das gleich nach."

Sie wusste aus Erfahrung, dass es besser war nachzugeben. „Also gut." Sie sah zu ihm auf. „Du hast mir das Leben gerettet", sagte sie leise. „Wie kann ich dir das jemals …"

Er unterbrach sie brüsk. „Indem du mir versprichst, nie wieder so einen Unsinn zu machen. Du hättest sterben können! *Madre de Dios!*"

Sie zuckte zusammen. Er war immer noch über alle Maße wütend. „Es tut mir leid …"

Er packte sie am Arm. „Hast du meinetwegen so eine Dummheit begangen?"

„Nein!" Sie schüttelte energisch den Kopf und versuchte, nicht daran zu denken, dass sie beide beinahe nackt waren.

Er betrachtete sie lange und ließ sie dann los. „Du zitterst. Das ist nach dem Schock ja auch kein Wunder. Lass uns gehen."

Annalisa saß mit angezogenen Knien auf ihrem Bett. Fudge hatte es sich zu ihren Füßen gemütlich gemacht, und sie konnte die Katzen hören, die draußen auf die Jagd gingen.

Eigentlich hätte ihr Aufenthalt auf der Yacht ganz anders verlaufen können …, sollen … Immerhin hatte Ramon sie auf dramatische Weise vor dem Ertrinken gerettet, und was lag näher als ein rauschendes Finale? Aber es war ganz anders gekommen. Sie hatte geduscht, sich dann einen weißen Bademantel übergestreift – ein weiteres „Geschenk" aus dem Crianza-Perez-Haushalt – und danach mit Ramon zu Abend gegessen. Er war nicht mehr wütend auf sie gewesen, sondern hatte sie ausgesucht höflich behandelt. Genau das wollte sie aber auch nicht. Je mehr sie von diesem Mann sah, desto …

In diesem Moment klingelte das Telefon. Erleichtert nahm sie den Hörer ab. Sie konnte jede Ablenkung gebrauchen. Doch als sie Ramons Stimme hörte, atmete sie tief durch.

„Ich wollte nur hören, ob alles in Ordnung ist", sagte er, und es schien, als würde er lächeln.

„Ich möchte mich noch einmal dafür entschuldigen, was heute geschehen ist", erwiderte sie und versuchte, das Gespräch in ungefährlichere Bahnen zu lenken. „Vielen Dank für deine Hilfe."

„Warum bist du noch wach? Nach dem, was geschehen ist, solltest du dich ausruhen."

„Ich habe schon geschlafen. Dein Anruf hat mich aus dem Bett geholt."

„Lügnerin", sagte er sanft.

Seine Stimme war betörend, und Annalisa spürte, wie die Leidenschaft wieder in ihr hochstieg. Sie begehrte diesen Mann – und doch war er unerreichbar.

„Ich verspreche dir, nie wieder so etwas Dummes zu tun", antwortete sie schließlich.

Er lachte leise. „Das heißt wohl, dass ich recht habe. Dieses eine Mal jedenfalls."

„Kann sein."

„Darüber macht man keine Witze, Annalisa. Wie soll ich ohne dich unsere Verhandlungen weiterführen?"

„Ich bin in den letzten zwei Wochen auch gut allein ausgekommen." Atemlos wartete sie, wie er darauf reagieren würde.

„Ich habe mich für meine Abwesenheit schon entschuldigt."

„Stimmt."

„Anscheinend bist du damit noch nicht zufrieden."

„Nein."

„Also gut, ich mache dir einen Vorschlag: Morgen Abend lade ich dich zum Essen ein – als Entschädigung sozusagen."

„Und wenn ich ablehne?"

„Das wirst du nicht."

Ihr Herz begann, schneller zu klopfen. Das klang alles so verheißungsvoll, und doch war da Margarita … Er war ein verheirateter Mann, das durfte sie nie vergessen. „Also gut, aber nur, wenn es nicht zu spät wird."

„Das lässt sich machen."

„Ich freue mich schon."

„Ich mich auch", antwortete Ramon leise. „Gute Nacht, Annalisa. Ich wünsche dir süße Träume."

Sie verabschiedete sich vom ihm und saß dann noch lange mit dem Hörer in der Hand starr da.

4. KAPITEL

Annalisa schreckte aus einem traumlosen Schlaf hoch. Und sie wusste auch gleich, warum: Ein zweites, lautes Krähen ertönte. Sie blickte auf den Wecker. Es war kurz vor fünf Uhr morgens. „Verdammter Hahn“, sagte sie seufzend. Der stolze General des Hühnerhofes machte immer früher Radau – ein untrügliches Zeichen, dass der Frühling vor der Tür stand.

Gähnend streckte sie sich und dachte an den Abend, den sie mit Ramon verbringen würde. Dieses Mal durfte sie nicht die Zügel aus der Hand geben! Das bedeutete: kein Champagner, kein kurzes Kleid und auch kein mitternächtliches Bad im Meer!

Nachdem sie die Tiere gefüttert hatte, wollte sie den neuen Schönheitssalon aufsuchen, der in Mahon eröffnet hatte. Außerdem hatte sie vor, die Boutiquen unsicher zu machen und sich etwas Elegantes zum Anziehen zu kaufen. Normalerweise war sie nicht so verschwenderisch, aber sie hatte etwas Geld für Notfälle auf die Seite gelegt, und nach letzter Nacht war jetzt genau der richtige Augenblick, um es auszugeben! Wenn sie ganz Dame von Welt war, schaffte sie es vielleicht, Señor Ramon Perez zu beeindrucken! Einen Versuch war es jedenfalls wert.

„Oh ja!“, rief Annalisa und schenkte der jungen Kosmetikerin ein strahlendes Lächeln. „Lassen Sie sich ruhig Zeit. Die Tiere sind gefüttert, die Hausarbeit ist erledigt, und die Orangenhaine können auf sich selbst aufpassen.“

Sie lachte glücklich und sah zu, wie ihre Zehennägel glänzend rot lackiert wurden. An diesem Abend wollte sie wirklich schön sein! Ramon würde sie nicht wiedererkennen! Zufrieden lehnte sie sich zurück und ließ die Frau ihre Arbeit beenden. Danach stand die Algen-Behandlung auf dem Programm. Sie hatte keine Ahnung, was man genau darunter verstand, aber diese sollte eine Wunderwirkung auf die Haut und auch auf die Seele haben – und genau das brauchte sie!

Als sie am Nachmittag nach Hause fuhr, war Annalisa mit sich und der Welt im Reinen. Sie war noch beim Friseur gewesen und hatte sich ein neues, schickes weißes Kleid gekauft, das allerdings sehr teuer gewesen war. Aber das machte nichts – heute jedenfalls nicht, denn es war ein ganz besonderer Tag für sie. Sie wollte die Kontrolle über ihr Leben wiedergewinnen und sich auch einmal etwas verwöhnen. Jeder Zentimeter ihres Körpers war verschönert worden, und nachdem sie von Kopf bis Fuß mit einem dicken grünen Brei behandelt worden und dann mit einem eiskalten Wasserstrahl abgespritzt worden war, hatte sie das Gefühl, dass nichts und niemand sie mehr aus der Bahn werfen konnte. Doch da irrte sie sich gewaltig!

Als sie vor der Finca hielt, glaubte sie ihren Augen nicht zu trauen. Sie sprang aus dem Wagen. „Was machen Sie da?“, schrie sie und rannte los. Dabei hatte sie ganz vergessen, dass sie bereits für ihre Verabredung mit Ramon angezogen war.

Sie kletterte über den Holzzaun und lief verzweifelt weiter. Einige Male stürzte sie, doch sie rappelte sich schnell wieder auf. Ihr neues weißes Traumkleid war schmutzig und an manchen Stellen zerrissen, aber es war ihr egal. Sie hatte nur Augen für die unzähligen, frisch geschnittenen Zweige, die auf dem Boden lagen. Schließlich erreichte sie die Lichtung, auf der sie den Eindringling entdeckt hatte.

Ihre Arme und Beine waren voller Schrammen, doch es störte sie nicht. Sie hatte nur ein Ziel: die Verstümmelung ihrer Orangenbäume aufzuhalten! „Was haben Sie getan?“ Hilflos blickte sie auf die Katastrophe.

Der Mann, der das alles verursacht hatte, war schon alt, sein Gesicht sonnengebräunt und faltig. Er zog den verschlissenen Hut. „*Buenas tardes, señorita*“, sagte er und lächelte sie an. Seine Zähne waren gelb, und er hatte einige Lücken im Gebiss. Seine Sachen schienen schon seinem Vater gehört zu haben und waren sicher auch lange nicht mehr gewaschen worden. Der Alte trug verschiedene Astscheren an seinem Gürtel und betrachtete Annalisa neugierig. „Sie sind also Don Pedros Tochter“, stellte er auf Englisch, das einen sehr starken Akzent hatte, fest und tippte sich an die Brust. „Ich bin Enrique Caradonda.“

„Das ist mir egal“, antwortete Annalisa aufgebracht. „Was haben Sie hier zu suchen? Warum haben Sie das getan?“ Anklagend zeigte sie auf die vielen Zweige. Von ihren Orangenbäumen waren nur noch hässliche Skelette übrig geblieben.

„Ich arbeite." Enrique Caradonda schien beleidigt. „Señor Perez ..."

Annalisa stöhnte leise. Natürlich! Das hätte sie sich denken können! Sie befahl dem Mann, alles stehen und liegen zu lassen und zu verschwinden.

„In Ordnung, Señorita", erwiderte er, „es wird sowieso bald dunkel. Ich komme morgen wieder."

„Auf gar keinen Fall!"

Doch Enrique Caradonda hörte gar nicht zu, sondern wandte sich ab und war gleich darauf verschwunden.

Annalisa betrachtete das Chaos und spürte, wie ihr die Tränen kamen. Sie hatte Ramon Perez vertraut ..., und wie hatte er es ihr gedankt? Warum hatte er ihr so etwas angetan? Konnte er es nicht erwarten, endlich die Marina zu bauen? Wenn er glaubte, sie damit von ihrem Grund und Boden verjagen zu können, hatte er sich getäuscht. Jetzt erst recht! So leicht warf sie nicht die Flinte ins Korn.

Sie atmete tief durch und versuchte, das Ausmaß des Schadens abzuschätzen. Die Bäume würden sich bis zur Ernte nicht mehr erholen, das war ihr klar. Und wenn sie keine Orangen verkaufen konnte, wie sollte sie dann finanziell das nächste Jahr überleben? Sie ballte die Hände zu Fäusten. Na warte, Ramon Perez, dachte sie aufgebracht. Sie würde ihm so richtig die Meinung sagen! Auf der Stelle!

Wenig später setzte sie sich in ihren kleinen, alten Wagen und drückte das Gaspedal beinahe bis zum Boden durch. Erbarmungslos raste sie durch die vielen Schlaglöcher und kümmerte sich nicht darum, dass sie heftig durchgeschüttelt wurde. Als sie in einen besonders tiefen Krater fuhr, ging der Motor aus und sprang nicht wieder an. Doch schließlich gelang es ihr, ihn wieder zum Leben zu erwecken, und sie machte sich weiter auf den Weg. Irgendetwas schien dabei beschädigt worden zu sein, denn sie hörte die ganze Zeit ein verdächtiges Knirschen, kümmerte sich aber nicht darum.

Als sie die Villa erreichte, kam Ramon gerade aus dem Haus und ging zu seinem Sportwagen. Anscheinend wollte er aufbrechen, um sie abzuholen. Die Mühe konnte er sich sparen! Sie bremste unvermittelt, der Motor ging mit einem stotternden Geräusch aus, und das Auto blieb nur wenige Zentimeter vor Ramons teurem Gefährt stehen. Schnell stieg sie aus und rannte auf Ramon zu. „Ich muss mit dir reden."

„Wir können uns beim Abendessen unterhalten", erwiderte er und betrachtete sie amüsiert von Kopf bis Fuß. „Ich glaube, ich habe den neuesten Modetrend verpasst. Sind Kleider mit Löchern und Schmutzflecken jetzt der letzte Schrei?"

„Hör auf damit!", fuhr sie ihn wütend an. „Du hast vielleicht Nerven! Wie kannst du in solch einer Situation nur ans Essen denken!"

„Wieso?" Er blickte sie fragend an. „Wir waren doch verabredet, oder?"

„Das war, bevor ..." Sie atmete tief durch, stützte die Hände in die Hüften und funkelte ihn finster an.

„Was habe ich denn nun schon wieder verbrochen?" Es war ihm deutlich anzumerken, wie verstimmt er war, und bevor Annalisa sich's versah, hatte er sie am Handgelenk gepackt.

„Lass mich los." Sie versuchte vergeblich, sich aus seinem Griff zu befreien.

„Ich will wissen, was los ist. Wir gehen jetzt ins Haus und besprechen die Angelegenheit."

„Oh nein! Ich denke nicht daran, auch nur einen Fuß in dein ..."

Er dachte nicht daran, sie ausreden zu lassen. „Du befindest dich auf meinem Grund und Boden, Annalisa, und hier entscheide ich." Als sie nicht reagierte, hob er sie einfach hoch und trug sie in die große Diele. Er öffnete mit dem Fuß die Wohnzimmertür und setzte Annalisa auf das große cremefarbene Ledersofa. „So! Du erklärst mir jetzt, was geschehen ist."

„Ich will es aber nicht!" Sie sprang auf.

„Moment!" Er hob die Hände. „Lass uns ins aller Ruhe darüber sprechen. Du bist aufgebracht ..., aber warum?"

„Das ist die Untertreibung des Jahres! Meine Orangenbäume sind einem Vandalen zum Opfer gefallen und ..." Sie hatte nicht das Geld, neue zu kaufen, doch das ging ihn nichts an. „Und du erwartest, dass ich bei so einer Katastrophe ruhig bleibe!"

Er reichte ihr ein weißes Taschentuch. „Hier. Wisch dir die Tränen weg."

Ihr war noch gar nicht aufgefallen, dass sie weinte. Das war aber kein Wunder – nicht nach dem Schock, den sie erlitten hatte!

„Lass, ich mach das schon", sagte Ramon schnell und nahm ihr das Taschentuch aus den bebenden Fingern. „Du siehst aus, als wärst du kopfüber in ein Schlammloch gefallen."

Sie versuchte, ihn abzuwehren und berührte seine Brust, spürte seine Wärme und begann plötzlich, ihn zu liebkosen ... Erschrocken ließ sie die Hände sinken. „Ich will eine Erklärung", sagte sie und hoffte, dass er nicht merkte, wie verlegen sie war.

„Das hätte ich auch gern", erwiderte er. „Das geht aber nur, wenn du dich hinsetzt und wir wie zwei erwachsene Menschen darüber reden."

Es schien beinahe, als hätte er nichts bemerkt, doch Annalisa wusste es besser. Sie spürte seinen Blick auf sich, und es schien, als könnte Ramon direkt in ihr Herz blicken.

Sie setzten sich an einen großen Eichentisch, und Ramon lehnte sich zurück. „Wo liegt das Problem, Annalisa?"

„Du bist es", antwortete sie ehrlich. „Erst die Wasserrechte, dann die Marina und jetzt meine Orangenbäume."

„Wie bitte?" Er schüttelte den Kopf. „Was ist mit ihnen?"

Annalisa lachte bitter. „Das weißt du ganz genau! Wenn du sie sehen würdest, wärst du bestimmt zufrieden."

„Das nehme ich auch an."

Sie glaubte, ihren Ohren nicht trauen zu können. Hatte er eben tatsächlich die Tat zugegeben? „Gut. Warum fahren wir nicht sofort hin?"

„Kein Problem." Er lächelte sie an und stand auf.

„Wenn du die Haine siehst, weißt du, warum ich mich so aufrege."

„Was erwartet mich denn dort? Eine Schlammschlacht?"

Sie warf ihm einen finsteren Blick zu. „Mach dich nicht über mich lustig, Ramon. Ich meine es ernst."

„Weißt du, was ich glaube? Ein schönes heißes Bad würde dir jetzt bestimmt guttun."

Sie schüttelte entnervt den Kopf. „Du verstehst mich immer noch nicht …"

„Doch. Wenn du dich gewaschen hast, machst du einfach eine Liste mit deinen Forderungen, und ich verspreche dir, ich werde jede einzelne genau prüfen. Lass uns gehen. Ich fahre, denn dein Wagen scheint nicht gerade der sicherste zu sein. Mein Chauffeur wird ihn sich ansehen. Keine Widerrede", sagte er und hob abwehrend die Hände, „je eher wir zu deiner Finca kommen, desto besser. Wir finden für alles eine Lösung, Annalisa, versprochen."

„Da, bitte!" Empört zeigte Annalisa auf die Orangenhaine.

„Wer hat das getan?", fragte Ramon und blickte sich stirnrunzelnd um.

„Enrique Caradonda." Sie bemerkte, wie er sich entspannte. „Sag lieber gleich die Wahrheit, denn der Mann hat mir erzählt, dass du ihn hierhergeschickt hast."

„Ganz so ist es nicht gewesen. Ich habe ihn *gebeten,* einmal nach dem Rechten zu sehen, das stimmt. Ein Enrique Caradonda lässt sich nichts befehlen. Er ist der Beste auf seinem Gebiet."

„Ach ja? Und worin ist er so gut?"

„Ganz einfach", erwiderte Ramon, „Enrique ist der erfahrenste Orangenbaumexperte auf Menorca. Besonders im Frühling ist er ein gefragter Mann."

„Aber es war doch alles in Ordnung. Ich hätte eine hervorragende Ernte eingefahren. Und jetzt …"

„Die Bäume mögen vielleicht gesund aussehen, sind es aber nicht. Sie sind jahrelang vernachlässigt worden, teilweise von Schädlingen befallen und schon ewig nicht ausgelichtet worden. Wenn ich gewusst hätte, dass Enrique kommt, hätte ich dich informiert, doch der Mann lässt sich nichts vorschreiben – schon gar keine Termine."

Annalisa blickte sich noch einmal um und betrachtete die Zerstörung traurig. „Du gibst also zu, diesen Saboteur auf mich gehetzt zu haben. Wie willst du das wieder gutmachen?"

Er lachte leise. „Wie wäre es mit einem Abendessen?"

„Wie bitte?" Er glaubte doch nicht, dass er so billig davonkam!

„Was schlägst du denn vor?", fragte er amüsiert. „Wollen wir die nächsten Stunden damit zubringen, die Äste wieder anzukleben?"

„Das ist nicht lustig, Ramon!"

„Ich bin hungrig, und das macht mich ungeduldig."

Es wurde schnell dunkel, und Annalisa sah auf die Uhr. „Ab wann hast du einen Tisch reservieren lassen?" Auch wenn sie es nur widerwillig zugab: Ramon hatte recht, die Ernte war verloren, und sie konnte nichts daran ändern. Wenn sie mit ihm ausging, konnte sie ihn vielleicht überzeugen, sie irgendwie zu entschädigen.

„Zuerst solltest du baden." Er betrachtete sie aufreizend langsam von Kopf bis Fuß.

Besonders lange blickte er auf ihr tiefes Dekolletee, das ihre vollen Brüste gut zur Geltung brachte, und sie spürte, wie ihr Körper sofort reagierte. „Warum verschieben wir es nicht einfach?", fragte sie heiser.

„Wieso?" Er schüttelte den Kopf und betrachtete sie immer noch unverhohlen. „Wir sollten so schnell wie möglich über deine Sorgen sprechen. Ich kann dir bestimmt helfen."

Das glaubte sie ihm aufs Wort! Inzwischen kam es ihr vor, als wären die Orangenbäume noch ihr geringstes Problem! Ihr Puls raste, und ihr Herz klopfte wie wild.

„Ein schönes heißes Bad hilft dir sicherlich, dich zu entspannen", fuhr er ungerührt fort, doch sie sah seinem Blick an, dass er genau wusste, wie unwahrscheinlich das war. „Über alles zu reden ist manchmal sehr wichtig, Annalisa."

Er hatte recht, und das wusste sie genau. „In Ordnung. Aber ich mache uns etwas zu essen." Damit hatte sie ihm den Wind aus den Segeln genommen. Sie befanden sich in ihrem Haus, und dort diktierte sie die Bedingungen! Es würde ihm nicht gelingen, sie wie damals auf der Yacht mit Hilfe von Champagner zu überrumpeln!

„Klingt gut. Ich bin sogar bereit, dir den Rücken einzuseifen", erwiderte er leise.

„Es geht hier nur ums Geschäft, hast du das schon vergessen?" Daran konnte sie ihn nicht oft genug erinnern! „Außerdem habe ich einen guten Schwamm."

„Wie schade ...!“ Ramon lächelte jungenhaft. „Falls du deine Meinung doch noch änderst ...“ Er sah auf und ihr in die Augen.

Wenn ich etwas Einfaches zubereite, kann ich alle wichtigen Dinge mit ihm besprechen und noch vor Mitternacht sicher und vor allem allein in meinem Bett liegen, dachte Annalisa und erwiderte herausfordernd seinen Blick.

„Wollen wir gehen?“, fragte Ramon schließlich.

„Ja. Je eher wir gegessen haben, desto schneller können wir das Problem besprechen.“

Die Badewanne der Finca war ganz aus Gusseisen, und es hätten leicht vier Personen hineingepasst. Annalisa hatte im Schönheitssalon einige Essenzen erworben, und so gab sie jetzt das frisch nach Blumen duftende Öl in das warme Wasser. Als sie jedoch die beiden Hähne zudrehen wollte, ließ sich der eine nicht mehr schließen. Verdammt, dachte sie. Sie hatte zwei Möglichkeiten: eine zweite Sintflut zu verursachen oder um Hilfe zu bitten. „Ramon! Kannst du bitte kommen? Schnell!“, rief sie verzweifelt.

Obwohl er im Wohnzimmer auf dem Sofa gesessen hatte, war er innerhalb von Sekunden bei ihr. „Was ist denn los?“, fragte er und blickte sich besorgt um.

Annalisa wich einige Schritte zurück und zeigte auf den Hahn. „Er lässt sich nicht mehr zudrehen.“

„Ach so.“ Ramon wirkte erleichtert. Anscheinend hatte er damit gerechnet, dass ihr die Decke auf den Kopf gefallen war! Mit viel Kraft schaffte er es, das defekte Teil zu schließen.

„Sehr gut!“, lobte ihn Annalisa. „Aber jetzt ist dein Hemd ganz nass.“

Er straffte sich und wandte sich ihr zu. „Dann sollte ich es wohl besser ausziehen, damit es trocknen kann.“

Gesagt, getan. Bevor sie sich’s versah, stand er mit nacktem Oberkörper vor ihr. Doch das war noch nicht alles. Er packte sie an den Schultern, drehte Annalisa herum und begann, den Reißverschluss ihres Kleides herunterzuziehen. „Es könnte ja sein, dass er hakt“, flüsterte er ihr ins Ohr. „Besser, ich sehe mal nach dem Rechten, wo ich gerade hier bin …" Sein warmer Atem ließ sie erschauern. „Dir ist doch nicht etwa kalt, Annalisa?", fragte er leise.

„Nein!" Sie lachte und bebte gleichzeitig am ganzen Körper. Seine Nähe löste in ihr ein Gefühlschaos aus, das sie nicht unter Kontrolle bekam. „Ich bin nur etwas müde …"

„Ein Grund mehr, ein ganz langes, schönes Bad zu nehmen." Er ließ die Hände über ihren Po gleiten und dort ruhen, wo der Reißverschluss endete.

Doch in dem Moment, in dem Annalisa alle Bedenken über Bord werfen wollte, ließ Ramon sie los.

„*Madre de Dios!* Du hast ja überall Schrammen. Hast du irgendwo ein Desinfektionsmittel?"

„Im Schrank über dem Waschbecken", antwortete sie und hielt ihr Kleid, so gut es ging, zusammen.

Gleich darauf kam er mit einer kleinen Flasche und einem Tupfer in der Hand zurück. Er schraubte den Verschluss ab und schnitt ein Gesicht. „Pfui! Das riecht ja widerlich. Ich werde nach unten gehen und dort auf dich warten. Lass dir Zeit."

„Danke." Sie nahm ihm die Sachen aus der Hand. Dieser Mann war ihr ein Rätsel. Eben hatte es noch geschienen, als hätte er sie verführen wollen …, und jetzt war er ganz der besorgte Nachbar. Was sollte sie davon halten?

Ich habe nichts zu bereuen, aber das tröstet mich irgendwie auch nicht besonders, dachte Annalisa, als sie die Teller im Küchenschrank verstaute. Sie hatten gut gegessen, sich danach noch stundenlang unterhalten, und Ramon war ein interessierter Gesprächspartner gewesen …, auch wenn die geschäftlichen Dinge eher im Hintergrund gestanden hatten.

Jetzt war es kurz vor Sonnenaufgang, und sie war wieder allein. Annalisa wischte sich eine Träne fort. Sie war ja so naiv gewesen. Irgendwann während ihres Zusammenseins hatte sie gedacht, dass Ramon und sie vielleicht gute Freunde werden würden. Nur der Traum verflüchtigte sich schnell, als jemand draußen laut klopfte.

Annalisa war aufgesprungen, doch Ramon hielt sie zurück. „Es ist vier Uhr morgens. Lass *mich* nachsehen."

Schließlich gingen sie beide zur Tür. Es war Ramons Chauffeur, und seine finstere Miene zeigte Annalisa nur zu deutlich, was er von ihr hielt. Anscheinend dachte er, Ramon und sie hätten ... Er würdigte sie keines Blickes, sondern wandte sich an seinen Boss und sprach sehr schnell auf Spanisch mit ihm. Annalisa verstand nicht sehr viel, aber einige Male hörte sie „Margarita" und das spanische Wort für Flughafen heraus. Es schien fast so, als wollte der Mann sie unbedingt an Ramons Frau erinnern.

Dieser nickte und gab einen kurzen Befehl. Dann schloss er die Tür und drehte sich zu Annalisa um. „Ich muss gehen."

„Jetzt schon?" Natürlich muss er das, dachte sie verzagt. Sie hatte sich ganz schön zum Narren gemacht! Für wen hielt sie sich eigentlich? Sie hatte nicht das Recht, ihn aufzuhalten. Immerhin war er verheiratet, und seine Frau brauchte ihn. So einfach war das!

Er blickte auf die Uhr. „Macht es dir etwas aus, wenn ich hier dusche?"

„Nein, das ist schon in Ordnung. Im Badezimmerschrank liegen saubere Handtücher."

Er hielt sie zurück, als sie sich abwenden wollte. „Ich muss dich um einen zweiten Gefallen bitten."

„Ja?"

„Kannst du mir Frühstück machen?"

Er wartete gar nicht ihre Antwort ab, sondern rannte die Treppe hinauf. Und da wusste Annalisa, dass er schon längst nicht mehr mit den Gedanken bei ihr war. Er konnte es nicht erwarten, endlich zu seiner Frau zurückzukommen.

Sie bereitete ihm schnell etwas zu essen: Eier, Toast, frisch gepressten Orangensaft, Kaffee – und erhielt als Dankeschön einen flüchtigen Kuss auf die Wange. An der Tür blieb Ramon noch kurz stehen. „Tut mir leid. Ich muss los. Das Flugzeug landet in einer halben Stunde", sagte er und rannte dann zu seinem Wagen.

Er winkte ihr noch einmal zu, und Sekunden später fuhr die Limousine in halsbrecherischem Tempo durch die vielen Schlaglöcher davon.

War es das, was sie, Annalisa, wollte? Geborgte Zeit? Sie musste wieder daran denken, wie sehr ihre Mutter gelitten hatte, und deshalb fiel ihr die Entscheidung leicht. Allerdings fragte sie sich, wie sie ihre Gefühle für diesen Mann jemals unterdrücken sollte. Wahrscheinlich war es das Beste, sich nur aufs rein Geschäftliche zu beschränken – was ihr hoffentlich auch gelingen würde!

5. KAPITEL

Wenn ich hier bleibe, werde ich ertrinken, dachte Annalisa verzagt, als sie später die Haustür öffnete und hinaus in die gleißende Sonne trat. Und dafür war nicht die See verantwortlich, sondern ihr faszinierender menorquinischer Nachbar ... Ramon war nicht ihr Freund und würde auch nie ihr Liebhaber sein. Sie musste sich damit abfinden – und zwar je eher, desto besser!

Auch wenn sie sich schlecht fühlte, mussten die Tiere trotzdem gefüttert werden. Ihr Hund Fudge begrüßte sie mit lautem Gebell und schien nicht zu bemerken, wie es um seine Herrin bestellt war. Während sie die Hühner versorgte und den Hof fegte, rannte er aufgeregt hin und her und lief immer wieder schwanzwedelnd zu dem Pfad, der zum Strand führte.

„Ist ja gut, du hast gewonnen“, sagte Annalisa lächelnd, nachdem sie ihre Arbeit erledigt hatte. „Ich muss mich aber noch umziehen.“ Schnell ging sie ins Haus zurück und holte ihren Bikini und den Wickelrock aus dem Schrank. Sie zog das Top aus und berührte dabei ihre Brustknospen. Wieder musste sie daran denken, wie schnell es Ramon gelungen war, sie zu erregen. Ein Blick hatte schon genügt, um sie wie Eis in der Sonne schmelzen zu lassen. Annalisa lachte bitter. Toll! Wieso konnte sie diesen Mann nicht vergessen? Da half nur eins: ein Bad im kühlen Meer. Das würde sie sicher ablenken!

Fudge wartete schon ungeduldig auf sie. Fröhlich bellend lief er vor ihr her, und sie nahm noch schnell den roten Ball mit, den sie für ihn im Dorf gekauft hatte. Als sie die Klippen erreichte, fiel ihr Ramons Warnung wieder ein. Er hatte ihr verboten, allein schwimmen zu gehen ... Was soll's, dachte sie und zuckte die Schultern. Ramon Perez war nicht da, und außerdem war es immer noch *ihr* Strand.

Sie folgte dem kleinen, steilen Weg, der ans Ufer führte, und warf den Ball so weit sie konnte. Lächelnd beobachtete sie dann, wie der alte Hund begeistert hinterherlief und ihr dann schwanzwedelnd die Trophäe zurückbrachte.

Annalisa spielte noch eine Weile mit dem Tier, doch das Meer war zu verlockend. „Das war's, Fudge“, sagte sie schließlich und zog ihren

Wickelrock aus. „Wir machen nachher weiter."

Die See war beinahe spiegelglatt. Nur die Felsen, die ihr Grundstück von dem Ramons abgrenzten, ragten bedrohlich aus dem Wasser. Nun, sie hatte ihre Lektion gelernt und würde keinen Versuch mehr wagen, das Nachbarufer zu erreichen.

Fudge versuchte, ihr zu folgen, doch er gab es bald auf und jagte stattdessen den Wellen nach.

Annalisa schwamm vorsichtig ins Meer hinaus und achtete dabei genau auf die Strömung. Wenn sie sich weit genug von den Felsen fernhielt, konnte sie gefahrlos die Spitze umrunden und den Strand der Perez-Familie … Doch wozu sollte das gut sein? Wollte sie ihm etwa nachspionieren? Sie wusste es selbst nicht, aber irgendetwas trieb sie vorwärts.

Wenig später hatte sie ihr Ziel erreicht. Sie verließ das Wasser und strich sich gerade das nasse Haar aus der Stirn, als sie plötzlich Stimmen hörte. Erschrocken blickte sie sich um und suchte ein gutes Versteck. Neben dem Pfad, der die Klippen zu Ramons Haus hinaufführte, lagen einige große Findlinge. Schnell lief sie in die Dünung zurück und vergaß dabei auch nicht, ihre Fußabdrücke im Sand zu verwischen. Gleich darauf kletterte sie auf die Felsen und suchte hinter einem großen Stein Schutz. Von dort aus konnte sie die Geschehnisse am Strand genau verfolgen.

Zuerst sah sie nur das Kind. Es war sonnengebräunt und hatte wundervolle dunkle Locken, die von einem hellgrünen Tuch in Schach gehalten wurden. Annalisa schätzte das Mädchen auf ungefähr drei Jahre. Lächelnd beobachtete sie, wie die Kleine den Strand entlanghüpfte. Aber dann entdeckte sie das Paar, und sie wünschte sich, nie hergekommen zu sein.

Ramon hatte die Frau untergehakt, und die beiden unterhielten sich angeregt. Es war ihnen anzumerken, dass sie zusammengehörten. Ramons Begleiterin war fast so groß wie er, schlank und hatte langes dunkles Haar, das zu einer schicken Frisur aufgesteckt war. Sie trug ein ärmelloses, knielanges cremefarbenes Kleid, hielt einen Strohhut mit großem Rand in der freien Hand und war barfuß.

Annalisa wandte sich ab. Sie konnte es nicht länger ertragen. Das war Margarita. Und außerdem hatte Ramon noch eine Tochter ... Der Schmerz war unerträglich, und einen Moment lang schloss Annalisa die Augen und hoffte, dass alles nur ein schlimmer Traum sei. Aber dann hörte sie das Kind rufen und blickte auf. Ramon hatte das Mädchen hochgehoben und drehte sich jetzt mit ihr wie ein Karussell im Kreis. Margarita stand daneben und lachte fröhlich.

Dieses Bild einer harmonischen Familie war wie ein Dolchstoß in Annalisas Herz. Ramon war für sie unerreichbar, das sah sie jetzt mit eigenen Augen. Sie durfte nicht so egoistisch sein und dieses Glück zerstören. Auch wenn es ihr sehr schwerfiel, es gab nur eine Lösung für ihr Problem: Gleich morgen früh würde sie die Finca zum Verkauf anbieten.

Seufzend legte Annalisa den Telefonhörer auf. Ihr Aufenthalt auf Menorca entwickelte sich so langsam zum Albtraum. Es war ihr immer noch nicht gelungen, ein neues Zuhause für Fudge und all die anderen Tiere zu finden.

Der einzige Lichtblick in diesem ganzen Dilemma war der Immobilienmakler gewesen. Er hatte ihr beinahe die Füße geküsst, als sie ihn gebeten hatte, den Verkauf des Hauses in die Wege zu leiten. Und auch Don Alfonso hatte begeistert reagiert. Er schien sehr froh gewesen zu sein, dass seine uneinsichtige Mandantin endlich zur Vernunft gekommen war. Ramon und seine Anwälte hatten ihn wohl mehr eingeschüchtert, als Annalisa gedacht hatte. Wenn sie es genau überlegte, war ihr Plan, Orangen anzubauen, von Anfang an zum Scheitern verurteilt gewesen.

Fudge schien nicht zu bemerken, dass sich über seinem Kopf Gewitterwolken zusammenbrauten. Er spielte unbeeindruckt mit einem ihrer Schuhe.

Sie beugte sich herunter und streichelte ihn nachdenklich. „Es tut mir leid, mein Junge. Ich werde dich morgen mit ins Dorf nehmen und fragen, ob dich jemand haben möchte.“ Sie wusste genau, dass dies vergebliche Liebesmüh sein würde. Wer wollte schon einen alten, hässlichen Hund? Plötzlich fiel ihr die Lösung ein, und sie fühlte sich gleich besser. „Was hältst du davon, wenn ich dich mit nach England nehme?“

Es würde zwar einige Zeit dauern, bis die Formalitäten erledigt waren ..., aber warum nicht? Wenn die Finca verkauft war, konnte sie es sich leisten, mit Fudge zusammen nach England zurückzufliegen.

Plötzlich ertönte ein lautes Klopfen. Es kam Annalisa vor, als hämmere jemand mit beiden Fäusten an die Tür. Sie zuckte zusammen und sprang schnell auf. „Ist ja gut, ich komme schon."

Sie öffnete die Tür und schrie leise auf. „Ramon!"

Als sie sie wieder schließen wollte, drängte er sich an Annalisa vorbei, packte sie dann an den Armen und drückte sie gegen die Wand.

„Was soll das?", fragte sie empört und versuchte, sich aus seinem Griff zu befreien.

„Das frage ich dich!" Er hielt sie fest und funkelte sie wütend an.

Normalerweise hätte seine finstere Miene jeden in die Flucht geschlagen, doch Annalisa war entschlossen, sich nicht einschüchtern zu lassen. „Verschwinde!", forderte sie ihn aufgebracht auf.

„Das könnte dir so passen! Zuerst erzählst du mir, was hier eigentlich vorgeht."

„Wie bitte?"

„Stell dich nicht dumm. Ich habe eben einen sehr interessanten Anruf erhalten. Ein Immobilienmakler aus Mahon hat versucht, mir die Finca Fuego Montoya zu verkaufen."

Annalisa lachte höhnisch. „Wo ist das Problem, Ramon? Genau das wolltest du doch!"

Es war ihm deutlich anzumerken, wie schwer es ihm fiel, sich zu beherrschen. „Du willst es nicht verstehen, oder? Wieso erfahre ich das von einem Dritten? Warum hast du nicht zuerst mit mir darüber gesprochen?"

Sie zuckte die Schultern. „Es ist mein Haus, und ich kann damit tun und lassen, was ich will."

Sie spürte seinen Blick auf sich. „Ich finde es schade, dass du so denkst. Außerdem bin ich sehr enttäuscht, dass mich ein völlig Fremder über deine Entscheidung informiert hat."

Es klang, als meine er es ernst, und Annalisa fühlte sich plötzlich sehr unwohl. Sie war sich nicht mehr sicher, ob sie das Richtige getan hatte. Trotzdem würde sie Ramon gegenüber nie zugeben, dass sie

Zweifel hatte. „Du hast dich doch bestimmt sehr gefreut, oder?“

„Warum willst du verkaufen, Annalisa?“ Ramon blickte ihr in die Augen, und es kam ihr vor, als könne er ihre Gedanken lesen.

Sie durfte sich nicht beeinflussen lassen, sondern musste ihr Vorhaben hier und jetzt zu Ende bringen. Energisch straffte sie sich. „Ich habe genug von Menorca. Es wird Zeit, dass ich nach Hause zurückkehre.“

„Dein Zuhause ist *hier*“, antwortete Ramon energisch.

„Das habe ich zuerst auch gedacht, aber ich habe mich geirrt.“

Er schüttelte den Kopf. „Du bist auf dem richtigen Weg, Annalisa …“

„Danke!“, erwiderte sie spöttisch. „Und das trotz all der Hindernisse, die du mir …“

„Wie bitte?“ Ramon blickte sie erstaunt an. „Was, zur Hölle, meinst du damit?“ Er ließ sie los und fuhr sich durchs Haar. „Wenn ich das wirklich getan hätte, würdest du jetzt nicht hier …“

„Schon gut.“ Sie winkte ab. „Ich habe keine Lust mehr, darüber zu streiten. Meine Entscheidung steht fest. Ich fliege nach England zurück.“

Sie funkelten sich aufgebracht an, bis Ramon schließlich das Schweigen brach. „Warum hast du nicht gleich verkauft?“

„Weil ich gehofft hatte, dass ich hier meine Träume verwirklichen kann. Woher sollte ich denn ahnen, dass du hinter meinem Rücken …“

„Warum beleidigst du mich andauernd, Annalisa? Das habe ich nicht verdient.“

„Also gut.“ Sie hob die Hände. „Hier sind noch einmal die Fakten: Du lässt, ohne mich zu fragen, mein Dach reparieren und weißt genau, dass ich dir das Geld nie zurückzahlen kann. Dann bestehst du darauf, dass ich teure, von dir gekaufte Kleidung trage, was mich weiter in Schulden stürzt. Du beauftragst einen Mann namens Enrique damit, meine Orangenbäume zu zerstören, und nimmst mir damit jede Möglichkeit, die Ernte gewinnbringend zu verkaufen. Ich werde nie in der Lage sein, dir das Geld zurückzuzahlen.“

„Das kann nicht dein Ernst sein.“ Ramon sah sie an, als hätte sie den Verstand verloren.

„Spiel hier nicht den Unschuldigen.“

„Ich wollte dir nur helfen, Annalisa", erwiderte er ausdruckslos.

Sie lachte ungläubig. „Tatsächlich?" Die nächsten Worte taten sehr weh, aber Annalisa wusste, dass sie das Richtige tat. „Verschwinde, Ramon. Ich will dich nicht mehr wiedersehen."

„Dein Wunsch ist mir Befehl." Seine Wut war ihm deutlich anzumerken, doch er verlor nicht die Kontrolle. Trotzdem wich Annalisa unwillkürlich zurück, als er an ihr vorbei zur Tür ging.

„Ich werde dir ein gutes Angebot für die Finca machen", rief er ihr noch zu, als er zu seinem Sportwagen lief und davonbrauste.

Es dauerte lange, bis sie sich wieder gefasst hatte. Sie fühlte sich wie gelähmt. Schließlich griff sie dann doch zum Telefonhörer und versuchte, jemanden zu finden, der sich um ihre Tiere kümmern würde.

Maria Teresa erwies sich als der rettende Engel. Sie erklärte sich sofort bereit, Fudges Reise nach England zu organisieren und alle Formalitäten zu erledigen. Erleichtert dankte Annalisa ihrer Freundin und legte dann auf. „Du bist zwar kein schöner Hund", sagte sie und strich ihm über den Kopf, „aber wir lieben dich trotzdem."

Nachdem alle Einzelheiten geklärt worden waren, packte Annalisa ihre wenigen Habseligkeiten. Sie würde zwar noch einige Tage auf der Insel bleiben, aber sie musste noch dafür sorgen, dass Ramon die Sachen zurückbekam, die er ihr geliehen hatte. Sorgfältig wickelte sie die teure Kleidung in Seidenpapier ein und packte sie danach in einige Einkaufstüten. Sie würde den Taxifahrer bitten, sie erst am Flughafen abzusetzen und auf der Rückfahrt dann die Sachen bei Ramon abzuliefern.

Die letzten Stunden auf der Insel vergingen wie im Flug, und bevor Annalisa sich's versah, war es Zeit, Abschied zu nehmen. Sie würde Fudge auf dem Weg zum Flughafen bei Maria Teresa vorbeibringen und dann die Heimreise antreten. Seufzend betrachtete sie den Hund. Hoffentlich gewöhnte er sich an das Leben in der Stadt. Dort gab es keine Strände und auch keine Wellen, hinter denen er herjagen konnte.

In diesem Moment hielt ein Auto vor dem Haus, und Annalisa streichelte den Hund noch einmal und öffnete dann die Tür. Das war bestimmt das Taxi.

Eine elegant gekleidete Frau kam auf Annalisa zu. Diese glaubte ihren Augen nicht zu trauen. Was wollte Claudia Fuego Montoya hier?

„Sie sind Annalisa, stimmt's?", fragte die Witwe ihres Vaters sanft und blieb direkt vor ihr stehen. „Ich weiß, Sie kennen mich nicht ..."

Oh doch, dachte Annalisa, ich weiß genau, wer du bist. Es dauerte einen Moment, bis sie die Fassung wiedererlangt hatte. „Mein Taxi müsste jeden Moment kommen ..." Sie blickte die Straße hinunter, aber weit und breit war kein Wagen zu sehen. „Wollen Sie nicht hereinkommen?"

Claudia Fuego Montoya ging an ihr vorbei. Sie trug ein pfirsichfarbenes Seidenkleid und duftete nach einem teuren Parfüm. Im Wohnzimmer sah sie sich um und schien sehr erstaunt zu sein. „Du meine Güte, Sie haben ja reinste Wunder bewirkt." Ihre Stimme war melodisch, doch der Tonfall war herablassend.

„Möchten Sie sich setzen?", fragte Annalisa höflich.

„Nein, danke." Sie betrachtete nachdenklich die gepackten Koffer. „Ich störe anscheinend ..."

„Ich reise ab, Señora Montoya." Annalisa beschloss, gleich zur Sache zu kommen. „Ich kehre für immer nach England zurück."

„Das ist aber schade, meine Liebe. Ich hatte gedacht ..."

Die Frau konnte sich ihr Mitleid sparen. „Was wollen Sie?", fragte Annalisa schroff.

„Na ja ... Ich hatte eigentlich gehofft, die Finca kaufen zu können ..., doch dann sind Sie aufgetaucht."

„Ach ja? Hatten Sie gehofft, das Anwesen für ein Ei und ein Butterbrot erwerben zu können? Wie dumm, dass ich Ihnen dabei im Weg war!"

„Sie sind sehr unhöflich, meine Liebe."

„Wozu freundlich sein, Señora? Wir wissen doch beide, was los ist."

Anscheinend hatte noch nie jemand gewagt, so mit Claudia Fuego Montoya zu sprechen. Aber sie fasste sich schnell wieder. „Ich gebe ja zu, dass ich mit Ihnen nicht gerechnet habe. Ihr Plan, die Orangenhaine wieder zu bewirtschaften, hat uns alle überrascht."

„Jetzt sind Sie wenigstens ehrlich."

Die Frau zuckte die Schultern. „Warum auch nicht? Eine Frage noch, bevor ich gehe: Wollen Sie wirklich verkaufen?"

„Ja."

Claudia Fuego Montoya triumphierte, das konnte Annalisa deutlich an ihrem Blick sehen. „Dann wünsche ich Ihnen eine gute Reise und für die Zukunft …"

„Was denn? Erfolg?"

„Ja." Claudia Montoya nickte. „Und natürlich alles erdenklich Gute." Sie wandte sich ab. „Ach ja", sagte sie im Hinausgehen, „ich bin sicher, dass Ramon Perez Ihnen schon ein Angebot gemacht hat. Wir bieten Ihnen mehr, das kann ich Ihnen jetzt schon versprechen."

Annalisa runzelte die Stirn. „Wir?"

Die elegante Frau winkte ab. „Mein Anwalt wird sich bei Ihnen melden."

„Eins verstehe ich nicht", sagte Annalisa neugierig. „Warum interessieren sich so viele Leute für meine ruinierten Orangenbäume?"

„Darum geht es doch gar nicht. Wir wollen den Strandzugang, meine Liebe. Wie gesagt, Sie hören von mir. Denken Sie daran, ich zahle mehr als Ramon Perez."

„Ich werde mich daran erinnern", erwiderte Annalisa kühl. „Guten Tag, Señora Montoya."

Der Flugplatz in Mahon war klein, sauber und modern, und es ging dort eher beschaulich zu. Annalisa war gerade auf dem Weg zum Schalter, als sie die elegant gekleidete Frau bemerkte, die auf sie zu warten schien. Oh nein, dachte sie, ich lasse mich durch nichts und niemand mehr aufhalten. Energisch wandte sie sich ab.

„Annalisa?"

Verdammt! Sie blieb wie erstarrt stehen und drehte sich dann um.

Die beiden Frauen betrachteten sich einen Moment lang schweigend. Margarita war noch schöner, als Annalisa gedacht hatte. Sie hatte ihr volles Haar mit einem Seidenschal zusammengebunden, trug einen jadefarbenen Hosenanzug und hatte nur wenig Make-up aufgelegt. Im Vergleich zu Claudia Fuego Montoya wirkte sie ganz natürlich und stellte ihren Reichtum nicht zur Schau. Warum aber war sie hier?

Margarita brach als Erste das Schweigen. „Kann ich Sie zu einer Tasse Kaffee einladen?"

„Mein Flug ..."

„Geht erst in zwei Stunden."

„Ich muss noch einchecken."

„Kein Problem. Ich kümmere mich darum." Margarita wartete gar nicht auf eine Antwort, sondern nahm Annalisa den Ausweis und das Ticket aus der Hand und ging zu einem Schalter, der nicht besetzt war. Sofort erschienen zwei junge Männer und boten ihr Hilfe an.

„So, das wäre erledigt", sagte Ramons Frau wenig später, als sie zu Annalisa zurückkam. „Dort hinten ist ein Selbstbedienungsrestaurant. Lassen Sie uns etwas trinken."

Gleich darauf saßen sie an einem Tisch und hatten zwei Tassen mit heißem Kaffee vor sich stehen. „Woher wussten Sie, dass ich hier sein würde?"

„Von Maria Teresa", erwiderte Margarita lächelnd. „Sie hält sehr viel von Ihnen. Die anderen übrigens auch."

„Die anderen?"

„Die Dorfbewohner. Ihr Vater war ein wundervoller Mann, und Sie waren bereit, sein Erbe zu übernehmen und die Orangenhaine zu bewirtschaften. Das bedeutet Arbeit für unzählige Familien in der Gegend. Sie haben damit viele Menschen glücklich gemacht. Umso überraschter waren wir, als wir erfuhren, dass Sie die Finca verkaufen und nach England zurückkehren wollen."

Annalisa machte eine hilflose Geste. Wie sollte sie das gerade Ramons Frau erklären? „Es hat eben nicht funktioniert."

„Vielleicht ändern Sie Ihre Meinung ja noch, wenn ich Ihnen etwas verrate: Heute Nachmittag wollen sich alle Männer und Frauen, die für Ihren Vater gearbeitet haben, auf Ihrer Finca versammeln und Ihnen zeigen, dass sie auf Ihrer Seite stehen."

„Sie wollen mir helfen ...?"

„Ja, Annalisa. Sie sind sogar bereit, auf ihren Lohn zu verzichten, jedenfalls am Anfang."

„Das kann ich nicht annehmen."

„Warum nicht? Eine Hand wäscht die andere, und die Leute tun es aus freien Stücken."

„Nein!" Annalisa schüttelte den Kopf. „Dafür ist es jetzt zu spät."

Die Spanierin ließ sich so schnell nicht abschrecken. Sie nahm Annalisas Hände. „Bitte, Annalisa. Geben Sie ihnen eine Chance. Sie haben mich gebeten, hierherzukommen und Sie umzustimmen."

„Es tut mir leid, ich kann nicht."

Margarita seufzte. „Wenn Sie es schon nicht für die Menschen im Dorf tun wollen, machen Sie es bitte für Ramon."

Annalisa blickte die Frau erstaunt an. Das konnte nicht ihr Ernst sein!

„Er ist am Boden zerstört", sagte ihre Rivalin leise. „Aber er ist zu stolz ..."

Das war mehr, als Annalisa ertragen konnte. Sie befreite sich aus Margaritas Griff und sprang auf. „Sie verstehen nicht ..."

„Doch, das tue ich. Bitte setzen Sie sich wieder, und hören Sie mir zu."

Annalisa nickte. „Sie haben recht. Wir sollten offen und ehrlich miteinander reden."

„Gut." Ramons Frau nickte zufrieden.

Annalisa sank auf den Stuhl und versuchte, ihre Gefühle unter Kontrolle zu bekommen. „Sie wollten mit mir über Ramon sprechen."

Margarita ließ sie los und lehnte sich zurück. „Glück ist so zerbrechlich, Annalisa. Man kann es gar nicht hoch genug schätzen. Als Erstes möchte ich Ihnen sagen, dass mein Mann ...", sie zögerte einen Moment, „leicht zu begeistern ist. Er kann auch sehr arrogant sein, aber bei Spaniern ist das wohl so ..." Sie lächelte versonnen. „Wir kennen uns schon seit unserer Kindheit und haben aus Liebe geheiratet. Er kann ja so leidenschaftlich sein ..." Sie errötete und berührte Annalisas Arm. „Ich hoffe, ich habe Sie damit nicht schockiert. Sie und ich haben uns zwar gerade erst kennengelernt, aber ich habe das Gefühl, als könnten wir Freundinnen werden."

Annalisa blickte zu Boden. Sie fühlte sich furchtbar.

„Natürlich sind wir oft getrennt", sagte Margarita leise. Sie schien nicht bemerkt zu haben, wie verlegen die Frau ihr gegenüber war. „Bei Ihnen muss das nicht so sein, Annalisa. Ich bitte Sie herzlich: Bleiben Sie hier."

Diese schüttelte energisch den Kopf. „Ich muss die Insel verlassen."

Margarita blickte sie traurig an. „Sie machen einen furchtbaren Fehler. Ramon liebt Sie."

„Es tut mir so leid ..."

„Wieso sollte es das?", fragte die elegante Frau erstaunt und trank einen Schluck Kaffee.

„Ihre Tochter ..."

„Was hat Aurelia denn damit zu tun?"

War es in der High Society üblich, es mit der Treue nicht so genau zu nehmen? Anders konnte Annalisa sich Margaritas Verhalten nicht erklären. „Ich muss los, sonst verpasse ich noch meinen Flug."

„Dann habe ich versagt. Wie schade für Ramon und auch für mich! Ich bin so einsam ..." Tränen begannen, ihr die Wangen herunterzulaufen, und sie zog ein Taschentuch hervor und trocknete sie.

„Das sollten Sie mit Ihrem Mann besprechen. Ich kann Ihnen nicht helfen."

Margarita schüttelte verzweifelt den Kopf. „Wenn er bei mir ist, bin ich die glücklichste Frau auf Erden. Und jetzt, da ich wieder schwanger bin ..." Sie begann zu schluchzen.

Annalisa schämte sich so und wäre am liebsten im Erdboden versunken. „Das ist doch gut, oder?", fragte sie schließlich heiser.

„Natürlich!" Die Spanierin lehnte sich wieder zurück. „Wir freuen uns sehr. Aber ich möchte alles mit ihm teilen. Aber ich sehe, dass Sie mich nicht verstanden haben. Wenn mein Mann zurückkommt, werde ich das Baby schon zur Welt gebracht haben."

„Ramon fährt weg?"

„Ramon?"

Irgendetwas stimmt hier nicht, dachte Annalisa stirnrunzelnd. „Sie haben ihm doch von dem Kind erzählt, oder?"

„Selbstverständlich."

„Wie kann er dann ...?"

Margarita nahm Annalisas Hand. „Sie müssen mit ihm reden. Bitte! Ihnen wird er zuhören."

„Nein! Das können Sie nicht von mir verlangen."

„Sie sind meine letzte Hoffnung." Wieder schluchzte sie auf. „Dieses Rennen ist viel zu gefährlich ..."

„Welches Rennen?“, fragte Annalisa neugierig. Irgendwie erinnerte sie sich dunkel, schon einmal davon gehört zu haben.

„Die Regatta rund um die Welt.“ Margarita schien erstaunt zu sein, dass Annalisa anscheinend nichts davon wusste. „Wenn Ramon es verbietet, ist alles in Ordnung. Falls nicht, wächst mein Baby vielleicht auf, ohne seinen Vater kennengelernt zu haben.“

„Moment“, unterbrach Annalisa sie. „Ich soll also mit Ramon sprechen. Was soll das bringen? Und vor allem: Was soll ich ihm sagen?“

Margarita blickte ihr in die Augen. „Ganz einfach. Erklären Sie ihm, dass ich genauso fühle wie er … Auch ich liebe … Bitten Sie ihn, seinen Bruder von dieser Dummheit abzuhalten. Luis soll zu Hause bleiben, bei mir und seinen Kindern!“

6. KAPITEL

Danach ging alles sehr schnell. Margarita erledigte die Formalitäten am Flughafen mit einem Lächeln, und wenig später saß Annalisa neben ihr in der Limousine mit den getönten Scheiben.

Eigentlich bin ich froh, dass sich alles aufgeklärt hat, dachte sie immer noch staunend. Sie freute sich schon wieder auf ihr gemütliches Heim und ihre vielen Tiere. Was Ramon anging: Sie hatte ihn völlig falsch eingeschätzt, und das tat ihr leid. Aber das war jetzt egal. Wichtig war nur, die Finca zu retten. Alle persönlichen Angelegenheiten mussten so lange zurückstehen. Und wahrscheinlich wollte Ramon sowieso nichts mehr mit ihr zu tun haben …

„Schließen Sie die Augen", befahl Margarita, als der Chauffeur die Abzweigung erreichte, die zu Annalisas Haus führte.

„Warum?"

„Lassen Sie sich überraschen."

Annalisa gehorchte und wartete gespannt.

„So! Jetzt können Sie sie wieder öffnen."

Der Fahrer parkte den Wagen vor dem Haupteingang, und Annalisa stieg aus und blickte sich um. „Ich verstehe nicht … Was soll das?"

„Die berühmten Orangenhaine der Finca Fuego Montoya heißen Sie willkommen, Señorita Annalisa", antwortete Margarita und verbeugte sich leicht.

Annalisa glaubte, ihren Augen nicht trauen zu können. Kleine Gruppen von Männern waren eifrig damit beschäftigt, das Haus und die Nebengebäude zu streichen und zu renovieren. Im Obstgarten waren unzählige helfende Hände dabei, Unkraut zu jäten und die Spuren der jahrelangen Vernachlässigung zu beseitigen. Das halbe Dorf schien auf den Beinen zu sein.

Auch Maria Teresa war nicht weit. Sie gab gerade zwei Männern Anweisungen, die einen Bienenstock trugen. Fudge folgte ihr auf dem Fuße, und als er Annalisa sah, lief er fröhlich bellend auf sie zu.

Maria Teresa blieb stehen und wandte sich um. „Sie sind wieder da!", rief sie strahlend.

Annalisa lächelte und zuckte die Schultern. „Wozu brauchen wir denn so etwas?“ Sie zeigte auf das weiße kuppelförmige Ungetüm.

„Für die Bienen.“

„Wie bitte?“

„Ohne sie gibt es keine bestäubten Blüten und damit auch keine gute Ernte.“

„Daran hätte ich nie gedacht.“ Annalisa war beeindruckt. „Ich danke euch“, rief sie dann und drehte sich einmal im Kreis, damit sie auch jeder hören konnte. „Euch allen! Das kann ich nie wieder gutmachen.“

„Doch, das können Sie“, sagte Maria Teresa bestimmt. „Sie haben Hühner und Eier. Und bald haben Sie viele Orangen.“

Annalisa schnitt ein Gesicht. „Das glaube ich nicht. Enrique war nämlich da.“

Maria Teresa lachte. „Genau, Señorita. Enrique war da, und deshalb werden Sie eine reiche Ernte einfahren. Warten Sie’s nur ab.“

„Stimmt das?“ Annalisa drehte sich zu Margarita um.

„Aber natürlich“, antwortete diese lächelnd. „Maria Teresa hat immer recht, das weiß jeder im Dorf.“

„Und ich habe Ramon nicht geglaubt. Dabei wollte er mir nur helfen …“

Margarita berührte beruhigend Annalisas Arm. „Er hat es mir erzählt. Wenn er zurück ist, wird er Ihnen alles erklären.“

„Zurück?“, fragte sie erstaunt. „Ist er denn nicht auf der Insel?“

„Er hat mich vom Flughafen abgeholt, weil Luis ihn darum gebeten hat. Anscheinend hat er etwas Dringendes zu erledigen gehabt, denn er hat den Jet genommen und ist eine halbe Stunde später davongeflogen. Ich habe keine Ahnung, wohin. Als ich aber erfahren hatte, dass Sie uns verlassen wollten, musste ich Sie einfach davon abhalten.“

„Ich bin froh, dass Sie es getan haben“, sagte Annalisa glücklich. Vielleicht würde ja noch alles gut werden. „Wissen Sie, wann er zurückkommen wird?“

„Vielleicht schon heute Abend. Claudia hat nämlich zu einer Besprechung eingeladen. Und wenn ich es genau überlege: Eigentlich sollten Sie auch bei diesem Treffen sein. Immerhin geht es um den Kauf der Finca Fuego Montoya.“

Annalisa nickte energisch. „Das werde ich, darauf können Sie Gift nehmen."

„Ich hoffe, dass Ramon rechtzeitig zurück ist. Er ist nämlich auf Ihrer Seite", erklärte Margarita sanft. „Vergessen Sie das nie ..."

Leider war Ramon nicht unter den Gästen, die sich an diesem Abend in Claudia Fuego Montoyas Haus eingefunden hatten. Es waren alles Fremde ..., bis Annalisa Don Alfonso entdeckte. Er war überrascht, sie zu sehen, doch er hatte sich genauso wie ihre Stiefmutter zuvor schnell wieder unter Kontrolle.

„Wieso wundert es Sie, dass er hier ist?" Claudia Fuego Montoya betrachtete sie erstaunt. „Immerhin war er einer der engsten Vertrauten Ihres Vaters."

Annalisa rang sich ein Lächeln ab. Was, zum Teufel, hatte sie bewogen, sich mitten in die Löwengrube zu wagen? Aber jetzt war es zu spät. Don Alfonso kam schon auf sie zu und begrüßte sie freundlich.

„Señorita Wilson! Sie haben also beschlossen, bei uns zu bleiben. Wir freuen uns sehr."

„Tatsächlich?"

„Sicher." Er warf ihrer Stiefmutter einen Blick zu. „Wir sind hier, um über den Kauf der Finca zu sprechen."

„Meinen Sie nicht den Verkauf? Ich denke, Sie vertreten mich, Don Alfonso."

„Natürlich tue ich das. Ich habe mich nur unglücklich ausgedrückt."

„Wo ist Ramon Perez?" Annalisa wandte sich wieder Claudia Fuego Montoya zu. „Ich kann weder ihn noch seinen Bruder Luis entdecken. Er hat doch eine Einladung erhalten, oder weiß er von diesem Treffen etwa genauso wenig wie ich?"

Die Frau verspannte sich. „Ich habe Sie doch besucht ..."

„Ich kann mich nicht erinnern, dass Sie mich dabei über diese Zusammenkunft informiert haben."

„Warum auch? Sie wollten doch sowieso nach England zurückkehren." Jetzt lächelte sie plötzlich nicht mehr. „Wen haben wir denn da?", fragte sie plötzlich honigsüß. „Wenn das nicht Margarita ist."

„Wo ist mein Schwager, Claudia?" Luis' Frau ließ sich nicht einschüchtern. „Du hast ihm doch Bescheid gegeben, oder?"

Claudia Fuego Montoya schien sich nicht sehr wohl in ihrer Haut zu fühlen und lenkte daher schnell vom Thema ab. „Möchte jemand ein Glas Champagner?" Sie deutete auf einen Ober, der sich mit einem Tablett voller Gläser unter die Gäste gemischt hatte.

Don Alfonso nutzte die Gelegenheit und führte Annalisa in eine ruhige Ecke. Anscheinend wollte er sich ungestört mit ihr unterhalten. Margarita nickte ihr zu und gab ihr zu verstehen, dass sie da sein würde, wenn ihre neue Freundin Hilfe brauchte.

„Ich muss schon sagen, ich war sehr überrascht, Sie heute Abend hier zu sehen, Señorita Wilson", sagte der Anwalt, als sie allein waren.

„Sie müssten doch eigentlich froh sein", erwiderte sie kühl und versuchte gar nicht erst, ihre Abneigung zu verbergen. „Heute Abend entscheidet sich das Schicksal der Finca Fuego Montoya, und ich wäre beinahe nicht dabei gewesen."

„Das stimmt schon ..." Don Alfonso betrachtete die helle Flüssigkeit in dem Kristallglas. „Es tut mir leid, Señorita Wilson, aber ich habe schlechte Nachrichten für Sie. Insofern ist es gut, dass Sie nicht abgereist sind. So kann ich es Ihnen persönlich sagen."

„Hören Sie auf, um den heißen Brei herumzureden, Don Alfonso", sagte sie ungeduldig. Sie fragte sich, wieso sie diesen Mann nicht schon viel eher durchschaut hatte. Er hatte noch nie ihre Interessen vertreten. Entweder war er völlig unfähig oder arbeitete für Claudia Fuego Montoya.

„Die Finca ist hoch verschuldet." Der Anwalt stellte das Glas auf den Tisch und blickte seine Mandantin an.

„Das kann nicht sein. Mein Vater hatte Geld ..."

Der Mann zuckte die Schultern. „Das anderweitig gebunden ist. Wo, das weiß niemand. Es tut mir leid, aber ich kann die Gläubiger nicht länger besänftigen."

Er hatte auch nicht vor, es ernsthaft zu versuchen, das spürte Annalisa sofort. „Ich finde schon eine Lösung", erwiderte sie zuversichtlich. „Die Dorfbewohner helfen mir ..."

„Sie verstehen nicht, meine Teuerste. Wenn Sie nicht bis zum Ende des Monats Ihre Kredite zurückgezahlt haben, werden die Banken die

Finca zwangsversteigern lassen."

Und dann würde Claudia Fuego Montoya sich ins Fäustchen lachen! Nur über meine Leiche, dachte Annalisa wütend.

„Annalisa ..."

Sie wandte sich um und entdeckte Margarita, die sich die Stirn mit einem Taschentuch trocknete und sich schwach mit der anderen Hand Luft zufächelte. „Könnten Sie mich nach draußen begleiten? Mir ist so schwindelig."

Das Baby! Sofort sprang Annalisa auf. „Natürlich."

Don Alfonso verbeugte sich galant, doch Annalisa sah etwas in seinem Blick, das sie nachdenklich machte. Wenn er wirklich für ihre Stiefmutter arbeitete, war er sicher von ihrer Freundschaft mit Ramons Schwägerin nicht gerade begeistert.

„Es tut mir leid", sagte ihre Freundin, als sie wenig später vor dem Haus standen, „aber ich musste einfach weg von diesem Ort. Wenn ich noch länger geblieben wäre, hätte ich womöglich noch jemandem ein blaues Auge verpasst."

„Sie glauben also auch, dass Ramon gar keine Einladung erhalten hat?"

Margarita nickte und öffnete die Tür der Limousine. „Wo ist der Chauffeur denn nun wieder hin? Er ist nie da, wenn man ihn braucht." Sie blickte sich stirnrunzelnd um.

„Er holt sich bestimmt nur etwas zu essen. Wir können doch so lange warten."

„Nein, das ist unmöglich. Ich muss sofort Ramon kontaktieren. Leider habe ich keine Ahnung, wo er sich gerade herumtreibt. Vielleicht weiß Luis etwas. Hier ist eine Verschwörung im Gange. Sie wollen unsere Familie ruinieren. Die meisten Gäste sind vom Festland und haben ihre Finger in höchst dubiosen Geschäften. Sie interessieren sich gar nicht für die Finca. Es geht ihnen nur um Ramon. Ihn wollen sie treffen."

„Aber Sie waren doch auch eingeladen."

„Wissen Sie auch, warum? Man hält mich für völlig ungefährlich. Diese Männer sind alle Machos. Sie können sich nicht vorstellen, dass eine Frau etwas von Geschäften versteht!" Sie schwieg, als Ramons

Chauffeur endlich auftauchte. „Fahren Sie uns zur Villa, und zwar schnell", sagte sie auf Spanisch.

„Und Claudia hat das alles ausgeheckt", sagte Annalisa wenig später, als sie im rekordverdächtigen Tempo die Landstraße entlangfuhren. „Ich frage mich, wieso mein Vater sie überhaupt geheiratet hat. Er muss sie doch durchschaut haben."

Margarita lachte spöttisch. „Dein – ich hoffe, du hast nichts dagegen, wenn ich Du sage – Vater war viel zu ehrenwert. Eine Scheidung kam für ihn nicht infrage. Er hat lieber sein halbes Leben damit verschwendet, diese raffsüchtige Frau davon abzuhalten, ihn völlig zu ruinieren."

„Was ist mit Don Alfonso? Wie kommt er ins Spiel?"

„Dein Vater hat ihn schon vor Jahren entlassen. Wir waren alle überrascht, dass er plötzlich als dein Anwalt wieder auftauchte. Leider konnten wir dich nicht warnen, denn das stand uns nicht zu."

Annalisa stöhnte leise. Sie war ja so ahnungslos gewesen! „Don Alfonso hat mich vorhin darüber informiert, dass die Finca kurz vor der Zwangsvollstreckung steht."

„Wie bitte?"

„Er hat gesagt, dass ich kein Geld mehr habe."

Margarita runzelte die Stirn. „Das kann ich mir nicht vorstellen. Dein Vater war ein reicher Mann. Er muss dir doch etwas hinterlassen haben."

„Nein. Meine Mutter war immer sehr arm. Er hat uns nie finanziell unterstützt. Ich habe mein Haus in England verkauft, doch das hat gerade für die nötigsten Reparaturen an der Finca und für einen Nachmittag im Schönheitssalon gelangt."

Margarita schien das nicht glauben zu können. „Das ergibt keinen Sinn. Wie schade, dass Ramon nicht hier ist! Er wüsste, was zu tun ist."

„Was könnte er schon machen?"

„Dir Geld leihen, zum Beispiel."

„Das möchte ich auf keinen Fall", erwiderte Annalisa bestimmt. „Ihr habt mir auch so schon genug geholfen."

„Unsinn! Aber wenn ich es genau überlege, gibt es doch etwas, was *ich* für dich tun kann."

„Was denn?"

„Ich werde dein Flugticket umschreiben lassen."

„Wieso? Ich möchte doch hier bleiben."

„Deine Mutter hat doch bestimmt einen Anwalt in England gehabt, oder?"

„Natürlich", sagte Annalisa erstaunt. „Aber ich habe schon mit ihm gesprochen. Glaub mir, es wartet kein Topf mit Geld am Ende des Regenbogens auf mich."

„Wer weiß ..."

„Da irrst du dich. Meine Mutter hat mir alles hinterlassen. Ich besitze nur noch einige Aktien, die ich verkaufen könnte."

„Du solltest nach England zurückfliegen und noch einmal mit dem Mann reden. Lass dir eine genaue Aufstellung der Vermögenswerte geben."

„Wozu soll das gut sein?"

„Lass dich überraschen. Es ist nur so eine Ahnung ... Ach ja, und wenn du schon dort bist, ruf jedes Fünfsternehotel in der näheren Umgebung an."

„So eine teure Unterkunft kann ich mir nicht leisten!"

„Nicht du! Aber Ramon."

„Ramon?" Plötzlich verstand Annalisa. „Du meinst, er könnte ...?"

„Möglich wäre es." Margarita zuckte die Schultern. „Ich möchte dir keine falschen Hoffnungen machen. Aber nachdem ich gesehen habe, wie sehr die Dorfbewohner dich schätzen ... und dass die Haie schon auf dich warten ... Ich würde vorschlagen, dass du so lange kämpfst, bis du alle Möglichkeiten ausgeschöpft hast."

Es war schon irgendwie komisch. Annalisa befand sich wieder in ihrer Heimatstadt und fühlte sich dort trotzdem wie eine Fremde. Alle ihre Freunde waren verheiratet, und sie hatte keine Verwandten mehr. Das Haus, in dem sie so lange mit ihrer Mutter gewohnt hatte, gehörte ihr nicht mehr ... Trotzdem ging sie die Straße entlang und lächelte, als sie die Kinder entdeckte, die fröhlich im Garten spielten. Sie blieb einen Moment stehen, wandte sich dann ab und eilte zur Bushaltestelle.

Fröstelnd schloss sie ihre Jacke und streifte sich die Kapuze über.

Obwohl der Frühling bereits begonnen hatte, wehte ein eiskalter Nordwind. Nach längerer Suche hatte sie eine nicht zu teure Pension an der Hauptstraße gefunden, und am Nachmittag würde sie den Anwalt ihrer Mutter aufsuchen. Sie stieg in den Bus, bezahlte und setzte sich dann schnell, als der Fahrer nicht gerade feinfühlig Gas gab. Welch ein Unterschied zu Ramons Luxuslimousine, dachte sie. Doch wenn dieses Transportmittel sie zu dem Mann brachte, der vielleicht ihre Finca retten konnte, würde sie sich nicht beschweren. Ganz im Gegenteil!

Annalisa blieb wie erstarrt stehen und zog die Kapuze noch weiter ins Gesicht. Ihr Herz klopfte wie wild, und sie konnte kaum atmen. Sie würde Ramon überall erkennen – auch wenn er wie jetzt einen langen dunkelblauen Kaschmirmantel trug. Schnell drehte sie sich um und hoffte, dass er sie nicht entdeckt hatte. Sie brauchte Zeit, um die Kontrolle über ihre Gefühle wiederzuerlangen.

„Annalisa!"

Verdammt! Seufzend wandte sie sich um und ging zu ihm.

„Du siehst halb erfroren aus." Unwillkürlich nahm er ihre Hände, um sie zu wärmen.

Seine Berührung machte alles noch schlimmer. „Es ist schon in Ordnung."

„Unsinn. Komm mit, ich lade dich zu einem Kaffee ein."

Sie schüttelte den Kopf. „Warum bist du hier?" Verstohlen betrachtete sie das attraktive Gesicht, das sie bis in ihre Träume verfolgte. Sie begehrte diesen Mann, zumal sie jetzt wusste, dass er nicht vergeben war.

„Das könnte ich dich auch fragen."

„Ich bin hier geboren", flüsterte sie und blickte zur Seite. Hoffentlich hatte er nicht bemerkt, wie es um sie bestellt war.

„In welchem Hotel wohnst du?"

„Im *Elm Tree.*"

Ramon dachte einen Moment nach. „Nie gehört", sagte er schließlich.

Kein Wunder. Die Pension hätte in seinen Augen wahrscheinlich fünf Minus-Sterne verdient!

„Lass uns zu mir fahren." Ramon nahm ihren Arm.

Schnell befreite sie sich aus seinem Griff. „Ich habe einen Termin."

„Bei Patterson? Keine gute Wahl. Ich möchte, dass du jemand anders aufsuchst."

„Woher kennst du den Namen meines Rechtsanwalts?"

„Meine liebe Annalisa", erwiderte Ramon lächelnd, „ich weiß alles. Nur so kann man in der Geschäftswelt überleben. Du brauchst aber keine Angst zu haben, ich habe nicht mit dem Mann gesprochen. Er konnte mir also auch keine Geheimnisse verraten. Ganz im Gegensatz zu seiner Sekretärin. Sie hat sich sehr gefreut, mir einen kleinen Gefallen zu tun."

Das konnte Annalisa sich lebhaft vorstellen. „Zu wem soll ich deiner Meinung nach gehen?"

„Zu jemandem, der mehr davon versteht. Soll ich dich hinbringen?"

„Nein, danke", antwortete sie kühl. „Ich habe vollstes Vertrauen zu Mr. Patterson. Er wird mich über alles informieren."

„Gut, es ist deine Entscheidung. Wenn du aber auf Schwierigkeiten stößt ..."

„Das werde ich nicht." Sie wollte sich abwenden, aber dann fiel ihr noch etwas ein. Er hatte ihre Frage nicht beantwortet. „Warum bist du hier, Ramon? Die Finca Fuego Montoya ist für dich sicher nur ein kleiner Fisch. Du willst mir doch nicht weismachen, dass du ausgerechnet nach England reisen musstest, um einen Anwalt zu finden? Was ist mit der Kanzlei auf Menorca?"

Er schenkte ihr ein strahlendes Lächeln, was ihn noch viel attraktiver machte. Schnell blickte sie zur Seite. So leicht ließ sie sich nicht überrumpeln. Er plante etwas, darüber war sie sich im Klaren. Wozu hatte er den ganzen Weg hierher auf sich genommen? Er beschäftigte sicher ein ganzes Heer von Rechtsvertretern!

„Für diese Angelegenheit brauche ich einen besonders qualifizierten Mann."

Sie betrachtete ihn mit zusammengekniffenen Augen. Das glaubte sie ihm nicht. Sollte sie ihm das auch offen sagen? Verdammt! Seine Nähe machte sie ganz nervös. „Entschuldige mich bitte", erklärte sie schließlich und hoffte, dass ihre Stimme nicht bebte, „ich muss gehen, sonst verpasse ich meinen Termin."

„Ich werde auf dich warten."

„Wenn du nichts Besseres vorhast."

Er verbeugte sich höflich, und Annalisa hatte wie schon so oft das Gefühl, dass Ramon Perez etwas vor ihr verbarg – sie wusste nur nicht, was.

7. KAPITEL

„Ich habe also nichts zu erwarten?“, fragte Annalisa betroffen. „Formulieren wir es einmal so, Miss Wilson: Sie haben nicht genug Geld, um die Finca zu retten. Es tut mir leid.“

Annalisa atmete tief durch und betrachtete starr ihre Hände, die sie im Schoß gefaltet hatte. Als sie sich wieder gefasst hatte, blickte sie den Anwalt ihrer Mutter an. „Ich danke Ihnen für Ihre Offenheit, Mr. Patterson.“

„Es ist bedauerlich, dass ich Ihnen nicht weiterhelfen konnte.“

Sie seufzte. „Das habe ich mir schon fast gedacht. Es war ja auch nur ein Versuch.“

„Wenn ich Sie richtig verstanden habe“, sagte der ältere Mann aufmunternd, „werden Sie eine reiche Frau sein, wenn Sie die Finca verkaufen.“

Annalisa zuckte die Schultern. „Das stimmt, aber …“

„Ich weiß, was Sie meinen, Miss Wilson“, unterbrach sie der Anwalt mitfühlend. „Das Leben kann manchmal sehr ungerecht sein. Ich sehe solche Fälle beinahe jeden Tag.“

„Das kann ich mir vorstellen.“ Annalisa stand auf und schüttelte dem Mann die Hand. „Ich kann mich ja nicht beklagen. Mit dem Geld kann ich in England meine eigene Kanzlei eröffnen.“

Der grauhaarige Anwalt blickte sie forschend an. „Irgendwie habe ich das Gefühl, als wären Sie nicht gerade glücklich darüber.“

„Da haben Sie recht. Ich wäre lieber auf Menorca geblieben.“

„Dann möchte ich Ihnen einen Rat geben, wenn ich darf. Folgen Sie Ihrem Herzen.“

Annalisa musterte den Mann verblüfft. Damit hatte sie nicht gerechnet. Das klang ja beinahe romantisch!

„Sie sind überrascht, Miss Wilson, und das wundert mich nicht. Aber ich habe es schon zu oft erlebt, dass die Menschen verpassten Chancen hinterhertrauern und kein glückliches Leben mehr führen können. Gestalten Sie Ihr Schicksal selbst – noch haben Sie die Möglichkeit dazu!“

„Vielen Dank, Mr. Patterson“, erwiderte sie lächelnd, „ich werde mich daran halten. Wenn ich meinen Traum doch noch verwirklichen kann, lasse ich es Sie wissen."

„Ich freue mich schon darauf, von Ihnen zu hören." Der Anwalt brachte sie zur Tür. „Sie schaffen es, ganz bestimmt."

So überzeugt davon bin ich nicht, dachte sie, als sie die schmale Treppe zum Ausgang hinunterging. Mr. Patterson sah wohl alles zu sehr durch die rosarote Brille!

Ramon wartete geduldig neben einer großen Limousine auf sie. Er war wirklich hartnäckig. „Du bist ja noch da", sagte sie lächelnd.

„Hast du gedacht, ich würde dich im Stich lassen?" Er öffnete ihr die Beifahrertür. „Wie war das Treffen?"

„Zum Ende hin sehr positiv", erwiderte sie ehrlich.

„Das freut mich." Ramon ließ den Motor an und fädelte sich mit dem Wagen in den Verkehr ein.

„Nettes Gefährt."

„Stimmt. Wie lange wirst du in England bleiben?"

„Gegenfrage: Wie lange bleibst *du* hier?"

„Bis ich meine Angelegenheiten geregelt habe. Hast du Hunger?"

Sie hätte wissen müssen, dass er verschwiegen wie ein Grab war. „Ja, sehr sogar."

„Das trifft sich gut. Ich auch."

In seiner Nähe fühlte sie sich gut und sicher, und als Ramon den Blinker betätigte, blickte Annalisa aus dem Fenster. Wohin brachte er sie? Sie fuhren eine kurvenreiche Auffahrt entlang und hielten dann vor einem großen, eleganten Gebäude. „Gehört das dir?", fragte sie überrascht.

„Noch nicht." Er zuckte die Schultern. „Es ist ein sehr gutes Hotel, und außerdem gibt es ein exzellentes Restaurant." Ramon gab dem jungen, mit einer schicken grünen Uniform bekleideten Mann die Wagenschlüssel und bat ihn, die Limousine in der Tiefgarage zu parken. Danach gingen sie die beeindruckende Treppe hinauf. „Du kannst dich in meinem Zimmer frisch machen", sagte er, als der Portier ihnen die großen Türen öffnete.

Das fehlte gerade noch! „Die Damentoilette reicht mir völlig." Sie musste einen klaren Kopf behalten, bis sie wusste, was genau er vorhatte.

„Wo möchtest du essen? Ich glaube, du ziehst das Restaurant meiner Suite vor, oder?“

Das hatte er gut erkannt! Warum bebte sie eigentlich am ganzen Körper? Sie war doch schon mit ihm ausgegangen … Ich muss mich entspannen, dachte sie verzagt. Er war ein gut aussehender Mann, aber auch ein gefährlicher Gegner. Das durfte sie nie vergessen!

Ramon schien in ihr wie in einem offenen Buch lesen zu können. „Sei ganz ruhig. Es ist alles in Ordnung. Ich beiße nicht.“

Das war leichter gesagt als getan. Vielleicht hatte er ja nicht gelogen und war wirklich in England, um dieses Hotel zu kaufen. Aber woher sollte sie das wissen … Annalisa war aufs Äußerste alarmiert. Auf keinen Fall durfte sie sich überreden lassen, mit ihm aufs Zimmer zu gehen. Es war auch so schon schwer genug, sich mit ihm zu unterhalten, wenn ihr Körper ganz andere Dinge tun wollte.

Die großen Eichentüren führten in die diskret beleuchtete, angenehm warme Lobby. Annalisa blickte sich beeindruckt um. Der ganze Raum war mit dunklem Holz getäfelt, an den Wänden hingen Ölgemälde, und neben der imposanten Treppe stand ein großes Klavier. Wenn man über den roten Teppich ging, hatte man das Gefühl zu versinken. Überall standen Vasen mit frischen Blumen, das Messing war auf Hochglanz poliert, und das Kristallglas der Leuchter glitzerte.

„Wie gefällt es dir?“, fragte Ramon, nachdem er an der Rezeption seinen Schlüssel geholt hatte.

„Es ist einfach wunderbar“, erwiderte Annalisa ehrlich.

„Dann werde ich es wohl doch kaufen. Ich bin immer auf der Suche nach abgelegenen Luxushotels, sozusagen als Zufluchtsort für die High Society.“ Er führte sie zum Restaurant. „Luigi?“, rief er über die rote Kordel hinweg, die den Eingang versperrte.

Gleich darauf kam ein Mann Mitte fünfzig auf sie zu. Als er Ramon sah, verbeugte er sich und ließ sie sofort herein. „Willkommen, Signore Crianza Perez“, sagte er in einem stark akzentuierten Englisch, „was kann ich für Sie tun?“

„Einen Tisch für zwei Personen, bitte.“

„Selbstverständlich. Und wünschen Sie für die wunderschöne Signorina eine rote Rose?“

„Zwanzig."

Der Italiener schien sich nicht zu wundern. „*Certamente*, Signore. Soll ich die Blumen in Ihre Suite liefern lassen?"

„Nein, bringen Sie sie bitte an unseren Tisch", antwortete Ramon und blickte Annalisa belustigt an.

Diese schüttelte den Kopf. „Das ist nun wirklich nicht nötig …"

Doch Ramon wollte davon nichts hören. „Ich habe dich eingeladen, und ich bestimme die Regeln."

Seufzend gab sie nach. „Wo sind die Waschräume? Ich möchte mich frisch machen."

„Gleich dort hinten links, Signorina." Luigi zeigte ihr den Weg.

Als sie wenig später zurückkam, stand ein großes Bouquet wunderschöner roter Rosen auf einem Beistelltisch. Ein Ober brachte die Speisekarten, doch Ramon winkte ab. „Bringen Sie uns das Beste, was Sie zu bieten haben, Luigi. Verwöhnen Sie uns richtig."

Der Besitzer des Restaurants ließ sich nicht zweimal bitten. Innerhalb von kurzer Zeit servierte die Bedienung unzählige Teller mit delikaten Vorspeisen. Verstohlen betrachtete Annalisa den Mann, der ihr gegenübersaß. Mit dem schwarzen Designeranzug, dem muskulösen Körper, dem sonnengebräunten Gesicht und den dunklen Haaren sah er einfach nur gut aus. Es entging Annalisa nicht, dass sich vor allem die weiblichen Angestellten darum rissen, etwas an den Tisch bringen zu dürfen.

Als das Dessert serviert worden war, sagte Ramon beiläufig: „Ich möchte, dass du zu diesem Anwalt gehst, von dem ich dir erzählt habe."

Annalisa atmete tief durch. Bis jetzt hatte sie ihm nichts von Claudias hinterhältigem Plan erzählt, doch jetzt musste sie Ramon endlich davon in Kenntnis setzen. „Bevor wir uns weiter darüber unterhalten, muss ich dich noch warnen. Es ist etwas geschehen …"

„Ich weiß schon Bescheid. Claudias kleine Abendveranstaltung ist mir nicht verborgen geblieben."

„Dann ist dir ja auch klar, wie …"

Er winkte ab. „Ich habe alles im Griff, vertrau mir."

„Und was ist mit der Finca?"

„Die kann warten. Ich nicht." Er blickte ihr in die Augen.

Verlegen rutschte sie auf ihrem Stuhl hin und her. „Na ja … Ich denke, ich muss mich bei dir entschuldigen."

„Tatsächlich?" Er betrachtete sie amüsiert.

„Ich habe dich völlig falsch eingeschätzt." Sie zögerte einen Moment. Er machte es ihr wirklich nicht einfach.

„Sprich weiter."

„Ich habe geglaubt, dass du verheiratet bist", selten war es ihr so schwergefallen, Worte zu finden, „und zwar mit … Margarita."

Er schien das sehr erheiternd zu finden. „Gibt es noch etwas, das du mir gestehen willst?", fragte er schließlich.

„Die Sache mit Enrique … Hör auf damit, Ramon!"

„Was habe ich denn nun schon wieder getan?"

„Ich mag es nicht, wenn du mich so ansiehst."

Er lachte leise. „Ich betrachte dich eben gern."

„Aber noch lieber machst du dich über mich lustig."

„Schuldig im Sinne der Anklage."

Ihr Herz klopfte schneller, und sie versuchte, Ramons Blick standzuhalten. „Also, es tut mir leid …"

„Ich verzeihe dir", unterbrach er sie lächelnd. „Können wir jetzt wieder zum eigentlichen Thema zurückkommen? Ich möchte, dass du diesen Anwalt aufsuchst."

Erleichtert atmete sie durch. „Wenn du meinst …" Jetzt konnte sie ja großzügig sein.

„Gut, ich werde einen Termin vereinbaren." Ramon beugte sich vor und schob ihr eine mit Schokolade überzogene Erdbeere in den Mund.

Sie berührte seine Finger mit den Lippen, und das warf sie völlig aus der Bahn. Alles, was Ramon Perez tat, war sexy und einfach nur betörend. Sie spürte, wie ihr Körper reagierte. Fasziniert beobachtete sie, wie er sich die Hand an der gestärkten weißen Serviette abwischte. Sogar das war erregend. Sie zuckte zusammen, als sie seinen Blick spürte. Er schien genau zu wissen, was sie dachte.

„Wie wäre es mit einem Glas Champagner?", fragte er leise.

„Ich habe eine gekühlte Flasche auf Ihre Suite bringen lassen, Signore", sagte Luigi sofort.

Ramon sah Annalisa schweigend an.

„Das ist keine gute Idee.“ Doch ihr Protest war nur halbherzig.

„Aber Signorina, ich habe speziell für Sie auch noch einige unvergleichliche Süßigkeiten aus meiner Heimat ausgesucht. Die wollen Sie sich doch bestimmt nicht entgehen lassen, oder? Außerdem habe ich Ihnen eine Kanne frisch gemahlenen jamaikanischen Kaffee aufbrühen lassen.“

„Vielen Dank, Luigi.“ Ramon nickte dem Mann zu, wandte aber nicht den Blick von Annalisa ab.

„Ihr Männer seid doch alle gleich“, sagte sie gespielt vorwurfsvoll, nachdem der Italiener wieder in der Küche verschwunden war.

„Tatsächlich?“ Ramon lächelte jungenhaft. „Es gefällt dir also nicht, verwöhnt zu werden?“

„Keine Ahnung. Das hat bis jetzt noch nie jemand gemacht.“

„Dann solltest du es ausprobieren, Annalisa. Es wird dir gefallen, das verspreche ich.“ Er nahm ihre Hand und liebkoste sanft ihre Finger.

Die Geste war besitzergreifend und erotisch zugleich, und Annalisa wusste plötzlich genau, was sie wollte. „Ich würde gern den Champagner probieren.“

Er verstand sofort. Geschmeidig stand er auf, legte den Arm um sie und führte sie aus dem Restaurant.

Sie schafften es gerade noch in seine Suite.

Ramon schloss die Tür und zog Annalisa dann an sich. Bevor er etwas sagen konnte, hatte sie ihm schon das Jackett abgestreift und es achtlos zu Boden geworfen. Ihr erster Kuss war leidenschaftlich und fordernd zugleich, und Annalisa öffnete mit bebenden Händen die Knöpfe seines Hemdes. Ramon tat es ihr gleich, und es dauerte nicht lange, bis sie beide nackt waren.

Er hob sie hoch, schob ungeduldig die Decke zur Seite und legte Annalisa aufs Bett. Dann senkte er den Kopf und presste die Lippen auf ihre. Das Spiel seiner Zunge war sanft, bis Annalisa es kaum noch ertragen konnte. Sie stöhnte leise und forderte ihn auf, ihre brennende Begierde zu stillen.

„Wir haben die ganze Nacht für uns“, flüsterte Ramon und brachte sie dazu, still zu liegen. „Ich möchte mir Zeit lassen und deinen Körper genießen. Nein“, sagte er kopfschüttelnd, als sie die Decke über sich ziehen wollte, „bleib genau so. Ich möchte dich sehen. Du bist so wundervoll." Er betrachtete fasziniert ihre Brüste, beugte sich schließlich vor und umschloss ihre rechte Brustknospe, die sich sofort verhärtete. Annalisa schob die Hände in sein Haar und bog sich ihm entgegen. Als er sich dann der linken Spitze widmete, liebkoste er mit Daumen und Zeigefinger sanft die andere, bis Annalisa glaubte, den Verstand zu verlieren.

Er war der Mann ihrer Träume … und noch viel mehr. Sie wünschte sich nichts sehnlicher, als mit ihm zu schlafen. Doch als es dann so weit war und er sich auf sie legte, wehrte sie ihn unwillkürlich ab.

Sofort hielt er inne und zog sie an sich. Sanft strich er ihr erst übers Haar und dann über den Rücken. „Was ist los, *querida?*"

„Nichts." Sie drehte den Kopf zur Seite.

Sofort umfasste Ramon ihr Gesicht und küsste sie auf die Augen, die Nase und die Wangen. „Warum hast du Angst, Annalisa?"

„Das habe ich nicht."

Er schien ihr nicht zu glauben, denn er verlangsamte, ohne zu zögern, sein Liebesspiel. Zärtlich liebkoste er ihren Körper und presste dann die Lippen auf ihre. Er war so rücksichtsvoll, dass Annalisa die Tränen kamen, die er ihr sofort fortküsste. Dabei lachte er, bis auch sie mit einstimmte. Als auch sie ihn berühren wollte, schüttelte er nur den Kopf. „Lass dich verwöhnen." Er ließ die Hände wieder über ihre samtene Haut gleiten, bis das Verlangen erneut lodernd brannte.

„Besser so?", fragte er heiser, als er ihre empfindsamste Stelle erreicht hatte und diese rhythmisch liebkoste. Anstatt zu antworten, bog Annalisa sich ihm entgegen und forderte ihn auf, bloß nicht aufzuhören.

„Hab keine Angst", flüsterte er, „du bist bereit für mich, und ich werde ganz vorsichtig sein." Er küsste sie noch einmal und öffnete dann ihre Beine. „Ganz ruhig, *querida,* ich werde dir nicht wehtun." Er hob sie hoch, damit sie die Beine um ihn legen konnte, und drang dann vorsichtig in sie ein.

Unwillkürlich verspannte sie sich. Ramon spürte es sofort und zog sich zurück. „Ich habe dir doch gesagt, dass du dich nicht fürchten musst." Gleich darauf begann er, sie von Neuem zu liebkosen.

So etwas hatte Annalisa noch nicht erlebt. Es war einfach überwältigend. Sie hatte sich nicht vorstellen können, dass jemand so erfahren und geduldig sein konnte. Ramon beobachtete sie genau und wusste, wonach es sie verlangte. Als er wieder sanft in sie eindrang, wehrte sie sich nicht mehr, sondern kam ihm leidenschaftlich entgegen. Sie wollte mehr, und das gab sie ihm deutlich zu verstehen.

Diesmal war es Ramon, der ihr Einhalt gebot. „Noch nicht“, flüsterte er rau, „es ist zu früh.“ Doch es dauerte nicht lange, bis auch er die Kontrolle verlor. Er küsste Annalisa fordernd und ließ sich dann ganz von der Lust leiten.

Am nächsten Morgen frühstückten sie in Ramons Suite. Annalisa hatte das Gefühl, als befände sie sich in einem wundervollen Traum. Alles war anders und doch so vertraut. Jede Berührung hatte etwas Magisches an sich, und als sie Ramon anblickte, wurde ihr bewusst, dass sie ihm letzte Nacht weit mehr geschenkt hatte als nur ihren Körper. Es war, als wären sie durch ein unsichtbares Band verbunden. Sie respektierte Ramon und vertraute ihm völlig. Er war nicht mehr der furchterregende Gegner, vor dem sie sich in Acht nehmen musste.

„Leider habe ich heute Vormittag eine Besprechung. Es geht um den Verkauf des Hotels“, sagte er und reichte ihr ein Glas mit frisch gepresstem Orangensaft. „Aber ich habe mir schon etwas überlegt, damit dir die Zeit nicht so lang wird. Während du unter der Dusche warst, habe ich dir etwas zum Anziehen bestellt. Du möchtest doch sicher deine Kleidung wechseln.“

„Das kann ich nicht annehmen, Ramon.“

„Warum nicht? Ich schenke dir gern etwas. Viel Spaß beim Anprobieren. Ich jedenfalls freue mich schon darauf, dir die Sachen wieder auszuziehen.“

Annalisa errötete. „Wirst du lange fort sein?“, fragte sie dann leise.

Ramon lächelte zufrieden. „Bestimmt nicht. Verlass dich drauf.“

Und wie immer hielt er Wort. Annalisa hatte gerade das Seidenpapier zusammengefaltet und die leeren Einkaufstüten neben dem Mülleimer gestapelt, als Ramon hereinkam. Anscheinend war alles gut verlaufen, denn er sah sehr zufrieden aus.

„Es steht dir fantastisch“, sagte er, als sie ihm ihr neues Kleid vorführte.

„Ich weiß gar nicht, wie ich dir danken soll. Du bist so großzügig …“

„Sag nichts“, antwortete er heiser, „sondern komm einfach her.“

„Halt, Ramon … Du wolltest doch einen Termin beim Anwalt machen.“

„Jetzt nicht.“ Zärtlich ließ er die Hände über ihren wohlgeformten Körper gleiten. „Lässt du dir gerade Wasser ein?“

„Ja.“ Sie lehnte sich an ihn und spürte, wie erregt er war. Sofort reagierte auch ihr Körper, und das Geschäftliche war plötzlich völlig unwichtig geworden.

Ramon legte das Jackett ab und lockerte die Krawatte. Dann nahm er Annalisa bei der Hand und führte sie ins Badezimmer mit dem großen Whirlpool. Er beugte sich vor und drehte den Hahn zu. Dann straffte er sich und bat Annalisa, zu ihm zu kommen. Seine Küsse waren leidenschaftlich und besitzergreifend, und es dauerte nicht lange, bis er ihr das Kleid abgestreift hatte. Es fiel zu Boden, und Annalisa trug jetzt nur noch BH und Tanga, beides ein Hauch von Seide.

Fasziniert betrachtete er ihre hoch aufgerichteten Brustknospen, die sich unter dem dünnen Stoff deutlich abzeichneten. Er ließ die Hände darübergleiten, und Annalisa stöhnte leise auf. Lächelnd presste er die Lippen auf ihre und zog ihr dann langsam den BH aus. Danach senkte er den Kopf und umschloss eine Brustspitze. Er begann daran zu saugen, und Annalisa schloss die Augen. Das Gefühl war unbeschreiblich, erregend und schmerzhaft zugleich. Die Beine versagten ihr den Dienst, und schnell hielt Ramon sie fest. Doch das hielt ihn nicht davon ab, diese wundervolle Folter fortzusetzen. Er widmete sich ausgiebig ihrer anderen Knospe, und Annalisa stöhnte und bat ihn, nicht damit aufzuhören.

„Du ergibst dich also?“, fragte er heiser.

„Niemals!“

„Das werden wir ja sehen.“ Lächelnd küsste er sie noch einmal und versuchte, ihr den Tanga abzustreifen. Ungeduldig half sie ihm dabei, und es dauerte nicht lange, bis er zu Boden fiel.

Ramon zog sich das Hemd aus und presste Annalisa dann an sich. „Eigentlich schade um das schöne Bad", flüsterte er heiser.

„Ich habe sowieso auf etwas ganz anderes Lust", erwiderte sie leise.

Er lachte zufrieden. „Das höre ich gern. Aber wir wollen nichts überstürzen. Zuerst will ich dich am ganzen Körper einseifen."

Sie schmiegte sich enger an ihn. „Oh ja, das ist eine gute Idee."

„Nicht so schnell, *querida.* Lass uns zuerst das Licht ausmachen und die Kerzen anzünden." Er ließ sie los, ging zu den Messingleuchtern und zündete nacheinander die zwölf großen weißen Kerzen an.

Fasziniert beobachtete sie dann, wie Ramon die Anzughose auszog und schließlich nackt vor ihr stand. Die ganze Zeit hatte er Annalisa nicht aus den Augen gelassen. Sie atmete tief durch und spürte, wie das Adrenalin durch ihren Körper flutete. Ramon sah aus wie ein starker Krieger, und seine Kraft zog sie magisch an. Am ganzen Körper bebend, wartete sie darauf, dass er sie endlich wieder berührte, und zwar ganz langsam und betörend sinnlich.

Wenig später hob er sie hoch und ließ sie sanft in das wunderbar warme, entspannende Wasser gleiten. Gleich darauf setzte auch er sich in den Whirlpool und zog sie an sich. Er küsste sie zärtlich und schob ihr die Hände ins Haar. Seine Liebkosungen brachten Annalisa dazu, alles um sich her zu vergessen. Es gab nur noch diesen Mann auf der Welt. Sie berührte seine breiten Schultern und bog sich ihm entgegen, als ihr Kuss fordernder wurde. Die Begierde wuchs ins Unermessliche. Sie konnte es nicht erwarten, endlich mit ihm eins zu werden. Sie umfasste ihn und stellte fest, dass auch er sie begehrte.

Gleich darauf ermutigte er sie, sich auf ihn zu setzen. Er hielt sie fest umklammert, führte sie, spielte mit ihr und hielt sie hin. Als er merkte, dass sie kurz davor war, die Kontrolle zu verlieren, hob er sie hoch und drang unendlich langsam in sie ein. Er ließ sie dabei nicht los, sondern zeigte ihr, wie man das Verlangen noch verstärken konnte. Schließlich gab er sie frei, lehnte sich zurück und genoss mit geschlossenen Augen ihre Liebkosungen.

Annalisa bewegte sich schnell und rhythmisch. Sie beugte sich vor und krallte die Hände in seine Schultern. Das Gefühl war berauschend, und sie spürte, wie sie immer höher getragen wurde, bis es beinahe nicht mehr auszuhalten war. Sie neigte den Kopf zurück und schrie leise auf, als sie merkte, dass es gleich so weit war.

Sofort zog Ramon sie in seine Arme, küsste und streichelte sie und flüsterte ihr auf Spanisch zärtliche Worte ins Ohr, während sie den Höhepunkt erreichte.

„Und ich habe dich noch nicht einmal gebadet“, sagte er leise, als sie sich entspannt hatte. „Komm, gib mir den Schwamm.“

Und es dauerte nicht lange, bis sie an seine Brust geschmiegt dalag und er sie von Kopf bis Fuß einseifte.

„Bin ich jetzt sauber genug?“, fragte sie schließlich.

„Ja.“ Ramon zog Annalisa wieder an sich.

„Was machen wir jetzt?“ Sie kuschelte sich enger an ihn.

Er strich ihr übers Haar und küsste sie noch einmal. „Leider habe ich gleich eine Besprechung.“ Er lächelte, als er Annalisas enttäuschtes Gesicht sah. „Aber ich habe beschlossen, noch einen Tag länger zu bleiben, und für dich einen Termin im Schönheitssalon arrangiert. Du kannst mir dann berichten, ob du zufrieden warst oder nicht. Was hältst du davon?“

Annalisa nickte und griff nach einem Handtuch. „Du denkst wirklich an alles.“

„Das versuche ich wenigstens“, antwortete er lachend. „Komm, ich trockne dich ab.“

„Küss mich noch einmal, aber schnell.“

Verschlafen ließ Annalisa die Hände über Ramons Gesicht gleiten. Schöner konnte man den neuen Tag nicht beginnen! „Nein, hör nicht auf. Ich will mehr“, flüsterte sie heiser.

„Dein Wunsch ist mir Befehl“, erwiderte er und widmete sich dann wieder fasziniert ihrem Mund. Es war nicht zu übersehen, wie sehr er sie begehrte.

„So habe ich das nicht gemeint.“

„Willst du dich etwa beschweren?“

„Nein …“ Sie verschränkte die Hände in seinem Nacken und zog Ramon zu sich herunter. Sie küssten sich lange und leidenschaftlich, bis er schließlich den Kopf senkte und hingebungsvoll ihre Brustspitze umschloss. Annalisa stöhnte leise und überließ ihm nur zu gern die Initiative. Sie wusste genau, dass es ihn erregte, wenn er die Kontrolle über ihr Liebesspiel hatte. Sanft liebkoste er Annalisa und legte sich dann auf sie. „Um der Liebe willen, *querida*", sagte er heiser, „küss mich ..."

Sie verspannte sich. „Liebe ...?"

Er sah sie forschend an. „Erschreckt dich dieses Wort?"

„Ich habe vor nichts Angst."

Ramon löste sich von ihr und betrachtete sie lange. „Du brauchst mir nichts vorzumachen, *querida.* Jeder von uns fürchtet sich vor irgendetwas."

Seine ernste Miene gab ihr zu denken. Ihre Beziehung schien plötzlich eine Bedrohung zu werden ... und genau das wollte sie nicht. Die Leidenschaft kühlte so schnell ab, wie sie gekommen war, und Annalisa bewegte sich unruhig in Ramons Armen. Am liebsten wäre sie davongelaufen. Sie wollte keine Verpflichtungen, Bindungen ... und schon gar keine Liebe. Bei ihrer Mutter hatte sie gesehen, wohin das führte, und sie war nicht bereit, sich von einem Mann so verletzen zu lassen.

„Ich werde dir nie wehtun", sagte Ramon leise, und seine Stimme klang ganz sanft.

„Versprichst du das?" Annalisa ließ die Finger über seine Lippen gleiten. „Was ist, wenn du dich nicht daran hältst? Warum sollte ich so ein Risiko auf mich nehmen?"

„Wenn du nichts wagst, wirst du immer verlieren", antwortete er und liebkoste ihr Gesicht.

Sie nickte und schmiegte sich wieder an ihn. „Um der Liebe willen ..."

„Genau." Er nickte und presste die Lippen wieder fordernd auf ihre.

Als Annalisa wenig später aus der Dusche kam, hatte der Zimmerservice bereits das Frühstück serviert.

„Champagner!" Sie schüttelte den Kopf. „Das ist nicht dein Ernst."

„Nein, das ist ein Buck's Fizz." Er deutete auf den frisch gepressten Orangensaft.

„Ich denke, ich soll heute Morgen zu diesem Anwalt …?“

„Später. Zuerst möchte ich etwas mit dir besprechen.“ Er zog den Bademantelgürtel enger und setzte sich in den Sessel.

Annalisa schnitt ein Gesicht. Die Geschäfte konnten doch sicher noch warten, oder?

Ramon hob sein Glas. „Auf uns.“

Sie nahm Platz und stieß mit ihm an. Die kühle Flüssigkeit schmeckte hervorragend, und ihr Herz klopfte schneller, als sie über Ramons Worte nachdachte. *Auf uns.* Doch irgendetwas an seinem Tonfall störte sie. Es hatte nicht gerade wie eine Liebeserklärung geklungen. Sie stellte das Glas auf den Tisch und sah Ramon erwartungsvoll an.

„Was hältst du von einer Partnerschaft?“, fragte er und lehnte sich zurück.

„Meinst du eine geschäftliche Verbindung?“

„Nein. Ich denke da eher an eine Beziehung auf Lebenszeit. Soweit ich weiß, schließt man eine Ehe, bis dass der Tod einen scheidet, oder?“ Er beugte sich vor und schenkte noch einmal nach.

„Soll das ein Antrag sein?“, fragte sie verblüfft.

„Was glaubst du denn?“

Es klang so kalt und berechnend, und Annalisa spürte, wie ihr ein Schauder über den Rücken lief. Ramon war auf dem besten Weg, das Vertrauen, das sie ihm entgegenbrachte, zu verspielen.

„Eine Heirat macht doch Sinn.“ Ramon trank einen Schluck und betrachtete Annalisa erwartungsvoll.

„Sinn?“ Sie schüttelte den Kopf.

„Ja. Für mich und auch für deinen Vater.“

„Mein Vater ist tot!“

„Er hätte es bestimmt gern gesehen, wenn du nach Menorca ziehen würdest.“

„Vielleicht klappt es ja auch. Aber …“

„Ich bin sicher, dass er sich noch mehr erhofft hat.“

„Was meinst du damit?“

„Ich bin sicher, er hätte sich sehr gefreut, wenn wir vor den Traualtar treten würden.“

Annalisa dachte verzweifelt nach. Vielleicht hatte Ramon ja versucht, ihrem Vater die Finca abzukaufen, und dieser hatte sich geweigert … Die Tochter war viel leichter zu beeinflussen – man brauchte sie nur zu verführen, und schon hatte man sein Ziel erreicht. Annalisa hatte das Gefühl, als hätte er ihr gerade einen Faustschlag versetzt. Allein die Vorstellung, dass Ramon sie benutzt hatte, machte sie krank. „Ich finde das einfach abscheulich."

„Wieso?", erwiderte er aufgebracht. „Es ist für alle das Beste. Warum siehst du das nicht ein? Dein Vater hat mich als seinen Sohn betrachtet. Er hat mir vertraut und dich geliebt."

Sie lachte spöttisch. „Unter Liebe verstehe ich etwas anderes."

„Du verkennst ihn."

„Ach ja? Dann klär mich auf, Ramon. Wie ist mein Vater gewesen?"

Er betrachtete sie einen Moment lang forschend. „Als dein Vater deine Mutter kennengelernt hat, war seine Beziehung zu Claudia schon am Ende. Er wollte deine Mutter heiraten …"

Sie bemerkte, dass er zögerte. Es kam ihr vor, als wüsste er nicht, wie er es ihr am schonendsten beibringen sollte. „Und?", fragte sie kühl.

„Dann hat Claudia ihm gestanden, dass sie schwanger sei."

„Ach ja? Was glaubst du eigentlich, wie ich mich jetzt fühle? Besser bestimmt nicht."

„Aber sie hat ihn angelogen", sagte Ramon ruhig. „Sie hat deinen Vater mit einem Trick dazu gebracht, sie zu heiraten. Dabei hat sie ihn überhaupt nicht geliebt. Sie wollte nur sein Geld."

„*Meine* Mutter war aber schwanger", erwiderte Annalisa bitter. „Und er hat uns beide im Stich gelassen."

Ramon schüttelte den Kopf. „Das hätte er nie getan. Sein Ehrenkodex würde das gar nicht zulassen. Er hat bestimmt immer großzügig für euch gesorgt."

„Es tut mir leid, dich enttäuschen zu müssen. Es hat nie auch nur eine einzige Zahlung gegeben."

„Da irrst du dich. Aber das ist jetzt auch egal. Eine Ehe mit mir wird sowieso all deine Probleme …"

„Spar dir die Worte!" Dachte er wirklich, sie wäre eine zweite Claudia und heiratete ihn nur des Geldes wegen?

„Bitte sieh die Dinge doch einmal ganz nüchtern. Wir verstehen uns gut …“

„Im Bett, ja.“

„Sag so etwas nicht“, antwortete er warnend. „Für mich ist es wesentlich mehr. Du bist alles, was ich brauche. Und ich habe …“

„Sowieso schon zu viel“, unterbrach Annalisa ihn kühl. „Ich habe keine Lust, eine weitere Trophäe in deinem Schrank zu sein. Warum wartest du nicht einfach, bis mir die Mittel ausgehen? Dann kannst du meine Finca für einen Spottpreis kaufen.“ Plötzlich fiel ihr etwas ein, und sie betrachtete ihn mit zusammengekniffenen Augen. „Weswegen soll ich eigentlich einen anderen Anwalt aufsuchen, Ramon? Geht es um einen Vertrag? Zuerst verführst du mich und denkst dann, ich würde alles blind unterschreiben?“

Er betrachtete sie mit zusammengekniffenen Augen. „Du solltest keine voreiligen Schlüsse ziehen. Beruhige dich erst einmal und hör mir zu.“

„Ich denke nicht daran. Du hast schon mehr als genug gesagt. Ich habe geglaubt, dass du mich gern hast …, und doch bist du bloß hinter dem Küstenstreifen her …“

„Wovon redest du?“, fragte er, und es war ihm deutlich anzumerken, wie aufgebracht er war.

„Dein Heiratsantrag ist doch nur ein weiterer Versuch, damit du deine Marina bauen kannst. Du spielst mit meinen Gefühlen, manipulierst mich …“ Sie lachte höhnisch. „Ich habe dich durchschaut, Ramon Perez. Wenn ich an jemand anders verkaufe – an Claudia Fuego Montoya zum Beispiel – hast du das Wettrennen um den Platz an der Sonne verloren. Hältst du mich tatsächlich für so dumm?“ Sie blickte ihn anklagend an. „Denkst du, dass du mich übervorteilen kannst, nur weil du Geld hast und ich nicht? Ich besitze nur diesen verdammten Sandstreifen, den anscheinend die halbe Insel haben will! Was du vorschlägst, Ramon, ist keine Ehe, sondern eine Fusion.“

„Du hast mich völlig falsch verstanden“, erwiderte er ruhig. „Das hast du eben bewiesen.“ Er stand auf und ging auf sie zu.

„Komm nicht näher“, sagte sie schnell, denn sie wusste genau, dass eine Berührung von ihm ihre Wut in Leidenschaft verwandeln würde.

„Ich gehorche dir noch lange nicht aufs Wort, nur weil wir guten Sex hatten!“

„Ach ja, hatten wir das?“ Ramon funkelte sie wütend an. „Meinst du das wirklich?“ Als sie nicht antwortete, lachte er spöttisch und wandte sich ab. „Denk, was du willst, Annalisa. Ich habe dir nichts mehr zu sagen.“

8. KAPITEL

Als Annalisa aus dem Badezimmer kam, war Ramon verschwunden. Das Schweigen war erdrückend, und sie ging auf Zehenspitzen durch die Suite. Es war beinahe so, als wäre Ramon nie hier gewesen, denn er hatte all seine Sachen mitgenommen. Und sie kannte noch nicht einmal den Namen des Anwalts, den sie an diesem Morgen aufsuchen sollte. Doch das war ihr geringstes Problem. Sie fühlte sich furchtbar, und das hatte ganz sicher nichts mit ihrem spanischen Erbe oder dem heutigen Termin zu tun.

Plötzlich entdeckte sie den kleinen Notizzettel. Er lehnte an der Uhr, die auf dem Kaminsims stand. Erleichtert nahm Annalisa ihn in die Hand. Sofort erkannte sie Ramons Handschrift. *Michael Delaney, Chaucer House, 11.30 Uhr, Mittwoch, 23.* Sie blickte auf die Uhr. Verdammt! Wenn sie es noch rechtzeitig schaffen wollte, musste sie sich beeilen.

Man führte sie sofort in das große, beeindruckende Büro mit den vielen Bücherregalen. Der Mann, der mit ausgestreckten Händen auf sie zukam, erinnerte sie irgendwie an den Weihnachtsmann – allerdings ohne Bart.

„Guten Tag, Miss Wilson, ich freue mich, Sie endlich kennenzulernen. Ich bin Michael Delaney. Wollen Sie sich nicht setzen?“ Er führte Annalisa zu einem Ledersessel. Sie nahm Platz und blickte den Anwalt erwartungsvoll an.

„Kann ich Ihnen etwas zu trinken anbieten? Tee? Kaffee? Oder vielleicht etwas Stärkeres?“, fragte er fürsorglich.

„Nein, danke. Dafür ist es noch zu früh.“

„Wenn Sie erfahren, was ich Ihnen zu sagen habe, werden Sie es vielleicht brauchen …“

Nicht schon wieder, dachte Annalisa frustriert. Noch mehr schlechte Nachrichten konnte sie nicht ertragen!

„Sie brauchen sich keine Sorgen zu machen“, sagte der ältere Mann, als er ihre Miene sah. „Nur Mut, Miss Wilson. Wir werden die Sache schon klären. Wo sind denn diese Unterlagen …“ Stirnrunzelnd durchsuchte er den Aktenstapel auf seinem Schreibtisch. „Ach, da sind sie ja."

„Worum geht es eigentlich?", fragte Annalisa neugierig.

Der Anwalt blickte erstaunt auf. „Hat Señor Crianza Perez Ihnen nicht verraten, warum er diesen Termin gemacht hat?"

„Nein." Zu Ramons Ehrenrettung musste sie allerdings zugeben, dass sie ihm auch kaum Gelegenheit dazu gegeben hatte.

„Das macht nichts", erwiderte der weißhaarige Mann. „Wissen Sie, was ich hier in den Händen halte?"

Annalisa schüttelte schweigend den Kopf.

„Das ist ein Nachtrag zum Testament, das Ihre Mutter gemacht hat."

„Wieso hat sie es nicht bei Mr. Patterson hinterlegt?"

„Wenn man es genau nimmt, ist es eigentlich kein offizielles Dokument, sondern eher ein Brief, den ich für Ihre verstorbene Mutter aufbewahrt habe."

„Können wir ihn öffnen?"

„Selbstverständlich." Gleich darauf hielt er ein weißes, eng beschriebenes Blatt Papier in der Hand, das er aufmerksam durchlas. „Aha", sagte er dann schließlich, „das habe ich mir gedacht. Jetzt ist alles klar."

„Ich verstehe nicht ganz ...", sagte Annalisa ungeduldig.

„Sie sind eine reiche Frau, Miss Wilson ..., genau wie Señor Perez gesagt hat."

„Ramon hat es gewusst?"

„Er hat es geahnt. Was für ein Glück, dass er mich aufgesucht hat! Sonst hätten Sie von Ihrem Erbe wohl nichts oder erst sehr spät erfahren, denn Sie haben bestimmt keine Nachsendeadresse hinterlassen, oder?"

„Stimmt." Annalisa glaubte zu träumen. Es war zu schön, um wahr zu sein. „Ich verstehe allerdings nicht, woher das Geld kommt. Mein Vater hat uns doch nie einen Penny gegeben ..."

„Meine liebe Miss Wilson, da irren Sie sich gewaltig", erwiderte der Anwalt lächelnd. „Señor Fuego Montoya hat großzügig für Sie und Ihre Mutter gesorgt. Sehen Sie selbst." Er schob ihr den Brief zu. „Es steht alles hier drin."

Annalisa schüttelte den Kopf. Sie konnte es immer noch nicht fassen. „Wieso waren wir dann immer so arm?"

„Ihre Mutter hat das Geld nicht angerührt. Sie hat alles für Sie gespart." Er blickte sie besorgt an. „Kann ich Ihnen jetzt vielleicht etwas zur Stärkung anbieten?"

Es hat sich so viel geändert, dachte Annalisa, als sie im Flugzeug nach Menorca saß. Sie war nicht nur eine reiche Erbin, sondern konnte jetzt auch ihre Finca renovieren und die Orangenhaine bewirtschaften. Sie hatte das Gefühl, als stünde sie vor einer Geheimtür und hatte endlich den Schlüssel dafür in den Händen. Und wem hatte sie das zu verdanken? Ramon! Ohne ihn hätte sie vielleicht erst nach Jahren vom Brief ihrer Mutter erfahren. So lange hätte sie die Finca nie halten können! Warum aber hatte er sich die Mühe gemacht, in England Nachforschungen anzustellen? Hatte er nur versucht, seine eigenen Interessen zu schützen? Wenn er sie geheiratet hätte, wäre ihm ihr Erbe auch zugute gekommen …

Das war die vernünftigste Erklärung für sein Verhalten – aber es war nicht das, was Annalisas Herz hören wollte.

„Können Sie bitte anhalten? Ich möchte aussteigen."

„Hier, Señorita?", fragte der Taxifahrer erstaunt.

„Ja. Es ist nicht mehr weit bis zur Finca."

Der Mann zuckte die Schultern. Annalisa gab ihm ein großzügiges Trinkgeld und bat ihn, ihr Gepäck bei Maria Teresa abzuliefern. Es war früh am Morgen, und sie fütterte bestimmt gerade die Tiere.

Es dauerte nicht lange, und das Taxi war verschwunden. Annalisa blieb stehen und atmete tief durch. Es duftete wunderbar nach Gräsern und Blumen. Die ersten Sonnenstrahlen spiegelten sich auf dem ruhigen, klaren Wasser des Meeres wider. Es war so ruhig und friedlich hier, und Annalisa freute sich, endlich wieder zu Hause zu sein.

Plötzlich hörte sie Hufschlag und wandte sich um. Ein Reiter auf einem großen schwarzen Pferd kam im Galopp auf sie zu und zügelte das große Tier vor ihr.

„Ramon!", rief sie erstaunt.

„Willkommen, Annalisa."

Doch es klang eher wie eine Herausforderung, denn in seinem Blick konnte Annalisa keine Wärme erkennen. Sie blickte ihn starr an und zuckte auch nicht zusammen, als das Pferd unruhig mit den Hufen scharrte und wieherte. „Woher hast du gewusst, dass ich hier bin?", fragte sie kühl.

„Reines Glück."

Von wegen! Ramon Perez war so mächtig, dass jeder auf der Insel versuchte, ihm einen Gefallen zu erweisen und ihn deshalb über alles informierte, was wichtig erschien.

„Wie ich höre, war dein Besuch beim Anwalt erfolgreich."

Das war ihm also auch schon zugetragen worden! „Ich möchte dir noch danken …"

Er winkte ab. „Ich freue mich für dich."

Sie betrachtete seine starken Hände und versuchte, nicht daran zu denken, wie er sie liebkost hatte. Aber das würde sie nie vergessen können, das war ihr nur zu klar. Seine Miene war finster und sein Blick kühl. Vor noch gar nicht so langer Zeit hatten seine Augen noch leidenschaftlich geleuchtet …

Das Pferd begann zu scheuen, doch Ramon hielt es eisern unter Kontrolle. Dennoch wich Annalisa vorsichtshalber einige Schritte zurück.

„Du brauchst keine Angst zu haben. Dardo ist nur etwas unruhig, sonst ist er lammfromm", sagte Ramon beruhigend.

„Das hoffe ich schwer. Dardo – was für ein ungewöhnlicher Name!" Sie wusste nicht, was gefährlicher war: Ramon oder das Pferd anzusehen. In seinem langen, traditionellen menorquinischen Hemd, den Jeans und den handgearbeiteten Stiefeln sah Ramon eher wie ein Zigeuner und nicht wie ein erfolgreicher Geschäftsmann aus.

„Das bedeutet so viel wie Pfeil", sagte Ramon, der nicht zu spüren schien, was in ihr vorging. „Er ist übrigens mein bester Hengst." Er ließ das Pferd im Schritttempo einen Kreis gehen. „Er möchte gern wieder galoppieren."

Zuerst verstand Annalisa nicht, was er meinte. Doch als Ramon das großartige Tier zügelte und ihr die Hand reichte, wusste sie, was er vorhatte. „Nein, danke“, sagte sie erschrocken, „ich gehe lieber zu Fuß.“

„Du hast doch nicht etwa Angst?“, fragte er herausfordernd.

„Wie kommst du darauf? Ich bin als Kind oft geritten. Ich möchte einfach nicht. Punkt und aus.“

„Warum vertraust du mir nicht, Annalisa?“

Sie sah ihm in die Augen. Sein Blick war unergründlich. Was hatte er vor? Irgendwelche Machospielchen? Wie weit würde er gehen, um sein Ziel zu erreichen? Aber andererseits hätte sie ohne ihn wahrscheinlich nie von ihrem Erbe erfahren.

Vorsichtig machte sie einen Schritt auf das Pferd zu. Dardo betrachtete sie skeptisch, wieherte dann leise und scharrte mit den Hufen.

„Er mag dich“, sagte Ramon zufrieden.

Tatsächlich? Annalisa musterte nachdenklich den gut aussehenden Mann im Sattel.

„Aber er ist ungeduldig. Genau wie sein Herr und Meister.“ Bevor Annalisa sich’s versah, hatte Ramon sie gepackt und vor sich in den Sattel gesetzt. Dann gab er dem Tier einen Befehl, und es galoppierte los. „Ganz ruhig“, flüsterte Ramon ihr ins Ohr, als Dardo elegant über eine kleine Steinmauer sprang und davonpreschte.

„Ich …, ich kann nicht.“ Sie war starr vor Angst.

„Kämpf nicht dagegen an. Pack seine Mähne mit beiden Händen. Ja, so.“ Er zeigte es ihr. „Gut. Jetzt können wir noch schneller reiten.“

„Nein!“

Doch Ramon achtete nicht auf ihren Protest. Er trieb Dardo an, und gleich darauf hatte Annalisa ihre Furcht vergessen. Es war einfach wundervoll, auf dem Rücken dieses kraftvollen Pferdes zu sitzen und dahinzufliegen.

Viel zu früh erreichten sie Annalisas Finca. Ramon brachte das Tier auf dem Hof zum Stehen.

„Das war …“ Ihr versagte die Stimme.

„So gut wie Sex? Oder sogar besser?“

Seine Stimme klang kühl, und deshalb antwortete sie ihm nicht, sondern rückte von ihm ab.

Er schüttelte den Kopf. „Wenn du so weit vorn sitzt, verletzt du

Dardo noch. Lehn dich an mich. Ich will dir noch etwas zeigen." Er gab dem Pferd wieder einen Befehl, und sie machten sich erneut auf den Weg.

Sie hatte keine andere Wahl, als Ramons Aufforderung zu folgen, denn im Moment hatte er die Kontrolle über sie. „Wohin bringst du mich?", fragte sie trotzdem. Er sollte nicht denken, dass sie so schnell klein beigab.

„Zu den Orangenbäumen." Er zog an den Zügeln und zeigte auf das eingezäunte Land. „Sieh genau hin."

Annalisa glaubte ihren Augen nicht trauen zu können. Es war wie ein Wunder. Jeder Zweig trug viele wundervolle grüne Blätter, und das halbe Dorf schien auf den Beinen zu sein. Die Männer und Frauen gruben, beschnitten die Äste und jäteten Unkraut.

„Auf Menorca ist es viel wärmer als in England", sagte Ramon, der ihre Überraschung bemerkt hatte. „Hier wächst alles schneller."

Was sollte sie darauf antworten?

„Du hättest mehr Vertrauen haben sollen, Annalisa. Deine Bäume haben nur viel Sonne und etwas Dünger gebraucht."

„Wie romantisch!"

„Ich wusste, dass du begeistert sein würdest", erwiderte er.

„Was noch außer Dünger?", fragte sie misstrauisch.

„Sonne."

„Und …"

„Na ja, Wasser natürlich."

„Das habe ich mir schon gedacht."

„Ich zeige es dir", antwortete Ramon und wendete das Pferd. Gleich darauf wies er auf einige Gräben. „Wir werden demnächst vernünftige Rohre verlegen."

„Wir?"

„Was glaubst du denn, von wem das Wasser kommt?"

„Von dir natürlich", erwiderte sie kühl.

„Genau."

„Und was wird mich das kosten?"

Ramon saß ab und reichte Annalisa die Hände. Sie zögerte einen Moment, ließ sich dann aber doch helfen. Als sie festen Boden unter den Füßen hatte, befreite sie sich sofort aus Ramons Griff und wich einige Schritte zurück.

„Wir werden uns schon einig", sagte Ramon lächelnd.

Das hätte sie sich denken können! Wenn er hoffte, dass sie ihm jetzt ihren Strand abtrat, hatte er sich gewaltig getäuscht!

„Señorita!"

Annalisa wandte sich um. „Hallo, Enrique!" Sie schenkte dem alten Mann ein strahlendes Lächeln. „Sie haben Wunder bewirkt. Ich kann Ihnen gar nicht genug danken."

Er zuckte nur die Schultern. „Ich habe kaum etwas gemacht. Viel Sonne und gutes Wasser, das reicht schon aus."

„Nicht so bescheiden", sagte Ramon und klopfte ihm anerkennend auf die Schultern. „Ohne Ihre Erfahrung und Hilfe hätte die Señorita nie eine Chance gehabt."

Enrique freute sich sichtlich über das Lob. Als er sich abwandte und wieder seiner Arbeit widmete, drehte Annalisa sich zu Ramon um. „Das war sehr nett von dir. Wir beide wissen genau, dass es ohne deine Hilfe nicht funktioniert hätte."

„Ich *bin* nett", erwiderte er und betrachtete sie unverhohlen von Kopf bis Fuß. „Man muss mir nur die Gelegenheit geben, es zu beweisen."

Sie blickte ihm in die Augen und spürte, wie sehr sie diesen Mann noch immer begehrte.

„Willkommen zu Hause, Señorita!"

Maria Teresa kam mit einem Korb über dem Arm auf sie zu. Anscheinend war sie gerade auf dem Weg zurück ins Dorf. „Ich habe Fudge schon gefüttert. Lassen Sie sich also nicht von ihm täuschen. Bis morgen."

„Auf Wiedersehen, Maria Teresa, und vielen Dank."

„Dardo hat sich auch eine Pause verdient", sagte Ramon und strich seinem Hengst über die Mähne. „Ich werde ihn abreiben und ihm etwas Wasser geben."

„In Ordnung. Möchtest du danach auch etwas trinken?" Es gehörte sich einfach, ihm eine Erfrischung anzubieten.

Er hielt inne und sah sie lange an. „Gern", antwortete er schließlich und führte Dardo dann davon.

Als sie wenig später die Finca betrat, kam Fudge wie ein Blitz auf sie zugeschossen und bellte glücklich. Annalisa bückte sich und kraulte den Hund hinter den Ohren. Es dauerte nicht lange, und er hatte genug von den Streicheleinheiten. Schwanzwedelnd lief er an ihr vorbei zu den Dorfbewohnern, die eifrig in den Orangenhainen arbeiteten. Er schien genau zu wissen, dass dort einige der Leute Leckerbissen aus den Lunchpaketen für ihn hatten.

„Da bin ich wieder, Annalisa ..."

Sie zuckte zusammen. Ramon stand an der Tür und betrachtete sie. Wie lange hatte er schon dagestanden?

„Es tut mir leid, ich wollte dich nicht erschrecken", sagte er und wich geschickt den Blumengirlanden aus, die Maria Teresa angebracht hatte.

„Das hast du nicht", erwiderte sie, und sie wussten beide, dass sie nicht die Wahrheit sagte.

„Soll ich uns einen Kaffee machen?", fragte er und ging in die Küche.

Annalisa folgte ihm. „Das ist eine gute Idee."

Er nahm die Dose mit den Kaffeebohnen aus dem Regal und begann, sie zu mahlen.

Annalisa betrachtete ihn schweigend. Seine Bewegungen waren geschmeidig, und sie konnte den Blick einfach nicht von ihm abwenden. Es gab bestimmt viele Frauen, die jetzt dahingeschmolzen wären und sich ihm bedingungslos hingegeben hätten ..., und wenn sie ehrlich war, gehörte auch sie dazu.

„Komm her", sagte er leise.

Warum eigentlich nicht? Er wusste ja nicht, wo die Tassen standen ...

Und bevor sie sich's versah, hatte er sie in seine Arme gezogen und auf den Küchentisch gesetzt. Er ließ die Hände über ihren Po gleiten und umfasste ihn dann. Annalisa schrie leise auf und bog sich Ramon entgegen, der zufrieden lachte. Er ist von Kopf bis Fuß ein Mann, dachte sie, meine Reaktion gefällt und bestätigt ihn in seinem Selbstwertgefühl.

„Du hast mich vermisst", sagte er, presste die Lippen auf ihre und erforschte mit der Zunge ihren Mund. Annalisa stöhnte, als eine Flut von Gefühlen ihren Körper durchströmte. Ramons Duft war betörend und erotisch und fachte ihre Begierde nur noch mehr an. Sie schob ihm die Finger ins Haar und schloss die Augen.

Ramon flüsterte ihr leidenschaftliche Worte ins Ohr und ließ dann eine Hand sanft über ihre nur von einem Hauch Spitze bedeckte empfindsamste Stelle gleiten. Dabei beobachtete er ihre Reaktionen genau und ermunterte sie, sich gehen zu lassen. Als er spürte, dass sie für ihn bereit war, streifte er ihr den Tanga ab und liebkoste sie, bis sie es kaum noch ertragen konnte. Schnell zog sie ihm die Hose und den Slip aus und umfasste ihn.

Danach öffnete sie die Beine und forderte Ramon stumm auf, endlich eins mit ihr zu werden. Er ließ sich nicht zweimal bitten, sondern drang mit einem schnellen Stoß in sie ein. Er bewegte sich schnell und rhythmisch, und sie passte sich ihm an, bis eine Flutwelle der Lust sie immer höher trug auf den Gipfel der Begierde, wo wunderbare Erfüllung auf sie wartete. Am ganzen Körper bebend, lag sie dann in Ramons Armen und spürte, wie auch er gleich darauf den Höhepunkt erreichte.

Als sich ihr Atem beruhigt hatte, hob Ramon sie vom Tisch, und sie standen einige Minuten eng umschlungen da.

„Das war …"

Er legte ihr einen Finger auf die Lippen. „Ich möchte hier bleiben und die Nacht mit dir verbringen", flüsterte er rau.

Schweigend nahm sie seine Hand und führte ihn nach oben in ihr Schlafzimmer.

Als Annalisa sich am nächsten Morgen nachdenklich im Badezimmerspiegel betrachtete, spürte sie, dass sich etwas verändert hatte. Sie wusste nicht genau, was, denn es gab keine körperlichen Anzeichen, doch sie war noch nie in ihrem Leben so ruhig, ausgeglichen und vor allem glücklich gewesen.

„Ist alles in Ordnung?"

„Ramon! Hast du mich erschreckt", sagte sie und wandte sich um. „Ich dachte, du schläfst noch."

Er legte die Arme um sie, und sie lehnte sich an ihn. Es war alles ganz natürlich, so, als wären sie schon lange ein Paar.

„Du wirst dich erkälten", flüsterte er ihr ins Ohr und reichte ihr den Morgenmantel, der an einem Haken an der Tür hing. „Was machst du hier so ganz allein?"

„Du bist doch da", erwiderte sie lächelnd und schmiegte sich an ihn.

„Stimmt." Er schob ihr volles Haar zur Seite und küsste sie auf den Nacken. „Ich werde immer bei dir sein, *querida.* Aber du hast meine Frage nicht beantwortet. Also: Was bedrückt dich?"

„Nichts."

„Das stimmt nicht." Ramon schüttelte den Kopf. „Ich habe es in deinem Blick gesehen. Bitte sag mir, was los ist."

Wie sollte sie, wenn sie nicht einmal selbst wusste, was in ihr vorging?

„Geht es um deinen Vater?" Ramon band sich ein Handtuch um.

„Er hat dir sehr viel bedeutet, oder?", fragte sie sanft und war froh, dass er nicht ahnte, was sie wirklich bewegte.

„Er war ein wundervoller Mann", antwortete Ramon nachdenklich.

„Und ich habe ihn völlig falsch eingeschätzt. Er hat uns die ganze Zeit unterstützt ..." Annalisa senkte den Kopf.

„Mach dir keine Vorwürfe. Du konntest es nicht wissen."

„Meine Mutter hat nie etwas von dem Geld ausgegeben. Und dann hat er mir die Finca hinterlassen." Sie zögerte, und Tränen traten ihr in die Augen. „Wieso habe ich nur das Schlimmste von ihm angenommen? Ich hätte ihm vertrauen müssen!"

„Vertrauen braucht seine Zeit, Annalisa, und du hast deinen Vater nie kennengelernt. Er hatte also nie die Möglichkeit, deine Zuneigung zu gewinnen. Bei uns ist das anders. Ich werde dir beweisen, dass du auf mich zählen kannst, und es ist mir egal, wie lange es dauert."

„Aber ..."

„Wieso hast du eigentlich immer Widerworte?", fragte er sanft, hob sie hoch und trug sie ins Schlafzimmer zurück.

9. KAPITEL

Hast du etwas dagegen, wenn ich mich einmal umsehe, während du badest?"

„Natürlich nicht", erwiderte Annalisa lächelnd. Sie hatte ja nichts zu verbergen. „Aber ich muss dich warnen, Ramon. Ich bin bis jetzt noch nicht dazu gekommen, alle Räume zu renovieren."

„Warum benutzt du eigentlich nicht das große Schlafzimmer?"

Dafür gab es einen ganz einfachen Grund. Dort hatte ihr Vater gewohnt – und schon deshalb hatte sie die Tür wieder ganz fest hinter sich geschlossen und sie nie wieder geöffnet. „Mir gefällt der Blick aus diesem Fenster einfach besser", sagte sie und zuckte die Schultern. „Der Raum ist kleiner und im Winter sicher auch besser warmzuhalten."

Ramon betrachtete sie nachdenklich. „Du bist nicht mehr in England, *querida.* Die Winter auf Menorca sind mild, und außerdem ist das große Zimmer bestimmt viel gemütlicher." Als sie nicht antwortete, ging er zur Tür. „Ich sehe es mir einmal an. Einverstanden?"

Sie nickte und legte sich in das wohltuend warme Wasser.

Als Annalisa gebadet hatte, kam Ramon zurück. Er setzte sich zu ihr aufs Bett und reichte ihr schweigend ein vergilbtes Foto.

Annalisa spürte, wie ihr Herz zu rasen begann. Eigentlich wollte sie es nicht betrachten, denn sie ahnte schon, wer darauf abgebildet war.

„Willst du es nicht ansehen?", fragte Ramon erstaunt. „Es überrascht mich, dass du es noch nicht eher gefunden hast. Es lag auf der alten handgearbeiteten Truhe, die im Schlafzimmer deines Vaters steht."

Es kam ihr fast so vor, als hätte jemand gewollt, dass sie es entdeckte. „Ich hatte bis jetzt keine Zeit, jeden Winkel der Finca zu durchsuchen."

„Du brauchst mir nichts zu erklären", sagte Ramon beruhigend. „Hast du eine Ahnung, wer das auf dem Foto ist?"

Nur widerwillig blickte sie das vergilbte Papier an. Natürlich wusste sie genau, um wen es sich handelte. Das lachende Mädchen war ihre Mutter – zwar sehr viel jünger, aber trotzdem sofort wiederzuerkennen. Der Mann, der einen Arm um sie gelegt hatte und sie anlächelte, war … Annalisa schrie leise auf und hielt Ramon das Bild hin. „Ich will es nicht haben! Pack es weg!“

„Aber das ist dein Vater“, sagte er sanft. „Siehst du denn nicht, wie sehr er sie geliebt hat?“

„Nein!“, rief sie aufgebracht. „Was bedeutet das auch schon! Ich musste jeden Tag mit den Folgen dieser unglücklichen Beziehung leben! Ich will nichts mehr davon hören. Glaub aber nicht, dass ich undankbar bin. Ich werde meinem Vater für das Geld ewig dankbar sein … und natürlich auch für die Finca. Trotzdem werde ich nie vergessen, wie meine Mutter gelitten hat. Sie war eine verbitterte Frau, Ramon, und das nur, weil ein rücksichtsloser Mann ihr das Herz gebrochen hat.“

„Hör auf damit, Annalisa. Ich lasse nicht zu, dass du dich so quälst.“

„Ach nein? Warum denn nicht? Es stimmt doch alles! Oder würde es dir gefallen, wenn ich das Gleiche durchmache wie meine Mutter?“

Er schwieg, und als er ihr in die Augen sah, war sein Blick kalt wie Eis. „Ich war der Meinung, dass wir dies inzwischen ein für alle Mal geklärt haben.“

„Was?“, fragte sie aufgebracht.

„Ich dachte, du vertraust mir. Stattdessen beleidigst du mich. Warum tust du das, Annalisa?“ Er stand auf.

„Du verstehst mich nicht. Ich habe nur die Tatsachen dargelegt.“

„Genau darum geht es. Für dich gibt es nur Schwarz oder Weiß. Die Wahrheit liegt aber in der Mitte.“

„Tatsächlich? Was ist denn die Wahrheit? Eine schwangere Frau wird von einem spanischen Adligen im Stich gelassen, der ihr als Trostpflaster monatlich einen großzügigen Geldbetrag überweist. Das klingt wirklich toll, Ramon. Ich glaube nicht, dass du da etwas beschönigen kannst.“

„Das ist nun einmal das Leben. Nichts läuft so rund, wie man es gern hätte. Es wird immer Probleme geben. Willkommen in der realen Welt, Annalisa. So ist es nun einmal.“

„Und was ist mit uns?“, fragte sie leise. „Wie würdest du unsere Beziehung beschreiben? Läuft es *rund* für dich?“

„Ich verstehe nicht, worauf du hinauswillst.“

„Was ist, wenn ich schwanger bin?“ Sie hätte die Worte am liebsten zurückgenommen, doch es war zu spät. Jetzt blieb ihr nur noch eins: zu warten, was er zu sagen hatte.

Ramon blickte sie starr an. „Bist du es?“, fragte er schließlich sanft.

„Darum geht es nicht. Ich wollte nur sehen, wie du reagierst, wenn ...“

Er fuhr sich durchs Haar, und es war ihm deutlich anzumerken, wie wütend er war.

„Hör auf damit“, sagte er warnend. „Ich dachte, wir verstehen uns gut ...“

Sie lachte spöttisch. „*Gut?* Ist das alles?“

„Du weißt genau, was ich meine“, erwiderte er kühl. „Du kennst meine Gefühle für dich ...“

„Wirklich?“, unterbrach sie ihn scharf. „Und wie sollte ich das, bitte schön?“

„Ich habe dir oft genug gezeigt, was ich für dich empfinde.“

„Aber das Wort Liebe hast du nie erwähnt.“

Einen Moment lang hatte sie ihn aus der Fassung gebracht. Doch gleich darauf hatte er sich wieder unter Kontrolle. „Was willst du? Soll ich dir jeden Tag ein Sonett schreiben?“

„Ich ...“ Annalisa zögerte und schüttelte den Kopf. Schnell sprang sie auf und rannte ins Badezimmer. Ramon sollte nicht sehen, dass sie weinte.

„Gut so! Lauf ruhig davon!“, rief er ihr hinterher.

„Das tue ich gar nicht“, erwiderte sie, bevor sie die Tür hinter sich zuknallte. „Ich wohne hier und werde nicht mehr fortgehen. Gewöhn dich daran!“

Als sie einige Zeit später zurückkam, war Ramon verschwunden. Unschlüssig blieb sie einen Augenblick stehen und lauschte, bis sie ihn unten hin und her gehen hörte. Sie war erleichtert und verwirrt zugleich, denn sie begehrte diesen Mann und wollte mit ihm zusammen sein ..., allerdings nicht um jeden Preis. Entweder er ließ sie ganz an seinem Leben teilhaben, oder sie verzichtete dankend.

Sie zog Shorts und ein kurzärmeliges Hemd an und ging nach unten. Ramon hatte es sich mit einer Kaffeetasse in der Hand auf einem

Küchenstuhl gemütlich gemacht und las gerade die örtliche Zeitung. Er hatte die langen Beine ausgestreckt, und Fudge diente seinen nackten Füßen als Stütze. Als Annalisa hereinkam, blickte Ramon auf. Seine Miene war finster.

Das bedeutet nichts Gutes, dachte sie seufzend. Er war genauso unnachgiebig wie sie und überzeugt davon, dass er recht hatte. „Soll ich uns etwas zu essen machen?"

„Nein, danke. Der Kaffee reicht völlig."

Annalisa goss sich ebenfalls eine Tasse ein und setzte sich dann Ramon gegenüber.

„Ich muss nach Hause zurück", sagte er schließlich und legte die Zeitung auf den Tisch.

„Natürlich." Sie versuchte sich einzureden, dass es ihr nichts ausmachte.

„Warum kommst du nicht mit?"

Beinahe hätte sie sich verschluckt. Mit dieser Einladung hatte er ihr den Wind aus den Segeln genommen. Wenn es ein Spiel gewesen wäre, stünde sie jetzt im Schach. „Gern." Doch so schnell ließ sie sich nicht matt setzen!

„Können wir in zehn Minuten los?" Ramon blickte auf die Uhr. „Ich habe dem Fahrer schon Bescheid gegeben."

„In Ordnung."

„Ich werde jemanden schicken, der Dardo abholt."

„Soll ich Maria Teresa bitten, sich um Fudge zu kümmern?"

„Das ist sicher eine gute Idee."

„Soll ich mich umziehen?"

„Nein."

„Muss ich noch etwas mitnehmen?"

Er stand auf und stellte die Tasse in die Spüle. „Das musst du allein entscheiden, Annalisa", antwortete er kühl.

Wollte er sie bestrafen, weil sie die Grenze überschritten hatte? Hatte sie etwas von ihm gefordert, das er ihr nicht geben konnte oder wollte? Sie spürte, wie die Wut wieder in ihr hochstieg. Es blieben ihr zwei Möglichkeiten: Entweder sie verlor wieder die Kontrolle, oder sie akzeptierte, dass ihre Beziehung zu Ramon ein zweischneidiges

Schwert war. Wenn sie nicht etwas aufgab, würde sie auch nichts gewinnen. Die Entscheidung fiel ihr leicht. „Ich rufe nur schnell Maria Teresa an."

Als sie diesmal das große Herrenhaus betrat, war Rodriguez wie ausgewechselt. Er verbeugte sich, als sie hereinkam, und behandelte sie mit größtem Respekt.

„Ich muss noch einige Telefonate erledigen", sagte Ramon. „Sieh dich doch einfach etwas um, es wird nicht lange dauern. Fühl dich wie zu Hause. Rodriguez wird dich in die Bibliothek führen. Ich habe einige sehr schöne Erstausgaben, die dich sicher interessieren werden. Bis gleich dann."

Annalisa folgte dem Bediensteten in ein großes, kühles Zimmer mit riesigen Fenstern, von denen aus man einen fantastischen Blick aufs Meer hatte. Allerdings konnte sie nicht ein einziges Buch entdecken.

Rodriguez hatte ihren fragenden Blick gesehen. „Die Klimaanlage in der Bibliothek funktioniert nicht, Señorita Wilson. Aber Sie werden sich sicher auch hier wohlfühlen. Klingeln Sie nach mir, wenn Sie etwas benötigen." Er zeigte auf eine Schnur aus rotem Samt, die in einer Ecke von der Decke hing.

Machte er Witze? Nein, dachte Annalisa, das ist tatsächlich sein Ernst. Sie wartete, bis der Mann das Zimmer verlassen hatte, und blickte sich dann um. Wo sollte sie anfangen? So eine gute Gelegenheit bot sich ihr bestimmt nicht wieder. Ramon hatte ihr erlaubt, sich umzusehen, und sie war schon gespannt darauf, was sein Haus über ihn verraten würde.

Die Einrichtung war von sehr guter Qualität und ganz auf Bequemlichkeit abgestimmt. Nichts wirkt überfrachtet oder protzig, dachte sie, als sie langsam durch das Zimmer ging. Auf dem Marmorboden lagen kostbare Teppiche, und auf dem ganz aus Stein gebauten Kamin thronte rechts und links jeweils eine blau-weiße chinesische Vase. Ein elfenbeinfarbenes Sofa mit Seidenkissen in verschiedenen Tönen stand in der Mitte des Zimmers. Prächtige Blumenbouquets waren überall verteilt, und dennoch fehlte etwas, denn der Raum wirkte kühl und unpersönlich. Doch dann entdeckte Annalisa die Fotos in den Silberrahmen, die nebeneinander auf dem Rosenholzschreibtisch platziert waren.

Es handelte sich um mehrere Bilder von Ramon und einem anderen Mann, offensichtlich seinem Bruder. Sie standen lächelnd nebeneinander auf dem Deck eines Schiffes. Nein, es ist eine Segelyacht, dachte Annalisa, nachdem sie die Fotos näher betrachtet hatte. Luis war fast genauso attraktiv wie sein Bruder und schien einige Jahre jünger zu sein. Er hatte im Gegensatz zu Ramon grüne Augen und etwas helleres Haar. Kein Wunder, dass Margarita so in ihn verliebt war. Er war wirklich faszinierend. Und dann entdeckte sie das Hochzeitsfoto ... Luis und Margarita wirkten so glücklich darauf ...

Es gab auch Porträtaufnahmen von Ramons Schwägerin, seiner Nichte Aurelia und von verschiedenen anderen Familienmitgliedern. In der zweiten Reihe befanden sich ältere Bilder, teilweise noch in Schwarz-Weiß oder als Sepiadruck. Annalisa kam nicht mehr dazu, sie sich anzusehen, denn in diesem Moment kam Ramon herein.

„Was machst du denn hier?“, fragte er ungehalten, kam auf sie zu und nahm ihren Arm.

„Entschuldigung, ich wusste nicht ...“

Er winkte ungeduldig ab und führte sie zum Sofa. „Die Telefonate haben länger gedauert, als ich gedacht hatte.“

„Das ist schon in Ordnung. Ich habe nur die Fotos betrachtet.“

„Warum bist du nicht in der Bibliothek geblieben?“

„Rodriguez hat mir erzählt, dass die Klimaanlage defekt ist, und mich hierhergeführt.“

Ramon fluchte auf Spanisch, und Annalisa blickte ihn überrascht an. Mit dieser Reaktion hatte sie nicht gerechnet.

„Da gibt es etwas, das du wissen solltest“, sagte Ramon, nachdem er sich wieder gefasst hatte.

Seine finstere Miene erschreckte sie. „Jetzt sofort?“

Schweigend führte er sie auf die große Terrasse, von der aus man einen schönen Blick auf das Meer hatte.

„Die Aussicht ist wirklich atemberaubend.“ Annalisa löste sich aus seinem Griff, ging zur Steinmauer und lehnte sich dagegen. Am liebsten hätte sie ewig hier gestanden und die weite blaue See betrachtet. Sie wusste genau, dass es ihr nicht gefallen würde, was er zu sagen hatte.

Ramon stellte sich neben sie. „Es geht um die Fotos. Ich hätte dabei sein müssen, als du sie ...“ Wieder fluchte er leise auf Spanisch und fuhr sich durchs Haar.

Annalisa verstand die Welt nicht mehr. „Was ist denn los, Ramon? Es sind doch nur Bilder.“

„Das stimmt, aber sie sind sehr wichtig.“

„Warum?“, fragte sie leise. Wenn sie genau darüber nachdachte, wollte sie die Antwort eigentlich nicht hören.

„Komm mit. Ich werde es dir zeigen.“ Er nahm ihren Arm und führte sie ins Haus zurück. Sie gingen zum Schreibtisch, und Ramon nahm eins der Fotos im Silberrahmen hoch und reichte es Annalisa.

„Wer ist das?“, fragte sie, obwohl sie es eigentlich schon wusste. Die Schwarz-Weiß-Aufnahme zeigte drei lächelnde Menschen: in der Mitte Pedro Fuego Montoya und rechts und links von ihm zwei junge wunderschöne Frauen. Die eine war Claudia, die andere Annalisas Mutter. „Was hat das zu bedeuten?“, flüsterte sie.

Ramon legte ihr den Arm um die Schultern. „Deine Mutter war bei deinem Vater angestellt.“ Er nahm die Aufnahme und stellte sie wieder an ihren Platz zurück.

Annalisa runzelte die Stirn. „Soweit mir bekannt ist, hat sie auf der Insel gejobbt und dabei meinen Vater getroffen. Mehr hat sie mir nicht erzählt.“

„Ich möchte dir alles berichten – wenn du mich lässt.“

Sie legte ihm die Hand auf den Arm. „Ja, bitte.“ Plötzlich war sie bereit, sich der Vergangenheit zu stellen. Es war auch höchste Zeit. Weglaufen brachte nichts, und sie konnte es gar nicht erwarten, endlich zu erfahren, was damals geschehen war.

„Claudias Vater war ein reicher, adeliger Mann, der hier auf der Insel sehr respektiert wurde. Er war verwitwet und hat seine Tochter allein großgezogen. Jeden Wunsch hat er ihr von den Augen abgelesen. Doch ein solches Leben kostet viel Geld, und irgendwann war sein Vermögen aufgebraucht. Das hat ihn aber nicht davon abgehalten, Schulden zu machen. Er hat alles in Claudia investiert – in ihre Ausbildung, teure Kleidung und Reisen.“

„Wie kommt meine Mutter ins Spiel?“

„Claudia hat sie in England kennengelernt, als sie dort zur Schule ging."

Jetzt verstand Annalisa, was damals geschehen war. „Mein Großvater war Lehrer."

„Sie hat sich mit deiner Mutter angefreundet und sie wenig später mit nach Menorca gebracht ..., als Gesellschafterin sozusagen."

Annalisa schüttelte den Kopf. „Bist du dir sicher? Sie hat Claudia nie erwähnt."

„Das dürfte dich ja wohl kaum überraschen", erwiderte Ramon spöttisch. „Sie haben die Ferien immer hier verbracht – kein Wunder bei dem guten Wetter."

„Jetzt wird mir einiges klar."

„Sobald Claudia von den finanziellen Schwierigkeiten ihres Vaters erfahren hatte, suchte sie einen Ausweg ... oder besser noch einen Mann, der sie aushalten würde."

„Don Pedro."

„Genau. Er war reich genug. Nur leider hatte er sich in deine Mutter verliebt."

Annalisa schloss kurz die Augen. Das Ende dieser traurigen Geschichte konnte sie sich selbst zusammenreimen. „Nun kenne ich die Wahrheit und bin froh, dass ich sie von dir erfahren habe", sagte sie schließlich.

„Ist auch wirklich alles in Ordnung?", fragte er besorgt.

„Ja." Und das war nicht gelogen, denn sie war glücklich, dass sie jetzt Bescheid wusste. Endlich hatte sie die Schatten der Vergangenheit besiegt und konnte jetzt zuversichtlich in die Zukunft blicken. Dafür würde sie Ramon ewig dankbar sein.

„Möchtest du jetzt die anderen Zimmer sehen?"

Lächelnd nickte sie und folgte ihm hinaus.

„Ich bin schon sehr gespannt darauf, was du sagen wirst. Zuerst solltest du wissen, dass Margarita und Luis demnächst ihr eigenes Domizil beziehen werden. Das Haus wird mir dann viel zu groß. Deshalb habe ich beschlossen, ein First-Class-Hotel daraus zu machen. Für den Anfang plane ich zwanzig exklusive Suiten ... und jede Art von Sport und Wellness, die du dir nur vorstellen kannst."

„Nicht zu vergessen die Marina."

„Genau", erwiderte er lächelnd. „Ohne sie fällt alles wie ein Kartenhaus zusammen."

„Und wo willst du leben?"

„Ich habe da schon ein bestimmtes Anwesen im Auge."

Annalisa sah seinen belustigten Blick, und plötzlich glaubte sie zu verstehen. „Pech gehabt, Ramon. Meine Finca steht nicht zum Verkauf."

„Ich habe ja auch nicht gesagt, dass ich sie haben möchte."

„Hast du denn etwas Ähnliches gefunden?"

„Ja, aber das Anwesen ist lange nicht so schön wie deins. Du hast ja keine Ahnung, wie neidisch ich auf dein wunderbares Haus bin – vor allem, nachdem du dort Wunder bewirkt hast."

„Ich kann dir beim Einrichten helfen, wenn du dich entschieden hast."

„Würdest du das wirklich tun?"

„Natürlich." Sie wusste zwar immer noch nicht, was genau er im Sinn hatte, aber es war ihr auch egal. Die Vorstellung, noch einmal ihre Kreativität unter Beweis stellen zu können, war faszinierend. „Es hat mir viel Spaß gemacht, die Finca zu renovieren. Ich unterstütze dich gern bei deinen Plänen."

„Das habe ich gehofft." Ramon schien sehr zufrieden zu sein. „Dann ist es beschlossen: Du kümmerst dich also um mein neues Haus und berätst mich beim Bau meines Hotelkomplexes."

„Bietest du mir etwa einen Job an?", fragte sie überrascht.

„Warum nicht? Du kannst hier nicht als Rechtsanwältin arbeiten. Sobald alles auf der Finca reibungslos läuft, suchst du sicher eine neue Herausforderung."

Er scheint meine Arbeit tatsächlich zu schätzen, dachte Annalisa. Außerdem hatte er sehr viele gute Ideen, die bestimmt wunderbar in die Tat umgesetzt werden konnten. „Liebend gern", antwortete sie. „Wann soll ich anfangen?"

Am nächsten Tag wurde Annalisa zum ersten Mal übel.

„Ist alles in Ordnung, Señorita Wilson?", fragte Maria Teresa besorgt und nahm den Korb hoch, den Annalisa fallen gelassen hatte.

„Ja ..., es geht schon."

Die ältere Frau legte den Arm um Annalisa und führte sie zum Haus zurück. „Sie müssen sich schonen. Zu viel Arbeit ist schlecht für das Baby."

„*Baby?*" Annalisa blickte ihre Freundin erstaunt an. „Wovon sprechen Sie, Maria Teresa?"

Die Spanierin seufzte leise. „Señorita Wilson, ich weiß Bescheid. Immerhin habe ich dreizehn Kinder. So, jetzt setzen Sie sich schön hin und ruhen sich aus." Dann straffte sie sich und blickte Annalisa fragend an. „Haben Sie es Señor Perez schon gesagt?"

„Nein! Und ich bitte Sie, es ihm nicht zu verraten."

„Selbstverständlich. *Sie* müssen es ihm mitteilen."

Da hat sie recht, dachte Annalisa wenig später. Ramon musste es erfahren, und zwar sofort. Das war nur fair, denn es würde ihr sicher nicht gelingen, die Schwangerschaft lange vor ihm geheim zu halten.

Ramons Butler öffnete ihr die Tür und verbeugte sich.

„Guten Morgen, Rodriguez", sagte Annalisa freundlich und wunderte sich, dass ihre Stimme so ruhig klang. „Ist Señor Perez zu Hause?"

„Er ist in seinem Büro in Mahon, Señorita, aber er kommt sicher gleich zurück. Möchten Sie warten?"

„Ja, bitte."

Der Bedienstete führte sie wieder in denselben Raum wie schon zuvor. „Ich lasse Ihnen einen Kaffee bringen."

„Warten Sie!", befahl Annalisa. „Ich möchte Sie etwas fragen." Sie war entschlossen, auch die letzten Geister der Vergangenheit endgültig zu verscheuchen. „Warum haben Sie mich gestern nicht in die Bibliothek geführt, wie Señor Perez es angeordnet hatte?"

Er sah sie ausdruckslos an. „Ich weiß nicht, was Sie meinen, Señorita."

„Das glaube ich Ihnen nicht", erwiderte sie kühl, ging zum Schreibtisch und nahm das Bild ihrer Mutter hoch. „Zu Ihrer Information: Ich weiß Bescheid." Sie wandte sich dem Mann wieder zu. „Señor Perez hat mir alles erzählt. Sie sehen also, Sie können mich nicht einschüchtern oder überraschen."

Für den Bruchteil einer Sekunde war es ihr gelungen, den Mann aus der Fassung zu bringen. Gleich darauf war er allerdings wieder ganz der respektvolle Diener. „Soll ich Ihnen jetzt einen Kaffee bringen, Señorita?“

„Ja, bitte, Rodriguez.“

Sie blickten sich in die Augen und verstanden einander ganz genau. Dann verbeugte er sich und ging davon.

Annalisa seufzte leise. Das war ja sehr leicht gewesen. Ob die noch verbliebenen Geister genauso einfach zu vertreiben waren, würde sich noch erweisen. Aber das konnte warten. Jetzt zählte erst einmal die Zukunft.

„Annalisa!“

Sie wirbelte herum, als Ramon das Zimmer betrat.

„Ich hoffe, dass Rodriguez sich gut um dich gekümmert hat.“ Er betrachtete sie forschend.

„Ja, das hat er. Möchtest du auch einen Kaffee?“

„Nein.“ Er zog das Jackett aus, warf es auf einen Stuhl und setzte sich aufs Sofa. „Was kann ich für dich tun?“

Eigentlich waren sie zum Abendessen verabredet gewesen, und deshalb war es also kaum verwunderlich, dass er überrascht war, sie hier zu sehen.

„Ich muss mit dir reden.“

„Schieß los.“

„Es geht um etwas sehr Wichtiges.“

„Dann setz dich neben mich“, antwortete er und deutete auf das Sofa. „Was ist es?“

„Zuerst solltest du wissen, dass ich keine Forderungen an dich stellen werde …“

Ungeduldig sprang er auf. „Was ist geschehen, Annalisa? Ist etwas mit der Finca? Sag es mir.“

„Ich erwarte ein Baby …, *unser* Baby.“

Er blieb wie erstarrt stehen, und Annalisa zuckte zusammen. Damit hatte sie nicht gerechnet. Sie wiederholte den Satz mit bebender Stimme.

„Ich habe schon verstanden“, erwiderte er und schüttelte den Kopf.

Es schien, als traue er seinen Ohren nicht.

„Mach dir keine Sorgen“, sagte sie schnell. „Das ändert gar nichts. Ich kann trotzdem für dich arbeiten. Außerdem habe ich jetzt genug Geld ...“

„Was, zum Teufel, hat das damit zu tun!“ Ramon fuhr sich durchs Haar. „Natürlich ändert das alles!“ Er umklammerte ihren Arm. „Bist du sicher?“

„Laut Maria Teresa ...“

Plötzlich entspannte er sich und lächelte. „Das hätte ich mir denken können. Das ist doch wundervoll, oder?“ Er legte ihr die Hand unters Kinn und brachte Annalisa dazu, ihn anzublicken. „Du musst so glücklich sein ...“ Als er ihre Miene sah, runzelte er die Stirn. „Du bist es nicht, oder, Annalisa?“

„Ich habe Angst ...“ Sie zögerte einen Moment. Das stimmte nicht, und er wusste es genau.

„Das glaube ich nicht, *querida*“, antwortete er dann. „Du bist die stärkste Frau, die ich kenne.“

Seine Stimme klang so sanft und warm, dass sie sich am liebsten in seine Arme geflüchtet hätte. „Also gut, ich fürchte mich nicht. Ich komme ohne Mann zurecht, da bin ich mir sicher ...“

Er betrachtete sie mit zusammengekniffenen Augen. „Möchtest du das wirklich? Willst du unser Kind allein großziehen?“ Er ließ sie los und wich einen Schritt zurück.

Sein finsterer Blick erschreckte sie. „Ich weiß nicht ... Wenn meine Mutter vielleicht eher nachgedacht hätte ...“

Ramon fluchte leise. „Lass Vergangenes endlich ruhen, Annalisa, bevor es auch noch dein Leben zerstört.“

„Ich kann aber nicht so einfach vergessen.“

„Das sollst du auch gar nicht. Lerne aus den Fehlern deiner Eltern, und baue darauf etwas Neues auf. Du wirst einmal eine sehr gute Mutter sein.“

„Wie kommst du darauf?“

„Du hast die Finca so liebevoll restauriert ...“

Sie schüttelte den Kopf. „Ach was! Ich habe nur einige Blumen hingestellt und sauber gemacht.“

„Du hast beinahe jedem streunenden Tier ein Zuhause gegeben und viele neue Jobs für die Dorfbewohner geschaffen. Die jungen Leute haben plötzlich eine Perspektive und müssen sich nicht auf dem Festland Arbeit suchen.“

Das war ja alles gut und schön, aber das wollte sie nicht von ihm hören. Es kam ihr beinahe so vor, als bereitete er sie schon auf ein Leben als alleinerziehende Mutter vor! „Was hat das denn mit dem Baby zu tun?“

Er kam zu ihr und nahm ihren Arm. „Unterschätz dich nicht, Annalisa. Du hast Mut, bist mitfühlend und fürchtest dich nicht vor harter Arbeit.“

Sie befreite sich aus seinem Griff. „Ich habe nur das getan, was nötig war.“

„Und dein Vater hat dir dazu die Gelegenheit gegeben. Deswegen hat er die Finca nicht verkauft, sondern dir hinterlassen. Er wollte, dass du finanziell unabhängig bist und dein Leben so gestalten kannst, wie du es willst. Dein Vater hat das nie gekonnt. Er hat dich geliebt, Annalisa.“

„Hör auf damit, Ramon!“, rief sie und wollte sich abwenden.

Doch er hielt sie zurück. „Lauf nicht vor deinen Gefühlen davon. Es wird Zeit, sich ihnen zu stellen. Die Finca ..., die Orangenhaine ... Pedro Fuego Montoyas Enkel wird später einmal alles erben, und das ist gut so.“ Seine Stimme war voller Wärme, und Annalisa spürte, wie die Mauer, mit der sie sich umgeben hatte, langsam ins Wanken geriet. „Halt dein Glück mit beiden Händen fest, Annalisa, und lass dich nicht beirren. Du erwartest ein Baby, und das ist die schönste Sache der Welt.“

Das kann ja sein, dachte sie, aber er hat immer noch nicht die Worte gesagt, die ich so gern hören möchte ... Welche Rolle würde Ramon in ihrem Leben und in dem ihres Kindes spielen? Er hatte ihr geraten, auf Vergangenem aufzubauen. Gut, das wollte sie tun, und zwar ohne sich von Gefühlen leiten zu lassen. „Du hast recht. Ich werde meiner Tochter oder meinem Sohn die Finca hinterlassen. Und deswegen wirst du sicher auch verstehen, dass ich dir meinen Strandabschnitt nicht verkaufen kann.“

Er ließ sie los und nickte. „Das ist durchaus in Ordnung. Wir werden uns schon irgendwie einig."

„Was ist mit dem Wasser?"

„Das bekommst du", erwiderte Ramon und schien mit den Gedanken ganz woanders zu sein. „Müssen wir eigentlich jetzt unbedingt übers Geschäft reden?"

„Natürlich", sagte sie kühl. „Ich werde Mutter, schon vergessen? Ich muss die Zukunft meines Kindes sichern."

„*Unseres* Kindes." Er zögerte einen Moment. „Wenn du irgendetwas brauchst, Annalisa, sag mir Bescheid."

„Kann ich trotzdem noch für dich arbeiten?"

Er betrachtete sie nachdenklich. „Sicher. Solange du willst."

Sie rang sich ein Lächeln ab, drehte sich dann um und ging hinaus. Eins war ihr klar: Sie hatte einen Pyrrhussieg errungen, der ihr nichts außer Leid einbrachte. Zu allem Überfluss würde sie Ramon auch noch beim Bau seines Hotels helfen und ihn oft sehen – allerdings nicht so, wie sie gehofft hatte. Sie hatte sich um alles gebracht, was ihr lieb und teuer war, und es würde sicher nicht lange dauern, bis sie es bitter bereute.

10. KAPITEL

Annalisa blickte das Telefon anklagend an. Ramon hatte sie seit ihrem gestrigen Gespräch viermal angerufen, um die Einzelheiten des Vertrages mit ihr durchzugehen, den die Anwälte vorbereiteten. Er hatte sich einverstanden erklärt, ihr gegen eine kleine Gebühr Wasser zu überlassen, wenn sie im Gegenzug noch einmal über den Verkauf des Strandes nachdachte. Wenn sie es genau überlegte, war es ein kleiner Preis, den sie für das blühende Leben auf der Finca zu zahlen hatte.

Nicht einmal hatte Ramon ihr ein Treffen vorgeschlagen.

In diesem Moment klingelte das Telefon wieder. Sie blickte es an und spürte, wie ihr die Tränen kamen. Ungeduldig wischte sie sie weg. Das Überleben ihrer Finca hing zwar von Ramons Kooperation ab, aber sie konnte ihr Kind allein großziehen. Dafür brauchte sie ihn nicht!

Als sie den Hörer abnahm, war es bereits zu spät. Der Anrufer hatte schon aufgelegt.

Es blieb Annalisa nichts anderes übrig, als im Zimmer auf und ab zu gehen und sich mit einem weniger gefährlichen Thema zu beschäftigen: Ramons neues Hotel. Neben den Luxuszimmern planten sie noch Apartments für Familien und natürlich eine romantische Hochzeitssuite einzurichten … Verdammt! Sie ballte die Hände zu Fäusten und blickte starr nach draußen.

In diesem Moment bog die große, ihr nur allzu gut bekannte schwarze Limousine in die Auffahrt ein und hielt vor dem Haus. Erschrocken blickte sie sich um, lief dann zu ihrer Handtasche und zog eine Bürste heraus. Schnell fuhr sie sich damit durchs Haar, doch bevor sie fertig war, kam Ramon schon herein.

„Ist alles in Ordnung?“, fragte er und betrachtete sie besorgt.

„Sicher.“ Sie spürte, wie angespannt er war.

„Du bist nicht ans Telefon gegangen.“

„Ach, du warst das?“

„Wer denn sonst?“, fragte er ungeduldig.

„Was willst du hier?“

Er seufzte leise. „Manchmal verzweifle ich an dir.“ Er nahm ihren Arm. „Ich möchte dir etwas zeigen. Lass uns nach draußen gehen.“

„Ich kann immer noch nicht glauben, was hier geschieht“, sagte Annalisa wenig später, als sie an unzähligen mit Unkraut und Ästen beladenen Schubkarren vorbeikamen. „Die Dorfbewohner sind alle so freundlich.“ Sie wich einigen durch die Luft fliegenden Zweigen aus. „Ich habe ihnen noch nicht einmal ihren Lohn ausbezahlt.“

„Und trotzdem arbeiten sie für dich.“

Sie blieb stehen und wandte sich ihm zu. „Stimmt. Das hat mich sehr gewundert, denn ich …“

„Vertraue niemandem“, beendete er den Satz für sie. „Ich habe doch recht, oder?“ Er blickte sie herausfordernd an.

Sie war entschlossen, sich nicht aus der Reserve locken zu lassen. „Kannst du bitte alle zusammenrufen? Ich möchte ihnen sagen, dass ich ihnen jetzt ihr Geld geben kann.“

„Señorita!“

„Maria Teresa?“, fragte Annalisa erstaunt. „Ich dachte, Sie seien schon lange nach Hause gegangen.“

„Nein.“ Die ältere Frau schüttelte energisch den Kopf. „Kommt alle her“, rief sie, und es dauerte nicht lange, bis sich die Arbeiter um sie versammelt hatten. „Wollen Sie jetzt den Brunnen einweihen, Señor Perez?“

Ramon nickte. „Ja.“

„Ein Brunnen?“ Annalisa glaubte, sich verhört zu haben.

Lächelnd nahm er ihren Arm und führte sie um eine Ecke. Erstaunt blieb Annalisa stehen und betrachtete das Kunstwerk, das die Dorfbewohner für sie geschaffen hatten.

„Na, was sagst du? Ist das nicht eine tolle Überraschung?“, flüsterte Ramon ihr ins Ohr.

„Wie habt ihr ihn vor mir geheim halten können? Ich hätte doch etwas merken müssen …“ Ihr versagte die Stimme.

„Ganz einfach. Wir haben ihn unter Zweigen verborgen. Er ist ein Geschenk für dich.“

„Das kann ich erst annehmen, wenn ich die Leute bezahlt habe.“

„Mach dir darüber keine Sorgen.“ Ramon hob die Hand, und sofort schwiegen alle. Dann sagte er etwas und wurde sofort von lautem Protest unterbrochen.

„Was ist los?“, fragte Annalisa besorgt. „Ich habe nichts verstanden, mein Spanisch ist nicht so gut.“

„Sie wollen kein Geld.“

„Aber das geht doch nicht!“

„Du kannst sie nicht zwingen. Sie wollen damit deinen Vater ehren, der sehr großzügig zu ihnen gewesen ist.“

Annalisa wollte etwas erwidern, doch dann überlegte sie es sich anders. So langsam gingen ihr die Argumente aus ..., und auch die Geister der Vergangenheit lauerten nicht mehr hinter jeder Ecke. „*Gracias* ... “

Doch in diesem Moment rief Maria Teresa aufgeregt: „Sie müssen den Brunnen einweihen, Señorita!“

Die Menge wich zurück, und Annalisa klatschte vor Begeisterung in die Hände. „Er ist wunderbar. Vielen Dank euch allen! Und ich danke auch dir, Ramon!“ Sie legte die Arme um ihn und presste sich an ihn. Die Arbeiter jubelten und ließen sie hochleben. Doch Ramons Nähe war viel zu verführerisch. Deshalb ließ Annalisa ihn los und trat einen Schritt zurück.

„Du musst den ersten Eimer Wasser heraufholen“, sagte Ramon. „Das bringt Glück.“

Sie ging zum Brunnen und drehte die Kurbel. Es ging wider Erwarten viel zu leicht. „Ist er etwa trocken?“, fragte sie Ramon besorgt.

Stirnrunzelnd beugte er sich über die Öffnung und blickte angestrengt in das schwarze Loch. „Ich bin sicher, dass da unten etwas ist.“

„Aber wenn der Eimer leer ist ...“

„Versuch es einfach, Annalisa.“

Es war beinahe so, als wolle er sie herausfordern. So leicht ließ sie ihn aber nicht davonkommen. „Wenn du so sicher bist, hilf mir doch!“

„Gern.“ Er stellte sich neben sie und legte die Hand auf ihre. Als sie zusammen kurbelten, waren die Arbeiter außer Rand und Band. „*Arriba! Arriba!*“, feuerten sie begeistert an. Nachdem sie das Behältnis schließlich nach oben gezogen hatten, nahm Ramon es und schwenkte es unter dem immer lauter werdenden Beifall der Dorfbewohner durch die Luft.

Annalisa zog ihn am Ärmel, um auf sich aufmerksam zu machen. „Ich habe dir doch gesagt, dass der Brunnen trocken ist."

„Da hast du dich geirrt – wie bei so vielen anderen Dingen."

„Lass mich sehen." Er reichte ihr den Eimer, und die Menschen um sie her schwiegen erwartungsvoll. Was, wenn es wirklich kein Wasser gab? Annalisa mochte gar nicht daran denken. Vorsichtig ließ sie die Hand hineingleiten. Nichts. Sie presste die Lippen aufeinander und schüttelte den Kopf.

„Du musst die Hand tiefer eintauchen", sagte Ramon sanft.

Gehorsam versuchte sie ihr Glück noch einmal. Am Boden befand sich eine Wasserlache. „Das reicht gerade für zwei Kaffeetassen", erwiderte sie betrübt.

„Ich hatte eigentlich an etwas Stärkeres gedacht." Ramon lächelte jungenhaft.

„Wir haben wohl kaum Grund zum Feiern", erwiderte sie und warf den Arbeitern einen besorgten Blick zu.

„Du traust mir also immer noch nicht."

„Was, zum Teufel, hat das mit …?"

Er packte ihre Hand und schob sie erneut in den Eimer. „Du hast nicht richtig gesucht."

Seufzend tastete sie wieder den Boden ab. Und plötzlich spürte sie etwas.

„Nicht aufgeben!", befahl Ramon.

Sie nahm den Gegenstand, zog die Hand heraus und befreite sich dann aus Ramons Griff. „Soll das ein Witz sein?", fragte sie aufgebracht und blickte ihm in die Augen.

„Nein."

„Was ist es?", fragte sie leise.

„Wie fühlt es sich denn an?"

Sie dachte einen Moment nach. „Wie ein ziemlich großer Diamantring?"

„Sehr gut. Gib ihn mir."

Sie reichte ihn Ramon, und als das Sonnenlicht auf den wundervollen blau-weißen Stein fiel, funkelte er in allen Farben. „So etwas Schönes habe ich noch nie gesehen", flüsterte sie ergriffen.

„Das hoffe ich doch", erwiderte Ramon lächelnd.

„Für wen ist er?"

„Er ist für die Mutter meines Kindes." Er nahm ihre Hand und streifte ihr das Schmuckstück über den Ringfinger. „Und für die Frau, die ich liebe."

Die Dorfbewohner begannen laut zu jubeln und zu klatschen, und Ramon wandte sich kurz ab und dankte allen. Dann drehte er sich wieder zu Annalisa um und blickte sie zärtlich an. „Annalisa, willst du meine Frau werden?"

„*Sí, mi amor*, flüsterte sie und bestätigte ihre Worte mit einem leidenschaftlichen Kuss.

Als Annalisa an diesem bedeutungsvollen Tag aufwachte, sah sie als erstes ihr Hochzeitskleid. Es war besetzt mit feinster weißer Spitze, die sich in dem leichten Windhauch bewegte, der durch das geöffnete Fenster wehte. Daneben hing an einem mit blauer Seide ausgepolsterten Bügel der dünne Batistunterrock, den sie unter diesem Traum aus Weiß tragen wollte. Ramon war mit ihr zum Einkaufen nach Paris geflogen, und jetzt gehörte das wunderbarste Kleid der Welt ihr.

Sie hatte alles genau geplant. Und jetzt war er da – ihr Hochzeitstag. Die Sonne schien von einem strahlend blauen Himmel, und alles schien perfekt zu sein. Ihrem Glück stand nichts mehr im Weg.

Annalisa streckte sich und dachte daran, was sie an diesem Tag alles erwartete. Im Moment konnte sie nichts weiter tun, als zu baden, sich anzukleiden und auf den antiken Landauer zu warten, mit dem sie zur kleinen Dorfkirche fahren würde.

In diesem Moment hörte sie Pferdegetrappel. Sie sprang auf und lief zum Fenster. Die Kutsche sollte mittags kommen, und jetzt war es erst neun Uhr.

Zwei beinahe gleich aussehende andalusische Stuten standen geduldig vor dem blank polierten offenen Gefährt. Ein Mann mit einem großen Filzhut saß auf der vorderen Bank und schien auf etwas zu warten. Sie rief ihm etwas zu, doch er reagierte nicht.

Schnell zog sie Jeans, ein altes T-Shirt und Sandaletten an und lief nach unten. „Sie sind viel zu früh dran. Es ist noch niemand da." Sie betrachtete den Landauer näher und spürte, wie sie aufgeregt wurde. Alles war perfekt. Die Pferde waren gestriegelt, und ihre seidigen Mähnen glänzten im Sonnenlicht. „Möchten Sie nicht hereinkommen?", fragte Annalisa den Mann, der immer noch die Zügel umklammert hielt. Sie betrachtete ihn forschend, denn der Hut hatte bis jetzt sein Gesicht bedeckt. „Ich könnte Ihnen Frühstück machen …"

Langsam drehte der Kutscher sich um und schob die Kopfbedeckung nach hinten. Annalisa blieb starr stehen, als ihr bewusst wurde, um wen es sich handelte. Es war Ramons Chauffeur, und aus seiner finsteren Miene schloss sie, dass er sie immer noch nicht leiden konnte. Egal, dachte sie, nichts soll mir heute meinen großen Tag verderben! „Es ist noch sehr früh. Sie möchten die Pferde sicher noch tränken und ihnen etwas zu fressen geben. Dort hinten im Stall finden Sie alles Notwendige."

„Die Kutsche muss noch dekoriert werden, Señorita", erwiderte der Mann kalt. „Die Tiere auch …"

„Dann warten Sie wenigstens im Schatten."

„Wie Sie wünschen."

Sie wandte sich ab und fragte sich, warum der Chauffeur immer so unzufrieden aussah. Ramon behandelte sein Personal höflich und fair, und die Leute arbeiteten gern für ihn. Sie schätzte den Mann auf Mitte fünfzig. Die vielen Falten im Gesicht kamen wahrscheinlich von der missmutigen Miene, die er immer aufsetzte, und es schien, als hätte er noch nie in seinem Leben gelacht. Sie würde sich um ihn und seine Probleme kümmern, wenn sie erst einmal verheiratet war.

Sie ging wieder ins Haus und stieg in die Badewanne. Lächelnd genoss sie das warme, parfümierte Wasser und lauschte mit geschlossenen Augen den Geräuschen, die von draußen hereindrangen. Maria Teresa werkelte schon eifrig in der Küche, denn der Empfang sollte auf der Finca stattfinden. Vor einigen Tagen hatte sie die Ernte eingebracht und war mit erstklassigen Orangen in Hülle und Fülle belohnt worden. Daher hatte sie sogar noch einen zweiten Grund zum Feiern.

Annalisa hatte sich für eine schlichte Zeremonie in der Dorfkirche entschieden. Sie wollte lieber mit ihren Arbeitern und deren Familien feiern als ein großartiges Fest in Mahon oder auf Ramons Anwesen abhalten. Sie hatte Margarita als Trauzeugin ausgewählt, und die kleine Aurelia hatte begeistert zugestimmt, Blumen zu streuen.

Schließlich verließ Annalisa die Wanne, schlang sich ein flauschiges Badehandtuch um und ging barfuß zur Treppe. „Können Sie mir beim Anziehen helfen, Maria Teresa?“, rief sie.

In diesem Moment klopfte es laut. „Das ist wahrscheinlich Señor Perez’ Chauffeur. Kümmern Sie sich bitte erst um ihn, Maria Teresa. Vielleicht möchte er ja etwas trinken.“ Sie wartete, doch als niemand antwortete, ging sie ins Schlafzimmer und zog den Unterrock und den Traum aus weißer Spitze an. Staunend betrachtete sie sich dann im Spiegel und drehte sich einmal um sich selbst. Sie sah fantastisch aus!

„Kann *ich* Ihnen helfen?“, fragte plötzlich jemand kühl.

Annalisa blieb erschrocken stehen. Was hatte Claudia hier zu suchen? Ramon hatte ihr eine großzügige „Abfindung“ gezahlt, damit sie für immer aus ihrem Leben verschwand – und damit gleichzeitig die alten Fischereirechte erworben, die Claudia immer noch besessen hatte. Wieso war sie noch auf Menorca? Langsam drehte sie sich um und atmete tief durch. Doch als sie sah, was ihre Stiefmutter um den Hals trug, war es mit ihrer Beherrschung vorbei. „Woher haben Sie das?“, fragte sie wütend.

Claudia lächelte nur und berührte die Diamantkette, die Ramon Annalisa erst am Abend zuvor als Hochzeitsgeschenk überreicht hatte.

„Geben Sie sie mir“, befahl Annalisa kurz angebunden.

Claudia stellte sich vor den Spiegel, drehte sich hin und her und bewunderte die funkelnden Steine. „Wohl kaum“, erwiderte sie schließlich.

Ramons Geschenk am Hals dieser eiskalten Frau zu sehen, die ihre Mutter so gequält hatte, war mehr, als Annalisa ertragen konnte. „Was haben Sie hier zu suchen? Sie hätten die Insel schon lange verlassen sollen.“

„Ich habe es mir eben anders überlegt. So wie es aussieht, hätte ich für die Fischereirechte noch viel mehr Geld verlangen können. Ich denke, dass mich das hier“, sie berührte den Schmuck, „eher zufriedenstellen wird.“

„Dazu haben Sie kein Recht. Das ist Diebstahl.“

„Meine Liebe, Sie haben keine Manieren."

„Wozu auch?", fragte Annalisa, die mit ihrer Geduld am Ende war. „Geben Sie mir die Kette. Sofort!"

Claudia nahm sie ab und warf sie achtlos auf den Nachttisch. Dann blickte sie Annalisa finster an. „Sollten Sie sich nicht langsam ankleiden? Sie wollen doch nicht etwa Ihre Hochzeit verpassen?"

„Und Sie sollten Ihr Flugzeug nicht verpassen." Annalisa wandte sich ab. „Ich werde Maria Teresa bitten, Sie hinauszubegleiten."

„Ich habe sie weggeschickt."

„Wie konnten Sie es wagen!"

„Ich tue, was mir gefällt. Sie, meine Liebe, sind für meinen Geschmack viel zu aufsässig. Ihre Mutter war da ganz anders. Sie wusste, wo ihr Platz war."

„Dafür haben Sie ja gesorgt", sagte Annalisa kühl. „Aber Sie haben recht, ich bin wirklich nicht so wie meine Mutter. Verlassen Sie auf der Stelle mein Haus."

„Señora Fuego Montoya möchte aber nicht gehen." Plötzlich stand Ramons Chauffeur an der Tür.

„Damit haben Sie nicht gerechnet, oder?", fragte Claudia spöttisch.

Jetzt wurde Annalisa alles klar. Die beiden hatten schon die ganze Zeit unter einer Decke gesteckt. Sie straffte sich und blickte ihre Stiefmutter kalt an. „Ich möchte, dass Sie jetzt verschwinden, denn ich bin sehr beschäftigt."

„Sind Sie nicht, meine Liebe." Claudia betrachtete interessiert ihre rot lackierten Fingernägel. „Es ist niemand mehr hier, sie sind alle schon zur Kirche gefahren."

„Maria Teresa würde nie ohne mich gehen."

„Wie kommen Sie denn darauf? Ihre Familie hat schon seit Generationen für meine Familie gearbeitet. Sie gehorcht mir aufs Wort."

„Ramon …"

„Wartet vor dem Altar auf seine … Braut." Claudia lachte höhnisch. „Sie sind ganz allein, niemand wird Ihnen helfen." Sie wartete einen Moment und kam dann zum Punkt. „Sie werden mir jetzt sofort Ihren Strandabschnitt überschreiben. Damit werden Señor Ramon Crianza Perez' großspurige Pläne für die Marina und das Luxushotel scheitern, und das wird ihn eine Menge Geld kosten."

Annalisa schüttelte den Kopf. Die Frau tat ihr beinahe leid. „Sie kennen Ramon nicht ... und mich auch nicht."

„Darum geht es hier nicht", sagte Claudia aufgebracht. „Unterzeichnen Sie, und Sie sind uns los." Sie reichte Annalisa ein offiziell aussehendes Dokument, während Ramons Chauffeur drohend einen Schritt näher kam.

„Ich denke nicht daran", erwiderte Annalisa ruhig, und als Claudia sie am Arm packen wollte, lief sie an ihr vorbei und die Treppe hinunter. Auf dem Hof blickte sie sich verzweifelt um und folgte dann dem Pfad, der zu den Klippen führte. Atemlos blieb sie schließlich am Abgrund stehen und hörte plötzlich ein drohendes Bellen. Der gute alte Fudge hatte gemerkt, dass etwas nicht stimmte, und versuchte, Claudia und ihren Liebhaber zu verscheuchen, die die Verfolgung aufgenommen hatten. Als er merkte, dass es ihm nicht gelingen würde, rannte er schwanzwedelnd auf seine Herrin zu.

Annalisa hatte das Gefühl, plötzlich alles in Zeitlupe zu sehen ... Claudia nahm den roten Ball hoch, den Annalisa für Fudge gekauft hatte, und zielte. Sie warf ihn gegen einen Felsen, und der Hund beobachtete fasziniert, wie das Spielzeug zweimal vom Boden abprallte und dann in eine große Spalte rollte. Sofort raste Fudge hinterher und war gleich darauf wie vom Erdboden verschwunden.

„Sie sollten ihn lieber da herausholen, bevor er ertrinkt", sagte Claudia hämisch. „Und vergessen Sie die Unterschrift." Sie zerriss das Dokument und warf es achtlos fort. „Ich nehme doch lieber die Halskette."

Noch nie hatte Annalisa sich so hilflos gefühlt. Sie ballte die Hände zu Fäusten und blickte ihrer Stiefmutter und Ramons Chauffeur hinterher. So, wie es aussah, hatte der Mann schon für Claudias Vater gearbeitet. Warum war sie bloß nicht eher darauf gekommen? Aber das war jetzt ja auch egal. „Ich komme, Fudge!", rief sie und machte sich auf den Weg zu der Stelle, wo der Hund verschwunden war.

Annalisa ließ die Hand vorsichtig durch das verrostete Gitter gleiten. Irgendjemand hatte es verschoben, und deshalb war Fudge in die unterirdische Höhle gestürzt. Unter größter Anstrengung hob sie das Hindernis hoch und blickte in den dunklen Abgrund. Der Hund saß in der Falle und sah sie erschrocken an. „Ist ja gut, mein Junge, ich bin ja da“, sagte sie leise. Wenigstens gab es Stufen, die nach unten führten, auch wenn sie glitschig und voller Schlamm waren. Trotzdem musste sie es versuchen. Vorsichtig ließ sie sich herunter, wobei ihr Kleid zerriss, doch sie achtete nicht darauf.

Als sie den Boden erreichte, hörte sie, wie die Abdeckung mit einem lauten Knall wieder zufiel. Entsetzt stellte sie fest, dass die Höhle sich langsam, aber sicher mit Seewasser zu füllen begann. Fudge begann zu jaulen, als Wellen unaufhaltsam in die Höhle drangen. Annalisa kniete sich neben ihn und nahm den zitternden Hund in die Arme. Beruhigend sprach sie auf ihn ein und überlegte fieberhaft, wie sie sich befreien könne.

Plötzlich hörte sie eine Stimme fragen: „Annalisa! Bist du da unten?“

„Ramon!“ Erleichtert sprang sie auf. „Fudge ist in die Höhle gestürzt.“

Sie beobachtete, wie er seine Smokingjacke und das weiße Hemd auszog. „Ist er verletzt?“

„Nein. Es geht ihm gut, und er ist bei mir.“

„Bleibt, wo ihr seid“, befahl er. „Ich komme zu euch.“ Es dauerte einen Moment, bis er die schwere Abdeckung zur Seite geräumt hatte.

„Wie hast du uns gefunden?“

„Maria Teresa hat mich alarmiert.“ Er ließ sich zu ihr herunter und stand gleich darauf neben ihr im schmutzigen Wasser. Erleichtert nahm er Annalisa dann in die Arme und presste sie an sich. „Die arme Frau ist den ganzen Weg zur Kirche gelaufen, um mich zu holen. Sie hat mir berichtet, was geschehen ist, und ich bin sofort hergekommen.“ Er barg das Gesicht in ihrem Haar. „Wenn dir etwas zugestoßen wäre …, ich weiß nicht, was ich dann getan hätte. Ich hatte solche Angst.“

„Du hattest *was?*“ Erstaunt blickte sie ihn an. Doch als sie den Schmerz in seinem Blick sah, wusste sie, dass er die Wahrheit sagte.

„*Madre de Dios!* Wenn sie dir ein Leid zugefügt hätten …“ Er schüttelte den Kopf. „Sie haben es ja ganz genau geplant. Alle befanden sich schon in der Kirche ... Nur du warst allein. Wenn Maria Teresa nicht gewesen wäre ... Ich mag gar nicht daran denken!“ Er fluchte leise. „Ich habe mir solche Sorgen gemacht. Alle männlichen Hochzeitsgäste sind auf der Suche nach dir.“ Er betrachtete sie, und es kam ihr vor, als würde er sich jeden Zentimeter ihres Körpers einprägen. Erst jetzt schien er zu merken, dass ihr Kleid und der Unterrock an vielen Stellen zerrissen und schmutzig waren und sie nur einen Spitzentanga darunter trug. „Das ist aber eine sehr eigenwillige Hochzeitsmode“, stellte er lächelnd fest.

Annalisa liebkoste seine nackte Brust. „Findest du?“ Dann presste sie die Lippen auf seine.

„Dafür haben wir später noch Zeit.“ Er schüttelte bedauernd den Kopf. „Jetzt haben wir erst einmal einen sehr wichtigen Termin.“

Er hob Fudge hoch, legte den anderen Arm um Annalisa und half beiden die Stufen hinauf.

„Ich gehe einmal davon aus, dass Claudia an allem schuld ist“, sagte Ramon, nachdem sie die Höhle verlassen hatten.

„Sie hat den Ball geworfen, und Fudge ist blindlings hinterher und in die Falle getappt.“ Annalisa ließ sich auf den sandigen Boden sinken und atmete tief durch. „Ich sollte ein Dokument unterschreiben und ihr damit die Rechte an meinem Strand übertragen.“

„Hast du es getan?“

„Nein. Sie hat stattdessen die Kette mitgenommen.“

Er kniete sich neben sie und nahm sie in die Arme. „Es tut mir leid, *querida.* Ich weiß, wie sehr du daran gehangen hast. Aber ein Schmuckstück kann man ersetzen – dich hingegen nicht.“

„Ich hätte es nie für möglich gehalten, dass Claudia zu so einer Gemeinheit fähig ist.“

„Als sie herausgefunden hat, dass dein Vater dir nicht nur die Finca, sondern auch ein Vermögen hinterlassen hat, war sie außer sich.“ Ramon hielt Annalisa fest, und es war, als wolle er sie nie wieder loslassen. „Also hat sie sich überlegt, wie sie am besten aus der Sache Kapital schlagen könnte. Und da kam Rafael ins Spiel. Mein Chauffeur ...“ Seine Miene wurde finster.

„Wozu hat sie ihn eigentlich gebraucht?“

„Um dich einzuschüchtern, falls ihr Plan nicht funktionieren sollte.“

Annalisa schmiegte sich an ihn. „Im Vergleich zu Claudia ist Rafael harmlos.“

„Das sagst du so. Was wäre gewesen, wenn sie beschlossen hätten, anstatt der Kette eine Geisel zu nehmen …?“

„Eine *Geisel?*“, fragte sie erschrocken.

„Das wäre doch möglich, oder? Jeder auf der Insel weiß, dass ich dich mehr als mein Leben liebe. Ich würde alles, was ich besitze, mit Freuden für dich hergeben.“

„Warum hast du deinen Chauffeur nicht schon früher entlassen?“

„Ich hatte ja keine Ahnung, was die beiden vorhatten. Rafael hat übrigens für Claudias Vater gearbeitet, und nachdem dieser gestorben war, ist er zu mir gekommen.“

„Dann hast du also auch nicht gewusst, dass die beiden ein Verhältnis hatten?“

„Nein. Dein Vater sicher auch nicht.“

„Ich verstehe.“ Damit hatte sie das letzte, noch fehlende Puzzleteilchen gefunden.

Einen Moment schwiegen sie beide. Dann bellte Fudge und holte sie wieder in die Gegenwart zurück.

„Du bist voller Sand“, sagte Annalisa und beobachtete Ramon, wie er sich entspannt ausstreckte.

„Und du bist ganz schmutzig, aber das macht mir nichts aus.“ Er zog sie in seine Arme, ließ die Hände durch ihr dunkles Haar gleiten und presste dann die Lippen auf ihre.

Sie spürte, wie sehr er sie begehrte, und zeigte ihm, dass auch sie sich nach ihm sehnte. „Haben wir noch Zeit?“, fragte sie schließlich heiser.

„Leider nicht. Unsere Gäste warten.“ Ramon liebkoste ihre empfindsamste Stelle, die nur von einem Hauch Spitze bedeckt war, und seufzte verlangend. „Auch du scheinst unsere Hochzeitsnacht gar nicht erwarten zu können, *querida.* Schade, aber es hilft nichts. Lass uns gehen, bevor ich die Kontrolle verliere.“ Lachend sprang er auf und reichte ihr die Hand.

Maria Teresa hatte schon besorgt im Hof der Finca auf sie gewartet. Als sie Annalisas schmutziges, zerrissenes Kleid sah, reichte sie ihr schnell ein schwarzes seidenes Umhängetuch. „Kommen Sie mit, Señorita, schnell!“

Ramon überließ sie den Frauen, wandte sich dann ab und dankte allen, die bei der Suche geholfen hatten.

Als Annalisa die Finca betrat, blieb sie erstaunt stehen. Es kam ihr vor, als wären alle Frauen der Insel dort versammelt. Sie führten sie nach oben, wo schon ein heißes Bad für sie vorbereitet war. Später stand Annalisa nachdenklich vor ihrem Schrank und überlegte, was sie jetzt tragen sollte. Sie nahm ein bodenlanges türkisfarbenes Kleid vom Bügel und betrachtete es stirnrunzelnd. In diesem Augenblick klopfte es.

Maria Teresa kam lächelnd herein. Doch als sie sah, was Annalisa da in der Hand hatte, schüttelte sie energisch den Kopf. „Nein, Señorita Wilson, wir haben Ihnen etwas ganz Besonderes mitgebracht.“

Annalisa zögerte, doch als sie die anderen Frauen entdeckte, die sich mit erwartungsvollen Mienen hinter Maria Teresa drängten, bat sie sie herein.

Zwei junge Mädchen betraten als Letzte den Raum. Sie trugen das wunderschönste Kleid, das Annalisa jemals zu Gesicht bekommen hatte. Es war cremefarben, hauteng, bestand aus Seide und war mit kleinen Perlen bestickt, die wie Mondlicht auf einem See glänzten. „Es ist fantastisch“, sagte Annalisa ergriffen. Doch sie wusste genau, dass dieser Traum einer anderen Frau gehörte, und deswegen konnte sie es nicht tragen. „Ich danke euch, aber das kann ich nicht annehmen.“

„Es hat Ihrer Mutter gehört, Señorita“, antwortete Maria Teresa. „Sie hätte sicher nichts dagegen.“

„Meiner Mutter?“ Annalisa konnte es nicht glauben. „Sie hat nie so etwas Kostbares besessen.“

„Doch.“ Die ältere Frau nickte. „Es war für ihre Hochzeit mit Don Pedro gedacht.“ Als sie Annalisas verwirrten Blick sah, gab sie den Frauen ein Zeichen, dass sie gehen sollten. Die beiden Mädchen legten ihre Last respektvoll auf das Bett und schlossen danach die Tür hinter sich.

Maria Teresa wandte sich dann wieder Annalisa zu. „Ihr Vater hat es für Ihre Mutter gekauft, doch dann hat Claudia ihm von ihrer Schwangerschaft erzählt. Es ist nie ausgepackt worden …, bis heute."

Annalisa berührte bewundernd das herrliche Material. *Lern aus den Fehlern deiner Eltern, und bau Neues darauf auf.* Das hatte Ramon gesagt, und er hatte recht gehabt. „Helfen Sie mir?", fragte sie Maria Teresa leise.

Wenig später trat sie auf den Flur und blickte die wartenden Frauen fragend an. „Wie sehe ich aus?"

„Wundervoll, Señorita!", antwortete Maria Teresa, und die anderen klatschten begeistert.

Jemand setzte ihr eine aus Orangenblüten geflochtene Krone auf und legte ihr dann eine Mantilla aus elfenbeinfarbener Spitze um die Schultern.

„Ich danke euch allen!", rief Annalisa begeistert. „Ihr habt meine Hochzeit gerettet."

Sie gingen nach unten, und Maria Teresa öffnete die Tür. Überrascht blieb Annalisa stehen. Sie hatte erwartet, Ramon erst in der Kirche zu sehen – und doch wartete er hier auf sie. Er trug die Kleidung eines stolzen Kastiliers und saß auf Dardo, der ungeduldig schnaubte. Als Ramon sie in ihrem Hochzeitskleid erblickte, stand unverhohlenes Verlangen in seinen Augen. Er zog den breitkrempigen Hut und verbeugte sich leicht. Und dann entdeckte sie den Landauer. Er war mit Kränzen und Bändern geschmückt. Sogar ins Zaumzeug der braven andalusischen Stuten waren Blumengirlanden geflochten, und anstelle des mürrischen Chauffeurs saß …

„Enrique ist bereit!" Lachend warf der kleine Mann seinen schwarzen Hut in die Luft.

„Kann es losgehen, Señorita Fuego Montoya?", fragte Maria Teresa leise.

„Ja." Als sie auf der mit weißen Satinkissen gepolsterten Bank Platz nahm, blickte sie Ramon in die Augen. Und in diesem Moment wusste sie, dass sie ihm von ganzem Herzen vertraute … Nein, mehr sogar noch. Sie vertraute ihm das Leben ihres Kindes an.

„*Te adoro, Annalisa*", flüsterte er.

Als sie seine leidenschaftlichen Worte hörte, legte sie unwillkürlich die Hand auf ihren sanft gerundeten Bauch. Jetzt endlich war ihr klar geworden, dass Ramons Liebe unendlich viel kostbarer war als alle Diamanten auf dieser Welt.

– ENDE –

Kristy McCallum

Te quiero heißt, ich liebe dich

Roman

Aus dem Amerikanischen von
Lydia Roeder

MIRA®

1. KAPITEL

Strahlender Sonnenschein und das tiefblaue glitzernde Mittelmeer, das heute nur leichten Wellengang hatte, versetzten Jane in Hochstimmung, während sie auf dem schmalen Surfbrett immer mehr an Sicherheit gewann. Der Wind war gerade stark genug, um sie aus der kleinen Bucht hinaus aufs offene Meer zu treiben.

Sie hatte es geschafft! Vor einer Woche hatte sie sich zum ersten Mal aufs Surfbrett gewagt, und jetzt war sie endlich so weit, dass sie allein aufs Meer hinausfahren konnte. Nun brauchte sie Hans und seine Unterrichtsstunden nicht mehr! Sie konnte surfen, so, wie sie wollte, und musste sich nach niemandem mehr richten.

Jane wusste, dass sie einen hübschen Anblick auf dem Wasser bot. Sie hatte kurzes, dunkles Haar und eine sehr schlanke, makellose Figur. Obwohl sie auf den ersten Blick zerbrechlich wirkte, war Jane ziemlich kräftig und robust, was ihr die Männer jedoch nie so recht glaubten. Schon seit sie ein Teenager war, hatte sie ständig vom anderen Geschlecht zu hören bekommen, was sie angeblich alles nicht konnte.

„Du bist nicht stark genug, das Segel außerhalb der Bucht zu halten", hatte Hans gesagt, und das hatte Jane auf die Palme gebracht.

„Françoise, diese Französin, ist gestern auch hinausgesurft, und bei ihr hast du kein Wort gesagt!", hatte Jane protestiert. „Sie ist auch nicht größer als ich. Warum machst du dann bei mir so ein Theater?"

Hans hatte jedoch nur gelacht. „Françoise surft schon seit Jahren, und davor ist sie gesegelt. Im Gegensatz zu dir kennt sie sich mit Wind und Seegang aus ..."

„Aber heute ist der Wind nicht stark! Wenn ich die Bucht nicht verlassen darf, lohnt sich der ganze Aufwand doch gar nicht!"

Hans hatte sie einen Augenblick lang nachdenklich angesehen und sich dabei über den dichten Schnurrbart gestrichen. „Wenn du unbedingt die Bucht verlassen willst, kann ich dich natürlich nicht davon abhalten. Aber warnen muss ist dich trotzdem. Du gehörst noch immer zu den Anfängern. Warum nimmst du fürs erste Mal nicht eins der kleineren Bretter?"

„Ach, du meinst, ich soll ein Kindersurfbrett nehmen?“, hatte Jane sich aufgeregt. Das unterdrückte Schmunzeln auf Hans’ Gesicht war ihr nicht entgangen.

„Ja, warum nicht?“ Dass Hans sich köstlich über sie amüsierte, war Jane nicht entgangen. Dass sie das fast zur Weißglut brachte, wollte sie sich jedoch nicht anmerken lassen.

„Damit bräuchte ich ja ewig, um aus der Bucht hinauszukommen, weil der Wind nicht stark genug ist“, hatte sie eingewandt, doch Hans, der offenbar keine Lust mehr hatte, sich mit ihr zu streiten, hatte bereits dem nächsten potenziellen Kunden entgegengesehen.

Jane hatte so getan, als würde sie nachgeben. In Wahrheit aber hatte wilde Entschlossenheit sie gepackt. Sie nahm das Surfbrett, das sie die ganze letzte Woche gehabt hatte, und schob es ins Wasser. Hans würde sich noch wundern! Sie war zwar klein, aber keineswegs schwach und zerbrechlich. Das würde sie allen beweisen!

Jane war fast am Ende der Bucht angelangt, als ein Schnellboot dicht an ihr vorüberzog und dabei so starke Wellen schlug, dass es ihr das Segel aus der Hand riss. Sie versuchte krampfhaft, auf dem schaukelnden Brett stehen zu bleiben. Doch als das Boot zurückkam und eine enge Schleife um ihr Surfbrett drehte, verlor sie das Gleichgewicht und landete im Wasser. Wütend zog sie sich wieder hoch, strich das nasse Haar aus dem Gesicht und setzte sich auf. Was fiel diesem unverschämten Kerl ein? Wenn er wiederkam, würde sie ihm gehörig die Meinung sagen, ganz gleich, wer es war.

„Was für eine Überraschung! Ich dachte, du hättest es aufgegeben, auf Mallorca Urlaub zu machen.“ Die warme, dunkle Stimme mit dem leichten spanischen Akzent war Jane nur allzu gut bekannt.

„Miguel!“ Sie glaubte ihren Augen nicht zu trauen. Jane fühlte sich sofort zurückversetzt in die Zeit vor fünf Jahren, als sie noch ein Teenager gewesen war – gefangen im Netz des faszinierendsten Mannes, dem sie je begegnet war. Sofort begann ihr Herz höherzuschlagen, wie damals, wenn Miguel in ihrer Nähe war. Sei vernünftig, Jane, versuchte sie sich zu beruhigen. Du bist zweiundzwanzig und keine siebzehn mehr …

„Weißt du was, Jane? Ich hatte ganz den Eindruck, dass du uns absichtlich aus dem Weg gehst. Oder habe ich mich da getäuscht?" Miguel musterte sie so eindringlich von oben bis unten, dass ihr vor Verlegenheit das Blut in die Wangen schoss.

„Da hast du völlig recht!", fuhr sie ihn an. „Ich bin nur auf dieser Insel", sie betonte das Wort „nur" dabei, „weil ich hier einen Ferienjob gefunden habe." Verglichen mit der kühlen blonden Schönheit an Miguels Seite, kam Jane sich vor wie ein Mauerblümchen. „Und wie ich sehe, bist du ja bereits in bester Gesellschaft. Wenn ihr mich nun entschuldigen möchtet, ich surfe nämlich weiter!"

„Du hast doch nicht etwa vor, die Bucht zu verlassen?", rief Miguel ihr gegen den Wind zu.

„Und wenn schon, was geht dich das an?", entgegnete sie schnippisch.

„Sei nicht kindisch, Jane! Der Wind da draußen ist zu stark. Du wirst das Segel nicht halten können. Du bist doch sicher vernünftig genug, einen gut gemeinten Ratschlag anzunehmen?"

Jane wäre Miguel vor Wut am liebsten an die Kehle gesprungen. Kaum war er da, musste er sich schon in ihre Angelegenheiten mischen! Warum ließ sie sich nur immer von ihm aus der Fassung bringen? Schließlich war sie kein Teenager mehr, sondern eine Frau von zweiundzwanzig, die ihre Gefühle besser im Griff haben sollte. Jane schluckte ihren Zorn hinunter und antwortete so ruhig wie möglich: „Also gut, ich bleibe in der Bucht. War nett, dich wiederzusehen, Miguel."

Dann nahm sie das Segel auf, winkte kurz und ließ sich weitertreiben.

Jane blieb nichts anderes übrig, als so lange in der Bucht zu bleiben, bis Miguels Boot verschwunden war. Während sie sich langsam zurück in Richtung Festland treiben ließ, dachte sie darüber nach, wie er sie behandelt hatte, als sie noch ein Teenager gewesen war. Sie biss die Zähne zusammen. Miguel de Tarrago hatte sich nicht verändert. Sicher würde er bei der erstbesten Gelegenheit seiner Schwester erzählen, dass ihre kleine Schulfreundin auf der Insel war. Warum hatte er ausgerechnet jetzt hier auftauchen müssen? Was tat er überhaupt auf Mallorca?

Na ja, irgendwann muss selbst Miguel einmal Urlaub machen, überlegte Jane. Seine Familie besaß die schönste Villa in dieser Gegend. Und wenn Jane ehrlich war, musste sie zugeben, dass Miguel immer noch der attraktivste Mann war, den sie kannte. Obwohl sie während der letzten fünf Jahre alles versucht hatte, das Bild dieses Mannes aus ihrem Gedächtnis zu verdrängen, war es ihr nicht gelungen.

Jane hörte, wie das Boot erneut von hinten auf sie zukam und wappnete sich für den nächsten Angriff. Miguel umkreiste sie ein letztes Mal und verschwand dann mit der schönen Blondine aufs offene Meer.

Während das Surfbrett im Kielwasser des Schnellbootes heftig schaukelte, stieß Jane die schlimmsten Verwünschungen aus. Sie würde es Miguel de Tarrago zeigen!

Nachdem Jane die schützende Bucht verlassen hatte, stellte sie überrascht fest, dass der Wind hier draußen tatsächlich sehr viel stärker blies. Es kostete sie ihre ganze Kraft, das Segel in der richtigen Position zu halten und dabei nicht vom Brett zu fallen.

Einerseits war es herrlich, so rasend schnell übers Wasser zu gleiten, doch andererseits wurde es Jane nun doch ein bisschen mulmig. Der Wind war hier mindestens zehnmal so stark wie in der Bucht. Hatte sie ihre Kräfte vielleicht doch überschätzt? Schon nach wenigen Minuten war sie viel weiter aufs offene Meer hinausgetrieben, als sie ursprünglich vorgehabt hatte. Die Wellen wurden immer höher und machten es zunehmend schwer, auf dem Brett zu bleiben.

Plötzlich drehte der Wind, Jane verlor das Gleichgewicht und fiel zum zweiten Mal ins Wasser. Wütend zog sie sich wieder hoch. Als sie auf dem Brett saß, wurde ihr erschreckend bewusst, dass sie es niemals schaffen würde, aus eigener Kraft zurück zum Festland zu kommen.

Trotzdem wollte sie nicht aufgeben. Sie stand wieder auf und versuchte erneut, gegen den harten Seegang anzukämpfen. Nach einer halben Stunde kräftezehrender Bemühungen ließ sie sich schließlich erschöpft aufs Brett sinken. Erst jetzt bemerkte sie, wie weit sie sich inzwischen von der schützenden Bucht entfernt hatte. Hans musste sie gesehen haben, als sie die Bucht verlassen hatte. Wahrscheinlich wollte er sie zur Strafe für ihre Dummheit zappeln lassen und schickte nur deshalb kein Boot hinaus.

Die Wellenberge wurden immer höher, sodass Jane das Festland kaum noch sehen konnte. Jetzt bekam sie wirklich Angst. Was sollte sie tun, und vor allem, was würde man sagen, wenn sie nicht rechtzeitig an ihrem Arbeitsplatz erschien? Sie war in einer der großen, exklusiven Villen, die die Bucht umgaben, für den ganzen Sommer als Köchin engagiert worden.

Heute Abend sollte Jane ein Dinner für zwölf Personen vorbereiten. Ihre Chefin, Mrs. Waters, war zwar nett und sah die Dinge ziemlich locker, aber das auch nur bis zu einem gewissen Punkt. Sie wäre alles andere als begeistert, wenn die erste Dinnerparty dieses Sommers im wahrsten Sinne des Wortes ins Wasser fiele. Glücklicherweise hatte Jane schon am Morgen den Hauptgang des Menüs vorbereitet. Trotzdem gab es noch viel zu tun, und Kate, die ihr am Abend helfen würde, würde unmöglich alles allein schaffen.

Jane seufzte auf. Wer wusste überhaupt, dass sie surfen gegangen war? Aus ihrer Villa jedenfalls niemand. Selbst wenn jemand sie an den Strand hatte gehen sehen, würde man sie hier draußen überhaupt finden? Man hatte ihr zwar stets gesagt, dass das Mittelmeer nicht ungefährlich sei, doch sie hatte alle Warnungen leichtfertig in den Wind geschlagen.

Jane ertappte sich dabei, wie sie insgeheim hoffte, Miguel würde ihr zu Hilfe kommen. Ihm müsste klar gewesen sein, dass sie genau das Gegenteil von dem tun würde, was er ihr geraten hatte. Warum kam er dann nicht her? Weil er sich wahrscheinlich gerade mit dieser Blondine vergnügt, beantwortete Jane sich selbst die Frage. Ich war ihm noch nie wichtig. Für ihn war und bin ich nur die kleine Freundin seiner Schwester, die man so schön necken und herumkommandieren kann.

Krampfhaft schluckte Jane die aufsteigenden Tränen hinunter und sagte sich immer wieder, dass sie nicht in Gefahr war. Mit ein bisschen Glück würde sie von ganz allein in die nächste Bucht treiben. Außerdem fuhren hier so viele Boote herum, dass sie früher oder später einfach entdeckt werden musste. Suchend schaute Jane sich um, konnte jedoch außer Wellenbergen nichts mehr sehen.

Als nach einer weiteren Viertelstunde immer noch kein Boot auftauchte, begann Jane, leise vor sich hinzuweinen. Ihrer bezaubernden schönen Umgebung konnte sie nun nichts mehr abgewinnen.

Plötzlich dröhnte in unmittelbarer Nähe ein Motor laut auf. Es hörte sich zwar nicht nach Miguels Boot an, doch das war Jane egal. Schnell stand sie auf und winkte mit beiden Händen, musste dann aber gleich wieder in die Knie gehen, um das Gleichgewicht auf dem stark schaukelnden Surfbrett nicht zu verlieren. Der kurze Blick hatte jedoch genügt, um sie in Panik zu versetzen. Sie trieb nicht zurück in die Bucht, sondern weiter aufs offene Meer hinaus – Richtung Menorca!

Dann aber hörte sie das Boot näher kommen und sandte ein Dankgebet zum Himmel. Der Fahrer hatte sie gesehen!

Der Mann steuerte sein Boot so nah wie möglich an Jane heran und warf ihr dann geschickt ein Seil zu. „Machen Sie es unten am Segel fest“, schrie er ihr vom Boot aus zu. „Können Sie über die Seite zu mir rübersteigen?“

Es war nicht sehr schwer, sich mit dem Surfbrett an das schmale Motorboot heranzuziehen, und als Jane das geschafft hatte, kletterte sie leichtfüßig an Bord.

„Hören Sie, wenn Sie wollen, dass ich Ihr Brett heil zurückbringe, müssen Sie sich ans Lenkrad stellen und die Nase des Bootes immer in Richtung Leuchtturm dort drüben halten, verstanden?“ Der Mann wartete einen Moment, um zu sehen, ob Jane begriffen hatte, was er von ihr wollte. „Alles klar?“

So erschöpft, wie sie war, konnte sie nur wortlos nicken. Sie tat wie geheißen und konzentrierte sich darauf, genau die vorgeschriebene Richtung einzuhalten. Dabei wagte sie nicht, sich nach ihrem Surfbrett umzusehen. Wenn es ihrem Retter nicht gelang, es zürückzubringen, würde ihre Dummheit sie wahrscheinlich fast ihren gesamten Sommerlohn kosten.

Als der Mann nach vorne kam, ließ sie das Lenkrad wieder los und setzte sich erschöpft hinter ihm aufs Deck.

„Ich fürchte, wir schaffen es nicht bis zu unserer Bucht“, rief er ihr gegen den Wind zu, ohne sich dabei umzudrehen. „Wir werden in den Hafen einlaufen müssen. Der Seegang ist ziemlich stark, also bleiben Sie am besten, wo Sie sind, und halten das Surfbrett fest, damit wir es nicht verlieren, okay?"

Jane bemühte sich, seinen Anweisungen genau zu folgen. Die hohen Wellen spülten viel Wasser ins Boot, und sie musste höllisch aufpassen, dass das sperrige Surfbrett, das kaum in den engen Raum des Motorbootes passte, nicht seitlich ins Wasser abrutschte.

Trotzdem atmete sie auf. Dieser Fremde hatte sie gerettet. Der Himmel wusste, was geschehen wäre, wenn er sie nicht entdeckt hätte. Und er sprach auch noch Englisch! Janes Spanisch war zwar sehr gut, doch sie wusste nicht, ob sie in ihrer Aufregung imstande gewesen wäre, auch nur einen vernünftigen Satz herauszubringen.

Jetzt erst merkte Jane, wie sehr sie fror. Sie zitterte am ganzen Körper und versuchte, gegen die Schwäche in ihren Gliedern anzukämpfen.

„Hier!" Der Mann warf ihr ein Handtuch zu. „Tut mir leid, dass Sie dort unten sitzen müssen, aber hier draußen ist es ziemlich stürmisch. Deshalb konnte ich das Surfbrett auch nicht ins Schlepptau nehmen."

Dankbar legte Jane sich das Handtuch um die Schultern und wischte sich die Tränen und das Salzwasser vom Gesicht. Der Mann hatte im Gegensatz zu ihr anscheinend keine Mühe, auf dem stark schaukelnden Boot ruhig stehen zu bleiben.

Er trug knielange Baumwollshorts und ein blaues, dünnes Baumwollhemd, das seinen schlanken, aber sehr sportlich gebauten Körper gut zur Geltung brachte.

Wow, dachte Jane. Wie muss der Typ erst von vorn aussehen! Er trug eine Sonnenbrille, und Jane hatte in ihrer Aufregung zunächst gar nicht auf sein Äußeres geachtet. Der Fremde war etwa Mitte zwanzig und verbrachte offensichtlich viel Zeit im Freien, da seine Haut von der Sonne tief gebräunt war.

Jane blieb folgsam auf ihrem unbequemen Platz sitzen, bis das Boot die schützende Bucht erreicht hatte. Sofort spürte sie, wie der Wind nachließ und die Wellen sanfter wurden.

Jetzt kann ich mich eigentlich nach vorne setzen, überlegte sie. Das

Surfbrett fällt bestimmt nicht mehr herunter. Doch in dem Moment, als sie aufstand, gab der Fremde Gas, und Jane landete unsanft auf dem Hosenboden.

„Oh, Verzeihung, ich hatte nicht bemerkt, dass Sie aufgestanden waren." Seine weißen Zähne blitzten auf, als er sie amüsiert betrachtete. „Ihretwegen komme ich noch zu spät zu meiner Verabredung." Er streckte Jane die Hand entgegen und half ihr auf die Beine. „Und jetzt setzen Sie sich besser richtig hin." Er wies auf einen der weichen Sitze neben ihm, und Jane folgte zögernd seiner Aufforderung.

Das Boot glitt schnell übers Wasser, wobei der Rumpf durch die Wellen heftig auf- und niederging. Jane hatte sich Motorbootfahren ganz anders vorgestellt. Hier vorne auf dem Sitz war es zwar bequemer, aber trotzdem wurde sie kräftig durchgeschüttelt, wenn das Boot von einer Welle auf die nächste sprang. Sie war nur froh, dass sie nicht mehr hinten auf dem harten Holz sitzen und das Surfbrett halten musste.

„Keine Angst, es fällt nicht runter", sagte der Mann zuversichtlich. „Sie hatten verdammtes Glück, dass ich zufällig sah, wie Sie die Bucht verließen. Die meisten Leute hier halten nämlich nachmittags Siesta. Das mag Ihnen vielleicht ungewöhnlich erscheinen. Aber glauben Sie mir, es hat wirklich etwas Gutes, sich während der größten Hitze auszuruhen. Wenn Sie heute Morgen rausgefahren wären, hätten sie wahrscheinlich keine Probleme bekommen. Das Segel ist zu schwer für Sie. Ich verstehe nicht, warum Hans Sie nicht gewarnt hat."

Jane konnte sich nicht helfen, aber irgendwie ärgerten sie seine Worte. Natürlich hatte ihr der Fremde durch seine Hilfe ein paar unangenehme Stunden auf dem Meer erspart. Aber in Todesgefahr war sie nicht gewesen, sodass er sich also nicht als Lebensretter aufzuspielen brauchte. Wahrscheinlich hielt er sie für eine einfache Touristin, die hier nur zwei Wochen Urlaub machen wollte.

„Ich bin erheblich stärker, als ich aussehe!", erwiderte sie schließlich gereizt. „Und außerdem hat er mich gewarnt", fügte sie hinzu, obwohl es ihr schwerfiel, zuzugeben, dass Hans recht gehabt hatte.

„Natürlich sind Sie das!" Der Fremde grinste schelmisch. „Aber man sollte seine Kräfte niemals überschätzen, besonders wenn man sich in die unberechenbare See hinausbegibt."

Die Art, wie er mit ihr sprach, machte Jane wütend. Er behandelte sie wie einen dummen Teenager. Immerhin war sie normalerweise sehr gut in der Lage, selbst auf sich aufzupassen. „Danke für den Ratschlag. Nächstes Mal werde ich daran denken."

„Sehr vernünftig." Endlich nahm der Mann die Sonnenbrille ab und zeigte Jane seine dunklen braunen Augen mit den ungewöhnlich langen Wimpern. Sein Grinsen wurde dabei immer breiter.

Jane sah ihn entgeistert an. Sie war davon überzeugt gewesen, dass es sich um einen Engländer handelte. Seinem Aussehen nach zu schließen, war er jedoch zweifellos Spanier. Er war groß, wirkte elegant, ja sogar ein bisschen einschüchternd, und er strahlte eine besondere Art von Selbstbewusstsein aus. Entweder ist er sehr vornehm oder sehr reich, oder beides, fuhr es Jane durch den Sinn.

„Ich dachte, Sie seien Engländer!", sprach sie spontan ihre Gedanken aus.

„Ja, aber nur zur Hälfte", erwiderte der Mann immer noch lächelnd und setzte die Brille wieder auf.

„Wieso haben eigentlich ausgerechnet Sie mich gesehen, als ich die Bucht verließ? Ich dachte, Hans wäre für die Sicherheit der Surfer verantwortlich."

„Sagen wir einfach, Sie hatten Glück, dass ich zufällig gerade nach jemand anderem Ausschau hielt, bis ich plötzlich Sie entdeckte."

Jane wusste nicht, was sie davon halten sollte. Sie war fast sicher, dass er sie mit dem Fernglas beobachtet hatte. Am besten war es wohl, das Thema zu wechseln. „Väterlicher- oder mütterlicherseits?", fragte sie deshalb zusammenhanglos.

Einen Moment lang blickte der Mann verwirrt drein, bis ihm dämmerte, wovon sie sprach. Er lachte. „Ach, Sie meinen, welcher von beiden Engländer war? Meine Mutter stammt aus London", erklärte er, als Jane nickte. „Haben Sie noch nicht gemerkt, dass Hans sich mehr für blonde Fräuleins interessiert? Darüber hatte er Sie ganz vergessen, und als ihm wieder einfiel, dass man Sie zurückholen musste, war es schon zu spät, sein eigenes Boot zu holen. Als ich ihm dann meine

Hilfe anbot, war er sichtlich erleichtert.“

Der Mann verlangsamte das Tempo, um in den kleinen Yachthafen einzulaufen, und steuerte dann auf einen Anlegeplatz zu, der offensichtlich ihm gehörte. Dort stand ein kleiner Junge, der allem Anschein nach bereits auf ihn gewartet hatte, und der Mann warf ihm das Tau zu, damit er das Boot damit sichern konnte. Danach sprang der Junge an Bord, und die beiden unterhielten sich so schnell auf Spanisch, dass Jane sich anstrengen musste, um überhaupt etwas zu verstehen.

Erst jetzt fiel ihr ein, wie schrecklich sie vermutlich aussah – mit nassem, völlig zerzaustem Haar, tränenverschmiertem Gesicht und mit nichts am Leib außer ihrem Badeanzug und dem Handtuch um die Schultern. Schließlich befand sie sich hier nicht in irgendeiner Einöde, sondern im Hafen einer kultivierten Stadt.

Kein Wunder, dass der Fremde sie behandelte wie ein Kind, denn so sah sie auch wirklich aus.

„Carlos, Liebling! Wo warst du denn bloß so lange?“

Jane zuckte entsetzt zusammen, als sie sah, wer an der Mole stand und sie erwartete: das unerträglichste Mädchen, das sie kannte. Welche Ironie des Schicksals! Ausgerechnet jetzt musste ihr Juanita über den Weg laufen. Jane wusste, dieses Mädchen würde sich mit Genuss über sie lustig machen.

Carlos sprang aus dem Boot und streckte Jane hilfreich die Hand entgegen, bevor er sich lächelnd an das andere Mädchen wandte. „Tut mir leid, dass ich zu spät komme, Juanita, aber diesmal hatte ich wirklich einen triftigen Grund. Ich musste mich um …, sorry, wie war doch Ihr Name?“ Er grinste erneut und gab dann Juanita einen leichten Kuss auf die ausgestreckte Hand.

Juanita warf Jane einen giftigen Blick zu. Sie trug einen weißen Minirock und ein pfirsichfarbenes T-Shirt und sah wie immer blendend aus. „Hi, Jane. Was in aller Welt machst du denn hier, und noch dazu mit Carlos? Deine Mutter sagte mir, du würdest diesen Sommer arbeiten.“

„Stimmt“, erwiderte Jane gereizt. So, wie Juanita sich an Carlos hängte, war ihr klar, dass sie damit zeigen wollte, dass er zu ihr gehörte. Und wehe, es machte sich eine andere an ihn heran!

Juanita de Tarrago war wirklich die Letzte, der Jane in ihrem augenblicklichen Zustand hatte über den Weg laufen wollen. Als Kind war Juanita gehässig und gemein gewesen, und Jane konnte sich kaum vorstellen, dass sie sich geändert hatte. Dabei hatte sie ihre Eltern beschworen, nichts über ihren Aufenthalt auf Mallorca zu verraten, und ausgerechnet Juanita hatten sie es gesagt.

„Ihr beide kennt euch?“ Carlos machte ein so verdutztes Gesicht, dass Jane sich nur mit Mühe das Lachen verkneifen konnte. Also hatte sie recht gehabt. Er hatte sie für einen kleinen Niemand gehalten und nicht im Traum damit gerechnet, dass sie eines der reichsten Mädchen Spaniens kannte.

Juanita lachte geziert. „Wir sind zusammen zur Schule gegangen, das ist alles.“

„Warum erzählst du ihm nicht, dass wir Busenfreundinnen waren?“, forderte Jane sie spöttisch lächelnd heraus.

Juanita zuckte gleichmütig die Schultern. „Ich glaube kaum, dass ihn das interessiert, nicht wahr, Carlos? Nun, wie dem auch sei …“, sie wandte sie wieder an Jane, „auf jeden Fall sieht es so aus, als ob du wieder mal was angestellt hättest. Du konntest dich mit einem Nein noch nie abfinden, stimmt's? Man hat dir doch bestimmt gesagt, dass du nicht außerhalb der Bucht surfen sollst. Aber die liebe Jane musste ja mal wieder ihren Kopf durchsetzen!“ Sie lächelte triumphierend, als sie Jane ansah, dass sie genau ins Schwarze getroffen hatte. „Aber jetzt mal was anderes – warum arbeitest du überhaupt? Du weißt doch, dass du jeden Sommer bei mir wohnen …“

Jane konnte sich nur mit Mühe beherrschen. Wie satt sie dieses ewige Spiel hatte. Sie schluckte die bissige Bemerkung, die ihr auf der Zunge lag, herunter und zwang sich zu einem honigsüßen Lächeln. „Du weißt doch, dass ich lieber unabhängig bin, Juanita.“

„Natürlich, aber geht deine Unabhängigkeit nicht ein bisschen zu weit, wenn nicht mal deine …, ähm …, beste Freundin wissen darf, wo du dich aufhältst?“

Jane zuckte nur die Schultern. So war Juanita schon immer gewesen. Für sie zählte nur ihre eigene Meinung, und dabei verstand sie es hervorragend, sie anderen Menschen aufzuzwingen.

Carlos holte eine Handvoll Münzen aus der Hosentasche und blickte dabei verständnislos von einem Mädchen zum anderen. Anscheinend konnte er nicht begreifen, dass es auch Menschen gab, die keinen Wert auf eine Freundschaft mit den Tarragos legten.

„Nehmen Sie bitte das Geld, Jane. Sie müssen leider mit dem Taxi nach Hause fahren. Ich muss nämlich dringend weg. Juanita und ich haben noch etwas Wichtiges zu erledigen. Das Surfbrett ist hier gut aufgehoben, und …", er grinste erneut über beide Ohren, „Sie können sich morgen bei mir bedanken und mir das Geld zurückgeben, wenn Sie möchten, okay?"

Da Jane nichts anderes übrig blieb, als sein Angebot anzunehmen, streckte sie widerwillig die Hand aus, um das Geld entgegenzunehmen. Carlos hielt ihre Hand dabei viel länger als nötig fest und hauchte ihr, bevor Jane protestieren konnte, einen zarten Kuss darauf. Jane wollte sich keine Blöße geben, also ließ sie es geschehen. Wer will schon etwas mit einem Mann zu tun haben, der dumm genug ist, sich mit Juanita de Tarrago einzulassen, selbst wenn er so gut aussieht wie Carlos, sagte sie sich, während sie den beiden nachblickte, als sie die Mole verließen und in einen großen weißen Mercedes stiegen.

Obwohl Jane für den Rest des Tages viel zu tun hatte, drängte sich ihr ständig Miguels Bild auf. Gereizt schob sie die Gedanken an ihn beiseite. Carlos hatte ihr deutlich zu verstehen gegeben, dass er sie morgen sehen wollte, und das im Beisein von Juanita. Jane machte sich keine Illusionen über dieses Mädchen. In ihrem Bemühen, andere zu kränken, war sie schon immer gut gewesen.

Jane hatte Juanita bereits als kleines Mädchen kennengelernt. Sie hatten sich miteinander befreundet, weil Juanita darauf bestanden hatte, obwohl sie von Freundschaft ganz andere Vorstellungen zu haben schien als Jane. Juanita wurde von ihrer Familie wie eine kleine Prinzessin behandelt, und wenn diese es sich in den Kopf gesetzt hatte, dass das englische Mädchen ihre Freundin sein sollte, dann musste es auch so sein. Von da an wurde Jane jedes Jahr ins Feriendomizil der Tarragos nach Mallorca eingeladen, um dort ihre Sommerferien zu verbringen. Juanitas großer Bruder Miguel hatte sich stets einen Spaß daraus gemacht, Jane zu necken und zu ärgern. Dabei hatten es die beiden Tarrago-Kinder bestens verstanden, ihr gemeines Verhalten Jane gegenüber vor den Erwachsenen zu verbergen. Glücklicherweise war Miguel, seit Jane siebzehn war, nicht mehr zur gleichen Zeit wie sie auf Mallorca gewesen.

Juanita, die zwar hübscher, aber nicht intelligenter war als Jane, hatte stets versucht, die Freundin in den Schatten zu stellen. Immer und bei allen Gelegenheiten wollte sie die Beste und Schönste sein. Trotz Juanitas Reichtum war Jane jedoch viel beliebter bei den anderen Mädchen und Jungen, und das war Juanita ein Dorn im Auge gewesen.

Die Kinder, deren Anführerin sie war, hatten sich von ihr ihres vielen Geldes und ihrer scharfen Zunge wegen widerspruchslos herumkommandieren lassen. Dabei hatte Juanita stets einen teuflischen Spaß daran gehabt, ihre kleine englische „Freundin" zu schikanieren und zu tyrannisieren, wo es nur ging. Juanitas Eltern hatten ihre Tochter auf dieselbe englische Klosterschule geschickt, in die auch Jane gegangen war, und sie lebten auch heute noch in dem Irrglauben, Juanita und sie seien die besten Freundinnen.

Janes eigene Familie hatte sich nicht minder täuschen lassen. Jedes Mal wenn Juanita zu Besuch gekommen war, hatte sich das Mädchen von seiner besten Seite gezeigt, und so waren Janes Eltern der Meinung gewesen, ihre Tochter müsse sich glücklich schätzen, eine so gute Freundin zu haben.

Als junges Mädchen schließlich war Jane oftmals nahe dran gewesen, Juanitas Mutter die Wahrheit zu gestehen. Doch dann hatte sie doch nicht den Mut dazu aufgebracht, weil sie sicher war, dass man ihr ohnehin keinen Glauben schenken würde.

Dieses Jahr hätten es für Jane die ersten Ferien ohne ein Wiedersehen mit den Tarragos werden sollen. Schon seit Jahren hatte sie sich geärgert, weil sie in den Semesterferien nicht arbeiten konnte wie fast alle anderen Studenten in ihrem Semester. Sie hatte gespürt, dass es langsam an der Zeit war, sich von den Tarragos loszureißen. Juanita und sie waren schließlich niemals richtige Freundinnen gewesen.

Jane hatte einen guten Abschluss gemacht und sich auf diesen Sommerjob gefreut. Im September wollte sie sich dann eine richtige Arbeit suchen. Kochen hatte ihr schon immer Spaß gemacht, und obwohl sie lediglich einen sechswöchigen Kurs absolviert hatte, konnte sie mit ihren Kochkünsten schon einiges anfangen. Natürlich war es ärgerlich, dass sich ihr Arbeitplatz ausgerechnet auf Mallorca und noch dazu ganz in der Nähe von Juanitas Haus befand. Doch ohne die Hilfe der Tarragos hätte sie Lady Waters, ihre Chefin, niemals kennengelernt.

In diesem Sommer hatte Jane zum ersten Mal Gelegenheit gehabt, das Windsurfen zu erlernen. Juanita spielte Tennis, weil ihr Vater darauf bestanden hatte, und fuhr Wasserski, aber alle anderen Sportarten ließen sie kalt. Und was sie nicht wollte, das sollte auch ihre Freundin nicht tun. Das hatte Jane früher sehr wütend gemacht und wahrscheinlich war sie zum Teil deswegen auch so scharf darauf gewesen, endlich Surfen zu lernen.

Die Gedanken an Miguel, Juanita und Carlos ließen Jane auch während der Arbeit nicht los. Sie war fest davon überzeugt, dass Juanita sie anrufen und ihr zu verstehen geben würde, dass sie die Finger von Carlos lassen solle. Wer von beiden würde sich wohl zuerst melden?

Immer wieder war es früher vorgekommen, dass Juanita einen Jungen, der sich mit Jane angefreundet hatte, absichtlich vergraulte. Jane hatte schmerzlich lernen müssen, mit der Tatsache zu leben, dass in Juanitas Kreisen Geld und Macht die wirkungsvollsten Mittel waren, Einfluss zu gewinnen, bei Kindern gleichermaßen wie bei Erwachsenen. Gutes Aussehen, ein nettes Wesen, all dies war nichts im Vergleich zu Juanitas Geld.

Einmal hatte Jane den Fehler begangen, einen jungen Mann in den Sommerferien mit nach Mallorca zu nehmen. Juanita hatte sie schon lange darum gebeten, doch einmal einen Freund mitzubringen, und so hatte Jane David eingeladen.

Der junge Mann, der in seiner politischen Einstellung nach links tendierte, hatte Juanita und ihre Familie wegen ihres luxuriösen Lebensstils zunächst zutiefst verachtet. Juanita hatte jedoch nicht einmal zwei Tage gebraucht, um ihm seine Prinzipien auszureden. Jane war entsetzt darüber gewesen, wie schnell David sich für Geld kaufen ließ, und hatte die Beziehung zu ihm daraufhin enttäuscht abgebrochen. Juanita hatte sich darüber natürlich köstlich amüsiert.

Dazu musste Jane sich auch noch Davids Vorwurf anhören, sie würde schließlich das Gleiche wie er tun, weil sie immer wieder hierherkäme. Sie hatte ihm nicht begreiflich machen können, wie schwer es für ein Kind war, ein so verlockendes Angebot wie Ferien im Ausland bei einer Schulfreundin auszuschlagen.

An diesem Abend kam Jane zu einem wichtigen Entschluss: Sollte Carlos sie morgen vor Juanita anrufen, würde sie ihr zum ersten Mal in ihrem Leben einen Schluck ihrer eigenen Medizin verpassen. Und Miguel würde wissen, dass sie nicht immer nach der Pfeife der Tarragos tanzte. Wenn er sie mit Carlos sah, würde er sie vielleicht endlich ernst nehmen.

Außerdem war Carlos sicher nicht der Ärmste und daher unabhängig. Und er hatte keinen Hehl daraus gemacht, selbst in Juanitas Beisein, dass er sich für Jane interessierte. In gewisser Hinsicht hatte David sogar recht gehabt, als er behauptete, sie selbst hätte sich ebenso verkauft wie er. Indem sie Juanitas Verhalten duldete, machte sie sich schuldig. Vielleicht geht die Sache schief, dachte Jane, aber es lohnt sich, für den Preis zu kämpfen!

2. KAPITEL

Jane war gerade vom Großeinkauf zurückgekehrt, als das Telefon klingelte. Gespannt nahm sie den Hörer ab. „Hallo?"

„Guten Morgen, Miss Mayfield", meldete sich Carlos mit frischer Stimme. „Oder darf ich Jane sagen? Schließlich wurden wir einander ja vorgestellt."

„Hi, Carlos. Ja, natürlich, sag ruhig Jane. Aber als richtige Vorstellung würde ich das nicht gerade bezeichnen. Deinen Nachnamen kenne ich noch nicht ..."

Jane hatte Mühe, ihre innere Anspannung zu verbergen. Auf keinen Fall sollte Carlos merken, wie aufgeregt sie war.

Doch er lachte vergnügt. „Sorry, ich dachte, Juanita hätte dich gestern Abend noch angerufen. Ich heiße Carlos Villafranca und halte mich größtenteils auf Mallorca auf. Meine Familie lebt schon seit Generationen hier auf der Insel ..."

„Wie schön für dich", unterbrach ihn Jane. „Hör mal, Carlos, ich bin dir wirklich dankbar, dass du mir gestern geholfen hast, aber im Moment bin ich ziemlich beschäftigt. Ich komme gerade vom Einkauf und ..."

„Natürlich, ich hatte völlig vergessen, dass du arbeitest. Um das Surfbrett brauchst du dir keine Sorgen zu machen. Ich werde es Hans im Lauf des Tages zurückschicken."

„Könntest du das bitte noch heute Morgen tun?", bat Jane. „Er wird mir wahrscheinlich die Zeit berechnen ..."

„Keine Sorge, das wird er nicht. Er hat deinetwegen nämlich schon einen Anschiss bekommen."

„Aber er hatte mich doch gewarnt, die Bucht nicht zu verlassen, und ich hab's trotzdem getan."

„Das spielt keine Rolle. Es gehört zu seinem Job, auf seine Kunden aufzupassen. Was dir gestern passiert ist, hätte er leicht vermeiden können. Also was ist – hast du nachmittags frei?"

„Ja." Jane musste unwillkürlich lächeln. Was würde Carlos wohl vorschlagen?

„Hättest du Lust auf einen Ausflug mit dem Boot? Ich kenne da eine kleine Bucht, wo es noch keine Touristen gibt. Es ist sehr schön dort. Wir könnten schwimmen gehen, oder du könntest Wasserski fahren. Was meinst du?"

„Klingt toll!", rief Jane begeistert. „Aber was ist mit deiner Siesta?"

„Auf die verzichte ich dir zuliebe gern", versicherte Carlos gut gelaunt. „Kannst du um drei Uhr fertig sein?"

„Ja, ich denke schon. Das Mittagessen wird zwar ziemlich spät serviert, aber wir halten uns nicht genau an die spanischen Essenszeiten."

„Fein. Dann bist später, Jane."

Er legte auf, und Jane summte fröhlich vor sich hin. Eigentlich hatte sie es Carlos nicht so leicht machen wollen. Aber was soll's, dachte sie. Er hatte es ja ziemlich eilig, mich anzurufen ...

Jane hatte natürlich zunächst befürchtet, Juanita könnte Carlos davon abhalten, Kontakt mit ihr aufzunehmen. Die Methoden dieses Mädchens kannte sie nur zu gut. Juanita arbeitete mit äußerst raffinierten Tricks. Ein kleiner Wink, eine versteckte Andeutung, nichts Konkretes, an das man sich halten konnte, wenn man sie beschuldigen wollte. Im Laufe der Jahre hatte Jane für Juanitas Kunst auf diesem Gebiet sogar eine gewisse Bewunderung entwickelt, selbst wenn sich ihre Gemeinheiten auf sie selbst bezogen hatten.

„Mann soll den Teufel nicht an die Wand malen", hatte ihre Großmutter immer gesagt, aber „Gefahr erkannt, Gefahr gebannt", war Janes Devise. Juanita war bestimmt bis in den frühen Morgen in der Disco gewesen und nicht vor fünf oder sechs Uhr heimgekommen. Also blieb Jane mindestens bis Mittag Zeit, sich zu überlegen, wie sie es anstellen konnte, telefonisch nicht erreichbar zu sein, falls Juanita anrufen würde.

Ich werde Lady Waters sagen, dass ich zwischen elf und drei Uhr nachmittags für niemanden zu sprechen bin, überlegte sie. Als sie dies ihrer Chefin wenig später unterbreitete, sah Lady Waters sie verständnislos an.

„Also wirklich, Jane. Wenn Juanita mit Ihnen sprechen möchte, kann ich sie doch nicht einfach abwimmeln."

Jane wusste, dass bei Lady Waters die Achillessehne im Magen lag.

Sie und ihr Mann waren stolz auf ihre gute Küche. Dabei kochten sie nicht einmal sonderlich exotisch. Im Gegenteil, sie legten größten Wert darauf, überwiegend heimisches Gemüse zu verwenden und die Speisen sorgfältig zusammenzustellen und zuzubereiten. Sir Dick hatte vor einigen Jahren einen Herzinfarkt erlitten und musste daher besonders auf gesunde Ernährung achten.

„Ich möchte wissen, was ich auf dem Teller habe", hatte er Jane bei ihrem Vorstellungsgespräch erklärt. „Und ich kann es nicht ertragen, wenn man vor lauter Soße das Essen nicht mehr sieht. Nutze deine Fantasie, das ist das Geheimnis eines guten Kochs. Ich kann es nicht leiden, wenn man sich bis aufs i-Tüpfelchen nach dem Kochbuch richtet. Gut zu Kochen ist eine Kunst und sollte es auch immer bleiben."

In dieser Hinsicht hatte Jane bisher stets sowohl ihren Chef als auch die Gäste zufriedengestellt. Und das wollte sie zu ihrem Vorteil nutzen.

„Ich glaube, Juanita ist nicht klar, dass ich meine Arbeit hier sehr ernst nehme", rechtfertigte sie sich. „Sie würde mich nur unnötig aufhalten, wenn sie mich ans Telefon bekäme. Juanita fände kein Ende, und ich würde mit dem Mittagessen nicht fertig. Daher dachte ich, es wäre am besten, mich für diese Zeit zu entschuldigen. Wenn sie will, kann sie ja eine Nachricht für mich hinterlassen, und ich rufe sie dann später, wenn ich mit allem fertig bin, zurück."

Lady Waters runzelte nachdenklich die Stirn. „Na ja, vielleicht haben Sie recht …"

„Juanita kann einfach nicht begreifen, dass ich zu den ganz normalen Menschen gehöre, die arbeiten müssen, um ihren Lebensunterhalt zu bestreiten", fuhr Jane fort. „Ich meine, so wie Juanita arbeiten die meisten ihrer Freunde nicht, und deshalb kann sie nur schwer verstehen, dass ich anders bin. Darum wollte ich auch nicht, dass sie von meiner Arbeit hier erfährt. Aber da sie es ja nun weiß … Na ja, ich dachte, das sei die beste Lösung für uns alle."

„Nun …" Lady Waters lächelte zögernd. „Wir können sicher nicht zulassen, dass Juanitas wegen das Mittagessen nicht fertig wird", stimmte sie endlich zu und verließ die Küche.

Jane blieb nachdenklich zurück. Dass Lady Waters die Tarragos nicht verärgern wollte, war ganz offensichtlich. Sir Dick war als tüchtiger Geschäftsmann bekannt. Vielleicht betrieb er wichtige Geschäfte mit den Tarragos. Dass die Interessen und Verbindungen dieser Familie weit über Spaniens Grenzen hinausreichten, war Jane seit Langem bekannt.

Grübelnd nahm sie ihre Arbeit wieder auf. Es war schon erstaunlich, welche Macht man besaß, wenn man genügend Geld hatte. Zum ersten Mal fragte Jane sich, ob es vielleicht ein Fehler gewesen war, diesen Job anzunehmen. Sie hätte wissen müssen, dass Juanita davon erfahren würde.

Plötzlich kam ihr ein Gedanke, der sie erschreckte und verwirrte zugleich. Eigentlich hatte sie es ja so gewollt – dass Juanita davon erfuhr. Auf diese Weise nämlich konnte sie ihr und ihrem Bruder ein für allemal ihre Unabhängigkeit beweisen. Und dass die Tarragos keine Macht über sie besaßen und noch nie besessen hatten.

Jahrelang hatte Jane darunter gelitten, für Juanita und ihren Bruder nur eine Art Spielzeug gewesen zu sein. Niemals hatte sie jedoch den Mut gefunden, einfach nicht mehr mitzumachen. Als Ausgleich dafür hatte sie auf anderen Gebieten einen geradezu fanatischen Eifer entwickelt, alle Aufgaben allein und ohne fremde Hilfe zu bewältigen.

Am meisten hatte sich Jane über Miguel geärgert. Er hatte sie nicht nur ständig geneckt, sondern sich auch stets mit hübschen Mädchen, meistens Juanitas Freundinnen, umgeben. Manchmal hatte er sich auch mit Schönheiten aus dem Ausland geschmückt, die von seinem Reichtum angezogen wurden. In den letzten fünf Jahren hatte Jane sich immer wieder einzureden versucht, dass Geld das Einzige sei, was diesen Mann anziehend machte.

Ihr war ebenfalls klar geworden, dass die Idee, Juanita ihren Freund auszuspannen, aus dem Wunsch entstanden war, die beiden Tarrago-Geschwister endlich in ihre Schranken zu weisen. Wenn sie ihre Selbstachtung wiederfinden wollte, musste Jane diesen Kampf aufnehmen – mit ihren spärlichen Waffen gegen die riesige Macht des Geldes auf Seiten der Tarragos. Jane wusste, dass Miguel nicht so leicht zu erschüttern war, aber er hatte seine Schwester gern, und das war sein Schwachpunkt und gleichzeitig Janes Trumpf. Nur so konnte sie diesen Mann empfindlich treffen.

Jane stand an der Mole und wartete auf Carlos. Sie war nervös. Juanita könnte jeden Moment auftauchen. Sicher würde sie dann mit dem herrlichen Boot erscheinen, mit dem Miguel gestern gefahren war.

Als Jane endlich Carlos' Boot, die „Viviana“, in der Ferne erkannte, atmete sie erleichtert auf.

Hans hatte bereits am Morgen bei Jane vorbeigeschaut, um sich für das gestrige Dilemma zu entschuldigen. Sie hatte ihm versichert, dass es nicht seine Schuld gewesen sei, und so waren sie ohne Streit auseinandergegangen, wobei Hans ihr noch durch die Blume zu verstehen gegeben hatte, dass er ihr im Grunde einen Gefallen getan hatte, indem er ihr Carlos zu Hilfe schickte. Deshalb war Jane ganz froh, dass er jetzt nicht hier war, denn dann hätte er sich in seiner Meinung nur bestätigt gefühlt.

Carlos hatte noch nicht einmal richtig angelegt, da stürzte Jane schon Hals über Kopf aufs Deck.

„So wild auf meine Gesellschaft war bisher noch keine“, sagte er lachend, während er wendete und langsam den Hafen verließ. „Oder wolltest du nur vermeiden, dass ich deine Freundinnen kennenlerne?“

Jane lachte verlegen und spürte, wie ihr die Röte in die Wangen schoss. „Ich hatte nur ein bisschen Angst um die Schwimmer, die dauernd versuchen, auf den Anlegeplatz zu steigen. Du hättest einen von ihnen versehentlich treffen können …“ Als sie Carlos' amüsiertes Gesicht sah, wurde ihr klar, wie albern das klang, und sie wechselte rasch das Thema. „Welche von den Villen dort drüben gehört eigentlich dir?“

„Von hier aus kann man sie wegen der Pinien schlecht sehen, aber es ist diese dort.“

Er wies in die Ferne, doch Jane konnte aufgrund der unzähligen Bäume, die die Häuser umsäumten, kaum etwas erkennen.

„Ja, ich seh' sie, oder besser gesagt, ich seh' sie nicht!“, gestand sie lachend und entspannte sich, als das Boot durch die kleine Bucht aufs Meer hinausfuhr. Juanita hatte sie nicht erwischt! Nun konnte Jane die nächsten Stunden unbeschwert genießen.

Sie gratulierte sich im Stillen selbst zu ihrem guten Geschmack, während sie Carlos ausgiebig betrachtete. Er trug eine lange blauweiße Baumwollbadehose und hellblaue Espadrilles. Sein breiter, muskulöser Rücken war sonnengebräunt, und seine Brust war von schwarzen Härchen bedeckt, die sich in einem schmalen Streifen am Bauch hinunterzogen, bis sie unter seinem Hosenbund verschwanden. Jane konnte gut verstehen, dass Juanita für ihn schwärmte. Warum aber ließ er nicht auch ihr Herz höherschlagen?

Sie hatte einen blau-roten Bikini mit hohem Beinausschnitt und hübschem Oberteil angezogen, welches so gut saß, dass es während der Fahrt nicht verrutschen konnte. Sie hielt nichts von den Minitangas, die mehr zeigten, als sie verhüllten, auch wenn sie durchaus die Figur hatte, sie zu tragen. Ihr Vater hatte einmal gesagt, zu viel Nacktheit schrecke die Männer ab, und es gefalle ihnen besser, wenn gewisse Körperteile ihrer Fantasie überlassen blieben, und diese Meinung teilte Jane.

Sie hatte sich für den Ausflug gut ausgerüstet. Da sie ziemlich klein war, trug sie meist Schuhe mit höheren Absätzen. Heute hatte sie sich für ein Paar Slipper mit Korksohlen entschieden. Ihr kurzes Haar hatte sie diesmal vorteilhaft frisiert, damit Carlos nicht etwa meinte, sie sehe immer so grässlich aus wie gestern, als er sie aus dem Meer gefischt hatte. In der blauen Strandtasche steckten außerdem noch ein Kamm, Make-up, ein langes T-Shirt und ein Handtuch.

Das Meer war erheblich ruhiger als am Tag zuvor, und Jane genoss die schnelle Fahrt über das im Sonnenlicht glitzernde Wasser. Die langen Strände von Canyamel waren ganz in der Nähe. Nach etwa einer Viertelstunde stellte Carlos den Motor ab und ließ die „Viviana" sanft um das felsige Festland gleiten, bis eine kleine Bucht vor ihnen auftauchte.

„Oh, hier ist es aber schön!", rief Jane begeistert aus. „Und gar nicht weit von unserem Strand!"

„Gerade weit genug, um aufdringliche Schwimmer fernzuhalten", erwiderte Carlos lächelnd. Wie ein Schwan, der sich gemächlich der Küste näherte, schaukelte die „Viviana" sanft auf dem Meer dahin. Carlos kam nach vorn, um den Anker zu werfen. Das Wasser war an dieser Stelle so klar, dass Jane bis auf den sandigen Meeresgrund sehen konnte.

Seit Carlos den Motor abgestellt hatte, war es ganz still geworden. Jane lauschte dem sanften Schlagen der Wellen an den Bootsrumpf und genoss die traumhaft schöne Umgebung. Es war herrlich, zuzuschauen, wie die aufschäumende See die dunklen Felsen am Ufer weiß umspülte.

„Das ist mit ein Grund, warum die Bucht vom Tourismus verschont geblieben ist.“ Carlos deutete auf die scharfen Felsen. „Sie hat keinen Strand.“

„Ich mag Sand auch nicht besonders gern“, sagte Jane nachdenklich. „Wenn ich genügend Geld hätte, um mir ein Haus zu kaufen, müsste es an einem Platz wie diesem sein.“

Jane bewunderte die blaugrüne Farbe des Wassers, das im Sonnenlicht glitzerte, als wäre es mit Tausenden von Diamanten übersät. „Warum sieht das Meer eigentlich an manchen Stellen grün aus?“, fragte sie und wies auf das Stück unter ihnen, das sich in seiner smaragdgrünen Farbe deutlich vom tiefen Saphirblau des übrigen Wassers abzeichnete.

„Weil wir den Anker über Sand geworfen haben. Weißt du nicht, welche Farbe es ergibt, wenn man Blau und Gelb mischt?“

„Grün natürlich! Wie dumm von mir. Auf die Idee bin ich noch nie gekommen!“

„Na ja, ich bin nicht sicher, ob das die richtige Erklärung dafür ist“, gab Carlos schmunzelnd zu. „Das ist nur meine eigene Theorie. Hast du Lust zu schwimmen?“, schlug er unvermittelt vor. „Dort drüben gibt es eine Grotte. Sie ist zwar nicht besonders groß, dafür aber sehr schön. Ich habe Taucherbrillen mitgebracht.“

„Oh ja, das wäre toll!“ Jane strahlte. „Aber heute ist das Wasser so klar, ich glaube, da brauchen wir die Brillen gar nicht.“

„Ja, wir haben Glück, dass die Wellen gestern den Boden nicht aufgewühlt haben. Sieh mal, da!“

Carlos lehnte sich zu Jane vor und deutete auf eine Stelle im Wasser. Jane empfand seine plötzliche Nähe als so unangenehm, dass sie sich kaum auf das konzentrieren konnte, was er ihr zeigen wollte. Auf einmal musste sie an Miguel denken. Seltsam, dachte sie. Warum hat Carlos' Nähe plötzlich Miguels Bild heraufbeschworen? Ärgerlich schüttelte sie den Gedanken ab und schaute ins Wasser.

Wenige Meter vor ihnen sprangen winzige silbern glitzernde Fische aus dem Wasser in die Höhe, und dann tauchte auf einmal ein pelikanartiger Vogel auf, aus dessen Schnabel ein Fisch hing.

„Oh, der Kormoran!", rief Jane. „Er kommt auch in unsere Bucht, um Fische zu fangen. Ich habe mich schon oft gefragt, wohin er danach verschwindet."

„Du hast ihn schon einmal gesehen?", fragte Carlos überrascht.

„Ja ..." Janes Stimme klang etwas heiser, und sie räusperte sich verlegen, während sie versuchte, unauffällig ein Stück von Carlos abzurücken. „Er sitzt immer auf den Felsen in der Nähe unserer Villa."

Jane hatte das Gefühl, dass Carlos ihre Reaktion missverstand. Oder deutete er sie etwa richtig? Sie wusste selbst nicht, wie sie sich verhalten sollte. Er sah sie mit seinen tiefbraunen Augen eindringlich an, und sie zwang sich, seinem Blick standzuhalten. Auf einmal kam ihr der Gedanke, dass die Idee, sich mit dem gut aussehenden Fremden einzulassen, vielleicht doch nicht so gut gewesen war. Und ihr kleines Spiel hatte noch nicht mal richtig begonnen!

„He, was ist los mit dir? Du machst so ein missmutiges Gesicht." Carlos lächelte Jane aufmunternd zu. „Komm, wir machen ein Wettschwimmen zu dem großen Felsen da vorne! Ich gebe dir zehn Sekunden Vorsprung. Los!"

Das ließ sich Jane nicht zweimal sagen. Froh um die willkommene Ablenkung hechtete sie, ohne zu zögern, mit einem Kopfsprung in das Wasser und kraulte mit schnellen Zügen in Richtung Felsen.

Gerade als sie die Hand ausstreckte, um den Stein zu berühren, holte Carlos sie ein und zog sie von hinten an sich heran.

„Du hast schon gedacht, du hättest gewonnen, stimmt's?", meinte er vergnügt.

„Ja, das kann man wohl sagen!", erwiderte Jane atemlos und lehnte sich an seinen kräftigen Körper. Da ließ Carlos sie wieder los, und das Rennen begann von Neuem.

So ging es den ganzen Nachmittag. Beide bemühten sich, ihre Beziehung auf eine harmlose Spielerei zu beschränken.

„Jetzt muss ich aber langsam nach Hause", sagte Jane, als sie wieder an Bord waren, und rollte sich auf den Bauch. Carlos folgte ihrem Beispiel und kam dabei absichtlich so nahe an sie heran, dass ihre Körper sich berührten. Jane setzte sich sofort auf und schlang die Arme um die Knie. Die unausgesprochene Einladung in Carlos' Blick war ihr nicht entgangen. Sei vorsichtig, Jane, warnte sie sich im Stillen.

„Wirklich?", erwiderte Carlos sanft, und sie wusste sofort, was er ihr indirekt damit sagen wollte. Warum also zögerte sie noch? Hatte sie nicht genau das gewollt, was er ihr nun bot?

In diesem Moment stieß der Kormoran einen lauten Schrei aus und brachte sie damit wieder zur Vernunft. Jane musste unwillkürlich lachen, und Carlos stimmte mit ein.

„Na warte, wenn ich dich erwische!", rief er dem Vogel zu und stand auf, um den Anker zu lichten. „Der Kerl hat die ganze Idylle zerstört!"

Jane war jedoch froh darüber, denn die Situation wäre ihr beinahe aus der Hand geglitten. Sie lachte erleichtert auf. „Wir haben uns hier wahrscheinlich nur länger aufgehalten, als es dem Herrn Vogel recht war, das ist alles!"

„Er sollte sich lieber in Acht nehmen. Die Bucht gehört nämlich mir."

Jane drehte sich um und sah Carlos erstaunt an. „Tatsächlich?"

Er startete den Motor, was einen zweiten ärgerlichen Schrei des Kormorans nach sich zog. „Ja. Der größte Teil dieses Landes hier gehört mir. Meine Familie besitzt bereits seit Jahrhunderten Land auf Mallorca. Natürlich war es früher meist einfaches Farmland, wobei die Küstengebiete im Gegensatz zu den fruchtbaren Ebenen im Inneren der Insel eine geringere Bedeutung hatten. Aber durch den Einzug der Touristen änderte sich alles." Er warf Jane einen kurzen, beinahe unpersönlichen Blick zu. „Möchtest du auf dem Rückweg Wasserski fahren?"

Jane schüttelte den Kopf. „Nein, danke, Carlos, heute nicht. Der Nachmittag war fantastisch – so richtig entspannend. Nach all den Aufregungen von gestern genau das Richtige für mich."

„Möchtest du noch mal mit mir hinausfahren?"

„Oh ja, das wäre wirklich toll! Danke schön, Carlos"

„Nichts zu danken." Er lächelte vielversprechend. „Vielleicht könnten wir das nächste Mal etwas Aufregenderes machen? An deinem freien Tag vielleicht?"

Jane sah keinen Grund, ihre Freude zu verbergen. „Ja, das wäre wirklich toll."

„Fein. Wann hast du frei?"

„Übermorgen, am Donnerstag."

„Das trifft sich gut. Wir können den ganzen Tag draußen bleiben und abends dann zu Juanitas Party gehen."

„Juanitas Party?"

„Ja. Miguel, Juanitas Bruder, feiert seinen dreißigsten Geburtstag. Das wird bestimmt die beste Party dieses Sommers. Du wirst dich wundern, wie viele Leute kommen – aus aller Welt!"

„Aber ich dachte ..., ich meine, ich hörte, er hätte schon in Madrid gefeiert?"

„Ja, stimmt. Die Party am Donnerstag ist inoffiziell und wird von Juanita organisiert, aber amüsieren kann man sich deswegen bestimmt genauso gut. Ich habe Juanita bei den Vorbereitungen geholfen. Sie will ein Feuerwerk aufsteigen lassen. Deshalb hatten wir gestern auch noch so viel zu tun."

„Es wird ihr aber nicht recht sein, wenn ich komme ...", wandte Jane ein.

„Ach woher!", meinte Carlos überzeugt. „Juanita freut sich riesig, dass du hier bist. Mich wundert nur, dass sie sich noch nicht bei dir gemeldet hat."

„Sie versuchte heute Morgen, mich telefonisch zu erreichen, doch ich konnte nicht mit ihr sprechen, weil ich arbeiten musste."

Carlos schien nicht zu merken, dass Jane alles andere als scharf darauf war, an dieser Party teilzunehmen. Wahrscheinlich kam er gar nicht auf den Gedanken, dass es auch Leute gab, die sich nichts aus solchen Dingen machten. Die Tarrago-Partys waren in ganz Europa bekannt und zogen die Schönen und Reichen an wie ein Magnet das Eisen. Jane hatte sich immer darüber gewundert, was sich viele Leute alles einfallen ließen, nur um eine Einladung zu bekommen. Sie selbst konnte darüber nur den Kopf schütteln.

Gemächlich glitt die „Viviana“ auf das Festland zu. Janes Laune hatte sich schlagartig verschlechtert. Selbst der gut aussehende Mann an ihrer Seite konnte daran nichts mehr ändern. Wenn sie an Juanitas Party für Miguel dachte, drehte sich ihr vor Zorn der Magen um.

Miguel! Immer nur Miguel! Das letzte Mal, als er, Jane und Juanita zusammen waren, hatte er versucht, Jane in sich verliebt zu machen. Immer wenn er in ihrer Nähe gewesen war, hatte sie eine eigenartige innere Erregung erfasst. Eines Tages hatte er Jane schließlich so leidenschaftlich geküsst, dass sie aus lauter Angst und Scham vor den heftigen Gefühlen, die sie dabei empfunden hatte, weggelaufen war.

Am nächsten Morgen war Miguel ohne ein Wort fortgegangen. Jane war danach so durcheinander gewesen, dass sie keinen klaren Gedanken mehr hatte fassen können.

Miguels internationaler Ruf als Liebhaber schöner Frauen war Jane nicht unbekannt geblieben. Manchmal hatte sie sich deshalb sogar geehrt gefühlt, weil er versucht hatte, sie zu seiner Geliebten zu machen. Andererseits jedoch hatte sie ihn für seine unzähligen Affären, aus denen er niemals einen Hehl machte, verachtet.

Jane war sich ziemlich sicher, dass Miguel inzwischen das Interesse an ihr verloren hatte. Auf ein Wiedersehen mit ihm konnte sie gut verzichten, besonders nachdem er sie gestern wieder so spöttisch angesehen hatte. Vor fünf Jahren schien er immun gegen ihren Charme gewesen zu sein, und sie würde es nicht zulassen, dass dieser Mann noch einmal auf ihren Gefühlen herumtrampelte, nur um ihr zu beweisen, wie unwiderstehlich ihn alle Frauen angeblich fanden. Soll er sein Ego doch mit dieser Blondine stärken, aber nicht mit mir, dachte Jane verärgert.

Plötzlich wurde sie durch einen leichten Schubs von Carlos aus ihren Träumereien gerissen. Sie hatten den Anlegeplatz schon fast erreicht.

„Entschuldige“, sagte Jane verlegen. „Ich war weit weg mit meinen Gedanken.“

„Macht nichts.“ Carlos grinste breit. „Wir sehen uns also am Donnerstag?“

Jane lächelte zurück. „Ja, gern.“

„Falls das Wetter mitspielt – in welche Richtung möchtest du denn lieber fahren: nach Norden oder Süden?"

„Nach Norden, wenn es dir recht ist", entschied Jane. „Ich mag diesen Teil der Küste sehr."

„Dein Wunsch sei mir Befehl! Und wenn das Wetter schlecht ist, hole ich dich mit dem Auto ab. Abgemacht?"

„Abgemacht!", stimmte Jane freudig zu. „Und danke für alles, Carlos. Der Nachmittag war wirklich super."

„De nada!" Carlos hielt das Boot fest, während Jane leichtfüßig auf die Mole sprang. Sie winkte ihm noch kurz zu und lief dann über die Holzplanken auf die Stufen zu, die hinauf zu ihrer Villa führten.

3. KAPITEL

Kaum war Jane allein in ihrem Zimmer, da klingelte das Telefon. Innerlich gewappnet, nahm sie den Hörer ab. „Jane? Wo bist du denn gewesen?“, erklang Juanitas aufgeregte Stimme. „Ich warte schon seit einer Ewigkeit auf deinen Anruf!“

Juanitas familiärer Ton ließ Jane ärgerlich die Zähne zusammenbeißen. „Hi! Es tut mir leid, aber ich konnte nicht zurückrufen.“

„Wo hast du denn die ganze Zeit gesteckt? Ich war heute Nachmittag bei euch, und Lady Waters sagte mir, du seist mit irgendjemandem mit dem Boot hinausgefahren.“

„Ja. Ich war mit Carlos unterwegs.“

„Mit Carlos? Carlos Villafranca?“ Die Wut in Juanitas Stimme war nicht zu überhören, und Jane lächelte schadenfroh in sich hinein.

„Ja. Ist das verboten?“, fragte sie gespielt unschuldig. „Carlos hat mich eingeladen. Er scheint ganz wild darauf zu sein, mich näher kennenzulernen!“

Das hatte gesessen! Juanita brauchte erst eine Weile, bevor sie ihre Sprache wiederfand.

„Du weißt nicht zufällig, dass Carlos ein ganz besonderer Freund von mir ist?“, erwiderte sie gereizt.

„Doch, das hat er mir gesagt. Und auch, dass er dir bei den Vorbereitungen für Miguels Party helfen musste. Anscheinend nimmt er an, du würdest mich auch einladen, jetzt, wo du weißt, dass ich auf der Insel bin.“ Insgeheim hoffte Jane, Juanita würde nun zugeben, dass dies ganz und gar nicht der Fall sei. Einen Augenblick schien es auch, als würde sie dies tun, doch Juanita fiel nicht darauf herein.

„Natürlich würden wir, das heißt Miguel und ich, uns herzlich freuen, wenn du am Donnerstag kämst“, antwortete sie stattdessen steif. „Er scheint sich ja mächtig zu freuen, dass du hier bist. So kam es mir jedenfalls vor, als er mir heute Morgen von dir erzählte. Du hast ihm früher immer so gut gefallen, weißt du noch?“ Juanita klang amüsiert. „Ihr habt meine Familie damals ganz schön geschockt. Meine Eltern waren nämlich der Meinung, du und Miguel – das passt doch nicht zusammen. Deshalb habt ihr euch auch nicht mehr getroffen, wenn du in den Sommerferien bei uns warst!" Juanita lachte schrill. „Jetzt wird es wohl erheblich schwerer für dich sein, sein Interesse zu wecken, obwohl ...", sie machte eine kurze Pause, „... so wie ich dich kenne, fällt dir bestimmt was ein, um seine Aufmerksamkeit zu erregen. Genauso wie früher!"

Juanitas gehässige Worte versetzten Jane einen solchen Stich, dass sie sich kaum noch beherrschen konnte. Am liebsten hätte sie ihr offen gesagt, wie oft Miguels Verhalten sie derart gekränkt hatte, dass sie vor Verzweiflung in Tränen ausgebrochen war. Doch das würde Juanita nur zeigen, dass sie Janes wunden Punkt getroffen hatte. Also schluckte Jane ihren Zorn hinunter und zwang sich zu einem gleichmütigen Lachen.

„Ich bin sicher, Miguel macht sich nichts mehr aus mir, aber trotzdem freue ich mich, ihn wiederzusehen. Zudem hat Carlos versprochen, sich auf der Party um mich zu kümmern!", fügte sie zuckersüß hinzu, in der Hoffnung, Juanita damit einen Schlag zu versetzen.

Die ließ sich jedoch nichts anmerken. „Na großartig! Ich werde dafür sorgen, dass du mit Miguel zusammentriffst, dann braucht Carlos nicht seine Zeit mit dir zu verschwenden! Außerdem weiß ich von Miguel, dass du das einzige Mädchen bist, das ihm je eine Abfuhr erteilt hat. Kein Wunder, dass er immer noch auf dich abfährt! Vielleicht erleben wir auf dieser Party ja sogar noch eine Überraschung, was meinst du?"

„Mach ihm bloß keine falschen Hoffnungen!", wehrte Jane ab. „Sag ihm, ich hätte meine Ansichten während der letzten fünf Jahre nicht geändert."

Juanita lachte laut. „Süße Romanze zwischen Mädchen und Jungen – von Familie zerstört! Wie aufregend! Aber wenn du deine Karten richtig ausspielst, Jane, wer weiß? Eines Tages wirst du vielleicht noch meine Schwägerin!"

„So ein Unsinn!" Jane ärgerte sich über Juanitas unbedachte Worte. „Als Jungen konnte man Miguel vor fünf Jahren wohl kaum noch bezeichnen. Und außerdem, wenn ich für deine Familie damals schon nicht standesgemäß war, wird sich daran jetzt wohl kaum etwas geändert haben."

„Wie kommst du denn auf die Idee?" Juanita lachte erneut. „Kein Mensch hat das gedacht, und schon gar nicht *mamá* oder *papá*. Du hast mich völlig missverstanden, Jane. Meine Familie war bloß gegen eine Freundschaft zwischen euch beiden, weil du damals noch so jung warst. Selbst Miguel war der Meinung, es sei besser, noch zu warten, bis du erwachsen bist, bevor ihr euch wiederseht."

„Ach, Juanita, das bildest du dir alles nur ein", beharrte Jane, die das nicht glauben konnte. „Miguel wird sich wohl kaum ernsthaft für ein Mädchen wie mich interessieren. Denk nur an die vielen schönen Models, die er ständig um sich hat."

„Ach, die ...", meinte Juanita abwertend. „Die bedeuten ihm gar nichts. Alle Männer flirten gern mit hübschen Mädchen, bevor sie sich für die Richtige entscheiden. Carlos ist das typische Beispiel. Er hat dir sicher gesagt, dass er nur seinen Spaß haben will, nicht wahr? Er reißt gern Mädchen auf, aber er meint es dabei niemals ernst. Dazu ist ihm seine Freiheit viel zu lieb ..."

Jane war immer noch entschlossen zu kämpfen. Juanita hatte sie absichtlich gekränkt, und das wollte sie ihr heimzahlen.

„Wenn du dich da nur nicht in Carlos täuschst", gab sie zu bedenken. „Was du sagst, mag ja stimmen, aber meinst du nicht, ein Mädchen könnte ihn sich schnappen, wenn es clever genug ist?" Jane lachte. „Na ja, wenn er sich mich als Sommergespielin ausgesucht hat, mir soll's recht sein. Wir hatten wirklich einen tollen Nachmittag, und am Donnerstag wollen wir uns wieder treffen ..."

Es folgte eine kurze Pause, dann wechselte Juanita unvermittelt das Thema. „Gib Miguel wenigstens eine Chance, hörst du? Also ich an deiner Stelle würde es mir überlegen – er ist ein Bild von einem Mann! Jedenfalls freue ich mich, dass ich dich erwischt habe, auch wenn du dich wie eine Maus in ihrem Loch versteckst. Du kommst doch am Donnerstag? Wir beide haben noch viel zu besprechen. *Adiós*, Jane!"

Jane legte nachdenklich den Hörer auf. Eigentlich war es ziemlich töricht von ihr gewesen, Juanita zu verraten, dass sie sich am Donnerstag noch einmal mit Carlos treffen wollte. Ganz bestimmt würde diesem Mädchen noch rechtzeitig etwas einfallen, um ihr den Ausflug zu verderben.

In diesem Moment wurde Jane von einem starken Gefühl der Hoffnungslosigkeit erfasst, wie es früher oft gewesen war. Es wäre so leicht und so bequem, einfach aufzugeben. Andererseits, was hatten Carlos und sie zu verlieren?

Nach dem Gespräch mit Juanita stand jedenfalls fest, dass sie auf Miguels Party erscheinen würde. Wenn er noch genauso war wie früher, würde sie alle Hände voll zu tun haben, sich gegen seine Hänseleien zu wehren. Juanita hatte recht. Jane, die kleine Engländerin, hatte ihm einen Korb gegeben, und das konnte ein Mann wie Miguel nicht so leicht verkraften.

Als Jane sich damals seiner Umarmung entzogen hatte und davongerannt war, war er ihr sofort nachgelaufen und hatte sie dann so fest an sich gezogen, dass sie seine Erregung deutlich hatte spüren können.

„Sieh nur, was du mit mir machst, Kleine!", hatte er gesagt, doch sie war viel zu schüchtern gewesen, um zuzugeben, wie erregt sie selbst gewesen war. Zudem hatte sie von Juanita gewusst, dass für Miguel alles nur ein Spiel gewesen war, das ihm nichts bedeutete.

„Weißt du, Miguel hat mir mal erzählt, dass ein Mann eine Frau schrecklich begehren kann, ohne wirklich etwas für sie zu empfinden. Mit Liebe hat das dann rein gar nichts zu tun", hatte Juanita Jane erzählt. „Hüte dich also vor meinem Bruder. Du bist zu jung, um mit einem Mann wie ihm fertig zu werden …" Ihr gehässiges Lachen hatte Jane damals fürchterlich gekränkt.

„Ihr Tarragos!", hatte sie zornentbrannt zurückgeschrien. „Ihr denkt wohl, mit Geld könne man alles kaufen, was? Aber eines sage ich dir, Juanita! Dein Bruder kriegt mich nicht, und weißt du auch warum? Weil ich es nicht will!"

Deshalb bin ich auch vor ihm davongelaufen, hatte Jane sich nach dieser Szene immer wieder einzureden versucht. Niemals konnte sie sich eingestehen, dass es in Wirklichkeit ihre Gefühle waren, vor denen sie sich gefürchtet hatte und immer noch fürchtete. Und an allem war nur Miguel schuld. In den letzten fünf Jahren hatte Jane nichts auch nur annähernd so verwirrt und erregt wie dieser eine Kuss.

Während Jane vor dem Spiegel stand und sich für den Abend fertig machte, fragte sie sich, ob es nicht ein großer Fehler gewesen sei, Juanita so direkt herauszufordern. Sie liebte solche kleinen Machtkämpfe. Diesmal aber ging es nicht um eine Kleinigkeit, sondern um eine Sache, die letztendlich weitreichende Konsequenzen für alle haben konnte. Ob Juanita Carlos wirklich liebte? Nein, dieses Mädchen war viel zu egoistisch, um einen anderen Menschen gernzuhaben. Sie liebte nur sich selbst.

Und was war mit Carlos? Würde er sich mit der ihm zugewiesenen Rolle als unschuldiges Opfer in diesem Schachspiel der Gefühle zufriedengeben, oder würde er versuchen, sich zu einem führenden Charakter zu entwickeln?

Carlos ... Wenn Jane daran dachte, wie fordernd er sie mit seinen schönen dunklen Augen angeschaut hatten, wusste sie, dass sie die Macht hatte, Juanita zu demütigen, wenn sie es wollte. Ein Gefühl freudiger Erregung durchströmte sie. Ja, sie könnte Juanita zeigen, dass sie nicht ein kleiner Niemand war, den die Tarragos nach Belieben schikanieren konnten. Vielleicht hatte sie, die kleine Jane, nun endlich die Macht, die großen Tarragos in ihre Schranken zu weisen.

Den ganzen Mittwoch hatte Jane wie auf glühenden Kohlen gesessen und darauf gewartet, dass entweder Juanita oder Carlos anrufen würden, um ihr mitzuteilen, dass der Ausflug am Donnerstag ins Wasser fiele. Doch seltsamerweise hatte sich keiner von beiden gemeldet.

Immer noch auf eine Absage gefasst, stand Jane nun, nach einer erfrischenden Dusche in ein Handtuch gewickelt, vor dem Spiegel und überlegte, was sie anziehen sollte. Eigentlich war die Auswahl nicht sehr groß, wenn man bedachte, dass sie den ganzen Tag am Meer verbringen wollte. Schließlich entschied sie sich für bunte Shorts, ein T-Shirt und ein leichtes Sommerkleid, falls sie unterwegs irgendwo Halt machen und sich Sehenswürdigkeiten anschauen würden.

Soweit Jane es beurteilen konnte, war das Wetter gut. Und falls es sich doch ändern sollte, konnte sie beruhigt sein. Carlos gehörte glücklicherweise nicht zu den Männern, die einer Frau mit riskanten Unternehmungen imponieren wollten.

In der Küche aß Jane ein paar Stückchen Wassermelone. Das war alles, was sie heute Morgen essen konnte. Sie war viel zu aufgeregt für ein ausgiebiges Frühstück.

„Ah, hier sind Sie ja, meine Liebe!“ Lady Waters kam herein und lächelte Jane freundlich zu. „Ich hatte eigentlich gedacht, sie wären froh, diesen Raum wenigstens an Ihrem freien Tag nicht sehen zu müssen.“

Jane lachte ihr höflich zu, wusste aber nicht, was sie darauf antworten sollte, ohne dass es albern klang.

„Carlos Villafrance hat angerufen und mich gebeten, Ihnen etwas auszurichten“, fuhr Lady Waters fort. „Ich nehme an, Sie wollen sich heute mit ihm treffen?“

Jane nickte.

„Wie schön! Er ist wirklich ein sehr charmanter, gut aussehender Mann ... Aber was wollte ich doch gleich? Ach ja, die Nachricht. Señor Villafranca möchte wissen, ob es Ihnen etwas ausmachen würde, allein zum Hafen zu fahren. Offensichtlich kennen Sie seinen Anlegeplatz. Da könnte ich Sie mitnehmen, wenn Sie möchten. Ich fahre nämlich in ein paar Minuten zum Markt. Sie wären zwar ein bisschen früher am Hafen, aber das ist sicher besser, als auf den Bus zu warten. Nun, was meinen Sie?“

„Oh ja, das ist eine gute Idee, vielen Dank“, erwiderte Jane erfreut und fragte sich, während sie ihre Sachen zusammenpackte, was Carlos wohl dazu bewogen haben könnte, seinen Plan zu ändern.

Jane stieg in der Nähe des Hafens aus, bedankte sich noch mal bei ihrer Chefin und ging dann das letzte Stück zu Fuß. Am Hafen angekommen, schlenderte sie noch ein wenig umher und sah sich die Boote an. Da sie eine gute halbe Stunde vor der vereinbarten Zeit da war, beschloss sie, noch gemütlich einen Kaffee zu trinken.

Sie setzte sich an einen der Tische des Straßencafés und wartete auf den Kellner. Heute würde es sehr heiß werden. Die Sonne war schon jetzt so stark, dass man sich leicht einen Sonnenbrand holen konnte. Zum Glück war Jane schon vorgebräunt und hatte sich zum zusätzlichen Schutz noch mit einem Sunblocker eingecremt. Ihr Kopf wurde durch einen hübschen breiten Strohhut geschützt.

„Welch ein reizender Anblick! Du hast dich wirklich kaum verändert, *querida!*“

Jane fuhr zusammen. Vor ihr stand Miguel de Tarrago. Er sah irgendwie bedrohlich aus, und Jane drückte sich unwillkürlich in ihren Stuhl hinein. Als Miguel einen der freien Stühle zurückschob und sich setzte, klammerte sie sich so krampfhaft an der Lehne fest, dass ihre Knöchel weiß hervortraten.

„Was machst du hier?“, fragte sie barsch, wobei ihre Stimme leicht zitterte. Es war sehr ungewöhnlich, Miguel um diese Zeit am Hafen zu treffen, und noch erstaunlicher, dass er nicht in Begleitung war.

Miguels volle, sinnliche Lippen verzogen sich zu einem spöttischen Lächeln. „Was ich hier mache? Sag bloß, du hast vergessen, dass wir da oben ein Haus besitzen?“

Jane schüttelte den Kopf. Wie kam es nur, dass Miguel und seine Schwester es immer schafften, ihr die Sprache zu verschlagen? „Du weißt genau, was ich meine“, gab sie unfreundlich zurück, nachdem sie sich gefasst hatte. „Ich wollte wissen, was du hier und jetzt im Hafen zu suchen hast!“

Seine dunklen Augen funkelten belustigt. „Was für ein streitsüchtiges kleines Ding du nur bist. Ich muss zugeben, ich hatte schon befürchtet, du könntest dich in den letzten – wie viele Jahre sind es eigentlich – fünf? – verändert haben.“

„Du weißt verdammt genau, wie viele es sind! Der große Miguel de Tarrago vergisst doch nie etwas!“

„Nicht, wenn es wichtig ist.“ Miguel grinste immer noch, wobei seine weißen Zähne blitzten. Dann winkte er dem Keller auf eine derart arrogante Weise zu, dass Jane vor Wut innerlich zu kochen begann.

Sie lehnte sich zurück und schloss die Augen. Beruhige dich, mahnte sie sich im Stillen. Du musst deine Gefühle wieder unter Kontrolle bringen. Lass dich bloß nicht von Miguel reizen!

Miguel war zwar nicht unbedingt das, was sich ein junges Mädchen als Traummann vorstellte, doch sein Gesicht war markant und verriet so viel Persönlichkeit und Selbstbewusstsein, dass man es niemals vergaß. Miguel de Tarrago war nicht besonders groß, strahlte jedoch durch sein ganzes Auftreten eine solche Macht und Stärke aus, dass die meisten anderen Männer neben ihm klein und unbedeutend wirkten.

Wie früher fühlte sich Jane allein durch die Anwesenheit dieses Mannes überwältigt. Miguel war zu reich, zu mächtig, als dass sie es mit ihm hätte aufnehmen können. Schon als ganz junges Mädchen hatte Jane sich mit aller Kraft gegen seine fast schon hypnotische Anziehungskraft zu wehren versucht, und heute war es nicht anders.

Jane dachte fieberhaft nach. Wie würde es ihr nun möglich sein, Carlos zu treffen, solange Miguel in der Nähe war? Sie warf verstohlen einen Blick auf die Armbanduhr. Es wäre noch genügend Zeit, um sich aus dem Staub zu machen und dann zum vereinbarten Zeitpunkt hierher zurückzukommen.

Als Jane wieder aufblickte, merkte sie, dass Miguel sie die ganze Zeit beobachtet hatte. Der Ausdruck auf seinem Gesicht verriet jedoch nicht, was er dachte.

„Juanita erzählte mir, du hättest hier einen Job als Köchin gefunden?"

„Ja, und alles läuft bestens!"

„Ich nehme an, du arbeitest für Engländer?" Der verächtliche Unterton in seiner Stimme machte Jane noch wütender.

„Es könnten genauso gut Franzosen, Spanier oder Araber sein – sie wären alle zufrieden!", fuhr sie ihn an und stand entschlossen auf. In diesem Augenblick kam der Kellner mit zwei Tassen Kaffee an den Tisch.

Miguel ergriff Janes Handgelenk und hielt sie fest. „Setz dich wieder hin, ich habe dir einen Kaffee bestellt!"

Jane blickte auf Miguels kräftigen Unterarm mit den dunklen Härchen und der goldenen Rolex-Uhr, die nur ein äußeres Zeichen seines Reichtums war. Dann sah sie ihm ins Gesicht, und ihre großen grauen Augen spiegelten all die Verachtung und Abneigung wider, die sie für diesen Mann empfand.

„Lass mich los, Miguel! Ich bin nicht einer deiner Bimbos, mit denen du machen kannst, was du willst!"

Er verstärkte jedoch nur den Griff, und seine dunklen Augen blitzten gefährlich auf. Unwillkürlich musste Jane daran denken, was vor fünf Jahren geschehen war, und Panik überkam sie.

„Lass mich los! Du hast kein Recht, mich gegen meinen Willen hier festzuhalten!", forderte sie erregt.

„Mach kein Drama draus, und setz dich wieder hin", befahl Miguel und zog sie gewaltsam auf den Stuhl zurück.

„Lass mich endlich gehen!"

„Erst wenn du vernünftig wirst und deinen Kaffe getrunken hast."

„Was soll das Miguel? Bist verrückt geworden?"

„Ob ich verrückt geworden bin?", wiederholte Miguel sanft. „Ja, vielleicht bin ich das wirklich. Ich fühle mich aber ganz wohl in meiner Haut. Vielleicht solltest du es auch einmal versuchen?"

„Was versuchen?", fragte Jane verächtlich. „Mich auf deine unverschämten Annäherungsversuche einzulassen? Ich dachte, du hättest schon vor fünf Jahren gemerkt, dass ich nicht im Traum daran denke!"

„Wirklich nicht?" Miguel lachte leise auf. „Nur weil ich dich damals in Ruhe ließ, um zu warten, bis du erwachsen wirst, heißt das noch lange nicht, dass ich …"

„Du hast mich in Ruhe gelassen?", fiel ihm Jane fassungslos ins Wort. „Mit siebzehn habe ich Nein zu dir gesagt, und glaub mir Miguel, die letzten fünf Jahre haben meine Meinung nicht geändert! Du musst ja krank im Kopf sein, wenn du dir was anderes einbildest. Bei mir heißt Nein immer noch Nein, merk dir das!"

„Dann werde ich dir wohl beweisen müssen, wie sehr du dich irrst, Darling.", erwiderte Miguel ruhig. „Und jetzt reg dich wieder ab und trink deinen Kaffee. Carlos wird dir schon nicht davonlaufen."

Jane verschüttete vor Schreck beinahe ihren Kaffee. „Woher weißt du, dass ich mich heute mit Carlos treffe?"

Miguel musterte sie mit einem arroganten Blick. „Der Himmel weiß, warum du deine Zeit mit ihm verschwendest, Jane. Er ist nicht der richtige Mann für dich, und ich dachte eigentlich, du wärst so schlau, das von selbst zu merken."

Eine tiefe Röte überzog Janes Gesicht. „Wie kannst du es wagen, dich in mein Leben einzumischen?", rief sie wutentbrannt, nahm die Tasse auf und schüttete Miguel den Kaffee ins Gesicht.

Miguel stöhnte kurz, fasste sich aber sofort wieder. Dann sah er Jane so durchdringend an, dass ihr gleichzeitig heiß und kalt wurde. „Warum gibst du nicht zu, was wirklich los mit dir ist, Jane?", fragte er leise, wandte sich dann ab und zog ein Taschentusch aus der Hosentasche, um sich das Gesicht abzuwischen.

Jane nutzte sofort die Chance, sprang auf und rannte, so schnell sie konnte, davon.

Warum? Warum nur lässt Miguel mich nicht in Ruhe, fragte Jane sich unentwegt, während sie sich rasch von dem Café entfernte. Er kann sich doch nicht allen Ernstes für ein Mädchen wie mich interessieren. Aber ich würde mich ohnehin niemals mit ihm einlassen, und wenn er der letzte Mann auf der Welt wäre!

Jane fand es am schlimmsten, dass es ihm immer wieder gelang, sie so aus der Fassung zu bringen, dass sie Dinge sagte oder tat, die ihr sonst nicht in den Sinn kämen. Miguel hatte zwar nie mehr als einen Kuss von ihr verlangt, doch das änderte nichts an der Tatsache, dass er in Wirklichkeit sehr viel mehr wollte. Warum er sich dafür jedoch ausgerechnet sie ausgesucht hatte, wo es doch unzählige andere Mädchen gab, die sich um seine Gesellschaft regelrecht rissen, das blieb Jane ein Rätsel.

Miguel war wie seine Schwester Juanita: Sagt man ihnen, sie können etwas haben, interessiert es sie schon nicht mehr, selbst wenn sie vorher Himmel und Hölle in Bewegung gesetzt haben, um es zu bekommen.

Jane war schon beinahe an der Mole angekommen, als sie sah, was sie an Carlos' Anlegeplatz erwartete. Verärgert blieb sie stehen. Carlos und Juanita standen inmitten einer lachenden Menge vor der „Viviana" und unterhielten sich angeregt. In diesem Moment wurde Jane klar, dass aus ihrem gemeinsamen Ausflug mit Carlos wahrscheinlich nichts werden würde. Sie hätte sich ohrfeigen können, dass sie Juanita von ihren Plänen für den Donnerstag erzählt hatte!

„Willst du dich etwa schon in der ersten Runde geschlagen geben?", hörte Jane plötzlich eine spöttische Stimme hinter sich und fuhr erschrocken herum. Miguels leises, schadenfrohes Lachen trieb ihr die Zornesröte ins Gesicht.

„Warum gehst du nicht nach Hause und ziehst dich um? Du siehst erbärmlich aus, Geburtstagskind!"

„Gute Idee. Wie wär's, wenn du mitkämst? Es sei denn …", er wies mit dem Kopf auf die lärmende Menge auf der Mole, „… du ziehst die Gesellschaft dieser Typen vor."

Jane war hin und her gerissen. Mit Miguel zu gehen oder den Tag mit diesen unerträglichen Leuten zu verbringen – eins war schlimmer als das andere. Jane kannte die meisten von ihnen und wusste, dass sie sich kaum für sie interessierten. Sie war ja nur Juanitas kleine Schulfreundin aus England, und so eine passte schließlich nicht zu ihnen!

Jane biss sich auf die Unterlippe. „Ich wollte den Tag eigentlich auf dem Meer verbringen …"

„Kein Problem. Wir könnten mit meiner Yacht fahren."

„Mit deiner Yacht?"

„Ja. Die ‚Teresa' steht dort drüben." Miguel zeigte auf den Yachthafen, wo Jane eine herrliche weiße Yacht entdeckte, die mindestens doppelt so groß war wie all die anderen ringsherum.

„Natürlich die größte von allen!", rief sie verächtlich, während Miguel sie am Arm fasste und von Carlos und den anderen wegführte. Doch dann fiel ihr etwas ein, und sie hielt abrupt inne. „Sollte ich ihnen nicht wenigstens Bescheid sagen, dass ich nicht mitkomme?"

„Da mach dir mal keine Gedanken. Carlos merkt schon früh genug, dass du ihn meinetwegen versetzt hast."

„Was soll das heißen? Du konntest doch nicht wissen, dass ich … Oh, du …!" Jane fehlten die Worte. Dieser arrogante Kerl! Wie konnte er es wagen, sie einfach zu überrumpeln?

„Ich hätte einen guten General abgegeben, findest du nicht?", meinte Miguel belustigt. „Es heißt ja, das Geheimnis militärischen Erfolgs liege in perfekter Planung, und darin bin ich ziemlich gut."

Janes graue Augen sprühten vor Zorn. „Das hast du dir ja schön ausgedacht, du mieser Kerl! Aber du hast dich verrechnet. So leicht kriegst du mich nicht rum, merk dir das! Ich spiele nicht den Lückenbüßer, bloß weil du ab und zu ein bisschen Abwechslung von dieser Horde hirnloser Idioten brauchst, mit denen du sonst zusammen bist! Danke für dein großzügiges Angebot, aber ich habe kein Interesse! Du kannst den Rest des Tages allein verbringen oder mit einem deiner Zuckerpüppchen – aber nicht mit mir!"

Sie machte auf dem Absatz kehrt und schritt wutentbrannt davon. Miguel folgte ihr unbeirrt und lachte.

„Eigentlich solltest du dich geehrt fühlen, dass ich dich überhaupt eingeladen habe“, rief er ihr von hinten zu.

Jane wirbelte herum und sah ihm zornig ins Gesicht. „Und warum, wenn man fragen darf?“

„Weil es selbst dir nicht entgangen sein dürfte, dass ich einer der meistbegehrten Junggesellen Europas bin. Die Mädchen reißen sich schier die Beine aus, um in den Genuss meiner ehrenwerten Gesellschaft zu kommen!“

Jane schüttelte fassungslos den Kopf. „Das darf doch nicht wahr sein! Du bist so arrogant, dass einem schlecht davon werden könnte! Aber muss es nicht schlimm sein, wenn man weiß, dass man nur wegen seines Geldes begehrt wird?“

„Glaubst du tatsächlich, das sei das Einzige, was die Mädchen an mir reizt?“

Jane hätte ihm am liebsten eine Ohrfeige verpasst, damit ihm dieses arrogante Lachen verging. „Einen Adonis gibst du ganz bestimmt nicht ab“, konterte sie erbost.

„Du stehst wohl immer noch auf hübsche kleine Jungs, nicht wahr? Vielleicht solltest du es mal mit einem richtigen Mann versuchen. Das könnte eine sehr aufschlussreiche Erfahrung für dich sein, meinst du nicht auch?“

Nun verlor Jane vollends die Geduld. „Was willst du eigentlich von mir, Miguel? Warum lässt du mich nicht in Ruhe?“

„Ach weißt du, es macht mir einfach unheimlichen Spaß, dich auf den Arm zu nehmen. Außerdem finde ich es höchst interessant, herauszufinden, wie weit man bei dir gehen kann ... Aber bitte ...“, er zuckte gleichgültig die Schultern, „wenn du den Tag unbedingt mit Carlos verbringen willst – ich halte dich nicht davon ab. Nur gib am Ende nicht mir die Schuld, wenn’s vielleicht nicht so läuft, wie du es dir erhofft hast!“

4. KAPITEL

He, Jane! Wo willst du denn hin?"

Jane hatte sich so in ihre Wut hineingesteigert, dass sie Carlos gar nicht hatte kommen sehen.

„Hör mal, Juanita und ihre Freunde wollten sich uns anschließen, aber ich konnte sie zum Glück abschütteln. Möchtest du mit der ganzen Gruppe fahren oder lieber mit mir allein?"

„Was ...?" Jane musste erst einmal ihre Gedanken ordnen. Miguel hatte sich unauffällig aus dem Staub gemacht, und Carlos sah sie erwartungsvoll an. „Was ... wäre dir denn lieber?", fragte sie unsicher.

Er lächelte vielversprechend. „Also, wenn du mich fragst, zu zweit hätten wir sicher mehr Spaß!"

Das war ein eindeutiges Angebot, und wenn Jane nicht so erpicht darauf gewesen wäre, Miguel und seiner Schwester einen Denkzettel zu verpassen, hätte sie nicht so ohne Weiteres zugestimmt.

„Ja, da bin ich ganz deiner Meinung", willigte sie deshalb gespielt begeistert ein. Ihr war nicht gerade wohl bei dem Gedanken, allein mit Carlos fortzufahren.

„Ich habe ihnen weisgemacht, wir würden Richtung Norden fahren", flüsterte er ihr verschwörerisch zu, während sie auf die „Viviana" zugingen. „Aber wir schlagen natürlich die entgegengesetzte Richtung ein, nach Puerto Cristo, dann sind wir die Bande los. Okay?"

Jane nickte und lächelte gleichzeitig Juanitas Freunden zu, die sie von der Mole aus überschwänglich begrüßten.

„Hi, Jane! War Miguel nicht eben noch bei dir?", fragte Juanita laut.

„Ja", antwortete Jane lachend und freute sich, als sie merkte, dass Juanita sich ärgerte.

„Also, wie machen wir's jetzt?", meldete sich eine Stimme mit amerikanischem Akzent aus dem Hintergrund.

„Wir treffen uns alle im Yachtclub bei Puerto Pollensa!", verkündete Juanita. „Einverstanden, Jane?"

„Heute bin ich ganz in Carlos' Hand", erklärte Jane lächelnd. „Aber das klingt gut, warum also nicht?"

Für einen kurzen Moment sah Jane einen Ausdruck der Erleichterung auf Juanitas Gesicht, bevor sie wieder ihre überhebliche Miene aufsetzte. Carlos schien keine Zeit verlieren zu wollen. Er nahm Jane kurzerhand am Arm und zog sie mit sich, ohne auf Juanitas Versuch, den beiden noch ein anderes Paar unterzujubeln, einzugehen.

Jane hatte nicht erwartet, Juanita so früh am Morgen im Hafen anzutreffen. Anscheinend war sie wirklich ernsthaft an Carlos interessiert. Umso besser, dachte Jane schadenfroh. Jetzt kann ich ihr endlich einmal eins auswischen!

„Das Wetter soll heute gut bleiben, nicht wahr?", rief sie Carlos über das Dröhnen des Motors hinweg zu, während sie die Bucht verließen.

„Ja, fantastisch!", erwiderte er vergnügt. „Wir werden weit aufs Meer hinausfahren müssen. Aber das hätten wir sowieso getan, selbst wenn wir uns wirklich mit den anderen bei Puerto Pollensa treffen wollten." Er grinste triumphierend. „Es hat mir schon lange nicht mehr so viel Spaß gemacht, jemanden hereinzulegen ..."

„Meinst du nicht, dass Juanita und die anderen uns vielleicht böse sind, wenn wir nicht kommen?", gab Jane zu bedenken.

Carlos zuckte die Schultern. „Warum sollte sie? Bei den vielen Leuten, die sie immer um sich hat, wird sie uns wohl kaum vermissen."

Aha, dachte Jane. Da also liegt der Hund begraben. Carlos scheint Juanita wirklich gern zu haben. „Weißt du, das ist nicht immer ihre Schuld", nahm sie Juanita spontan in Schutz, ohne zu wissen, warum sie das eigentlich tat. „Ihre Eltern lassen sie nirgendwohin allein gehen, aus Angst, sie könnte entführt werden. Sie hat ihren eigenen Leibwächter, und der weicht nicht von ihrer Seite. Die einzige Möglichkeit, ihn wenigstens für kurze Zeit zu vergessen, besteht darin, dass sie viele Leute um sich hat. Wahrscheinlich fühlt sie sich so irgendwie freier. Juanita de Tarrago zu sein ist nicht immer das reinste Vergnügen, verstehst du?"

„Wahrscheinlich nicht", erwiderte Carlos gereizt. „Trotzdem werde ich das Gefühl nicht los, dass sie es genießt, immer im Mittelpunkt zu stehen."

„Vielleicht versucht sie damit nur, ihre Unsicherheit zu überspielen."

„He, du bist wohl wirklich ihre Freundin, was?“ Carlos nahm seine Sonnenbrille ab und sah Jane einen Moment nachdenklich an, bevor er den Blick wieder nach vorn wandte.

Jane wusste selbst nicht, warum sie sich für Juanita einsetzte, denn umgekehrt würde diese das Gleiche niemals für sie tun. „Manchmal ist es nicht leicht, mit ihr befreundet zu sein“, fuhr sie fort. „Ich meine, die anderen denken immer, ich würde mich nur ihres Geldes wegen mit ihr abgeben, und das ärgert mich gewaltig. Juanita glaubt das manchmal sogar auch ... Sie hat sich schon so an den Gedanken gewöhnt, dass sie oftmals ganz vergisst, dass ich anders bin.“ Jane seufzte auf. „Im Grunde will ich gar nicht ihre Freundin sein. Die meisten ihrer sogenannten Freunde kann ich nämlich nicht leiden, und überhaupt ..., ich finde Menschen mit so viel Geld irgendwie abstoßend.“ Jane lachte bitter auf. „Wahrscheinlich hältst du mich jetzt für verrückt. Wie die meisten anderen auch, die etwas mit den Tarragos zu tun haben.“

„Nein“, antwortete Carlos ernst. „Ich kann dich sehr gut verstehen. Aber dass du auch mit Miguel befreundet bist, wusste ich nicht.“

Jane versteifte sich sofort. „Das bin ich eben nicht! Miguel ist der eingebildetste, arroganteste und herrschsüchtigste Mensch, den ich kenne. Und ein Lustmolch noch dazu!“

Das brachte Carlos schließlich zum Lachen. „Ich dachte immer, es gefällt den Mädchen, wenn die Männer scharf auf sie sind?“

„Das kommt ganz auf den Mann an!“

Carlos lachte erneut und warf Jane dabei einen Blick zu, den sie nicht deuten konnte.

Die „Viviana“ glitt pfeilschnell übers Meer, wobei sich die Wellen, die sie beim Drehen einer sanften Kurve aufwarf, schneeweiß vom tiefblauen Meer abhoben. Carlos verließ nun den vereinbarten Kurs und lenkte das Boot in die entgegengesetzte Richtung. Jane hatte sich inzwischen entspannt aufs Deck gelegt und gab sich dem Sonnenbaden hin.

„Möchtest du wirklich nicht Wasserski fahren?“, fragte Carlos nach einer Weile. „Dir muss doch unheimlich warm sein.“

Jane setzte sich auf. „Oh doch, natürlich! Daran habe ich gar nicht mehr gedacht!"

Es war herrlich, Meile um Meile übers Wasser gezogen zu werden. Nach einer Weile schmerzten Jane die Arme jedoch so sehr, dass sie die Leine fallen ließ und sich einfach ins Wasser plumpsen ließ.

Carlos zog sie an Bord und reichte ihr einen erfrischenden Drink. Jane setzte sich auf den weichen Sitz, schloss die Augen und ließ sich die Sonne ins Gesicht scheinen.

Plötzlich wurde sie von einem seltsamen Geräusch aus ihren Träumen gerissen. Der Motor stotterte einige Male, bis er schließlich ganz den Geist aufgab.

Carlos sprang sofort auf und versuchte mehrere Male vergeblich, den Motor wieder anzuwerfen. Nachdem er ihn von allen Seiten untersucht hatte, meinte er stirnrunzelnd: „Eigentlich kann es gar nicht sein, aber mir scheint, wir haben keinen Sprit mehr. Ich verstehe das einfach nicht. Tomás wusste, dass ich heute eine lange Strecke fahren würde, und er versicherte mir, dass der Tank voll sei." Er blickte Jane nachdenklich an. „Du hast kein Benzin gerochen, während ich dich gezogen habe, oder?"

Sie schüttelte den Kopf. „Nein. Was machen wir jetzt?"

„Ich fürchte, wir können nichts weiter tun, als hier zu warten, bis jemand kommt, der uns weiterhilft. Es tut mir wirklich leid, dass ich dir deinen freien Tag verdorben habe, Jane."

„Ach Unsinn!" Jane lächelte warm. „Der Morgen war fantastisch. Und das mit dem Motor ist eben Pech, dafür kannst du nichts. Aber bist du sicher, dass uns hier jemand findet?"

„Da mach dir mal keine Sorgen", versicherte Carlos. „Hier fahren so viele Yachten und Fischerboote herum, da ist es nur eine Frage der Zeit, bis jemand auf uns aufmerksam wird."

„Ein Glück, dass du immer genügend Proviant dabei hast", scherzte Jane und zeigte auf die beiden großen Kühlboxen im Boot.

„Vielleicht ist eine Düse verstopft", grübelte Carlos weiter, ohne auf Janes Worte einzugehen. „Aber das kann ich mir nicht vorstellen. Bestimmt ist nur der Tank leer."

Jane merkte, dass Carlos im Moment nicht ansprechbar war. Er wollte unbedingt herausfinden, wo der Fehler lag. In gewisser Hinsicht war ihr das sogar ganz recht, denn bei dem Gedanken, stundenlang allein mit Carlos auf dem Boot zu sitzen, war ihr gar nicht wohl.

Jane fragte sich, ob Miguel wohl etwas mit der Panne zu tun haben könnte. Plötzlich stockte ihr der Atem. Einige hundert Meter entfernt entdeckte sie plötzlich eine herrliche weiße Yacht, die direkt auf die „Viviana" zukam. Das konnte nur Miguel sein! Sofort fiel Jane wieder ein, was er am Hafen zu ihr gesagt hatte – nämlich dass sie sich auf alles gefasst machen sollte. Carlos hingegen schien nicht den geringsten Verdacht zu hegen, dass irgendjemand absichtlich etwas an dem Motor verstellt haben könnte. Er hatte die „Teresa" ebenfalls erblickt und winkte der Besatzung freudig zu.

Kurz darauf wurde ihnen ein Motorboot mit einigen Mitgliedern der Crew und ein paar Benzinkanistern zu Hilfe geschickt. Ob Carlos wirklich glaubte, dass die „Teresa" rein zufällig hier vorbeigefahren war? Offensichtlich tat er das tatsächlich, denn er schlug Jane sogar vor, mit der „Teresa" weiterzufahren, während er mit den Männern auf der „Viviana" bleiben und versuchen wollte, den Motor wieder in Gang zu bringen. Jane versuchte verzweifelt, Carlos umzustimmen, doch er ließ sich nicht überzeugen.

„Jane, es tut mir wirklich leid, dass du nicht bleiben kannst, aber wir müssen dem Problem auf den Grund gehen. Außerdem wirst du dich auf der ‚Teresa' bestimmt nicht langweilen", fügte er verschmitzt lächelnd hinzu.

„Aber ich will lieber bei dir bleiben!", beharrte Jane. Verstand Carlos denn gar nichts? Wenn sie auf die „Teresa" stieg, würde sie Miguel für den Rest des Tages hilflos ausgeliefert sein!

„Wirklich?" Carlos sah sie forschend an. „Oder willst du bloß nicht mit Miguel zusammen sein? Ich habe euch beide heute Morgen zusammen am Hafen gesehen und hatte dabei ganz den Eindruck, dass du mit ihm gehen wolltest. Aber dann schienst du plötzlich deine Meinung geändert zu haben."

Jane spürte, wie sie rot wurde. „Nein, das stimmt nicht", log sie beschämt.

„Sieh mal, Jane ..." Carlos nahm ihr Gesicht zwischen beide Hände.

„Wir sehen uns doch heute Abend auf der Party. Aber jetzt muss ich mich erst mal um ein anderes Mädchen kümmern, das mir sehr am Herzen liegt – meine ‚Viviana'. Also geh jetzt und amüsier dich mit Miguel. Er ist nicht allein auf der ‚Teresa', das kann ich dir versichern." Carlos gab Jane einen freundschaftlichen Kuss auf die Wange. „Und jetzt geh, bevor ich mir's noch anders überlege!"

„Tut mir aufrichtig leid, dass aus deinem Ausflug nichts geworden ist, *querida*", spöttelte Miguel in seiner üblichen Art, als Jane an Bord der „Teresa" kam.

„Das kannst du deiner Großmutter erzählen!", entgegnete sie zornig. „Ich könnte meinen Kopf darauf verwetten, dass du hinter der ganzen Sache steckst!"

„Aber, aber, wer wird sich denn gleich aufregen? Wie kommst du überhaupt auf die Idee?" Miguel stand direkt vor ihr, sodass sie auf dem schmalen Deck nicht an ihm vorbeigehen konnte, ohne ihn berühren zu müssen.

„Weil du immer deinen Kopf durchsetzen musst und alle Hebel in Bewegung setzt, damit dir das auch gelingt!"

Miguel lachte. „Du kennst mich wirklich gut, Jane, das muss man dir lassen. Komm, ich mache dich mit meinen Gästen bekannt."

Jane rührte sich nicht von der Stelle. „Erst wenn du mir sagst, ob du dafür verantwortlich bist, dass die ‚Viviana' keinen Sprit mehr hat!"

Miguels Mund verzog sich zu einem amüsierten Lächeln. „Du erwartest doch nicht im Ernst, dass ich dir darauf eine ehrliche Antwort gebe?"

„Warum nicht? Früher hattest du auch nie Hemmungen, mir etwas zu sagen!"

„Früher hast du ja auch immer mit Begeisterung zugehört, wenn ich dir was erzählte, obwohl du es dir nicht anmerken ließest."

„Das ist nicht dasselbe!"

„Nein? Der einzige Unterschied besteht meiner Meinung nach darin, dass es diesmal deine Pläne sind, die vereitelt wurden."

„So ein Unsinn!", rief Jane erzürnt. „Ich hatte überhaupt keine Pläne, außer dass ich den Tag schlicht und einfach mit Carlos auf dem

Meer verbringen wollte. Aber du mit deinen hochtrabenden Ansprüchen kannst so etwas natürlich nicht verstehen!"

„Ach nein? Ich wollte ja auch, dass du den Tag auf dem Meer verbringst – bloß nicht mit Carlos, sondern mit mir."

„Und warum sind dann so viele Freunde von dir auf der Yacht, wenn du mit mir allein sein wolltest?"

Miguels Augen blitzten herausfordernd auf. „Du hast dich doch für Carlos entschieden. Was hätte ich da tun sollen? Mich irgendwo hinsetzen und Trübsal blasen? Das war noch nie mein Stil, das weißt du, Jane. Bárbara und Mariana waren außerdem sofort bereit, mich zu trösten."

Jane verschränkte verärgert die Arme vor der Brust. Sie wusste, wenn Miguel wirklich etwas mit dem Vorfall auf der „Viviana" zu tun hatte, würde er es niemals zugeben.

„Na dann bist du ja mit zwei Frauen an Bord bestens versorgt und kannst getrost auf meine Gesellschaft verzichten!"

„Leider nicht, *querida.* Bárbara und Mariana haben nämlich zufällig ihre Ehemänner dabei."

„Dein Pech!", erwiderte Jane schnippisch und versuchte damit, ihre Nervosität zu überspielen. Wenn Miguel ihr nur endlich aus dem Weg ginge! Seine Nähe verwirrte sie so sehr, dass ihr das Herz bis zum Hals klopfte.

Plötzlich, als hätte er ihre Gedanken gelesen, zog er Jane an sich und presste sie an seinen warmen Körper. „Eines Tages wirst du nicht mehr gegen mich ankämpfen, Jane", sagte er leise, und seine dunklen Augen funkelten gefährlich.

Jane versuchte, sich aus seinen Armen zu winden, bis sie merkte, dass sie Miguel damit nur noch mehr reizte. Sie fühlte, wie sie ein angenehm prickelndes Gefühl überkam, gegen das sie machtlos war. Reagier nicht auf ihn, befahl sie sich im Stillen, doch als sie das Verlangen in Miguels Gesicht sah, war es um sie geschehen.

„Du glaubst gar nicht, wie sehr ich mich danach sehne, dich zu küssen", sagte er rau, und Jane überlief bei dem erotischen Klang seiner Stimme erneut ein lustvoller Schauer. „Aber diesmal tu ich es nur mit deiner Erlaubnis." Während er zärtlich Janes Nacken streichelte, sah er ihr tief in die Augen. „Darf ich?“

Ohne ihre Antwort abzuwarten, neigte er den Kopf und presste sanft den Mund auf ihre Lippen. Jane war zu nichts mehr fähig. Als Miguel mit der Zunge zärtlich die Konturen ihrer Lippen nachzog, öffnete sie ihm willig den Mund und gab sich seinen Küssen hin. Miguels Küsse – sie hatte sie niemals vergessen, sosehr sie es in den letzten fünf Jahren auch versucht hatte.

Plötzlich schwankte die Yacht, und Jane wurde durch den Ruck gegen Miguels Körper gedrückt. Sofort erfasste sie heiße Erregung, als sie sein Verlangen spürte. Da erst wurde ihr klar, wozu sie sich hatte hinreißen lassen.

„Nein, nicht!“, rief sie verzweifelt und drehte gewaltsam den Kopf zur Seite.

„Was hast du denn, Kleines?“ Miguels dunkle, verführerische Stimme raubte Jane fast den Verstand.

„Lass mich bitte los, Miguel“, bat sie verwirrt und versuchte vergeblich, ihre Gefühle wieder in den Griff zu bekommen.

„Weshalb denn? Hat dir mein Kuss nicht gefallen?“

Jane merkte, wie ihr zu allem Überfluss das Blut in die Wangen schoss. Miguel lachte über den deutlich sichtbaren Beweis ihrer Verlegenheit.

„Das finde ich ganz und gar nicht zum Lachen!“, schimpfte Jane erbost.

„Nein, mein Liebling, da hast du recht. Mir ist es sogar ziemlich unangenehm.“

Unwillkürlich schaute Jane an Miguel herunter. Als sie sah, welche körperliche Macht sie über ihn besaß, begann ihr Herz vor Schreck und Aufregung zu rasen. Rasch sah sie wieder in Miguels Gesicht. Sie musste sich gegen diesen Mann wehren! Sie durfte nicht zulassen, dass er jedes Mal die Oberhand gewann. Was seinen körperlichen Zustand betraf, brauchte sie sich bestimmt keine Gedanken zu machen. Übung macht den Meister, und davon hatte Miguel sicher mehr als genug!

„Sicher wirst du dafür sorgen, dass du nicht allzu lange leiden musst!“, erwiderte sie deshalb verächtlich. Am liebsten wäre sie jetzt an Miguel vorbeigegangen, doch sie wagte es nicht.

„Also hier hast du dich versteckt, Darling!“, ertönte plötzlich eine helle Stimme hinter Miguel, und ein blondes, überaus hübsches Mädchen erschien.

„Mariana ...“ Miguel lächelte charmant. „Darf ich vorstellen: Jane – Mariana. Wir wollten gerade zu euch kommen.“

Neben diesem Mädchen kam Jane sich vor wie ein unscheinbarer Spatz, der versehentlich in einem Käfig mit den prächtigsten Paradiesvögeln gelandet war. Schüchtern lächelte sie der schönen Mariana und der ebenso hübschen Bárbara, die Mariana gefolgt war, zu. Die beiden Mädchen waren nicht nur hübscher, sondern auch erheblich größer als Jane, sodass es sie nicht überraschte, dass deren Ehemänner ihr außer einem höflichen Kopfnicken keine weitere Beachtung schenkten. Aber das war Jane einerlei. In Gesellschaft dieser Leute fühlte sie sich ohnehin so fehl am Platz wie ein Bettler unter lauter Reichen.

Seltsamerweise schien Miguel die Gefühle seiner Freunde jedoch nicht zu teilen. Aus ihr unerklärlichen Gründen wich er nicht von Janes Seite und machte ihr dazu noch unentwegt Komplimente, bis selbst die anderen begannen, sich mit ihr zu unterhalten und sie zu behandeln wie ihresgleichen.

Der ganze Nachmittag war für Jane eine einzige Tortur. Einerseits ließ sie sich gern von Miguels Charme verzaubern, doch andererseits ärgerte sie sich gleichzeitig über sein anmaßendes Verhalten. Dass Miguel mit ihr ins Bett gehen wollte, daran gab es keinen Zweifel. Aber was war eigentlich so schlimm daran? Jane konnte jederzeit Nein sagen, wenn sie wollte. Sie brauchte seine raffinierten Annäherungsversuche nicht zu fürchten, oder etwa doch? Sie war so verwirrt, dass sie selbst nicht mehr wusste, was sie denken sollte.

Miguel, der sich von ihrer abwehrenden Haltung nicht beirren ließ, wurde immer dreister, bis Jane schließlich der Kragen platzte. „Lass mich endlich in Ruhe!“, zischte sie erbost, als er vor den Augen der anderen gerade an ihren Schultern knabbern wollte. „Bilde dir bloß nicht ein, dass du mich zu einem von deinen Betthäschen machen kannst! Also lass gefälligst die Finger von mir!“ Wütend ging sie davon und verschwand unter Deck. Nur endlich weg von diesem Mann, das war ihr einziger Gedanke.

„Sag mal, hast du das vorhin ernst gemeint?“, fragte Bába, die ihr gefolgt war, neugierig. „Ich meine, bisher hat noch keine, aber auch wirklich keine Einzige Miguel jemals einen Korb gegeben!“

„Dann wurde es höchste Zeit, dass es mal eine tat!“, rief Jane aufgebracht. „Bei diesem Kerl gibt’s nur eins: ihm gründlich die Meinung zu sagen!“

Die Überraschung in Bábas Gesicht war offensichtlich. „Er will mit dir schlafen, nicht wahr? Ich kann mich nicht daran erinnern, dass er je wieder so scharf auf ein Mädchen war, seit Donna May ihn abgewiesen hat.“

„Oh, tatsächlich?“, wunderte sich Jane. „Und hat er sie dann am Ende doch noch rumgekriegt?“

„Natürlich. Einer Kette aus Smaragden und Diamanten konnte sie schließlich nicht widerstehen …“

Jane schnaubte verächtlich. „Eins ist so sicher wie das Amen in der Kirche: Mich kann dieser eingebildete Kerl nicht kaufen, und das weiß er genau!“

Ein Ausdruck des Respekts trat plötzlich in Bábas Gesicht. „Nicht schlecht, Mädchen! Wenn du so weitermachst, hast du vielleicht sogar Glück und landest mit ihm vor dem Traualtar!“

5. KAPITEL

Während Jane sich für die Party umzog, fragte sie sich zum wiederholten Mal, ob sie überhaupt hingehen sollte. Falls Miguel versuchen würde, sie vor allen Leuten bloßzustellen, würde sie sofort nach Hause gehen. Sie hatte ihm sogar schon angedroht, gar nicht zu erscheinen, doch er hatte ihr daraufhin nur ins Gesicht gelacht.

„Du wirst kommen, Darling, das weißt du so gut wie ich. Natürlich nicht aus dem gleichen Grund wie die anderen, sondern vor allem deshalb, weil du Juanitas Freundin bist und sie nicht enttäuschen willst – obwohl sie eine Freundin wie dich eigentlich gar nicht verdient. Ich weiß, wie verwöhnt meine kleine Schwester ist."

„Und sie ist nicht die Einzige, die immer ihren Kopf durchsetzen muss!", hatte Jane wütend geantwortet.

„Das liegt in der Natur des Menschen, Jane. Jeder denkt zuerst an sich selbst."

„Aber einige übertreiben es dabei!"

„Du musst es ja wissen."

Als Jane in Miguels spöttisches Gesicht gesehen hatte, hätte sie beinahe die Beherrschung verloren. Doch sie hatte sich fest vorgenommen, sich nicht aus der Fassung bringen zu lassen. „Ich weiß nicht, was mich eigentlich so an dir reizt, Miguel de Tarrago", hatte sie mit fester Stimme geantwortet. „Aber egal, was es ist – ich glaube allmählich, dass ich allergisch dagegen bin. Und weißt du, wie man sich gegen eine Allergie am besten schützt? Man verbannt das, wogegen man allergisch ist, aus seinem Leben – und zwar für alle Zeiten!"

Miguel grinste belustigt. „Du bist wohl nicht ganz auf dem Laufenden, *querida.* Heutzutage geht man bei solchen Dingen anders vor. Das heißt, man desensibilisiert sich. Im Klartext: Du nimmst ein bisschen von der Substanz, gegen die du allergisch bist, und wartest ab, wie dein Körper darauf reagiert. Und dann ..."

„Vielen Dank für die freundliche Belehrung, Miguel! Aber eines hast du bei deinen Überlegungen vergessen, und zwar das Wichtigste: Der Patient muss sich freiwillig der Behandlung unterziehen. Und soweit ich weiß, tun das die meisten nicht. Sie vermeiden es tunlichst, mit dem Reizerreger in Berührung zu kommen!“

Miguel lachte laut, nahm Janes Hand und küsste sie. „Ich finde es einfach zu amüsant, wie du dich von mir ärgern lässt, *querida.* Eines Tages schaffst du es vielleicht doch noch, cool zu bleiben, aber irgendwie bezweifle ich das.“

Jane hätte am liebsten wie ein kleines Kind zornig mit dem Fuß aufgestampft und laut geschrien. Wieder einmal hatte Miguel das letzte Wort. Warum musste er sie immer auf den Arm nehmen? Weshalb konnte er sie nicht mit der gleichen Zurückhaltung und demselben Respekt behandeln wie seine vornehmen spanischen Freunde es mit ihren Freundinnen taten? Carlos zum Beispiel würde es niemals in den Sinn kommen, eine Frau derart zu ärgern. Er wüsste, wie sehr sie darunter leiden würde.

Aber leide ich wirklich, fragte sich Jane. Wut wäre wohl der passendere Ausdruck für das, was sie Miguel gegenüber empfand. Allerdings musste sie sich eingestehen, dass sie Carlos trotz seines attraktiven Äußeren sogar schon ein bisschen langweilig fand.

Ach was, rief sie sich zur Räson. Was denkst du da wieder für einen Unsinn! Zumindest hatte sie Miguel deutlich zu verstehen gegeben, dass sie nicht bereit war, nur zu seinem Vergnügen die neugierigen Blicke aller Partygäste auf sich zu ziehen. Ob er das respektierte oder ihre Worte nur als Einladung zu neuen Angriffen sah, das blieb abzuwarten.

Jane hatte sich für ein schwarzes Seidenbustier und dazu passende Leggings mit einem interessanten Muster in den Farben Grau, Silber und Schwarz entschieden. Dass sie im Vergleich zu den aufwendigen Kreationen, die die anderen Damen auf der Party tragen würden, mit ihrem Outfit nicht würde mithalten können, wusste sie. Trotzdem war sie sehr zufrieden, als sie sich von allen Seiten im Spiegel betrachtete. Die engen Leggings und das Seidentop brachten ihre makellose Figur hervorragend zur Geltung.

Aus ihrem kurzen Haar ließ sich zwar keine kunstvolle Frisur zaubern, doch dafür legte Jane ein etwas auffälligeres Make-up auf als sonst.

Die Finger- und Fußnägel hatte sie rot lackiert, was genau zu der warmen Farbe ihrer Lippen passte.

Juanita hatte darauf bestanden, Jane um neun Uhr ein Taxi zu schicken. Das war eigentlich viel zu früh, wenn man bedachte, dass die Party erst um zehn begann, doch um des lieben Friedens willen hatte Jane eingewilligt. Während der Fahrt zum exotischen Sommerhaus der Tarragos wappnete sie sich innerlich gegen Juanitas Wutausbrüche. Die Tatsache, dass Jane und Carlos heute Morgen nicht zum vereinbarten Treffpunkt im Yachtclub erschienen waren, würde Juanita sicher nicht kampflos hinnehmen.

Als Jane schließlich Juanitas Schlafzimmer betrat, verschlug es ihr vor Überraschung zunächst die Sprache. Juanita war fix und fertig angezogen und trug ein schlichtes Kleid aus weißer Spitze.

„Ach du meine Güte! Was ist denn mit der Disco-Queen passiert?", platzte Jane heraus. Dieses Kleid entsprach so ganz und gar nicht Juanitas Geschmack. Seit Jahren trug Juanita nur extravagante Kleidung in den grellsten Farben. Und da ihre Mutter absolut nicht mit dem Geschmack ihrer Tochter einverstanden war, hatte es im Haus der Tarragos häufig Streit gegeben. Im Lauf der Jahre hatte Señora de Tarrago Jane einen ganzen Berg von Juanitas Kleidern geschenkt, in der Hoffnung, ihre Tochter zu einem eher konservativen Stil, wie sie selbst ihn bevorzugte, bewegen zu können.

Jane hatte jedoch sofort begriffen, dass sie diese Kleider niemals als ihr Eigentum betrachten durfte. Sobald Juanita in England war, hatte sie sich die Kleider aus Janes Schrank geholt und wieder angezogen. „Untersteh dich, auch nur ein einziges Stück von mir zu tragen, es sei denn, ich habe es dir ausdrücklich erlaubt!", hatte sie Jane gewarnt, als sie beide fünfzehn waren.

„Ich dachte, ich ändere zur Abwechslung mal mein Image …", meinte Juanita nun etwas unsicher.

„Nun, das ist dir auch wahrhaftig gelungen!", bestätigte Jane amüsiert, während sie um Juanita herumging und sie ausgiebig betrachtete. „Das Kleid steht dir wirklich gut, nur ist es irgendwie komisch, dich so …"

„Was heißt hier komisch?" Juanita setzte sich an den Frisiertisch und hob einige ihrer schwarzen Haarsträhnen hoch, um zu sehen, welche Frisur ihr wohl am besten stehe.

Jane zuckte die Schultern und setzte sich auf einen großen Hocker. „Ich weiß nicht … Es lässt dich irgendwie reifer wirken – und eleganter … Das Kleid ist wirklich wunderschön."

„Alaia", erklärte Juanita wichtig. „Extra für mich entworfen."

„Wie schön für dich", meinte Jane unbeeindruckt.

Juanita sah sie durch den großen, in Silber einfassten Spiegel prüfend an. „War es eigentlich deine Idee, nach Süden zu fahren, anstatt wie abgemacht nach Norden?", fragte sie plötzlich.

„Nein. Es war Carlos' Entscheidung. Er wollte lieber mit mir allein sein."

„Hat er sich sehr geärgert, als er mit der ‚Viviana' stecken blieb und du mit Miguel weiterfahren musstest?"

„Nein, ich glaube nicht", antwortete Jane wahrheitsgemäß. „Jedenfalls tröstete er mich damit, dass wir ja noch den Abend für uns hätten."

Juanita knallte zornig die Haarbürste auf den Tisch, doch Jane ließ sich dadurch nicht aus der Ruhe bringen. Diesmal hatte sie die Situation im Griff.

„Ihr habt alles sehr schön hergerichtet", wechselte sie absichtlich das Thema. „Wie viele Leute werden denn kommen?"

„Um die dreihundert."

„Mann, das wird aber 'ne Party!"

„Hmm … Sag mal, wie bist du denn mit Miguel zurechtgekommen?"

Jane erkannte sofort die unverhohlene Neugier in Juanitas Gesicht, doch sie ließ sich nicht aus der Fassung bringen. „Wie immer", erwiderte sie verächtlich. „Dein Bruder findet es anscheinend sehr amüsant, mich zur Weißglut zu bringen."

Juanita sah sie skeptisch an. „Gefällt er dir denn wirklich kein bisschen?"

Jane konnte nicht verhindern, dass sie rot wurde. „Wie oft soll ich dir noch sagen, dass Miguel mich noch nie interessiert hat? Er ist der unausstehlichste, arroganteste Mensch, der mir je untergekommen ist, und allmählich wird es Zeit, dass du das begreifst!"

„Okay, okay, reg dich wieder ab. Ich habe mich bloß gefragt … Ich meine, wenn es wirklich so ist, wie du sagst, dann bist du eine große Ausnahme. Die meisten Mädchen, die er kennt, sind nämlich scharf auf ihn.“

„Die sind wohl eher scharf auf das Vermögen der Tarragos, würde ich sagen.“

„Nein, das glaube ich nicht. Ich weiß, es klingt vielleicht albern, wenn ich das sage, weil Miguel mein Bruder ist. Aber er verdreht wirklich allen Mädchen den Kopf, und das hat bestimmt nichts mit unserem Reichtum zu tun.“

„Woher willst ausgerechnet du das wissen? Du konntest doch noch nie unterscheiden, wer von deinen sogenannten Freunden sich nur mit dir abgab, weil er hinter deinem Geld her war, oder wer von ihnen dich wirklich mochte.“

„Nein, das ist nicht wahr, Jane“, widersprach Juanita bestimmt. „Ich wusste sofort, wer nur auf mein Geld aus war und wer es ernst mit mir meinte.“

„Und was ist mit mir? Von mir denkst du doch auch, dass …“

„Oh nein, da irrst du dich gewaltig. Ich weiß, dass du manchmal wütend auf mich bist. Und ich weiß auch, dass du nur meine Freundin bleibst, weil ich dir im Grunde leidtue.“

Juanita hatte mit ihren Worten genau ins Schwarze getroffen, und Jane senkte beschämt den Blick. „Aber Juanita, das stimmt doch gar nicht …“, versuchte sie sich herauszureden.

„Ach, hör doch auf!“, fiel sie ihr schroff ins Wort. „Warum kannst du nicht einmal ehrlich sein? Ich weiß genau, dass du mich nicht besonders leiden kannst. Vielleicht bin ich deshalb auch manchmal so gehässig zu dir.“

„Also gut, du kannst einen mit deiner Art wirklich auf die Palme bringen“, gab Jane zu. „Aber bedauern tue ich dich nur, weil du eine Tarrago bist.“

Juanita sah sie prüfend an. „Meinst du das ernst?“

„Natürlich. Ich finde, es muss schrecklich sein, so viel Geld zu besitzen. Ich meine, mitunter benimmst du dich wirklich wie eine verwöhnte Gans, aber tauschen wollte ich noch nie mit dir. Im Gegenteil, ich bin froh, nicht in deiner Haut zu stecken.“

Juanita drehte sich um und lächelte Jane an, und zum ersten Mal hatte diese das Gefühl, dass Juanitas Lächeln aus dem Herzen kam. „Weißt du, ich war immer eifersüchtig auf dich", gestand Miguels Schwester endlich. „Trotz meines vielen Geldes schienen dich alle mehr zu mögen als mich."

„Und ich habe es immer gehasst, wie deine Hofdame behandelt zu werden. Wie jemand, den ihr herumkommandieren konntet, wie es euch gerade passte." Jane lächelte verschmitzt. „Und bevor du fragst – nein, ich bin nicht verliebt in Carlos!"

Juanitas Wangen röteten sich. „Und er? Wie steht er zu dir?"

Jane lachte. „Wenn du es genau wissen willst: Es würde mich schon sehr wundern, wenn sein Interesse an mir über rein Sexuelles hinausginge! Er war ziemlich schockiert, als er erfuhr, dass ich deine Freundin bin. Er hatte nämlich gedacht, ich sei nur eine kleine Touristin, die auf ein kurzes Abenteuer aus sei. Und jetzt kann er nicht mehr so locker mit mir umgehen, wie er es eigentlich vorhatte."

„Bist du sicher?", fragte Juanita ungläubig.

„Absolut! Aber eines hab ich schon herausgefunden: Er kann es nicht leiden, dass du immer so viele Leute um dich hast …" Jane hielt abwehrend die Hand hoch, als Juanita etwas sagen wollte. „Ich habe versucht, ihm das mit deinen Eltern und den Leibwächtern zu erklären, aber trotzdem beharrte er auf seiner Meinung. Weißt du, ich glaube, am meisten ärgert ihn die Tatsache, dass er nie allein mit dir sein kann."

„Ich dachte, es würde vielleicht an meiner Kleidung liegen oder …"

„Ach was, du siehst toll aus in dem Kleid", beteuerte Jane. „Jeder Mann wäre stolz, eine solche Freundin zu haben, wenn ich es dir sage!"

Juanita war immer noch nicht überzeugt. „Meinst du nicht, ich sollte lieber etwas Lässigeres anziehen, so wie du?"

„Nein, auf gar keinen Fall! Und außerdem ist es doch deine Party. Also kannst du ruhig einmal wie eine Gastgeberin aussehen."

„Jetzt redest du schon wie meine Mutter!", beschwerte sich Juanita.

„Ach, Quatsch! Du brauchst nicht immer dem neuesten Modetrend hinterherzulaufen, es sei denn, du willst wie die anderen Schafe herumrennen, die heute Abend kommen. Du siehst fantastisch aus, Juanita, wirklich! Und wenn ich mit deinem unmöglichen Bruder flirten muss, nur um Carlos klarzumachen, dass zwischen uns nichts läuft, dann werde ich das eben tun."

„Jetzt sei mal ehrlich, Jane", forderte Juanita, wobei es um ihre Mundwinkel verräterisch zuckte. „Wäre das denn wirklich so schlimm für dich?"

Jane errötete. „Na ja, ich weiß nicht …" Dann straffte sie die Schultern. „Aber er bringt mich wirklich immer zur Weißglut!"

„Du siehst heute Abend richtig sexy aus!" Carlos zog Jane noch enger an sich, während sie sich auf der Tanzfläche im Takt der Musik bewegten. „Hast du dich für mich so hübsch gemacht?"

„Ehrlich gesagt, nein", antwortete Jane nervös. Carlos' Nähe wurde ihr immer unangenehmer. Nach einem vielversprechenden Start mit Juanita hatte er seine ganze Aufmerksamkeit nur noch Jane gewidmet und seine Freundin regelrecht links liegen lassen. Er hatte sogar die Tischkärtchen vertauscht, um beim Abendessen neben Jane sitzen zu können. Jane fiel es zunehmend schwerer, freundlich und gelassen zu bleiben. Endlich hatte sie es geschafft, sich mit Juanita zu versöhnen, und nun verdarb Carlos alles, indem er ihr vor aller Augen den Hof machte.

Als Carlos gerade von einer brünetten Schönheit begrüßt wurde, nutzte sie rasch die Gelegenheit, um zu entwischen. Sie gab Juanita mit Blicken Zeichen, und die beiden Mädchen verschwanden auf Juanitas Zimmer.

„Was ist denn los mit euch beiden?", kam Jane sofort zur Sache. „Habt ihr euch gestritten?"

Juanita stellte sich ans Fenster und sah düster auf die Terrasse hinab, wo sich die Partygäste amüsierten. „Er hat rausgekriegt, dass das mit dem Motor kein Zufall war."

„Aber Carlos interessiert sich wirklich nicht für mich", beteuerte Jane. „Er fühlt sich nur in seinem Stolz verletzt."

„Woher soll ich wissen, ob das stimmt?", fragte Juanita grimmig. „Wenn du wirklich nichts von ihm willst, warum sagst du ihm dann nicht einfach, er soll dich in Ruhe lassen?"

„Was zum Teufel glaubst du, versuche ich schon den ganzen Abend? Verstehst du denn nicht? Carlos hängt sich nur an mich, weil er Miguel beweisen will, dass sein Komplott fehlgeschlagen ist!“ Jane seufzte auf. „Mir ist das Ganze doch genauso unangenehm wie dir, Juanita.“

Juanita schien einen inneren Kampf mit sich auszufechten. „Kann ich dir irgendwie helfen?“, fragte sie schließlich unsicher.

„Du könntest zumindest mit Miguel sprechen. Schließlich ist er für den ganzen Schlamassel verantwortlich. Wenn er sich nicht eingemischt hätte, wären wir erst gar nicht in diese idiotische Lage gekommen.“

Juanita sah Jane trotzig an. „Das mit dem Treibstoff war meine Idee“, gab sie plötzlich zu. „Ich wollte, dass Miguel sich um dich bemüht, damit Carlos merkt, dass er keine Chancen bei dir hat.“

„Wie bitte? Sag das noch mal!“

„Ja, es war meine Idee! Ich wusste, dass Miguel sich nur um dich kümmern würde, wenn ich ihm einen guten Grund dafür gebe. Er hat mich sehr gern und weiß, wie viel mir an Carlos liegt.“

„Soll das etwa heißen, du hast die ganze Sache eingefädelt?“, fragte Jane fassungslos.

Juanita zuckte die Schultern. „Ich dachte eben, es würde dir nichts ausmachen, weil du immer so fest beteuert hast, dass du Miguel nicht leiden kannst. Das habe ich ihm übrigens auch gesagt, er liebt nämlich Herausforderungen“, setzte sie mit einem frechen Lächeln hinzu.

„Also so ist das!“, rief Jane aufgebracht. Sie musste ihrer Empörung einfach Luft machen. „Alles, was Miguel heute Abend tut, hat einzig und allein den Zweck, seiner kleinen Schwester den Weg zu ebnen! Das habt ihr euch ja herrlich ausgedacht, verdammt noch mal!“

„Ach komm, Jane“, sagte Juanita versöhnlich. „Warum regst du dich denn so auf? Okay, ich gebe zu, die Sache war dir gegenüber nicht ganz fair, aber du hast doch gesagt, du würdest dir nichts aus Carlos machen und Miguel sei dir zweimal egal.“

„Ich kann es aber nicht leiden, wenn man mich für selbstsüchtige Zwecke benutzt!“

„Vielleicht solltest du jetzt besser nach Hause gehen“, schlug Juanita vor. „Soll ich dir einen Wagen rufen?“

„Ich soll nach Hause gehen, ohne deinem ekelhaften Bruder die Meinung gesagt zu haben? Niemals!“

„Jetzt bist du sauer, was?“ Juanita gab sich einen Ruck. „Also gut, ich werde dir helfen. Wenn du an Miguel herankommen willst, müssen wir nämlich erst diese Patricia von ihm weglocken."

„Welche Patricia?"

„Die Rothaarige, die die ganze Zeit schon an ihm hängt. Wenn die was will, lässt sie nicht eher locker, bis sie es bekommen hat. Deshalb wird sie dir Miguel wohl kaum kampflos überlassen!"

Jane folgte Juanita auf die große Tanzfläche, die sich am Rand der hohen Klippen befand, auf denen das Haus erbaut war. Die Terrasse war an dieser Stelle kreisförmig angelegt und mit riesigen Säulen, die in gleichmäßigen Abständen in die Höhe ragten, geschmückt. Einen spektakuläreren Platz für eine Party konnte man sich kaum vorstellen. Eine bekannte mexikanische Tiajuana-Band spielte zum Tanz, und der Rhythmus der Musik war so anregend, dass Jane kaum ihre Füße stillhalten konnte.

„Mach dich bereit!", flüsterte Juanita ihr zu. „Allzu lange wird sich die Rote nicht ablenken lassen!"

Juanita nahm das andere Mädchen am Arm und zog es ein Stück von Miguel weg. Sofort reagierte Jane und ging zielstrebig auf ihn zu.

„Ich muss mit dir sprechen!", flüsterte sie und versuchte, sich nicht von Miguels umwerfendem Äußeren ablenken zu lassen. In dem hellen Leinenanzug sah er einfach unverschämt gut aus.

Miguel zwinkerte ihr vergnügt zu, als er sah, wie zornig sie war. „Komm, lass uns tanzen, *querida.* Dann übertönt die Musik vielleicht dein Gezeter!"

„Du bist eine miese Laus, Miguel!"

„Eine Laus? Was ist das?"

„So ein kleines, ekliges Krabbelvieh!"

„Ach du meine Güte!" Miguel lachte belustigt auf. „Und was muss ich jetzt tun, um meinen Fehler wiedergutzumachen? Ich hoffe, dir ist nicht entgangen, dass ich dich den ganzen Abend über strikt gemieden habe."

Jane konnte sich zwar nicht erklären, warum sie das ärgerte, denn eigentlich hätte sie doch froh darüber sein sollen, aber dennoch machte es sie wütend.

„Das sieht dir ähnlich!“, brauste sie auf. „Den ganzen Tag hängst du an mir wie eine Klette, und wenn der Abend kommt und viele schöne Damen dich umringen, bin ich nur noch Luft für dich! Du brauchst mich höchstens noch als Schachfigur in deinem miesen Spiel mit Juanita!“

Miguel lachte erneut. „Also so ist das! Und ich dachte, du wärest froh, dass ich dich in Ruhe lasse.“

„Bin ich auch! Ich will nur nicht in deine gemeinen Spielereien verwickelt werden, ohne etwas davon zu wissen!“

„Welche Spielereien?“

„Als ob du das nicht wüsstest! Die meisten Mädchen, mit denen du dich abgibst, sind wahrscheinlich dumm wie die Nacht finster, aber ich nicht, merk dir das! Ich habe meinen Universitätsabschluss gemacht und freue mich auf meinen ersten Job im September. Carlos ist auf hundertachtzig, und das nur deinetwegen! Und außerdem ...“

Sie konnte ihren Satz nicht zu Ende bringen, denn in diesem Augenblick kam die rothaarige Schöne zurück und legte besitzergreifend ihre sommersprossigen schlanken Arme um Miguels Hals. Sie ignorierte Jane völlig, als wolle sie ihr damit beweisen, dass es anderer Qualitäten als der eines guten Universitätsabschlusses bedurfte, um die Aufmerksamkeit eines Mannes zu gewinnen.

Tausend Spotttäufelchen tanzten in Miguels Augen, als er sich nach Jane umwandte und den unbändigen Zorn auf ihrem Gesicht sah. Er formte den Mund zu einem Kuss und blies ihn ihr zu.

„Tut mir leid, *querida.* Das hier ist meine Geburtstagsparty, und ich bin nicht sicher, ob ich gerade heute daran erinnert werden möchte, was für ein schlimmer Junge ich manchmal bin ...“

Jane war so wütend, dass sie die beiden am liebsten die Klippen hinuntergestoßen hätte. Wieder einmal hatte sie sich von Miguel demütigen lassen. Oh, wie sie sich dafür hasste!

Jane war so wütend, dass sie es widerspruchslos geschehen ließ, als Carlos sie in den Arm nahm und mit ihr weitertanzte.

„Carlos, ich weiß ja, dass du wütend bist, aber musst du mich deswegen so drücken? Ich kriege ja kaum noch Luft!“, protestierte sie, als er sie immer enger an sich presste.

„Tut mir leid, ich hatte keine Ahnung, dass du Bescheid weißt."

„Ich weiß alles! Miguel ist der unmöglichste, unverschämteste Kerl, den ich kenne!"

„Seine Schwester ist noch schlimmer", erwiderte Carlos grimmig. „Jemand sollte den beiden endlich zu verstehen geben, dass sie sich nicht in anderer Leute Angelegenheiten zu mischen haben!"

„Ja, man sollte sie auf den Boden der Tatsachen zurückholen", stimmte Jane zu. „Und Miguel ganz besonders."

„Juanita verdirbt sich mit ihrer verdammten Arroganz noch alles! Sie sollte endlich begreifen, dass man die wichtigen Dinge im Leben mit Geld nicht kaufen kann!"

„Ich glaube, das weiß sie bereits."

„Dann hat sie aber eine seltsame Art, es zu zeigen", erwiderte Carlos verächtlich. „Stell dir vor, was sie heute Abend indirekt zu mir gesagt hat: Sie meinte, ich könne von Glück sagen, dass ich die Chance hätte, sie zu heiraten!"

„Nein, das ist nicht wahr!" Jane blieb fassungslos stehen.

„Oh doch! Es ist so wahr, wie ich hier stehe! Sie weiß, dass ich ..., na ja, dass ich sie gernhabe, aber einen Heiratsantrag habe ich ihr bis jetzt noch nicht gemacht. Und nachdem, was heute Abend passiert ist, bezweifle ich, dass ich das jemals tun werde!"

„Aber Carlos, du hast sie bestimmt missverstanden!"

„Oh nein, Jane, gib dir keine Mühe. Sie hat meine Liebe schon oft genug auf die Zerreißprobe gestellt. Ich will keine Frau, die so viel Geld besitzt. Ich hab die Nase voll!"

„Komm, Carlos, lass uns woanders hingehen", bat Jane. „Auf der Tanzfläche kann man sich unmöglich unterhalten."

„Ich jedenfalls gehe so schnell keine feste Beziehung mehr ein, das kann sie sich merken!", fuhr Carlos verbittert fort. „Du und ich, wir hätten zusammen einen schönen Tag verleben können, wenn uns die Tarragos nicht dazwischengefunkt hätten. Warum sollten wir das also jetzt nicht nachholen?"

Da erst merkte Jane, dass Carlos viel zu viel getrunken hatte. Sie musste allerdings zugeben, dass sie selbst auch nicht gerade unschuldig an dem ganzen Dilemma war. Wenn sie Carlos' Angebot, den Tag mit ihm allein zu verbringen, nicht so begeistert zugestimmt hätte, dann wäre er jetzt ganz sicher nicht so überzeugt gewesen, grünes Licht bei ihr zu haben.

Jane konnte Miguels missbilligende Blicke förmlich spüren. Anscheinend hatte er sie und Carlos die ganze Zeit beobachtet. Trotzig schob sie das Kinn vor. Sollte er doch denken, was er wollte! Patricias Gesellschaft schien ihm jedenfalls wichtiger zu sein als alles andere. Warum sollte sie dann nicht das Gleiche tun?

Nach einer Weile gelang es ihr endlich, Carlos unter dem Vorwand, sie müsse ihr Make-up auffrischen, zu entwischen. Sie hatte es satt, Juanitas und Miguels vorwurfsvollen Blicken ausgesetzt zu sein. Da sie sich hier im Haus gut auskannte, nutzte sie die Gelegenheit, um an einen Platz zu flüchten, wo sie allein sein konnte.

An der Rückseite des Hauses befand sich ein kleiner, hübscher Garten, der ziemlich nahe bei der Küche lag und deshalb von der Familie nur wenig genutzt wurde. An diesen Platz hatte sich Jane auch früher immer gern zurückgezogen, wenn die Tarragos sie geärgert hatten. Sie setzte sich auf die kleine, noch warme Steinmauer, die den Garten umgab, und atmete tief durch.

Durch den Lärm der Party und die verschiedenen Geräusche, die aus der nahe gelegenen Küche kamen, hörte Jane nicht, dass sich ihr jemand näherte.

Noch bevor sie einen Laut des Protests ausstoßen konnte, wurde sie unsanft hochgezogen, und jemand presste ihr den Mund hart auf die Lippen. Für einen Sekundenbruchteil war Jane versucht, den Kuss zu erwidern, denn sie kannte nur einen Menschen, der von ihrem Lieblingsplatz wusste.

Doch gleich darauf wurde ihr klar, dass dieser Mann, der sie so brutal küsste, nicht Miguel sein konnte. Jane versuchte verzweifelt, sich aus seiner Umarmung zu lösen. „Lass mich los, Carlos", keuchte sie, „oder ich schreie!"

„Was ist denn plötzlich los mit dir, Schätzchen?", fragte Carlos spöttisch. „Heute Morgen warst du noch ganz scharf darauf, mit mir zusammen zu sein. Warum hast du denn deine Meinung auf einmal geändert? Es passt dir wohl nicht, wie Miguel dich auf der Tanzfläche hat abblitzen lassen, was?"

„Und ich dachte, du seist ein Gentleman!", rief Jane. „Du weißt ganz genau, dass ich das nicht will ..."

„Wenn dein Miguel in der Nähe ist, bin ich dir wohl nicht mehr gut genug, was?", fuhr Carlos zornig fort. „Aber ich, meine Liebe, lasse mir nichts mehr von den Tarragos wegnehmen! Ich habe sie nämlich satt ...", er zog einen imaginären Strich unterhalb seiner Kehle, „... bis hier oben!"

Dann küsste er Jane erneut so hart auf den Mund, dass ihr schwindlig wurde und die Beine unter ihr nachzugeben drohten. In diesem Moment betrat Miguel, gefolgt von seiner Schwester, den kleinen Garten.

„Oh, wie konntest du nur!", schrie Juanita, und ihre Stimme überschlug sich fast vor Zorn. Carlos hielt Jane immer noch fest umschlungen und dachte offensichtlich nicht daran, von ihr abzulassen. Doch diesmal schaffte sie es, sich von seinen Lippen zu lösen, und sie schnappte verzweifelt nach Luft. Carlos zog sie noch fester an sich und wandte sich dabei zu Juanita um. „Was fällt dir ein, mir nachzuspionieren?"

Als Jane den verletzten Stolz in seiner Stimme hörte, wurde ihr sofort klar, dass zwischen den beiden etwas entsetzlich schiefgelaufen sein musste. Sie riss sich gewaltsam von Carlos los und wischte sich mit zitternden Fingern über den Mund, während Carlos und Juanita sich nun gegenseitig auf Spanisch beschimpften.

Jane wagte einen Blick in Miguels Gesicht. Was sie darin las, schnürte ihr die Kehle zu. Es war tiefste Abscheu und Verachtung. Jane wollte etwas sagen, sich verteidigen, doch sie brachte kein Wort heraus. Miguel strahlte so viel Hass und Verachtung aus, dass ihr ein kalter Schauder über den Rücken lief. Sie schloss die Augen, da sie Miguels Anblick nicht länger ertragen konnte, und als sie sie wieder öffnete, war er verschwunden.

Jane blieb in der Dunkelheit zurück und fühlte sich so leer und ausgebrannt wie nie zuvor in ihrem Leben. Noch niemals hatte sie sich so hilflos und gedemütigt gefühlt wie in diesem Augenblick.

6. KAPITEL

Während Carlos und Juanita sich immer noch lautstark stritten, lief Jane mit Tränen in den Augen davon. Sie musste nur noch ihre Tasche aus Juanitas Zimmer holen, dann würde sie sich ein Taxi rufen und von hier verschwinden.

Als Jane in den großen Spiegel sah, erschrak sie vor ihrem eigenen Anblick. Kein Wunder, dass Miguel sie so angewidert angesehen hatte! Ihre Lippen waren geschwollen, die Wangen mit rotem Lippenstift verschmiert und die Augen dunkel umrändert. Ich sehe aus wie ein Flittchen, das von einem Mann gewaltsam benutzt worden ist, dachte sie verzweifelt und schloss sekundenlang die Augen. Sie musste weg von hier, raus aus diesem Fiasko, und zwar so schnell wie möglich! Wieder einmal hatten die Tarragos sie benutzt und gedemütigt. Doch diesmal waren sie zu weit gegangen!

Jane war Juanita keine Loyalität mehr schuldig, nicht nach dem, was dieses Mädchen ihr angetan hatte. Juanita hatte auch Carlos gedemütigt, und Jane bezweifelte, dass er ihr jemals würde verzeihen können. Juanita hatte ihn schockiert und gekränkt. Da geschah es ihr eigentlich nur recht, Carlos mit einer anderen Frau im Arm gesehen zu haben. Sie sollte ruhig auch einmal spüren, was es hieß, leiden zu müssen.

Als Jane jedoch an Miguels Blicke dachte, zog sich ihr Herz schmerzhaft zusammen. Er hatte kein Recht gehabt, sie so anzusehen! Es war nicht ihre Schuld, dass Carlos sie gewaltsam geküsst hatte. Im Gegenteil, Miguel war schuld daran, dass Carlos sich betrunken und danach nicht mehr gewusst hatte, was er tat.

Ein heftiges Gefühl von Ärger und Empörung stieg in Jane hoch. Wer war Miguel denn überhaupt, dass er sich erlaubte, über ihr Verhalten zu urteilen? Besonders nachdem er zugelassen hatte, dass diese Rothaarige sie auf der Tanzfläche demütigte. Das war gemein von ihm gewesen.

Tränen der Wut liefen Jane über die Wangen. Nie wieder, schwor sie sich und ballte die Hände zu Fäusten. Nie mehr in meinem Leben werde ich den Fehler machen, mich noch einmal mit den Tarragos einzulassen! Sollen sie sich andere Opfer für ihre miesen Spielchen suchen, aber nicht mich!

Jane eilte auf das große Haupttor zu. Sie musste bis dorthin zu Fuß gehen, da es Unbefugten verboten war, das Anwesen zu betreten oder zu befahren. Wahrscheinlich war sie die Erste, die die Party verließ, doch das war ihr egal. Gerade hatte sie das Tor erreicht, als eine Gestalt hinter einem Baum aus der Dunkelheit hervortrat.

„Jane, bitte geh noch nicht. Ich muss mit dir reden."

Jane fuhr herum und blickte Miguel kalt ins Gesicht. „Ich habe dir nichts mehr zu sagen, und was du von mir willst, interessiert mich nicht."

„Ich verstehe ja, dass du wütend bist", versuchte es Miguel erneut. „Deshalb möchte ich mich auch für mein Verhalten auf der Tanzfläche entschuldigen."

„Das fällt dir aber früh ein!", entgegnete Jane sarkastisch. „Wenn du wusstest, dass es nicht richtig war, warum hast du es dann überhaupt getan?"

„Diese Patricia ist ... die Tochter des Präsidenten von ..." Er überlegte kurz. „Sagen wir einfach, sie könnte mir die Chance zu einem Millionengeschäft verschaffen."

„Ich dachte, Millionen hättest du mittlerweile genug? Aber warum wundere ich mich überhaupt? Geld scheffeln war ja schon immer das Wichtigste in deinem Leben!"

„Und ich dachte, du hättest inzwischen begriffen, dass Reichtum auch viele Verpflichtungen mit sich bringt."

„Ja, ich weiß schon – die Verpflichtung, immer mehr Geld zu machen!", stieß Jane verächtlich aus. „Aber wie dem auch sei, ich verstehe trotzdem nicht, was das mit der Tochter irgendeines Präsidenten zu tun haben soll!"

„Bist du wirklich so naiv oder tust du nur so? Du weißt ganz genau, dass dieses Geld, wenn es richtig angelegt wird, vielen Menschen zu einem besseren Leben verhelfen könnte. Menschen, die sonst niemals die Möglichkeit hätten, je aus ihrem Elend herauszukommen."

„Ach, was du nicht sagst! Ich wusste gar nicht, dass das Walten der Familie Tarrago neuerdings von Menschenfreundlichkeit bestimmt wird! Warum gehst du nicht endlich zurück zu deinesgleichen und amüsierst dich auf deiner Geburtstagsparty?" Als Miguel näher auf Jane zutrat, wich sie sofort zurück. „Fass mich nicht an, sonst schreie ich!"

Er lächelte hart. „Das glaube ich dir aufs Wort, *querida.* Aber wie du willst. Dies scheint weder der richtige Ort noch der richtige Zeitpunkt zu sein, um mit dir zu reden. Nun geh, der Wagen wartet auf dich."

„Ich brauche deinen Wagen nicht, ich habe ein Taxi bestellt!", protestierte Jane.

„Und ich habe es wieder abbestellt. Also läufst du entweder den ganzen Weg nach Hause, und der Wagen fährt dir hinterher, oder du bist so vernünftig, steigst ein und lässt dich nach Hause kutschieren."

„Das ist das allerletzte Mal, dass einer von euch sich in meine Entscheidungen mischt!", schrie Jane nun außer sich. „Ich will nie wieder etwas mit dir oder deiner Familie zu tun haben, merk dir das!"

Wutentbrannt schritt sie an Miguel vorbei und stieg in den Wagen. Sie blickte sich nicht mehr um, und so konnte sie nicht mehr sehen, wie nachdenklich Miguel der Limousine nachblickte.

Jane wachte am nächsten Morgen wie gerädert auf. Stundenlang hatte sie sich schlaflos im Bett hin und her gewälzt, weil sie unentwegt an Miguel hatte denken müssen. Warum hatte er die Party verlassen und sie am Tor aufgesucht?

Der seltsame Ausdruck auf seinem Gesicht, als er und Juanita sie zusammen mit Carlos im Garten gesehen hatten, ging Jane nicht mehr aus dem Sinn. Sie hätte schwören können, dass Miguel an diesem Abend gar nicht mehr an sie gedacht hatte. Und trotzdem hatte er beim Tor auf sie gewartet.

Obwohl Jane sich geschworen hatte, sich nie wieder mit den Tarragos einzulassen, ließ ihr die Neugier einfach keine Ruhe. Worüber hatte Miguel gestern mit ihr sprechen wollen? Die ganze Nacht hatte sie sich darüber und über ihre zwiespältigen Gefühle ihm gegenüber den Kopf zerbrochen.

Die Vernunft sagte ihr, dass sie gut daran tun würde, jeglichen

Kontakt zu den Tarragos zu meiden. Andererseits aber hatte Miguels überwältigende Persönlichkeit seine Wirkung auf sie nicht verfehlt. So schwer es ihr auch fiel, sie musste sich eingestehen, dass die Tarragos ihr bisher immer überlegen gewesen waren. All die Jahre hinweg war sie zu stolz gewesen zuzugeben, dass sie ihnen nicht das Wasser reichen konnte. Sie waren cleverer und verstanden es perfekt, sich in ihr Leben einzumischen und es in die von ihnen gewünschten Bahnen zu lenken.

Jane konnte die Freundschaft mit den Tarragos, wenn man es überhaupt Freundschaft nennen konnte, unmöglich aufrechterhalten. Sollten sie sich ruhig weiterhin in ihrem Ruhm als Reiche sonnen. Sie hingegen würde erleichtert in ihr Leben als einfaches Mädchen zurückkehren und damit zufrieden sein.

Plötzlich klingelte das Telefon und riss Jane aus ihren Gedanken. Wer konnte das sein, um diese Uhrzeit? Gespannt nahm sie den Hörer ab.

„Guten Morgen, Jane!"

Jane versteifte sich sofort, als sie Miguels Stimme vernahm. Dass er schon heute anrief, damit hatte sie ganz und gar nicht gerechnet. „Ich hoffe, du hattest keine allzu schlimmen Träume heute Nacht", fuhr er gut gelaunt fort.

„Was willst du?", fragte Jane barsch, ohne auf seine Anspielung einzugehen. Hoffentlich merkte er nicht, wie aufgeregt sie war.

„Mich mit dir verabreden. Du hast doch bestimmt nicht vergessen, dass ich mit dir sprechen möchte, oder?"

„Tut mir leid, ich bin nicht interessiert!"

„Komm, Jane, sei nicht kindisch. Du machst aus allem ein Drama. Was gestern Abend passiert ist, sollten wir am besten ganz schnell vergessen."

„Ach, wirklich?" Der Ärger in Miguels Stimme stimmte Jane umso entschlossener, ihm Kontra zu geben. „Nenn mir einen guten Grund, warum ich das vergessen sollte, und ich werde es vielleicht tun", erwiderte sie sarkastisch.

Miguel stöhnte auf. „Also gut, lassen wir es. Dickköpfe kann man sowieso nicht überzeugen. Ich wollte dir nur sagen, dass Juanita und

Carlos gestern Abend ihre Verlobung bekannt gegeben haben."

Sekundenlang brachte Jane kein Wort heraus. Warum zum Teufel musste Miguel immer recht behalten?

„Ich hoffe nur, er war nicht zu betrunken, um zu wissen, worauf er sich da einließ!", erwiderte sie schließlich verächtlich.

„Du bist heute mal wieder sehr nett!"

„Und was die beiden mit mir gemacht haben – was war das?"

„Sieh mal, Jane, Carlos und Juanita wissen beide, dass sie einen Fehler gemacht haben und sich bei dir entschuldigen müssen."

„Oh, wie großmütig von ihnen! Und was ist mit dir? Was für eine Rolle spielst du in diesem erbärmlichen Spiel? Du hast überhaupt das ganze Chaos verursacht, und als ich dich bat, mir aus der prekären Lage herauszuhelfen, hattest du nichts Besseres zu tun, als mich auf der Tanzfläche einfach stehen zu lassen! Ich habe es satt, von dir und deiner Familie ausgenutzt zu werden!"

„Anscheinend denkst und fühlst du immer noch wie ein Kind, Jane. Schade, ich dachte, du seist inzwischen erwachsen genug, um zu begreifen, dass hinter dem, was ich tue, oft ganz andere Beweggründe stecken, als es auf den ersten Blick den Anschein hat. Aber offensichtlich bist du immer noch das kleine Mädchen, das sich nur von seinen Gefühlen leiten lässt ..."

„Na, du musst es ja wissen!", fiel Jane ihm erbost ins Wort. „Aber wenigstens kann ich froh sein, dass ich noch ein Mensch bin mit ganz normalen Gefühlen und nicht so ein Supermann wie du! Du lebst schon so lange in den schwindelnden Höhen deiner megareichen Freunde, dass du ganz vergessen hast, wie es da unten bei uns Normalsterblichen aussieht!"

„Wie kannst du es wagen ...?"

„Jawohl, ich wage es! Und es macht dich rasend, weil ich deinen wunden Punkt getroffen habe, nicht wahr? Du hast kein Recht, mich anzuschreien und herumzukommandieren, Miguel. Ich gehöre nämlich weder zu den Tarragos, noch arbeite ich für dich. Ich bin ein freier Mensch, und ich kann tun und lassen, was ich will. Und weißt du, was das bedeutet? Dass ich mit dir und deiner ehrenwerten Familie nichts mehr zu tun haben will!"

Jane knallte den Hörer auf die Gabel. Endlich hatte sie es Miguel gezeigt! Doch trotz ihrer Genugtuung darüber zitterte sie am ganzen Körper.

Jane konnte sich über Carlos nur wundern. Er hatte seine Meinung ja schnell geändert. Sie jedenfalls würde keinen Mann heiraten wollen, der kurz vor der Verlobung noch einer anderen Frau nachgejagt war. Wie war es überhaupt möglich, dass die beiden, Juanita und Carlos, sich nach der hässlichen Szene im Garten so schnell wieder versöhnen konnten? Juanita hatte letztendlich doch bekommen, was sie wollte, und Jane konnte nur hoffen, dass Carlos dieses Mädchen endlich in seine Schranken verwiesen hatte, sonst würde die Zukunft schlecht für ihn aussehen.

Wieder schweiften Janes Gedanken zurück zu Miguel. Wie er sie angesehen hatte! Die Erinnerung an seine verächtlichen Blicke deprimierte Jane zutiefst und machte sie gleichzeitig wütend. Wie konnte Miguel es wagen, über sie zu urteilen? Sie zwang sich, nicht mehr an Miguel zu denken. Es gab Wichtigeres als diesen Mann!

Am Abend klingelte das Telefon erneut, und Jane nahm den Hörer ab.

„Jane? Kannst du mir noch einmal verzeihen?“

Obwohl sie sich fest vorgenommen hatte, dieses Mal nicht nachzugeben, schmolz ihr Widerstand dahin, als sie in Juanitas Stimme aufrichtige Reue hörte.

„Mir bleibt wohl nichts anderes übrig, oder?“, erwiderte sie trocken. „Auf jeden Fall gratuliere ich euch beiden zu eurer Verlobung und wünsche euch, dass ihr sehr, sehr glücklich miteinander werdet!“

„Oh Jane!“ Juanita schluchzte zu Janes Überraschung auf. „Du kannst dir gar nicht vorstellen, wie Miguel uns die Leviten gelesen hat, und besonders Carlos ...“

„Mach dir darüber keine Gedanken“, beruhigte Jane sie. „Im Grunde ist er nur wütend auf mich, weil ich seine Pläne durchkreuzt habe. Wir beide bleiben aber trotzdem Freundinnen, okay? Allerdings erwarte bitte nicht von mir, dass ich zu dir komme, solange Miguel da ist.“

„Ich dachte …, wir hofften … Weißt du, *mamá* und *papá* sind hier. Wir wollen zur Feier des Tages zusammen essen."

„Ich muss doch arbeiten, Juanita. Hast du das vergessen?"

„Du könntest ja die Waters fragen, ob …"

„Nein, Juanita", lehnte Jane entschieden ab. „Miguel ist meinetwegen heute schon einmal aus der Haut gefahren, und wenn ich ihn nachher wiedersehen würde, könnte ich für nichts garantieren. Bei Miguel kann ich meinen Mund nämlich nicht halten. Also ist es besser, ich bleibe, wo ich bin, verstehst du?"

Juanita kicherte wie ein Teenager. „Ach, deshalb war er den ganzen Tag so schlecht gelaunt. Was in aller Welt hast du denn zu ihm gesagt?"

„Nur, dass er gefälligst aufhören soll, sich wie der liebe Gott aufzuspielen, und dass es ihm guttun würde, auf den Boden der Tatsachen zurückzukommen."

Einen Moment herrschte Stille, dann kicherte Juanita erneut. „Kein Wunder, dass er wütend auf dich ist …"

„Das geschieht ihm recht. Ich habe mich über ihn nämlich genauso geärgert", gab Jane zu, bevor die beiden sich verabschiedeten.

Jane hatte fest damit gerechnet, dass Miguel nochmals Kontakt mit ihr aufnehmen würde, doch sie hatte sich geirrt. Anscheinend war er der Meinung, bei ihr ohnehin auf taube Ohren zu stoßen. So verging Janes Zeit auf Mallorca, ohne dass sie Miguel noch einmal zu Gesicht bekam. Carlos hatte ihr einen lieben Brief geschrieben, in dem er sich für sein schlechtes Benehmen auf der Party entschuldigte. Er habe sich nur so unmöglich aufgeführt, weil er sich Juanitas Gefühlen nicht sicher gewesen sei. Außerdem sei der Versuch, seinen Ärger mit Alkohol hinunterzuspülen, ein schwerer Fehler gewesen. Nur deshalb sei es, so meinte er, zu dieser hässlichen Szene im Garten gekommen.

Selbst Juanita hatte sich nicht mehr sehen lassen. Offenbar war sie voll und ganz mit Carlos beschäftigt. Sie hatte nur noch einige Male mit Jane telefoniert. Dabei hatten sie hauptsächlich über die bevorstehende Hochzeit gesprochen und es absichtlich vermieden, heikle Themen anzuschneiden.

Über Miguel war kein einziges Wort gefallen, und Jane hatte auch nicht gewagt, nach ihm zu fragen. Dies alles bestärkte sie nur in ihrer Meinung, dass Miguel sich noch nie ernsthaft für sie interessiert hatte. Warum sie deshalb jedoch zutiefst enttäuscht war, wusste sie selbst nicht. Am besten war es wohl, gar nicht weiter darüber nachzugrübeln. Und so versuchte sie sich immer wieder einzureden, dass es richtig gewesen war, Miguel am Telefon so knallhart abblitzen zu lassen.

Zwei Wochen später war Jane wieder zu Hause. Sie fühlte sich jedoch keineswegs besser. Das zermürbende Gefühl der Enttäuschung und inneren Leere, das sie bereits auf Mallorca befallen hatte, ließ sie auch hier in Devon nicht los. Nur der Gedanke an ihren neuen Job machte ihr das Leben halbwegs erträglich.

Janes Eltern war sofort aufgefallen, dass ihre Tochter ungewöhnlich still und in sich gekehrt war, und sie zogen ihre eigenen Schlüsse daraus. Obwohl Jane mehrmals entschieden abgestritten hatte, ihre Veränderung könne etwas mit Juanitas Verlobung zu tun haben, ließen sich ihre Eltern nicht überzeugen.

„Erzähl mir doch ein bisschen von Juanita und ihrem Verlobten, Liebes“, hatte ihre Mutter kurz nach Janes Rückkehr gebeten.

„Carlos ist sehr nett“, hatte Jane geantwortet. „Weißt du, für ein so reiches Mädchen wie Juanita ist es nicht gerade leicht, einen Mann zu finden, der sie wirklich liebt.“

„Ja, das kann ich mir denken“, stimmte Mrs. Mayfield nachdenklich zu. „Wenn man zu viel Geld besitzt, kann das genauso ein Fluch sein, wie wenn man zu wenig davon hat. Juanita hat uns in dieser Hinsicht immer leidgetan, aber alles in allem ist sie doch bisher mit ihrem Leben ganz gut zurechtgekommen, nicht wahr?“

Jane lächelte müde. Wenn ihre Mutter wüsste, was für ein Früchtchen Juanita war! „Ja, das kann man wohl sagen. Sie ist ziemlich verwöhnt, und wenn etwas nicht nach ihrem Kopf geht, wird sie gleich wütend. Weißt du, an dem Abend ihrer Verlobung, ich meine kurz davor, da hat sie Carlos ganz schön geärgert.“ Kaum hatte Jane das gesagt, bereute sie es auch schon. Warum konnte sie nur ihren Mund nicht halten?

„Oh, warum denn das?", erkundigte sich ihre Mutter natürlich sofort.

„Na ja, Juanita war nicht gerade nett zu ihm, und an jenem Abend ist sie anscheinend zu weit gegangen. Carlos hatte ihr klargemacht, dass er genug von ihr hätte, und die beiden stritten sich entsetzlich, bis sie schließlich doch wieder zueinanderfanden."

„Und du wurdest in diesen Streit mit hineingezogen, nehme ich an?" Janes Mutter lächelte verständnisvoll. Offensichtlich hatte sie sofort erraten, was in ihrer Tochter vorging. „Liebes, mir kannst du doch nichts vormachen", setzte sie sanft hinzu, bevor Jane widersprechen konnte. „Ich habe gleich gemerkt, dass mit dir etwas nicht stimmt. Hat Carlos versucht, sich mit dir zu trösten?"

„Ja, so ungefähr", gab Jane widerstrebend zu und hoffte, dass ihre Mutter sich mit dieser Antwort zufriedengeben würde.

„Da war es gewiss nicht leicht für dich, mit der Situation fertig zu werden."

„Das Ganze war größtenteils Juanitas Schuld. Sie hat versucht, Carlos mit Miguels Hilfe zu manipulieren. Meiner Meinung nach kann sie von Glück reden, dass Carlos ihr verziehen hat. Das hätte nämlich nicht jeder getan."

„Wie ist er denn – dieser Carlos?", fragte Janes Mutter vorsichtig nach.

„Groß, gut aussehend ... Er ist sehr nett, wahrscheinlich viel zu nett für Juanita."

„Was soll denn das schon wieder heißen?"

„Ach, weißt du, Juanita kann manchmal ziemlich egoistisch sein. Dann nimmt sie einfach keine Rücksicht auf die Gefühle anderer und trampelt nach Belieben darauf herum."

„Oje. Aber andererseits – es gibt sicher Männer, die sich ganz gern ein bisschen herumkommandieren lassen", gab Mrs. Mayfield zu bedenken.

„Carlos ist bestimmt nicht so. Und Juanita wird sich in Zukunft zweimal überlegen müssen, was sie zu ihm sagt. Carlos ist ein typischer Spanier, obwohl seine Mutter aus England kommt ..."

„Aus England? Wie interessant ..."

„Oh Mom, was du gleich wieder denkst!" Jane lachte. Sie wusste, wie gern es ihre Mutter sähe, wenn sie einen netten jungen Mann kennenlernen und sesshaft werden würde.

„Entschuldige, Darling. Aber gab es auf Mallorca denn wirklich keinen, der dir gefiel?"

Jane schüttelte den Kopf. „Nein, tut mir leid." Unwillkürlich erschien Miguels Bild vor ihrem inneren Auge. Was würde ihre Mutter wohl von ihm halten?

Jane hatte Glück bei ihrer Jobsuche. Schon bald fand sie eine Anstellung in einem kleinen, neu gegründeten Unternehmen, das Früchte und Gemüse aus Spanien importierte. Bis jetzt hatte die Firma lediglich eine große Supermarktkette beliefert, wollte sich aber in naher Zukunft vergrößern.

Bereits nach wenigen Wochen hatte Jane sich weitreichende Kenntnisse über Transportwesen und Marketing angeeignet. Die meisten der spanischen Lebensmittel wurden mit LKWs nach England transportiert, wo sie zunächst ins Lager kamen, bevor sie weiterverkauft wurden. Nur weiche Früchte, wie zum Beispiel Erdbeeren, wurden eingeflogen.

Von Tom, ihrem unmittelbaren Chef, hatte Jane gelernt, dass zum Beispiel der größte Teil der Tomaten von den Kanarischen Inseln stammte und anderes Gemüse und Früchte sogar aus Zentralamerika nach England importiert wurden.

Nach anfänglicher Zurückhaltung beiderseits verstand sich Jane schließlich mit Tom recht gut, obwohl ihr nicht verborgen geblieben war, dass er und seine Sekretärin Mary sie immer noch auf Abstand hielten. Einer ihrer Mitarbeiter, Mike Ferrers, war, so schien es Jane, ganz offensichtlich neidisch auf ihren Titel und ging ihr so oft wie möglich aus dem Weg. Mit den anderen Mitgliedern des Teams war Jane allerdings nicht vertraut genug, als dass sie es hätte wagen können, das heikle Thema anzuschneiden.

Dies also war der dunkle Punkt in Janes Job. Sie hatte ständig das Gefühl, nicht voll akzeptiert zu werden. Zwar bemühte sie sich stets, zu allen freundlich zu sein, und bei Tom schien sie es tatsächlich geschafft zu haben, doch die Haltung der anderen ihr gegenüber, vom Geschäftsführer Richard Alston bis zur Sekretärin Mary, verwirrte und frustrierte sie.

Eines Morgens, Jane wollte gerade ins Lager gehen, um eine große Orangenlieferung zu überprüfen, fiel ihr ein, dass sie einige wichtige Akten im Bürogebäude vergessen hatte. Sie eilte zurück und stellte überrascht fest, dass Mary nicht da war. Dann gehe ich eben zu Tom, dachte sie und machte sich gleich auf den Weg in sein Büro. Gerade wollte sie eintreten, als sie Richard Alston ihren Namen sagen hörte. Sofort blieb sie stehen, spähte vorsichtig durch die halb geöffnete Tür des Bürozimmers und erkannte neben Richard Mike und Mary. In diesem Moment vernahm sie auch schon Mikes Stimme.

„Wie lange soll diese Farce eigentlich noch weitergehen?“, fragte er verärgert. „Der Big Boss hat sie uns angedreht, und wir sollen nun zusehen, was wir mit ihr machen! Sie hat keinerlei Berufserfahrung. Der einzige Job, den sie mit ihrer Ausbildung ausführen könnte, wäre meiner, und ich sehe nicht ein, warum ich zurückstecken sollte, bloß weil das hübsche Fräulein die richtigen Leute kennt …“

„Das ist nicht ganz fair von dir, Mike!“, unterbrach ihn Richard. „Dass sie deinen Platz übernimmt, davon war noch nie die Rede. Schließlich haben wir vor zu expandieren.“

„Aber wozu wäre sie denn dann zu gebrauchen? Sie hat keine Ahnung von der Marktlage. Vom Transportwesen und vom Verkauf ganz zu schweigen!“

„Das wird sie schon noch lernen.“

„Aber warum gerade sie? Du weißt, dass Peter Moore der ideale Mann für mich gewesen wäre. Aber dem habt ihr ja nicht mal eine Chance gegeben!“

„Er spricht ja auch kein Spanisch“, wandte Richard ein, der die Situation offensichtlich mit ein bisschen Humor etwas zu entschärfen versuchte.

„Und was kann sie mit ihrem Spanisch anfangen, wenn wir unsere Geschäftsverbindungen mehr auf unser eigenes Land konzentrieren wollen?“, beharrte Mike.

„Nächste Woche kommt der große Boss höchstpersönlich her. Wenn dir so viel daran liegt, warum fragst du ihn dann nicht selbst?“

„Das werde ich auch tun! Hör mal, Richard“, sagte Mike nun etwas versöhnlicher. „Ich habe ja persönlich gar nichts gegen das Mädchen. Sie ist wirklich ein nettes Ding. Ich verstehe bloß nicht, warum sie einen Job bekommen soll, der viel besser …“

Das laute Geräusch eines Stuhls, der zurückgeschoben wurde, erinnerte Jane daran, wo sie war. Abrupt drehte sie sich um, rannte blindlings aus dem Bürogebäude und zu ihrem kleinen Wagen.

Dort setzte sie sich erst einmal auf den Fahrersitz und atmete tief durch. Ihre Gedanken wirbelten wild durcheinander. Nein, das konnte Miguel nicht getan haben … Jane hätte nicht sagen können, warum sie so sicher war, dass er dahintersteckte, aber irgendwie wusste sie es. Er hatte arrangiert, dass sie eingestellt worden war, nur damit sie für ihn arbeitete! Und sie war so naiv gewesen zu glauben, sie hätte es allein geschafft!

Warum nur, warum hat er das getan? Jane schlug zornig mit der Faust auf das Lenkrad. Hatte Miguel ihr nur helfen wollen oder steckte mehr dahinter?

Aus dem Augenwinkel sah sie plötzlich Mike Ferrers den Parkplatz überqueren. Er machte ein verdutztes Gesicht, als er sie im Auto sitzen sah.

Nein, er war der Letzte, dem sie zeigen wollte, wie sehr sie die Unterhaltung im Büro aus dem Gleichgewicht geworfen hatte. Entschlossen stieg sie aus und lächelte Mike kühl zu, bevor sie stolz an ihm vorüberging.

„Hi! Ich dachte, Sie wären schon nach Hause gegangen?“ Marys unsicheres Lächeln verriet ihre Verlegenheit, als sie vor Richard Alstons Büro plötzlich Jane gegenüberstand.

„Ich hab nur einige Akten vergessen“, antwortete Jane, ohne stehen zu bleiben, und lächelte mit Genugtuung, als sie sah, wie Mary rot wurde. Offensichtlich war die Sekretärin nicht sicher, ob Jane etwas von der Unterhaltung zwischen Mike und Richard mitbekommen hatte, und wenn ja, wie viel. Soll sie doch denken, was sie will, dachte Jane, packte die Akten in ihre Mappe und verließ das Büro.

„Jane …“

„Tut mir leid, ich muss mich beeilen!" Jane ließ die Sekretärin einfach stehen und verließ das Bürogebäude.

Draußen sah sie, dass Mike immer noch an ihrem Wagen stand und offensichtlich auf sie wartete. Von plötzlicher Kampfeslust gepackt, fühlte sie sich mit einem Mal der Situation gewachsen. Ein besorgter Ausdruck lag auf Mikes Gesicht, als er ihr die Tür öffnete. Jane zog scheinbar überrascht die Brauen hoch.

„Oh, wie komme ich zu dieser Ehre, Mike?" Sie lächelte, doch ihr Blick blieb kalt. „Tut mir leid, dass ich keine Zeit habe, mich zu revanchieren, aber ich bin heute spät dran!"

Sie knallte Mike die Tür vor der Nase zu und fuhr davon. Über seinen bestürzten Gesichtsausdruck, als er ihr hinterhersah, musste Jane beinahe laut lachen. Ein Gefühl wilder Entschlossenheit stieg in ihr auf. Denen würde sie es zeigen! Sie würde allen beweisen, dass sie ihren Aufgaben mehr als gewachsen war!

7. KAPITEL

Jane traf im Lager auf Tom, der vor etlichen ungeöffneten Holzkisten stand und sorgenvoll dreinblickte. „Hier ist irgendetwas schiefgelaufen", erklärte er stirnrunzelnd. „Wir haben eine ganze Ladung Orangen zu viel und wissen nicht, wohin damit. Zurückschicken können wir sie auch nicht. Der Fehler muss irgendwo im Papierkram liegen. Wahrscheinlich ist Mike dafür verantwortlich. Aber das bringt uns jetzt auch nicht weiter."

Jane biss sich auf die Unterlippe und dachte angestrengt nach. „Sieht ganz so aus, als müssten wir einen anderen Abnehmer für die Orangen finden. Und das so schnell wie möglich. Am besten wir kümmern uns sofort darum."

„Das geht nicht, Jane. Richard ist der Boss. Wir müssen die Sache erst mit ihm besprechen."

„Ich weiß. Aber jetzt ist rasches Handeln angesagt, und ich hab auch schon eine Idee." Jane erläuterte Tom eifrig ihre Pläne.

„Ich weiß nicht recht", meinte dieser unschlüssig. „Die Idee klingt ja gut ..." Er sah Jane mit wachsendem Respekt an. „Und vielleicht könnte sogar eine neue Geschäftsverbindung daraus werden ..."

„Kommen Sie, Tom, machen wir uns nichts vor. Sie wissen genau wie ich, dass ich allmählich meinen Platz in diesem Unternehmen behaupten muss", erwiderte Jane. „Ich weiß, dass einige Leute hier aus bestimmten Gründen etwas gegen mich haben. Bitte geben Sie mir die Chance zu beweisen, dass ich den Job nicht umsonst bekommen habe."

Toms Wangen röteten sich. „Dass das alles so gelaufen ist, tut mir aufrichtig leid, Jane. Vielleicht haben wir wirklich voreilige Schlüsse über Sie gezogen."

Jane lächelte versöhnlich. „Es war sicher nicht allein Ihre Schuld. Aber das spielt jetzt keine Rolle mehr. Wichtig ist nun vor allem, wie wir diese Orangen vor der Müllkippe und die Firma vor einem enormen Verlust bewahren!"

„Das war wirklich ausgezeichnet, Jane!" Richard Alston strahlte übers ganze Gesicht. „Wie ich sehe, haben Sie sich mehr als gründlich über unsere Absatzmöglichkeiten informiert."

„Die Orangen haben uns zwar nicht unbedingt einen Riesenumsatz eingebracht, aber wenigstens haben wir kein Geld verloren", sagte Jane, die sich aufrichtig über das Lob freute, und lächelte. „Und vielleicht bleibt es ja nicht nur bei diesem einen Geschäft mit den County Caterers."

„Sie haben hervorragende Arbeit geleistet, Jane, das muss man Ihnen lassen!"

„Ach, das war sicher nicht nur mein Verdienst", wehrte Jane ab. „Tom war auch erheblich daran beteiligt."

„Nur keine falsche Bescheidenheit, junge Dame", erwiderte Richard begeistert. „Tom hat mir erzählt, dass der ganze Plan von Ihnen stammte. Mike Ferrers ist Ihnen zu großem Dank verpflichtet. Wenn der Deal schiefgelaufen wäre, hätte er seinen Job verlieren können, denn der Irrtum passierte aus reiner Unachtsamkeit seinerseits."

„Wissen Sie, Mr. Alston, ich finde, unsere Firma ist zu klein, um einem Einzelnen die Schuld zu geben. Wir sitzen alle in einem Boot, und jeder macht einmal einen Fehler."

„Das ist wirklich sehr großzügig von Ihnen, Jane, wenn man bedenkt, wie …"

„Es macht mir sehr viel Spaß, hier zu arbeiten und vieles dazuzulernen", unterbrach Jane ihren Chef freundlich, aber bestimmt, da sie das leidige Thema satt hatte. „Die Arbeit hier ist eine Herausforderung für mich."

Das stimmte wirklich. Jane fand es äußerst aufregend, neue Dinge zu lernen und in einem kleinen Team zu arbeiten, das es zu etwas bringen wollte. Vielleicht fehlte es ihr auch an dem nötigen „Killerinstinkt", den sie bräuchte, um ganz an die Spitze zu kommen. Denn dann hätte sie Mike abservieren und seinen Platz einnehmen müssen, und das wollte sie nicht. Wenn sie ehrlich war, würde ihr ein Job, wie der, den Mike tagtäglich ausführte, auch gar nicht liegen.

Jane hatte bereits ihre Sachen zusammengepackt und wollte gerade nach Hause gehen, als Mike das Büro betrat. Er wirkte misstrauisch und leicht verärgert. „Ich glaube, ich muss mich wohl ausdrücklich bei Ihnen entschuldigen, Jane …", begann er widerstrebend.

„Da Sie sich ja anscheinend einen dabei abbrechen, kann ich gerne darauf verzichten!“, gab Jane schlagfertig zurück und lachte. „Aber ich hoffe doch, Sie werden sich revanchieren, wenn ich mal einen Fehler mache?“

„Jane, es tut mir leid, ich weiß, dass ich nicht immer fair zu Ihnen war …“

Davon wollte Jane nichts hören und winkte ab. „Vergessen wir das Ganze, ja? Jetzt heißt es, nach vorne blicken und weitermachen, okay?“

Mike sah betreten zu Boden. „Wenn Sie das wirklich ernst meinen …“

„Ja, natürlich“, versicherte Jane. „Kommen Sie, Mike! Holen wir die anderen, und feiern wir unseren kleinen Erfolg mit einem Drink im ‚Dog and Donkey‘, abgemacht?“

„Hmm, das scheint wieder so eine gute Idee von Ihnen zu sein!“ Zum ersten Mal lächelte Mike sie richtig herzlich an, und Jane hatte endlich das Gefühl, voll und ganz von allen akzeptiert zu werden. Sie hatte es geschafft!

Mikes Fehler war vergessen, als das ganze Team in gemütlicher Runde beisammensaß und sich zu seinem jüngsten Erfolg beglückwünschte. An diesem Abend schob Jane alle Gedanken an Miguel beiseite. Sie würde noch genug Zeit dafür haben, wenn sie allein war.

„Juanita hat angerufen, Liebes“, verkündete Mrs. Mayfield aufgeregt, als Jane nach Hause kam. „Sie besteht darauf, dass du Brautjungfer bei ihrer Hochzeit wirst!“

„Oh Mum! Bloß das nicht. Das ist doch was für Kinder, aber nicht für eine erwachsene Frau!“

Mrs. Mayfield lachte. „Dass du dich querstellen würdest, war Juanita von vornherein klar, aber ich versicherte ihr, dass du sie nicht im Stich lassen würdest. Du bist doch schließlich eine ihrer besten Freundinnen!“ Plötzlich wurde Mrs. Mayfield ernst, als sie das kummervolle Gesicht ihrer Tochter sah. „Sag mal, Kind, was ist denn los mit dir? Ich will mich ja nicht einmischen, aber hat es vielleicht etwas mit diesem Carlos zu tun?“

Jane versuchte, sich nichts von ihren seelischen Qualen anmerken zu lassen. Wie sollte sie ihrer Mutter auch erklären, wie bedroht und gedemütigt sie sich durch die Tarragos fühlte? Selbst wenn sie von ihrem Verdacht, dass Miguel ihr diesen Job verschafft hatte, erzählte, wäre sie ganz sicher der Ansicht, dass es doch sehr nett und zuvorkommend von den Tarragos gewesen sei, ihr zu einer solchen Chance zu verhelfen. „Nein, Mom", versicherte sie deshalb fest. „Es hat ganz bestimmt nichts mit Carlos Villafranca zu tun."

„Aber weshalb bist du dann so komisch, Liebes?", beharrte ihre Mutter. „Seit du auf Mallorca warst, hast du dich völlig verändert. Das ist sogar deinem Vater aufgefallen."

„Ach, ich kann jetzt nicht darüber sprechen!" Jane verließ die Küche und ging auf ihr Zimmer. Sie musste allein sein. Auch wenn es noch so schmerzte, sie musste sich eingestehen, dass sie den größten Fehler ihres Lebens begangen hatte: Sie hatte sich in Miguel de Tarrago verliebt!

Und er? Jane seufzte auf. Ja, Miguel mochte sie vielleicht ganz gernhaben, doch sie bezweifelte, dass er die Bedeutung des Wortes Liebe überhaupt richtig verstand. Für ihn zählte nur eines, und das war sinnliche Lust. Er konnte jede Frau haben, die er wollte, und sie stand zweifellos ganz am Ende der Liste, wenn es darum ging, welche er sich später einmal als Ehefrau wünschen würde.

Miguel hatte in ihr ein Feuer entfacht, das die ganze Zeit nur leicht geglüht hatte und nun zu neuem Leben erwacht war.

In jenem Sommer, als Jane gerade siebzehn war, hatte alles angefangen. All die Jahre danach hatte sie die Erinnerungen mit Gewalt verdrängt, doch jetzt kehrten sie so deutlich zurück, dass es schmerzte. Die Art, wie Miguel sie angeschaut hatte – als könne er ihr bis auf den Grund des Herzens sehen. Das brennende Verlangen, das sie jedes Mal verspürte, wenn er in ihrer Nähe war – all das war so berauschend und beängstigend zugleich gewesen.

Jane war in sexuellen Dingen noch recht unerfahren. Sie hatte zwar schon häufig einen Mann geküsst, jedoch noch nie den Wunsch verspürt, mit ihm zu schlafen. Aber bei Miguel …

Ja, Miguel brachte ihr Blut in Wallung, er ließ sie spüren, dass sie eine Frau war. Wenn sie seinem Drängen nachgäbe, würde sie zweifellos im Bett mit ihm landen. Was für ein fremdes, eigenartiges und doch so berauschendes Gefühl es war, eine solche Macht über einen Mann zu haben …

Jane ließ ihre Gedanken weiter in die Vergangenheit schweifen, zurück zu dem Tag, an dem sie zu weit gegangen war. Sie wollte damals einfach ausprobieren, wie weit sie es treiben konnte, bis Miguel ihr nicht mehr widerstehen konnte. Als eine von Miguels Freundinnen, ein hübsches Mädchen aus Italien, früher als geplant abreiste, hatte Jane die Gelegenheit beim Schopf gepackt.

„Ach, die arme Giulia! Sie wird dich sicher sehr vermissen!", hatte sie gespottet, während sie neben Miguel auf einer der Sonnenliegen auf der Terrasse lag.

Zuerst hatte Miguel keinerlei Reaktion gezeigt, und so setzte Jane sich in provozierender Pose auf und rekelte sich verführerisch. „Weißt du, was sie zu mir sagte? ‚Jetzt, wo ich nicht mehr da bin, wird sich Miguel wohl ein anderes Mädchen suchen müssen, mit dem er sich vergnügen kann'." Da Miguel immer noch nicht reagierte, fügte Jane frech hinzu: „Bevor Giulia abreiste, warnte sie mich noch, vorsichtig zu sein und mich ja nicht zu sehr in deine Nähe zu begeben!"

Miguel hatte die Augen halb geöffnet und Jane misstrauisch angesehen. „Du interessierst dich doch sonst nicht so brennend für meine Belange. Fühlst du dich vielleicht zurückgesetzt, weil du bis jetzt vor mir sicher warst?"

Eine tiefe Röte überzog Janes Gesicht, und sie holte zornig zum Schlag aus. Doch Miguel reagierte blitzschnell. Er sprang auf, packte Jane und warf sie sich über die Schulter. „Ich glaube, es gibt nur ein wirksames Mittel gegen deine überspannte Fantasie, du kleines Früchtchen …"

Jane trommelte mit den Fäusten wütend auf seinem Rücken herum und schrie. „Lass mich runter, du gemeiner Kerl!"

„Alles zu seiner Zeit, meine Süße." Miguel trug sie bis zum Beckenrand des Swimmingpools, wo er stehen blieb.

„Nein!", schrie Jane entsetzt. „Nein, Miguel, ich habe mir doch erst die Haare für die Party heute Abend machen lassen!"

„Dein Problem." Miguel ließ sie sachte ab, bis sie in seinen Armen lag. Jane hielt den Atem an, als sie seine breite, warme Brust an ihrem Körper spürte. Als sie ihm in die Augen sah, senkte er langsam den

Kopf und küsste sie. Jane war, als schmelze sie in Miguels Armen dahin, während sie seinen Kuss erwiderte. Doch dann ließ er sie abrupt los, und das kalte Wasser schlug über ihr zusammen.

Nach diesem Erlebnis am Swimmingpool hatte Jane es nicht mehr gewagt, Miguel derart zu provozieren. Er hatte ihr gezeigt, dass er sich und seine Gefühle jederzeit unter Kontrolle hatte, während sie sich nicht hatte beherrschen können. Und das ärgerte sie maßlos.

Und noch ein Erlebnis mit Miguel fiel ihr ein. Eines Tages, Jane war gerade vor einem von Juanitas aufdringlichen französischen Freunden davongelaufen, hatte Miguel sie in dem kleinen Garten hinter der Küche getroffen. Sie saß auf dem warmen Steinboden und wollte allein sein. Dieser Pierre hatte ihren Stolz verletzt. Obwohl sie ihm deutlich zu verstehen gegeben hatte, dass sie sich nicht für ihn interessierte, hatte er sie rücksichtslos bedrängt. Dazu hatte sie noch Juanitas Eifersuchtsattacken über sich ergehen lassen müssen. Juanita misstraute ihr und nutzte jede Gelegenheit, um ihren Frust an ihr auszulassen.

„Ist das dein Versteck?“, hatte Miguel sanft gefragt und Jane dabei so liebevoll angesehen, dass ihr ganz warm ums Herz geworden war.

„Ja“, hatte sie schüchtern geantwortet und zurückgelächelt.

„Aber warum hast du dir gerade diesen Platz ausgesucht?“

„Da der Garten so nahe an der Küche liegt, kommt außer den Gärtnern niemand hierher.“ Jane blickte auf und sah in Miguels warme braune Augen. „Aber verrat es Juanita bitte nicht, okay?“

„Nein, ganz bestimmt nicht. Du kommst sehr oft hierher, nicht wahr?“

Jane zuckte die Schultern und stand auf. „Das kommt immer darauf an, wie …“

„Wie schwer dir Juanitas Freunde das Leben machen?“, ergänzte Miguel für sie und erhob sich ebenfalls.

„Kann schon sein …“ Jane zögerte und fasste sich schließlich ein Herz. „Ich finde es einfach grässlich, wie dieser Pierre hinter mir herschleicht. Es ist so demütigend. Wie kann er nur im Traum daran denken, dass ich mich für ihn interessiere?“

„Meine arme Kleine.“ In Miguels Stimme lag so viel Mitgefühl, dass Jane sich in seiner Nähe richtig geborgen fühlte. „Du solltest es *papá* erzählen“, schlug er vor. „Er wird den Kerl sofort nach Hause schicken.“

„Ja, und dann muss ich mir jeden Tag das Gejammer von deiner Schwester anhören!“

Plötzlich hatte Miguel Jane in die Arme gezogen und erst zärtlich, dann immer leidenschaftlicher geküsst. In diesem Augenblick schien es so gut, so richtig zu sein, von Miguel gehalten und geküsst zu werden. Bei diesem ersten richtigen Kuss hatte Jane alles um sich herum vergessen. Sie hatte Miguels Zärtlichkeiten mit einer Hingabe erwidert, die sie selbst erschreckte. Zu fühlen, wie Miguel vor Verlangen erschauerte, als er sie an sich presste, war wundervoll und zugleich beängstigend gewesen. Zum ersten Mal in ihrem Leben hatte Jane gespürt, was es hieß, einen Mann so reizen zu können, dass er fast die Beherrschung verlor.

Wie viele Male hatte sie in den letzten fünf Jahren an diesen Kuss und all die Empfindungen, die damit verbunden waren, zurückgedacht? Nun hatte die Vergangenheit sie wieder eingeholt, und Jane musste sehen, wie sie damit fertig wurde. Aber würde sie es verkraften, Miguel wiederzusehen, nachdem ihr klar geworden war, dass sie ihn liebte?

Sie wusste, dass es keinen Sinn hatte, gegen ihre oder seine Familie anzukämpfen. Wenn Juanita sich etwas in den Kopf gesetzt hatte, ließ sie nicht eher locker, bis sie ihr Ziel erreicht hatte. Demnach würde ihr nichts anderes übrig bleiben, als sich der Situation zu stellen. Fast kam sie sich vor wie Napoleon bei Waterloo: Die Niederlage war unausweichlich, doch sie musste trotzdem weiterkämpfen, um sich wenigstens noch etwas zu bewahren – die Achtung vor sich selbst. Eines war Jane klar: Sie konnte und durfte nicht zulassen, dass Miguel ihr Leben beherrschte. Sie musste ihren Job kündigen.

Am nächsten Morgen betrat Jane schweren Herzens das Büro ihres Chefs. Nachdem sie ihm ihre Absicht, das Unternehmen zu verlassen, unterbreitet hatte, weigerte er sich zunächst heftig, die Kündigung anzunehmen. Als er jedoch merkte, dass Jane fest entschlossen war, ihr Vorhaben in die Tat umzusetzen, ließ er resigniert die Schultern sinken.

„Also haben Sie doch mit angehört, wie wir über Sie gesprochen haben. Mary hatte da so einen Verdacht.“

„Spielt das jetzt noch eine Rolle?“

Richard blickte Jane beschämt ins Gesicht. „Um ehrlich zu sein, manchmal frage ich mich, ob unsere Firma ohne Sie überhaupt auf die Beine gekommen wäre.“

„Ach, das ist doch Unsinn. Jetzt übertreiben Sie aber wirklich, Mr. Alston …“

„Nein, ganz und gar nicht, Jane. Ich gebe nicht viel auf unsere Zukunft, wenn Sie uns jetzt im Stich lassen!“

Jane biss sich auf die Unterlippe. War es wirklich wahr, was er sagte, oder übertrieb er nur? „Die Geschäfte laufen doch inzwischen so gut, dass Sie auf eigenen Beinen stehen könnten.“

Richard Alston schüttelte den Kopf. „Noch nicht – leider. Wir bräuchten noch einige lukrative Aufträge, dann wären wir einigermaßen sicher. Aber das kostet natürlich Zeit.“

Jane stand abrupt auf und verschränkte die Arme vor der Brust. „Himmel noch mal! Ist Ihnen eigentlich klar, dass ich bis vor Kurzem keine Ahnung hatte, was hier überhaupt gespielt wird? Sicher, mir war aufgefallen, dass einige von Ihnen etwas gegen mich hatten, aber ich wusste nicht warum! Wenn ich bleibe, bringe ich mich in eine unmögliche Situation, verstehen Sie?“

„Wen würde es denn härter treffen?“, forderte Richard sie heraus. „Sie, weil Sie, wie Sie sagen, in einer unmöglichen Lage wären, oder das Team, von dem die meisten ihren Job verlieren würden? Genau das würde nämlich mit höchster Wahrscheinlichkeit passieren!“ Richard stand auf. „Sehen Sie Jane, ich hasse es, jemanden um etwas bitten zu müssen. Aber ich bin fest davon überzeugt, dass wir aus diesem Unternehmen etwas machen können. Sie glauben doch auch, dass unsere Firma Zukunft hat, oder etwa nicht?“

Jane zuckte hilflos die Schultern. „Ja, natürlich, das macht es mir ja gerade so schwer.“

„Ich will Ihnen reinen Wein einschenken, Jane. Ich brauchte seine Hilfe – hier in England wie auch in Spanien. Ohne ihn hätte ich niemals die Chance gehabt, in dieser Branche Fuß zu fassen. Er ist ein gerissener Geschäftsmann, nichts läuft ohne seine Zustimmung. Er versprach, mir den Rücken zu stärken unter der Bedingung, dass ich Sie einstelle. Dabei sollte ich Sie allerdings in der Gewissheit lassen, Sie hätten den Job aufgrund persönlicher Eignung bekommen. Er meinte aber auch, Sie würden gute Fähigkeiten besitzen und seien durchaus in der Lage, eine meiner besten Mitarbeiterinnen zu werden.“ Richard Alston machte eine Pause und sah Jane respektvoll an. „Und wie recht er damit hatte, haben Sie mir ja bewiesen!“

„Aber er würde Ihnen niemals den Boden unter den Füßen wegziehen, Mr. Alston!“ Warum sie es ebenfalls vermied, Miguels Namen zu nennen, wusste Jane selbst nicht. „Sein Prinzip bestand schon immer darin, Hilfe zur Selbsthilfe zu gewähren. Er schätzt Menschen, die den Willen und die Kraft aufbringen, etwas auf die Beine zu stellen.“

„Das mag schon sein, aber ich möchte es lieber nicht darauf ankommen lassen. Bitte, Jane, wenn Sie sich schon nicht zu sechs Monaten durchringen können, dann bleiben Sie wenigstens noch drei. Nehmen Sie uns nicht die Chance, ein sicheres Fundament für die Firma aufzubauen. Es wird bestimmt nicht lange dauern, bis wir wissen, ob wir stark genug sind, um auf dem Markt bestehen zu können. Die Konkurrenz ist hart, aber mit seiner Hilfe könnten wir es schaffen.“

Jane seufzte auf. Allmählich wurde ihr klar, dass sie ihrem Chef die Bitte nicht abschlagen konnte. „Also gut“, stimmte sie widerstrebend zu. „Aber nur unter einer Bedingung: Sie sorgen dafür, dass er mir nicht in die Quere kommt, denn wenn wir beide aufeinanderstoßen, fliegen die Fetzen!“

Richard blickte verdutzt auf. „Es fliegen die Fetzten? Aber wieso …, ich verstehe nicht …“

„Vergessen Sie's“, unterbrach Jane ihn gereizt. „Sie würden es ohnehin nicht begreifen. Ich verstehe mich ja schon selbst nicht mehr … Und nein, ich bin nicht seine Geliebte, und ich war es auch noch nie!“, setzte sie heftig hinzu, als sie Richards verschmitztes Lächeln sah. „Und noch etwas – Sie werden mich nach Madrid fahren lassen müssen, wenn seine Schwester heiratet. Ich muss nämlich Brautjungfer spielen!“

Richard schien die Hintergründe ihrer Worte zu begreifen, denn er grinste übers ganze Gesicht und streckte ihr freundschaftlich die Hand entgegen. „Sie werden Ihre Entscheidung nicht bereuen, Jane, das versichere ich Ihnen. Nun wollen wir aber die anderen hereinrufen. Alles was wir jetzt brauchen, ist eine einschlagende Werbekampagne, und dabei heißt es: keine Zeit verlieren!"

Jane sah Miguel im Büro kein einziges Mal. Sie wusste zwar, dass er mit ihrem Chef in Kontakt getreten war, aber Richard Alston sprach mit ihr darüber nicht. Fast schien es Jane, als hätte Miguel seine Pläne geändert, bis er eines Abends bei ihr zu Hause anrief.

„Hallo, Jane, wie geht es dir?"

Der Kerl hat es nicht einmal nötig, sich vorzustellen, dachte sie verärgert. Wahrscheinlich setzt er es als selbstverständlich voraus, dass man ihn an der Stimme erkennt!

„Mit wem spreche ich überhaupt?", erwiderte sie kühl, doch Miguel ließ sich nicht darauf ein, sondern lachte nur.

„Das weißt du ganz genau, *querida!*"

Jane war so nervös, dass ihr das Herz bis zum Hals klopfte. Nein, sie durfte ihren Gefühlen nicht nachgeben. Sie durfte einfach nicht zulassen, dass Miguel wieder in ihr Leben trat. „Ich habe dir doch gesagt, du sollst mich in Ruhe lassen, hast du das vergessen?", gab sie schroff zurück, um ihre innere Erregung zu verbergen.

„Ich lade dich für morgen Abend zum Essen ein, dann kannst du es mir noch mal sagen", erwiderte Miguel trocken. „Wenn ich mich recht erinnere, haben wir beide noch etwas zu besprechen."

„Ach, tatsächlich?"

„Ja, tatsächlich", wiederholte er amüsiert. „Übrigens, wie läuft's denn so mit deinem neuen Job?"

Du heuchlerischer Schuft, dachte Jane wütend. „Danke, sehr gut!"

„Wie schön. Dann kannst du mir ja morgen Abend ausführlich darüber berichten. Ich hole dich um halb acht ab, einverstanden?"

„Na gut. Miguel?"

„Ja?"

„Warum bist du hier?"

„Um dich zu sehen, natürlich!", antwortete er, ohne zu zögern, und lachte, da er merkte, dass das Jane für einen Moment die Sprache verschlagen hatte. „Dann bis morgen, Jane!"

Es machte „klick" in der Leitung, und Jane stand wie benommen da. Anscheinend wusste Miguel nicht, dass sie die Umstände um ihre Einstellung in der Firma kannte. Trotzdem hämmerte ihr Herz wie wild vor lauter Aufregung. Sie würde Miguel wiedersehen!

Als Jane am selben Abend ihrer Mutter mitteilte, dass Miguel in England war und sie morgen zum Essen ausführen wollte, entging ihr nicht das hoffnungsvolle Leuchten in deren Augen.

„Mummy, wenn Miguel kommt, denkst du bitte daran, dass ich in ihm nicht mehr als Juanitas Bruder sehe und er umgekehrt in mir auch nur die kleine Schulfreundin seiner Schwester?", erklärte sie bestimmt. So, wie sie ihre Mutter kannte, würde die sie sonst vor lauter Begeisterung möglicherweise furchtbar blamieren.

„Ja, natürlich, Liebes. Aber ist es nicht sehr nett von ihm, den ganzen weiten Weg hierherzukommen, nur um dich zu sehen?"

„Ach Mum. Wahrscheinlich hat er nur eine Nachricht von Juanita für mich – du weißt doch, wegen der Sache mit der Brautjungfer. Und natürlich ist er nicht extra meinetwegen nach England gekommen. Sicher hat er hier Geschäfte laufen."

„Oh, vielleicht hat er ja auch Kontakt mit deiner Firma! Du musst ihn unbedingt danach fragen ..."

„Ja, Mum, das werde ich tun." Wenn du wüsstest, wie recht du hast, dachte Jane und war froh, dass ihre Mutter das Thema nicht weiterverfolgte.

Jane war schon lange fertig, als es an der Tür klingelte. Nachdem Miguel Janes Eltern höflich begrüßt und sich einige Minuten mit ihnen unterhalten hatte, verließen er und Jane schließlich das Haus.

„Du siehst reizend aus", meinte Miguel, während er Jane zu seinem Wagen führte. „Sehr weiblich, vielleicht sogar ein bisschen zerbrechlich. Miniröcke stehen dir gut, weil du schöne Beine hast."

Er selbst trug einen marineblauen Anzug, ein weißes Seidenhemd und dazu eine extravagante Krawatte in kräftigen Farben. Er wirkte sehr dynamisch und trotz seines muskulösen Körperbaus überaus elegant.

„Bloß bin ich ein bisschen zu klein ...", begann Jane, doch Miguel unterbrach sie unwirsch.

„Warum in aller Welt versuchst du immer, dein Licht unter den Scheffel zu stellen? Ob man gut aussieht oder nicht, ist keine Frage der Größe, sondern der Proportionen. Du bist zwar nicht besonders groß, dafür aber wohlproportioniert, und das ist das Wichtigste. Eigentlich ...", er betrachtete sie anerkennend von oben bis unten, „wirkst du dadurch sogar noch attraktiver."

„Danke für das Kompliment. Aber ich wäre trotzdem gern größer."

„Du musst wohl immer dagegenschießen, was?"

„Nur bei dir!"

„Hör doch endlich auf, gegen mich anzukämpfen, Jane. Hast du denn nicht schon selbst gemerkt, warum du das immer tust?"

Eine tiefe, verräterische Röte überzog Janes Gesicht, und sie blickte rasch zur Seite.

Miguel lachte leise. „Wie ich sehe, verstehst du genau, was ich meine."

„Ich hab keine Ahnung, wovon du sprichst!" Jane versuchte krampfhaft, sich in dem weichen Ledersitz des Porsche aufrecht hinzusetzen, was aber schier unmöglich war, da sie durch die Schrägstellung regelrecht gezwungen wurde, sich zurückzulehnen. „Wo in aller Welt hast du denn diesen Wagen her?", wechselte sie absichtlich das Thema, um sich von Miguels provozierender Nähe abzulenken.

„Ich hab ihn gemietet. Gefällt er dir nicht?"

„Doch. Aber wenn du damit auf die Schnellstraße fährst, wird sich gleich die Polizei an deine Fersen heften."

„Im Moment habe ich etwas ganz anderes im Kopf als die britische Polizei, *querida,* das kannst du mir glauben."

Jane begriff sofort, worauf er anspielte, ging jedoch nicht darauf ein, da sie wusste, welche gefährlichen Konsequenzen das Thema haben konnte.

„Wo fahren wir überhaupt hin?", fragte sie deshalb, um das Gespräch in eine andere Richtung zu lenken.

„An einen ziemlich kleinen Ort. Ich glaube nicht, dass du ihn kennst."

„Ich kenne die meisten Restaurants in dieser Gegend."

„Den Platz, den ich meine, aber ganz bestimmt nicht. Er wurde erst kürzlich eröffnet."

„Wollen wir wetten, dass ich ihn doch kenne?", ereiferte sich Jane.

„Aber du führst mich nicht zum ‚Kreischenden Papageien', oder? Dort ist es nämlich grässlich!"

„Nein, da gehen wir bestimmt nicht hin. Der Name klingt übrigens nicht gerade einladend – ist das ein Restaurant?"

„Eigentlich nicht. Eher eine Disco kombiniert mit einer Snackbar."

Miguel rollte theatralisch die Augen. „Zum Glück habe ich noch nie davon gehört!"

Der Wagen bog in eine schmale Landstraße, die nicht ausgeschildert war. Jane sah erwartungsvoll aus dem Fenster, konnte aber kein Restaurant entdecken.

„Wir sind gleich da", sagte Miguel lächelnd.

Aber wir fahren doch in Richtung Moor. Hier gibt es weit und breit kein Restaurant!"

„Wart's ab. Sei nicht so ungeduldig."

Diesmal lenkte Miguel den Wagen vorsichtig in einen Seitenweg, der so schmal war, dass gerade ein Auto hindurchpasste. Rechts und links wuchsen dichte Büsche und wilde Blumen, die den Wagen beim Vorbeifahren streiften. Schließlich hielt Miguel vor einem großen, malerischen Cottage mit einem flachen Dach. Am Eingang zu dem kleinen, gepflasterten Vorgarten stand eine Eibe, die in Form eines Vogels zurechtgestutzt war, und ringsherum schmückten zahlreiche bunte Blumen das Anwesen. Zwei altmodische Laternen tauchten die Veranda in ein sanftes Schummerlicht.

„Bitte aussteigen, die Dame!", forderte Miguel Jane lächelnd auf und beugte sich zu ihr herüber, um die Beifahrertür zu öffnen. Dabei kam er ihr so nahe, dass sie den aufreizenden Duft seines Rasierwassers riechen konnte.

„Das ist aber kein Restaurant!", sagte sie rasch, um sich von seiner betörenden Nähe abzulenken.

„Das habe ich auch nie behauptet." Miguel lächelte jungenhaft. „Jorge und Carmen sind auch da. Sie werden sich um das Cottage kümmern. Ich habe es nämlich für einen Monat gemietet!"

8. KAPITEL

Für einen ganzen Monat?" Jane sah Miguel verblüfft an. „Wie bist du denn auf die Idee gekommen? So wie ich dich kenne, wirst du dich schon nach einer Woche zu Tode langweilen!"

„Das würde ich nicht sagen." Miguel öffnete die Tür und stieg aus. „Komm, lass uns reingehen. Oder willst du hier draußen Wurzeln schlagen?"

Schweigend folgte Jane seiner Aufforderung. Was in aller Welt hatte Miguel nur dazu bewogen, sich ein Haus mitten in der Pampa zu suchen? Hier gab es nichts – keine Stadt, kein Dorf, geschweige denn einen internationalen Flughafen.

Wie mechanisch betrat Jane das Haus und erwiderte Jorges freundliche Begrüßung. Was hatte Miguel vor? Was suchte ein Mann wie er in dieser Einöde?

„Wie wär's mit einem Glas Champagner, *querida?*" Jorge stand bereits neben Miguel, eine Flasche in der Hand.

„Danke, gern. Aber nenn mich bitte nicht dauernd Liebling!", zischte sie Miguel leise zu, damit Jorge es nicht hörte.

„Warum denn nicht?" Miguel lachte, während Jorge Jane ein langstieliges Glas mit dem perlenden Getränk reichte. „Du bist doch mein Liebling …" Er nahm sein eigenes Glas und hielt es hoch. „Auf ein besseres Verständnis zwischen uns beiden!"

Jane zog misstrauisch die Brauen zusammen. Irgendetwas heckte Miguel aus. Wenn sie nur wüsste, was.

„Findest du den Trinkspruch denn nicht passend?", fragte er verschmitzt.

„Doch, wenn man die Sache nur oberflächlich betrachtet, schon. Aber irgendwie habe ich das Gefühl, dass noch mehr dahintersteckt."

Jorge hatte sich diskret zurückgezogen, und so stand Jane mit Miguel allein in dem kleinen Wohnzimmer. Neugierig blickte sie sich um. An den weißen, etwas unebenen Wänden hingen mehrere hübsche Aquarelle, und vor dem mächtigen Kamin, der eine ganze Seite des Raumes ausfüllte, standen zwei kleine, gemütliche Sofas. Das Feuer spendete im ganzen Raum eine angenehme Wärme und verlieh ihm so eine recht anheimelnde Atmosphäre.

„Wirklich sehr hübsch", meinte Jane anerkennend. „Aber es passt überhaupt nicht zu dir. Also, Miguel, warum bist du hier?"

„Nun, ich habe hier in England einige wichtige Dinge zu erledigen, und da dachte ich mir: Such dir doch ein hübsches Plätzchen, von dem aus du deine Arbeit starten kannst. Das hier schien mir auf jeden Fall geeigneter und vor allem gemütlicher zu sein als ein Hotelzimmer." Er wies auf eines der Sofas. „Komm, setzen wir uns ans Feuer."

„Was für eine Arbeit ist das? Und wieso musst du deshalb einen ganzen Monat in Devon bleiben?"

„Ich glaube, es wäre nicht sehr klug von mir, dir das jetzt schon zu verraten", erklärte Miguel schmunzelnd und setzte sich Jane gegenüber auf die andere Couch.

Janes Wangen röteten sich. „Mir hat man noch nie nachgesagt, ich sei indiskret!", erwiderte sie verärgert.

„Oh, darüber mache ich mir auch keine Sorgen."

„Also, ich kann wirklich ein Geheimnis für mich behalten, Miguel!"

Er lachte belustigt. „Was bist du doch manchmal für ein Kind, Jane!" Der helle Schein des Feuers ließ Miguels markante Züge noch geheimnisvoller und faszinierender wirken. „Aber weißt du, es gibt Dinge, die man nicht immer vor anderen verbergen kann, selbst wenn man sich darum bemüht. Seine Gefühle, zum Beispiel."

„Du meinst, wenn du mir deine Pläne offenbartest, könnte ich sie möglicherweise preisgeben, ohne es zu merken?"

„So ungefähr", stimmte Miguel zu und lächelte. „Aber keine Bange, früher oder später wirst du ohnehin erfahren, um was es geht."

„Ich glaube kaum, dass mich das dann noch so brennend interessiert!", gab Jane beleidigt zurück. „Aber jetzt komm endlich zur Sache. Worüber wolltest du mit mir sprechen?"

„Ich möchte gern deine ganz persönliche, unvoreingenommene Meinung über die Leute, mit denen du zusammenarbeitest, hören. Ich möchte wissen, ob du sie wie ich für fähig hältst, aus dem Unternehmen etwas zu machen."

Jane atmete tief durch. „Dass du inzwischen weißt, dass ich herausgefunden habe, wer mein eigentlicher Arbeitgeber ist, hätte ich mir denken können! Hat Richard dir auch verraten, dass ich kündigen wollte?"

Offensichtlich hatte Jane sich geirrt, denn Miguel zog überrascht die Brauen zusammen. „Wer hat dir das gesagt? Richard Alston oder einer von den anderen?"

„Keiner hat mir was erzählt. Ich bin ganz allein darauf gekommen. Es kam mir gleich komisch vor, dass ich den Job so leicht bekam. Schließlich ist die Konkurrenz hart. Warum hast du das getan, Miguel?"

Zum ersten Mal seit Jane ihn kannte, wirkte Miguel unsicher und wich sogar ihrem Blick aus. „Ich fand die Idee nicht schlecht, besonders als ich hörte, dass es für Studenten nach der Ausbildung nicht gerade leicht sein soll, einen Job zu finden. Richard Alston brauchte Hilfe, und ich versprach, ihn zu unterstützen unter der Bedingung, dass er dich einstellt und ausbildet."

„Aber warum? Warum gerade mich?"

„Juanita hatte mir erzählt, dass du dir Sorgen machen würdest, nach der Ausbildung keinen Job zu finden. Und da ich genau wusste, dass dein Stolz es niemals zulassen würde, Hilfe von uns anzunehmen, kam mir die Idee, das Problem auf diese Weise zu umgehen. Und du musst zugeben, dass letztendlich alle etwas davon haben."

„Und du hattest dich natürlich schon auf mein Gesicht gefreut, wenn ich erfahren würde, wer mein Chef ist, nicht wahr? Aber da hast du leider Pech gehabt! Tut mir leid, wenn ich dir den Spaß verdorben habe!"

„Sieh mal, Jane, ich habe das nur getan, weil du immer so verdammt unabhängig sein willst", sagte Miguel versöhnlich. „Niemals hast du dir von Juanita oder mir helfen lassen." Er schüttelte verständnislos den Kopf. „Was bist du nur für ein eigenartiges Mädchen. Weißt du denn nicht, dass wir alle, auch meine Eltern, dich sehr gern haben?"

„Und was hat das mit meinem Job zu tun? Die meisten Menschen müssen schon in jungen Jahren lernen, auf eigenen Beinen zu stehen. Warum sollte ich da anders sein?"

Miguel stand unvermittelt auf und wandte sich ab. „Du weißt genau, warum, Jane."

Sie blickte ihn erstaunt an. „Aber nein, ich weiß es eben nicht! Wovon sprichst du überhaupt?"

Miguel murmelte einige unverständliche Worte, dann drehte er sich plötzlich um und zog Jane an sich. „Davon, du kleine Unschuld!" Er presste seine Lippen auf ihre und küsste sie wild und fordernd.

Als er sie schließlich sanft von sich schob, sagte er atemlos: „Gleich wird Jorge kommen und uns zum Essen rufen. Carmen wäre sicher nicht begeistert, wenn wir ihre Bemühungen nicht schätzen würden.

Jane senkte beschämt den Blick. Wieder einmal hatte sie in Miguels Armen die ganze Welt um sich vergessen. Und wie beim letzten Mal war er es gewesen, der die Kraft aufgebracht hatte, sich von ihr zu lösen. Jane dagegen brauchte jedes Mal mehrere Minuten, um wieder in die Realität zurückzufinden. Das war einfach nicht fair! Während sie sich wie in Trance fühlte, brachte Miguel es fertig, kühl und gelassen zu bleiben. Jane straffte die Schultern und räusperte sich. Irgendwie musste sie es schaffen, sich aus dem Bann dieses Mannes zu lösen.

„Natürlich werden wir Carmens Dinner nicht abschlagen", erklärte sie mit betont fester Stimme. „Ich bin nämlich sehr hungrig, weil ich heute Mittag keine Zeit hatte, etwas zu essen." Sie setzte sich wieder auf die Couch und griff nach ihrem Champagnerglas. Am liebsten hätte sie es nun mit einem Zug geleert, doch sie riss sich zusammen und trank nur einen kleinen Schluck.

„Und nun zu deinem Job", sagte Miguel lächelnd, während er Jane nach dem vorzüglichen Abendessen eine Tasse Kaffee reichte. „Oder möchtest du lieber einen Nachtisch?"

„Oh nein, bloß das nicht!", wehrte sie ab. „Was ich eben verdrückt habe, reicht mindestens für eine ganze Woche!"

Miguel lachte vergnügt. „Gerade das gefällt mir so an dir, Jane. Du isst wie ein normaler Mensch und nicht solche Spatzenportionen wie die meisten Mädchen, die ich kenne. Ich kann nämlich Frauen nicht ausstehen, die sich ein teures Essen bestellen und dann nur darin herumstochern. Also, du möchtest nun wirklich kündigen?"

„Ja. Das war mein erster Gedanke, als ich herausfand, dass du der Big Boss der Firma bist."

„Stell dir vor, ich würde dir etwas noch Aufregenderes als diesen Job bieten – könnte dich das reizen?“

Jane konnte ihre Neugier nicht unterdrücken. „Das käme ganz darauf an, um was es sich handelt. Außerdem müsste ich mich darauf verlassen können, dass du Richard Alston weiterhin unterstützt.“

„Weshalb liegt dir eigentlich so viel an ihm?“, fragte Miguel unvermittelt, und seine Gesichtszüge wirkten seltsam hart dabei.

Jane sah ihn erstaunt an. Wenn sie es nicht besser gewusst hätte, hätte sie fast glauben können, er wäre eifersüchtig.

Sie zuckte die Schultern. „Ich finde ihn eben sehr nett, das ist alles.“

„Nette Menschen bringen es in der Geschäftswelt für gewöhnlich nicht sehr weit“, erwiderte Miguel verächtlich. „Um an die Spitze zu kommen, braucht man Mut und einen unerschütterlichen Glauben an sich selbst.“

„Du musst es ja wissen“, gab Jane ungerührt zurück. „Warum bist du denn auf einmal so gereizt? Wenn du nicht an Richard Alstons Fähigkeiten glauben würdest, hättest du ihm doch erst gar nicht geholfen, oder?“

„Wie wichtig sind sie für dich – ich meine, deine Kollegen?“, fragte Miguel weiter.

Jane wusste im ersten Moment nicht, worauf er hinauswollte. „Nicht besonders … Das heißt, ich habe kein persönliches Interesse an den Leuten. Deshalb möchte ich aber noch lange nicht, dass das Unternehmen den Bach runtergeht, nur weil du beschlossen hast, deine Hilfe einzustellen.“ Nun hielt Jane es vor Neugier nicht mehr aus. „Jetzt komm doch endlich mal zur Sache. Was ist das für ein Job, von dem du vorhin gesprochen hast?“

Miguel atmete tief durch, bevor er antwortete. „Ich brauche eine Frau, und das so schnell wie möglich!“

Jane brachte im ersten Augenblick kein Wort heraus. Was hatte Miguel da eben gesagt? Er brauchte eine Frau? War das nicht genau das, was sie sich mehr als alles auf der Welt wünschte? Das Paradies, von dem sie kaum zu träumen gewagt hatte und das nun plötzlich in greifbarer Nähe zu liegen schien?

Aber nein, Jane wusste, dass sie sich nichts vormachen durfte. Was Miguel von ihr wollte, war nicht das, wonach sie sich wirklich sehnte. Er versuchte nur, sie einzufangen wie ein Jäger seine begehrte Beute. Und diese Erkenntnis tat weh, schrecklich weh.

Jane sah auf, und in ihrem Blick lagen all die Verzweiflung, der Schmerz und die Sehnsucht, die sie erfüllten.

„Jane, ich will es dir erklären!“ Miguel setzte sich neben sie und nahm sie in den Arm. „Es ist nicht einfach eine Laune von mir, das musst du mir glauben. Ich hatte, wenn ich ehrlich bin, schon daran gedacht, als du siebzehn warst. Ich wusste, dass ich ein Mädchen wie dich nirgendwo mehr finden würde. Du warst und bist für mich die einzige Frau, die ich jemals heiraten möchte. Ich wusste, dass ich dir schon damals nicht so gleichgültig war, wie du immer vorgabst, doch ich wollte nichts überstürzen und hielt es für besser, zu warten, bis du dir deiner Gefühle für mich sicher sein würdest. Verstehst du das?“

Jane wusste nicht, was sie darauf sagen sollte. Das alles kam viel zu plötzlich, zu überraschend. Diesen Schock musste sie erst mal verdauen.

„Aber das Schicksal zwingt mich – uns beide – in diese Lage“, fuhr Miguel fort, als sie nicht antwortete. „Ich brauche dich, Jane. Wenn du meine Frau werden willst, schlage ich vor, dass wir uns nur standesamtlich trauen lassen. Denn sollte es nicht klappen, wärst du frei für einen anderen Mann. Ich würde selbstverständlich dafür sorgen, dass du keine finanziellen Nachteile hättest.“

Jane schloss gequält die Augen. Wie konnte Miguel nur so blind sein? Merkte er denn nicht, wie sehr sie unter seinen kalten Worten litt? Sie nahm all ihre Kraft zusammen und zwang sich, ihm ins Gesicht zu sehen. „Warum jetzt, Miguel? Wieso brauchst du gerade jetzt eine Frau?“

Miguel vermied es, sie anzusehen. „Erinnerst du dich noch an Patricia Pérez, dieses rothaarige Mädchen, das damals auf der Party mit mir tanzte?“

„Du meinst die Tochter des Präsidenten?“

„Ja, genau. *El Presidente* sähe nichts lieber, als dass seine Tochter meine Frau würde. Und ein Nein kommt für ihn nicht mehr infrage.

Er hat mich momentan ziemlich im Clinch, verstehst du? Die einzige Möglichkeit, mir diese Zimtzicke vom Leib zu halten, wäre die Tatsache, dass ich schon verheiratet bin. Ich sagte ihr zwar, ich sei verlobt, aber das beeindruckte sie anscheinend nicht im Geringsten."

Jane saß nur schweigend da und blickte zu Boden. Die Enttäuschung schmerzte entsetzlich. Was sollte sie dazu noch sagen? Was erwartete Miguel von ihr?

„Komm, ich bringe dich nach Hause", sagte er sanft. „Und morgen spreche ich mit deinen Eltern. Jane ..., bitte lass nicht zu, dass dein unbändiger Wunsch nach Unabhängigkeit dich blind für deine wahren Gefühle macht. Ich weiß, dass du mich willst. So, wie du vorhin auf meinen Kuss reagiert hast ..."

Er nahm ihre Hände und sah Jane liebevoll an, doch ihr ablehnender Blick hielt ihn davon ab, sie nochmals zu küssen.

„Und was passiert, wenn ich Nein sage?", fragte sie hart.

Miguel grinste schelmisch. „Das wäre schrecklich!"

„Wieso bist du dir deiner Sache eigentlich so sicher?"

„Warum solltest du mein Angebot ablehnen? Dass du die Einzige bist, die als meine Frau infrage käme, weißt du so gut wie ich."

„Hmm ..."

Miguel sah Jane eine Weile nachdenklich an, bevor er plötzlich fragte: „Sind dir deine Kollegen wichtig genug, um sie vor dem Verlust ihres Jobs zu bewahren?"

Jane zuckte innerlich zusammen. So also hatte er sich das ausgedacht! Das war reine Erpressung! Wie wichtig musste ihm ihre Einwilligung sein, dass er zu solchen Mitteln griff! Wahrscheinlich fühlt er sich in seinem Stolz verletzt, weil ich ihm vor Freude über seinen Antrag nicht gleich um den Hals gefallen bin, dachte Jane wütend.

„Nehmen wir mal an, ich sage Ja – würden wir dann die Flitterwochen in diesem Cottage verbringen?"

Ein sanftes Lächeln umspielte Miguels Lippen. „Es hat keinen Zweck, dir etwas vorzumachen, nicht wahr? Du bist das einzige Mädchen, das sich niemals von mir kaufen lassen würde. Mein Geld hat dich noch nie interessiert. Im Gegenteil, für dich war und ist es eher ein Hindernis, wenn es um uns beide geht. Und deshalb bist und bleibst du die einzige Frau für mich!"

Als Jane beharrlich schwieg, lachte Miguel auf. „Komm, Jane, sag schon Ja. Ich verspreche dir, du wirst es nicht bereuen!"

„In finanzieller Hinsicht ganz bestimmt nicht, aber ich lebe nach anderen Wertvorstellungen als du, das sollte dir klar sein."

„Bezweifelst du denn, dass ich in der Lage bin, dich glücklich zu machen?"

Jane sah ihm fest in die Augen. „Ja, genau das bezweifle ich!"

Sekundenlang schwieg Miguel betroffen. Mit einer solchen Antwort hatte er offensichtlich nicht gerechnet. Doch dann, ehe Jane reagieren konnte, zog er sie in die Arme und küsste sie fordernd. Sie wollte sich wehren, ihn von sich stoßen, doch sie schaffte es einfach nicht. Ihre Sinne waren wie benebelt von Miguels leidenschaftlichem Kuss. In diesem Augenblick wurde ihr erschreckend klar, welch überwältigende Macht dieser Mann über sie besaß. Und sie wusste noch etwas: Sie würde es niemals schaffen, Nein zu sagen.

„Nun, was sagst du jetzt?" Miguel lächelte sie zärtlich und triumphierend zugleich an. Dann wurde er plötzlich ernst. „Ich verspreche dir, du wirst es niemals bereuen, meine Frau geworden zu sein. Komm, ich bringe dich jetzt nach Hause. Wir wollen doch deine Eltern in unsere Hochzeitspläne einweihen."

„Hast du dir überhaupt schon Gedanken gemacht – falls ich Ja sage –, wo die Hochzeit stattfinden soll?"

Er nahm sie erneut in die Arme und antwortete ausweichend: „Komm, Jane, bitte sieh mich nicht so an ... Es ging eben nicht anders."

Jane kämpfte mit sich. Kein Wort von Liebe war über Miguels Lippen gekommen. Da gab es nichts als dieses unstillbare Verlangen nach ihrem Körper, das nur entstanden war, weil sie sich ihm vor fünf Jahren verweigert hatte. Miguel brauchte eine Frau. Und wenn sie Nein sagte, wäre er vielleicht gezwungen, sich nach einer anderen umzusehen. Ganz bestimmt hatte er sich auch schon einen Plan zurechtgelegt, falls sie seinen Heiratsantrag ablehnte. Und wenn sie Ja sagte? Nun, dann hätte er wenigstens eine Frau, die ihn liebte und nicht nur hinter seinem Geld her war.

„Also, wenn ich schon dazu gezwungen bin, dich zu heiraten, dann soll es wenigstens in der Kirche geschehen", antwortete sie entschlossen. „Ich mag nämlich keine halben Sachen."

Miguel wirkte überrascht. „Ist das dein Ernst? Nach einer kirchlichen Trauung wärest du ein Leben lang an mich gebunden und könntest nicht ..."

„Natürlich meine ich es ernst!", unterbrach sie ihn schroff. „Ich bin katholisch, hast du das vergessen? Zudem würden meine Eltern mit einer rein standesamtlichen Trauung niemals einverstanden sein. Entweder heiraten wir in der Kirche oder gar nicht!"

Jane betrachtete aufmerksam Miguels nachdenkliches Gesicht. Wenn sie in der Kirche heirateten, würde ihre Verbindung unlösbar sein. Nach einer rein standesamtlichen Trauung hingegen wäre Jane in den Augen der Kirche lediglich Miguels Geliebte.

„Du möchtest also eine große Hochzeitsfeier mit allem Drum und Dran?"

„Nein, so meinte ich das nicht. Ich wünsche mir nur, dass unsere beiden Familien an der Trauung in der kleinen Kapelle hier am Ort teilnehmen."

Miguel nahm Janes Hände und küsste sie sanft auf die Fingerspitzen. „Also gut, du hast gewonnen! Wir heiraten, wo und wie du es dir wünschst. Alles andere überlass nur mir."

Jane sah Miguel prüfend an. Irgendwie wurde sie das Gefühl nicht los, als wäre die ganze Sache nur ein Deal mit diesem *Presidente.* Eine kirchliche Hochzeit würde Miguel seine Freiheit kosten, und das hatte er bei seinen Plänen sicher nicht bedacht. Außerdem hatte er ihr versprochen, sie glücklich zu machen, obwohl sie davon überzeugt war, dass das unter den gegebenen Umständen alles andere als leicht sein würde.

Was sollte sie gegen Miguel tun? Nichts, gestand Jane sich im Stillen ein. Ich kann gar nichts tun, denn die Tarragos werden immer stärker sein als ich. Plötzlich kam ihr eine schreckliche Erkenntnis: Sie würde ja selbst bald eine Tarrago sein!

„Um Himmels willen, Kind, halt doch endlich still! Wenn du weiterhin so zappelst, werden wir nie fertig!" Mrs. Warren, die in der gleichen Straße wohnte wie Janes Eltern und ihr schon Kleider genäht hatte, als Jane noch ein kleines Mädchen war, kniete am Boden und versuchte verzweifelt, den Saum von Janes Hochzeitskleid gleichmäßig festzustecken. Janes Mutter hatte indessen nichts Besseres zu tun, als aufgeregt um ihre Tochter herumzuwuseln, um sie von allen Seiten zu betrachten.

„Ach Liebes, ich hoffe nur, dass es am Ende auch wirklich gut aussieht! Was für ein Jammer, dass du nicht wenigstens warten konntest, bis man dir ein Kleid nach Maß anfertigt!"

Mrs. Warren schüttelte entnervt Kopf, als Mrs. Mayfield schier über sie stolperte, weil sie ihre Tochter nochmals von hinten begutachten wollte. Dabei machte diese ein so bestürztes Gesicht, dass Jane in helles Gelächter ausbrach. „Meine Güte, Mummy, beruhige dich doch endlich! Man könnte ja fast meinen, du seist die Braut, und nicht ich!"

„Mich beruhigen? Wie kann ich das, wenn schon am Samstag die Hochzeit ist?"

„Aber du brauchst doch gar nichts zu tun. Miguel kümmert sich um alles. Du kannst dich also getrost hinsetzen und die Hände in den Schoß legen."

„Warum habt ihr beide es denn bloß so eilig?", fuhr Mrs. Mayfield mit ihrem Gejammer fort. „Ihr hättet euch doch zuerst verloben können wie alle anderen vernünftigen Paare auch."

„Aber, Mummy, das habe ich dir doch schon hundertmal erklärt. Momentan hat Miguel gerade Zeit. Wenn wir jetzt nicht heiraten, müssen wir vielleicht monatelang auf die nächste Gelegenheit warten. Und wie viele Leute dann kommen würden, kannst du dir sicher vorstellen. So ist es doch viel schöner – nur ihr und seine engsten Verwandten, ist das nichts?"

„Na, ich weiß nicht recht. Eine Woche ist einfach zu kurz, um alles vorzubereiten. Ich kann mir nicht helfen, aber irgendwie denke ich doch, ihr hättet noch ein bisschen warten sollen …"

„Aber wozu denn? Wir kennen uns schon seit Jahren."

„Ja, schon, aber … Ach, lassen wir's!" Mrs. Mayfield winkte ab. „Du bist schließlich alt genug und musst wissen, was du tust."

Jane neigte sich vor und gab ihrer Mutter einen herzlichen Kuss auf die Wange. Sie konnte ihre innere Erregung ja selbst kaum verbergen, wenn sie an Miguel dachte. „So, und jetzt hör bitte auf mit dem Theater“, sagte sie lachend. „Dir gefällt er doch auch, gib's zu!“

„Oh ja, sehr. Er ist ein so sympathischer junger Mann …“

Mrs. Warren, die immer noch mehrere Stecknadeln zwischen den Lippen hatte, schaltete sich plötzlich ein. „So war sie schon immer“, nuschelte sie. „Schon als kleines Mädchen konnte ihr nie etwas schnell genug gehen. Deshalb überrascht mich diese Blitzhochzeit auch nicht im Geringsten!“

Jane kicherte wie ein Teenager. Sie hatte ja selbst vor lauter Aufregung ständig Schmetterlinge im Bauch. Zum Glück blieb ihr keine Zeit, darüber nachzudenken, ob sie die richtige Entscheidung getroffen hatte oder nicht.

Miguel jedenfalls war in den vergangenen Tagen kaum von ihrer Seite gewichen. Anscheinend wollte er sichergehen, dass sie im letzten Moment nicht doch einen Rückzieher machte. Die Freude ihrer Eltern über die bevorstehende Hochzeit war eher verhalten gewesen. Sie machten sich Sorgen um Jane und hatten ernsthafte Bedenken, ob es richtig war, dass sie einen so reichen Mann heiratete, während sie selbst aus bescheidenen Verhältnissen stammte. Und sie befürchteten, dass Miguels Reichtum sich nachteilig auf Jane auswirken könnte. Sie hatte alles getan, um ihre Eltern in dieser Hinsicht zu beruhigen, doch im Grunde ihres Herzens gab sie ihnen recht.

Miguels Gründe für seine Entscheidung waren für Jane nur schwer zu akzeptieren. Wahrscheinlich hätte er nicht im Traum daran gedacht, seinen etwas ausschweifenden Lebensstil für eine Ehe aufzugeben, wenn diese habgierige Patricia nicht so hartnäckig hinter ihm her gewesen wäre.

Aus all diesen Gründen sah Jane ihrem Hochzeitstag mit sehr gemischten Gefühlen entgegen. Sie versuchte in dieser Zeit, Miguel so gut wie möglich auf Abstand zu halten, weil sie hoffte, so wenigstens ein bisschen von ihrer Selbstachtung wiederzugewinnen.

Am Morgen nach der Verlobung hatte Miguel Jane zum Mittagessen abgeholt. Während der Fahrt zog er ein kleines Schmuckkästchen aus der Hosentasche und legte es ihr auf den Schoß.

„Ich hoffe, er gefällt dir. Falls nicht, kann ich ihn jederzeit umtauschen."

Aufgeregt öffnete Jane die Schachtel. Zum Vorschein kam ein wunderschöner Ring mit einem kleinen, in Platin eingefassten Diamanten, der blau-weiß funkelte, wenn das Licht darauffiel. Der Ring war ganz und gar nicht protzig, wie Jane befürchtet hatte, sondern sehr fein und für ihre zarten Hände wie geschaffen.

„Oh Miguel!", rief sie begeistert. „Er ist wunderschön!"

Doch Miguels düstere Miene verriet keinerlei Regung. „Steck ihn an. Ich will sehen, ob er zu dir passt."

Jane tat wie geheißen und bewunderte ehrfurchtsvoll den funkelnden Stein.

„Ich hoffe, das erleichtert dein Gewissen wegen der Hochzeit wenigstens ein bisschen!"

Jane fuhr schockiert auf. „Wenn du so denkst, dann kannst du ihn getrost behalten!" Wütend zog sie den Ring vom Finger, steckte ihn hastig zurück in das Kästchen und warf es Miguel auf den Schoß. „Da!"

Miguel lenkte den Wagen bei der nächsten Gelegenheit an den Straßenrand und hielt an. „Als meine zukünftige Frau erwarte ich von dir, dass du dich nach meinen Wünschen richtest!"

„Und ich erwarte von meinem zukünftigen Mann, dass er sich mir gegenüber anständig und respektvoll benimmt! Aber warum wundere ich mich überhaupt? Ein Mann, der ein Mädchen schon mit Erpressung zwingen muss, seine Frau zu werden …"

Sekundenlang herrschte spannungsgeladenes Schweigen, dann fragte Miguel kalt: „Du willst dich also nicht an unsere Abmachung halten?"

„Ganz genau, ich will nicht! Aber wen interessiert das schon? Mir bleibt ja gar nichts anderes übrig, wenn ich verhindern will, dass unschuldige Menschen ihren Job verlieren …"

„Da hast du völlig recht! Und steck den Ring wieder an. Er gehört zu unserem Deal."

„Bist du sicher, dass du nicht noch etwas im Hinterstübchen hast?", fragte Jane bitter, während Tränen in ihren Augen brannten. „Keine noch besseren Ideen, um mich zu demütigen?"

„Nein, im Augenblick nicht." Miguel sah sie hart an. „Aber keine Sorge, mir fällt bestimmt noch was ein!"

„Das glaube ich dir aufs Wort!", gab Jane patzig zurück und wandte sich schnell ab, damit Miguel nicht sah, dass sie die Tränen kaum noch zurückhalten konnte. Bloß nicht weinen, hatte sie gedacht. Er darf nicht merken, wie sehr er mich verletzt hat!

9. KAPITEL

An dem Tag, als Miguels Familie aus Spanien eintreffen sollte, machte Miguel mit Jane einen Ausflug nach Dartmoor. Es war eine herrliche Gegend. Die Feldsperlinge zwitscherten vergnügt und unzählige Bienen, die sich über die letzten glockenförmigen Heideblüten hermachten, summten um die Wette.

Unter strahlendblauem Himmel folgte Jane Miguel durch kleine, wenig benutzte Trampelpfade, die von goldgelbem Adlerfarn, hinter dem sich weite Heidekrautflächen erstreckten, gesäumt wurden. Miguel hatte sich einen kleinen Berg zum Ziel gesetzt, von dessen Gipfel aus er sich einen schönen Ausblick versprach. Jane, die ganz in der Nähe der Moorlandschaft aufgewachsen war, fragte sich verärgert, warum Miguel unbedingt ein so scharfes Tempo vorlegen musste und nicht wie jeder normale Spaziergänger langsam gehen und die Landschaft genießen konnte. Doch je mehr sie über Miguel nachdachte, desto klarer wurde ihr, dass dieses Verhalten lediglich sein ganzes Lebensprinzip widerspiegelte: Zuerst steckte er sich ein Ziel, dann galt es, dieses Ziel so schnell wie möglich zu erreichen, um sich danach wieder einer neuen Aufgabe zu stellen.

„Sag mal, veranstalten wir hier ein Wettrennen, oder was?“, protestierte sie schließlich entnervt.

Miguel blieb stehen und wartete, bis Jane ihn eingeholt hatte. Dann nahm er ihre Hand. „Bist du müde? Komm, ich ziehe dich mit.“

„Nein!“ Sie zog energisch die Hand zurück und machte ihn auf die herrlichen Blumen aufmerksam und auf die Bienen, die emsig ihrer Arbeit nachgingen, und dann auf die Vögel, die am strahlendblauen Himmel vorbeizogen. „Jetzt bleibst du endlich einmal stehen und siehst dich um! Ist es hier nicht herrlich? Wenn ich spazieren gehe, möchte ich dabei die schönen Blumen bewundern und dem Gesang der Vögel lauschen …“

„Das glaube ich dir ja gern, aber wir sind noch nicht am Ziel. Von dort oben haben wir einen viel besseren Ausblick.“

Jane rührte sich nicht von der Stelle. „Mann kann die Schönheit der Natur auch hier und jetzt genießen“, erklärte sie trotzig. „Weshalb müssen wir dafür extra auf den Berg steigen?"

„Ach, komm, Jane. Je höher der Berg, desto schöner die Aussicht!"

„So ein Unsinn! Dir entgehen die interessantesten Sachen, wenn du durch die Gegend rennst wie ein Irrer. Wenn wir etwas langsamer gingen, könnte ich all die kleinen Dinge, die ich so sehr liebe, viel mehr genießen."

„Liebe ...", wiederholte Miguel leise und zog Jane in die Arme. „Was weißt du kleine Unschuld schon von Liebe?" Langsam presste er die Lippen auf ihren Mund und küsste Jane so sanft und zärtlich, bis sie seine Liebkosungen erwiderte. Als er schließlich die Zunge zwischen ihre Lippen drängte, wurde Jane von heißem Verlangen erfasst. Doch Miguel hatte sie verletzt, und ihr Stolz ließ es nicht zu, dass sie sich ihm ganz hingab. Denn wenn sie jetzt mit ihm schliefe, hätte sie ihre Chance verspielt, von ihm als gleichwertige Partnerin akzeptiert zu werden. Also nahm sie all ihre Kraft zusammen und entzog sich seiner Umarmung.

„Was hast du, *querida?*" Miguel versuchte, Jane erneut an sich zu ziehen, doch sie wich entschlossen zurück.

„Nein, Miguel!"

Einen Augenblick hielt er erstaunt inne. Ganz offensichtlich war er es nicht gewöhnt, dass sie ihm das Heft aus der Hand nahm. „Also gut, dann warten wir eben noch ...", meinte er schließlich lächelnd, und Jane glaubte, wachsenden Respekt in seinem Blick zu erkennen.

Miguel drehte sich um und setzte seinen Weg fort, und Jane folgte ihm zufrieden. Zum ersten Mal seit langer Zeit hatte sie das Gefühl, das Richtige getan zu haben. Dieser Mann konnte sein Gesicht von einem Moment auf den nächsten verändern. Einmal war er der charmante, heißblütige Liebhaber, und dann verwandelte er sich wieder in den kühlen Fremden, den Jane so verachtete. Aus welchem Grund sie dieses Spiel mitmachte, durfte sie ihm jedoch niemals verraten. Denn wenn er erfuhr, wie sehr sie ihn liebte, wäre sie für immer verloren.

Zwei Tage später wurden Jane und Miguel in der kleinen Kapelle in Janes Heimatort getraut. Während Janes Mutter und Juanita vor Rührung weinten, sah Miguel stolz auf seine junge Frau herab. Die Leidenschaft in seinen Augen war immer noch da, doch merkte Jane, dass er sie bewusst verdrängte und darauf wartete, mit seiner Frau allein zu sein.

Leidenschaft – ja, Leidenschaft ist da, nur Liebe nicht, dachte sie traurig. Miguel legte besitzergreifend den Arm um ihre Schultern, als seine Familie auf das Paar zukam, um es zu beglückwünschen.

„Jane!“ Carlos küsste Jane freundschaftlich auf beide Wangen. „Nun sind wir ja bald miteinander verwandt, nicht wahr?“ Dass Miguel ihm bei dieser Geste einen vorwurfsvollen Blick zuwarf, störte ihn offensichtlich nicht im Geringsten.

Jane erwiderte sein Lächeln. „Stimmt! Ich freue mich schon darauf!“

Dann wurde Carlos ernst. „Du bist mir doch nicht mehr böse, oder? Ich meine, weil ich mich auf der Party wie ein Idiot benommen habe. Ich wollte mich dafür schon so lange persönlich bei dir entschuldigen. Juanita und ich …“, er drückte fest Juanitas Hand, „… wir haben uns riesig gefreut, als wir von euren Heiratsplänen erfuhren. Ich wünsche dir viel Glück, Jane, von ganzem Herzen. Und du, Miguel, bist wirklich zu beneiden!“

„Das brauchst du mir nicht zu sagen!“ Miguel sah Jane so verheißungsvoll an, dass ihr ganz heiß bei dem Gedanken wurde, was passieren würde, wenn sie später mit ihm allein wäre.

„Was für ein außergewöhnliches Kleid, Jane!“, schaltete sich Juanita ein und begutachtete das einfache Brautkleid ihrer Schwägerin kritisch von allen Seiten.

„Es ist genau das, was ich wollte“, erwiderte Jane lächelnd.

„Das Kreuz, das du trägst, ist schön. Hat Miguel es dir geschenkt?“

„Nein, das ist von meiner Großmutter“, antwortete Jane stolz.

„Oh?“

Jane musste über das verdutzte Gesicht ihrer Schwägerin lachen.

„Und was hat Miguel dir geschenkt?“, fuhr Juanita neugierig fort. „Außer dem Ring natürlich.“

Jane hatte von ihren Schwiegereltern ein überaus wertvolles Schmuckset bekommen, doch von Miguel hatte sie in der Tat nur den goldenen Ehering, der nun ihren Finger zierte.

„Keine Sorge, Nita“, kam Miguel ihr zuvor. „Auf die Geschenke, die ich für meine Frau ausgesucht habe, lohnt es sich zu warten. Es ging eben alles so schnell, dass ich mich nicht um alle Dinge gleichzeitig kümmern konnte.“

„Na, das kannst du laut sagen!“, meinte Juanita spöttisch. „Warum in aller Welt hattest du es denn plötzlich so eilig mit dem Heiraten? Nun muss sich die arme Jane mit dieser kümmerlichen Hochzeit zufriedengeben, anstatt so groß zu feiern wie ich!“

Miguel nahm Janes Hand und küsste sie so zärtlich auf die Innenseite, dass Jane ein heißer Schauer überlief.

„Warum ich nicht länger warten konnte?“ Miguel warf Jane einen so eindeutigen Blick zu, dass sie vor Verlegenheit errötete. Da lachte er und wandte sich wieder an seine Schwester, die ihn missbilligend betrachtete. „Weißt du jetzt, warum, Nita? Oder soll ich noch deutlicher werden?“

„Benimm dich, Miguel! Du weißt genau, dass Jane es nicht leiden kann, wenn du dich so unanständig aufführst!“

„Verschone mich mit deinen Ratschlägen, Schwesterlein. Bis jetzt bin ich immer sehr gut ohne sie ausgekommen.“

„Du solltest deine Frau nicht unterschätzen“, entgegnete Juanita verärgert. „Erstens lässt sie sich von dir nicht einschüchtern, und zweitens vergöttert sie dich nicht so hemmungslos wie all die anderen Mädchen, die dir sonst zu Füßen lagen.“

„Jetzt ist aber Schluss!“, schimpfte Miguel, und Jane stellte verwundert fest, dass er wirklich wütend war. „Heute ist mein Hochzeitstag, Nita, vergiss das nicht!“

„Es ist zwar sehr nett von dir, dass du mich in Schutz nimmst, Juanita“, schaltete Jane sich ein, um die beiden Streithähne zu besänftigen, „aber ich weiß mich sehr gut selbst zu wehren.“

„Was ist denn hier los?“ Miguels Vater, der unbemerkt hinzugetreten war, machte ein betretenes Gesicht. „Ihr werdet euch doch nicht jetzt schon streiten!“

„Keine Sorge, *papá.*“ Juanita hakte sich bei ihrem Vater unter. „Nur eine kleine Meinungsverschiedenheit zwischen meinem Bruderherz und mir. Mit dem Brautpaar ist alles in Ordnung. Obwohl …“ Sie drehte sich nochmals nach Miguel um und warf ihm einen bedeutungsvollen Blick zu. „Man kann ja nie wissen …" Damit ging sie lächelnd davon und zog ihren Vater mit sich.

Miguel atmete tief durch. „Sie ist unmöglich! Hoffentlich weiß Carlos, was er sich da eingehandelt hat. Meine Schwester ist total verzogen!"

„Verzogen ist wohl nicht der passende Ausdruck", bemerkte Jane schnippisch. „Sie ist nur allzu sehr daran gewöhnt, immer ihren Kopf durchzusetzen. Genau wie ihr großer Bruder!"

Erneut hatte Jane das Gefühl, als hätten ihre Worte Miguel empfindlich getroffen, denn er blickte sie danach so böse an, dass sie erschrak. Doch bevor sie noch weiter darüber nachdenken konnte, wurden sie von Pfarrer Beale angesprochen, der dem frischvermählten Paar alles Gute wünschen wollte. Jane war ganz froh darüber, denn wie leicht war ein falsches Wort gesagt und der ganze Tag dadurch verdorben. So waren sie wenigstens gezwungen, das verliebte, glückliche Paar zu spielen, für das alle Anwesenden sie hielten.

Das Hotel, einst ein nobles Herrenhaus, das Miguel für die Hochzeitsgäste ausgesucht hatte, war genau so, wie Jane sich eine Unterkunft nach seinem Geschmack vorgestellt hatte. Die geräumigen Zimmer waren exklusiv eingerichtet, und vom Balkon der riesigen Suite, in die die beiden Familien sich nach dem Mittagessen zurückgezogen hatten, bot sich den Gästen ein herrlicher Blick auf den vorbeiziehenden Fluss.

Alles war perfekt organisiert, und dennoch kam es Jane und ihrer Mutter vor wie ein Traum. Wahrscheinlich weil wir solchen Luxus nicht gewöhnt sind, dachte Jane.

Während Juanita aufgeregt von ihrer eigenen Hochzeit erzählte, die noch in diesem Jahr in Madrid stattfinden sollte, hing Jane ihren Gedanken nach. Miguel saß schweigend neben ihr und wirkte äußerlich ruhig und gelassen, obwohl Jane wusste, dass ihm die Worte, die in der Kapelle gefallen waren, keine Ruhe ließen. Glaubte er tatsächlich, dass sie sich ihm und seinen Wünschen willenlos beugen würde? Juanita jedenfalls war der Meinung, dass er das von seiner Frau erwartete, obwohl es schwer zu glauben war. Jane war keine kleine Jasagerin, die sich alles gefallen ließ, und das sollte Miguel eigentlich am besten wissen. Aber was soll ich mir darüber noch länger den Kopf zerbrechen, dachte Jane. Ich bin verheiratet, und daran lässt sich nun nichts mehr ändern.

„Bereust du es etwa schon, dass du mich geheiratet hast?" Miguels dunkle Stimme riss Jane aus ihren Gedanken, und sie zuckte zusammen, denn sie fühlte sich ertappt.

„Sollte ich?" Jane wusste, dass es gefährlich war, das Thema erneut anzuschneiden, doch wieder einmal kam ihr der Zufall zu Hilfe. Ihr Vater war aufgestanden und erhob nun sein Glas auf das junge Brautpaar. Jane war so nervös, dass sie von der Rede ihres Vaters fast nichts mitbekam. War jede Braut so aufgeregt wie sie, oder lag das nur daran, dass die Umstände ihrer Hochzeit alles andere waren als normal?

Nachdem die Festlichkeiten vorüber waren und Jane an Miguels Seite trat, musste sie ständig an Juanitas harte Worte denken, als die beiden sich im Schlafzimmer voneinander verabschiedet hatten.

„Warum hast du das getan, Jane?", hatte Juanita sie vorwurfsvoll gefragt. „Ich dachte immer, wenigstens du würdest dich nicht mit halben Sachen zufriedengeben. Miguel liebt dich nicht, und ich bin mir nicht einmal mehr sicher, ob du ihn liebst. Dass zwischen euch beiden was nicht stimmt, sieht doch ein Blinder!"

Sonst hatte Juanita nichts mehr sagen können, da Miguel unten bereits ungeduldig auf seine Braut wartete. Doch es hatte gereicht, um Janes Seelenfrieden zu stören. Dabei hatte sie eigens darauf geachtet, dass ihr Brautstrauß Juanita in die Hände fiel, als sie ihn beim Abschied über die Schulter warf. Keiner der Familienmitglieder wusste, dass das Brautpaar keine exotische Reise unternehmen, sondern die Flitterwochen in einem einfachen Cottage ganz in der Nähe verbringen würde.

Im Grunde war Jane ganz froh, dass sie hierbleiben konnte, denn als Miguels Frau würde sie bestimmt noch oft genug mit ihm verreisen müssen. Bald war es so weit. Dann würde sie in Miguels Armen liegen und sich seinen Zärtlichkeiten hingeben. Jane hoffte nur, dass er ihre kleine Meinungsverschiedenheit vergessen hatte und sich genau wie sie auf die bevorstehenden Stunden freute.

„Am Nachmittag weiß man nie so recht, was man treiben soll, besonders nach einer so üppigen Mahlzeit“, sagte Miguel lächelnd und zerstreute damit ihre Bedenken. „Was hältst du davon, wenn wir beide uns bis zum Abendessen ein bisschen hinlegen, hmm?“

Was es bedeutete, wenn sie auf seinen Vorschlag einging, konnte Jane sich lebhaft vorstellen. Sie nickte ihm glücklich zu, und Miguel trat stärker auf das Gaspedal.

Sie fuhren gerade auf der schmalen Straße, die zum Cottage führte, als plötzlich ein großer Traktor mit Anhänger aus einem Seitenweg auf die Fahrbahn kam. Miguel blieb keine Zeit, um auszuweichen. Jane saß mit schreckgeweiteten Augen in ihrem Sitz und wartete auf das Unvermeidliche: Mit einem lauten Knall krachte der Porsche auf den hinteren Teil des Anhängers, wobei ein großes Stück rostiges Metall durch die Wundschutzscheibe schlug und Miguel an der linken Kopfseite traf. Das war alles, was Jane noch mitbekam, denn im gleichen Moment wurde ihr schwarz vor Augen, und sie verlor die Besinnung.

Jane spürte einen starken, stechenden Schmerz in der Brust, als sie erwachte. Sofort kam die Erinnerung zurück. Die Fahrt mit dem Porsche, der Unfall. Mit zitternden Fingern löste sie den Sicherheitsgurt und sah angsterfüllt zu Miguel hinüber.

Das große Metallstück lag zwischen ihnen, und dahinter, bewusstlos und zusammengekrümmt, Miguel. Verzweifelt versuchte Jane, näher an ihn heranzurücken, doch der Schmerz in der Brust machte ihr jede auch noch so kleine Bewegung zur Qual. Jane hatte furchtbare Angst, dass Miguel nicht mehr lebte. Doch sosehr sie sich bemühte, an ihn heranzukommen, sie schaffte es nicht. Sie war eingekeilt in ihren Sitz und konnte sich nicht rühren.

Da kam ihr ein furchtbarer Gedanke: Bis Hilfe käme, könnte Miguel schon verblutet sein! Von Panik erfasst, streckte sie den Arm nach ihm aus, bis es ihr tatsächlich gelang, Miguels Hand in ihre zu nehmen. So blieb sie regungslos sitzen, während ihr die Tränen unaufhörlich über die Wangen liefen.

Nach scheinbar endlos langer Zeit traf schließlich Hilfe ein. „Bitte, sehen Sie schnell nach meinem Mann!", rief Jane dem Mann zu, der die Beifahrertür öffnete.

„Machen Sie sich keine Sorgen, Madam, wir kümmern uns sofort um ihn", redete der Mann beruhigend auf sie ein. „Und jetzt holen wir Sie hier erst mal raus."

Jane tat alles, was von ihr verlangt wurde, dachte dabei aber ständig nur an Miguel. Wenn er nun nicht mehr am Leben war? Als der Sanitäter ihr mitteilte, dass er lebte und wahrscheinlich nur eine schwere Gehirnerschütterung habe, kamen Jane vor Erleichterung und Dankbarkeit erneut die Tränen.

Sie selbst hatte zwei Rippen und das Brustbein gebrochen. „Typische Gurtverletzungen", hatte man ihr auf der Fahrt ins Krankenhaus gesagt. Doch ihre Sorge galt einzig und allein ihrem Mann. Wenn er doch nur endlich aufwachen würde! Tränen der Verzweiflung rannen ihr übers Gesicht, während sie jeden Trost des Sanitäters ablehnte.

Nachdem Jane geröntgt und behandelt worden war, teilte man ihr mit, dass sie über Nacht im Krankenhaus bleiben müsse, um Komplikationen zu vermeiden.

Im Krankenzimmer hatte sie schließlich endlich Gelegenheit zu telefonieren. Ihre Eltern konnte sie nicht erreichen, denn die waren selbst übers Wochenende fortgefahren. Also musste sie in dem Hotel anrufen, in dem Miguels Familie untergebracht war. Der Schock saß Jane immer noch so tief in den Knochen, dass die Krankenschwester ihr beim Wählen der Nummer helfen musste. Jane atmete auf, als Miguels Vater sich meldete. Nachdem er sich von dem ersten Schrecken über die Nachricht erholt hatte, versicherte er sofort, dass er sich um alles kümmern werde und Jane sich um nichts zu sorgen brauche.

Zwei Stunden später wurde Jane von mehreren Ärzten auf ihrem Krankenzimmer aufgesucht. Sie war gerade aus einem unruhigen Schlaf erwacht und starrte nun verwirrt auf die Männer in weißen Kitteln, die um ihr Bett herumstanden.

„Señora de Tarrago?" Ein großer grauhaariger Mann, der seiner Ausstrahlung nach der Chefarzt sein musste, lächelte ihr freundlich zu.

„Wer? Oh ja, bitte?" Jane wollte sich aufrecht hinsetzen, ließ sich vor

Schmerzen jedoch sofort wieder stöhnend zurück ins Kissen sinken.

„Sie müssen ruhig liegen bleiben, Señora!“ Der Arzt lächelte erneut und tätschelte tröstend ihren Arm.

„Was ist mit Miguel?“ Jane sah den Arzt angsterfüllt an. Sie wusste, dass sie sich auf alles gefasst machen musste.

„Keine Angst, Ihr Mann ist wieder bei Bewusstsein. Sie brauchen sich also keine Sorgen mehr zu machen.“

Die Antwort des Arztes klang so begeistert, dass in Jane der Verdacht aufkam, er könne das vielleicht nur gesagt haben, um sie zu beruhigen. Doch sie fühlte sich viel zu schwach, um der Sache nachzugehen.

„Ihr Schwiegervater bat mich, Sie noch einmal gründlich zu untersuchen, bevor wir Sie morgen in die Privatklinik verlegen“, fuhr der Arzt fort.

„In die Privatklinik?“, wiederholte Jane verblüfft. „Aber das ist doch gar nicht nötig ...“

„Ihr Schwiegervater meinte, Sie hätten im Moment seines Wissens nach nur die Möglichkeit, in ein Hotel zu gehen.“

„Nein, das stimmt nicht. Wir haben ein Cottage gemietet, in der Nähe vom Moor. Sagen Sie meinem Schwiegervater bitte, dass Carmen und Jorge dort sind. Oje, jemand muss die beiden benachrichtigen! Sie haben sicher schon die ganze Zeit auf uns gewartet und werden sich große Sorgen machen!“

„Immer mit der Ruhe, junge Dame, wir erledigen das schon für Sie. Haben Sie die Telefonnummer dieser Leute bei sich?“

„Ich glaube ja. Sie muss in meiner Handtasche sein. Normalerweise habe ich die Nummer im Kopf, aber im Moment bin ich noch etwas durcheinander.“ Jane schloss erschöpft die Augen und legte den Kopf zur Seite. Im Augenblick war alles einfach zu viel für sie. Die Sorge um Miguel quälte sie so sehr, dass ihr erneut die Tränen kamen.

„Sie müssen sich erst einmal gründlich ausruhen, Señora“, vernahm sie die beruhigende Stimme des Oberarztes. „Ich werde Ihnen etwas geben, damit Sie gut schlafen können ...“

Jane spürte kaum den Einstich, als der Arzt ihr eine Spritze gab. Fünf Minuten später war sie eingeschlafen.

Als Jane am nächsten Morgen erwachte, stellte sie fest, dass sie in ein anderes, sehr hübsches Zimmer verlegt worden war. Der ganze Raum war voll mit Blumen. Jane versuchte gerade, sich mühsam aufzurichten, als eine junge blonde Krankenschwester den Kopf zur Tür hereinstreckte.

„Guten Morgen, Señora de Tarrago! Ich bin Ihre Privatkrankenschwester. Wie geht es Ihnen heute Morgen?"

„Ganz gut, solange ich mich nicht bewege."

„Dagegen werden wir gleich etwas tun. Und nach den Übungen bringe ich Ihnen ein kräftiges Frühstück."

„Wissen Sie, wie es meinem Mann geht?", erkundigte sich Jane sofort.

„Er ist außer Lebensgefahr, und es geht ihm den Umständen entsprechend gut."

„Oh, Gott sei Dank!"

„Ja, das Schlimmste hat er überstanden. Sie brauchen sich wirklich keine Sorgen zu machen. Und nun wollen wir mal, ja?"

Jane folgte gehorsam den Anweisungen der Schwester, obwohl die Übungen, die sie durchführen musste, ihr erhebliche Schmerzen bereiteten. Nach einer halben Stunde hatte Jane genug. Die Krankenschwester stellte ihr unaufhörlich Fragen, die ihr auf die Nerven gingen, gab ihr jedoch, sobald sie nach Miguel fragte, nur ausweichende Antworten. Es war ja sehr nett von *papá,* dass er ihr eine private Krankenschwester zur Verfügung stellte, doch wenn Jane ehrlich war, so wollte sie das eigentlich gar nicht. Sie wünschte sich nur, Miguel zu sehen. Und sie wollte lieber ins Cottage zurückgebracht werden, wo Jorge und Carmen sich um sie kümmern konnten.

Als die Schwester nach einer halben Stunde mit den Übungen immer noch nicht fertig war, verlor Jane vollends die Geduld. „Bitte, Schwester, ich möchte endlich meinen Mann sehen, und zwar sofort!", verlangte sie mit Nachdruck. „Entweder bringen Sie mich jetzt hin, oder ich werde mir den Weg selbst suchen!"

Die schmerzstillenden Mittel, die Jane bekommen hatte, wirkten jetzt, sodass sie durchaus in der Lage war, ihre Drohung wahr zu machen.

„Ich ..., na ja ..., sehen Sie", begann die Schwester nun etwas kleinlaut, „ich muss erst den Arzt fragen, der die Verantwortung für Sie trägt. Dann können Sie selbst mit ihm sprechen, einverstanden?"

Widerwillig stimmte Jane zu. Sie spürte genau, dass irgendetwas nicht stimmte. Schon von Anfang an hatte sie das Gefühl, dass man ihr etwas verschwieg.

Die Krankenschwester griff zum Telefon und wechselte ein paar Sätze mit dem zuständigen Arzt. Dann legte sie auf und wandte sich wieder an Jane.

„Der Doktor kommt in etwa einer halben Stunde. Können Sie noch so lange warten?"

Jane sah sie misstrauisch an. „Sie sagten, für meinen Mann bestehe keine Gefahr mehr. Stimmt das?"

„Absolut. Sie brauchen sich wirklich keine Gedanken zu machen."

„Sind sie sicher? Ich meine, Sie versuchen doch nicht, mich nur zu beruhigen, oder?"

Die Krankenschwester wurde nun ärgerlich. „Was ich gesagt habe, können Sie mir ruhig glauben, Señora de Tarrago. Ihrem Mann droht keine Gefahr. Er hat eine gebrochene Rippe und einige Prellungen, doch das sind keine ernsthaften Verletzungen!"

Damit verließ die Schwester den Raum. Jane setzte sich auf einen Stuhl und blickte gedankenversunken vor sich hin. Weshalb verlangte Miguel nicht nach ihr? Wenn er sie hätte sehen wollen, würde man sie schon längst zu ihm gebracht haben. Warum also meldete er sich nicht?

Nach einer guten halben Stunde betrat endlich der Arzt, gefolgt von Miguels Vater, ihr Zimmer.

„Papá!"

„Jane, Liebes!" Señor de Terrago küsste sie auf die Wange. „Was für ein Unglück! Zum Glück ist es für euch beide noch mal glimpflich abgegangen!" Er sah Jane dabei so seltsam an, dass sich wieder dieses ungute Gefühl in ihr breitmachte.

„Jane ..." Señor de Tarrago schien es bemerkt zu haben und nahm ihre Hand liebevoll in seine. „Ich muss dir etwas sagen." Er atmete tief durch. „Miguel kann sich an die letzten drei Wochen seines Lebens nicht erinnern. Wir wissen nicht, ob die Erinnerung jemals zurückkommen wird oder ob dieser Zustand so bleibt. Und ...", er drückte tröstend Janes Hand, „er weiß nicht, dass ihr beide geheiratet habt."

Jane zog die Hand erschrocken zurück. „Aber kannst du es ihm nicht sagen?"

„Das haben wir schon getan", schaltete der Arzt sich ein. „Ihr Mann meinte jedoch, das sei völlig unmöglich. Er könne Sie niemals geheiratet haben."

Jane wurde leichenblass und lehnte sich zurück in den Stuhl. Das also war die Ironie des Schicksals. Juanita hatte recht gehabt, als sie behauptete, Miguel würde sie, Jane, nicht lieben. Sie sei eine Närrin, wenn sie es zulasse, dass er sie für seine eigennützigen Zwecke benutze. Diese Erkenntnis brachte Jane beinahe um den Verstand. Wenn man einen Menschen wirklich liebte, wie konnte man das dann vergessen? Jane hielt nur mühsam die Tränen zurück. Für sie gab es nur eine Möglichkeit, dieses Drama zu beenden.

„*Papá!*" Sie sah ihm fest in die Augen. „Du musst unsere Ehe annullieren lassen ..."

„Aber Jane!", rief er entsetzt. „Wenn es Miguel erst wieder besser geht, wird sich das Problem von ganz allein lösen!"

„Nein, das glaube ich nicht." Jane verzog qualvoll das Gesicht. „Miguel hat mich nur aus reiner Berechnung geheiratet. Ich war die Lösung für sein Problem mit Patricia Pérez. Er wollte nur standesamtlich heiraten, doch ich bestand auf einer kirchlichen Trauung. Es war ein Fehler", fügte sie resigniert hinzu. „Das ist mir jetzt klar geworden. Die Ehe wird sich doch ohne größere Probleme für ungültig erklären lassen, oder?"

„Jane, zerbrich dir doch darüber nicht den Kopf! Zuerst musst du richtig gesund werden ..."

„Nein, *papá.* Ich weiß, dass ich recht habe. Du glaubst, ich rede Unsinn, weil ich noch unter Schock stehe, aber du irrst. Ich wusste schon vor der Hochzeit, dass es falsch war, Miguel zu heiraten." Sie sah ihren Schwiegervater flehend an. „Du lässt mich doch nicht im Stich, nicht wahr?"

„Aber Liebes, was verlangst du denn für Sachen? Wenn ich nur mit deinen Eltern sprechen könnte! Aber du weißt ja, sie kommen voraussichtlich erst heute Abend zurück. Auf jeden Fall würden sie dir diesen

Unsinn sofort ausreden. Es ist einfach noch viel zu früh, um solche Entscheidungen zu treffen. Wenn du in einem Monat an den heutigen Tag zurückdenkst, wirst du über deine törichten Gedanken lachen."

„Nein, ganz bestimmt nicht." Jane blickte traurig zu Boden. „Warum fragst du nicht Miguel, wie er darüber denkt? Weil du nämlich weißt, dass ich recht habe ..."

Miguels Vater versuchte noch mit allen Mitteln, sich herauszureden, doch es gelang ihm nicht, Jane zu überzeugen. „Ach, *papá*", sagte sie traurig, „gib doch zu, dass Miguel so etwas Ähnliches schon angedeutet hat."

„Jane, er weiß nicht, was er redet. Er ist einfach noch nicht in der Lage, klar zu denken." Er lächelte Jane aufmunternd zu. „Glaub mir, wenn er wieder ganz gesund ist, wird er sich auch gleich wieder nach seiner hübschen jungen Frau sehnen!"

„Aber ich mich vielleicht nicht mehr nach ihm", erwiderte Jane resigniert.

„Also, jetzt redest du wirklich Unsinn, Jane. Ich weiß, dass du meinen Sohn liebst. Du kannst dir gar nicht vorstellen, wie glücklich wir alle sind, dass er gerade dich zur Frau genommen hat. Für reiche Leute, wie wir es sind, ist es sehr schwer, wahre Liebe zu finden. Und eines haben wir schon immer gewusst: dass du Miguel niemals seines Geldes wegen geheiratet hättest. Mein Sohn ist krank, Jane. Wir können nicht von ihm erwarten, dass er in seinem augenblicklichen Zustand vernünftig denkt und handelt. Ich hoffe, du hast dafür Verständnis und verhältst dich dementsprechend, bis es ihm wieder besser geht."

„Aber das kann ich nicht! Miguel lässt sich doch von niemandem etwas sagen. Wenn er der Meinung ist, dass unsere Ehe nicht besteht, so wird er auch danach handeln. Außer euch weiß ja ohnehin niemand, dass wir geheiratet haben."

„Ja, leider", stimmte Señor de Tarrago zu. „Wir haben noch keine Heiratsanzeige aufgegeben. Miguel wollte zuerst ein paar ruhige Tage mit dir verleben, bevor die Paparazzi auf euch losgehen. Apropos Journalisten ..." Er wandte sich an den Arzt. „Wie ist es hier um die Sicherheit meiner Familie bestellt?"

„Da können Sie beruhigt sein, Sir. Ihr Name ist in England kaum bekannt. Ich kann mir nicht vorstellen, dass Ihnen hier jemand auflauert."

„Hmm …" Señor de Tarrago fuhr sich nachdenklich übers Kinn. „Jane, mein Liebes, vielleicht wäre es am besten, wenn du bis zu deiner völligen Genesung zu Hause bei deinen Eltern bliebest. Wir werden Miguel morgen zurück nach Madrid fliegen. Unser Hausarzt ist bereits auf dem Weg hierher und wird seinen Transport überwachen. Sobald es dir wieder gut geht, lassen wir dich mit dem Flugzeug nachholen, einverstanden?"

Jane lächelte müde. Was sollte sie dazu noch sagen? Sie konnte und wollte sich jetzt nicht mit ihrem Schwiegervater streiten. Er stellte sich alles so furchtbar einfach vor: Zuerst würde er Miguel bearbeiten, und dann, wenn sicher wäre, dass der seine Frau nicht sofort zurückweisen würde, würden sie sie zu ihm schicken und darauf hoffen, dass die Natur alles Weitere regelte.

Es wäre so leicht, sich einfach fallen zu lassen und um nichts mehr zu kümmern, doch Jane wusste, dass sie das nicht konnte. Sie würde nur zu ihrem Mann zurückkehren, wenn er sie liebte. Und falls sich diese Hoffnung nicht erfüllte, was sehr wahrscheinlich war, so musste sie ihre Ehe beenden.

10. KAPITEL

Drei Wochen später wurde Jane wie erwartet gebeten, nach Spanien zu kommen. Ihre Eltern waren der gleichen Meinung wie Señor Tarrago: Jane hatte geheiratet und musste nun dazu stehen.

„Ach, Liebling, stell dir vor, Miguel wäre bei dem Unfall ums Leben gekommen!“, hatte Janes Mutter sofort gesagt, und da hatte Jane gewusst, dass es keinen Sinn hätte, ihr die Gründe für ihren Wunsch, die Ehe annullieren zu lassen, zu erklären. Ihre Eltern würden sie niemals verstehen.

Einen Tag, nachdem Miguel nach Spanien zurückgebracht worden war, erschienen die Heiratsanzeige sowie ein Bericht über den Unfall in der Zeitung. In Spanien zierten die Hochzeitsfotos sogar die Titelseiten. Jane hatte sich darüber geärgert, da sie glaubte, das sei nur eine von *papás* Taktiken, um auf Miguel Druck auszuüben. Doch Señor de Tarrago hatte dies heftig abgestritten, und so kam Jane zu dem Schluss, dass die ganze Schau vor allem nur zu Miguels Schutz vor Patricia Pérez arrangiert worden war.

Aber das hatte sie ja von Anfang an gewusst. Warum also quälte sie sich dann so sehr mit dem Gedanken, nur als Mittel zum Zweck von Miguel benutzt worden zu sein? Im Grunde war sie ja selbst in die Falle getappt, und obgleich sie in den letzten Wochen versucht hatte, sich mit ihrer Situation abzufinden, war ihr dies einfach nicht gelungen.

Jane liebte Miguel. Sie hatte ihn geheiratet ohne die Gewissheit, dass sie auch von ihm geliebt wurde. Das Wort Liebe war ihm niemals über die Lippen gekommen. Trotzdem sehnte sie sich entsetzlich nach ihm. Und was tat er?

Seit dem Tag des Unfalls hatte Jane nicht mehr mit Miguel gesprochen. Da er sich bis heute noch nicht bei ihr gemeldet hatte, begann sie allmählich, selbst daran zu glauben, dass Juanita recht hatte. Miguel liebte seine Frau einfach nicht. Selbst Janes Familie fand es eigenartig, dass unter den vielen Anrufen aus Spanien kein einziger von Miguel dabei gewesen war.

Señor de Tarrago und Miguels Arzt hatten Jane mitgeteilt, Miguel mache langsam Fortschritte, würde aber häufig von heftigen Kopfschmerzen geplagt. Er könne sich nur schlecht konzentrieren und sei äußerst gereizt. Deshalb lasse man ihn auch, soweit es gehe, allein. Ruhe und Erholung seien in der Tat das, was er jetzt am meisten brauche. Aufregung dürfe man ihm auf keinen Fall zumuten.

Eine Woche nach seiner Rückkehr nach Spanien hatte Señor Tarrago Jane angerufen. „Jane, stell dir vor, Miguel kann sich wieder erinnern!“, hatte er aufgeregt erzählt.

„An unseren Hochzeitstag?“, hatte Jane hoffnungsvoll gefragt.

„Nein, noch nicht. Aber er erinnert sich daran, dass er nach West Country gefahren ist.“

„Oh! Und weiß er auch, aus welchem Grund?“

„Ich bin nicht sicher. So genau hat er nicht darüber gesprochen. Aber wir sollten uns trotzdem freuen, Jane. Es ist zumindest ein Anfang!“

Jane wusste, dass das noch lange kein Grund zum Jubeln war. Doch wenn Miguel sich tatsächlich an seine Motive für die Reise nach England erinnern konnte, dann war das schon ein gewaltiger Fortschritt.

Zuerst hatte sie sich entschieden dagegen gewehrt, nach Spanien zu fliegen, ohne dass Miguel sie persönlich darum bat. Als sein Hausarzt ihr jedoch mitteilte, dass sie durch ihre Anwesenheit erheblich zur Genesung ihres Mannes beitragen könne, war ihr wieder einmal klar geworden, dass es keine Alternative für sie gab, als sich den Wünschen der Tarragos zu fügen.

Auf dem Flughafen schließlich hatte Jane überrascht festgestellt, dass Juanita extra mitgeflogen war, um sie auf ihrer Reise nach Spanien zu begleiten. Nachdem Jane sich von ihren Eltern verabschiedet hatte, umarmten sich die beiden Mädchen und bestiegen das Flugzeug.

„Oh Jane!“ Juanita konnte sich kaum zurückhalten. „Was ich nach der Trauung zu dir gesagt habe, tut mir schrecklich leid! Ich verstehe meinen Bruder manchmal wirklich nicht, und dann dieser schreckliche Unfall ...“

„Vergiss es, Juanita“, riet Jane versöhnlich. „Es spielt jetzt ohnehin keine Rolle mehr.“

„Oh Jane, alles ist so furchtbar! Sie glauben nicht, dass Miguel sich je an eure Hochzeit erinnern wird!“

„Was genau weiß er denn noch? Darauf hat mir bis jetzt noch nie jemand eine richtige Antwort gegeben.“

„Weil es keiner von uns wirklich weiß“, gab Juanita zu. „Miguel erinnert sich an alles, bis auf seine letzte Reise zu dir nach England. Zwar weiß er noch, dass er zum Exeter Flughafen gekommen ist, aber was danach geschah, daran kann er sich, glaube ich, nur sehr vage erinnern. Du kennst ihn doch. Mein Bruder spricht nie über Dinge, die ihn belasten. Sein Arzt jedenfalls hat die Hoffnung, du könntest seinem Gedächtnis vielleicht etwas nachhelfen, wenn du bei ihm wärst. Weißt du, gerade diese letzte Woche, an die Miguel sich nicht erinnern kann, macht ihm am meisten zu schaffen.“

„Wahrscheinlich denkt er, ich hätte ihn in die Falle gelockt“, sagte Jane resigniert.

„Nein, das glaube ich nicht. Jedenfalls hat er so etwas, soweit ich weiß, nie angedeutet. Er sieht sich oft die Hochzeitsfotos und das Video an, das in der Kirche gedreht wurde.“

„Wenn er die Bilder sieht, glaubt er vielleicht irgendwann daran, dass wir geheiratet haben …“ Jane seufzte auf. „Ich denke immer noch, es wäre am besten, wir würden die ganze Sache beenden, wie ich es von Anfang an vorhatte.“

„Ach, Jane, sei nicht zu hart zu ihm. Miguel ist noch nicht in der Lage zu arbeiten, weil er sich nicht lange konzentrieren kann. Und dann quälen ihn immer noch diese grässlichen Kopfschmerzen.“

„Aber du hast doch gesagt, es gehe ihm inzwischen besser?“

„Ja, natürlich. Aber Kopfverletzungen sind eine langwierige Sache. Es braucht eben seine Zeit, bis sie ganz abgeklungen sind.“

„Bei dem Unfall …, weißt du, ich dachte, er wäre tot …“ Jane traten erneut Tränen in die Augen, als sie die schrecklichen Bilder des Unglücks wieder vor sich sah.

„Denk nicht mehr daran, Jane. Ich kann mir gut vorstellen, wie schlimm das für dich gewesen sein muss. Du liebst Miguel wirklich, nicht wahr?“

Jane lächelte schwach. „Ja, das ist ja das Problem. Dumm von mir, nicht wahr?“

„Nein“, widersprach Juanita bestimmt. „Du musst ihn nur dazu bringen, dass er endlich erkennt, wie sehr er dich liebt. Keine halben Sachen mehr, Jane! Du hast Miguel schon gefallen, als er dich zum ersten Mal sah. Da warst du erst zwölf oder dreizehn. Und jetzt ist die Gelegenheit günstig. Ich an deiner Stelle würde sie nutzen.“

„Das ist leichter gesagt als getan.“ Jane fragte sich, warum in aller Welt Juanita glaubte, mit Miguel sei in seinem augenblicklichen Zustand leichter umzugehen als bisher. Wahrscheinlich war eher das Gegenteil der Fall. Er würde ihr gegenüber noch misstrauischer sein als vorher.

„Die letzten Wochen waren sehr hart für ihn“, versuchte Juanita ihre Schwägerin zu überzeugen. „Miguel scheint auch nicht mehr so sehr von sich eingenommen zu sein wie früher. Dass er teilweise sein Gedächtnis verloren hat, ist ein schwerer Schock für ihn. Ständig fragt er mich nach dir aus – kleine, scheinbar unwichtige Dinge ... Weißt du, es ist wirklich eigenartig. Ich habe immer das Gefühl, er hätte eine Höllenangst davor, dich wiederzusehen. Übrigens, bevor ich es vergesse, ich hab hier einen Brief für dich von Miguels Arzt. Du sollst bitte so bald wie möglich Kontakt mit ihm aufnehmen.“

Juanitas Worte hatten Jane nachdenklich gestimmt. Miguel sollte Angst davor haben, sie wiederzusehen? Das konnte sie kaum glauben. Zum Glück gelang es ihr, Juanita von dem Thema abzulenken, indem sie das Gespräch auf deren eigene Hochzeit, die in einem Monat stattfinden sollte, lenkte. Danach meinte Juanita, sie wolle noch ein bisschen schlafen, da sie am Abend auf eine Party gehe und dafür ausgeruht sein müsse. Jane war das ganz recht, denn so konnte sie wenigstens ungestört den Brief lesen.

Was der Arzt geschrieben hatte, besorgte Jane zutiefst. Die Ärzte waren der Meinung, es müsse noch einen anderen Grund geben, weshalb Miguel sich unbewusst weigere, sich an die letzten drei Wochen seines Lebens zu erinnern. Jane könne sich vielleicht erklären, warum er gerade diesen Zeitraum aus seinem Gedächtnis verbannen wolle. Weiterhin deutete der Arzt in seinem Schreiben an, dass er vermute, Miguel habe vorher schon ernsthafte Probleme gehabt, aufgrund derer er seit dem Unfall im Unterbewusstsein all das verdränge, woran er sich nicht gern erinnern wolle, und sie, Jane, müsse ja am besten wissen, worum es sich dabei handele.

Jane grübelte während des ganzen Fluges über das Gelesene nach, bis die Stimme der Stewardess sie in die Wirklichkeit zurückholte.

„Was? Wir landen in Palma?", rief Jane überrascht aus. „Ich dachte, wir fliegen nach Madrid?"

Juanita streckte sich genüsslich und gähnte. „Miguel hat selbst beschlossen, nach Palma zu kommen, um sich dort zu erholen. Der Himmel weiß, warum! *Mamá* hat sich ganz besonders darüber aufgeregt, weil sie doch wegen meiner Hochzeit in Madrid bleiben muss. Sie ist heilfroh, dass du kommst und ihren Platz einnimmst!" Juanita lächelte verschmitzt. „Ich muss natürlich auch zurück nach Madrid. Du wirst außer Jorge und Carmen also allein mit Miguel sein, so wie er es ursprünglich geplant hatte."

„Du meinst, außer uns beiden wohnt zurzeit niemand in der Villa?", fragte Jane entsetzt.

„Genau so ist es!" Juanita lächelte ihr zuversichtlich zu. „Wegen Miguels Gesundheitszustand brauchst du dir aber keine Sorgen zu machen. Wenn seine Kopfschmerzen sich melden, nimmt er einfach eine Tablette und legt sich hin, bis es ihm wieder besser geht." Sie umarmte Jane und küsste sie auf die Wange. „Wir sehen uns dann auf meiner Hochzeit, Jane. Aber keinen Tag früher!"

Jane saß mit klopfendem Herzen auf dem Rücksitz des großen grauen Mercedes. Der Leibwächter, der vorn neben Jorge saß, erinnerte sie daran, dass sie eine Tarrago war. Von jetzt an würde sie nie wieder allein sein, wenn sie sich in der Öffentlichkeit zeigte. Daran und an die vielen anderen unangenehmen Dinge, die als ein Familienmitglied der Tarragos auf sie zukommen würden, hatte sie gar nicht gedacht, als Miguel ihr den Ring an den Finger gesteckt hatte. Nun wurde ihr erst mit aller Deutlichkeit bewusst, was es hieß, seine Freiheit aufgegeben zu haben.

Und das hatte sie wirklich, als sie Miguel das Jawort gab. Mit Unbehagen dachte Jane an den großen goldenen Käfig, in dem sie in Zukunft würde leben müssen. Vielleicht könnte sie diesen Zustand besser ertragen, wenn sie ihn mit einem Mann teilte, der sie liebte. Doch dieser Hoffnungsschimmer wurde mit jedem Tag blasser.

Jane hatte keinen Zweifel, dass Miguels Gedächtnisverlust auf ihre Heirat zurückzuführen war, und sie hielt es nach wie vor für die beste Lösung, auf einer endgültigen Trennung zu bestehen. Nur so könnte Miguel vielleicht von seinem Leiden befreit werden. Eine Trennung würde Jane das Herz brechen, doch solange Miguel nicht wusste, wie sehr sie ihn liebte, könnte sie es vielleicht ertragen.

Der Wagen hielt vor dem Anwesen der Tarragos. Enttäuscht stellte Jane fest, dass Miguel sie nicht am Tor erwartete. Sie nahm ihren Koffer, entließ den Fahrer und stieg aus. Dann betrat sie das Grundstück und machte sich auf die Suche nach Miguel.

Als sie ihn schließlich auf der Terrasse fand, hielt sie erschrocken inne. Er hatte abgenommen, sein Haar war kurz geschnitten und noch nicht über die Narben gewachsen, die der Unfall hinterlassen hatte.

Ihre Blicke trafen sich, doch Jane konnte in Miguels Augen nicht lesen, was er dachte. Er wirkte so hart und unbarmherzig, dass sie am liebsten auf der Stelle kehrtgemacht hätte und fortgelaufen wäre. Doch sie war zu stolz, um zu zeigen, wie sehr Miguels ablehnende Haltung sie verletzte.

„Wie ich sehe, bist du auch der Meinung, dass es am besten wäre, wir würden unsere Ehe für ungültig erklären lassen", sagte sie mit zitternder Stimme.

Irgendetwas flammte kurz in Miguels Augen auf, doch bevor Jane erraten konnte, was es bedeutete, wandte er sich ab und sah aufs Meer hinaus. „Wenn du das wirklich willst ...", sagte er mit fast tonloser Stimme.

„Was ich will oder nicht will, hat doch noch nie eine Rolle gespielt, oder? Jedenfalls nicht für dich. Du hast mich nur geheiratet, um dich vor den Avancen dieser Präsidententochter zu schützen, und nicht weil du mich liebtest oder wolltest. Unsere Hochzeit war schlicht und einfach die Lösung deiner geschäftlichen Probleme. Ich habe genau in deine Pläne gepasst, denn mich kanntest du schon, seit ich ein Teenager war, und du wusstest genau, dass ich nicht hinter deinem Geld her bin. Ich frage mich nur, wie du dir unsere Ehe vorgestellt hast. Dass du etwas für mich empfinden würdest, darauf konnte ich jedenfalls nicht zählen! Für dich war ich nur interessant, weil ich anders war als die Mädchen, die du sonst kanntest. Aber nachdem du begriffen hattest, dass ich als deine Frau nicht nach deiner Pfeife tanzen würde wie die anderen, ist dir das Lachen schnell vergangen!"

„Warum hast du mich geheiratet?" Miguels kühle, beherrschte Stimme ließ Janes Herz rasen. Wie sollte sie diese Frage beantworten, ohne ihm die Wahrheit zu sagen?

„Du weißt genau, warum!"

„Vielleicht, aber ich will es von dir hören."

„Du hast mich mit deinen Zärtlichkeiten ..., du hast gewusst, dass ich ... Ach, wozu soll ich dir das alles erzählen?", rief Jane verzweifelt, und Tränen traten ihr in die Augen.

Miguel fuhr herum, sein Gesicht glich einer steinernen Maske. „Wenn du es nicht kannst, werde ich es für dich tun. Dir ist es unerträglich, dass du mir nicht widerstehen kannst! Du denkst, nicht du hättest mich in die Falle gelockt, sondern ich dich! Ist es nicht so?"

„Ja ..., nein! Ich meine, die Gefühle, die du mit deinen Zärtlichkeiten in mir wecktest ... Es machte mich wirklich wütend, dass ich dir nicht widerstehen konnte. Aber das ist nicht der Grund. Zwischen uns sind so viele Dinge schiefgelaufen, Miguel. Und ich ..., ich habe dich nicht in die Falle gelockt!"

„Lüg mich nicht an, Jane! Ich weiß, dass ich dir eine standesamtliche Trauung vorgeschlagen habe, weil für mich etwas anderes nicht in Frage gekommen wäre. Ich wäre niemals mit einer kirchlichen Trauung einverstanden gewesen, es sei denn, du hättest einen zwingenden Grund gehabt, mich dazu zu bewegen. Bist du schwanger? Oder ist dir der Zufall zu Hilfe gekommen, und du hast das Baby bei dem Unfall verloren?"

„Wie kannst du nur so etwas denken!"

„Ach, tu doch nicht so scheinheilig!", erwiderte Miguel bitter. „Ihr Frauen seid doch alle gleich! Ihr könnt die Wahrheit nicht ertragen, und deshalb muss sie immer beschönigt oder versteckt werden. Ihr sprecht über Liebe, wenn ihr Begierde meint, ihr redet von Sicherheit und meint dabei Habgier. Ihr seid beleidigt, wenn ein Mann nicht den

Narren spielt und euch vierundzwanzig Stunden am Tag von hinten und vorn bedient! Glaub mir, Jane, all das habe ich zur Genüge am eigenen Leib erfahren! Ich weiß immer noch nicht, warum ich dich geheiratet habe, und ich hoffe nur, dass deine Anwesenheit mir auf die Sprünge helfen wird, denn ich hätte schwören können, dass eine Hochzeit das Letzte war, was ich im Sinn hatte!"

Jane sah Miguel entsetzt an. Noch nie zuvor hatte sie ihn so verbittert, so enttäuscht erlebt. Was sollte sie tun? Hier bleiben mit diesem Fremden unter einem Dach? Aber hatte sie überhaupt eine Wahl? Sie war Miguels Frau, vor der Kirche und vor dem Gesetz. Wenn er wollte, dass sie blieb, musste sie sich fügen. Jane schloss die Augen, um ihre unendlichen Qualen vor ihm zu verbergen.

„Ist das alles ..., was du von mir willst?", fragte sie stockend. „Dass ich bleibe – hier mit dir in diesem Haus?"

„Ist das alles, was du bieten kannst? Ich hatte gedacht, nun, da wir verheiratet sind ..."

„Nein!" Jane hasste den sarkastischen Unterton in seiner Stimme. Sie wusste, dass Miguel insgeheim ihr die Schuld an seinem Dilemma gab. „Nicht, solange du so empfindest! Und ob du's glaubst oder nicht, unsere Ehe wurde nie vollzogen, weder vor noch nach der Hochzeit!"

„Du bist noch Jungfrau?" Zum ersten Mal seit Janes Ankunft zeigte sich eine Regung auf Miguels Gesicht. Die Überraschung war ihm deutlich anzusehen, doch dann hatte er seine Gefühle wieder im Griff, und seine Miene wurde so ausdruckslos wie zuvor.

„Ja!", antwortete Jane bitter. „Kaum zu glauben, nicht wahr? Dir ging es nach der Hochzeit ja nicht schnell genug, ins Cottage zu kommen, und deshalb passierte auch der Unfall."

Eine leichte Röte überzog Miguels Gesicht. „Willst du damit etwa andeuten, dass das Ganze meine Schuld war?"

„In gewisser Hinsicht schon ... Wenn du dich mehr aufs Fahren konzentriert hättest, hättest du vielleicht noch ausweichen können."

„So steht es aber nicht im Polizeibericht!"

„Nein, natürlich nicht. Eine Frau wird wohl kaum ihren eigenen Mann belasten, besonders wenn sie erst ein paar Minuten vorher geheiratet hat. Der Bericht wurde mit meiner Zeugenaussage erstellt, vergiss das nicht!“

Miguel sah Jane sekundenlang schweigend an, doch sie konnte nicht erraten, was in ihm vorging. „Dann muss ich mich wohl bei dir bedanken …“

Sie zuckte die Schultern. „Du trägst ja nicht die Hauptschuld. Der Bauer hätte besser schauen sollen, bevor er auf die Straße fuhr. Außerdem hatte er getrunken. Wir sollten den Unfall einfach als Schicksal betrachten. Wenn er nicht passiert wäre, hättest du mich wahrscheinlich für den Rest deines Lebens am Hals gehabt. Aber so …“ Jane konnte den unerträglichen Schmerz und all die Bitterkeit und Enttäuschung, die sie empfand, nicht länger verbergen, und die Worte sprudelten nur so aus ihr heraus. „Wenn du mich in Ruhe lässt, hast du gute Chancen, deine Freiheit wiederzugewinnen. Und jetzt, falls du nichts dagegen hast, gehe ich auf mein Zimmer, damit ich auspacken und mich ausruhen kann!“

„Jane?“

Sie drehte sich um und sah Miguel fragend an.

„Ich glaube, du hast in deiner Eile etwas vergessen. Da du meine Frau bist, hat Carmen sicher schon für dich ausgepackt. Und ein eigenes Zimmer hast du natürlich auch nicht.“

Jane wurde wütend. „Hör auf mit diesen Spielchen, Miguel! Davon hatte ich wahrhaftig genug! Und jetzt ruf Carmen und sag ihr, sie soll mir bitte ein anderes Zimmer richten. Ich will nämlich nicht meine Zukunft gefährden, auch wenn dir das anscheinend egal ist!“

„Sag es ihr selbst, Señora Miguel de Tarrago!“

„Das werde ich auch tun, verlass dich drauf!“, schrie Jane ihn an, drehte sich um und rannte fort, während ihr die Tränen über die Wangen liefen.

Obwohl Carmen auf Janes Bitte hin sichtlich überrascht war, war sie viel zu feinfühlig, um einen Kommentar dazu abzugeben. Dennoch hatte Jane Gewissensbisse. Miguel hatte doch nicht im Ernst von ihr erwartet, dass sie das Bett mit ihm teilte. Oder etwa doch? Wenn sie daran dachte, welch ein Macho Miguel war, schien ihr der Gedanke gar nicht mehr so abwegig. Offensichtlich hatte er trotz allem beschlossen, sie als seine Ehefrau zu akzeptieren. Ihr Stolz verbot es ihr jedoch, sich Miguel unter diesen Bedingungen hinzugeben. Sie drehte sich auf den Bauch und schlug mit beiden Fäusten auf die Bettdecke. Himmel noch mal, sie wusste selbst nicht, was sie wollte!

Die nächsten Tage verlebte Jane wie im Traum. Alles wirkte so seltsam und unwirklich, selbst die Insel schien ihren Charakter verändert zu haben. Normalerweise überlaufen von Touristen, war es nun überall eigenartig ruhig und leer. Im Grunde hatte sich nichts verändert, und trotzdem war alles irgendwie anders – wie Janes Beziehung zu Miguel.

Obwohl er keine Anstalten machte, sie zum Umzug in sein Zimmer zu bewegen, weigerte er sich strikt, die Ehe annullieren zu lassen.

Nach einigen Tagen kam Jane erneut darauf zu sprechen. „Miguel", begann sie geradeheraus, „wir müssen endlich in die Kirche gehen. Ich weiß nicht, an wen ich mich wenden soll. Du?"

„Du willst unsere Ehe beenden, nicht ich. Ich habe damit nichts zu tun."

„Aber Miguel, das ist doch albern! Schon am ersten Tag, als ich hierherkam, sagtest du mir auf den Kopf zu, eine Heirat sei das Letzte gewesen, was du im Sinn gehabt hättest!"

„Wir sind verheiratet im Namen Gottes, und daran gibt es nichts zu rütteln", erklärte Miguel ruhig. „Wie und aus welchem Grund das geschehen ist, spielt jetzt keine Rolle mehr. Jedenfalls für mich nicht. Ich gehöre nämlich nicht zu den Männern, die einen Schwur so leicht brechen. Wir beide sind jetzt Mann und Frau, und das allein zählt für mich."

„Oh, wie großzügig von dir!", spottete Jane. „Meine Wünsche werden bei deinem Denken natürlich nicht in Erwägung gezogen, was?"

„Übertreib nicht, Jane. Vor gar nicht langer Zeit hast du mir dein Jawort gegeben, und wenn der Unfall nicht passiert wäre, hätten wir schon längst miteinander geschlafen. Und ich kann mir kaum vorstellen, dass du dabei Grund zum Klagen gehabt hättest."

„Ach, was du nicht sagst, du Supermann!" Jane sprang wütend auf. „Du vergisst wohl, dass ich deine Annäherungsversuche schon seit meinem sechzehnten Lebensjahr zurückweise! Was macht dich denn so sicher, dass wir nicht bloß eine reine Zweckgemeinschaft bilden?"

Zorn zeichnete sich plötzlich auf Miguels Gesichtszügen ab. „So ein Unsinn! Auf etwas derart Idiotisches hätte ich mich niemals eingelassen! Und schließlich hast du mich doch beschuldigt, den Unfall verursacht zu haben, weil ich es angeblich nicht abwarten konnte, mit dir ins Bett zu gehen ..."

Jane lachte zynisch auf. „Du versuchst, selbstsicher zu wirken, aber du bist es nicht, Miguel! Du hast keine Ahnung, was wir vor der Hochzeit abgemacht haben, und wie mir scheint, wirst du dich auch nie daran erinnern!"

Sekundenlang sah Miguel sie mit ausdrucksloser Miene an, dann schlug er die Hand vor die Augen und sah dabei so hilflos und verletzlich aus, dass sich Jane vor Liebe und Mitleid das Herz zusammenzog. Mein Gott, was tue ich da nur, fragte sie sich bestürzt. Am liebsten wäre sie jetzt zu Miguel hingegangen, hätte ihn in die Arme genommen und ihm ihre Liebe gestanden. Doch seine nächsten Worte trafen sie wie ein Schlag.

„Was sind deine Bedingungen, damit du bei mir bleibst?", fragte er kalt. „Die gleichen wie für die Hochzeit in der Kirche?"

In diesem Moment wurde Jane bewusst, dass das Schicksal ihr eine Trumpfkarte zugespielt hatte, die ihr so viel Macht gab, dass sie Angst hatte, sie einzusetzen. Sie nahm all ihren Mut zusammen und zwang sich, Miguel fest in die Augen zu sehen. „Du hast versprochen, mich zu lieben!"

Jane hielt den Atem an. Wenn Miguel sie jetzt auslachte, wenn er sagte, dass das nicht wahr sei, dann würde alles, was je zwischen ihnen war, wie ein Kartenhaus einstürzen.

„Und du denkst, ich hätte dich betrogen?", fragte er leise, während er ihren Blick gefangen hielt.

„Ja, das hast du! Ich hatte bereits Zweifel, bevor ich dich heiratete, aber alles, was seitdem geschah, bestärkte mich nur in meiner Meinung. Schon am ersten Tag, als ich hier ankam, gabst du zu, dass du nicht einmal an Liebe glaubst!"

Miguel stand unvermittelt auf und zog Jane in die Arme. „Und wie kann ich dich davon überzeugen, dass ich das nur gesagt habe, weil du mich, kaum dass du hier warst, mit der Forderung überfielst, unsere Ehe annullieren zu lassen?"

Jane löste sich aus seiner Umarmung. „Ich glaube dir nicht. Aus irgendeinem mir unbekannten Grund hast du beschlossen, an unserer Ehe festzuhalten ...", sie unterdrückte krampfhaft ein Schluchzen, „aber ..., aber ich weiß, dass das unmöglich ist ..."

„Unmöglich? Nein, Jane, mir ist inzwischen klar geworden, wo das Problem liegt. Du hast mich eben angelogen, als du sagtest, ich hätte versprochen, dich zu lieben. Du sahst darin die Chance, mein lückenhaftes Erinnerungsvermögen auszunutzen, aber deine Rechnung ist nicht aufgegangen. Du hast noch nie lügen können, Jane. Dazu bist du viel zu ehrlich. Im Grunde deines Herzens liebst du mich, auch wenn du es nicht zugibst. Und deshalb hast du mich auch geheiratet. Es sollte in der Kirche sein, weil für dich eine Ehe nur auf dieser Basis Gültigkeit hat. Ist es nicht so, mein Schatz?"

Er zog sie erneut in die Arme. „Nein, bitte, sag jetzt nichts! Ich muss dir etwas gestehen. Etwas, das ich dir schon lange hätte sagen sollen, es aber nicht tat, weil ich Angst hatte ..."

„Du und Angst?" Jane sah ihn ungläubig an. „Du hast doch noch nie vor etwas Angst gehabt!"

„Oh doch! Ich fürchtete, du könntest mich zurückweisen, wenn ich dir gestehen würde, wie sehr ich dich liebe. Dass ich dich schon seit Jahren liebe und sehnsüchtig darauf wartete, dass du erwachsen werden würdest."

„Aber ..., aber ..." Jane war fassungslos. „Du hast mich doch nur Patricias wegen geheiratet ..."

Miguel lächelte sanft. „Sie war nur eine willkommene Ausrede."

„Und warum hast du mich dann auch noch erpresst?"

„Ich war verzweifelt, Jane. Als ich dich nach fünf Jahren endlich wiedersah, wusste ich sofort, dass ich schnell handeln musste." Miguel schloss die Arme fester um sie. „Ich hatte Angst, dich zu verlieren, *querida,* verstehst du nicht? Deshalb musste ich mir ganz schnell etwas ausdenken, um sicherzugehen, dass du mir nicht mehr entwischst."

„Aber warum hast du mir das nicht gesagt?" Jane traten Tränen in die Augen, und sie trommelte verzweifelt mit den Fäusten auf Miguels

Brust, bis er ihre Hände sanft festhielt. „Warum ..."

„Shh, Darling! Ich hatte Angst ..., Angst, dass du mich nur körperlich begehren könntest. Weißt du, früher warst du so oft böse auf mich, da konnte ich mir nicht vorstellen, dass du mich jemals lieben könntest. Immer wieder sah ich dir in die Augen, doch niemals las ich Liebe darin. Ich sagte mir, wenn ich nicht einmal eine kleine Siebzehnjährige beeindrucken konnte, wie soll ich dann erst jetzt dein Herz für mich gewinnen? Du warst das einzige Mädchen, das mir widerstand ..."

„Oh Miguel, wie viel Zeit hast du verschwendet! Wie konntest du nur so dumm sein!"

„Ich glaube, irgendetwas muss furchtbar schiefgelaufen sein zwischen uns beiden, *querida.* Auf dem Video merkt man dir nämlich deutlich an, dass du Zweifel hattest."

„Ich hatte auch große Angst", gestand Jane ergriffen. „Ich liebte dich so sehr, aber du sprachst nie von Liebe. Deswegen hielt ich die Hochzeit nur für einen Deal, der den Zweck hatte, Patricia loszuwerden. Weißt du, ich hatte schreckliche Zweifel, ob es richtig war, dich zu heiraten, doch ich konnte einfach nicht anders. Ich sagte mir, auch wenn Miguel dich nicht liebt, so hat er wenigstens eine Frau, die es ehrlich mit ihm meint und es nicht auf sein Geld abgesehen hat."

„Meine süße, kleine Jane!" Miguels tiefe, leidenschaftliche Stimme ließ Jane erschauern. „Wenn du wüsstest, wie sehr ich dich begehre ..."

„Dann zeig es mir, Miguel, bitte", flüsterte sie und legte die Arme um seinen Hals.

Ohne zu zögern, hob Miguel Jane hoch und trug sie rasch in sein Zimmer.

Jane begann unsicher, die Knöpfe ihres Tops zu öffnen. Miguel zog tief den Atem ein, als sie es fallen ließ und ihre vollen Brüste unter dem Seiden-BH zum Vorschein kamen. Dann umfasste er ihre Brüste und liebkoste aufreizend die hart gewordenen Spitzen, bevor er den BH öffnete und ebenfalls zu Boden warf. Vorsichtig nahm er eine der Knospen in den Mund und liebkoste sie sanft.

Jane stöhnte lustvoll auf und warf den Kopf zurück. Ihr ganzer Körper wurde von einem Feuer erfasst, das sie zu verzehren schien.

Noch nie zuvor hatte ein Mann ein so heftiges Verlangen in ihr geweckt. Langsam zog Miguel ihr den Rock herunter, bis sie außer ihrem Spitzenhöschen nackt vor ihm stand. Dann ließ er die Hände unter den dünnen Seidenstoff gleiten und streichelte zärtlich ihren Po. Janes Puls begann zu rasen, als Miguel sie plötzlich an sich zog und sie seine Erregung spüren ließ.

Ungeduldig zerrte sie an seinem Hemd, zog es ihm aus und schmiegte sich an ihn. Es fühlte sich wundervoll an, Miguels heißen männlichen Körper an ihrer Haut zu spüren. Nachdem Miguel sich seiner letzten Kleidungsstücke entledigt hatte, zog er Jane das Spitzenhöschen aus, und beide ließen sich nackt aufs Bett sinken.

Dann begann er, ihren Körper mit den Händen zu erkunden und jeden Zentimeter sanft zu küssen. Jane glaubte, vor Lust und Begierde vergehen zu müssen. Miguels heftige Erregung machte sie so an, dass sie sich nicht mehr zurückhalten konnte und ebenfalls begann, ihn überall zu streicheln. Als sie ihn schließlich an intimster Stelle berührte, stöhnte er auf und hielt ihre Hände fest.

„Magst du es nicht, wenn ich dich berühre?“, fragte Jane leise und sah ihn herausfordernd an.

„Doch, mein Schatz, aber du bist noch Jungfrau. Ich möchte dir nicht wehtun. Wenn du aber so weitermachst, kann ich mich vielleicht nicht lange genug beherrschen.“

Jane war jedoch so erregt, dass sie ihre Hände nicht von Miguel lassen konnte. Sie spürte den unbändigen Drang, ihn zu berühren, seine Haut zu fühlen und zu liebkosen. Miguel stöhnte nochmals auf und zeigte ihr damit, dass sie zu weit gegangen war.

„Davon habe ich schon seit Jahren geträumt, Miguel“, keuchte Jane, als er ihre Schenkel auseinanderschob. Dann wagte er sich vor zum Zentrum ihrer Weiblichkeit und liebkoste sie aufreizend mit den Fingern, bis sie vor Lust zusammenzuckte. „Miguel, bitte, ich kann es nicht mehr aushalten!“

Jane schrie auf, als Miguel mit einem kräftigen Stoß in sie eindrang. Doch was dann kam, ließ sie den kurzen Schmerz vergessen. Wellen ungeahnter sinnlicher Lust durchströmten sie, als Miguel sich zuerst vorsichtig, dann immer heftiger in ihr bewegte. Dabei bedeckte er ihren

Mund und ihr Gesicht mit heißen, begierigen Küssen, bis er schließlich Erfüllung in ihr fand.

Miguel drehte sich auf die Seite und blickte Jane liebevoll an. „Ich hoffe, du bist nicht allzu sehr enttäuscht, mein Schatz. Das nächste Mal wird es schöner, das verspreche ich dir."

Jane lächelte glücklich. „Ich bin doch gar nicht enttäuscht. Ich denke bloß daran, wie viel wir verpasst haben in all den Jahren."

„Das werden wir alles nachholen."

Jane schmiegte sich eng an Miguels warmen Körper. „Ich hoffe nur, ich muss nicht allzu lange darauf warten, was meinst du?"

Miguel ließ die Finger sanft über ihren Rücken gleiten, bis sie sich vor Entzücken in seinen Armen wand. „Nein, darauf musst du bestimmt nicht lange warten, Sweetheart ..."

Jane seufzte glücklich auf. „Oh Miguel, ich liebe dich!"

„Ich dich auch." Seine dunklen Augen funkelten herausfordernd, als er sich über seine Frau beugte. „Und wie sehr, das werde ich dir gleich beweisen ..."

– ENDE –

Howard / Green / Kemp
Liebesreise nach Schottland

Der Erbe von Glen Crannach
Schicksalsnacht in Glencraig
Hochzeit in Glenrae

3 Romane aus dem
schottischen Hochland!

Band-Nr. 15024
8,95 € (D)
ISBN: 978-3-89941-512-4
432 Seiten

Gordon / Hamilton / George
Liebesreise in die Toskana

Pinienduft, zirpende Zikaden,
rauschendes Meer

3 Romane aus der
traumhaften Toskana!

Band-Nr. 15023
8,95 € (D)
ISBN: 978-3-89941-511-7
448 Seiten

Carter / Gregor / Proctor
Liebesreise nach Afrika
Band-Nr. 15022
8,95 € (D)
ISBN: 978-3-89941-510-0
432 Seiten

Spencer / McMahon / Darcy
Liebesreise in die Karibik
Band-Nr. 15010
8,95 € (D)
ISBN: 978-3-89941-374-8
448 Seiten

Helen Sebald
Das Traumschiff auf
Liebesreise nach Mexiko
und zu den Seychellen
Band-Nr. 15016
8,95 € (D)
ISBN: 978-3-89941-452-3
352 Seiten

Helen Sebald
Das Traumschiff auf
Liebesreise nach Neuseeland
und Burma
Band-Nr. 15017
8,95 € (D)
ISBN: 978-3-89941-454-7
304 Seiten

Mather / Reid / Graham
Liebesreise nach Griechenland
Band-Nr. 15012
8,95 € (D)
ISBN: 978-3-89941-376-2
416 Seiten

Reid / Graham / Marton
Liebesreise in 1001 Nacht
Band-Nr. 15011
8,95 € (D)
ISBN: 978-3-89941-375-5
432 Seiten

Devine / Lamb / Fraser
Liebesreise nach Cornwall
Band-Nr. 15007
8,95 € (D)
ISBN: 978-3-89941-367-0
448 Seiten

Miranda Lee
Liebesreise nach Australien
Band-Nr. 15009
8,95 € (D)
ISBN: 978-3-89941-371-7
432 Seiten